Doze Vezes Abençoada

Jacquelyn Mitchard

Doze Vezes Abençoada

Romance

Tradução
Roberto Muggiati

JOSÉ OLYMPIO
EDITORA

Título do original em inglês
TWELVE TIMES BLESSED

EDITORA JOSÉ OLYMPIO LTDA.
Rua Argentina, 171 – 1º andar – São Cristóvão
20921-380 – Rio de Janeiro, RJ – República Federativa do Brasil
Tel.: (21) 2585-2060 Fax: (21) 2585-2086
Printed in Brazil / Impresso no Brasil

Atendemos pelo Reembolso Postal

ISBN 85-03-00808-4

Capa: LUCIANA MELLO E MONIKA MAYER

CIP-Brasil. Catalogação-na-fonte
Sindicato Nacional dos Editores de Livros, RJ.

M667d Mitchard, Jacquelyn
Doze vezes abençoada / Jacquelyn Mitchard; tradução Roberto Muggiati. – Rio de Janeiro: José Olympio, 2005.

Tradução de: Twelve times blessed
ISBN 85-03-00808-4

1. Ficção americana. I. Muggiati, Roberto, 1937- . II. Título.

05-1598 CDD – 813
CDU – 821.111(73)-3

FEVEREIRO

MY FUNNY VALENTINE

Desafiamos você a encontrar chocolates mais gostosos para a alma do que estes, embalados nesta caixa de cetim vermelho para guardar de lembrança (talvez para esconder aqueles primeiros dentes perdidos, depois da visita da Fada dos Dentes). Isto é só para você. O bebê vai se aconchegar num pulôver com capuz de listras brancas e vermelhas, próprio para a estação, e cada um de vocês vai usar um par de meias alusivas à data, no tamanho adequado, margeadas por setas e corações dourados para os meninos e por corações e contas cor-de-rosa e vermelhas (impossíveis de serem removidas até pelos dedinhos mais curiosos) para as meninas. O romance está ausente em sua vida desde a chegada de você-sabe-quem? Não depois de relaxar ouvindo este CD. Bolero é apenas o começo.

UM LOCAL FAMILIAR, depois que se adquire noção do que é a vida, pode aprisionar tanto quanto uma calça quando se ganha peso. True Dickinson ganhou ambos, e seu desconforto é uma pontada de arrependimento, bem como o amargor que sente quando é forçada a encolher a barriga para fechar os botões.

True Dickinson vive a apenas um quilômetro e meio em linha reta — seguindo o vôo dos corvos, como dizem — do estreito de Nantucket. Mas recentemente, e com pesar, ela não tem conseguido ver as ondas encapeladas cor de estanho do inverno com a admiração costumeira, assim como deixou de encarar os amigos com gratidão, seu sucesso com orgulho e sua pequena família com um contentamento surpreso. Nunca, desde que veio de sua Amherst natal para Cape Cod, primeiro como *baby-sitter* durante as férias de verão da universidade e depois, já recém-casada com o marido, um piloto da companhia que fazia a ponte aérea regional, a Cape Air, nunca ela sentiu uma inquietação tão estranha. Pensamentos desgarrados e incomuns de ir embora às vezes escapam dos propósitos de seus dias como fios soltos que ocasionalmente se desprendem de suas tranças longas e apertadas, que True está tão acostumada a fazer toda manhã que seria capaz de urdi-las no escuro. Ela se pega pensando, vou deixar a cidade, sumir daqui, apenas meu filho e eu, trocar Cape Cod para sempre por outro lugar com mais oxigênio e mais céu.

Sua consternação, naturalmente, está equivocada.

Vem da situação, não da localização.

Pois, assim como os corvos na verdade não voam em linha reta — são tão curiosos, sempre investindo em tangentes avícolas para explorar algo reluzente ou malcheiroso, e provavelmente leva um corvo mais tempo para chegar a qualquer lugar do que um ser humano num carro obedecendo ao limite de velocidade —, True se sente aprisionada não pela falta de espaço na vida ao seu redor, mas pela profusão de espaço vazio dentro de si. É solitária. As amarras de sua vida estão se soltando. Seu filho, no qual acostumou a pensar como um menininho, tem quase dez anos, é de meia-idade, em anos de criança. Assim, True não pode mais fingir que é uma "jovem viúva". Sua mãe está ficando mais velha; seus assistentes de longa data falam sobre planos de se mudar, sobre assumir novas aventuras.

Está começando a se ver como o ponto de partida de outras coisas.

Ela se descreveria desta maneira? Talvez sob hipnose.

True sabe que está sofrendo de defasagem sazonal. E é a estação. Fevereiro não é um mês menos solitário numa comunidade balneária, onde toda vista é uma paisagem de aquarela, do que o é em qualquer outro lugar, se não for ainda mais. As portas arriadas das lojas fechadas até o verão são deprimentes para aqueles que passam por elas, até mesmo para os habitantes locais que se gabam de ter suas ruas e igrejas todas só para si. É um equívoco comum achar que as pessoas inclinadas a acabar com suas vidas o fazem no Natal. A verdade é que os dedos anseiam por um pedaço de corda grossa ou por um estoque de sedativos a partir de fevereiro, quando os feriados deixaram de cumprir a sua promessa e quando a insuportável renovação da vida está transbordando bem diante de nós.

É um mês particularmente ruim para True. O mês do seu nascimento, é também o mês da morte do marido, muito tempo atrás. Peter Lemieux, que pilotava Cessnas de oito lugares em vôos turbulentos pelo litoral para ganhar a vida, morreu ironicamente atropelado por um motorista numa noite gelada muito parecida com esta. Pete havia parado para ajudar uma mulher cujo carro tivera o radiador estourado. Uma *van* que passava o pegou em cheio. Durante anos, True tem sido incapaz de se lembrar do som da voz de Pete e não tem nenhuma idéia se a imagem que guardou dele é um instantâneo mental da foto de casamento que ela costuma espanar junto com a lâmpada e o creme para as mãos, ou se é uma lembrança real dos traços dele. A mãe de True, Kathleen, que também enviuvou cedo, e também por causa de um acidente de carro, acena com a cabeça em solene empatia quando True continua se recusando a pegar e ver as poucas fitas de vídeo que ela e Pete fizeram durante os primeiros anos do seu bebê Guy. Kathleen periodicamente sugere que vejam as fitas juntas, como se uma vida apagada fosse algo com que se deleitar. True sabe que, mesmo depois de oito anos, a visão dos cabelos platinados à escovinha e do rosto anguloso de Pete, com as marcas do seu bronzeado de piloto, perpetuamente jovem, fará cair por terra sua complacência, que ela mantém separando cuidadosamente o *antes* do *depois.*

Porém, mais do que isso, ela sente intuitivamente que o que de fato não pode suportar é a imagem infante de Guy, o único filho que provavelmente terá — uma miniatura jovial e confiante, suas bochechas caídas, redondas como metades de pêssego, mais largas do que a testa. Aquele toque de veludo de bebê True *consegue* lembrar e lamenta pensar que, pelo resto da vida, provavelmente terá esse toque apenas por empréstimo.

Ela também sabe que, embora não seja propriamente uma viúva alegre, não é como sua mãe, nem como as outras jovens viúvas do grupo que freqüentou brevemente, as quais haviam competido entre si para ver que membros ou que dedos e meses de vida trocariam por uma hora nos braços de seus maridos.

Ela também pensa que sabe por quê, mas guarda esse pensamento cuidadosamente numa gaveta, mudo como o seu véu de noiva dobrado no baú de cedro. Ninguém a não ser True sabia da natureza difícil de Peter, do controle que assumiu jovialmente sobre ela e sobre tudo o mais em sua vida bem delimitada, até a estrita dotação do dinheiro do almoço de True, seu egocentrismo extremo, transformado por um momento fatal de heroísmo. Nem ninguém percebe que, com o seu trabalho e o serviço militar, ele e ela na verdade haviam passado muito pouco tempo juntos como um casal.

A maioria das pessoas simplesmente imaginava que True Dickinson era uma princesa de coragem, uma garota forte, uma pragmática da Nova Inglaterra com seu andar de passadas longas e seus olhos cinzentos sonhadores, uma viúva cortada no viés dos velhos filmes de Margaret Sullavan. E isto coube realmente muito bem a True.

Durante alguns anos depois da morte de Peter, aceitou com orgulho quase indecoroso a imagem que os outros faziam dela como uma mulher de coragem e otimismo ilimitados, caminhando audaciosamente pela calçada da vida como se não fosse cheia de esquinas perigosas e periodicamente salpicada de armadilhas. Depois que seus negócios prosperaram, True passou a usar *tailleurs* com saias curtas e a dar palestras para grupos de mulheres na Nova Inglaterra e em lugares mais distantes sobre a bênção do trabalho como um bálsamo para o sofrimento, sobre o seu firme propósito de não ceder à tentação de se agarrar aos amigos ou sucumbir à autocomiseração. De um artigo de revista ela tomara emprestada a frase: "Quando a coisa ficar difícil, corra mais riscos." A empreitada, iniciada com nada mais do que a sua férrea força de vontade, com sua experiência no emprego anterior e com um plano de trabalho elaborado a partir do estudo noturno de livros de referência na biblioteca, enquanto Guy se distraía com sua ambulância de brinquedo, fora a lição-objetivo, a prova do seu pudim de passas.

Mas essa personalidade heróica, resoluta a ponto de animar as outras mesmo à custa de sua perda, começou a andar para trás.

True está mudando, e não é "a mudança da vida", mas algo mais sutil. Receia estar se tornando uma crítica e uma tola. Espera que ninguém mais tenha notado e, para ser bem honesta, pouco mais fez além de notar ela mesma. Para os amigos, para a família — para você, se perguntasse, ela diria que está cheia da mesmice das coisas e, depois de vinte anos, de um lugar que começa a sufocar-lhe. Diria que Cape Cod é tão tacanha que ela não conseguiria instalar um trampolim de criança sem ter de fazer uma petição para uma sessão conjunta da legislatura, por receio de perturbar a memória dos fundadores do lugar ou, mais provável, a vista que um bilionário tem da baía. E embora esta seja a menor das forças que lhe constringem a psique, nada no seu ser — nem em sua classe, nem em sua formação — lhe deu uma ferramenta para abrir esta fechadura.

Hoje é o aniversário de True, seu quadragésimo terceiro. Ela está pilotando seu Volvo confiante e lentamente através do que o locutor de rádio chamou de o pior temporal nordeste os quais somente poucos dentre os mais velhos pescadores do Cabo têm lembrança. Ela está a caminho da sua "festa de aniversário", frase que por si só a faz estremecer, num restaurante novo nas lonjuras de Truro. Isabelle Merton, ex-babá residente e agora auxiliar de escritório que ainda mora com True sem pagar aluguel em troca de alguns serviços de assistência infantil, lhe faz companhia no banco de passageiro. E embora nunca falte a True e Isabelle coisas para fofocar, ela sente a inabitual necessidade de silêncio e solidão. Profissionais de luta livre e engenheiros de estruturas podem não refletir, em seu aniversário, sobre a essência da vida e o tempo que lhes resta, mas as outras pessoas o fazem.

A polidez ianque, porém, dita que ela estabeleça conversação animada, e então diz a Isabelle:

— Adivinhe o que Kathleen fez esta noite. Chegou por trás de mim e puxou meu suéter sobre o traseiro. E disse: "Você está com uma pequena prateleira aqui, querida." Que legal ela, hein?

— Oh, True, como pode se surpreender com qualquer coisa que sua mãe faça?

— Eu sei. Mas ainda estou passada. Acha que quando você tem sessenta e sei lá quantos você ainda vibra ao saber que é mais magra do que sua filha...?

— True, sabe o que dizem, se não é uma coisa ou outra, é a sua mãe — diz Isabelle, balaçando uma das mãos com as unhas pintadas em açafrão. — Pelo menos você tem uma mãe, uma mãe que se preocupa mais com você do que com a sua Harley.

Mas, pensa True, ela às vezes desejava que Kathleen estivesse tão distante, pelo menos geograficamente, e tão *blasé* quanto a mamãe motoqueira de Isabelle. Kathleen não só trabalha com True, como também mora num chalé de hóspedes na propriedade dela. Entra e sai da casa de True à vontade. Nenhum telefonema, nenhuma carta ou cartão enfiado num buquê escapa aos olhos aguçados de Kathleen. True às vezes pensa o que teria acontecido se não parecesse lógico Kathleen mudar-se para o Cabo depois que o marido de True morreu. Ela imagina quanta privacidade, ao contrário de solidão, poderia experimentar.

E, embora seja uma tristeza para Isabelle ter brotado de raízes muito rasteiras, ela se mostra solidária.

— Acho que você tem razão.

— Dê-lhe algum crédito — Isabelle insiste. — Depois que minha mãe nos deixou, minha avó varria de novo todo chão que eu varria e lavava de novo cada prato que eu lavava, durante dez anos. Kathleen na verdade não interfere muito, e é um esteio em outros aspectos, para Guy, no trabalho...

True suspira.

— Eu sei. Eu sei.

Passam pela escultura seca dos pântanos debaixo de gelo, através de uma paisagem em que parece impossível haver algum comércio e, subitamente, lá está a placa: AQUELE LUGAR. O estacionamento está lotado. Por um instante, True suspeita que seus amigos tenham aprontado uma festa surpresa para ela, acontecimento contra o qual protestou vigorosamente muitas vezes mas que, secretamente, adoraria.

A neve úmida instantaneamente congela os contornos dos cabelos de True e o chapéu de Isabelle, nos poucos passos entre o carro e a porta. O fulgor rosado das janelas faz o local parecer em chamas.

Assim que entram, True percebe que interpretou mal o significado desse dia para outras pessoas. Ela tem feito isso com freqüência, ao longo dos anos. As mesas estão iluminadas com velas vermelhas porque é São Valentim, o Dia dos Namorados. Para pessoas românticas, é uma noite para fazer novos juramentos ou lembrar antigos — não importa a tempestade, quando o amor é verdadeiro —, não exatamente um feriado caro a viúvas e especialmente irritante para uma viúva cuja mãe a batizou em homenagem à data. True Dickinson levou décadas para aceitar o seu nome, que segundo ela a fazia parecer alguma virgem assediada à mercê da caridade de uma misteriosa prima em terceiro grau depois da morte de seus pais missionários. Ela culpa a mãe por isso, seu pai parecendo a True, já aos oito anos de idade, um zero à esquerda neste caso e na maioria das questões domésticas. Bibliotecária de escolas preparatórias a maior parte de sua vida, Kathleen não só tinha a tendência de assumir ares literários, mas também se orgulhava das relações conhecidas com a reclusa Emily, a beldade de Amherst — prima ancestral de True. Esta última não usa o sobrenome materno, Harte, que, combinado com seu nome, só soaria mais ridículo. Mas podia ser ainda pior. Seu nome do meio poderia ser Love, ou, como uma das garotinhas que moram em The Breakers, na classe de Guy na escola, Passionette.

Agora ela avista os suspeitos de sempre, seus melhores amigos, acenando do bar. São Franny Van Nevel, colega de quarto e amiga de True, cujo marido ela conheceu numa visita a True num verão há muito tempo em Cape Cod, e Rudy, o assistente que ela roubou há sete anos das Elizabeth's Heroines, a famosa companhia de brinquedos à qual eles se referem como "a fábrica de bonecas enlatadas". Todo mundo no local está sentado em duplas, algumas com os dedos entrelaçados sobre o topo de mármore das mesas, entreolhando-se à luz das velas. True tenta encenar um sorriso viva-nós-conseguimos para Franny e Rudy, mas a tensão esperançosa que vinha borbulhando no seu peito explode num suspiro. Mais vinho e música maluca são decididamente uma boa pedida. Ela enfia moedas na *jukebox*, escolhendo três diferentes versões de *Thunder Road*.

A canção que está tocando é com Tony Bennett, *The Way You Look Tonight*. True tem vontade de chutar a *jukebox* na sua mandíbula de néon.

Franny (que chamou a atenção de True pela primeira vez no ano de caloura na Universidade de Amherst, em parte por ter romântica e deliberadamente trocado a grafia do seu nome por aquela da melancólica garota da família Glass no livro de J.D. Salinger) e Rudy a ensanduícham num abraço triplo com Isabelle. Ele lhe dá um beijo em cada face.

— Faz um tempão que a gente não se vê, chefia — diz ele com ternura. Doze horas transcorreram desde que Rudy passou pela casa de True a caminho de sua aula de ioga para lhe dar um pão de rosca com uma vela. — Feliz feliz, garota. Não parece muito feliz.

— Estou feliz — diz True. — É só que... — e gesticula ao seu redor. — É só que... olhe para todo mundo neste salão. Vocês deviam ser premiados por desistirem do jantar romântico que deveriam ter com suas caras-metades em favor de minha não muito cara...

— *De nada* — diz Rudy. — Keith tinha que trabalhar, de qualquer maneira. Está planejando uma sobremesa à meia-noite.

Com seu sorriso creme dental e seus ombros largos e ar de coroinha (Franny geralmente diz: "Me agrada que Rude não seja o tipo *gay* de shortinho justo, um cara mais para o sério"), explica que ele, também, se atrasou porque teve de correr atrás de seus dois Jack Russells, Nick e Nora, depois que atacaram uma dupla de Testemunhas de Jeová.

— Insisti com a senhora, perfeitamente simpática, que os cães eram protestantes. E, juro por Deus, que ela replicou: "Ora, você sabe que os cães não têm religião. E não faria nenhum mal a vocês dois", e lançou para mim e para Keith um olhar de peixe morto, "dar uma olhada nestes panfletos. Nunca é tarde demais."

True sorri, o queixo na mão.

— Metade das mulheres nesta sala provavelmente desejam que ainda não seja tarde demais, Rudolfo.

As mulheres têm tendência de suspirar por Rudy.

— Steve tem uma garrafa de Cristal para mais tarde — interrompe Franny — e tenho chocolates das crianças para o café da manhã.

— Bem, neste caso — True suspira e sorri —, eu me sinto muito melhor por ser a única pessoa nesta sala que não só é solteira, como também velha demais para morrer jovem. Achei que podiam partilhar da minha *tristesse.*

— Esse tipo de conversa não combina com você, True — observa Isabelle com um dedo acusador —, e concordamos em não entrar no terreno da idade esta noite.

— Você não precisa entrar no terreno da idade há vinte anos — retruca True. — Esa, caia na real. Toda esta sala transborda de paixão e devoção. E, a não ser os Altruzzos ali adiante, que provavelmente estão casados há setenta e cinco anos, quase todo mundo aqui é provavelmente mais jovem e mais magro que eu. Isto não é sentir pena de mim mesma. É clareza de visão.

— E tenho certeza — replica Isabelle — de que estão todos comentando uns com os outros, não é aquela True Dickinson, a tal que começou aquele negócio fabuloso completamente sozinha, que acaba de ter sua foto no Destaque da *Fortune*, que comprou aquela casa magnífica perto do farol, que tem um filho querido e talentoso e um rosto como o de Catherine Deneuve, mas infelizmente é muito mais gorda e velha do que parece a olhos menos atilados.

— Explique a ela, Esa — diz Rudy. — Mais um pouco desse papo e acabo me arrependendo de não ter ido para a cozinha.

Por um momento todos silenciam, imaginando a cozinha espetacular de Rudy: um jantar de aniversário com missô e acompanhamento de missô.

Esa joga para trás sua massa confusa de cabelos castanho-avermelhados.

— Eu, no entanto, vou partilhar do seu despojamento — diz ela —, já que sou de novo uma viúva arqueológica.

— Não sei bem se é esta a palavra — True não consegue conter o riso. — O que ensinam a vocês no curso de jornalismo?

O namorado de Isabelle é professor na Universidade de Lowell — mas não, ela se apressa em lembrar a todo mundo, o seu professor —, onde Isabelle está matriculada há oito anos. Ela respondeu ao anúncio de True à procura de uma *baby-sitter* no segundo dia do seu primeiro trimestre e desde então ficou mais tempo, muito mais tempo, com True. Como o professor está freqüentemente fora em excursões e preleções, se ela não morasse com True, Esa sempre insiste, teria há muito tempo sucumbido à sua predisposição genética de degenerar numa vadia.

— Ouvi uma piada — diz Franny testando o ambiente, seu rosto esguio sardento como canela polvilhada sobre creme debaixo de sua cabeleira de cachos negros, tão inocente como um santo de pau oco. — Como é que se faz uma velhinha dizer "foda-se"?

— Vou cair nessa — responde Rudy. — Como *é* que se faz uma velhinha dizer "foda-se"?

— São três velhinhas — explica Esa. — Se não for assim não dá... você sabe, uma piada. Já ouvi esta, Franninha, mas continue.

— OK, OK, uma velhinha, três velhinhas, seja lá o que for. Somos três velhinhas aqui, excetuando você, Esa — diz Franny, em consideração aos tenros vinte e cinco anos de Isabelle.

— E eu! — grita Rudy. Do alto dos seus trinta e três.

— Bem, você não é velho, mas também não é uma mulher — diz Esa.

— É, tem isso — concorda Rudy.

— Todo mundo fique quieto agora — Franny, uma assistente social acostumada a ter suas ordens levadas a sério, determina afavelmente. — Como se consegue que três velhinhas digam "foda-se"?

Foda-se, True pensa. Foda-se. Digo isso todo dia quando algo sai errado. Foi o que fiz, faz quanto tempo?, há dezoito meses. *Dezoito meses* desde que ela rompeu com Evan, dando como desculpa esfarrapada o ódio não dissimulado de Guy por ele, quando a razão real era mesmo sua tendência de pegar no sono enquanto ele lia para ela o poema épico norueguês no qual estava trabalhando, quando não estava recauchutando dentes de atores de cinema. Quando True e Evan se conheceram, na festa campal de formatura na faculdade de Medicina de uma amiga comum, o épico, elaborado há nove anos, já chegava a trezentas páginas.

— Arranje uma quarta velhinha para dizer "Bingo!" — Franny conclui triunfalmente e, embora ria com os outros, True pensa: muito breve estarei ansiando pelo bingo no ginásio de Saint Thomas More, toda sexta-feira à noite, exceto na Quaresma, indo para lá de carro com minha mãe, a Sra. Harkness e a Sra. Coffin, reclamando a viagem toda daqueles motoristas forasteiros que vêm ao Cabo em seus alinhados carros esporte. Vou ter de passar a tarde toda verificando se minhas canetas hidrográficas não secaram e contando todos os pequenos discos vermelhos em minha sacola de pano para garantir que não me faltem na hora de bater. Terei trabalhado como voluntária duas vezes naquela semana no bazar da igreja episcopal. Terei escrito uma carta para Guy na universidade lembrando-o de lavar suas cuecas e suas meias em água quente, porque o calor desinfeta...

— Que tal pedir uma garrafa de vinho? — pergunta Rudy.

— Eu não devia beber — diz True. — Transforma-se direto em açúcar.

— E eu não posso beber, estou dirigindo — diz Esa.

— Bem, Steve vem me apanhar, portanto eu posso beber, mas se ninguém mais vai beber por que viemos de carro até tão longe, afinal? — pergunta Franny, chateada.

— OK — True suspira. — Vou tomar um copo ou dois. Na verdade, eu devia brindar ao meu... aniversário. Mas acabou. Estou abstêmia. Nada mais de Kir Roayles. Antes do álcool, eu tinha uma cintura...

— Este é o evangelho — sussurra Esa baixinho. — Qualquer quantidade trivial de peso que você possa ter ganhado pode ser diretamente atribuída a mim e ao fato de influenciá-la com minha tendência ao alcoolismo precoce...

— Não é isso. Não estou dispensando só o Merlot, mas também o café com creme. Hoje, quando caminho pela rua, sinto minha bunda como um cachorrinho que estou levando para passear e, quando viro a esquina, tenho de esperar alguns segundos para que ele me alcance.

— Você é impossível — diz Isabelle.

Mas Esa tem uma certa razão. As duas se afeiçoaram a uma birita e a uns tira-gostos. Mesmo quando Isabelle tinha apenas dezessete anos, longe ainda da idade legal, quando o negócio estava em sua fase de histeria inicial, terminavam cada dia de quinze horas arrastando-se inexoravelmente em direção ao armário de bebidas. Guy era então apenas um bebê e Isabelle era quem tomava conta dele, embora também fizesse uma dúzia de outras tarefas para ajudar True a manter sua vida organizada. O garotinho aprendera devidamente a rotina e quando True saía do escritório, que era, em sua antiga casa, uma espécie de gabinete reformado, ele abria o aparador para retirar três taças de vinho de cristal e insistia em beber o seu suco de maçã na terceira taça.

— Deus do céu — disse Isabelle numa dessas noites amortecidas e cansadas, enquanto ela e Guy tocavam as taças num brinde —, sou mesmo um ícone para todas as babás, não sou?

— Não acho que ele vá se lembrar disso — True lhe assegurou. — Quanta coisa você lembra dos seus dois anos de idade?

Guy, naturalmente, tem memórias vívidas do tilintar das taças de vinho.

Isabelle agora, porém, limita a maioria dos seus agitos a noites com colegas da universidade. Dança nas pistas resinosas de bares de pescador como o Danny's Galley e o Stiff Bore. Abrir a porta de um desses locais significa liberar um odor almiscarado de fumaça e fome de sexo tão forte que é capaz de fazer o visitante recuar. True não se aventura nesses lugares. Mas como o amante de Isabelle está no Chile de férias por cinco meses — "*Cinco* meses!" Isabelle uiva, como se estivesse condenada a uma vida de celibato e contemplação —, Isabelle se manteve "quase que inteiramente, tecnicamente fiel".

— E não tem sido fácil — ela salienta com freqüência. — Quando você está ao mesmo tempo ansiando pelo sujeito e puta com ele, e aí estão todos esses marinheiros com suas bundinhas enxutas dizendo a você que talvez não voltem da sua próxima viagem...

— Jesus — disse Rudy. — Nenhum deles está sendo mandado para uma Pearl Harbor.

— Mas é assim que lhe parece — reflete Esa — quando você está machucada.

True não tem a menor idéia de quanto custa um telefonema para Santiago, mas suas contas telefônicas comerciais subiram de forma astronômica e, depois de uma chamada, Isabelle, sempre de mau humor, fica tão embotada que nem mesmo Guy consegue sua atenção integral.

— Pelo menos você *teve* uma vida — dissera ela a True, poucas semanas antes. — Eu nunca vou ter uma. Me responda, quando você assiste ao Discovery Channel já viu alguma vez arqueólogos com mochilas de bebês? Não. Porque eles não têm bebês, ou então passam em casa o tempo suficiente para emprenhar a mulher e então voltam... à civilização. Digamos, à civilização inca. Os utensílios de alimentação de pessoas mortas significam mais para Douglas do que um jantar íntimo à luz de velas preparado por mim. Acha que ele realmente me deseja? Ao telefone, só é capaz de falar banalidades. Fica perturbado se eu chamo o que ele fala de banalidades.

Depois de uma dessas longas conversações transcontinentais, Esa entrou no quarto de dormir de True, jogou-se na cama e perguntou:

— Você acha que a masturbação pode causar tendinite?

— Consiga o Rabbit Pearl — True a aconselhou, lembrando-se do nome de um vibrador de que ouvira falar por uma colega de negócios. — As mulheres da Califórnia juram que é o máximo.

Nunca ocorrera a True realmente comprar uma dessas engenhocas, embora haja muita noite em que sua ânsia por alívio sexual é tão intensa quanto a garganta doída quando quer chorar até dormir e nem mesmo Patsy Cline ajuda. Mas Isabelle foi em frente e encomendou o vibrador, e agora True se vê apurando os ouvidos para escutar, através da parede que divide seu quarto de dormir e o de Isabelle, o ruído de zumbido de abelha que a faz saber se Esa está transando com Douglas, o Professor, de corpo ausente.

É Isabelle quem sugere que joguem dardos.

— Eu não quero — queixa-se Franny. — Dardo é coisa de bêbado.

Mas dardos, ao contrário de tênis e gamão, é o único jogo em que True consegue bater Franny, que é casual e confortavelmente atlética.

— Tudo bem. Já decidi. Vamos jogar dardos — diz ela alto demais. — É meu aniversário e eu mereço escolher os jogos.

Mas, antes de ir jogar, os três puxam debaixo da mesa o presente de True e, ao abri-lo, ela fica estarrecida.

É uma boneca True; e embora Franny seja uma fada com a agulha e Rudy possua uma imaginação genial, ela não é capaz de perceber como o conseguiram. A boneca veste *blue jeans*, tem uma mecha de cabelos louros presa atrás de uma orelha e traz numa das mãos uma minúscula nota de um bilhão de dólares e, na outra, uma cesta de pequeninos ursos de pelúcia e mamadeiras, uma referência à empresa de True. A boneca usa um suéter de algodão com um retrato de Guy do tamanho de um selo em *silk-screen* nas costas e, bordado, "Mamãe de Gui", em referência à pronúncia francesa correta (usada apenas em casa) do nome do seu filho, tão doce que leva True a tomar fôlego. Rudy desenhou o cartão. Diz "Você é nossa heroína!" e inclui uma caricatura de sua antiga chefe, uma mulher austeramente esguia e bonita, com mais de um metro e oitenta de altura e com uma personalidade compatível com seu tamanho, brandindo bonecas de fantasia como espadas de samurai, uma troça maldosa e certeira para cima de sua ex-empregadora.

— Gente, vocês — começa True, genuinamente comovida. — Como foi que...?

— Bem, nós não *fizemos* a boneca — diz Rudy. — Elizabeth nos cedeu um modelo... ela de certa forma participou disso, True, e você devia mandar-lhe um bilhetinho... acho que o modelo era um refugo. Acho que ia ser Chris Evert, até que Elizabeth percebeu que ninguém com menos de trinta e cinco anos lembra quem foi Chris Evert.

— Mas todo o resto dela — True suspira, aninhando a boneca, admirando seus detalhes.

— Foi Franny quem realmente idealizou — Rudy admite, com uma ponta de arrependimento.

— Mas você fez todo o trabalho, exceto a roupa — concede Franny, generosamente.

— E eu rodei por toda parte à procura de ursinhos de pelúcia em miniatura e outras coisinhas mais... — acrescenta Esa.

— Mas por que não um... frasco de perfume? — pergunta True.

Todos caem em silêncio.

Então eles notaram.

— Achamos que você precisava ser lembrada do que faz, do que fez, de onde andou e de que você é, oh, True, você é uma... nós fomos sinceros no cartão — diz Franny.

Os olhos de True ficam marejados.

— Não fique toda chorosa — Rudy protesta, lembrando a True que, bicha ou não, ele é afinal um homem.

— E que você é uma boa mãe — interpõe Esa. — Por mais que trabalhe duro e por mais que Guy a encha de culpa por cada encontro que tenha, você é a melhor mãe que conheço — o queixo de Isabelle se projeta para a frente. — Para ele... e para mim.

— Se querem que eu não caia no berreiro então é melhor pararem de dizer coisas assim — True recomenda a eles. Ela observa o caleidoscópio de simpatia e afeição nos olhos verdes de Franny. Ela e seu marido construtor, Steve, têm duas meninas, Angelique e MacClaine, mas mencionou de passagem que podem tentar juntar um dinheiro para adotar um menino. E todos eles sabem como True deseja um outro filho. Trançaram todas as partes da sua vida exceto esta que está faltando, e todos sabem disso. — Vocês se superaram. Vou guardar este tesouro por toda a vida.

— Chega de baboseira. Vamos jogar — diz Rudy com firmeza.

Todos compram seus três dardos por um dólar no bar e cada um deposita cinco dólares num copo limpo de plástico.

— Vamos ter que deixar True ganhar — resmunga Franny. — É o seu *aniversário*.

— Não, joguem como se suas vidas dependessem disso — diz True. — Eu vou ganhar de qualquer maneira. Estou na lista dos mais talentosos em dardos de bar. Vamos jogar críquete. O objetivo é mirar nos quinze e nos vinte...

— Não, vamos jogar Três-Zero-Um. É mais fácil — diz Rudy.

— Você precisa de papel para o Três-Zero-Um — diz True. — Para subtrair. E uma caralhada de dardos, a não ser que queira ficar correndo atrás deles o tempo todo.

— Não, não precisa — diz Rudy. — Só três de cada vez. Podem ser até os *mesmos* três. Minha querida True, você precisa sair mais um pouco.

— Diga isso aos meus clientes carentes e aos meus não menos carentes distribuidores — diz True, com uma careta.

— Vamos simplesmente jogar a porra dos dardos no alvo, um de cada vez, e quem acertar mais na mosca é o vencedor — diz Franny.

— E depois vamos comer? — pergunta Rudy, nervoso. — O tempo lá fora não está de brincadeira.

Todos olham pelas janelas de vidros rosados. Há uma espessa camada de neve. Rajadas se acumulam contra as rodas dos carros estacionados.

— Talvez eles sirvam café da manhã — continua Rudy, encolhendo os ombros.

— Depois do jogo — diz True, testando o pulso e alongando o arremesso Ela e Rudy geralmente jogam dardos no alvo que fizeram no seu escritório· O centro do alvo é Elizabeth Chilmark, sua antiga chefe, e em vez dos aros numerados tradicionais existem doze aros completando o círculo, cada um deles com uma foto colorida de uma das Heroínas de Elizabeth — Joana D'Arc, Cleópatra, Clara Barton —, as elegantes bonecas com roupas de época com as quais Elizabeth, que detesta crianças e é tão seca e agressiva que True tem certeza de que nunca teve uma boneca na vida, fez uma fortuna de czar.

Mas Franny ganha a primeira rodada, facilmente, e faz um pequeno *entrechet* no piso coberto de cascas de amendoim, erguendo o punho para o ar. Rudy e True empatam na segunda rodada, seus dardos com as pontas encostadas, dentro da mosca, por isso são obrigados a partir para uma quarta rodada, de medalhista, para as coisas ficarem justas.

— Vou jogar sério agora — avisa True.

Primeiro, ela desliza — na sua imaginação, "requebra" — até o bar para pegar outra caneca de vinho. Esta noite não foi tão ruim; no barômetro dos aniversários, merece uma nota sete num máximo de dez, as duas melhores tendo sido a noite em que viu o claro contorno do punho de Guy debaixo da pele esticada como tambor da sua barriga grávida, e a outra quando sua mãe trouxe para casa Posy, o filhote mestiço de *schnauzer* que viveu dezessete anos. Beba um pouco, beba muito, pensa ela; o mau tempo corrige os males da bebida. Num impulso, True compra uma garrafa inteira de um Merlot relativamente envelhecido e vê sua própria imagem no longo espelho da estante. Seus cabelos claros ficaram ondulados pela neve e sua pele de camponesa tremeluz com uma fita de cor rosada ao longo de cada osso da face, dádiva do calor e do vinho. Por ser um espelho velho, como água que se agita, seus lábios parecem curvados, cheios e vívidos, prestes a serem beijados. Ao menos o peso e o efeito da gravidade ainda não lhe chegaram ao rosto.

Quando ela rodopia e parte com a garrafa desarrolhada, uma voz de homem, uma voz suave, mas que de certa forma a alcança não sobre, mas sob o murmúrio da conversação por causa da intensidade e do anasalado sulista, diz:

— Topo a parada com você.

True não consegue ver a pessoa que falou. A voz parece ter vindo do seu lado, mas não há ninguém no bar exceto alguns casais se acariciando. Não sabe se quem falou estava falando com ela. Novamente, ela ouve:

— Topo a parada com você.

Ali. Ele está entre o bar e a parede, na pequena brecha onde os garçons esperam impacientemente com suas bandejas por seus pedidos de bebidas. Embora esteja a pelo menos dois metros de distância, e falando baixinho, consegue ouvi-lo.

Ela responde:

— O quê? — e então pensa: será que pisei no pé dele? Ele sabe quem eu sou? Está bêbado? Se está bêbado, o está belamente, sua postura lânguida tão relaxada, tão... aberta que seu ombro é um convite à cabeça dela. Seus cabelos negros espessos foram cortados rente. Fazendo uma escultura do seu crânio bem modelado, e seus olhos são do azul impecável das hortênsias de True, com pestanas grandes como capim queimado.

— Dardos? — diz ele. — Vi que você sabe jogar.

True procura Rudy e os outros e vê que todos os seus amigos a deixaram e estão brigando pela cesta de pão na mesa.

Bem, pensa True, sentando-se numa banqueta conveniente do bar para aquietar o tremor por entre as coxas. OK, OK, Isto não é um flerte; é uma amizade. O cara tem... provavelmente vinte e cinco anos. Talvez ela ou sua mãe conheçam a mãe dele.

— É de Chatham? — pergunta ela.

— Não — diz ele.

— Como o conheço, então?

— Acho que a gente não se conhece. Pensei apenas que gostaria de jogar dardos, porque não deixo ninguém aqui ganhar de mim.

Um veterano, pensa True. Marisqueiro durante o dia. É o que explica aqueles antebraços. Antebraços que não ousa olhar, pois receia que seus olhares se cruzem. Ela ri então, e é quando percebe que não aspirou ar há mais de um minuto. O homem lhe estende três dardos

— Por conta da casa. Eu conheço o dono... — e retira os seus, na parte de trás do bar, de uma caixa de veludo com estrelas bordadas.

— Não é justo — diz True. — Você tem os seus dardos, por isso deve ser um craque.

O Sinatra na *jukebox* diminuiu, tornou-se metálico e distante, e a conversação parece abafada. Há a sensação na sala de que algo vai acontecer, como quando uma multidão de dançarinos abre a roda para ceder os refletores a uma dupla cujo solo será um balé de amor e guerra.

— Vou ser gentil — diz ele.

— O que você joga?

— Três-Zero-Um, se estiver de acordo.

— Você precisa...

— Tenho papel — e mostra a ela um bloco de mesa de baralho.

O Três-Zero-Um começa com todos estes pontos, trezentos e um, conforme toda pessoa que já se entediou num bar sabe muito bem. É jogado com três dardos em cada arremesso e o jogador tenta atingir os círculos com os números mais elevados, os números do anel exterior no valor-base, o pequeno anel exterior o dobro, o pequeno anel interior o triplo. O pequeno anel ao redor da mosca vale vinte e cinco pontos e a mosca, o menor dos círculos internos, o prêmio máximo, vale cinqüenta. Fica arriscado quando se desce para quinze, depois dez, depois dois pontos, porque acertar um número maior do que o que se tem para subtrair equivale a se ferrar.

True acerta o anel externo da mosca, um triplo, e o anel interno com seus primeiros três dardos.

— Sorte de aniversariante! — diz ela.

— Parabéns — diz o homem a ela suavemente. — Grande data?

— Sim — diz True —, quarenta — tremendo por dentro diante do entusiasmo e da facilidade da mentira.

— Hmmm — diz o homem —, eu teria adivinhado...

— O quê?

— Ora, provavelmente quarenta — diz ele. Acerta duplos em todos os três, portanto ela está ainda à sua frente na caminhada até o zero.

— Sou eu de novo? — pergunta True, pensando, eu menti, bem, menti e daí... Nunca vou ver este homem de novo na vida. — Vou tentar terminar rapidamente. Meus amigos estão famintos, ali adiante...

— Vamos, então — ele sugere. — Não quero ver pessoas famintas.

Recomeçam. Mas o braço de True parece pesar tanto quanto sua perna. Seu primeiro arremesso sequer toca no alvo e cai no chão com um baque surdo. Um aceno de cabeça do homem lhe concede uma outra chance. Seu segundo arremesso cai no anel exterior. Juntando forças, ela mira lentamente, como um golfista antes de uma tacada num *putt*. Anel duplo. E então outra mosca. Ela extrai seus dardos e eles totalizam seus pontos.

Ainda está vencendo. Dando um pulinho na mesa para apanhar sua taça, dá uma piscada para Isabelle, que ergue os polegares. E então ela observa o jovem acertar três diretos. Chegou a trinta. Chegou a dez. Cada uma das plumas de verdade dos seus dardos feitos por encomenda tremula, como a ponta da lança de um guerreiro. Ele vai liquidá-la. Ela se sente como uma criança que acabou de sentar no colo de Papai Noel e depois o apanhou fumando numa viela atrás do *shopping*.

— Por que não jogou assim de saída? — pergunta True, mordida.

— Não a teria impressionado tanto.

— OK, agora estou impressionada. Boa noite. Obrigada pela partida.

— Mas você ainda tem uma chance...

— Não creio que vá aceitá-la.

— Ora, vamos lá. Eu a vi antes. Coloque aquele olhar no seu rosto. Seja o dardo.

True faz isto. Seus dardos voam... não pode pensar em outra definição, realmente. Anéis exteriores. Ela empatou com ele em dez. O jovem arremessa em seguida. Seus dois primeiros arremessos são de mestre. Ele cai para dois. O último é mal direcionado por tão pouco que deixa True desconfiada. Quase não se dando o trabalho de mirar, ela crava os seus dez. Ganhou.

— Você ganhou — diz ele.

— Você deixou que eu ganhasse — ela faz um beicinho.

— Juro pela alma da minha mãe que não a deixei ganhar.

— Aposto que sua mãe nem está morta — replica True, pensando, ora, *eis aqui* um modo de impressionar um novo conhecido.

— Não, está viva e muito bem com o meu velho em Metairie, Luisiana, mas eu juraria pelo seu... por sua querida cabeça que errei a última jogada e você ganhou, limpo e justo.

True finalmente suspira.

— Tudo bem, eu desisto. Acho que ainda tenho a minha vista.

— O que vai querer? — pergunta o homem.

— Estamos tomando vinho. Temos uma garrafa.

— Não, para o jantar. Recomendo muito o lagostim *etouffé*. Não é um clichê. Adaptado da receita *créole* da vovó. Uma das muitas receitas.

— *Cajun* ou *creóle*? — ela nunca ouviu comida descrita como "clichê".

— Conhece a diferença? — pergunta ele, deliciado. — A maioria das pessoas acha que são a mesma coisa. Mas eu pratico as duas. Minha avó nasceu no Haiti. Bem, isso não é verdade. Ela cresceu no Haiti. Mudaram-se para cá quando tinha doze anos. Mas ela aprendeu da sua avó e esta da sua avó... você compreende.

— Você... é o cozinheiro?

— Sou o cozinheiro.

— Então por que não está cozinhando?

— Não sou o *único* cozinheiro. E não o tempo todo. E é tarde. Quase todo mundo já foi para casa, como pode ver.

De fato, todas as mesas, excetuando três, estão vazias, as velas vermelhas festivas derretidas até o toco.

— Quer dizer que seu aniversário é mesmo no dia de São Valentim? — ele olha direta e abertamente para o rosto de True.

— É mesmo. É um pouco chato. Não como as crianças que nasceram no dia de Natal. Meu filho nasceu no dia de São Patrício.

— Um tema familiar.

— Como assim? — pergunta True, intrigada. — Quer dizer feriados?

— Santos — diz o homem.

— Oh, claro, com certeza. Ele vai fazer dez anos.

— Então você esperou até os trinta.

É uma conversa peculiar. Os homens geralmente não lhe perguntam que idade tinha quando estava grávida.

— Ahhh, certo, trinta. Embora tivéssemos casado quando... logo depois da universidade. Meu marido não... não ficava muito tempo em casa. Não tínhamos dinheiro. Esperamos. Fez o serviço militar, instrutor de vôo na Marinha, depois tirou seu brevê de piloto.

— Ele é piloto?

— Ele morreu.

Isto nunca deixa de provocar alguma reação.

Os olhos do jovem se arregalaram e se iluminaram com uma tristeza não fingida.

— Teve um acidente de avião?

— Não. Foi atropelado por um carro.

— Parece ironia.

— É o que dizem.

— Duro para seu filho. Só tem um?

— Só um.

— Eu nasci em outubro — diz o jovem, recolhendo seus dardos, polindo-os suavemente na manga de flanela. — Escorpião. Minha avó lê as cartas do Tarô. Disse que as cartas do meu nascimento previam um homem dos sete instrumentos.

Chega de você, minha senhora, True o imagina pensando, vamos voltar a mim.

— Mas em vez disso é um homem de um só instrumento. Um *chef*.

— *Chef*, carpinteiro, instrutor de montanhismo, um ano de faculdade de Direito. Minha cadeira principal na universidade foi dança. E tentei me profissionalizar na dança... o que você faz?

— Dirijo meu próprio negócio — diz True. — Tenho uma empresa de catálogo.

— Como a Orvis? Candidatei-me certa vez para lecionar em sua escola de pesca com iscas artificiais...

Homem dos sete instrumentos e exibicionista em tempo integral, pensa True.

— Não é grilado pelo perfeccionismo, hein? — pergunta ela, virando-se para partir. — Não, meu ramo é bem diferente do da Orvis.

— Como?

— Vendo presentes para bebês. Não uma só vez. É um serviço. O bebê recebe um presente, tudo feito a mão, uma vez por mês durante o primeiro ano de sua vida. E a vovó ou titia tem a satisfação de saber que chega todo mês, e ela recebe o crédito, com apenas uma compra.

— Só vovós?

— Não, melhores amigas, madrinhas. Irmãs. Qualquer pessoa com um cartão de crédito.

— Encomendam pela internet?

— Ou pelo número 0800.

— Como se chama?

— Doze Vezes Abençoada.

— Isso é bonito.

— Obrigada.

— Combina. Um bebê é uma bênção e os presentes são uma bênção.

— É assim que pensamos. Tentamos um milhão de nomes... ora, não está interessado nisso.

— Sim, estou — sorri e se aproxima, instando-a a falar mais.

— Bem, pensamos em Baby Business, mas soava... bem, como movimentos intestinais, e Uma Vez Por Mês — True sente o rosto inflamar-se com um calor que se irradia —, mas minha melhor amiga disse que *aquilo* lembrava, você sabe...

— A chegada da menstruação.

— Certo — True continua rapidamente, achando esta uma das conversas mais esquisitas que já teve com um estranho. — E Pensamos em Dádiva da Estação, que soava para todos nós como aqueles *grapefruits* em caixotes de Harry & David. Ficamos frustrados.

Ela se lembra das longas noites no pequenino chalé sem ar condicionado onde morava na época, poucos meses depois que a polícia viera à sua porta e lhe contara o que acontecera quando Pete parou no acostamento a caminho de casa depois de uma viagem de rotina à ilha.

— Então, acho que foi Rudy, ele simplesmente disse "é uma bênção". E soubemos na hora que era aquilo. Você sabe quando encontrou o que procura.

— Com certeza — disse o jovem com um tom inusitado. — Mas você só tem um filho.

— Não planejei assim.

— Pretendo ter filhos um dia. Adoro estar cercado de crianças.

— Vai ser difícil com toda aquela cozinha, e dança e escalada de montanhas.

— Você vai fundo. Admito que seria preciso sossegar um pouco. E amadurecer também. Mas sossegar neste lugar, aqui, é o primeiro passo. Acho que em algumas coisas eu vou ser constante.

— Espero que o seja com o nosso jantar.

— Mas é claro. Certamente com isto. Tom fará o melhor que puder.

True nota Franny fazendo sinais. Estão todos sussurrando, rindo, achando que ela está assediando o sujeito.

— Bem, esperamos...

— É bom vencer, não é?

— Vencer?

— Vencer. Dardos. Qualquer coisa. É bom ser aquele que ousa, que expulsa do parque, que salta a cerca mais alta. Você sente isso com todo o seu corpo. Até a ponta dos dedos. Como você sente... bem, como sente um orgasmo. Você é assim, não é?

Sim, pensa True. Gosto de vencer. E enquanto pensa nisso, o jovem cujas mãos tocarão a comida que em breve ela estará comendo estende a mão e segura seu ombro por um instante. Ela respira fundo e sente o seu cheiro, um cheiro que lembra uma árvore de Natal que acabou de ser cortada, como se antes da fumaça de algarobeira e da pimenta, do suor e do óleo de cozinha acumulados em sua roupa, ele tivesse sido lavado e posto para secar no varal. E então, com um toque de borboleta que ela está quase certa de ter imaginado, coloca o polegar sobre o seio dela, não sem impropriedade mas com uma intimidade cirúrgica, como se para medir a batida do seu coração.

A TEMPESTADE É para valer e True sente o lagostim, que descera como a inalação de um perfume, acocorar-se agora no seu estômago como uma rã gigante. O vento arranca-lhe o cachecol do pescoço e ela o vê voar, serpenteante, até uma moita de alfarrobas do outro lado da estrada. True sempre sai apressada de casa e desprevenida — o tempo do Cabo é geralmente inconstante e clemente —, sem luvas ou às vezes sem um casaco. Esta noite, em nome da moda, ela vestiu um casaco-suéter de lã negra longo e pesado. Agora parece uma porta de tela, cada ponto de costura uma janela para o ar cortante que veio lá do Canadá para lembrar aos humanos a sua força.

Todas as suas despedidas foram apressadas, quase em pânico. True não está bêbada; sente-se feliz por isso. Franny, com quase um metro e oitenta, agüenta a bebida tão bem quanto um estivador. Rudy poderia ir a pé para casa, embora ninguém enxergue mais de metro e meio à frente por causa da nevasca; ele provavelmente se perderia e morreria de exposição ao frio. A pequena *van* de Rudy arriada de catálogos, no entanto. Mas ele vai chegar lá. Ela e Isabelle é que têm um caminho longo e sinuoso a percorrer, voltando pela Estrada do Cabo até a Rodovia 28, antes de chegarem em segurança na grande casa branca onde ela sabe que sua mãe está fingindo um miniderrame. Espera que Guy esteja ferrado no sono. Como todas as crianças semi-órfãs, Guy gosta de se preocupar. Preocupa-se com seus boletins, seu arremesso no basquete, sua voz fina, suas pernas curtas. Mas, especialmente, preocupa-se com sua mãe.

Por isso, elas vão devagar. Os faróis são suficientes apenas para o metro e meio diante do carro. True estica o braço e desliga o rádio. Tempestades como esta exigem silêncio. Elas deixam as pessoas em Vermont e Connecticut, e até mesmo em Boston, incrédulas. Só atingem o Cabo, mas quando o fazem, o esmurram na boca com o melhor cruzado de direita que a Mãe Natureza é capaz de acertar. True vê a placa da Rodovia 28.

Tudo vai bem. Elas estão, numa velocidade normal, a quinze minutos de casa.

— Ele era muito atraente — diz Isabelle.

— O sujeito no restaurante, o cozinheiro — concorda True.

— Acho que devia sair com ele — continua Isabelle.

— Tudo bem — diz True, do jeito como responde a Guy quando pergunta se podem comprar um ultraleve ou um *scooter* submarino.

— Falo sério; devia sair com ele.

— Ora, Esa, eu podia adotá-lo. Ele tem a sua idade.

— Não, é mais velho. Eu sei. Talvez não tão velho como você, mas mais velho.

— E é atraente demais, Esa. Provavelmente é *gay*.

— Rudy disse que não. E o seu "gaydar" é infalível.

— Bem, que tal pensarmos nisso depois de sobrevivermos a esta viagem? — pergunta True.

Mal acabou de falar, o carro parece ganhar asas, seu sólido volume deslizando numa delicada camada de gelo numa curva. True não vacila, ela gira lentamente na direção da derrapagem mas já passaram do ponto zero, caindo de cabeça num aqueduto e sentindo o baque estonteante do impacto, quando elas cortam um capão retorcido de amieiros e salgueiros. Elas se chocam tão lentamente que os *airbags* não são acionados, mas seus torsos balançam, seus pescoços se curvam com uma dor lancinante, como os elásticos super-heróis de Guy, mais do que deviam.

Ficam sentadas olhando para a frente, como bonecas, atordoadas e imobilizadas pelo impacto de toneladas de metal inerte pressionado através de crostas de neve congelada. Árvores, árvores de verdade, não apenas arbustos, ao seu redor, foram quebradas como palitos de fósforo.

— Você está bem? — pergunta Isabelle finalmente.

True está... bem. Bateu com a boca no volante e pode sentir o gosto de sangue no inchaço imediato do lábio que parece um travesseiro. Não consegue ver uma casa, nem uma luz, mas como nada em Cape Cod está muito longe, devem estar à distância de uns poucos passos de algum lugar. Seu primeiro impulso é abaixar a janela, mas as janelas estão escoradas por neve sólida. Devem ter descaído para perto da margem do pântano. True sente um arrepio na espinha. Estariam perto da própria crosta do pântano?

— Pensei em abrir a janela e afastar a neve, para que pudéssemos cavar e sair daqui, mas receio que a neve entre no carro e a gente perca todo o calor que temos aqui — diz a Esa. — Mas não tenha medo.

— Não estou com medo. Por que não chamamos um caminhão-reboque?

— É por isso que adoro você — responde True, puxando seu pequeno e carregado Star-Tac. Disca o número de seu socorro. Sem serviço, o pequeno monitor verde informa pesarosamente. Tudo bem. Tenta de novo. Disca Rudy. Deve estar em casa agora. Sem serviço. Esa puxa o celular. Disca 411.

— Consegui! Está tocando!

True pode ouvir apenas o que diz Isabelle.

— Qualquer companhia de reboque... sim... bem, então me transfira para eles... Pensei que vocês todos estivessem interligados, não estão? Sim... bem, estamos realmente atoladas aqui... Você poderia... ela desligou.

Esa se revira no assento para mostrar a True seu rosto desolado de criança.

— A piranha desligou. Me mandou ligar para o 911.

True espera.

— Não consigo ligar para o nove-um-um — diz Esa. As duas passam os dois minutos seguintes tentando bravamente discar qualquer número que lhes vem à cabeça — o de True, o do restaurante, o de Danny's Galley, o Chocolate Swan, o corpo de bombeiros de Chatham, Dennis e Brewstwer, a Igreja Unitária, St. Thomas More, o irmão de True, a mãe de Isabelle — que mora em Kentucky — e os ex-namorados de Isabelle, Karl e Manny. Então param, achando melhor conservar a bateria. O telefone de True está queimando na mão.

— Deve ser o sinal bloqueado pela neve, a neve em que estamos e a neve em que... estamos — True finalmente admite. O interior do carro ainda está quente, mas existe um cheiro pungente e reconfortante que a faz lembrar das manhãs de sábado no verão, suas lembranças mais remotas e quase únicas do pai, o ritual da viagem ao posto de gasolina — nos dias anteriores aos cintos de segurança e de qualquer tipo de segurança, True empoleirada no colo do pai, as pequeninas mãos no volante da grande perua Chevrolet. — Devíamos desligar o carro — ela diz a Isabelle. — Não é o que dizem quando você está entalada? Nós estamos... — True não quer assustar Isabelle — bastante bloqueadas aqui. Poderíamos asfixiar.

— E se não pudermos ligá-lo de novo?

— É um Volvo.

— Bem, e se não pudermos ligá-lo de novo, mesmo que *seja um Volvo.* Vão nos encontrar aqui na primavera.

— Essa não cola. Você sabe que esta coisa vai se derreter daqui a dois dias no máximo.

— Dois dias? Dias? Vamos estar mortas, True Dickinson. Não paramos para a morte. Ela gentilmente nos parou por conta própria.

— Não seja melodramática, Esa. Alguém vai aparecer num minuto.

E, no entanto, ninguém aparece.

Pessoas prudentes estão há muito tempo em casa.

— Minha mãe logo vai chamar os tiras. Eu nunca fico fora tão tarde.

Enquanto ela fala, vêem luzes e as duas começam a gritar e a acenar, True apoiada na buzina, enquanto um caminhão passa revolvendo a neve, parece diminuir a marcha, e então segue em frente lentamente. "Por que estávamos gritando?", True se pergunta em voz alta. "Não podem nos ouvir. Não podem nem nos ver. Estamos a uns cinco metros abaixo da estrada." Como que obedecendo a uma ordem, silenciosa e premente como um apito de cão, as duas apanham de novo o celular. O de True ainda está sem serviço. O de Esa funciona, mas ela nada pode ouvir além de estática. True liga o rádio. Chiando e estalando, uma voz com autoridade — nenhum disc-jóquei — anuncia ventos acima dos cem quilômetros por hora em Nauset Light.

— Acho que é hora de tentarmos sair daqui de qualquer maneira — diz True.

Devido à inclinação do carro, a neve é menos profunda do lado de True. Mas do lado do passageiro está enterrada até o teto. True junta todas as suas forças e empurra a porta. Ela se mexe, não mais do que cinco milímetros.

O carro faz o mesmo. Ele desce lentamente. O lado de Isabelle ficou mais abaixo.

— Estamos deslizando! — grita True. — Acho que podíamos afundar em alguma coisa.

Esa está do lado dela num instante. Dão-se as mãos. O amor e a proteção de True por Esa é como um golpe no seu esterno. Se pelo menos não tivessem vindo juntas no mesmo carro. Se pelo menos Esa estivesse em casa agora, com Guy, e a salvo. Ali adiante... ela pode ver luzes de novo. O mesmo caminhão? Alguém está à procura delas. Ela aperta a buzina, que bale como um cordeiro recém-nascido debaixo da massa de neve. Isabelle liga o rádio. Ouvem The Zombies, com o velho sucesso *She's Not There*. Cantam junto, a plenos pulmões, True fazendo o fundo.

— Preciso fazer pipi — diz Isabelle.

— Então faça — responde True. — Dizem que você deve beber sua própria urina se está perdida.

— Tem uma garrafa de Doctor Pepper Diet no banco traseiro.

— Está vazia. É de Guy. Eu lhe digo para não beber Diet, mas ele acha que está gordo.

— Ele não é gordo. É perfeito. É como um pequeno hidrante. Guy vai ficar bem, não? Depois que nos acharem na primavera?

— Não vai demorar até a primavera. Talvez nos encontrem na... quarta-feira. Minha mãe vai viver para sempre. E tem Dog. Meu irmão o encaixaria entre as meninas como se sempre tivesse estado ali. Guy vai ficar bem. Será provavelmente um gênio. Todos os gênios têm infância atormentada.

Ela pensa em sua mãe, a ianque perfeita, nas calças macias de feltro com cintura elástica que possui em cada cor; magra mas resistente como um macaco, arrastando-se sobre as caixas de estoque no celeiro para alcançar as que estão nos fundos.

— Já que vamos morrer, eu devia lhe contar que vamos nos casar — diz Esa.

— Oh, querida — diz True, puxando Esa contra o ombro com tanta ternura como se fosse um bebê a amamentar. — Isto é maravilhoso! Quando?

— Quando ele voltar. Abril.

— Oh, e onde?

— Não sei.

— A Unitarian Meeting House é uma beleza e Saint Thomas More também...

Rajadas glaciais e lascas afiadas de neve atravessam a minúscula fresta que True abriu e agora não consegue fechar, e ela está pensando, como um debilóide no seu leito de morte planejando ser preservado criogenicamente para conhecer seus bisnetos, que as hortênsias estarão florescendo quando Esa a deixar, quando ela pegar seu roupão chinês e seus frascos de brilho labial framboesa e seus chapéus dos anos 40 e seu espelho com moldura de conchas e pérolas em plástico que elas colaram juntas, e for embora. Lágrimas brotam nos olhos de True. Precisa concentrar toda a sua vontade no momento. Seu bumbum congelou. Ela invoca pensamentos quentes. Chuveiros quentes, meias grossas secas, alho moído com espinafre, moca em dose dupla, seu edredão.

— Somos ateus — Esa lembra a ela.

— Não importa.

— Não, ele nunca entraria nessa.

— E quanto à casa de sua mãe?

— Epa! — Isabelle ri com desdém. — Minha mãe e Harley Hob dificilmente vão bancar um casório de primavera no bar de beira de estrada.

A mãe de Isabelle, que ela vê raramente, é o que a mãe de True chamaria "da pesada".

— Minha casa, então!

— Oh, eu esperava que sim! Você pode conceder a noiva!

— Mas eu não quero concedê-la.

Ficam sentadas em silêncio durante um momento longo e penosamente frio. True sente uma irresistível vontade de dormir. Pensa no poema de sua ancestral de Amherst, primeiro choque, depois estupor, depois o abandono... Isabelle inclina-se e beija True, breve e ternamente, nos lábios.

— Se eu fosse *gay* ou coisa parecida, ou uma solteirona convicta, ficaria na sua casa, True. Gosto muito de você. Mas preciso ter uma vida...

— Nunca lhe pediria...

— Eu sei, mas me faz mal deixá-la. Deixar você e Guy. Quem cuidará de vocês? Quem vai encontrar suas chaves e lhe dizer que o *blush* não foi bem espalhado para que não saia de casa parecendo uma turista alemã?

— Você não é minha mãe, Esa.

— Mas você é a minha — diz Isabelle. As duas estão chorando agora. Isabelle enfia a cabeça debaixo do queixo de True, como Guy faz quando se enfia na cama à noite. Guy, ela pensa, meu bebê, meu menino.

Pete se foi. Pete era um rapaz tão bonito que True não pôde evitar casar-se com ele numa de suas folgas. Ela pensou que ele morreria no Golfo Pérsico, ou coisa parecida. Tiveram dez anos de casamento, durante os quais Pete voava seis dias por semana e jogava *softball* em três times. Quem havia sido Pete? Todos os parentes dele moram em Montana. Mandam para Guy botas de caubói em tamanhos ascendentes cada Natal. Ele foi visitá-los uma vez e voltou com histórias fantásticas de caminhadas na montanha e cestos de pescador cheios de trutas, o príncipe dos peixes. E tem Dog, seu querido irmão que as crianças chamavam de Augie Doggie, ele tem suas filhas e as meninas fazem de tudo, de ginástica a matemática Kundai. É tão ativo. Ocupa tanto espaço. Nunca será um pai substituto bom o bastante para Guy. Se ela não se encontrasse nestas dificuldades, correria para seu advogado e transferiria a guarda de Guy do seu irmão para Esa. É Esa quem Guy conhece melhor e ela evoluiu muito da sua adolescência de cabelos alaranjados e em breve vai se casar. Mas Esa em breve também será um picolé. Nem Isabelle nem True têm de dizer uma à outra que a situação está piorando.

True não consegue mais sentir os dedos dos pés.

— Tem um cobertor no porta-malas? — pergunta Isabelle. — Porque podemos arriar o banco traseiro...

— Não — diz True. — Tenho cabos de *bungee*. E cadeiras de gramado. Mas nenhum cobertor. Nunca estou preparada.

Nem Isabelle nem True dizem mais nada. Primeiro Isabelle, depois True, adormecem. O relógio na Igreja Batista de Chatham bate a meia-noite.

É UM GALHO, uma corda com algo, um laço... batendo contra a janela.

— Cale-se! — resmunga True. — Guy, cale-se agora. Deixe a mamãe dormir.

— Agüentem aí! — diz uma voz de algum lugar acima delas. — Vou tentar abrir a porta primeiro, para que possam sair e subir até aqui. Aí vamos amarrar a corrente no caminhão! Amarrem a corda na porta!

True estende o braço, prendendo a mão na fresta. O mecanismo da fechadura arranha fundo o seu braço e ela vê o sangue crispar-se em pequenos cristais gelados na margem da ferida. Seus dedos imóveis como luvas sem dedos, ela usa uma das mãos como uma espátula para moldar seus dedos endurecidos ao redor da corda — vê um homem com uma manta grossa amarela jogada sobre uma parca, tudo exceto seu maxilar enfiado debaixo de um gorro preto em tricô.

— Vamos! — ele grita. — Não posso descer aí! Vamos acabar afundando juntos.

— OK, OK! — ela grita.

Ele puxa a corda, como se para chamar a atenção dela, mas a corda escorrega das suas mãos. True tenta contorcer-se no piso do carro para alcançar a corda onde ela está caída na neve, mas não consegue se encaixar entre o banco e o volante. Ela tateia à procura do botão que aciona a janela, mas... o carro está desligado.

— Esa — ela arqueja —, ligue o carro.

Mas não há resposta. True gira ela mesma a chave de ignição, seu braço dobrado num ângulo dilacerante. O movimento restaura a circulação sanguínea e ela sente uma dor lancinante nos dedos. Ela agarra a corda e faz um nó desajeitado na maçaneta da porta, uma volta de fiel de marinheiro. Quem sabe se vai agüentar? Ouvem-se um guincho e um ganido de rodas sobre a neve na estrada mais acima, e quando o caminhão puxa a porta se abre com um grunhido e True cai de rosto porta afora sobre a neve. Levanta-se às apalpadelas, afundada até os quadris na neve, e o homem começa a puxá-la enquanto ela se debate tentando subir, apoiando-se nas mãos e nos joelhos, então sobre os joelhos e finalmente sobre os pés. Quando finalmente vê seu rosto, e vê que é ele, o cozinheiro, o homem com seus próprios dardos, ela não se surpreende. Arqueja:

— Minha amiga está lá embaixo naquele carro!

Ao seu sinal, True sobe na cabina e aciona o motor do caminhão. Ele afundou de novo na neve, descendo, a corda amarrada ao pára-choque e ao redor da sua cintura. Calor, abençoado, redentor, sopra dos respiradouros. True nunca se sentiu mais vulnerável fisicamente. O homem está puxando Esa encosta acima; o sapato dela caiu. Ele a ergue até a cabina do caminhão.

— Esa! — grita True. — Estamos bem agora! Acorde!

Os lábios de Isabelle estão do mais pálido violeta.

— Esa! — grita True de novo.

— Chegue um pouco para lá — diz o jovem. — Vamos para o hospital.

— ELA ESTÁ REPOUSANDO — diz a médica, uma jovem de cabelos castanho-avermelhados. — Nós a colocamos debaixo de cobertores de aquecimento e estamos administrando soro. Ela é jovem e forte... e não acredito que fique com seqüelas por causa das ulcerações pelo frio, a não ser que passe a sentir os efeitos do tempo como uma velha senhora quando esfriar!

A médica ri; ri de verdade, manuseando o estetoscópio.

— Noite horrenda — diz ela, olhando para o negrume além das portas de vidro.

— Ulcerações pelo frio? Ela vai ficar boa mesmo? — pergunta True. — Será que ela vai morrer?

— Não, mas vocês duas tiveram muita sorte — diz a médica severamente. Os médicos sempre parecem fazer isso, pensa True subitamente, comportam-se como se o que lhe aconteceu fosse por sua própria culpa. São como pais rígidos, os médicos. Como sua mãe. — Vou lhe dar uma folha de instruções sobre como cuidar dos seus pontos e você devia marcar uma consulta com seu próprio médico para retirá-los... aquela parte do seu braço... em cerca de uma semana. É o seu braço esquerdo, portanto, se é destra, tente não forçá-lo. E agora é melhor ir para casa antes que tenhamos de aplicar uma intravenosa em você...

— Não, vou ficar até Esa acordar — diz True, virando-se para o seu salvador. — Pode ir para casa agora. Precisa ir. Peço desculpas por tê-lo retido por tanto tempo. Não tenho como agradecer devidamente...

— Tenho de esperar para ver se ela ia ficar bem, não é?

True pára e olha este jovem, a sujeira ressecada e a lama em suas calças brancas, o rasgão na manga do que parece ser uma parca relativamente nova. Este homem não é apenas o bom samaritano, mas também... simplesmente bom? Terá encontrado tão poucos — sua cabeça quase tropeça no termo antiquado — cavalheiros nos últimos tempos que deve sufocar a vergonhosa ânsia de lhe oferecer uma gorjeta?

— Bem, você não precisava, não — responde True —, mas eu teria, e estou feliz que o tenha feito.

Ela pensa nos dois tropeçando pela porta, Esa branca e imóvel como um anjo de mármore nos braços de Hank, atravessando as portas de vaivém para a sala de emergência, a maca sobre rodas, o choque ao ser impedida de acompanhar Esa por não ser, de fato, parente próxima. Parece anos atrás. Foi certamente algumas horas atrás. Uma fímbria aquosa amarelada de aurora sublinha o céu que empalidece.

— E se eu for embora, como você vai voltar para casa? — pergunta a ela.

— Vou esperar até amanhecer e chamar Rudy.

— Não seja boba — diz Hank. — Não moro longe de você. Nada em Chatham fica a mais de dez minutos de distância. E você mora na casa grande perto do farol. Sei onde mora. Levo você de carro.

Ele se afasta e volta com uns cobertores pequenos e macios de hospital.

— Olhe aqui, pode se enrolar nestes, debaixo do meu cobertor grande.

Quando deslizam juntos para dentro do caminhão e o calor começa a descongelar seus dedos dos pés úmidos e latejantes, True começa a chorar e soluça durante todo o trajeto, de dor e alívio, balbuciando, batendo os dentes, cada músculo em suas pernas e no peito um tremor fora de sincronia, apesar da manta áspera, com forte cheiro de cachorro, que Hank enrolou no seu casaco-suéter encharcado com os cobertores do hospital enfiados nele, para que o frio intenso ficasse distante de sua pele.

Pelo resto da vida ela vai lembrar a luz oblonga da sua porta projetada sobre a neve enquanto cambaleavam subindo o caminho de entrada. Eram então quatro horas da madrugada e as primeiras andorinhas-do-mar e talha-mares negros começavam a levantar vôo, seus gritos solitários, duas, depois quatro erguendo-se da praia. Sua mãe, seu rosto querido e irritado tomado de angústia, os conduziu para dentro — True captou seu olhar chocado quando a neve se derreteu formando poças no assoalho encerado do vestíbulo — e Guy desceu correndo as escadas, suas cuecas minúsculas com listras de tigre abertas, suas bolas graúdas e desajeitadas e seu pênis de menino do tamanho de uma azeitona bem à vista, e atirou-se sobre ela. True se agarrou ao corpo pequeno e pesadão num abraço que parecia uma prece. Então subiu as escadas com Guy enquanto se secava e vestia o roupão velho e imenso de Peter. A vaidade não se curvava nem mesmo à catástrofe e ela parou para enrolar os cabelos numa toalha branca — tendo lido em algum lugar que todas as mulheres ficam bonitas com os cabelos em turbantes de toalha — e para limpar o rímel do rosto. Uma manobra inútil, de qualquer maneira. Seu lábio tinha inchado como uma rosca e seu pescoço e as faces estavam cobertos de sangue coagulado e vergões.

Mas quando desceram, True num roupão seco e Guy num pijama decente, ele tinha ido embora.

QUANDO TRUE CHEGA de volta ao hospital na manhã seguinte, o homem chamado Hank já está lá. Cada vez mais curioso.

Naquele dia ela telefonara para o restaurante, Aquele Lugar, para encontrá-lo e agradecer-lhe, e só então ficou sabendo o seu nome, Bannister, e soube também que não era apenas o cozinheiro, mas o proprietário. Não é ele quem lhe diz isso, mas uma mulher que atende, e True se envergonha de tê-lo achado presunçoso. Machucada e inchada, dolorida demais para aplicar sequer o hidratante, True quase não entra no quarto quando vê Esa dormindo e Hank sentado confortavelmente numa cadeira, lendo um número antigo da *People*.

Mas ele ergue os olhos antes que ela possa escapar.

— Uau, Tom e Nicole ainda estavam jurando pela Bíblia que faziam sexo ardente duas vezes por dia quando isto foi escrito. Sempre fui mais um fã da Nicole, você não? — Ele sorri. — Poxa, você está mesmo com pinta de quem entrou numa fria — e sorri com tanta facilidade que True só pode aceitar isto como fato, não como insulto. Isabelle continua dormindo. Como está adormecida, é lógico que ele não está aqui só para ver Isabelle. Está aqui para ver True.

— Bem, você certamente poderia definir assim — responde True, pensando naquela corrida cheia de derrapadas na escuridão até o Hospital Geral de

Cape Cod, em Hyannis, enquanto o rosto de cera de Esa oscila entre os dois na cabina do caminhão.

— Você — True sussurra subitamente, outra fatia daquela escuridão gelada servida a ela pela memória. — Você estava no caminhão, naquele que vimos passar.

— Fechei depois que vocês saíram — explica Hank —, e vocês estavam indo tão lentamente que vi quando caíram na vala. Tive de achar um lugar para fazer o retorno, o que demorou um pouco. E então não consegui encontrá-las. Achei que tinham se safado numa boa. Parti para casa. Mas tive um palpite. Deve ser meu sangue *créole. Maman*, minha avó, chama isso de "ver o sangue". Eu já estava quase em Chatham...

— Achei que disse que não era de Chatham — interrompe True, constrangida em seu suéter de malha de lã de Harvard e o *legging* de lã justo demais.

— Não sou de Chatham — diz Hank lentamente. — Sou de Metairie. Mas moro em Chatham...

— Seu restaurante fica em Truro.

— Eu não tinha dinheiro para morar em Truro e, de qualquer maneira, é muito chato. Tenho uma casa em Bobby Lane.

— Fica a seis quarteirões de nós — diz True. — Não sei como fazer isso. Preciso encontrar um jeito de lhe agradecer.

— Não é preciso agradecer, senhora — diz ele, e True estremece diante do tratamento cerimonioso. — Eu me sinto bem. Sinto-me como um paramédico.

Hank encolhe os ombros na sua jaqueta de couro preta, acena para que ela se sente na cadeira que ele vagou e, com uma olhada para Isabelle, vai embora. Tentando conter divagações sobre se vai ou não vê-lo de novo, True examina o prontuário de Isabelle, notando que apenas um dedo pode ficar permanentemente lesado, com os nervos amortecidos pela ulceração do frio, embora a temperatura do corpo de Isabelle tivesse caído abaixo dos trinta e dois graus. Mas ela também não pode se impedir de voltar a passear os olhos pelo corpo de Hank, um corpo de caubói, e o azul translúcido dos seus olhos que, como os olhos de um bebê, nunca parecem piscar.

No terceiro dia da hospitalização de Isabelle, ela o encontra lá de novo.

— Fico feliz que tenha vindo. Fico tão feliz de dizer-lhe pessoalmente como você foi... quero dizer, como estamos agradecidos. Você foi um vizinho tão bom — diz True, e ambos sorriem olhando para a cama de Isabelle. Ela lhe deu o maior cumprimento que um natural da Nova Inglaterra pode dar, mas soa efusivo até aos seus ouvidos. — Devíamos fazer alguma coisa por você. Retribuir-lhe de alguma forma. Além dos nossos agradecimentos, que serão eternos. E claro que vamos recomendar seu restaurante a todo mundo que conhecemos.

— Não é necessário.

O som das vozes acorda Isabelle e True e Hank se iluminam como pais de um recém-nascido.

— Tem algum filho? — pergunta Isabelle. — True dirige o mais incrível negócio para bebês do mundo.

— Sei disso. Mas nada feito. Não tenho bebês — diz Hank. — Minha irmã está esperando um. O número três.

— Bem, pode contar com um certificado completo da Doze Vezes Abençoada para esta criança — diz True. — E isso é tão pouco. Você salvou nossas vidas, na verdade.

— Que tal uma cerveja? — pergunta Isabelle, sentando-se na cama.

— Agora? — pergunta Hank. — Deixam você tomar cerveja aqui?

— Talvez você devesse descansar — True lembra a Isabelle, achando que quem fala é o sedativo.

— Não quis dizer agora — completa Isabelle. — Uma cerveja, qualquer dia desses?

— Não bebo — explica Hank e fica corado. — Se você é dono de um restaurante e bebe, em pouco tempo vai ser dono de um bar e em muito pouco tempo vai ser dono de um terreno baldio.

— E quanto a um café? — Isabelle persiste.

— Não bebo café... bem, não esse café do norte. Ninguém ouviu falar de chicória aqui.

— Bem, o que você faz? — Isabelle está exasperada. — Você come?

— Como. Mas não a minha própria comida. Acaba ficando chato.

— Bem, quer sair para jantar?

Hank lança um olhar para True e ela encolhe os ombros; não sabe como administrar isso. Acha que Isabelle está um pouco delirante, pedindo um encontro com Hank. Três telegramas do seu amado, do seu prometido, o Professor, estão pregados no quadro de cortiça na parede, acima do imponente vaso de hibiscos que Rudy e Franny mandaram. Embora os telegramas tenham vindo claramente através de operadores chilenos — "Seu perigo para mim é aflitivo numa temperatura máxima" e "Meu amor por você vai por cima dos fios num beijo profundo" — eles são fervorosos. O Professor abreviou sua estada em duas semanas para voar, bem, não exatamente voar, mas apressar-se um pouco para ficar ao lado de Isabelle. Bem, pensa True, literalmente boquiaberta ao observar a graça dançarina com que Hank se senta na cadeira de metal barata do hospital, pelo menos se ela se apaixonar por ele, isso vai mantê-la ativa.

— O que eu realmente gosto é de boliche — diz Hank. — Eu e meu cunhado jogávamos boliche o tempo todo na minha terra, e ninguém aqui com menos de quarenta ou cinqüenta anos de idade parece se interessar.

— OK, boliche — diz Isabelle, animada. — Você joga boliche, não é, True? Vocês podem ir ao King and Queens, em Dennis.

— Eu? — True está estupefata. — Está falando de mim?

— Você, você e Hank podem ir jogar boliche. Em nome da amizade.

— Oh, Isabelle, descanse um pouco, querida — diz True apressadamente. Ela está humilhada, como fica quando Guy faz algo como perguntar-lhe em público por que dorme com uma máscara de gel no rosto.

Mas Hank olha para True por baixo daquele emaranhado de cílios cor de cinza e ela vê alguma timidez genuína e nada da saliência ousada que as pessoas demonstram quando colocadas na berlinda.

— Senhora, quer ir jogar boliche comigo?

— Hã, realmente... realmente, talvez a gente possa recebê-lo para jantar um domingo... Isabelle faz um risoto incrível...

— Eu trabalho aos domingos.

— Segunda, então.

— Preciso lhe dizer, eu prefiro jogar boliche a comer — diz Hank.

True tem vontade de arrancar a pobre Isabelle doente e descongelada da cama branca e surrá-la com a bolsa de soro.

— Estou ocupada nas próximas... seis semanas — diz True, pensando, vou comer só fruta, só fruta e tofu, no vapor, nada de fritura.

— Você não está ocupada, True — diz Isabelle. — Ela vai na segunda-feira, eu saio amanhã.

— MAMÃE — DIZ GUY na noite de segunda-feira —, já estou liberado, não preciso mais de partitura. Quer me ouvir cantar a canção do assassinato, aquela antes de matarem Aslan?

Ele participa da peça *Narnia, o Leão, a bruxa e o guarda-roupa*, no grupo teatral mirim de Harwich, e interpreta o Anão Mau, um grande papel para um menino pequeno.

— Tudo bem — diz True. Ela está sentada na cama, cercada por muitas calças, vermelha, roxa, pregueada, com cintura elástica, de brim, de lã, de veludo cotelê. Há também calças novas de cordel em três cores numa sacola da J. Karol perto da porta. Esa saiu numa maratona de compras para ela. True está provando as calças há uma hora e suando em bicas. — Preciso descansar, de qualquer modo, e você pode me ajudar.

Guy fica de pé, estufa o peito e começa:

— Criaturas da escuridão, duendes e demônios! Assassinato hoje! Um assassinato hoje!

Ele tem uma bela voz de contralto, forte, e True está pensando em levá-lo a tomar aulas de empostação, uma vez que fazer teatro parece algo que seu filho, que já foi tímido, aprecia para valer. Quando canta, ele se abandona. Ilumina-se. Ela se levanta da cama e beija a testa macia e abobadada de Guy. Ele tem uma estria de platina, uma marca de nascença do tamanho de um polegar bem acima de uma têmpora.

— Isso, garoto — diz ela. — Continue assim e eu vou estar na primeira fila para vê-lo atuar na Broadway.

— Sem essa, mãe — diz Guy. — É preciso ter uma voz realmente muito boa para isso, piano e tudo o mais.

— Você pode conseguir. Mas é preciso muito trabalho.

— Existe uma escola para isso?

— Uma porção.

— Aqui?

— Não. Em outros lugares. Na Califórnia, eu acho, em Nova York...

— Eu teria que ficar fora de casa toda noite?

— Você seria grande. Teria dezoito anos.

— Bem, então não quero.

— Por quê?

— Bem, eu iria, mas não gostaria de passar a noite lá.

— Você se sentiria diferente a respeito se estivesse...

— Não. Eu não deixaria você. Não vou querer me mudar nunca. Nós... nós acabamos de comprar esta casa há uns dois anos...

True começa a chorar, súbita e desarrazoadamente. Deita-se de costas, porque já aplicou cinco camadas de rímel e, assim, as lágrimas só vão borrar a sua maquiagem.

— Mãe. Mamãe! — grita Guy. — Eu disse que não ia. Não tenha um chilique.

— Não estou tendo, Guy — explica True. — Quero que vá. Isto é, não quero que vá a lugar algum enquanto não estiver pronto, mas então pode ir aonde quiser. E eu gostaria que fosse.

— Eu *disse* que não ia...

Isabelle entra sem bater.

— Rudy diz para não se preocupar com os trajes de banho dos meninos. Estão a caminho, ei!

Estão preparando as cestas de junho e um dos itens que irão nas caixas para bebês meninos com seis ou sete meses de idade são miniaturas dos trajes de banho listrados em preto-e-branco com alças da virada do século, do tipo que os homens musculosos usavam nos antigos daguerreótipos. Todo mundo está excitado com essas peças, porque os maiôs das meninas são fáceis de vestir, mas os dos meninos ou caem ou fazem os bebezinhos se parecerem com anões. Como True trabalha com fornecedores independentes, numa base de corte e costura, isto significa que o seu pessoal tem de achar o material adequado e fornecê-lo com meses de antecedência para que a costureira entregue no prazo a encomenda. Felizmente, o modelo ficou perfeito, com um belo fundilho espaçoso com um fecho prático que não prejudicou o desenho da roupa. O resto das caixas das bênçãos de junho vai ser fácil — filtro solar, feito por manipulação por um mago naturopata de Nova Hampshire, e as barracas de calouros que foram o grande sucesso do ano passado e chapéus que se fecham com um botão e vêm com uma aba traseira para proteger dobras delicadas. True olha para Guy, que não parou de cantar, embora pareça chateado, e lembra-se dele aos dois anos, com seu chapéu de sol Sherlock e o terninho de verão com botões de peixinhos, aquele que Peter disse que fazia seu filho parecer um bebê bicha.

— Faltam só duas horas para... — Isabelle entra numa pose relaxada, apanha uma bola de boliche imaginária e a arremessa. — É hora de *strike*! O que há com você, True? O que está acontecendo?

— Ela está chorando porque eu disse que *talvez* fosse estudar numa escola de música — Guy revira os olhos. — E não quer me ouvir quando digo que não vou.

— Está indo para algum acampamento musical ou coisa parecida?

— Não! — grita Guy. — Eu só estava cantando, e ela começou a chorar. Por que não veste mais umas calças, mamãe? Que história é essa de boliche afinal?

— Só estou saindo com um amigo — True se senta, gesticulando freneticamente para Esa com lenços de papel e apertando um dedo em cada globo ocular. — Estou bem agora, garoto. Estou bem, não vê?

— Tem certeza de que é apenas um amigo? Só um amigo? Foi o que disse sobre Evan. Está flertando com esse cara do caminhão de socorro?

— Acho que está, Gui — diz Isabelle, numa pronúncia francesa com um G carregado que eles realmente só usam em casa. A família do seu finado marido é franco-canadense, e ele acreditou que ao dar o nome do filho em homenagem à Flor, Guy Lafleur, o santificado Número Dez, indicaria a seu filho um futuro como atacante dos Bruins. Pelo menos, True agradece por Pete não ter insistido em sua primeira inspiração, Maurice, em homenagem a Maurice Richard. Embora tivesse considerado aquilo um sacrilégio, True teria certamente mudado o nome do filho depois da morte do pai para algo como Dave ou Don. Quando Guy entrou no jardim-de-infância e até a segunda série, True tentou explicar bravamente aos professores como se pronunciava o nome do filho. Mas o melhor que alguns conseguiram foi "Jee", o que levou as crianças a chamarem-no de "*Gee, whiz*" (puxa), ou "Gigi", até que True finalmente desistiu e usou a maneira americana, que as crianças, estranhamente, parecem adorar. "*Oi, cara, Guy!*"

Isabelle entrou vendendo o seu peixe.

— Não seria legal se ela estivesse flertando? Não seria uma boa se mamãe tivesse um namorado que fosse dono de um restaurante? Torta de chocolate com creme grátis?

— Não estou flertando com esse cara — explica True com firmeza e senta-se na cama, pondo de lado todas as calças até que Guy ensaiou sua canção, duas vezes mais, com passos de dança, sob os aplausos dela e de Esa. — Ele é só um cara legal e gosta de boliche e tem seu próprio negócio, por isso é uma espécie de encontro de negócios.

— Tudo o que ela faz é trabalhar o tempo todo, afinal — resmunga Guy. — Disse que ia tirar toda segunda-feira para um encontro nosso, uma hora cada noite de segunda. A gente ia ao Castelo de Aladim, jogar o Skeleton Combat e pegar Bem e Jerry's...

— Eu levo você — diz Isabelle.

— Não se preocupe. — Guy apanha sua partitura e sai do quarto num rompante, as costas emperfigadas de fúria. — Você chora por mim, mas vai para o seu boliche mesmo assim.

— Guy, você sabe que eu quase nunca perco nossa segunda e, além do mais, não foi legal com Esa — diz True. Ela abandonou todas as suas calças e agora começa a fuçar na sacola da J. Karol. — Estas são tamanho 42, Esa. Não consigo enfiar uma perna numa calça manequim 42. Cheguei a este ponto. Quarenta e dois é pequeno demais.

— São feitas por Glad Rags — diz Isabelle. — São mais folgadas. Por isso as escolhi.

— Desculpe, Esa — responde Guy, descendo as escadas. — Me desculpe por minha mãe não me dar atenção. Talvez quando ela ficar velha eu a coloque num asilo. Vovó diz que é o que mamãe vai fazer quando ela ficar velha.

— Com certeza ela falou. Mas você sabe que eu não faria isso. Aquilo foi grosseiro, também, Guy — True o repreende distraidamente —, e eu vou estar num asilo antes da vovó.

— Pedi desculpas a Esa — responde Guy. — Não vou pedir desculpas a você. Estou zangado com você agora.

— Guy, deixa disso...

— Uma pessoa tem direito aos seus próprios sentimentos. Minha professora diz que isto figura no código de honra de cada um.

— Vou levá-lo aos jogos eletrônicos — promete Isabelle.

— É nosso encontro esta noite — diz True —, e eu faltei a minha palavra com ele, talvez a pior coisa que se possa fazer a uma criança, e tudo por causa de um sujeito jovem demais para mim, e que provavelmente quer me pedir um empréstimo ou uma dica de negócios. *Très* estúpido.

— Não é estúpido — diz Isabelle —, e se você fizesse tudo o que Guy quer que faça, em vez daquilo que ele realmente precisa que você faça, passaria oito horas por dia vendo-o arremessar bolas de tênis contra a porta da garagem. Se fosse ele quem falhasse ao encontro de hoje, acha que estaria abrindo o berreiro?

— Ele não teria feito planos — diz True, embora isto não seja verdade. Guy se agarra a qualquer convite de um amiguinho. Ainda assim, ela não vai se entregar tão fácil. — Ele teria mantido a palavra.

True faz a si mesma a promessa de acordar Guy esta noite, quando voltar para casa, por mais tarde que seja, e preparar para os dois chocolate quente com a barra de puro cacau que Dog trouxe das Antilhas. Guy adora que sua mãe o acorde à noite. Ele diz que parece véspera de Natal ou um dia de neve sem aula. Ela vai corresponder a Guy nesta segunda-feira e em todas as segundas a partir daqui.

Mas agora ela precisa tentar superar o próprio desânimo.

— Que homem, que homem bonito e mais jovem do que eu desejaria este corpo? Vamos lá, Esa. Você aprontou uma armadilha safada — ela geme, ao se olhar no espelho, fazendo o que freqüentemente faz, esculpindo mentalmente o seu corpo.

— True, se eu pensasse assim, não o teria feito.

— Eu sei.

— E muitos homens gostam de...

— Mulheres avantajadas? Ia dizer isso, não é?

— Não, de mulheres mais velhas. Esta revista que comprei há duas semanas, uma revista para homens, enumera vinte coisas que devemos fazer antes de morrer. E a número um era se apaixonar por uma mulher mais velha. E, de qualquer maneira, ele não deve ser tão mais jovem.

— Eu lhe disse que tinha quarenta anos.

— Melhor assim.

— Mas se a coisa engrenar eu vou ter de abrir o jogo.

— Por quê?

— Porque você... não pode simplesmente mentir sobre sua idade. Por um ano de diferença, talvez, se você fosse um mágico capaz de manter a carteira de motorista fora de vista, mas três anos?

— Ele ligou há pouco.

O estômago de True dá um nó.

— Ligou? O que queria?

— Só saber onde se encontrar com você, a que hora...

— O que ele queria realmente?

— Saber se você ainda estava a fim do encontro.

True cai de costas na cama, o travesseiro sobre o rosto.

— Está vendo, Isabelle? Ele não quer fazer isso! Está sendo *educado*! Provavelmente tem uma namorada que se parece com Audrey Hepburn. Provavelmente tem seis namoradas.

— Foi o que achei que você ia dizer. Achei que ia fazer alguma piada cretina e tirar o time de campo. Por isso disse que você o encontraria no Kings and Queens às sete e meia.

ENQUANTO DIRIGE, True volta a pensar no seu encontro com Guy. Sente-se entre a cruz e a caldeirinha. A última vez que seu filho saiu do carro no ensaio, ela notou seus cadarços soltos e, em vez da costumeira irritação, tentou lembrar a última vez que lhe pediram para dar o nó em seus cadarços. Anos atrás. Provavelmente nunca mais lhe pedirão para atar um cadarço, a não ser que sua ágil mãe quebre o quadril. A infância de Guy está se afastando dela como um foguete; ele já olha à sua volta para ver se os outros garotos notaram quando ela o beija na escola. E agora ela desistiu do encontro com ele por causa de uma bobagem, por um cara para o qual ela, em outras circunstâncias, seria provavelmente invisível.

E, no entanto, deve haver alguma coisa para ela. Guy vai crescer. Vai para a universidade. Rudy irá para algum lugar mais glamouroso e Esa já está saindo de sua vida. Há uma brecha abrindo-se no íntimo de True mais rapidamente do que seus sucessos, nos negócios e na vida, conseguem preencher. Atrás da porta do banheiro trancada, antes de se vestir, ela encenara o já costumeiro inventário de defeitos que proliferavam como cogumelos. Ela se contorcera em ângulos acrobáticos na borda da pia para colher o pleno benefício das impiedosas luzes fluorescentes, examinando as erupções de veias violeta atrás do joelho, erguendo o volume dos cabelos para examinar a abundância de fios cinza aninhados debaixo do louro leitoso, cada dia mais, como urtigas debaixo de uma cerca viva.

Quando acorda de manhã, apóia as duas mãos no peitoril da janela ao pisar na balança, retirando primeiro uma, depois a outra, antes de ousar abrir os olhos. Está se avaliando, como os *barmen* no Danny's Galley a avaliavam quando estava na casa dos vinte. Está tentando provar a si mesma, por motivos talvez perversos, que, sim, suas mãos fortes de dedos afilados agora possuem vasos esverdeados como vermes inclementes, que não desaparecem quando ela ergue os braços para deixar o sangue fluir em direção ao sul, e que estas veias não são apenas o resultado da força que ela adquiriu levantando pesos.

Mas ao fazê-lo, também procura um antídoto para o significado de tudo. Uma cura. Uma entrada para uma caixa fechada, cujos conteúdos tornarão esses dados insignificantes. Será que outras mulheres da sua idade, amadas por companheiros fixos, se examinam tão impiedosamente? Franny faz isso? Estaria ela à procura do amor que seria a chave?

A volúpia impetuosa e jovem de Isabelle, como uma rosa soprada pelo vento, provavelmente contribui para o desânimo de True. Isabelle faz o número doze parecer um milhão de dólares. Glorifica as sobras de True e seus próprios achados em brechós e bazares; é capaz de enrolar os cabelos escuros num lenço e ser

Nefertite, ou colocar um gorro de esqui e ser Pippi Longstocking, ou usar um vestido azul dos anos 40 com contas de vidro ao redor do pescoço e ser Kate Winslett. Seus seios debaixo da camiseta do Grateful Dead desprezam o realce de um sutiã, suas pernas bem torneadas não necessitam de meias de compressão. E, no entanto, True ama Isabelle como uma irmã caçula, como... uma filha. Não pode imaginar a vida sem Isabelle, e o fato de saber que Esa em breve vai pertencer a outra pessoa — mais do que pertence a True — dilacera seu sentimento mais fundo do que a alegria que sente por sua... empregada. Isabelle é sua empregada. Foi True quem a tornou parente. Tão absorta ela está que passa a entrada do Kings and Queens e tem de pegar uma entrada lateral para fazer o retorno.

A ATITUDE DE TRUE EM RELAÇÃO a boliches beira a fobia. São como paradas de caminhoneiros, lugares onde práticas vulgares não só são liberadas mas também enaltecidas, como as máquinas nas paredes até mesmo dos banheiros das senhoras que oferecem camisinhas em múltiplas cores com nomes sugestivos. Era engraçado, quando tinha dezessete anos, fingir ser tão delicada que não era capaz de levantar uma bola de três quilos, parecia sensual ter Jonathan Martin com a perna encostada na dela para ensinar-lhe os rudimentos do arremesso. Agora são lugares para jovens casais numa noitada em busca de um descanso das exigências implacáveis de seus filhinhos de dois anos. Adolescentes à procura de um primeiro encontro seguro, algo que fará o rapaz se sentir viril e impedirá que as mãos da garota fiquem remexendo nos cabelos.

Não é lugar para uma mulher de quarenta e três anos, a não ser que ela seja uma mulher de quarenta e três anos com uma companheira na mesma faixa, cercada por menininhos e menininhas em clima de festa de aniversário. Duas vezes, ela arrebanhou devidamente sete amigos de Guy ao Kings and Queens para uma festa de aniversário. Mas, acredita, mesmo o bolo e os cachorros-quentes servidos de má vontade por uma prostituta zangada fedem a cera de pista e fumaça de charuto. Não deseja estar aqui. E se Hank gostar dela? Vai se sentir uma tola se eles se beijarem e baterem dentes? E se Hank, o que é mais provável, só quiser uma amiga ou uma mentora? Seu desapontamento a deixará irritada? Ela treme. Já aconteceu, às vezes.

Hank está atrasado. Isto a faz sentir-se ainda mais conspícua e absurda. Ela usa uma calça de lã bem leve com cintura de cordel, que lhe cai muito bem, a não ser pelo excesso de cinco centímetros no comprimento, corrigido por suas botas de caubói, os saltos mais altos que conseguiu encontrar no armário. Veste também uma túnica vermelha cintilante que Esa comprou de uma assistente do hospital. Ela cedeu a Esa e deixou os cabelos caírem soltos, em vez de prendê-los na trança grossa de costume, e a maquiagem de olhos em que Esa insistiu faz seus olhos parecerem tão imensos e profundos que poderia passar por uma corista em Berlim por volta de 1938.

— Ei, olá — diz Hank descontraído, aproximando-se como um gato por trás dela tão rapidamente que a faz saltar e pisar nas bainhas da calça. Ele tem sua própria bola, naturalmente, numa sacola.

— Se fôssemos praticar mergulho traria seu próprio cilindro de ar comprimido, não é? — pergunta True.

— Claro — diz ele, sem entender.

Entram na fila para os sapatos, aqueles sapatos moles e pontudos. Com sapatos de boliche, aquela calça e aqueles olhos, ela vai ficar parecendo Charlie Chaplin. Esta é uma parcela importante da sua bronca com o boliche. Ao ver o brutamontes atrás do balcão zelosamente pulverizando-os com um esguicho de *spray* desinfetante, True pensa, o cheiro de verdade é este. Dúzias de pés. Pés de pescadores e de caminhoneiros e pés superaquecidos de garçonete e pés não lavados de cidadãos idosos. Milhares de pés deixaram seus germes nesses sapatos.

— Tamanho... — Hank olha para baixo. — Trinta e seis para você?

— Trinta e oito — suspira True.

— Essas garotas do Norte — ele sorri.

— O quê?

— Pés grandes.

— Nós os usamos para andar. Não podemos esperar que nossos homens nos carreguem por aí, meu caro — diz True.

Encontram uma pista e escolhem uma bola — azul-esverdeada com explosões de estrelas — para True. Ela pensa, tudo o que preciso fazer é me mostrar bem-humorada e enfrentar isto e não tropeçar nesta calça, que provavelmente vou devolver amanhã. Ser bem-humorada, otimista e adulta e aceitar tudo no espírito em que é oferecido.

Estou em boa forma e isto é um jogo, não um esporte. Graças a Deus ele não sugeriu raquetebol.

Em seu primeiro arremesso ela consegue uma boa contagem. Sete pinos. No segundo, ela começa a pensar que Hank, sentado na banqueta atrás da mesa de marcação, está medindo a vastidão da sua bunda, e solta a bola quando fazia o empuxo para trás e ouve um baque que certamente significa que quebrou a canela dele.

— Oh, meu Deus! — ela grita.

— Tudo bem, tudo bem — ele estremece. — É mais ou menos como levar um coice de um cavalo.

— Então foi caubói também?

— Não. Mas você nunca montou um cavalo na vida?

Claro que ela montou. Era facultativo na universidade. Ela até que foi uma boa amazona.

— Sinto muito — disse True. — Tenho tendência a ficar um pouco sensível. Quando me sinto culpada.

— Tudo bem — diz Hank. — Acho que posso ficar de pé agora.

— Sinto muito, mesmo.

Ele manqueja para tentar o seu arremesso. Um *strike*. Claro.

— Sorte — diz ele.

A próxima bola dela voa reta como se um sextante fosse usado para determinar o seu curso pelo meio da pista, como seu padrinho, Sonny, um italiano de Boston, que crescera com o seu pai, lhe ensinara: segurar a bola no nível dos seus olhos, como um padre erguendo um cálice, antes de arremessar com elegância cavalheiresca. Ela faz o mesmo e derruba oito pinos. E sorri.

Hank anota seus pontos com um lápis de cera. Enquanto ele faz isso, True estuda as duplas de jogadores na pista ao lado, todos casais na casa dos trinta anos; todas as mulheres com camisas de boliche, enfiadas nas calças; os homens maduros o suficiente para começarem a deitar sementes — pode ver um deles, um homem de uma beleza devastadora, já fez o seu reimplante. Tem aquele ar de telhado de colmo das cabeleiras restauradas. Parecem todos tão festivos, tão companheiros. True pode imaginá-los saindo depois para uma *pizza*, com uma caneca espumante... enquanto observa, uma das mulheres olha para ela. Aquele olhar contém tudo, dela para Hank e de volta para ela; está pensando, True sabe, seria ele sobrinho de True? Seguramente não acha que seja seu filho.

Mas a mulher sabe que algo está fora de esquadro...

— Escute — diz True, implorando a Hank, que voltou à banqueta —, deixe-me lhe dizer uma coisa. Teria preferido que nos deixasse congelar até morrer naquela vala a fazer isto.

— Pensei que gostasse de jogos de desafio.

— Gosto. Bem, de alguns. Mas odeio boliche.

— Por que não me falou?

— Pensei que tivesse superado minha aversão ao boliche. Mas, pelo visto, ainda não superei. Vou ter de fazer um curso ou coisa parecida, onde lhe ensinam a segurar as bolas e a experimentar os sapatos. E então você vai ao salão de boliche só para comer uma *pizza*.

— Gosta de bilhar?

— Adoro bilhar. Mas não posso encarar a fumaça de um bar esta noite, OK?

Vão de carro separadamente até Comfort and Joy's, onde True pede um mocha duplo, já que cafeína não a mantém acordada, e Hank pede água e uma maçã.

— Me conte como teve a idéia do seu negócio — diz Hank, depois de dar uma grande mordida na maçã.

— Bem, começou com a idéia de que todo mundo é ocupado, mas todo mundo quer dar a um recém-nascido um começo de vida glorioso. As avós, por exemplo, são mais jovens hoje em dia, têm carreiras; e as tias moram do outro lado do país. E a geração mais numerosa na história está para se tornar a geração mais velha. Pareceu que, mesmo que a economia fosse por água abaixo, a única coisa em que você ainda investiria seria num bebê.

— É uma idéia brilhante. E então podem comprar um presente por mês se assim o quiserem?

— Não, têm de comprar o ano inteiro. Esse é o espírito da coisa, é o que faz render. Doze maravilhosas surpresas, e nós mantemos no computador fichas com a idade de cada bebê, de modo que os presentes sejam adequados ao seu tamanho, as pessoas nos comunicam por *e-mail* se o seu neto cresceu rápido demais e já cabe nas roupas adequadas para bebê de cinco meses, e incluímos pequenas surpresas para a mamãe, música tranqüilizante, um hidratante...

— Sabe — diz Hank, quando True está distraída, notando Joy Hook, a proprietária e sua amiga, espiando-os pela janelinha da cozinha do café —, você tem cabelos realmente bonitos. São de verdade?

— Não é uma peruca, se é o que está querendo dizer.

— Não, quero dizer, a cor é natural?

Sente vontade de chutá-lo com a biqueira de metal da sua bota de caubói vermelha.

— Sim, é natural. Muitos fios louros e, olhando de perto, muitos grisalhos em algumas partes.

— Não tem praticamente nada de grisalho. Você faz esse gênero porque acha que outra é capaz de fazer antes? Quantos anos tem, na verdade?

— Que quer dizer? Está sugerindo que eu menti sobre a minha idade?

— Um pouco — diz ele.

— Quantos anos você tem? — pergunta ela.

— Trinta e oito — ele encolhe os ombros, que se mexem sob a camisa como músculos de um gato que se apóia nos pés e alinha a espinha.

— OK, bem, na verdade eu tenho quarenta e três anos.

— Bem, eu na verdade tenho trinta e três.

— Ora, vá pro inferno! — exclama True.

— Que é isso? — Hank ergue as duas palmas das mãos em rendição. — Quem começou com esse negócio de idade?

— Você — diz True, sabendo que está prestes a explodir. Ela sente aquela coceira na nuca que precede aqueles ataques que levaram Esa a chamá-la de A Rainha de Copas, quando, como às vezes acontece, uma diferença na contabilidade ou uma avaria em um dos computadores a faz explodir de tal forma que até True fica chocada.

Fica sempre muito arrependida depois de um desses ataques, certa vez oferecendo rosas a Isabelle depois que esta bateu com a porta do velho Toyota que usam como carro da companhia e True lhe passou um sermão sobre equipamento e contabilidade, um sermão que fez Esa chorar.

— Hank, Hank, sinto muito. Sinto muito de ter xingado você. Sinto-me como uma idiota e quando me sinto como uma idiota eu fico raivosa.

— Eu me recuso a falar.

— Bem, eu gostaria de me recusar a falar. É o que faz todo mundo que me conhece.

Agora, para não ter a chance de dizer uma só coisa mais de que se arrependa, True se levanta para ir embora, coloca a jaqueta nos ombros e joga uma nota de vinte sobre a mesa.

— Isto é muito mais do que gastamos — Hank comenta, erguendo-se lentamente.

— Sempre exagero na gorjeta quando estou zangada — True subitamente explode numa gargalhada. — Acho que me faz entrar no clima, como meu filho diria, do vamos lá, seja boazinha. Vamos.

Ela calcula que a porta está a três boas passadas. Reza para não prender o salto ou fazer qualquer outra coisa que estragasse a sua saída. Hank a alcança antes que possa fechar a porta do carro.

— Espere um minuto — diz ele. — Não é assim que a coisa devia ter saído. Certo, nós dois pisamos na bola. E daí? Não tem importância agora. Eu não me importo, se você não se importar.

— Bem, eu me importo. Como devia ter sido, então? É o que sempre faz? Flertar com mulheres mais velhas que vão ao seu restaurante para que fiquem caidinhas e peçam lagosta em vez de bolinhos de bacalhau? Jogar dardos com elas e deixá-las ganhar para que gastem mais dinheiro? Zanzar por aí com alguém que possa ter alguma influência no ramo de negócios do qual quer fazer parte? Espere. Pare. Não quis dizer nada disso, também. Está vendo? Quanto mais ficar por aqui, piores coisas vou dizer.

— São estas as piores coisas que já disse a alguém?

True pára e pensa.

— Acho que não — admite.

— Puxa — Hank fica maravilhado. — Estava pensando que seria uma espécie de momento inesquecível.

Encolhida de vergonha, True quer rebobinar a fita, gravar uma nova versão da conversa, em que ela e Hank falam amigavelmente de restaurantes e serviços de encomendas como sendo um negócio arriscado, sobre ajuda confiável e negócios de ocasião, e se despedem com um terno aperto de mão.

— Espere, quanto aos dardos, tenho uma confissão a fazer. Tenho um dardo viciado. Ele me põe em vantagem — diz Hank. — Não sou tão bom assim. Inventei toda aquela história de escola de pesca com iscas. Queria só conseguir um emprego vendendo coisas pelo telefone para ter um desconto na compra das roupas.

— Aí estamos então. Todos temos nossas falhas. E por que me contou tamanha lorota?

Hank encolhe os ombros lentamente.

— Você não é a única pessoa insegura na face da Terra. Eu queria impressionar. É uma mulher atraente, bem-sucedida. Não queria que pensasse que eu era apenas este... garotão bobo com ombros largos...

— E então você brincou de patrulheiro de socorro e bancou o cavalheiro sulista preocupado, ajudando a ianque desajeitada, e quando eu subi para me secar simplesmente foi embora...

— Lá vem você de novo. Acabou de se desculpar. Quem fez você assim?

"Quem?", True nunca pensara nesses termos. Certamente não Peter. Sempre tivera um gênio feroz que vem à tona... que vem à tona quando acha que está sendo... o quê? Enganada? Colocada em evidência? Quem a fez assim é de fato uma pergunta interessante.

— Puxa, olha só, True. Isso é tão injusto. Acha que eu rodo por aí procurando pessoas para resgatar de valas? Não teria feito a mesma coisa no meu lugar? E fui embora porque sua mãe estava me olhando como se eu fosse o Estrangulador de Boston ou algo parecido. Não me disse uma palavra. Na minha terra, se alguém aparece no meio da noite, alguém que acabou de ajudar um parente seu, a gente pergunta: Quer um copo d'água? Quer uma toalha?

— Sim — diz True, incapaz de conter o riso —, ela é exatamente assim. É uma observação bastante apropriada do modo como uma senhora da Nova Inglaterra da idade dela trataria um estranho.

Exceto, pensa ela, que Kathleen deve achar que não dizer nada é uma forma de polidez.

— Acho que você tem razão... — conclui.

— Não leve a coisa para o lado pessoal. Eu tenho uma mãe, também. Ela teria se levantado de quimono e iria cozinhar um prato com quiabo para todo mundo e colocar Reba no toca-fitas, o que teria sido tão ruim quanto.

— Não, não teria sido tão ruim. Sou agradecida, realmente. Não devia ter falado assim com você. É só que... você sabe, levei uma hora para me vestir esta noite. A culpa é minha, porque alimentei expectativas que não devia ter alimentado. Sinto-me como uma grosseirona. Eu estava... eu não queria, mas estava encarando isto como um encontro de namorados, o que era absurdo...

— Ouça, True, eu sabia quem você era quando entrou em Aquele Lugar. Sabia até que estava vindo, por causa do quadro de reservas, por isso fiquei lá, embora fosse minha noite de folga. Assino a revista *Fortune*. Vi você e pensei, esta é uma mulher de fibra. Achei que gostaria de conhecê-la, porque é uma empresária, como eu, só que está muito mais à frente do que eu... não sou o dono do lugar sozinho, sabe. Somos dois...

— Queria um mentor, então?

— Não, queria uma amiga. Para trocar idéias.

Uma amiga?, pensa True, sua coluna de mercúrio subindo de novo. Uma amiga? Foi para isso que provei vinte pares de calças?

— Uma amiga para passar sua mão de leve na frente do suéter...? — estou *louca*?, ela pensa. Ele está certo? Estou me alterando porque foi atrevido ou porque fiquei decepcionada por não ter sido essa sua intenção?

— Eu não passei a mão no seu suéter. Fiquei pensando na ocasião se ia ver a coisa assim. Foi um leve engano. Deveria ser um gesto amistoso. Na verdade, nós do Sul tocamos nas pessoas sem que nos julguem estupradores.

— Não sei por que estou tão zangada. Não sei de onde vem isso — diz True, e então endireita as costas e encara Hank olhos nos olhos. — Não, o que falei é mentira. Não perguntei sequer suas razões para sair esta noite. Mas eu tinha outras.

E elas provinham, pensa ela, do fundo do coração da adolescente perpetuamente esperançosa neste corpo de mulher de meia-idade, do grito ofendido da lembrança obstinada da mulher que, não faz muito tempo, costumava parar a conversa simplesmente ao entrar num recinto.

— Pensei que você... eu esperava, acho, que gostasse de mim. *Gostasse* de mim, gostasse de mim. Não apenas como um amigo para trocar idéias. E agora, mesmo que diga que gosta, realmente nunca vai entender como é difícil para mim dizer isso nesse momento.

— Sabe — diz Hank —, quando a vi se arrastando para subir daquela vala, gritando que sua amiga estava em perigo, achei você uma das mulheres mais bonitas que já conheci. E ainda acho isso. E o que queria fazer, naquele momento, era beijar você. Não foi uma encenação.

True fica balançada. Encosta-se na lateral do carro; ela vai mantê-la de pé. Hank aproxima-se. Cheira a violetas e pinho. Ela ergue o queixo, sabendo que Joy está provavelmente colada na janela panorâmica com a metade do seu pessoal, olhando. True não liga a mínima. Que olhem. E vejam que este homem a deseja. Com um tremendo alívio, ela abre os lábios, levemente, deixa que seus olhos pisquem uma vez e então se fechem.

Hank sorri para ela e lhe afasta uma mecha de cabelos da testa.

— O quê? — grita True. — Disse que queria me beijar.

— Quero beijar você. Queria e quero. Mas você começou tudo isso... me deixou apavorado. Agora não é o momento certo.

— Ora, vá para o inferno de novo, então! — diz True, e entra no carro, mortificada. — Quem é o maluco? — pergunta enquanto fecha a janela, ignorando as batidas de Hank no vidro. Sai como um foguete do estacionamento.

Em casa, ergue um pouco o corpo adormecido de Guy e aninha-o parcialmente em seus braços, tudo dele que consegue ainda segurar no colo. "Já passei de um metro e quarenta", ela o ouviu dizer ao amigo Fenn. "É quase um metro e meio de altura."

Lágrimas irrompem e descem por seu rosto; uma delas cai no olho de Guy, como uma gota de chuva caindo que acorda um banhista na praia. Ela canta uma frase ou duas de *Scarlet Ribbons*, que cantava para ele quando era bebê e ainda canta hoje, sempre que fica doente, e ele sorri em seu sono.

— Vá para a cama, mamãe — diz ele, sem abrir os olhos.

A casa respira no ritmo dos seus jovens adormecidos, que é quando as casas estão mais repletas, mais contentes. Na cabana de hóspedes, a quinze metros da porta da frente de True, ela pode ver a mãe lendo, o luar cintilando no jogo triplo de fechaduras Yale que Kathleen instalou na porta do chalé de conto de fadas de uma bruxinha boa. Isto é vida suficiente. True traça círculos na vidraça, fosca pela umidade, da longa janela ao lado da porta, mas nenhum deles permanecerá como luas; todos vão chorar. Quando o telefone toca, True ergue o fone e então, suavemente, para que não faça nenhum som, o recoloca no gancho.

MARÇO

A SORTE DO ARCO-ÍRIS

Março surge como um leão e se vai como um cordeiro, e nossos fantoches são animais afáveis ou luvas de banho, e podem entrar e sair da banheira tão facilmente como as mudanças no tempo. Sabonetes num buquê de trevos de quatro folhas vêm aninhados numa sacola de malha com todas as cores do arco-íris, para guardar brinquedos de banheira ou impedir que pequenos pares de meias se separem na hora do banho e fujam sozinhos por conta própria!

— ELE NÃO PODE FAZER ISSO, True — diz Rudy, batendo o telefone em exasperação.

— Por quê? Por quê? Disse a ele que precisamos dos gatos até junho?

— Não vai conseguir a cereja preta de Michigan a tempo.

— Então mande usar o raio da cereja vermelha. Ou o carvalho vermelho.

— Gatos de apito são feitos somente de cerejeira preta.

— Oh, pelo amor de Deus, Rudy. Parece até que os bebês vão saber a diferença se o gatinho de Halloween com o qual estão batendo no tapete tem um grão preto ou avermelhado.

— Bem, ele diz que se não puder fazê-los à sua maneira, então nada feito.

— Ele pode se esquecer então das famílias de patos da primavera — diz True amargamente, roendo a caneta.

— Isto equivaleria a prejudicar-se por despeito, True — adverte Kathleen, usando uma frase que True nunca entendeu. — Se está falando de Larry Sornberger, sua Família de Patos é uma verdadeira perfeição artesanal.

— São os patos supremos — suspira Rudy.

— E três companhias de brinquedos tiveram famílias de patos recolhidas por causa de partes desmontáveis perigosas... — continua Kathleen.

— Eu sei disso — True, que não sabe, replica.

— Ele é um *artista*, True. São todos dementes. E não queremos perder as famílias de patinhos — contemporiza Rudy.

— Isso tudo poderia ter sido evitado se tivéssemos feito o que eu sugeri em primeiro lugar... — observa Kathleen.

— E o que foi que você sugeriu? — perguntam True e Rudy, em uníssono.

— Dar a cada vendedor um contrato para assinar, estabelecendo a nossa diretriz de prioridades de tempo.

— É uma boa idéia — admite Rudy.

— É realmente uma boa idéia, mamãe; está absolutamente certa. Devíamos ter feito isso anos atrás. Simplesmente em termos de horas perdidas em discussões, estaríamos à frente. Mesmo assim, Sr. e Sra. Sabichões, o que vamos usar como chocalho para as caixas de Halloween? — pergunta True.

— Keith tem um amigo que trabalha com polímeros — explica Rudy —, principalmente porta-copos e equipamento de escritório. Mas eu estava pensando, se ele fizesse um molde para gatinhos, nós poderíamos fazer gatos pretos e colocar manchinas alaranjadas neles. Pagaríamos pela peça matriz, mas seria uma despesa única...

— Isso não violaria a premissa do feito a mão? — pondera Kathleen.

— Não, porque seriam originais, e americanos, simplesmente não seriam de madeira — responde Rudy.

Kathleen torce o nariz e vira-se para True.

— *Plástico* não tem nada a ver com a nossa proposta.

— Bem, mãe, na verdade seria *borracha* e não temos pás de areia feitas de madeira, também, ou CDs, ou frascos de loção...

— Você é quem sabe — diz Kathleen, puxando elegantemente uma das calças de flanela das quais tem uma dúzia: preta, branca, grafite, preta matizada, branca matizada, grafite matizada. Segurando um galhardete de criança no formato de uma espiga de milho para o Halloween, True se levanta para olhar pela janela. Na praia de Ridgevale, um par de excêntricos de *tweed* corre com os seus *retrievers* castanho-dourado. Quando os chocalhos e outros presentes estiverem embrulhados nesses pequenos galhardetes ou nas roupas abóbora fechadas por colchetes para os bebês maiores (depois utilizáveis como roupa de dormir: "Nada Desperdiçado" é uma regra sagrada na Doze Vezes Abençoada), já será verão. True tenta evocar o calor relaxante da areia de Nauset sob suas costas, a escuridão envolvente, inebriante de lilás e viburno. Mas é exigir demais deste dia de começo de março, numa das últimas semanas em que o Cabo fica retido na sua paisagem imobilizada, o silêncio esculpido que parece tão sacro em dezembro e tão plúmbeo em fevereiro.

Ela ficará flutuando, flutuando de costas. Ocupada demais para rolar e trocar de posição ou para nadar. Ou se afogar.

Esses moldes, por exemplo. Se vão negociar, é melhor correrem logo atrás, enquanto Rudy ainda está por aqui para ser o seu contato com o homem dos polímeros. Rudy e Keith vêm fazendo sérios planos em relação a San Diego. Rudy tem um calendário com fotos da Califórnia e deixa cartas de corretores de imóveis espalhadas sobre sua mesa, como se fossem telegramas.

Seu sonho californiano lembra a True que as pessoas com as quais trabalha podem ser sua pedra de toque, mas ela não é a deles. Ela os reuniu ao seu redor, tias e tios substitutos para Guy, irmãos e amigos que preenchem o espaço deixado pela ausência de um pai que Guy mal chegou a conhecer. Mas o seu clã aconchegante tem outros planos, e vidas em expansão. Vidas sociais, ela se corrige. Vidas *românticas*. Ela tem uma vida abundante, com seu trabalho e como um requintado sanduíche entre Guy e Kathleen. Ela é uma única camada de recheio, mas substancial, se lisonjeia, como uma pasta de atum. Isto é mais do que suficiente para mantê-la mais do que ocupada — ocupada? Atormentada seria mais correto.

Não há espaço no cardápio para andar no mundo da lua.

Hank telefonou duas vezes. Isto ela sabe. True notou e amassou os minúsculos pedaços de papel, completos com as datas, que sua mãe deixou perto do telefone depois de ouvir as mensagens na secretária eletrônica de True — algo com que, seguindo True, Kathleen não precisava se preocupar, mas que mesmo assim o faz. Ele escreveu uma nota num cartão-postal com uma imagem — uma tigela de cerejas — que Kathleen deixou na mesa-de-cabeceira de True, com a face voltada para baixo. A mensagem diz: "Acho que fui fisgado. Seu amigo, Hank Bannister." True não conseguiu jogar fora o cartão, embora o levasse duas vezes à alta cesta de papéis de vime no seu quarto.

Kathleen está provavelmente aliviada, pensa True. Ela visualiza o rosto de gato preguiçoso de Hank e imagina do que Kathleen podia chamá-lo: Um farrista? Um sedutor? Um explorador?

Seria ele, de fato, True pensa brevemente, um farrista, um sedutor, um explorador?

Mas, mesmo se adorasse Hank, poderia sua mãe, que acredita que ela e True possuem vidas paralelas, considerar uma espécie de tapa na cara se True encontrasse o verdadeiro amor? "Entendo, querida", disse Kathleen certa vez, quando a coisa começou a ficar séria num dos poucos e breves romances de True. "Ninguém chegaria a ser metade do que o meu Bert foi."

Agora True pergunta:

— Como é capaz de me deixar, Rude? Como pode me deixar sozinha com Kathleen? Adoro minha mãe, mas preciso de uma camada de plástico-bolha entre nós.

— Adoro ser o plástico-bolha em sua vida — diz Rudy.

— Isto é apenas uma das coisas. Como vou substituí-lo? Você guarda metade da minha memória institucional. E toda a minha criatividade. Quer um aumento? Quer um carro?

— Cara Bela, não faça isso — adverte Rudy, ocupando-se em procurar o número de telefone do homem dos polímeros.

— Mas, vamos lá, nós somos uma equipe, não somos?

— Claro que somos, mas o mesmo vale para Keith e eu. Você sabe que faria a mesma coisa.

— Não faria.

— Faria.

— Não faria.

— Se o homem do lagostim a convidasse para se amarrar, iria correndo para o Sul com ele num segundo de Luisiana.

— Eu não faria *isso*! — grita True.

— Acha que não vou sentir sua falta? — Rudy grita também. — Céus, sou quase meio pai de Guy!

— Esa está indo embora. Guy vai crescer... — True implora, conferindo à voz um tremor especial.

Rudy sorri.

— Minha mãe faz isso muito melhor que você, querida. True, este é o momento de você ter a sua própria vida...

— Eu tenho uma vida. Isto é vida.

— Isto é trabalho, True. Vida é vida.

— Oh, está querendo dizer aquilo! Posso conseguir aquilo quando quiser! — diz True, e se pergunta, será que posso mesmo? — Você deixa tudo isso quando vai embora para casa no final do expediente. Minha jornada de trabalho é de vinte e quatro horas por dia...

— *Você* tem um milhão de dólares. Eu tenho um salário...

— Mas qualquer pessoa que eu contrate, ela não vai me conhecer. Quem vai falar comigo sobre Elizabeth's? Quem vai falar comigo sobre Cleópatra, as serpentes vendidas em separado.

— Nós nos divertimos tanto — Rudy admite. — Ninguém se divertiu tanto no trabalho como nós.

O último projeto com Rudy na fábrica de bonecas fora Kristi Yamaguchi. Ela se lembra do dia em que disse ao amigo que amava tanto o toque das pequeninas malhas de balé, dos costumes com lantejoulas e dos tão perfeitos patins em miniatura que começara a acalentar uma idéia, antes mesmo da morte de Peter, em relação a coisas minúsculas e encantadoras para seres vivos minúsculos e encantadores, como o bebê louro incrivelmente bonito que Guy fora. Rudy pensou, já naquela época, que era uma idéia espetacular, a maior geração na história da América a ponto de se tornar pela primeira vez prósperos avós.

— Elizabeth pegou a onda antes da arrebentação, assim como você — Rudy diz agora, batendo com a caneta nos dentes num ar de recordação.

— Eu não teria o conhecimento suficiente para fazer o que fiz senão fosse ela — objeta True. — Ela achava que as garotas precisavam de modelos. Muito antes que o Poder das Garotas explodisse. E era obcecada por seu trabalho, com cada detalhe daquele lugar. Sabe que eu nunca cheguei a ver Elizabeth comer?

— Mas você foi a única que fez alguma coisa com ela — diz Rudy subitamente. — Nunca cheguei a vê-la sequer ir ao banheiro.

— Tinha um banheiro numa de suas salas. Ela achava que o andar inteiro não precisava ser alertado toda vez que apertasse a descarga. Na verdade, nunca fui a lugar algum com ela. Por exemplo, não almoçávamos. Íamos ao Encore Encore.

— A loja de revendas?

— Não sabe que os ricos compram roupas usadas? Quero dizer, Chanel usada, Anna Sui usada, por dez centavos ao dólar? As roupas são perfeitas. Aquelas pessoas só vestem aquelas coisas uma vez.

— Você não.

— É porque sou *nouveau riche*. Compro um modelo Eileen Fischer *novo* e quando o vejo um mês depois numa liquidação tenho vontade de me matar. Ainda acho que tenho de comprar coisas em bazares. De qualquer maneira, não sou rica, Rude.

— Você é, na região onde eu moro.

— E ninguém liga para riqueza, numa mulher, exceto... — diz True, subitamente — caras que fazem a corte a velhas senhoras chacoalhando de rubis...

— Mudamos de marcha de repente aqui?

— Talvez.

— Não acho que estejamos falando que Elizabeth sente um tesão por Stefano da produção...

— Bem, você deve admitir, se um homem escolhe uma mulher mais jovem, todo mundo acha que ele é um ás da conquista. Se é o contrário, todos acham que é um inapto.

— Keith é mais jovem do que eu.

— E daí? Não tem importância.

— E não deveria ter importância para héteros também. Se uma mulher deseja um cara mais jovem, qual é o problema? Esse preconceito de idade é uma coisa tão medieval — diz Rudy, e acrescenta, abruptamente —, e por falar nisso, você sabe, nunca vou ter um bebê.

— Você poderia, no entanto — diz True, seu amor por Rudy rompendo sua crosta egocêntrica. — Você e Keith poderiam adotar uma criança.

— Ele não quer.

— Talvez não agora. Ele é ainda muito jovem, Rudy; você não pensa nisso tão cedo, se é um porra-louca. Mas, Rudy, se depois de algum tempo ele não quiser de todo, você não devia desistir. É muito... não é como vamos comprar um Toyota em vez de um Nissan.

— Eu sei. Mas... e se eu tivesse que desistir dele, então? É como... você sabe como é... o que eu fiz por amor... e não vamos falar mais de bebês. Credo, estou atolado em bebês. Vou provavelmente querer ser amamentado — responde Rudy. True vê que ele desenhou um delicado esboço a lápis de um recém-nascido no seu bloco de anotações, com a caixa de presentes explodindo estrelas e ursinhos de pelúcia, cercados pelo logotipo anelado da Doze Vezes Abençoada.

Ela precisa endurecer-se e se habituar ao escritório sem a presença incomum e enérgica de Rudy. Como irá encontrar outro gerente com o estilo e a criatividade de Rudy... sua singularidade tão cara, que lhe permite dar a ela não só o seu empenho profissional, mas também a sua própria vida? Quem vai caçoar com ela das sugestões ridículas para as bênçãos? Pudim Espresso Caramelado, O Primeiro Pesto do Bebê. Capuzinhos com as sete universidades da Ivy League alinhados num mapa em cores primárias? E quem trará verdadeiras jóias, pelas quais True oferece prêmios, como a mais recente oferta especial em destaque: colchas de retalhos por encomenda, feitas por vovozinhas do Kentucky, com pedaços das primeiras roupinhas usadas pelo bebê?

Quem vai restar?

Kathleen.

Oh, será um inferno com ar condicionado, pensa True. Ela e sua mãe já andam perigosamente pisando nos calos uma da outra. Como foi que transpirou que ser irmão caçula se refere a "Mamãe e você" como se True e Kathleen fossem um casal? Certamente, Kathleen *fora* esmagada pela solidão muito tempo depois da morte do marido e muito antes da morte do genro. E Dog (verdadeiro nome Augustus, por seu aniversário em agosto) viveu à altura do seu apelido da fraternidade universitária, Auggie Doggie, sem interromper seus fins de semana de cinéfilo e torneios de hóquei para ajudar a mãe a superar seu espanto diante de computadores na biblioteca da escola ou dos sinais de trânsito que surgiram na nova subdivisão que cercou sua velha casa. Depois de morar em Amherst toda a sua vida adulta, Kathleen sentia, disse a True, que a cidade estava se transformando ao redor dela. O irmão de True, a apenas uns oito quilômetros da casa da mãe, demonstrou solidariedade, mas coube a True entrar em ação quando Kathleen confessou que os casais de sua turma mal-ajambrada mas de colarinho branco engomado, os mesmos casais que haviam dançado com Katie e Bert no Moose e acampavam em Monomoy, haviam se mudado para subúrbios mais gramados ou se aposentado cedo e se instalado em pequenos chalés no Cabo.

Kathleen permaneceu uma espécie de bibliotecária emérita da escola preparatória de Amherst, nunca percebendo a lenta ascensão à classe média conquistada por seus amigos. True *tinha* forçado Dog a ajudar a mãe a vender sua modesta casa de tijolos em estilo georgiano, a única casa em que ela morara excetuando a dos pais (Kathleen foi tão agradecida a Dog que lhe deu uma parte dos lucros com a venda da casa). True recebeu os agradecimentos da mãe e a tarefa de rodar de carro durante um mês aos domingos, com Guy em seu assento de bebê, até que Kathleen encontrasse um condomínio perto da escola.

E então de certo modo, subitamente, decisões foram tomadas no redemoinho dos primeiros dias de viuvez de True, quando a ausência de Peter deixou uma lágrima em sua vida que True não era capaz de superar sozinha. Começou então o negócio, e Guy precisava da presença tranqüilizadora da avó, uma ponte para a nova presença de Esa, enquanto o ouvido de True ficava colado ao telefone. Quase magicamente, e True ainda não está inteiramente certa de que com o seu consentimento, Kathleen instalou-se no Cabo para sempre. O condomínio foi vendido. A casa nova, com o seu chalé de hóspede, foi comprada. Kathleen tinha um belo pé-de-meia.

True fica feliz por ver a mãe ainda versátil e ativa na sua idade, sem um pingo de autocomiseração, ocupada com o seu bando de amigos de Saint Thomas More, a igreja episcopal; seu pequeno bico vendendo adesivos da concessão da praia e da coleta do lixo para a cidade de Chatham; seu emprego supervisionando as empacotadoras na Doze Vezes Abençoada, com um olho esperto e sua precisão de bibliotecária. No centro comunitário, ela se encontra com todo mundo, inclusive estrelas de cinema, e ouve todas as fofocas. E devido à prestidigitação de True no dia do pagamento, Kathleen também recebe um salário substancial, mais do que o emprego em si renderia a qualquer outra pessoa. Ela vive a vida que poderia ter vivido caso o pai de True tivesse sobrevivido até a aposentadoria.

E, no entanto, True nunca entendeu plenamente por que Kathleen escolheu a viuvez como estilo de vida em vez de como fase da vida.

A admiração de Kathleen pelos homens é extravagante. Cada cartão Hallmark que Dog manda é tratado como uma iluminura num pergaminho de monges. Ela enaltece os homens em geral por sua força, seu conhecimento e até — durante uma excruciante conversa didática em que aconselhara True a sempre usar desodorante íntimo — a acuidade do seu sentido olfativo. Um homem, Kathleen pronuncia de maneira pomposa toda vez que Dog rejeita um pedido brando da sua mulher, como assumir um emprego em tempo parcial, deveria ser o senhor do seu castelo.

E ela flerta. Flerta com o carteiro, com o cara da UPS, com os artesãos. Flerta, na verdade, com todo mundo exceto os homens com quem True sai. Suas observações sobre o curto séquito de pretendentes de True foram curtas, diretas e incisivas. *Mais para o térreo do que para o andar de cima*, disse Kathleen do paisagista com quem True partilhou alguns meses de brincadeiras de mau gosto no chalé de praia dele. *Desse mato não sai coelho*, Kathleen comentou quando viu o ortopedista (um encontro às cegas armado por Franny) se aproximar da casa com seu passo de pato. E tudo em Evan, o dentista engomadinho, estava errado. "Muito cheio de dentes", disse Kathleen lançando um olhar de soslaio desde a franja prateada à ligeira barriguinha de Evan, e aos presentes que ele muito gentilmente trazia para Guy e para ela — fio dental em tons néon, uma dentadura mecânica que batia os dentes e implorava: "Me escovem!"

Mas Evan aplicara em True um incrível verniz de porcelana para devolver o brilho ao incisivo que escurecera gradativamente desde um acidente com patins na infância lhe proporcionara orgasmos longos e deliciosos — depois de uma viagem que fizeram, por sugestão dele, para testes de sangue na Bluebird Free Clinic — embora ele mesmo raramente tivesse orgasmos. Não faça disso uma exigência, ele gentilmente advertira True. Ele gozaria, com o tempo.

Evan insinuou que ele e True, depois de um intervalo decente, se casariam. Calculara que tal intervalo compreenderia... ora, uns sete ou oito anos — não precisava ser matemático para perceber que Evan estava planejando sua união para coincidir com a ida de Guy para a universidade. True ia levando, valendo-se de frases convincentes: Evan era um homem bom; Evan era um homem generoso; Evan podia ser sua última chance. Namorar, na sua geração e nessa etapa da vida, ela passou a acreditar nisso, não era tanto uma questão de sucumbir à febre de uma grande paixão, porém mais como um diagnóstico por exclusão: viu-se à espera dos sintomas fatais. Um homem mastigaria com a boca aberta? Faria um comentário anti-semita ou cometeria um erro de gramática? Diria "tetas" na frente do seu filho? Confessaria uma atração por luta-livre na lama?

Evan não fez nenhuma dessas coisas, mas Kathleen permaneceu fria em relação a ele. Aqui estava um homem estável, próspero, um homem no qual se podia contar para tomar conta da única filha de Kathleen. Por que uma mulher que fora tão feliz no casamento se mostrava tão cética ao achar que os anos que True tinha para se casar de novo estavam se esgotando?

True geralmente atribui isso ao desejo de Kathleen de mantê-la como sua irmã gêmea na privação.

Não que ela e Evan pudessem dar certo. Guy abominava Evan com um ódio que cresceu e se fortaleceu até transformar seu dócil filho num fedelho rude. Aquilo trouxe True de volta à razão. E pôs um fim ao interlúdio. Como poderia ela, de outro modo, continuar essencialmente a se masturbar com um homem que nem remotamente amava ou sequer gostava?

Depois que Rudy sai para casa, True pode ouvir o estéreo de Guy martelando os *rappers* latinos que ele e seus amigos subitamente passaram a curtir. Ela encontrou uma foto assinada de uma garota da quinta série no bolso da jaqueta dele e Guy perguntou-lhe, completamente inocente, se o seu aniversário este ano pode ser uma noitada em casa e se essa garota pode vir, também. "Vamos todos vestir pijamas, mamãe", ele prometeu.

True imaginou um aniversário para Guy que ela acha que vai deixá-lo maravilhado. Na próxima segunda, grande comerem *pizza* juntos, ela contará a ele. O aniversário de Guy vai cair no feriado depois que a temporada de três dias de sua peça tiver terminado, e True falou pelo telefone com um homem simpático, engraçado e cadavérico que é um dos membros permanentes da companhia de teatro e que interpretou o Capitão Gancho em *Peter Pan* dois anos antes. Ellery concordou em aparecer com o uniforme completo do Gancho no Skull and Bones, um restaurante construído parcialmente ao redor de uma velha escuna, e caracterizar os pequenos convidados de Guy, transformando-os em piratas, ensinando-lhes até os rudimentos da esgrima, como os atores a praticam no palco. Inofensivamente, mas em grande estilo, como uma dança impressionante. Como funcionaria isso no *playground* da escola de Chatham, True imagina com orgulho?

Embora ainda não tenha completado suas compras para o outono, ela decide sair cedo do escritório, correr ao andar de cima e contar agora mesmo para Guy, em vez de esperar.

Mas quando o faz, o rosto de Guy parece um céu de setembro sobre o Estreito, nuvens obscurecendo o sol e sendo obscurecidas por mais nuvens.

— É legal, mãe — diz ele simples e virilmente.

Algo está errado. True sabe que Guy vai aceitar esta festa de aniversário. Mas vai fazer isso por ela.

— Você não gosta da idéia.

— Gosto! É genial!

— Ora? Costumamos mentir um ao outro? Mentir para o nosso melhor amigo?

— Bem — Guy mostra um ar infeliz —, é meio bebê.

— Bebê? — True está espantada. — Lutas de espada? Piratas de verdade?

— É como contratar palhaços ou coisa assim.

— Não, não é!

— Bem, praticamente é. Como você fazia Papai Noel vir aqui em casa quando eu era pequeno... — Você ainda é, True protesta silenciosamente, você ainda é pequeno — e fingia que não sabia que ele estava vindo. Quero dizer, até eu sabia que ele estava vindo. Eu sabia ler, mãe! Podia ver, anotado no calendário grande. Seis e meia. "PN aqui."

— Eu... não sei o que dizer, querido.

— E nem chegava a ser o *verdadeiro* Papai Noel! Era de mentirinha!

Oh, meu Deus, pensa True, por favor não o deixe me perguntar agora... Guy sempre foi um pouco... lento nessas questões. Talvez porque já tenha perdido tanto, tem relutado em abrir mão das coisas de criança, embora esteja igualmente e desesperadamente ávido para se tornar um gângster anão de escola preparatória, como seu amigo Fenn Bourse. Tem revelado uma falta de interesse intransigente na questão do Papai Noel, embora True possa notar que isso lhe está custando algo.

Guy não gostaria que soubessem nunca disso, mas até os sete anos ele se enfiava na cama dela toda noite, às três da manhã, como um furtivo vigia noturno. Ela o encontrava estendido no pé da cama debaixo do saco de dormir Hercules que Kathleen lhe dera. E embora prestasse a devida atenção às preocupações inevitáveis de que poderia estar favorecendo uma sexualidade mórbida ou uma dependência daninha no seu filho sem pai, ela pessoalmente considerava aquela teoria pura mistificação, até mesmo em famílias com pai e mãe vivos.

Quando Peter se queixou do fato de que o bebê Guy dormia em sua cama, True, uma vez na vida, confrontou Pete, defendendo sua própria opinião de que cada noite de toque que Guy recebesse como bebê seria uma noite a menos que iria procurá-lo na cama de alguma Galley Girl quando tivesse dezesseis anos.

Agora, ela olha para o seu menino, simpatia e vergonha duelando dentro do peito, e finalmente pergunta:

— E daí, você me culpa? Das visitas de Papai Noel? Não faria isso para o seu filhinho?

— Sim, mãe, mas o problema não é este — continua Guy com um traço de irritação. — O problema é que você não quer que eu cresça nunca. Quer que eu fique um bebê, como no seu catálogo...

— Oh, Guy, não!

— Bem, um pouco.

— OK, Sr. Clint Eastwood. O que *você* pretende fazer no seu aniversário?

— Já planejei tudo. Quero que meus amigos venham dormir aqui, e dar lanternas a todos, e ficar acordado a noite inteira e alugar fitas como *O massacre do mata e serra...*

— *O massacre da motosserra.*

— E *Pânico 2.*

— São filmes proibidos para menores, Guy. Não posso fazer isso. A mãe de Fenn teria um ataque.

— Tudo bem, tudo bem, a gente sai de casa à meia-noite e brinca de Fantasmas no Cemitério.

True pode ver o rosto ansioso de sua mãe, na janela do chalé, enquanto uma dúzia de garotos corre gritando por entre os cedros e os bordos vermelhos, ululantes.

— OK, Guy, tudo bem.

— *De verdade?*

— De verdade.

— Não vai ficar magoada? — pergunta ele.

Não mais do que ter meus intestinos extraídos lentamente, pensa True, e diz:

— De jeito nenhum! Não vou ter mais de pagar a Ellery para fazer a encenação do pirata! Lanternas e filmes de horror baratos! Estou aqui, Ursinho de Pelúcia.

— E nada desse tipo de coisa.

— Do quê?

— Ursinho de Pelúcia.

— OK, Urso Assassino.

— Mãe, nada de ursos, ponto final. Tudo bem dentro de casa. Mas quero que diga à vovó e a Esa também. Eu já estou bem grandinho, mamãe.

Adeus beijos de despedida no carro diante da escola?, pensa True. Adeus leitura em voz alta na hora de ir para a cama?

— Pode me beijar sempre que quiser — diz Guy, com a peculiar capacidade de ler os pensamentos da mãe. — Mas não diga coisas como "Por que não convida Fenn para vir *brincar* aqui?" Garotos da minha idade não brincam... bem, nós brincamos, mas chamamos isso de rolar por aí. E não nos chamamos de garotos, nos chamamos de caras.

— Entendi — diz True. — Saquei.

RODA, RODA, roda, ela pensa. Até Guy. Guy ainda não está na varanda, mas girou a maçaneta da porta.

Mais tarde, True está deitada na cama, as lágrimas escorrendo-lhe até os ouvidos, tendo chorado mais vezes em semanas do que em anos, quando Isabelle abre a porta. Ela se senta na cama.

— Puppa — diz.

— Estou apenas meio de luto... ou coisa parecida.

— Hank telefonou. Quer saber se você almoça com ele.

Hank.

Novamente, esse assunto já estava encerrado.

Ela conseguiu, com força de vontade, parar de pensar em Hank quase que o dia inteiro. Não pensa em Hank enquanto dirige para bem longe, visitando um novo artesão, e passa pelo restaurante dele e vê o seu caminhão com o adesivo RENASCIDO PAGÃO, não pensa nele quando Franny lhe pergunta se as coisas estão apimentadas com o cozinheiro *cajun*. Não pensar em Hank custou a True o seu apetite. Belisca o pão de rosca de manhã, troca os cafés-com-leite por água. A idéia de comida lhe revira o estômago. Não precisa da balança para saber que perdeu carne. Sua face agora está encovada; seus *jeans* entram facilmente. True nunca sentiu uma luxúria tão abominável e desesperançada. Não sabe que existem tantas mulheres devassas debaixo dos mutáveis céus de março, através de toda a América e do mundo livre.

— Esa — diz ela agora. — Ele, tudo o que ele... nós dois pertencemos à comunidade dos negócios e ele quer dar... satisfação. Droga, é um cara legal. Eu só, você sabe, queria ele. De repente vou desmaiar de vergonha se um dia voltar a encontrá-lo.

— Então por que ele iria ligar mais de uma vez? Se está fazendo o esforço apenas por interesse comercial ou mera polidez? E sabe quantas vezes ele ligou?

— Não — admite True. — Como é que *você* sabe?

— Eu simplesmente passo lápis de cor nas páginas arrancadas do bloco de recados do telefone para ver que número está ali — Esa sorri, a filha do plantador de maçãs.

— Não tenho segredos — True desaba para trás na sua cama.

— Quer guardar segredos de mim?

— Só este. Só este segredo bobo. Por favor, Esa. Deixe isso para lá, estou falando sério.

— Mas não está. Quando digo para me deixarem em paz o que estou querendo dizer é *não* me deixem em paz.

— Bem, *eu* quero dizer para me deixarem em paz. Da maneira mais legal possível.

— Não quer, não. Está simplesmente sendo... Kathleen.

— De modo algum. Estou sendo prática.

— É quase exatamente o que sua mãe diria, mas com afeto, True.

— Afeto? É uma palavra que aprendeu na aula de psicologia?

— Aí, está vendo? Isso é totalmente "kathlênico". Pegou pesado — o queixo de Esa está perigosamente à beira do tremor.

True fica surpresa.

— Peguei. Fui muito maldosa. Sinto muito, realmente. Eu faço isso o tempo todo?

— Não, mas quando faz, faz para valer.

— Como?

— Arranhe-se onde não quer ser arranhada e terá uma Kathleen integral.

— Merda. Me desculpe. Não tive a intenção. Fico... assustada quando as pessoas se preocupam demais comigo.

— E Hank telefonou.

Estou me tornando como minha mãe? —, pensa True.

Para se distrair, ela abre o *laptop*.

Um *e-mail* lhe informa que o Rabbit Pearl está momentaneamente fora de estoque.

RUBY E KEITH, Kathleen, True e Franny se amontoam no carro de True para a noite de estréia de *Narnia*. Dog e sua mulher também vieram, com as sobrinhas de True, Merit e Alyssa. Reúnem-se todos no vestíbulo do Cape Family Theater, um espaço construído com uma doação anônima de uma atriz do Cabo — True suspeita que seja a adorável e graciosa Julie Harris — e se aglomeram diante das fotos que cobrem as paredes. Para o seu papel, Guy foi transformado numa criatura minúscula e aterrorizante, com uma longa barba vermelha ("Está acabando com meu rosto, mamãe", diz ele) e sapatos retorcidos para se enrolarem em anéis duplos.

As luzes diminuem e True fica perplexa. O seu menino tem talento. Sua voz é firme; seus gestos ágeis e manhosos. O público explode nos momentos certos e prende a respiração quando ele entrega à Bruxa a faca para matar o nobre Leão.

Ela não vê a hora de abraçá-lo. Dog trouxe um buquê de rosas de chocolate. Eles esperam, depois de três chamadas dos atores à cena pelo público, para ver Guy emergir do camarim com as roupas da peça, câmeras a postos. Rudy e Isabella ficam para trás, conversando com um dos amigos de Rudy, um ator local, impressionante na grandiosidade de sua juba maciça e encaracolada, o rosto brunindo com ouro de maquiagem teatral.

Ela vê Hank assim que Dog joga os braços ao redor do sobrinho, levantando-o do chão e rodando com ele:

— É assim que se faz, amigo!

Ele está encostado numa pilastra, aparentemente inseguro quanto a juntar-se a eles, sua jaqueta de couro de piloto aberta sobre um macio suéter cinzento. Eles se olham. Ela acena com a cabeça. E Hank se aproxima. True toma fôlego, hesitante.

— Este é Hank Bannister — diz a seu irmão, que larga Guy o tempo suficiente para apertar a mão de Hank. — Meu irmão, Dog. Bem, Augustus. Dog para nós.

Perto de Dog, True nota, Hank é pequeno, franzino. Deve ser apenas uns quinze centímetros mais alto que o metro e sessenta e dois de True, que ela todo dia deseja que pudesse esticar.

— Hank tem um restaurante em Truro...

— Truro! É uma cidade-fantasma nesta época do ano — troveja Dog.

— Estamos indo bem — Hank sorri. — As pessoas devem considerar uma aventura.

— De onde é o sotaque? — pergunta Dog.

— Luisiana — responde Hank. — Acho que ainda tenho um traço. Embora tenha vindo da Luisiana via Colorado, Flórida, Vegas e Nova York...

— Cidadão do mundo — comenta Dog, com um pouco de melancolia. Linda, sua mulher, belisca seu braço.

— Coceira nos pés.

— É coisa para se fazer enquanto solteiro — observa Dog, agarrando Merit no seu lado.

— Bem, eu me sinto bastante em casa agora — o olhar que lança para True é suplicante, penoso. — Sua mana lhe contou da vez em que fomos ao boliche?

— Vocês estão... saindo juntos? — Dog pergunta. True pensa, que merda, ele não precisava arfar.

— Foi um desvio não muito feliz — True ri com genuína boa vontade e Hank se vira para falar com Guy, que está aceitando cumprimentos do público.

— Eu sou Hank — diz ele, estendendo a mão. Guy oferece a esquerda. Parece que estão de mãos dadas para atravessar a rua. — Foi uma interpretação sensacional, Guy. Falo sério. Já fui ator certa vez...

— Você é ator? — Guy subitamente se liga.

— Não, sou cozinheiro. Mas, há muito tempo, fiz umas coisinhas.

— Cinema?

— Não. Palco.

— Broadway?

— Longe disso. Foi mais teatro universitário. Eu ia me formar em dança, porque era meio burro para ciências e um pouco baixo para jogar basquete. Então pensei... tudo bem, o que pode um cara que não é muito esperto e gosta de se agitar escolher como cadeira principal? Só fiz uma peça profissionalmente e foi do repertório de verão, *Oklahoma*. Nela você precisa ser mais saltador do que bailarino. Mas quer saber de uma coisa? Passou por aqui e foi a primeira vez que vi Cape Cod e, rapaz, depois disso sempre soube que ia voltar para cá um dia.

Ele é *gay*, pensa True. Gilete, pelo menos. Será que reparou que fiquei mais magra? Que apliquei camadas deste creme revigorante que parece esticar a pele debaixo do queixo pelo menos até sair do banheiro?

— Preciso aprender a dançar — diz Guy tristonho. — Tenho de tomar aulas. Você precisa aprender a dançar se quer ser um ator de verdade. Não tenho nenhuma noção do centro de equilíbrio do meu corpo. É o que o coreógrafo diz. Mamãe, posso tirar esta barba? Parece que tenho carrapatos.

— Vá trocar de roupa, mas deixa eu tirar uma foto antes — diz True. — E quando chegar no camarim não arranque a barba, Guy. Use o removedor de cola.

— O basquete ajuda — observa Hank.

— Eu jogo no time da escola — diz Guy, dando meia-volta.

— Bem, ajuda muito na dança, você sabe, ter músculos rijos e fortes — diz Hank, e a garganta de True se aperta. — Na verdade, achei que você parecia um cara que jogava basquete e então comprei isto.

Segura um pedaço de papel que está dentro de um daqueles plásticos transparentes usados para guardar fotos de carteira.

Guy examina.

— Aqui diz... Scottie Pippen.

— Sim.

— É seu... autógrafo de verdade?

— Sim.

— Como conseguiu?

— Um amigo meu conseguiu para mim no último *playoff* em que Michael participou. Um repórter esportivo.

— Mas deve valer muito dinheiro. Não vai querer dar realmente para mim. Eu sou... um menino!

Todo mundo ri.

— Não, é realmente coisa para um menino. Eu não tinha encontrado ainda o menino certo. Todas as crianças que conheço são meninas, as filhas de minha irmã. Por enquanto.

— Não tem um filho?

— Não. Ainda não — Hank não tenta disfarçar o olhar direto para True.

O que Hank deu a Guy, pensa True, é muito mais do que um cartão. É uma afirmação do seu filho, cujo corpo de menino é ainda pequeno e redondo como um hidrante, como um sujeito de verdade. Não seria capaz de achar palavras para dizer-lhe o que isso significa para ela, como sofreu observando Guy seguindo em frente aos tropeços, tentando acompanhar Fenn, que já possui a forma triangular do futuro adolescente, com as fintas iguais a um raio de Fenn e suas esquivas na quadra. Como receou que ele acabasse se tornando um filhinho da mamãe solitário e gorducho.

Quando Guy começa a se afastar, todo agitado, True sussurra:

— Não esqueceu nada?

Guy parece confuso.

— Oh, os agradecimentos! Muito obrigado, tio Dog, pelas rosas de chocolate. E obrigado, senhor...

— Hank.

— Hank, é claro, isto é a coisa mais legal que eu já... — impulsivamente, Guy abre os braços e abraça Hank pela cintura, sua face contra a jaqueta de couro de Hank. True não imagina a sua surpresa e então relaxa seu corpo enquanto lentamente coloca as mãos sobre os ombros de Guy. Dog e Linda são tomados subitamente por um acesso de tosse.

— Sabem por que estão tossindo? Estas roupas todas *fedem*! Não podem ser lavadas porque iam cair aos pedaços de tão velhas! Temos que passar *spray* de bom-ar nelas senão íamos feder até morrer. O cara que fez este papel antes de mim era da oitava série e, vocês sabem, já tinha hormônios! Deviam ter cheirado este casaco quando o coloquei pela primeira vez... — diz Guy.

— Já é mais do que queríamos saber — diz True.

— É um trabalho de muito suor — diz Hank.

— Posso trocar a roupa agora, mamãe?

Enquanto Guy parte às pressas para mudar de roupa, as calças de anão caindo e deixando à amostra o rego, entre metades brancas, como dois ovos cozidos descascados, a família sorri e sacode a cabeça. Rudy e Esa enfiam-se nos seus casacos e se despedem de todos.

— Aquilo foi muito, muito, muito gentil — diz True a Hank enquanto se afastam alguns passos da família. — E eu estava querendo ligar para você e pedir desculpas por meu comportamento estúpido e horroroso, você sabe, esses chiliques da meia-idade.

— Venha ao meu restaurante com sua família agora — diz Hank com urgência. — Deixe-me cozinhar o seu jantar.

— Muito obrigada, Hank, mas fizemos reserva em The Old Turtles. É o favorito de Dog...

— Então venha à minha casa, depois.

— Minha família vai passar a noite comigo... o quê? Para quê? Por quê?

— Venha à minha casa depois que estiverem todos dormindo. Não me importa a hora. Venha até minha casa, por favor, True, por favor venha à minha casa.

— Ouça, Hank, você é um cara legal. Não tive a intenção de dizer tudo aquilo. Você não precisa se explicar... mais. Recebi o cartão. Foi gentil. Você é gentil.

— Não é por isso que quero que venha. Quero falar com você, sim, mas tocar em você também. Não consigo pensar em outra coisa. O tempo todo.

Num momento como esse, não é possível sentir o rosto de outra maneira. É como se estivesse pegando fogo, como se a face inflamada fosse visível aos que passavam do lado de fora das janelas, aos navios no mar, aos cosmonautas ociosamente espiando dos portais na estação espacial Mir.

Ela não vai até a casa dele. Vai ver como se sente depois de comer. Não, definitivamente não irá.

A CAMINHO DO RESTAURANTE, a canção favorita de Guy começa a tocar.

— Cante o vocal de fundo, mamãe — insiste, ainda decolando com os agudos dos intérpretes — "Por que você me excita... Buttercup" ... você não cantou "você me agita".

— Estou pensando numa coisa, Guy — diz True.

— Este autógrafo que ele me deu — diz Guy. — Acha legal um estranho dar a um garoto uma coisa dessas?

— Não precisa ter medo dele. Mamãe estava lá. E titio. E Hank é... Hank é realmente um cara legal, Guy.

— E você está gamada por ele.

— Claro que não.

— É melhor assim. Porque, não se ofenda, mamãe, ele não parece ter idade para ser pai.

— Acho que parece, sim, Guy.

— E aí, beijou ele?

— Não.

— E vai beijar?

— Não.

— Detesto dizer isso de novo, mamãe, mas você falou o mesmo sobre Evan o Terrível. — Obrigada, Esa, pensa True. Esa bolou o apelido. — Você disse, ora, somos apenas amigos adultos... mas então ele começou a aparecer por aqui o tempo todo e... você... e você...

— Eu o quê?

— Não quero que fique zangada se eu disser.

— Não vou ficar zangada.

— Promete?

— Prometo.

— Acho que fez sexo com ele.

True agarra o tranqüilizador volante de couro com ranhuras.

— O que faz você pensar isso?

— Bem, agora está ficando realmente zangada.

— Não *estou*, Guy! A não ser que você continue a insistir nisso.

— Você tem uma daquelas coisas para fazer sexo.

— Que coisas?

— Aquelas coisas como um grande dedal de borracha.

Está falando do seu diafragma. Fica num invólucro protetor no que parece uma caixa de anéis na gaveta de meias.

— Guy! Por que fica fuçando nas minhas coisas? Não gosta quando mexo nas suas...

— Estava procurando um par de meias brancas, mamãe. Só isso! Abri e não sabia o que era e perguntei a Brendan Frederickson...

— Perguntou a *Brendan*?

Os Fredericksons são cristãos tão radicais que não conseguem encontrar uma igreja suficientemente fundamentalista deste lado da Ponte Sagamore, por isso precisam alugar o Salão dos Veteranos das Guerras Estrangeiras para realizar cultos religiosos.

— Ele disse que sua mãe tinha um também — falou Guy descontraidamente. — Não tem problema, no caso de mulheres casadas.

— Bem, quando comprei aquilo era casada com seu pai.

— Para que não tivessem mais filhos. Você só queria a mim, eu acho. Se tem o melhor, para que precisa ter mais?

— Foi o que pensei — diz True secamente.

— Mas podia ter tido mais filhos, se papai não morresse.

— Acho que sim.

— E se casasse de novo?

— Sim, e se eu casasse de novo?

— Ia ter mais filhos?

— Provavelmente não.

— Velha demais, hein?

— Não, na verdade não, Gui. Não sou *tão* velha assim. Eu poderia ter um bebê. Gostaria de um bebê? Um meio-irmão ou uma meia-irmã?

— Depende.

— Depende do quê?

— Do tipo de bebê que ia ser.

— Pensei talvez em adotar um bebê da China.

— Ela ia falar chinês?

— Provavelmente não. Não, a não ser que nós falássemos. Os bebês falam o que os seus pais falam. Você é francês e inglês. Fala francês?

— Sim, falo. *Un, deux, trois...*

— E?

— "Cuatro, cinco, sex".

— Você deve ser espanhol também.

— Bem, se ele não pudesse falar chinês, por que ia valer a pena? Ia ser só um bebê comum.

— Bem, é que existe uma porção de bebês na China que precisam de pais.

— Quem são os pais deles?

— Eram pobres, ou doentes, e não podiam cuidar deles.

— Bem, se você se casasse ia fazer sexo?

— Achei que estávamos falando sobre adotar bebês.

— Se o cara do restaurante beijar você e se casarem quer dizer que eu nunca mais vou poder dormir na sua cama, mesmo que aconteça um furacão? Ou que eu vomite?

— Guy, Guy, pense no que vai querer comer no jantar — diz True, remexendo nos cabelos ásperos dele, estriados de vermelho e pintados para o palco. — Quer tiras de mariscos? Ou Salada César, já que é tão tarde? Sabe, quando era pequeno você a chamava de Salada Cesariana, porque eu acho que alguém lhe contou que foi assim que eu dei à luz você.

— *Pizza* — diz Guy, parecendo tão aliviado de se livrar do assunto do sexo quanto True. — *Pizza Marguerita.* Com tomates extras. E não fale sobre aquele negócio que eu disse quando era pequeno do lado de fora de casa, mamãe, certo? É chato para mim.

— Você fala coisas assim de mim. Como daquela vez que disse que meu peso era superior ao que consta na minha licença de motorista.

— Mas eu estava zangado quando disse aquilo.

— Sim, está tudo certo quando é você que fica zangado, mas eu não posso ficar zangada.

Guy suspira.

Entram no restaurante e True vê que metade das famílias dos membros do elenco escolheu o mesmo lugar, por isso todos juntam as mesas e os garotos assumem o controle do cardápio e pedem refrigerante e fatias de *pizza*. True senta-se com o irmão e a cunhada Linda; Franny e a filha Angelique, enquanto sua filha caçula, Clainey, que geralmente atua com a trupe e tem muitos amigos no elenco corre para abraçar Guy. Kathleen alegou cansaço e Beatrice, a diretora do teatro, a deixou em casa.

Quando pedem a segunda rodada de drinques, True subitamente pergunta ao irmão:

— Doggy, você nunca se perguntou por que mamãe não casou de novo?

— Não — diz o irmão, mordendo os bastões de mozarela.

— Porque ela praticamente come com os olhos o juiz Hammersmith, o cara da UPS e o escrivão do tribunal...

— Imaginei que fosse porque adorava tanto o papai.

— Existe isso — admite True. Além das limitações de True, talvez o único assunto a respeito do qual Kathleen faz sempre um discurso improvisado são os méritos de Robert Dickinson, o pai de True, cujo modesto carro derrapou no gelo e capotou numa vala quando True tinha dez anos e Dog doze.

Robert Dickinson vendia enciclopédias quando essas coisas ainda eram vendidas de porta em porta, e aparentemente obtivera um tremendo sucesso nessa atividade, a julgar pela quantidade de placas que Kathleen exibe nas paredes do chalé. Em conseqüência de suas ausências e dos seus silêncios em casa, Robert não só vendia, mas também lia a enciclopédia, inclusive cada Livro do Ano, de cabo a rabo, e certa vez disse aos filhos que não podia esperar a hora de crescerem o suficiente para fazer a mesma coisa, para que pudesse sabatiná-los durante o jantar. Dog e True se lembram pouco do pai. Não choraram a sua perda. Na verdade, chamam o acidente de Chappaquiddick*, porque aconteceu mais ou menos na mesma ocasião, e Kathleen nunca entrou em detalhes. Sempre se perguntaram se seu pai estaria voltando para casa de uma taverna naquela noite escura de primavera. O que Kathleen vai destacar, a troco de nada, é que o seu Bert era homem de voltar para casa depois de dez dias na estrada, ir até a sua carpintaria e erguer uma varanda numa única tarde e ainda ter energia para dançar tango no baile de Saint Dunstan naquela mesma noite.

— Talvez ela nunca encontrasse um cara que soubesse dançar tango — acrescenta Dog. — Lembra como ela sempre dizia "Ele não era daqueles homens que parecem um maricas quando dançam"?

— Sim — diz True, lembrando os braços de Hank, pensando como ele *sabe* dançar. — Ela dizia: "Ele sabia conduzir de modo que você se sentia uma pluma nos seus braços."

— Uma figura muito difícil de superar — diz Dog.

— Gostaria de ter conhecido seu pai — interpõe Linda. Irmão e irmã olham para ela sem expressão.

— Acho que ela o conhecia de um modo que nós não conhecíamos — Dog encolhe os ombros. — Céus, ela ficou feroz depois que ele se foi. "Comam cada ervilha. Eu *paguei* por essas ervilhas." Lembra como tinha vergonha de trabalhar?

True se lembra, e de como sua mãe os observava freqüentemente, quando se queixavam de seus desmazelados uniformes com saias plissadas e coletes, de que estavam recebendo uma educação melhor do que a que teriam se seu pai tivesse sobrevivido. Dog diz agora, provocando as próprias filhas, que também

*Referência ao acidente de carro em 1969 envolvendo o senador Teddy Kennedy na ponte de Chappaquiddick, em que morreu sua secretária Mary Jo Kopechne, episódio que causou um dano irreparável à carreira política do último sobrevivente dos irmãos Kennedy. (*N. do T.*)

conseguiram uma bolsa na escola preparatória de Amherst porque seu pai ensina lá: *Sabem,* diz ele, *vocês estão tendo uma educação melhor do que teriam se eu tivesse sobrevivido?*

— Mas, se ela gostava tanto assim de ser casada... dizem que são as pessoas que adoram ser casadas que se casam imediatamente, e eu sempre ouço ela dizer a Ellen: "Não tive um único encontro com um homem desde que Bert morreu."

— Imaginem mamãe num encontro com um homem.

— E daí? Não consegue imaginar? Um belo jantar de igreja? Acho estranho.

— Bem, mana, você também não voltou correndo para o altar, não foi? E teve um casamento legal — replica Dog e manda pedir mais ostras fritas.

DE TANTO PASSAR DE CARRO diante da casa de Hank, depois de procurar o endereço no catálogo telefônico, True sabe exatamente qual é: a casa de telhado em forma de A em Bobby Lane. Ela a conheceria mesmo que as luzes na varanda, na entrada e na sala de estar não estivessem acesas, em vivo contraste com a vizinhança, perdida em seu longo sono invernal. É uma hora da manhã. Todo mundo na família dela está dormindo.

Ele tem a graça, a graça tocante, de apagar as luzes da sala de estar no exato instante em que ela entra. Ela o beija antes que ele tenha uma chance de abraçá-la, um beijo de colegial com a ponta da língua. Os lábios dele são macios como os de uma garota. Beijam-se de novo, desta vez com as duas mãos agarradas nas costas do outro. True faz o casaco deslizar sobre os ombros; pode sentir, no escuro, Hank abrir os botões de sua blusa, através da qual ele busca com os dedos o que imagina ser o fecho do sutiã. Procura um fecho frontal, do tipo que uma garota jovem com seios empinados usaria. Quando sente as mãos quentes dele nos seus seios, acariciando-os, ela fica sem fôlego.

— Pele macia — diz Hank. — Pele macia, delicada.

Ela ouve o zíper da calça dele abrir, sente-o buscar, com a mão, a fivela do cinto, e estende a mão para abrir o botão de sua saia comprida, contorcendo-se para fora da meia-calça, chutando para longe as botas de caubói. Hank fecha a porta com o quadril.

— Você é tão magro sem roupa — diz ela. — Como uma criança.

— Chamamos isso de esbelto, madame. Não consigo engordar naquela cozinha. Mas criança — diz ele. Coloca a mão dela nos pêlos acetinados do seu sexo, está apenas ligeiramente duro. — Me dê um momento, querida. Querida — diz ele. — Faz algum tempo para mim. Estou nervoso...

Mas então a coisa cresce, florescendo, uma bela e grossa raiz, uma lágrima viscosa na ponta da sua pétala.

Ajoelham-se, abraçando-se, True pensando, ele vai apalpar minha barriga, meu bumbum... deitam-se.

— Você quer usar...? — pergunta Hank.

— Eu não, e você? — ela responde, a respiração descontrolada, ofegante.

— Não quero usar nada.

— Gravidez?

— Acho que não — diz ela.

— Mas não tenho medo disso. Se acontecer, tudo bem — diz ele. — Ou se você tiver uma terrível moléstia tropical e for morrer, eu quero pegar essa doença e morrer também.

Ela realmente sente isso. Algo que nunca sentiu antes, a não ser por Guy, uma emoção devoradora e incontrolável. Ela o adora. Está perdendo a cabeça. Então libera a mente para que levante vôo. Neste momento único ela sentirá êxtase. Pelo menos isto.

— É assim que me sinto também. Exatamente assim — diz Hank.

Ela está deitada debaixo dele no tapete diante da porta.

— O carpete queima, os joelhos — diz ele — são os piores. Só passa dois dias depois.

Isso parte o coração dela. Lembra a True que houve outras explorações, tão urgentes quanto esta, que não podiam esperar pelo conforto de uma cama.

— Você está tão molhada, tão molhada. Sinto o seu cheiro, você cheira a baunilha. Como um biscoito — diz Hank.

— Isto é porque... — diz True.

— Porque você me ama — Hank termina. Coloca um dos dedos sobre sua boca, dentro de sua boca. — E acho que sou seu.

E ela está perdida.

ELA SE ERGUE e fica sentada meia hora depois e veste a primeira coisa que encontra, a camisa de flanela de Hank, e imagina em quantos lugares do mundo neste exato momento mulheres estão se sentando e, por uma combinação de decoro e desejo de parecerem pequenas, colocando as camisas de seus homens.

— Foi... divertido — diz ela.

— Provou para mim que as possibilidades são intermináveis — diz Hank. True acha aquela uma maneira excêntrica de se referir ao que aconteceu.

— Em que sentido?

— Sexualmente.

— Achei que era sexualmente, mas... como?

— Que podemos nos divertir, sem parar.

— Tinha dúvidas?

— Tinha dúvidas, já que... nunca estive...

— Com uma mulher mais velha.

— Não — Hank diz protestando, seu olhar mais aberto e nebuloso, mas True consegue enxergar bem no fundo desses olhos deliberadamente opacos.

— E achou que eu ia ter aquelas banhas nas axilas que balançam para lá e para cá... — True ri à vontade. Seus braços sempre foram esplêndidos, sempre pôde usar um vestido sem manga sem ter de caminhar como um pingüim.

Hank também sorri, mas não diz nada.

— Então foi isso o que você pensou?

— Não, claro que não.

— Mas pensou alguma coisa.

— Bem, claro, eu queria saber... o que seria diferente. Mas acabou que todo o efeito geral foi... foi perfeito.

— Todo o efeito geral.

— Mulher, por que se apega a uma palavra isolada? Vamos mudar de assunto.

— Foi você quem usou a palavra. Não, você quer dizer todo o efeito geral, mas especificamente...

— True — diz Hank, correndo o polegar ao longo do pescoço dela, até o peito. — Você é bonita, maravilhosa, *sexy*, rápida e mais velha do que eu mas não tanto.

— E achou que isso faria diferença — True está prestes a chorar. — Pensou que não ia me achar *sexy*?

— Sabia que ia achar você *sexy*. Mas queria saber o que seria diferente.

— E o que foi diferente?

— Apenas, bem, necessariamente, uma mulher, ainda que não seja gordinha, e você não é... se ela é mais jovem, é um pouco mais... não sei... ela é...

— O quê?

— Sua carne é diferente.

— Enxuta, você quer dizer.

— Você disse. Eu não. E não quis nem dizer exatamente isto. Sou um idiota com as palavras.

— Enxuta — diz True, usando os pés para procurar suas roupas espalhadas pelo chão. — Pô! Cara, que pensamento. Por que precisa ser tão sincero?

Ela não quer se levantar e exibir alguma parte errante que possa balançar.

— Não vá embora e não fique com essa tromba — implora Hank. — Vamos terminar nosso encontro com uma briga?

— Não — diz True. — Mas também não quero ser uma trepada indulgente.

— *O que* está dizendo, mulher?

— Quero dizer, se fez isso para que eu me sentisse bem.

— E o que sobraria para *mim* nesta história? Pense nisso. Vou à peça do seu filho; tento ser cavalheiresco...

É um bom sinal, pensa True, ele disse isso para mim como se estivesse citando um trecho de uma peça teatral; mas então ela pensa em sua amiga do colegial em Nova Jersey, cujo namorado escrevia num cartão frases que começavam com "Devo compará-la a um dia de verão..." — somente depois ela soube por quatro outras garotas que ele só conhecia aquele soneto.

Pensa no namorado mais apagado de Isabelle, que rompeu com ela mandando-lhe um haicai.

— Sinto muito — admite True. — Vamos recomeçar. Vamos falar sobre o que falam as pessoas em encontros quando seguem a ordem natural das coisas. — Ela fica ruborizada. — Isto é, falar antes de fazer sexo. Não conto o boliche *interruptus* como um encontro.

— OK. Que escola freqüentou?

— Amherst.

— Garota esperta.

— Não, da cidade. Cresci lá. Me mudei para cá quando casei.

— E o seu marido? Me fale dele.

— Veio de Montana. Mas foi para Embry-Riddle. Sempre sabia que ia ser piloto. Meu irmão esteve lá, também, por uns tempos, até se dar conta de que os ataques de asma que tinha toda vez que entrava num avião eram ataques de pânico. E hoje meu irmão é professor de Literatura Inglesa, veja só.

— Sim, tenho uma irmã que queria ser médica, mas desmaiou e sofreu uma concussão da primeira vez que viu um cadáver.

— E o que faz ela hoje?

— É bailarina. Sorte que a queda não afetou sua coordenação...

Boas notícias, rumina True. Ele tem a ver com o intelecto. Tem a ver com arte.

— É isso aí — diz ela.

— Mas ainda não sei da missa a metade! Estava me acomodando aqui para o resto da biografia e você vai e muda de canal.

— Não posso imaginar por que quer ouvir tudo isso. OK, tudo bem. Pete foi a nossa casa com Dog algumas vezes. Foram a Cape Cod. Ele adorava o Cabo. Conhecia o Cabo realmente bem. Trabalhei lá um verão como *baby-sitter*...

Ela pensa naqueles dias longos e intermináveis de verão, quando sua empregadora a tratava, uma garota de dezessete anos, como uma adulta, oferecendo-lhe vodca e tônica tal como o fazia com suas próprias amigas adultas, as outras mamães da praia, em seus biquínis discretos, que passavam os dias tomando banho de sol enquanto o marido trabalhava durante a semana em Boston e voltava correndo nas noites de sexta. Ninguém pensava em câncer de pele ainda, nem na impropriedade de oferecer bebida a uma menor. Era tudo tão inocente... tão pouco saudável. True considera aquela uma época de felicidade banhada de sol e de liberdade. Festas noturnas na praia. As gêmeas Paulie e Mikey, pelas quais tinha uma paixão igualmente dividida, as noites lascivas em que deixara uma ou outra terem acesso — somente com as mãos — aos segredos debaixo de sua frente-única, enquanto uma fogueira de praia lançava suas sombras.

— Muitas garotas de fora de Cape Cod faziam isso. Era um ótimo emprego. Trabalhei em Harwichport, naquela região pacata que parecia com o litoral de Jersey, pequenas cabinas com nomes engraçados como O'Reilly's Folly todas apertadas umas contra as outras. Trabalhei para um casal que era primo dos Nickersons...

— Que Nickersons?

— *Os* Nickersons. Donos de tudo que existe na cidade. O mercado de peixe. O ramo imobiliário. Olhe os nomes nos cemitérios. Os Nickersons *são* Chatham.

— Então isso significava que...

— Significava que me pagavam bem e eu só tinha dois garotos pequenos para cuidar e meu irmão podia trazer seus amigos para ficar na casa dos meus patrões. Mary Anne, a mãe, preparava cafés da manhã sensacionais, *waffles* de framboesa. Acho que foi pelos *waffles* de Mary Anne que Pete se apaixonou. Então ele foi para o curso de especialização, cortesia dos fuzileiros navais. Como oficial.

— É impressionante.

— Oh, Pete era capaz de fazer qualquer coisa. Podia correr o dia inteiro e nunca ficar cansado. Erguer *qualquer coisa*. O campo de treinamento deve ter sido uma festa de praia para ele...

Vê Hank remexer-se desconfortavelmente, puxar a ponta da manta do sofá sobre o corpo, e pergunta a si mesma até que ponto ele seria inibido. E, no entanto, diverte-se ao pensar que este cara está imaginando seu finado marido como um decatleta grego e sentindo-se nervoso diante da comparação. Provavelmente a única vez na vida em que sentiu que outro homem era capaz de superá-lo, pensa True, com um sorriso misterioso, e diz:

— É uma história muito longa, mas ele acabou como piloto da Cape Air.

— Por sua causa.

— E porque queria voar em aviões pequenos. Eu já tinha decidido que queria morar aqui, não que fizesse grande diferença.

— Teria ido para qualquer lugar com ele.

— Não, ele teria insistido para que eu fosse aonde ele quisesse ir e o que eu dissesse não teria a menor importância. Tive sorte. Quando cheguei aqui e consegui um emprego de professora, não foi realmente tão bom assim. Mas Franny havia se casado com Steve, e eu tinha aquela amiga, Mary Anne, para quem havia trabalhado, e com o passar do tempo ela me apresentou a Elizabeth e acabei deixando meu emprego de professora e trabalhando para ela.

— Sente muita falta dele.

— Pete? Já se passaram oito anos. Sim, claro, sinto, mas cada vez menos. Em função de Guy, o tempo todo. Mas nós...

— O quê?

— Nós... Era um bom homem. Teria sido um excelente homem. Mas nunca... chegou lá. Nunca cresceu, quero dizer.

— É o que ouço o tempo todo a meu respeito — Hank se estira, puxa os *jeans* sobre a bunda nua com um sacolejo que atiça o coração de True como se fosse uma ficha de pôquer. — Sempre me dizem para usar roupas maiores.

— Não, Peter me amava. Mas era uma criança e... para ser franca, eu era uma criança...

— Num reino à beira-mar.

Uma alusão literária. True anota esta. É capaz de levá-lo outra casa à frente, do Hank dos Sete Instrumentos com seu rosto, para não mencionar sua bunda, para sorte dele. O fato de ter dado a Guy o cartão provou que não é um libertino, ou que pelo menos é um libertino com um coração sentimental.

— Aos vinte e três anos você se casava. Minha geração.

— Formou-se em quê?

— Literatura Inglesa. Muito prático. Mas, sabe, eu achava que iria ensinar para sempre. Como minha mãe e, depois, como meu irmão. Somos geneticamente intelectuais.

— E o seu negócio?

— Bem, começou com o dinheiro do seguro de Pete. Não tínhamos muito, mas não precisávamos de muito. Os militares cuidam bem das viúvas e dos órfãos. Assim, não tínhamos de fazer algumas despesas. Benefícios dos veteranos.

— Como funciona o negócio?

— Eu tinha alguma experiência de marketing. Mas, basicamente, são pacotes de presentes, tudo feito a mão...

— Tudo?

— Cada presente é feito a mão e costurado a mão. É parte do seu atrativo. É tudo... natural, eu acho.

— E como os descobre?

— Bem, você sabe, Cape Cod, toda a Nova Inglaterra estão cheios de artistas. E uma porção desses artistas faz coisas grandes, pinturas a óleo, móveis. Mas não podem viver disso. Então fazem o arroz-com-feijão, pequeninas coisas, também, que vendem em feiras. Digamos, se você faz caixas de dentes em madeira...

— Uma caixa de dente, para quê, dentaduras?

— Seu palhaço — e os dois riem. — Não, para o primeiro dente que cai do bebê — True sorri, sacudindo a cabeça com ímpeto — eu sei, eu sei. Mas as pessoas fazem isso. Digamos que você faz caixas de dentes de madeira, entalhadas e pintadas, e num verão vende cem delas a dez dólares cada numa feira rural. Ora, se você puder vender mil delas a cinco dólares a unidade e souber que no ano seguinte poderia vender outras mil... funciona para os artistas e funciona para nós.

— Estou vendo. É inteligente.

— Obrigada — diz True —, eu me orgulho disso.

Ela pensa na boca da sua mãe, retorcida para baixo, sua mãe advertindo-a de que o dinheiro do seguro deveria ser empregado em investimentos, bônus, não ações, para o futuro de Guy, que o negócio era um castelo no ar, embora até Kathleen tenha voltado atrás, mas sem nunca ter dito uma palavra de desculpa por ter demonstrado tão pouca fé no tino comercial da filha.

— Quem é Elizabeth?

— É famosa. E não apenas no Cabo. Por toda parte. Faz bonecas. É uma impressionante história de sucesso. Essa mulher começou fazendo bonecas cuja aparência imitava a de mulheres conhecidas da História, e contratou escritores para fazerem livros maravilhosos e os venderia juntos, a boneca e o livro, a história da pessoa real em que aquela boneca se inspirava. Custavam cem dólares cada. Sem armadura... quero dizer, sem acessórios. E usam os livros até nas escolas. Ela recebe ofertas o tempo todo para vender seu negócio para Fisher-Price e outras empresas.

— Isto logo vai acontecer a você.

— Oh, não, não estou nesse nível e, se estivesse, nunca venderia.

— Nunca venderia?

— Não. De verdade, por quantia alguma, a não ser que fosse fazer algo como me aposentar e comprar uma mansão na Irlanda e dar aulas a Guy em casa.

— Isso não soa tão ruim assim...

Hank volta uma casa atrás. Um senso prático aguçado é um traço que True admira nas pessoas, até em jovens. Então ele diz:

— Me conte sobre essa Elizabeth e suas bonequinhas. Você era professora e conseguiu uma entrevista com ela.

True fica perplexa. A maioria dos homens que conheceu faz um inventário apressado, com o que parece um esforço considerável, até achar *algo* para perguntar a uma mulher. Mas este homem quer datas, detalhes. Nunca se sentiu tão explorada, tão, bem, fascinante. Será que ele está realmente interessado? Será que ele sente de verdade o que ela *acha* que ele disse no momento antes de arrancarem as roupas um do outro? Ou está meramente extraindo informações dela, de pequeno empresário para pequena empresária? Com vistas a extrair sua grana? Será que vai pedir a ela, depois de um intervalo polido, se gostaria de investir num segundo restaurante?

— Não eram bonequinhas — diz ela, dando-lhe o benefício da dúvida e contente em falar sobre algo que conhece genuinamente. — Não estava escutando. Eram bonecas adultas...

— Desculpe. Sou do Sul. Lá chamamos tudo isso de "bonequinhas".

— OK. Eram mulheres como Cleópatra (*víboras vendidas separadamente*, ela pensa com tristeza) e os livros não eram tudo o que vinha com elas. Uma das bonecas mais populares era Isak Dinesen...

— A mulher que escreveu sobre a África!

Uma casa para a frente.

— Exato. Não acredito que a maioria das garotas tivesse a menor idéia de que ela escreveu *A fazenda africana*, mas era, de certo modo, nosso pacote de acessórios de maior sucesso.

— Como? — pergunta Hank, recostando-se, fazendo de seus braços um travesseiro, como se não tivesse a menor idéia de como está bonito, como sua pose é natural, o equivalente masculino de uma garota do calendário.

— Bem, essas coisas foram cuidadosamente pesquisadas e produzidas para parecerem tão autênticas quanto possível. Tem um rifle de mulher, um macaquinho filhote cujas patinhas você podia dobrar para que pudesse ficar sentado no ombro da boneca, um *kit* safári com cantis e uma barraca que podia ser montada e que, sozinha, custava cerca de oitenta dólares, e todas aquelas roupas, de conjuntos cáqui com botas até uma saia roxa de melindrosa com contas. Era tão bonita que comprei uma para mim, na verdade.

— Como Barbies, mas politicamente...

— Corretas, exatamente — prossegue True. — Era esse o truque. Grandes roupas, nenhuma culpa para as mamães. — Ela pára por um momento. — Não vai querer saber de tudo isso, Hank. Não precisa ser atencioso. Já foi bem além da sua devida cota de conversação pós-coito.

Hank, no entanto, diz exatamente a coisa certa. Ele diz a coisa certa ou a coisa errada, nunca o meio-termo. Isto, True acaba percebendo, é um traço. Ele diz:

— Eu quero saber, e estou lembrando que despejei em você todo o meu currículo numa noite, quando estava morrendo de fome...

— Fez isso mesmo.

— Qual foi a campeã de vendas?

— Oh, Joana. Definitivamente Joana.

— Joana?

— Joana. Santa Joana D'Arc.

— Outra santa.

— Bem, toda garota pode se identificar com ela. Apenas quinze anos de idade, pobre, bonita, liderando um exército com seu grande cavalo branco de batalha.

— Não sei. Era preciso ser um certo tipo de garota...

— Bem, Joana era a franquia — diz True. — E todos nós falávamos mal de Elizabeth pelas costas. Especialmente Rudy — conhece Rudy, é meu assistente agora, eu o roubei de Elizabeth — e Carter Berman. Era o cara do marketing. Tínhamos uma caixa de sugestões. E ele sempre gritava conosco "Acessórios, gente! Pensem em acessórios!" Por favor, não conte isso a ninguém, a boneca Sojourner Truth era uma beleza, mas Elizabeth teve um ataque. Disse: "Onde vamos parar com isso, gente? Mais turbantes? Mais lápis e papel?

Hank ri. Não é fingido. Não seria um gesto polido, porque subiu a partir das pontas dos pés. Ele bufa.

— Peço desculpas — diz ele. — Toda nossa família ri bufando.

— Tudo bem — True também ri. — Ela dizia "Precisamos de etnicidade e diversidade! Diversidade de produtos!" Assim, Carter e Rudy fizeram um projeto para Joana que ia além da sua espada e da sua armadura — foi tão maravilhoso. Rudy disse: "Estou pensando num poste, nada que tenha ponta afiada, claro, e uma pira, algo simples, duas baterias AA, uma bela luz girando debaixo de uma pilha de lenha modelada em compensado...".

— Ela deve ter pirado — Hank bate palmas.

— Nunca disse uma palavra! Mas *vimos* quando leu o projeto. A única vez que botou para quebrar foi quando alguém sugeriu que vendêssemos... isto é humilhante... o terninho cor-de-rosa de Jacqueline Onassis, com cápsulas de sangue vendidas separadamente.

— Existe uma boneca Jackie Kennedy?

— Sim, era páreo para Joana D'Arc. E para Amelia Earhart. Até Guy, meu filho, tem uma Amelia Earhart. Estas eram as campeãs de vendas.

— Então eram bonecas para, digamos, garotas levadas como meninos. Ou garotas que tinham ambições. Garotas que não sonhavam só em virar mamães.

— Acho que sim — True entende o que ele quer dizer, mas se pergunta como qualquer garotinha normal poderia resistir a Jackie, com sua dúzia de roupas com minúsculas gargantilhas cintilantes e chapeuzinhos, ou a loura e brava Joana, os primeiros modelos com cabelos compridos, os que vieram depois com cabelos cortados rente, com seu manto escarlate de prisioneira. Nenhuma garota jamais tivera bonecas como aquela, com toda a certeza, True imagina. — Bem, nem todas eram sucesso de venda. Havia Eleanor Roosevelt. Em pesquisas de mercado, as garotinhas a admiravam, mas não podíamos obrigá-las a querer uma boneca de meia-idade com sapatos ortopédicos e óculos.

— O que fazia?

— Quando uma boneca fracassava? Elizabeth aprontava o diabo.

— Não, o que você *fazia*?

— Bem, eu supervisionava os escritores que faziam as histórias, as biografias.

— Como chegou a isto?

— Eu era professora de inglês, como disse... isto é, como havia dito — True pensa em si mesma, aos vinte e quatro anos, com um permanente infeliz nos cabelos, histérica depois de um ano ensinando criancinhas ricas numa escola preparatória de Cape Cod. — E comecei a escrever os textos dos catálogos. Então fui promovida. Rudy disse que eu era a herdeira presuntiva, que um dia eu assumiria a chefia, porque Elizabeth não tem filhos...

— Por que saiu?

— Bem, Pete morreu. E aí fiquei com um pouco do dinheiro do seguro. Benefícios, como falei. E eu queria a aventura. E havia absorvido tanto da experiência de Elizabeth, ou achava que havia.

— Você queria desafiá-la — os olhos dele estão aguçados, estreitos e cheios de confiança, e True sente algo não muito distinto de medo. Não quer se deixar conhecer tão cedo. E falsamente — seria mesmo falsamente? E será que ela, na verdade, acolhe bem as adivinhações dele, suas tentativas de desenterrar coisas da vida dela? — Você é assim — diz Hank, satisfeito.

— Você não tem idéia de como sou! — protesta True. — Nunca pensei nisso assim, mas talvez, talvez um pouco. Não que eu tenha. Doze Vezes Abençoada não é de Elizabeth. E havia também, e isto é mais importante, o fato de que eu queria construir um futuro para mim. Éramos bem pagos, pelo menos depois de algum tempo lá, mas ela era a abelha rainha. Elizabeth era... bem, parcimoniosa. Tínhamos um *desconto* na compra de bonecas no Natal. Não ganhávamos bonecas grátis para nossos filhos. Eu me lembro dos natais. Ela chegava sorrateiramente — e aquela mulher tem quase um metro e oitenta de altura — com o nome de uma atriz de cinema num pedacinho de papel e dizia: "Mande a ela toda a nossa maldita linha, de graça. Em duplicata. Ela tem gêmeas. Embora ela pudesse provavelmente comprar toda a linha pelo menos dez vezes." Mas ela sabia que ter as filhinhas de Cybill Shepherd carregando uma Joana no colo era um tipo imbatível de publicidade. E, pensando bem, eu leio *People*. Céus, eu faço a mesma coisa. Os bebês de Rosie O'Donnell receberam minhas Abençoadas.

— Faz a mesma coisa — diz Hank. — E isso faz sentido.

— Claro. Ela conta ao seu pessoal; eles contam aos seus amigos...

— Então Elizabeth ficou zangada quando você saiu?

— Não dava para saber. Ela nunca foi exatamente Missus Cuddly. Mas acho que em certo nível, ela...

— A respeitou por aquilo.

— Mmmmmmm... E você sabe, faço minhas entrevistas com candidatos a emprego exatamente como ela fez a minha. Antes da entrevista falo com todo mundo para quem a pessoa trabalhou, de modo que não deixo a personalidade interferir. E então faço uma ou duas perguntas. Como Elizabeth me perguntou, nunca vou esquecer: "É capaz de escrever uma boa frase em inglês?"

— E você disse que sim.

— Ela falou: "Pode começar na segunda-feira?" Eu tinha um emprego e Pete e eu brincamos de casinha e foi divertido. Sabe, pilotos não chegam a crescer. Acho que são como caubóis de rodeio ou pilotos de corridas de automóvel. Sempre jovens. Seria fabuloso agora para Gui...

— Por que o chama assim? Gui? Com um G acentuado, à maneira francesa?

— Gosto assim — diz True, com satisfação. — Seu nome foi em homenagem a um jogador de hóquei dos... não sei, os Canadiens. Guy Lafleur. Chamavam-no "A Flor". Pete era um homem atlético. Jogava em três times de *softball* e voava. Uma vez contei os meses que passamos juntos de fato em dez anos de casamento. Menos da metade.

— Mas devia haver um montão de noites em que ficavam juntos a noite inteira e conversavam.

— Não — diz True honestamente. — Peter Lemieux era mais um cara de ação do que de falação.

— Piadas exclusivas dos dois — Hank insiste.

— Não — diz True. — Ele me chamava de Biscoito. Porque dizia que eu era baixa e arredondada. Embora eu não fosse, na época. Nós... íamos levando. Nunca brigamos, exceto quando eu tentava fazer coisas de algum jeito que não era o seu. Era muito teimoso.

— Você parece não gostar do tipo que desistiria de uma boa briga.

True lembra da mandíbula cerrada de Pete, das vezes em que simplesmente saía de casa, por horas, voltando ainda mudo, mudo durante um dia inteiro depois que ela cometera algum pequeno deslize, como escolher cascalho de conchas para a entrada de carros do seu pequenino chalé quando ele pedira especificamente pedra, embora as conchas fossem coisa especial. Como ela se sentia intimidada com suas saídas de casa.

— Eu nunca queria discutir com ele — ela encolhe os ombros. — Foi a maneira como me criaram. Minha mãe obedecia a meu pai, pelo menos dizia ao mundo que o fazia, embora nunca me lembre de meu pai dizendo muita coisa, e ele morreu quando eu não tinha nem a idade de Guy...

— Mas você o amava?

— Meu pai?

— Não.

— Peter? Claro — diz True, e então admite — Não. Mas eu não era infeliz, também. Via amigas que eram literalmente infelizes. Ele não bebia nem andava com mulheres. Também não me batia. Tínhamos nossa própria casa. E então tivemos Guy e ele era um grande pai... e agora, gosto de estar sozinha. Funciona melhor.

Será ela dissimulada? Será que esta aquarela deliberada do seu passado se tornou um hábito? Ela acha que não. Tentou se imaginar dando atenção a um homem, em termos de meros minutos perdidos, e decidiu que seria impossível, levando em conta o que o seu trabalho e o seu filho exigem dela. True não pode imaginar nunca mais alguém lhe pedindo para tirar uma mancha do colarinho ou ir apanhar uma cerveja, já que está de pé. Sua excêntrica unidade pseudofamiliar em Cape Cod que True comprou depois de ambicioná-la durante dez anos, a ponto de suas sobrinhas acharem que uma tia com uma casa de praia é o adulto mais fabuloso da terra, parece suficiente. Desde a morte de Pete ela nunca permitiu a um homem pernoitar em sua cama. Nunca permitiu que a mulher apaixonada que existe nela lhe sobrepujasse o intelecto e fizesse dela uma figura lamentável, como sua amiga Ronnie. Ronnie acolhe em casa surfistas já meio passados e universitários e depois os despacha com uma regularidade impressionante, jurando para a filha que cada um desses perdedores tem seu valor na longa jornada.

Mesmo Evan passou suas raras noites na casa no quarto de hóspedes do andar térreo, sem nenhum direito a incursões à meia-noite. A conselheira que True visitou com Guy insistiu que a reação do menino nada tinha a ver com Evan pessoalmente (embora Guy discursasse toda noite que Evan era "um velho de merda, com seu jeito simpatiquinho fingido de falar comigo"), mas com o medo despertado em Guy de que Evan pudesse se tornar um acessório permanente que o filho tivesse que dividir um dia com a mãe. True explica isso agora a Hank. Parece importante para ele saber que ela tem um passado libertino — bem, pelo menos um passado impróprio para menores de 12 anos.

"Ele está um pouco fixado na sua fase edipiana", a conselheira havia explicado. "Sabe o que significa isso? Édipo era um rei..."

"Eu entendo o termo", disse True à mulher. "Mas ele só tem oito anos."

"Isto é material de cinco anos de idade", a conselheira prosseguiu. "Guy está um pouco empacado." Não voltaram mais à conselheira, e Evan não voltou mais à casa de True.

Ela olha para o relógio. São duas horas da manhã. Kathleen está provavelmente acordada em patrulha, mas True pensa que desgraça pouca é bobagem.

Faz a pergunta inevitável:

— Onde estava quando Kennedy morreu?

— Bem aqui — Hank diz a ela. — Foi a primeira vez que vim para cá. Havia esta mulher...

— Claro. Você sabe, é assim que toda história começa. Não quero dizer apenas a sua, mas não é verdade? Havia esse cara. Havia essa garota.

— Mas não era só a garota. E não durou muito. Na verdade, eu estava com meus amigos Jake e Tom, dando uma olhada no lugar que... bem, nós, os três... acabamos comprando, o restaurante. Jake vendeu a sua parte, logo. Foi em noventa e nove...

— Quero dizer o verdadeiro... quero dizer o presidente Kennedy — ela explica suavemente.

— Bem, *bébé* — diz Hank, seu sotaque subitamente acentuado —, acho que eu não tinha nascido.

Isto é o que os amigos de True chamam de um momento crítico.

Os dois ficam sem ter o que dizer.

True tenta animar as coisas. Pergunta a Hank sobre sua família. Suas irmãs são Win, Tannie e Reed. ("Na verdade, seus nomes são Mary Winston, Mary Tannifero, Mary Reed. Nomes de família. Eu teria sido Mary Henry se mamãe pudesse se safar desta", diz Hank. "Tannie é a que está esperando bebê.")

— O que você acha que é a melhor coisa do universo? — pergunta True.

— Além do óbvio? — pergunta Hank, previsivelmente.

— Além do óbvio — True responde, revirando os olhos.

— Tudo bem, acho que a melhor coisa no universo é pipoca, com manteiga tripla e levedo de cerveja. Não tem páreo.

— Saia daqui.

— Não. O quê? — Hank se senta.

— Saia da sala. Eu sou a única pessoa que conheço que acha que pipoca sem levedo de cerveja é um desperdício de calorias.

— Todo mundo come!

— Ninguém que eu conheça, exceto eu — diz True, ansiando por conhecer mais, e novas, afinidades maravilhosas.

— Qual é a sua canção favorita? — pergunta ela.

— Antiga ou moderna?

— Moderna.

— Aquela de Tom Petty. Aquela que diz ela me dá vontade de viver do jeito que quero viver.

— É a minha.

— Imaginei. E é isso o que quero — diz Hank.

— O que *você* quer? — pergunta True desesperadamente. — Um empréstimo? Algumas brincadeiras? Estou aqui para isso. Vamos, fale a verdade. O quê?

— Posso lhe dizer — fala Hank lentamente. — Mas não acreditaria em mim.

— Tente.

— Vou lhe dizer uma parte — começa Hank. — Todas as relações com mulheres que tive, embora fossem, de certa maneira, muito legais, todas terminaram.

— E daí?

— Não gosto de coisas que terminam — diz Hank, e ergue os olhos, e em seus olhos vê duas Trues perfeitas, magnificamente dobradas. — Eu quero, o que eu quero é uma vida. Aqui. Com uma mulher.

— Estou certa de que vai encontrar uma — True sorri. Ele é, afinal, sensualidade em carne viva, matreiro mas não manipulador. Ela o deseja até o âmago.

— Não me desrespeite — diz Hank, de repente, de maneira lânguida, pegando a sua mão. — Não. Não se faça de tímida — e corre o dedo indicador para cima e para baixo nas costas da mão dela, e depois na palma.

— Isto é como caminhar sobre gelo fino — diz True.

— Você tem medo?

— Humm, sim. Sou normal.

— Eu não sou.

— Dá para ver.

— Mas ninguém é são, quando está apaixonado.

— Está apaixonado? — pergunta True. — Não responda. Não me diga.

— OK, então me deixe contar uma história — diz Hank, os olhos azuis ávidos. — Sei que vai parecer boba, mas me dê noventa segundos.

— Eu lhe dou noventa *minutos*. Você vasculhou toda a minha história. Não acho que suas histórias sejam bobas.

— Bem, eu tenho esse amigo. Perry. É meu melhor amigo desde velhos tempos, quando éramos menores do que Gui. E Perry tem um corpo que parece a geladeira lá do restaurante. Quero dizer, a cabeça dele é do tamanho de um hidrante. Minha irmã Win podia fazer exercícios com o queixo pendurado no seu antebraço, e isto quando ela era *adolescente.* Perry e eu fomos certa vez à Flórida numa folga de primavera que eu tive e ele, bem, ele não fez a universidade. Simplesmente fomos e um dia decidimos, espera aí, a gente nunca pescou na Flórida. Vamos pegar um peixe-espada e fazê-lo na grelha. Já grelhou um peixe-espada?

True acena com a cabeça.

— OK, lá fomos nós com um sujeito legal, muito mais um amigo nosso do que um capitão de barco metido a besta, na costa de Key West. E as coisas estão difíceis por lá, ultimamente. Custou uma nota. Mas nós dois queríamos a experiência. Mas àquela altura, quando chegamos realmente lá, não estávamos mais muito a fim.

— Tenho certeza... de que você tem uma moral nessa história — diz True, perplexa.

— Tenho, mas deixa eu chegar lá — Hank faz gestos com as mãos pedindo calma. — Bem, durante três horas, até o sol estar a pino, não pegamos nem resfriado. Dois vermelhos bem pequenos. Então, quando íamos dar meia-volta, vimos aqueles pássaros todos agindo de forma maluca e o capitão acionou o motor do barco para lá, mais por curiosidade do que por outra coisa, e nós jogamos nossas iscas e VUPT! A linha correu tão rápido que ficou literalmente pegando fogo. E Perry e eu... eu... nós revezamos na grande cadeira à qual você fica preso por um cinto, sabe? Porque íamos ter somente essa experiência. True, levamos duas horas e meia e até Perry, que é moreno como uma frigideira de ferro fundido, ficou com o rosto queimado que nem camarão. Seus lábios incharam naquela noite, achei que ia ter de levá-lo ao hospital...

— Mas — True instiga.

— Mas durante aquelas duas horas e meia, aquele peixe, e a dor em nossas costas e em nossos braços, vendo o bicho saltar e mergulhar bem fundo, como era bonito, como um... como Pégaso ou algo mítico, não, como...

— Sei o que quer dizer.

— Foi isso aí. Eu podia *sentir* o pânico do peixe e a sua força e nada, nada poderia ter afastado meus olhos dele. Era como se eu estivesse dentro e fora do peixe ao mesmo tempo. Estava dando tudo o que podia dar. Podia sentir os músculos dos braços tremendo, e olhe que sou forte! Queria desistir, mas não conseguia, não largava o anzol nem para enxugar o suor sobre os olhos. Não havia nada mais no universo — Hank respira mais rápido. — E finalmente ele se cansou. E nós o arpoamos. Deve ter doído como o diabo e tínhamos de segurá-lo. Estava mortalmente ferido. Fiquei sentado naquele barco e, um homem feito diante de dois homens feitos, chorei com aquilo.

— Percebo — diz True. Ela não percebe. — Isto é... comovente.

— Porque ele, o peixe, tinha me proporcionado esta experiência incrível, esse foco incrível, esse desafio, e eu não queria realmente perdê-lo. Queria que nós dois vencêssemos.

O fervor no seu olhar é inegável.

— Então você provavelmente está se perguntando o que isso tem a ver com as relações entre homens e mulheres — diz Hank finalmente.

— Passou pela minha cabeça — True admite.

— Acho que é possível... duas pessoas. Como a maioria das mulheres, vai achar que sou um machista, mas não sou — estou aqui. Eu escuto. Mas com apenas meio ouvido. Aprecio seus... encantos, e seu humor, e seus sonhos, se é que têm sonhos. Mas nenhuma delas teve tudo. Nenhuma delas foi aquele peixe. Entende? Nenhuma delas tinha tudo o que era preciso. Nenhuma delas jamais chegou a ser aquele peixe. Percebe? Nenhuma delas me tocou em todos os níveis. Não que eu seja o tal, o bacana, como homem. Mas sabia que só iria abrir mão de tudo por uma mulher quando me sentisse daquele jeito. Como se eu não pudesse afastar o olhar, mesmo que quisesse.

— E o que você ia fazer?

— Continuar sozinho. Simplesmente ir a uma lanchonete de vez em quando.

— Era o que eu ia fazer, também — diz True. — Não é tão ruim. E... não chega a ser grande coisa, também.

— É isso mesmo. Mas é melhor do que aceitar menos do que você almeja.

— E está dizendo, baseado em que nada sabe a meu respeito, que se sente assim em relação a mim também?

— *Você* sente isso, também. Aposto que, na sua vida, nunca foi tão longe com alguém tão rápido assim, foi?

— Sexualmente?

— Não! É possível chegar a isso com um simples aperto de mão. Quero dizer, de toda maneira possível.

— Não — True admite. — Não. Sou uma pessoa cautelosa. Tenho a tendência de pesar bem minhas opções.

— Bem, eu não sou afoito de pular às cegas sobre as coisas. Eu me entusiasmo e depois esfrio. Mas, do jeito que sinto, você não é uma opção para mim, True. Você é o meu destino. Você é aquela que eu sabia que chegaria. Mas não sabia que você entraria um dia no meu restaurante por seus próprios pés, com os cabelos molhados soltos ao redor da face e as maçãs do rosto como alguma... estátua, e me olharia direto nos olhos e basicamente me desafiaria. Como se estivesse dizendo: *Guri? Aqui? Agora?* Quero dizer "guri" no sentido sulista, não no sentido literal. Não creio que pudesse ser de outro jeito.

— Então você basearia uma grande paixão num palpite?

— Bem, no fundo? — pergunta Hank. — O que poderia ser além disso?

Ela quer, subitamente, o conforto de seus lençóis finíssimos, de sua cama vasta, limpa e quieta. Hank lhe parece subitamente sebento e aventureiro, como um cara que conserta motocicletas. Ela receia aonde ele possa levá-la nessa onda.

— Então está deixando alguém para trás por minha causa? — Hank diz finalmente, rompendo o silêncio.

— Não estou dizendo que deixei ninguém para trás por sua causa — diz True calmamente. — Sinto... muitas coisas, mas isso foi algo que aconteceu, nós não planejamos.

Desacelerando agora, quer que ele coloque freios nela, pois não pode. Receia não ser capaz.

— Você tem juízo — diz ele. Mas agora, passado o seu momento de combustão, ela caminha sobre a brasa com cautela. Mesmo assim, afastando-se de atração tão potente como ao se afastar de um campo magnético. Ela deseja terrivelmente ver tudo isso como ele vê, nunca deixar seus olhos vacilarem diante da visão dele.

Mas, como acha necessário, ela diz:

— Vamos ver. E quanto a você? Existe alguém que vai ficar magoada porque você fez isso?

— Não — diz Hank, rápido demais. — Ouça, eu tenho um vício secreto. Eu fumo um charuto todo dia. Coloque o seu casaco e vamos ficar na varanda por um momento.

Está frio lá fora, mas pelo menos não tem vento e o aroma do charuto é fraco, como o resíduo de vinho derramado.

— Com quem você saiu, True? Com um monte de gente? Com poucos, mas significantes?

— Poucos e insignificantes — diz True. — Um construtor, um padeiro...

— Um fabricante de velas.

— E todos, e quero dizer todos, os ortodontistas de Massachusetts. Tenho uma amiga cujo marido é um advogado especializado em divórcios e ela meio que considera uma coisa banal como ir ao *shopping*. Uma sentença, um acordo, um encontro com True, você sabe.

— *Mon Dieu* — fala Hank — é o que dizemos lá na minha terra. A propósito de tudo.

— Você fala francês?

— *Mon Dieu. Laissez les bons temps roulez. Je t'aime.* A sua irmã você chama de "*chère*", querendo dizer "querida", não a cantora. Um cara de quem não gosta você chama de "*cochon*". É por aí.

— Eu falo mais francês do que isso.

— *C'est la guerre.* Eu devia ter aprendido mais. Meus avós falavam em casa. Os pais de meu pai.

True de novo se dá conta da hora e pergunta:

— Você tem... meu carro está trancado e estou descalça, não quero caminhar no cascalho. E meus cabelos parecem um ninho de ratos. Você tem uma escova de cabelos para que eu não chegue em casa parecendo que participei de uma luta livre?

— Embora tenha participado — Hank sorri. — Eu uso um troço de plástico, uma espécie de escova de cachorro nesta minha cabeleira, mas estou certo de que a pessoa que divide a casa comigo tem uma.

— Eu não... uuugh, não quero usar a escova de cabelos de outro cara — True tem tremeliques. — Deixa para lá.

— Não, ela é muito meticulosa e limpa. E tem cabelos bonitos.

— *Ela?*

— Minha companheira de quarto. Minha companheira de casa, isto é. Nós dividimos a casa.

— Você mora com... uma mulher?

— Platonicamente.

Uma pequena porta é batida e se abre na barriga de True.

— São apenas bons amigos?

— Agora. Ela trabalha no restaurante.

— Agora...

— Nós éramos... nós ficamos juntos por um tempo. Nós dois sabíamos que não ia dar em nada.

— Ela sabe que vocês não estão mais juntos?

— Sim — diz Hank. — Não. Quero dizer, sim. Teoricamente. Simplesmente nunca me interessei por outra pessoa, por isso não saí com ninguém. E nós, bem, às vezes parecia inevitável que nós...

— Dormiu com ela? Recentemente?

— Não.

— Não?

— Não por... muito tempo.

— Quanto tempo?

— Meses. Pelo menos dois.

True olha ao redor, em pânico, como se um *dobermann* com presas ferozes fosse saltar sobre ela.

— Onde está ela agora?

— Dormindo, eu acho.

— Nós fizemos isso... com... a sua companheira de quarto em casa?

— Ela tem o sono muito pesado. Você podia deixar cair um tijolo aos seus pés.

— Eu vou embora.

— Não — protesta Hank. — Espere, espere, espere. Não é o que parece. Nós simplesmente dividimos esta casa. O que fizemos, juntos, para nós dois, foi apenas... um pouco de prazer, um pouco de toque, um pouco de vida... nunca como se fôssemos estabelecer uma relação.

— Sei o que quer dizer. Já passei por esse tipo de experiência. Mas você *mora* com ela.

— Não no sentido que você sugere, True. Eu juro. Não é nada disso. Só dividimos um espaço. Somos basicamente camaradas. Nem mesmo vamos juntos ao cinema.

— E, no entanto, ela está lá agora e não acredito que gostaria.

— Acho que não ia dar a menor importância. Nem eu, se ela trouxesse um cara aqui. Pelo que sei, já trouxe. Na verdade, sei que ela é caída pelo sujeito da padaria — Hank tenta argumentar, pegando na mão de True. Mas ela está chocada.

— Se eu não precisasse do meu sutiã e das minhas chaves, já teria ido. Por favor, é só jogá-los pela porta, o sutiã e as chaves. Ou fique com o sutiã. Só preciso das chaves — True sussurra, recuando de costas para o carro. Ouve ruídos na casa. Os tremores secos e tensos que a fazem lembrar das noitadas na universidade começam a tomar conta dela. — Por favor, Hank. Não sei o que pensar de tudo isso. Mas não é bom. Por favor, vá pegar minhas coisas. Preciso ir para casa. Estamos no meio da noite. Não, já é praticamente de manhã, estou nervosa e a situação não ajuda em nada.

Ela dirige para casa, olhando pelo retrovisor. Seu rosto não aparenta o que está sentindo, seu queixo esfolado, uma queimação numa maçã do rosto. True relembra as noites em que voltava para casa depois de uma sessão de amassos com um dos seus namorados do colegial, como se olhava no espelho antes de ir para a cama, lamentando que só tinha sono à sua frente, devaneando diante dos lábios inchados, das faces avermelhadas e dos cabelos desgrenhados. Naquela época, o fogo erótico a deixava bonita. Talvez ainda deixe. Mas houve tanta confusão, tanta emoção, que ela se *sente* como se tivesse sido arrastada por um carro. Lava o rímel com a ponta de um dedo e aplica brilho nos lábios. Pára num posto de gasolina 24 horas e compra dois litros de suco de laranja. Bebe um deles imediatamente.

Nessa luz acinzentada, não consegue distinguir o pacote ou trouxa no balanço da varanda de sua casa. Então seus faróis deslizam sobre ele e vê Guy, com o capuz da parca para cima, manta nas pernas e cachecol no pescoço.

— Que diabo está fazendo? — pergunta ela, deixando o carro ligado, atravessado na entrada.

— Acordei e você não estava aqui.

— Eu fui... — True ergue uma garrafa — comprar este suco de laranja. Não tínhamos em casa e as pessoas estão passando a noite aqui.

— Acho que sou bobo?

— Sim, acho. Deve estar abaixo de zero aqui fora.

— Para não falar no fator pára-brisa — Guy se lamenta, como sentindo pena de si mesmo numa versão mais encorpada de uma garotinha. — Sei muito bem que não dormiu na sua cama. Estava fria. E arrumada.

— Bem, então eu saí.

— Até o meio da noite?

— Sim.

— *Conversando?*

— Sim.

— Com aquele cara dançarino de restaurante e do caminhão?

— Sim.

— Então está gamada por ele! — Guy se levanta e roda o cachecol num gesto digno de um ator shakespeariano.

— O que é fator pára-brisa?

— O fator pára-brisa, mamãe! O fator pára-brisa! É que parece a você mais frio do que realmente está, como seria se não tivesse um pára-brisa no carro! Não me diga que nunca ouviu falar nele! E isto é mudar de assunto!

— Vou mudar de assunto a não ser que entre nesta casa! — ela dá um tapinha na sua bunda enquanto ele corre para dentro.

— Posso dormir na ponta da sua cama? — diz Guy. — Tio Dog contou para nós a história de João Sortudo.

É uma lenda de Cape Cod que Dog se deleita em enfeitar para aterrorizar suas filhas e Guy.

— Sim — diz True, sonolenta, e então pensa nos aromas persistentes de alvejante de camisa e fumaça de charuto. — Não. Preciso tomar um banho de chuveiro e vou acordar você.

— Tudo bem — Guy parece desolado. Deixou cair a parca, a manta e o cachecol no corredor do andar de cima. — Vai fazer panquecas de manhã?

— Sim — diz True. Ela está parada no corredor petrificada, a imagem da cabeça morena de Hank no meio de suas pernas como uma mão a retê-la pelos ombros.

— Vai fazer *waffles*? — pergunta Guy, alerta para algo, e aproximando-se dela, como um cão selvagem farejando sangue.

— Hummm, sim — diz True.

— Vá para a cama, mamãe — diz Guy a ela. — Você parece que vai ter um troço.

— NADA? — FRANNY PERGUNTA, incrédula. — Quer dizer nada, nada? Nem mesmo fez fora?

Estão sentadas ao ar livre numa tarde amena enquanto hastes esguias de açafrão espiam através da neve derretida, um dia que a ancestral de True, Emily, teria chamado um dia de sapatos roxos, na grande mesa de colheita onde os artesãos às vezes mostram seus produtos a True quando a visitam, na crença de que a luz natural valoriza seu trabalho.

— Não, nada — replica True, curvando-se operosamente sobre o trabalho que está fazendo, evitando os olhos de Franny. Conhece Franny há tempo suficiente para saber que as sobrancelhas à Greta Garbo de Franny se ergueram debaixo do seu tufo de cachos morenos.

— Sabe que isto quer dizer que dormiu com as últimas dez mulheres com as quais ele dormiu?

— Sei que dormi com ele praticamente no *nariz* da última mulher com quem dormiu — diz True.

— Podia engravidar.

— Não seria a pior coisa na terra. Podia manter segredo sobre sua identidade. As estrelas de Hollywood fazem isso.

— Só mantêm segredo sobre os caras porque são jardineiros, ou coisa parecida.

— Sabe mais disso do que eu — diz True secamente. Está disposta a trocar de marcha não por causa de reticência, mas para manter suas evocações imaculadas, protegidas das impressões digitais da fofoca.

Falar sobre Hank enquanto uma torrente incessante de frases e de imagens lhe inunda a cabeça e a deixa tonta, como se estivesse vendo dois filmes ao mesmo tempo, um faroeste e um policial, ambos com os mesmos atores. O que ela e Franny estão tentando fazer são grinaldas de parreira que enfeitarão com fitas entrelaçadas, fitas púrpura, douradas e verdes, para o casamento de Esa. O casamento vai ser dentro de três semanas, mas ainda está embrionário, mais um conceito do que um plano, uma situação que deixa True maluca.

— O que eu sei é isto — diz True, pensando na noite anterior, quando ela e Hank pararam o carro no estacionamento da praia de Nauset e ouviram o homem que está sempre lá, tocando calipso nas tampas das latas de lixo, e que parece ter duas mulheres e pelo menos quatro filhos. — Não fazemos absolutamente nada e quando estou com ele parece que o mundo vem abaixo. Eu me sinto como se estivesse... passeando de limusine. Mas também como se tivesse dezesseis anos de novo. Me sinto mais feliz do que me senti em mil anos.

— É um bocado de vidas — diz Franny. — E se de repente ele tiver mesmo intenções sérias?

— E se tiver?

— Seria a primeira vez para você, me desculpe, a segunda.

— Não, Franny — diz True, séria. — Você conheceu Pete. Seria uma primeira vez — e acrescenta. — Ele me comparou com um peixe.

— Ora, se eu soubesse da analogia do peixe... acho que isso explica tudo.

— Foi uma coisa passageira. Fazia sentido na ocasião.

— Humm — diz Franny. — Bem, esta parreira dá grandes grinaldas. Um pouco de tule nelas e vai parecer que foram feitas pela própria *Mama*, embora eu desejasse que Isabelle se apresse e resolva o resto.

Nesse momento, como se anunciado por uma deixa, o caminhão de Hank chega ruidosamente na entrada de carros da casa de True. Ela olha para suas mãos ocupadas. Hank desce de um banco de caminhão como se estivesse saltando de uma sela de cavalo. Ela tem problemas para respirar em sua presença e até mesmo para controlar a voz ao telefone.

Ele abaixa-se e beija True, comprimindo o lábio inferior dela nos seus dentes.

— Venha morar comigo e ser o meu amor — diz, e acrescenta — ei, você é Franny, não é? — Estende a mão. — Tenho todo o elenco na memória agora. Franny é a melhor amiga na terra. Isabelle a favorita da vala, que mora aqui. Kathleen, Rudy, o sujeito das idéias...

— Certo. Bom Deus — Franny exclama, fazendo uma paródia de se abanar depois do seu aperto de mão. — Que ímpeto. Você é irlandês?

Hank passa uma perna sobre o banco do lado de True e coloca a palma da mão sobre a sua nuca.

— Sou, do lado de mamãe — diz ele.

— E isto é o que se chama adulação — interpõe True. — Ir morar com você e com Lucy e ser o seu amor?

— True, seja legal e honesta, sim? — Hank implora, embaraçado. — Franny, escute só isso. Lucy veio trabalhar no restaurante. Tinha um lugar para morar e a garota que dividia com ela foi embora. Eu agarrei a oportunidade. Não necessariamente ela. Eu dormia no *trailer* de Tom. Você mora aqui há vinte anos. Sabe como é difícil achar um lugar no Cabo no verão. As pessoas sublocariam um apartamento com Jeffrey Dahmer* se ele não desse a impressão de ter muito apetite. Quando me mudei para aquela casa, nunca imaginei que você fosse surgir na minha vida, True. — Vira-se para Franny, implorando. — Isto faz sentido, não faz?

---

*Canibal esquartejador que guardava as vítimas na sua geladeira. (*N. do T*)

— Não vou me intrometer nessa história — diz Franny suavemente.

— Ainda assim — diz True, pegando um pedaço de tule e fazendo uma paródia de uma gravata, com um nó Windsor adequado, ao redor do pescoço.

— Querida, minha única outra opção no momento é uma barraca — diz Hank. — Mas se quiser que eu arme uma barraca, eu armo.

— Eu deveria entrar em casa? — pergunta Franny. — Sinto como se estivesse observando vocês dois...

— Fazendo amor? — pergunta Hank.

— Mais ou menos — responde Franny.

— Bem, estamos. Acho que é assim que se *faz* amor, pelo que sei. É como se fosse um processo.

— Hank — True repreende. Seu rosto está em chamas. — Escute, você tem de ir ao trabalho e nós *estamos* preparando um casamento.

— Tudo bem — diz ele. — Telefono daqui a pouco. E depois vou telefonar de novo. E quando estiver dormindo, vou telefonar e acordar você.

Franny vê o caminhão partir.

— Porra — diz ela —, *eu* vou querer casar com ele.

— Por favor, vamos voltar à nossa tarefa — diz True. — Não pode imaginar como ele, e tudo isso, é dispersivo.

— Poderia tentar — diz Franny com um sorriso lascivo. — Mas posso imaginar como deve perturbá-la o fato de que ele mora com uma pessoa com quem ele *fez* aquela coisa. Acho também que entendo a posição dele. Quero dizer, o que ele deve fazer? Sair de casa e morar no seu carro na base no tempo que vocês se conhecem, o que, há duas semanas?

— Bem, no sentido bíblico, menos ainda — admite True. — Talvez dez horas. No total. Grandes horas. Horas falando sobre tudo. E, no entanto, nada, e pelo mesmo padrão, porque não há razão para falar sobre qualquer coisa, porque tudo está subentendido. Não posso explicar com exatidão.

— Não precisa — diz Franny. — É o que chamam de amor.

— Mas, ainda assim, é extremamente presunçoso até mesmo pensar em dizer que não vou mais vê-lo a não ser que saia de casa. As pessoas não podem mudar sua vida em função de algo tão novo.

— As pessoas têm mudado.

— Pessoas malucas. Pessoas solteiras. Quero dizer, eu sou solteira — True cuidadosamente corrige o seu pensamento —, mas na verdade não sou. Tenho um filho. E não me sinto à vontade telefonando para ele. E quando saímos para qualquer lugar... — ela pensa nos lugares aonde foram... a traseira do caminhão, o chão do estúdio de ioga de uma amiga —... é ridículo. Sinto como se fôssemos dois adolescentes correndo por aí em busca de um lugar para transar. E não trago ele para casa com Guy aqui...

— Eu poderia convidar Guy convenientemente para jantar e ir nadar.

— Poderia fazer o mesmo com minha mãe, também?

— Isso é mais difícil — suspira Franny. — Deve ser um porre, na sua idade, ter de esconder da mãe a sua vida privada. Na nossa idade. Por que faz isso?

— Esconder? Não se trata de esconder. Por quê? Não tenho idéia. Ela é tão reprovadora. Não consigo administrar isso. E depois que Esa sair, não vou ter sequer ela para cortar a interferência. Minha mãe abre minha correspondência, Franny.

— Ela *abre* sua correspondência?

— Ora, não me provoque. Ela abre sempre minha correspondência comercial. É parte do seu trabalho. E ela sempre abre minha correspondência pessoal porque nunca lhe pareceu problema deixar de abrir. Ei, minha mãe abria minha correspondência e *lia* quando eu era adolescente.

— Você queria matá-la?

— Claro, mas não podia de fato matá-la. Quando eu era menor, meu boletim escolar, ela de qualquer forma tinha o direito de abrir. Kathleen é a mulher mais bisbilhoteira da face da Terra e é espertíssima nisso, minha Franny. Ela não perde nada.

— Mas você tem de relevar, True — diz Franny baixinho. — Ela não tem vida alguma a não ser a sua.

— A verdade é que eu fui de certa forma conivente, até hoje. Era ela quem filtrava os telefonemas. Bastava eu fazer o gesto de cortar a garganta que ela dizia que eu estava numa reunião.

— Mas agora você quer ter os seus segredos.

— Bem, eu quero o meu espaço.

— É dureza. Ele tem a sua companheira de quarto...

— Sua companheira de casa.

— OK, sua companheira de casa, e você tem Kathleen...

— Por isso não quero nem pensar nisso até me dar conta do pé em que as coisas estão. Sei que estou louca por ele, ou simplesmente louca, mas não quero tomar grandes decisões até saber aonde vai esta coisa e até ter uma oportunidade de ver Guy acostumado com a situação; e estou segura de que não quero que nada atropele o grande dia de Isabelle.

Isabelle é, afinal, pensa True, sua querida, quase sua filha. A pessoa, em todo o mundo, excetuando Guy, que ela permitiu chegar mais perto do seu íntimo. Necessariamente, pelo menos por enquanto, ela tem de se concentrar em Isabelle e no casamento que se aproxima rapidamente. Em deferência a sua almejada profissão, Esa quer um tema e uma comida que tenham um sabor da época medieval, mas no início se recusou a aceitar qualquer dinheiro de True para criar essa atmosfera. Franny e Rudy sugeriram colheres de ossos para o bufê, cabeças encolhidas e um sacrifício de uma galinha preta; mas True acha que sabe o que Esa tem na cabeça — um casamento real com brumas do rio Avalon, recriadas acima de Ridgevale Beach. E com um custo mínimo.

Para conseguir isso, ela teve de vencer o orgulho de Isabelle. Todos se puseram a trabalhar nos preparativos, até Rudy. Ele e Keith chegaram, ofegantes, na noite da última quarta-feira para informar que haviam encontrado um fazendeiro que lhes daria um belo desconto na carne para o churrasco ao ar livre.

— Podemos ter um quarto de bezerro por trezentos dólares! — gritou Rudy.

— De qualquer modo não dão bons animaizinhos de estimação — acrescentou Keith.

True insistiu em pagar a comida e ajudar na confecção das decorações, embora tenha a mão pesada para esse tipo de coisa. Também consentiu, a pedido de Esa, em encenar a cerimônia "espiritual" depois que o casal atar os laços legais no Tribunal do Condado de Barnstable. Ela está se esforçando para criar algo apropriado à ocasião — abrangendo arqueologia, amizade e o mar — pesquisando nos Salmos. Deve também ter em conta que a mãe de Isabelle vai investir ruidosamente com um contingente de camaradas da tribo Harley Davidson, embora não tenha — como Kathleen lembrou repetidas vezes a todo mundo — contribuído com um níquel para as despesas da recepção. True convenceu uma amiga a ceder uma tenda listrada, já que não na baixa temporada dos casamentos no Cabo. O agente funerário local, que sempre teve uma queda por True, vai trazer algumas dúzias de mesas e cadeiras dobráveis no seu carro fúnebre, contanto que ele e seu caso, a bibliotecária, possam participar da festa. Ela e Franny estão preparando o salão — vale dizer, o quintal. A espinha dorsal da decoração são essas coisas parecidas com birutas, grinaldas envoltas em tule nas quais Franny e True vão aplicar com cola quente pedacinhos de espelho e então rezar fervorosamente para não haver um pé-de-vento.

Periodicamente, ela e Franny voltam à parreira com tesouras podadeiras e uma quantidade nada desprezível de arranhões e machucados, tentando arrancar grandes videiras das cercas e da folhagem em torno da casa de True, onde grandes vinhas escalaram até os galhos mais altos das faias. Vão usar as videiras maiores para construir um arco nupcial, entrelaçando os ramos das vinhas numa treliça de plástico. Completo, e especialmente visto a distância, tudo vai ter um ar supremamente festivo. Os candelabros serão de conchas; Guy está cuidando desse detalhe com seus amigos.

— Sabe — diz Franny de uma grinalda particularmente simétrica —, seria legal se você fizesse dessas coisas pequenas grinaldas para pendurar nas portas, no seu negócio. Com plaquetas pintadas com os nomes dos bebês. Kathleen poderia fazer isso. Guy podia fazer. Até Angelique seria capaz. E mesmo Clainey. Você lhes pagaria uma bagatela. Economizaria um montão de dinheiro. Afinal, tudo o que Angelique está fazendo de sua vida é se formar em curtimento.

— Preciso anotar isso — diz True, e grita: — Esa! Pode dar um pulo até aqui e anotar uma coisa?

Isabelle aparece na varanda. True e Franny erguem os olhos. Suas bocas se abrem simultaneamente em admiração.

Ela está de novo experimentando o seu vestido de casamento, um verdadeiro achado de ocasião, ricamente bordado com rosas prateadas, com mangas que chegam às pontas dos dedos e são o dobro da cintura de Esa. Isabelle não tem prestado para muita coisa a não ser devaneios e modelagem desde que O Professor (True precisou fazer um certo esforço para chamá-lo pelo nome verdadeiro, Douglas) disse sim. Escolheram uma aliança no estilo Guinevra que vai caber no dedo de Esa acima da segunda junta e que Esa também exibe ao jantar. A admiração de True é embaçada somente pela tristeza que sente por perder Isabelle. Só Hank é uma compensação para aquela tristeza. Não é preciso um analista para entender com que fúria Isabelle suplicou a seus deuses pagãos para que a paixão de True por Hank fincasse raízes.

Não só fincou raízes, como também alçou vôo. Perto demais, pensa True, do sol. Há um leve cheiro de queimado. Seu anseio por ele é horrível, inexorável; não há hora do dia em que ela não tocaria nele, e se empolga até com a sensação de caminhar para atender um telefonema dele. É um fato. Hank deve encontrar sua própria casa. Logo. Mas ele tem tão pouco tempo para procurar, e é quase impossível achar um apartamento de solteiro favorável no Cabo que não seja sórdido nem escandalosamente caro. É um trabalho em tempo integral, como achar agulha no palheiro. O sócio de Hank, Tom, é um chefe capaz e rotineiro; mas é Hank quem sabe instintivamente como uma pitada de pimenta vermelha do tamanho de uma moeda jogada da palma da mão (ele nunca usa medidores) no molho de creme irá glorificar o prato inteiro. True fez uma visita para observá-lo cozinhar (sente-se como realeza ao entrar em Aquele Lugar, para tomar vinho e jantar de graça) e fica maravilhada com a habilidade dele.

Isabelle faz uma pirueta.

— Mesmo assim — sussurra Franny — é emocionante e romântico. Essa coisa adolescente de se esconder.

— É parecido — concorda True, mas a irrita o jeito como Hank consegue evitar o assunto sempre que ela, por mais obliquamente, o levanta. Há sempre uma outra coisa, alguma coisa menos importante e encantadora, para discutir.

— Qual é a canção mais triste? — perguntou ele a True recentemente, quando ela sugeriu a necessidade de *realmente* conversarem.

— Para mim é *Brothers in Arms* — respondeu True.

— Acho que a canção mais triste é *Waltzing Matilda.* Me faz sentir australiano. Eu gostaria de *ser* australiano.

— Então se mude para a Austrália — sugeriu True, com uma ponta de ressentimento na voz.

— Não posso — Hank sorriu. — Meu pé está fincando neste chão.

Comentário que a fez acalmar, o que talvez fosse a sua intenção. Hank teria algum trunfo de reserva?, ela se pergunta. Algo que vai chocar-se com ela ou dar-lhe uma ferroada? Ou será que evita dificuldades logísticas por simples mentalidade masculina, o dom contente de pôr de lado qualquer pressão? Seu irmão, afinal, vem construindo a mesma varanda com tela há três verões.

True apóia as mãos na mesa de piquenique, tentando imaginar o que ela e Hank fariam se tivessem tempo para fazer qualquer coisa exceto procurarem um espaço para trepar — os filmes que poderiam ver, os lugares aonde poderiam levar Guy. Ela e Guy vão passar três dias na Flórida na folga de primavera, num lugar onde seres humanos comuns podem nadar com golfinhos amestrados. Será que Hank gostaria disso? Deveria convidá-lo? Ou ainda é muito cedo?

— Acho que devemos prestar um tributo à deusa da colheita. Desconfio que ela esteja se sentindo ignorada — Franny diz agora, em voz mais alta, interrompendo o devaneio de True. Largam seus trabalhos para observar atentamente Isabelle e oferecer seus aplausos.

— Não, a deusa da primavera — Esa a instrui. — Sou Perséfone, não Deméter.

True ergue a mão numa pose de balé, em louvor a Esa, mas seu pensamento sai para um longo passeio solitário.

Foi só na noite passada que Kathleen deixou claro que estava a par da situação. Quando True simplesmente não pôde esperar pela solução do crime em *Os três detetives*, o programa semanal da Disney, sagrado para ela e Guy, Kathleen deu à filha um olhar que teria murchado... bem, até parreiras silvestres. Seguiu True até a porta dos fundos.

— Não vou lhe dar conselho porque você não aceitaria — disse Kathleen. — Mas sei que não está indo a um encontro da Boa Forma ou jogar vôlei com o time de Franny.

True corou. Estas eram duas mentiras confiáveis — válidas para um punhado de ausências nos últimos dez dias.

— Não — admitiu ela.

— Este homem, este rapaz, True — sussurrou Kathleen. — Pergunte a si mesma. O que ele quer afinal?

— Imagino que queira o que ele diz querer — True falou à mãe. — Ficar comigo. É difícil acreditar, mas ele realmente quer. É tão louco por mim quanto eu por ele.

— Sabe o que eu quero dizer.

— Estou tentando ao máximo não saber, mamãe. Me dê uma folga. Dê uma folga a nós dois.

— Acho que ele quer sua... posição.

— Que posição? — pergunta True maliciosamente.

— True!

— Desculpe, mamãe. Uma piadinha adolescente de mau gosto. Quer dizer meu dinheiro?

— Chame como quiser. Essas palavras não são minhas. São suas.

— Acredito em você, mamãe. Por que não disse isso de Evan? Achei que teria muito a dizer a respeito de Evan também.

— Evan era um dentista.

— Hank é um *restaurateur*.

Kathleen assumiu uma expressão que lembrava uma tarde de vento quente com cheiro forte de maresia.

— True, não estou querendo ser cínica — disse Kathleen gentilmente. — Mas esse homem é essencialmente um nômade...

— Não. Pode dar essa impressão. Mas não é mais. Plantou raízes. Investiu tudo o que tem para fazer seu negócio dar certo.

— Mas um rapaz tão jovem sem laços...

— Mora aqui há dois anos... e tem laços, com a sua família na Luisiana. São muito chegados.

— Não quero mais discutir esse assunto — disse Kathleen, com seu jeitinho inelutável de fazer a outra pessoa sentir-se como se a tivesse arrastado para uma discussão contenciosa, embora fosse ela própria quem tivesse levantado a questão. Mesmo assim, True não precisava de Kathleen para plantar sementes tão amargas. Tudo o que Hank fala sobre seus esforços para manter Aquele Lugar em funcionamento aciona em seu íntimo alarmes ensurdecedores, embora ela saiba que até mesmo grandes restaurantes são notórios por sucumbirem no primeiro ano funesto. Os cozinheiros são rebeldes; o pessoal, geralmente pouco confiável e de mãos leves; as normas do estado, rigorosas. Com qualquer outro, ela teria se sentido solidária. Mas com Hank sua mente culpada se põe a imaginar que ele estaria tentando dar uma facada. Este é um dos motivos por que não contou a ninguém, exceto Franny e Esa, a que ponto este caso se tornou sério. Na noite passada, ao telefone, Hank disse: "Pode ser que eu esteja realmente apaixonado por você. Antes disso, só me apaixonei de fato uma vez, e mesmo aquilo, posso perceber agora, não foi nada comparado a isto."

— Bem, sabe que eu amo você. Quanto ao que isto significa... — disse ela.

— Não estrague tudo, True — Hank adverte, interrompendo-a. — Já conversamos sobre isso. E fui sincero. Não disse isso muitas vezes antes. Deixe simplesmente que fique, entre nós.

True revive esse momento e fere o dedo num espinho.

— Está distraída, True. A cabeça está voando? — pergunta Franny. — Agora me conte, já que Esa foi lá para dentro. Ele é grande?

— Preciso verificar — True sorri e começa a cantarolar a velha canção de um grupo feminino, *Here Comes My Guy*. As duas sabem que Franny não está se referindo a altura, mas True é menos confiante do que a maioria em relação a tais questões.

— E você sente grande emoção em relação a ele?

— *Grande*, grande... emoção, isso mesmo. Mas também não sei absolutamente nada sobre ele... — diz True, sorrindo.

— Foi para isso que Deus fez a internet...

— Não quero dizer que acho que estaria foragido da prisão...

— Não, quero dizer cartões de crédito, dívidas pendentes, coisas assim...

— Quero dizer que não sei nada sobre ele. Não sei de que tipo de comida ele gosta. Ou seu filme favorito. Ou se mexe os lábios quando lê. Ou se peidaria na minha frente.

— Poderia ficar sabendo de tudo isso.

— Sim, tarde demais.

— True, o que você quer que aconteça?

— Vou lhe dar três respostas. Quero dar um tempo de um ano mais ou menos e ver como combinamos, fazer com que ele conheça Guy, ver se poderíamos ser parceiros, ir devagar. Ele sempre diz, na verdade, vamos levar a coisa dia a dia. Está certo. Todo mundo que diz isso está sempre certo. Segundo, quero que feche o seu negócio, volte para Luisiana e me escreva de vez em quando. Terceiro, quero estar tão louca por ele que nos casamos na semana que vem e vivemos em felicidade absoluta por quarenta anos.

— Qual é a resposta verdadeira?

— Todas elas.

Guy chega pela entrada de carros, descendo do ônibus escolar e subindo para casa em passos rápidos, a mochila aberta, deixando cair papéis.

— Recebi uma carta! — grita. — Veja, mamãe! Recebi uma carta de Vovó e Vovô L. É para mim, não para você. Querem que eu vá para lá passar parte da folga da primavera!

— Pode ir no ano que vem. Nós vamos ao lugar dos golfinhos este ano.

— Mas eles dizem que posso andar sozinho no seu cavalo Pólo, sem você. Não podemos ir ao lugar dos golfinhos no ano que vem?

— Fiz reservas seis meses atrás, Gui.

— Mas eu provavelmente vou estar nadando melhor no ano que vem. E vão arranjar uma vara de pescar só para mim e mandar uma passagem de avião! É para o meu aniversário! Porque já tenho dez anos!

True visitou os Lemieux exatamente duas vezes, uma na lua-de-mel e outra logo depois do nascimento de Guy. Esteve com eles cerca de dez vezes na vida. Conhece a caixa do supermercado melhor do que sua ex-sogra. Não deixaria seu filho voar sozinho através do país, como não o deixaria descer ao fundo do mar numa gaiola para observar tubarões numa excursão do colégio. De sua considerável experiência com cavalos, sabe que são ariscos e teimosos, grandes o suficiente para esmagar pessoas e com cérebro de ervilha que os fazem se aterrorizar com borboletas.

Por outro lado, os Lemieux criaram Peter e seu irmão para serem homens fortes e saudáveis. Possuem princípios e são corretos, embora não exatamente calorosos e simples. Em contrapartida, ela teria oito dias e noites inteiros para explorar o significado de sua relação com Hank sem o puxão insistente das necessidades de Guy. Podiam viajar... podiam se hospedar numa pequena estalagem e... e se o avião cair? Mas, como mulher de piloto, sabe que isso é menos provável do que o ônibus escolar despencar no oceano na ponte sobre Bitter Creek. A verdadeira pergunta é: ela deseja uma semana inteira livre para ficar com Hank? Para ter Hank... talvez até mesmo, se ela ousar, na sua cama? Para fazer perguntas — perguntas não respondidas — e ouvir respostas?

— Iria perder o casamento de Esa! — diz ela a Guy, tirando seus cabelos suados da testa.

— Não, o casamento é no sábado, e eles disseram que eu podia viajar no domingo e voltar na quarta-feira.

True lança um olhar impotente para Franny, que abaixa os olhos, ocupados na sua intrincada grinalda de parreira. Nenhum socorro desta parte.

— Legal! — diz True finalmente. — Que aventura! Escreva à vovó e diga que você vai poder viajar.

— Não diga "legal", mamãe — censura Guy. — Diga "irado!"

— Irado! — diz True e suspira, seu suspiro subindo como uma exalação de fumo, através das árvores, através da areia, através do Estreito, e para dentro das nuvens, suplicando qualquer oportunidade de descanso que a mão aberta da Providência possa dar a uma tola como ela.

ABRIL

> PRIMAVERA NO AR
>
> *As chuvas de abril trazem as flores de maio, por isso preparamos uma surpresa, um misto de bulbos que vocês dois podem plantar juntos, e o embalamos numa simpática caixinha com apetrechos de jardinagem para crianças, com bordas arredondadas. Há também um chapéu para proteger da chuva, coberto com percevejos (não dos verdadeiros!), e um quebra-cabeça com todo tipo de encantadores bichinhos aquáticos, com pegadores que permitem aos pequenos dedinhos segurá-los com facilidade. Como realmente ansiamos pela primavera por essas redondezas, há também o brinquedo de puxar feito em madeira entalhada por Larry Sornberger, Os Patinhos, acompanhados de nossas pantufas em forma de patos, em amarelo e branco, para combinar. E não se esqueçam das Generosas Bênçãos, nossa água-de-colônia, que fará uma mamãe camponesa cheirar como uma deusa da chuva.*

APENAS OS MOTOQUEIROS da Harley não se preocuparam com o aguaceiro da noite anterior. Dentro da casa, todos os demais acompanhavam obsessivamente o canal da meteorologia e Rudy dava telefonemas a amigos seus, pescadores locais, implorando augúrios de uma estiada lá pelo meio-dia.

Felizmente, as temperaturas no decorrer da noite tinham permanecido na faixa dos quinze aos vinte graus — mesma temperatura da mãe de Esa, conforme Franny observou quando chegou no final da tarde de sexta-feira para entregar o bolo. A própria Franny fizera o bolo e o carregava como se fosse porcelana de Limoges numa caixa de papelão de computador Apple.

— Woodstock — disse Franny —, sem a música e as drogas.

— Não tenha tanta certeza — resmungou True ansiosa. A mãe de Isabelle e seus melhores amigos haviam chegado não só com barris de cerveja presos por correias nos bagageiros de seus mastodontes, mas também com frangos para colocar no espeto e assar na fogueira. Essas pessoas claramente se sentiriam em casa em qualquer latitude. True ficou reduzida à repetição silenciosa de afirmações sobre a brevidade de todo o evento. Exorcizaram visões de uma foto de primeira página no *Herald* mostrando em destaque a turma toda vestida de couro e brandindo Budweisers. Mickey, a mãe de Esa, passeava pelo quintal em suas meias-calças de couro de vaqueiro ao lado do marido Hob, que parecia a True uma criatura mítica, capaz de derrubar templos.

— Nós oito nunca vamos a lugar algum sozinhos — explicou Mickey, sem meias palavras. — Nascimentos, férias, cruzeiros, chuveiros, audiências em tribunais, bailes em associações comerciais, e não é preciso se dar ao trabalho de nos alimentar.

Ela enalteceu a habilidade de fazer pão de milho temperado com pimenta em frigideiras antigas de ferro fundido sobre uma fogueira.

— O truque está — disse Mickey — em nunca lavar a frigideira. Todo o óleo fica nela.

True, que observara as unhas do mestre-cuca, um contador chamado Howard, confessou que estava satisfeita de um almoço tardio e não deu sequer uma beliscada.

Em Cape Cod, a terra é algo que nem mesmo o Senhor pode aumentar, por isso as casas tendem a ficar amontoadas uma ao lado da outra. Os vizinhos ignoram ou antecipam acontecimentos previsíveis como brigas conjugais às noites de sexta-feira que atravessam ruidosamente as telas de verão, ou gritos abafados de paixão que soam como se viessem de dentro do armário. Tais ocorrências podem ser, à sua maneira, inspiradoras, e de qualquer maneira ninguém, a não ser os alucinadamente ricos, com suas fortalezas brancas encerradas em muros de pedra, podem esperar outro tipo de coisa.

Apesar de tudo isso, o clã da mãe de Esa era ainda mais difícil de ser ignorado que uma frota abatida de navios de guerra portugueses ardendo numa praia em agosto.

— Esse lado recolhido e reflexivo da minha personalidade eu herdei da minha família materna — disse Isabelle. True sorriu nervosamente.

A casa de True fica num terreno amplo em forma de torta. Ninguém pode devassar-lhe as janelas, e a única casa nas proximidades tem doze metros de altura e uma luz rotativa que, ampliada por lentes, brilha a vinte quilômetros mar afora. A privacidade sempre foi uma bênção — agora é um socorro.

— Gasolina — Kathleen sugere sombriamente, enfiando o nariz na porta da frente da casa de True. — Estão alimentando essas fogueiras com gasolina. Vamos ter a polícia por aqui.

— Tente não se preocupar, mamãe — ela aconselha. — Preciso escrever meu discurso e não posso ficar com os nervos em frangalhos. Lembre-se, é o único casamento de Isabelle.

True está pesquisando textos de poesia da universidade, e vários volumes de peças. Mergulhada num poema para Maud Gonne por William Butler Yeats, ela ouve o tanger da guitarra lá fora e fica então segura de que a vaca vai realmente para o brejo.

— Acho que não vou agüentar — diz a Hank pelo telefone. — O seu restaurante é mais quieto.

— Então venha para cá — ele sugere. — Vou instalar você numa boa em nosso sacrossanto pequeno salão de banquetes.

Ela aceita a sugestão, a inspiração até da presença dele, seu talento artístico para as flores e os guardanapos, o aroma dos assados na cozinha antes da abertura do restaurante, tudo isso a reanima. Quando Isabelle, Douglas e Rudy chegam com Guy, True sente que fez realmente algum avanço.

— Quero estar segura de que tudo esteja de acordo com vocês dois — diz a Isabelle. — Portanto, não pensem que vão me magoar se quiserem deixar algo de fora.

Rudy, que tem opiniões rígidas sobre a remoção de tesouros arqueológicos dos seus países de origem, começa sugerindo o trecho do Êxodo, segundo lembra, que prometia punições pela remoção "da esmeralda, da safira, do diamante, do berilo, do jaspe que deveriam ser as lembranças para os filhos de Israel".

— Estão lembrados? Se um ladrão é pego assaltando e é golpeado e morre... Sempre gostei da expressão "golpeado" e "castigado" também não é ruim — acrescenta.

Num gracioso parêntese, enquanto prepara a salada, Hank sugere o Salmo 11:

— "Como dizeis, pois, à minha alma: Foge como pássaro, para o teu monte?" Isto ficaria amarrado com todo o lance da arqueologia...

— Vocês todos são tão eruditos em matéria de Bíblia! — diz True, genuinamente chocada. — Onde foi que eu falhei?

— Achei que era uma opção literária — admite Rudy.

Mas Douglas não está seguro de que o deísmo franco do Salmo 11 lhe seja adequado e True finalmente se recolhe ao conforto de Rute, versículo 16: "Não me instes para que te deixe e me obrigue a não seguir-te; porque aonde quer que fores, irei eu; e onde quer que pousares, ali pousarei eu. O teu povo é o meu povo... se outra coisa que não seja a morte me separar de ti."

— Mesmo que você não dissesse mais nada, os "teus" e "tis" seriam suficientes — suspira Isabelle. — Lembram-me de Gregory Peck.

— Alan Ladd — corrige Rudy.

— Não tem nenhuma parte em inglês? — pergunta Guy.

— Isto é inglês para ocasiões especiais — explica True, enquanto todo mundo termina o seu café. — Faz as pessoas prestarem atenção e ouvirem.

Ninguém, suspira True por dentro, teria mais disposição para acompanhar o companheiro para lá e para cá do que a sua Esa, fazendo o papel de Rute enquanto Douglas percorre a terra em busca de vestígios de fogueiras de tribos nômades de cinqüenta mil anos de idade, equivalentes a Ester. Todos vão para casa cansados, True pesarosamente optando por nada mais do que um beijo rápido em Hank em função do benefício que uma noite plena de sono traria ao seu rosto. Lucy, com quadris de garoto atrevido e peito de Barbie, observa por trás das portas de escotilha da cozinha, seu rosto visível a True por cima do ombro de Hank, um beicinho amassado de desdém. True enfia na bolsa pedaços amarrotados de guardanapos de papel cheios de rabiscos do discurso. Tudo, inclusive o problema de alojamento, teria de esperar até que o casamento role, um caixote cheio de birutas de parreira ensopadas, motocicletas cobertas de lona, carne de churrasco e *foccacia* para trinta pessoas chegando às duas horas, com True apenas um dos pandeiros grudados na lateral da perua, em seu *tailleur* de linho cor de sepiolita e seu chapéu de aba larga com fita de seda.

Por volta do amanhecer, justo quando a chuva arrefece, True ouve o pessoal das Harleys cantando *Give Peace a Chance.*

E, assim que o relógio bate sete e meia, os Sandersons da estrada da praia chegam.

— True querida — Sylvia Sanderson, uma quacre tímida, diz baixinho —, sei que é muito cedo para vir aqui... mas essas pobres pessoas no seu gramado, todas molhadas... elas estão... bem, elas parecem muito...

— Não vão ficar — True lhe assegura apressadamente. — É o dia do casamento de minha assistente. Ao pôr-do-sol já terão ido embora, Sylvia.

Esa sacudiu a cabeça.

— Bem, terão ido embora à meia-noite — e Esa sacode a cabeça de novo. True encolhe os ombros furiosa. — Bem... amanhã de manhã, no máximo. Diga a Luke que sinto muito. Imaginamos que ficariam num motel...

— Oh, por certo não é nenhuma inconveniência — Sylvia falou, a voz obviamente serena pela constatação de que Mickey e Companhia não se instalaram ali para passar o verão. — Simplesmente ficamos preocupados com a chuva e tudo o mais, se alguém teria necessidade... de algum tipo de primeiros socorros. Ou de abrigo. Tem o nosso celeiro, está quente e seco.

A garganta de True se contrai de terno orgulho diante das graciosas maneiras ianques.

Menos de uma hora depois, enquanto True, Isabelle e Kathleen estão fazendo café, o pai de Isabelle aparece. Quando Kathleen abre a porta, um grandalhão louro sorridente de *jeans* e blusão de couro pergunta:

— É aqui o lugar?

— Depende — responde Kathleen.

Então Isabelle grita:

— Papai! Você disse que não podia vir. Falou que estava arando o campo de alguém!

Mas ele veio, lá de Annenberg, Wisconsin, e fica parado de pé girando o boné nas mãos.

— Estou aqui para conceder a mão de minha filha — anuncia. — Mas não vou pernoitar.

— O senhor é bem-vindo — diz Kathleen subitamente. — Pode usar o meu pequeno chalé. Eu posso ficar na casa de True, na casa de minha filha.

E True fica de novo comovida ao ver como Kathleen é capaz de destrancar e escancarar as portas quando a cortesia assim o exige.

A mãe de Esa, que não vê o ex-marido há vinte anos, dá um grito e pula para a varanda.

— Kellen! — berra, jogando os braços ao redor dele. — Olha só você. Grande como uma casa! Deve chegar aos cento e vinte quilos, fácil!

— Belo cumprimento, mamãe — comenta Esa.

— Você não mudou nada, Mickey — Kellen Merton diz com um suspiro. — Continua bonita.

— Como conseguiu se afastar do trabalho, papai?

— Quase não consigo — explica Kellen Merton. — Convenci Johannsen a fazer a pulverização com Eddie. Me enfiei num daqueles bancos de avião para anões, meu traseiro ainda está doendo, como se eu tivesse ficado entalado numa privada de posto de gasolina.

— Papai, é o dia do meu casamento — diz Esa. — Poupe-nos dos detalhes fisiológicos.

Isabelle faz as apresentações adequadas a Douglas, que diz ter ouvido muitas lembranças boas da infância de Isabelle na fazenda.

— Ela aprendeu a trabalhar, isso eu posso lhe dizer — assegura o pai de Esa.

— Onde estão suas coisas? Podemos ajudá-lo a trazê-las para dentro — oferece True.

— Não precisa. Vou voltar esta noite — explica o pai de Esa.

— Ela quer dizer para o casamento — interpõe Isabelle. — O seu terno.

Kellen Merton segura um casacão.

— Você escreveu "informal."

— Não quis dizer... tão informal assim, papai.

— Tem alguma loja aberta? — True se dirige à sala em geral. São oito horas da manhã, o casamento está marcado para o meio-dia.

— Não vou gastar nenhum dinheiro num traje a rigor — declara Kellen Merton. — Só o vôo me custou...

— Devo ter um dos paletós de Bert em minha casa — diz Kathleen baixinho. — Estou certa de que tenho. E será que ia caber? Acho que sim. Meu falecido marido era um homem grande. Gostaria de um quadriculado cinzento?

— Madame, nunca tive um terno na vida.

— Bem, acho que vai achar este excelente. Nem mesmo um único buraco de traça, depois de todos esses anos — diz Kathleen a ele, conduzindo Kellen porta afora. — O meu Bert batia em altura a maioria dos outros homens. Mas não tinha um grama de gordura...

— Deus existe — diz Esa.

O sol faz uma aparição aguada às dez horas e frágeis narcisos erguem timidamente suas cabeças machucadas. Franny enrola os cabelos luxuriantes de Esa numa grande trança, entrelaçada por um fio de prata. Hank chega cedo, resplandecente num terno cinza-escuro com uma gravata vermelha. True não consegue se impedir de saborear as memórias que seus dedos guardam da topografia debaixo do tecido. É o primeiro casamento de dúzias a que compareceu na última década em que True não se sentirá invejosa e deprimida.

Pouco antes do meio-dia, Mickey emerge de sua barraca de borracha num *tailleur* violeta com cabelos limpos e escovados, parecendo vinte anos mais jovem, e ajuda a colocar o arco de parreira e dulcamara. Com um gesto possante, seu marido, Hob o Gigante, ergue a barraca empapada de chuva para drenar os pesados bolsões de água.

Chegou a hora e o pai de Isabelle, alinhado no velho paletó e nas velhas calças do pai de True, estende o braço.

— Papai — diz Isabelle, que parece realmente uma heroína de conto de fadas. — Imagino que você me dispensou muito tempo atrás, quando fui para a universidade. Quero que caminhe comigo, mas existe outro homem na minha vida que tem de vir junto, também.

Rudy ajeita a gravata constrangido, mas Isabelle estende a mão para Guy.

— Vamos lá, baixinho. Que tal levar sua velha amiga ao altar?

True morde o lábio enquanto Guy espicha todo o seu metro e quarenta de altura e pega na mão de Esa.

Só o toque tranqüilizador de Hank no seu ombro a impede de se dissolver a ponto de ser incapaz de percorrer os dez metros da porta de casa até a pérgula.

Com a voz trêmula, True começa, exatamente ao meio-dia:

— Não sou um pastor, é claro, sou apenas a chefe de Isabelle durante oito anos maravilhosos, por isso me sinto comovida porque me pediu para compartilhar este momento com ela e com Douglas. Com todo o grande respeito pelos pais que criaram esta notável jovem, eu reivindico algum crédito... — um punhado de lágrimas lhe embarga a voz e ela toma fôlego — pela maneira como Isabelle floresceu, transformando-se de broto numa mulher maravilhosa.

— Há quase setenta e cinco anos — continua True — o dramaturgo Thornton Wilder escreveu que o casamento é algo que quase todo ser humano encara. Com raras exceções, escreveu, as pessoas foram feitas para viver em pares. Disse que uma em um milhão de vezes é interessante. Este é um casamento — acrescentou ela, desviando o olhar das barracas de borracha — particularmente interessante, porque não só Isabelle e Douglas escolheram passar suas vidas juntos, mas também passar uma vida que certamente incluirá aventura. Nós sabemos por que eles estão aqui. Por que estamos todos aqui? Estamos aqui como testemunhas. Estamos aqui para prometer que, sempre que este jovem casal vacilar, nós lhe ofereceremos nosso apoio. Sempre que perderem de vista o amor absoluto que os trouxe aqui hoje, nós daremos nosso conselho se for solicitado e nosso silêncio, se necessário for. E, como disse Thornton Wilder, não se esqueçam de todas as outras testemunhas deste casamento... os ancestrais. Milhões deles. Assim, Douglas, que dedica sua vida a estudar o modo como nossos ancestrais humanos viviam, morriam e se casavam, e Isabelle, que nos últimos anos trabalhou numa atividade que ajuda a acolher as pessoas neste mundo, estarão em muito boa companhia um do outro.

True olha para Hank, à espera de um sorriso orgulhoso... *é isso aí, garota.* Mas existe algo mais nos olhos dele, algo tão profundamente íntimo que ela quase se esquece de onde está, e entre eles surge uma corrente de emoção tão densa e intensa que chega a ser assustadora. É o mais próximo de telepatia que True já experimentou com outro adulto. Ela pode captar exatamente o que ele está dizendo: *Você é meu coração. Você é minha mulher.* Algo está selado.

Os caniços do brejo sussurram como violinos desafinados enquanto True lê o versículo da Bíblia, e ela ouve a sua música enquanto faz as perguntas que toda mulher conhece de cor desde os doze anos: Você aceita? Sim?

ELES ACEITAM. CLARO que aceitam. E dizem o sim.

HORAS DEPOIS, TRUE está sentada sozinha à mesa da cozinha, o magnífico bolo de Franny, que mostrava o farol de Stage Harbor, onde Douglas e Isabelle se conheceram, agora uma pilha disforme e vacilante à sua frente. Preparou uma xícara de chá bem forte para si. Hank se foi, de volta à "loja", como ele a chama, onde, esta noite, estará à frente da casa, recebendo as pessoas, flertando e sugerindo vinhos. Esa e Douglas, ela espera, não devem estar dormindo naquela suíte de hotel que custou os olhos da cara, o seu presente para eles. Em troca, amanhã eles vão escoltar Guy até Montana, onde haviam planejado há muito tempo — sem o conhecimento de True — passar a sua lua-de-mel.

— Vamos pegar cavalos, do tipo fóssil antigo e do tipo real, que você monta — dissera Esa pouco antes. — E procurar vestígios de humanos e mamutes em coabitação.

— É algo de que sempre suspeitei — Rudy foi rápido em comentar, sua cabeça no ombro de Esa num abraço de despedida prolongado. Até mesmo Rudy não está em clima de muita leviandade. Se os planos de negócios de Keith seguirem em frente, Rudy e ele estariam partindo em maio. Provavelmente não veria Isabelle de novo por muito tempo. — Talvez você pudesse ir a Little Big Horn, também, Esa. Uma espécie de Cataratas do Niágara do Noroeste.

— Não parece muito romântico, para uma lua-de-mel — True arriscou um comentário baixinho, enquanto Douglas embarcava as malas de Esa na sua *van* rodada.

— Ora, quando você não vê o seu homem há seis meses — diz Esa, de maneira sonhadora —, vai ser romântico até ficar sentada no carro, cantarolando a música do rádio.

Nisso True acredita. Ela pensa em Keith e Rudy, ouvindo seus CDs de Betty Buckley, a caminho do oeste durante o pôr-do-sol. Todos eles seguindo o seu caminho. Todos aqueles caminhos levando... para longe. Mas Hank está aqui. O que eles sentiram é mais do que envolvimento sexual... não é? Apesar de terem examinado cada incongruência entre os dois, existe o esplendor do bem-estar que ela sente toda vez que o vê, o cheiro inebriante de sua roupa, a linguagem de olhares entre eles, o tolo e, no entanto, significativo fato de que, embora venham de mundos e de gerações diferentes, eles adoram o mesmo jogo — inventar histórias sobre casais que passam — e invariavelmente inventando as mesmas histórias.

Isabelle e Douglas pareciam uma combinação impossível e, no entanto, agora se encontraram, estupefatos diante de sua boa sorte.

Não há nenhuma comparação para a sua afinidade com Hank. E True sempre fez coisas como uma boa garota, ou nem tanto uma boa garota, então pelo menos decidida a não chamar atenção negativa sobre si mesma.

Não quer chamar atenção negativa sobre si agora. Mas preferiria atrair um raio a deixar Hank ir embora sem saber que força além do óbvio os compele a ficar juntos e por que, depois de tão pouco tempo, se sentem unidos, pelo menos quando estão sozinhos, como uma conspiração, uma fraternidade, uma seita de dois. Hank já falou isso. Ele os chamou de "almas gêmeas". True sabe que é um termo banal, mas da boca de Hank é puro mel. Não pode pensar numa descrição melhor.

Toma outra xícara de chá, tão forte que sabe que não vai dormir a noite inteira. Encontra então Guy esparramado na cama, enfiado no terno de primeira comunhão que usou no casamento; suas roupas ainda fora da mala, de roupas de baixo a botas de caubói, espalhadas pelo chão. True se sente grata pela oportunidade de colocar alguma ordem visível pelo menos aqui. Vai achar uma mala e organizar as roupas de Guy de uma forma que impressione a ex-sogra. Deve também preparar um estojo de remédios antialérgicos e uma lista de números do seguro, fichas de permissão para tratamento médico. Como um zumbi ela executa essas tarefas e então sobe na cama ao lado de Guy e cheira seus cabelos de cachorro molhado, o cheiro de todo garoto que passou o dia correndo como uma hiena.

Coloca os braços em volta do corpo dele e adormece.

São acordados por Kathleen, num pânico justificado. Ao lado dela está Kellen Merton, o pai de Isabelle, de banho tomado e penteado, numa camisa de flanela fresca, crepitante. Kathleen não ficou, True percebe com uma espécie de coceira interior, para passar a noite na casa da filha. O chalé de Kathleen tem dois quartos de dormir, mas... isto não é possível. Seria possível? A ânsia de especulação em True é tão forte que ela mal consegue se concentrar.

O avião vai sair em duas horas. Kathleen insiste. Isabelle e Douglas estão na porta. True mal tem tempo de absorver que esta será a sua separação mais longa de Guy desde o dia em que ele nasceu.

— Não esqueça, Katie — diz Kellen Merton —, maio é a melhor época. Quando as árvores florescem.

— Nunca estive naquela parte do país, embora meu marido viajasse por lá — diz Kathleen, os braços ao redor dos ombros de Guy.

— Vou sentir muito a sua falta — diz True ao filho, tentando manter a voz normal e animada.

— Oh, vou sentir falta de você também, mamãe — diz Guy, com um abraço apressado. Já deu a Douglas sua sacola de viagem. Douglas ajuda o Sr. Merton no banco traseiro. Ele acena para "Katie".

E então Guy volta correndo.

— Lembra quando eu era bebê e fui para o Acampamento Marinho Monomoy passar a noite, coisa que detestei, e nunca quis voltar lá de novo, embora fosse um bom lugar?

True admite que se lembra. (Guy não era um bebê. Tinha sete anos.)

— Lembra quando eu lhe dei um saco plástico e disse que estava cheio de... era uma bobagem... beijos e você podia pegar um toda vez que sentisse falta de mim?

True se lembra.

— Bem — mostra a ela um punho fechado —, isto é um punhado. Sei que é uma coisa de criança...

E você está fazendo isto para mim, pensa True.

— Obrigada, Gui — diz ela. — Vou guardar bem guardado.

— Achei que ia fazer você se sentir melhor — Guy sorri.

O abraço, desta vez, é sincero. True sente que agora que deixou Guy partir, estão entrando num território em que devem aceitar suas identidades distintas. Ela não sabe se gosta disso.

Sem Esa, sem filho e, pelo menos temporariamente, sem amante, True se joga na cama amarrotada de Guy. Hank deve estar em casa agora — na casa de Lucy, talvez pernoitando. Talvez esteja afastado em consideração à exaustão dela. Talvez esteja se distanciando. Ela podia pegar o carro e ir até lá. Mas, não. Este homem que entrou na sua vida e no seu corpo com tanta segurança e rapidez também lhe é recusado. Talvez seja assim que ele pretende manter o... todo o resto daquilo, que ele sabe que vem com True, à distância.

Talvez o seu dilema imobiliário seja uma conveniente proteção para a sua ambivalência.

Ela não quer aceitar isso.

Silenciosa, a casa está fria e parece esvaziada de sua matéria vital. Lá fora, uma neve tardia de primavera começa a cair rapidamente, reduzindo os galhos adornados com fitas a varas das quais pendem trapos molhados, como se a primavera tivesse partido no rastro do Cabo Perséfone dos noivos. O silêncio sufoca como uma mão sobre a boca. True nunca esteve tão completamente sozinha, nunca experimentou essa sensação inédita, como se também ela estivesse gelada, um remanescente deixado para trás. Outra mulher poderia pegar um bom romance e abrir uma garrafa de Merlot. Mas True está subjugada pelo silêncio. Ela se embrulha na manta do filho, se encolhe toda num canto da cama dele e dorme. Quando acorda, está escuro.

O telefone... ela acha que deve ser Hank. Mas é Guy, ligando de Montana, e tem a impressão de que o filho desapareceu num daqueles incríveis desintegradores de *Jornada nas estrelas* e foi teletransportado para Montana. A chamada é curta. Ele está indo com o avô para ver uma vaca parir ou coisa parecida. True não consegue sequer se levantar para ajustar o termostato ou acender uma luz laranja restauradora. Mergulha de volta no sono. O sono é capaz de não remediar nada, mas pode haver algo na outra extremidade dele.

É HANK QUEM sugere Nova Hampshire.

— Não tem ninguém lá — diz True. — Por que não Nantucket? Pelo menos tem comida.

Estão parados dentro do carro dela em Harwich, na estrada deserta que leva a uma mansão em construção. Essa casa de vinte cômodos, que abrigará um morador com apenas um filho de três anos de idade, deslocará todo o porto histórico do qual partiram barcos de pesca durante cento e vinte anos. Hank fuma seu charuto diário e True ajeita seu *blue jeans.*

— Minha opinião é a seguinte: — diz Hank — Precisamos de gente aqui?

— Podíamos ir a Strawberry Banks — sugere True. — É bonito. E tem estalagens históricas. Uma delas deve estar aberta.

— Estava pensando em subirmos até o monte Washington — Hank diz a ela. — Sempre quis chegar ao topo daquilo. Não conheço muito de Nova Hampshire.

— Bem, é muito verde — diz True, pensando nas dúzias de viagens que fez para visitar marceneiros, cuja proporção em Nova Hampshire é de aproximadamente um para cada três residentes. — Mas não nesta época.

Ela pensa em seus próprios rododendros, ainda enroscados em seu reluzente sono hibernal, prestes a explodir numa espumante selva de flores em poucas semanas.

— Acho que podíamos subir até o topo para dizer que conseguimos.

— Seria... emocionante. Ainda tem neve lá em cima, Hank, você sabe. Acabaram de realizar aquele grande torneio de esqui há poucas semanas. Talvez não pudéssemos... você sabe, ir até o topo.

— Bem, podíamos fazer uma tentativa. E depois talvez pudéssemos ir ao Canadá. Tem a sua certidão de nascimento? É preciso, não é?

— Tenho meu passaporte. Você tem sua certidão de nascimento?

— Preciso dela para minha carteira de motorista ou para o alvará de bebidas alcoólicas ou outra coisa. Portanto, sim, eu tenho.

— Não posso simplesmente sair assim, Hank. E nem você. Ou pode?

— Tom pode cuidar das coisas para mim. O irmão dele vai ajudar. E Chris. Disseram que fariam isso. Cobri os turnos de Chris quando foi a Nova Jersey para o casamento da irmã. Ele vai ter de ralar, se quiser comprar a sua parte no negócio. Estamos bem de pessoal, pelo menos por enquanto. O novo cozinheiro é um príncipe. Sei que vai nos deixar quando a temporada começar. Isso eu sei.

— Mas tenho que dar conta das encomendas de outono. Estou apertada, sem Esa.

— Você me disse que Rudy havia comentado que a mulher que entrou no lugar de Esa é esperta.

— Ainda nem está em tempo integral.

— Está bem, OK...

— Acho que Rudy podia cuidar das coisas por uns dias. Kathleen entende de tudo, exceto de computador.

— Quando foram suas últimas férias, True?

Ela precisa pensar.

— Bem, foram em noventa e oito — diz decididamente —, a Exposição de Brinquedos em Nova York.

— Isto não são férias. Veja, Kathleen está ótima. Você está desgastada por causa do casamento, e uma folga me faria bem. Guy está ótimo. Nunca fomos a lugar algum juntos em todo... — não consegue conter a risada — em quase um mês que estamos juntos!

A risada é contagiosa. É tudo tão tolo e, no entanto, tão sublime.

Devido à possibilidade de tempo escorregadio, partem no caminhão de Hank. True repara nos fundos o que parece ser paus de barraca. Se existe algo que True receia e despreza mais do que boliche é *camping*. Peter era um campista ávido e True desenvolveu uma teoria de que *camping* para homens e *camping* para mulheres eram experiências opostas. Para os homens, o *camping* envolve feitos masculinos de arranjar comida e respirar o ar puro dando socos no peito. Para as mulheres, o *camping* envolve experiências de campo de concentração com banheiros de fossa e chuveiros coletivos, bem como ir buscar água para lavar cada prato da cesta de piquenique quatro vezes ao dia.

— Não vamos acampar, Hank — diz ela. E não é uma pergunta.

— É para emergências — Hank promete.

Em matéria de montanhas, o monte Washington não é nenhum K2; mas as botas novas de True, que o funcionário da Shoe Biz lhe garantiu serem tão confortáveis quanto pantufas, lhe parecem, em vez disso, os sapatos de que se lembra do baile de debutantes e do dia do casamento... coisinhas mimosas que puniam com travas e correias e costuras internas invisíveis como pequenos gumes de facas. Hank chama a sua atenção para o canto de um pássaro — um cardeal, ou um vireonídeo de olho vermelho, mas True não estaria interessada nem no rouxinol real, de tanta dor que sente. Sabe que a sua forma física, apesar do ganho de peso, é tal que poderia estar correndo por esta trilha de cascalho... se não tivesse pés. Por causa disso, fica irritada com Hank, que parece estar tentando imitar Sir Edmund Hillary*. Ela tropeça e tenta esconder sua agonia.

*Nasceu na Nova Zelândia e foi o primeiro homem a escalar o monte Everest, em 1953. (*N. do T*)

Quando sente uma bolha estourar, sufoca um grito. O pico do monte Washington, coroado em sua auréola de sol, agiganta-se ao longe, tão distante quanto o topo do monumento a Washington. Lama misturada a seixos escorrega como sopa debaixo das pontas das suas botas. Ela também se sente rabugenta e com cãibras, embora o seu período menstrual, felizmente, não deva chegar pelo menos antes de uma semana, uma bênção nesta viagem.

Mas ela se lembra, pelas contrações no abdome, do único momento desagradável na única viagem que ela e a mãe fizeram juntas. Quando True era garota, elas tinham escalado o monte Whitney. Kathleen sempre fora vigorosa, uma caminhante antes que todo mundo caminhasse, um flagelo para todos os cães da vizinhança com seu grande cajado de nogueira-amarga, mas True ficou surpresa quando sua mãe sugeriu fazer uma coisa tão francamente campestre e extravagante. Fora uma comemoração, uma comemoração pelo fato de True ter sido escolhida oradora da turma no colegial, uma viagem que começara com Kathleen escancarando a carteira em Pike's Peak e comprando suéteres e calças plissadas da Europa que fizeram de True um modelo admirável de elegância no outono seguinte em Amherst. Ela não consegue se lembrar de uma época em que Kathleen tenha sido tão levada como um moleque, impulsiva e confiante, a mãe que True sempre acreditara jazia enterrada debaixo da avarenta, da mulher que não passava do primeiro gim-tônica e da resoluta organizadora dos quatro grupos de alimentação da impecável Melmac.

Ela procura agora pensar naquela viagem, ela e Kathleen berrando canções de musicais como *Shall We Dance?* e *Happy Talk* enquanto caminhavam a passos largos com seus cajados no grupo de seis que incluía Pam e Suzanne, duas das maiores amigas de True do colégio, suas mães e um dos pais. Ela não se incomodara de acampar então — as mães tinham trazido deliciosas comidinhas embaladas a vácuo compradas através de L. L. Bean, e pão de uva-do-monte feito em casa para o café da manhã. As mães, não as garotas, tinham lavado os pratos. Foi só quando chegou a sua menstruação, inesperadamente, na descida, que True afundou numa miséria de humilhação, retalhando suas suéteres de malha para improvisar toalhinhas higiênicas, escapando às escondidas para queimá-las à noite. Era, e ainda é, tão inibida em matéria de higiene pessoal, que foi incapaz de pedir ajuda até mesmo às suas amigas. Quando Kathleen a confrontou, querendo saber se True estava fumando escondida, ela confessou que sim, estava fumando, e preferiu se submeter a uma repreensão de Kathleen a confessar a verdade. Não contou à mãe, na verdade, aquela parte da jornada, a não ser quando Guy nasceu, durante um daqueles momentos sonolentos, confidenciais de hospital em que parece permissível, até mesmo imperativo, contar a outra mulher qualquer detalhe íntimo. Kathleen nem chegara a se lembrar da acusação até que True a lembrou de Court O'Malley, o pai de sua amiga Pam. A respeito dele Kathleen era capaz de lembrar cada detalhe, seus ombros largos e os tufos de cabelos castanho-avermelhados.

O caminho é mais íngreme agora e True e Hank se sentam para comer suas barras de coco com baixo teor de carboidratos. Os pés de True são tocos flamejantes. Não consegue sentir os dedos do pé separadamente. Mas quando se curva subrepticiamente para examiná-los, nota um anel de sangue ao redor do tornozelo de suas meias brancas. Rapidamente desata os cadarços das botas. Bolhas em seus dedões estão soltando pus e a sola de um dos pés é uma meia-lua de abrasões, mas e o tornozelo?

O sangue lhe escorre pela perna. True se deita com o rosto para cima sobre a lousa de pedra aquecida pela manhã e geme. Sua vida é impossível. Não há suéteres de malha para retalhar. Normalmente, ainda levaria uma semana para ficar menstruada. Sua ginecologista não estava brincando — essas coisas se descontrolam quando você entra na casa dos quarenta.

— Você está bem? — pergunta Hank. — Está passando mal?

— Estou passando mal — concorda True. — Preciso descer agora mesmo

— Faltam só algumas dezenas de metros. Era tão importante para mim chegarmos ao cume.

— Vá você. Vou ficar deitada aqui e sangrar.

— Seus pés estão *sangrando*?

— São estas botas novas. E não é só isso.

— Eu as devolveria. É uma afronta.

— Tenho pés complicados — True explica. Não vai usar a palavra "joanetes." Deseja bater na rocha até que ela se parta e enfiar-se na fenda.

— Tem certeza de que não consegue?

Será que o homem é insano?

— Na verdade — diz True, resistindo a se levantar, desesperada por um jeito de distrair a atenção de Hank sobre ela por alguns momentos para que possa verificar se o sangue ensopou suas calças e sua camisa branca e, caso isso tenha ocorrido, se a jaqueta vai cobrir o seu traseiro —, não tenho nem mesmo certeza de que possa descer. É uma casa ali adiante? — aponta para um chalé antigo de pedra onde uma velha picape Ford descansa no quintal. — Você podia ir até lá e dizer ao morador que eu pago cinqüenta dólares para que me leve de carro até o pé da montanha?

— Posso carregar você, True.

— Oh, claro.

— Não é tão longe.

— Vou começar a caminhar de volta. Você pode ir em frente até o topo. Não creio que eu vá tão longe que não possa me alcançar depois.

— Mas essa não é a questão.

— Qual não é questão?

— Eu queria que desfrutássemos a vista juntos, queria que fingíssemos que podíamos ver o mundo inteiro do alto desta montanha, um mundo inteiro lá embaixo que nós dois poderíamos explorar, juntos.

— É muito gentil — True está genuinamente comovida. — Vá você e esta noite pode me contar como foi, na estalagem — ela se sente como se estivesse falando com Guy.

— Você ainda não entendeu — continua Hank, com um esboço de beicinho. — Eu havia planejado tudo isso. Para mim, o cume de uma montanha é a propriedade imobiliária que fica apenas um andar abaixo do infinito. Tudo é possível. A única coisa acima de você é o céu. Mas estamos quase lá. Posso fazer meu pequeno discurso.

True o observa enquanto enfia a mão no bolso e puxa um envelope em papel encerado.

— Fiz este anel na universidade. É apenas prata e é muito simples, e uma das soldaduras não é o que devia ser. Mas eu o guardei durante mais de dez anos, esperando encontrar a mulher em cuja mão eu desejaria colocá-lo.

Hank toma a mão de True. Há sangue debaixo da unha do seu indicador. Enfia o anel, que é artificiosamente leve e fino, filamentos de prata trançados, no dedo anular. É pelo menos quatro números grande demais. Ele ri, correndo a outra mão pelos cabelos negros de índio, e enfia o anel no polegar dela.

— Quero que use este anel.

— É tão adorável, é tão maravilhoso — True consegue dizer, seus pés latejando uma percussão de dor distante. — O desenho tem um significado?

— Um significado? Um significado? Está sendo deliberadamente densa? Está brincando, não é? É uma aliança, True, sua pateta. Quero que se case comigo. Quero por favor que se case comigo. Ficaria honrado se se casasse comigo.

— Casar com você.

— Sim, eu amo você *e* nós nos divertimos. Nos divertimos mais do que me diverti desde que meu melhor amigo Perry e eu fomos pescar peixe-agulha nos pantanais nos arredores de Taloochee. Podíamos nos divertir para sempre. Estou pedindo que se case comigo. Sei que não fomos sequer a um cinema e sei que não vai gostar dos filmes que eu gosto. Mas isso não tem importância. Existe mais na relação do que isso. É um negócio selado. É um casamento arranjado. Quando a vi pela primeira vez, soube disso.

No espaço de segundos antes que ela responda, duas águias pousam e começam uma elaborada e ruidosa dança de pulos na beira do áspero ninho. Ao ver as aves, True imagina, pelo bater e entrelaçar de suas asas, que estão acasalando. Não acha que as águias se acasalem por toda a vida.

Pensa no que uma década representa, além de dez anos. Os dez dedos num par de mãos saudáveis. Dez moedas de dez centavos em um dólar. Dez anos numa década, uma década sendo definida, True ouviu com freqüência, como uma geração, uma faixa de anos que separa um grupo etário do outro que vem depois. Quando olha para as pilhas de formulários que é obrigada a preencher todo ano, para o seguro social de Guy, para coisas tão triviais como assinaturas de revistas, ela pensa no quanto está se deslocando do nicho de 35-44 para o nicho de 45-54, presumivelmente abrangendo uma escala inteiramente diferente de prioridades.

Existem décadas de História — os turbulentos anos 20, com seu encanto desesperado e seu *glamour* perigoso, os anos 50 quando a vida e o trabalho pareciam tão abundantes que qualquer homem com um emprego podia ambicionar uma casa de quatro quartos em Cape Cod. Décadas numa vida humana. Completando vinte anos e perplexa de que você não é mais uma garota Fazendo trinta anos e prometendo a si mesma que esta é a ocasião para descobrir o que pretende fazer pelo resto da vida. Completando cinqüenta e jurando que ainda há tempo para fazer o que você quer. True leu que o período da infância é de dez anos, que um bebê cresce para se tornar um adolescente em dez anos e isto a perturba; sente instintivamente simpatia por qualquer pessoa que ainda se refira a Guy como "um menininho". Quando sua mãe tinha quarenta e três anos, True já estava na universidade, Hank estaria na quinta série, tal como Guy hoje. Quando True tinha dez anos, a mãe de Hank não o confiaria aos seus cuidados. Ela seria criança demais. Mas quando ele tinha três e ela treze, teria sido a idade perfeita para ser sua *baby-sitter*. Numa família grande, podiam ter sido irmãos. Numa família dos tempos antigos, ela podia ter sido sua tia.

Num filme estrelado por dois atores, da idade dela e da idade de Hank, o conflito central só poderia ser a questão da diferença de idade. Num filme que figurasse uma atriz da idade de Hank e um ator com a idade de True (ou uns bons dez anos mais velho do que True), o conflito central poderia ser qualquer coisa: a ameaça do bioterrorismo, a perseguição do homem que foi confundido com o gângster que roubou as barras de ouro, o veterinário empenhado em salvar os gorilas.

Em meros instantes, True pensa no laço intenso e, no entanto, sadio que se estabelece entre ela e Hank, no risco do intruso, no risco da traição, na certeza de diluir sua devoção mais básica com a entrada em cena de uma outra pessoa. E então pensa no benefício inestimável de um pai ainda flexível o bastante para arremessar a bola em curva e fazer o ponto, um pai que também conhece o *pas de chat* e o *relève.*

Guy podia crescer com um pai, o único pai que sempre terá a lembrança de haver conhecido.

Guy poderia crescer com um intruso contra o qual se ressentiria a vida inteira.

As pessoas poderiam considerar True uma tonta de meia-idade, sexualmente hipnotizada por um tremendo gatão. Poderiam também invejá-la e imaginar que segredo sexual ela possui para deixar louco um homem como Hank, que poderia ter uma mulher dez anos mais jovem.

As águias não estão acasalando, True se dá conta. Estão brigando. A fêmea tem uma presa e o macho quer uma bicada. Mas a mãe ergue uma garra em ameaça; este camundongo inerme é para os filhotes. Repartem o camundongo entre si, o macho lançando-se numa investida até um galho mais baixo para segurar entre as garras o seu bocado, a porção da cauda, e dilacerá-lo com gosto. A fêmea tenta distribuir porções de carne peluda entre os filhotes que se debatem no ninho. Talvez sobre um pedacinho para ela. É, afinal, apenas um camundongo. Existem provavelmente muito mais camundongos no lugar de onde veio este.

True olha para o rosto de Hank e sente seu próprio rosto aberto para encará-lo, suas maçãs do rosto se levantam, seus olhos se enchem. Ela só sentiu amor assim uma vez antes, um amor sem risco. Foi por Guy. Por isso, não vai reprimir o seu instinto. Vai acolher Hank dentro de si, que se dane tudo o mais ao redor deles, e vai construir no seu interior um outro eu, que acalentará, e verá o mundo através daqueles olhos.

— Sim — diz True. — Sim, sim, sim, sim. Eu quero. Nunca imaginei dizer isto. Eu quero. Sim. Eu quero, eu quero.

— É para depois.

— Eu quero agora.

— OK! Para mim está bem!

— Mas por quê? Por que você quer?

— Porque você é admirável...

— Não, você é admirável. Podia ter quem quisesse.

— Se eu poso, então eu sou.

— Vai dar tudo certo para nós.

— Será um passeio ao luar. Acho que vai ser ótimo.

— Vai ser ótimo para Guy.

— Deixe-me tomar conta de Guy. Sei que posso cuidar dele.

— OK! Para mim está bem!

— Deus! — Hank grita, o rosto para cima, o punho erguido. — Vou me casar com ela! Vamos descer esta montanha, então, e comemorar.

Essa manobra leva pelo menos três horas. Primeiro, True manqueja em pés cobertos por meias, ignorando o beliscão dos seixos na tenra planta dos pés, depois Hank a ampara, com um dos ombros debaixo da axila dela, levantando-a parcialmente do chão. Sentam-se com freqüência. Grupos de famílias passam e oferecem ajuda. True aceita uma bolsa de gelo de um simpático senhor idoso, mas quase desmaia com a dor ao aplicá-la nos pés. Finalmente Hank a carrega, primeiro nos dois braços, depois como um bombeiro faria, sobre um ombro. É assim que chegam ao pé da montanha. O proprietário lhes dá uma olhada indagadora.

— É uma tradição na minha família — explica Hank. — Acabamos de ficar noivos.

À luz impiedosa do banheiro do hotel, True examina o prejuízo em suas pernas. Parece um boneco de horror num filme classe B.

— Deixe-me vê-la se despir — Hank diz suavemente do lado de fora da porta entreaberta.

— Por favor, não! — grita True.

— Você é minha noiva! — observa Hank.

— Se entrar aqui agora eu cancelo tudo! — ameaça True. Tira as camadas lamacentas e pegajosas das calças e da roupa de baixo, faz uma bola com elas e joga no cesto de roupa suja, e deixa correr a água do banho. No momento em que a água quente toca seus pés, dá um grito. Não pode se conter. Hank abre a porta.

— Não — diz ele. — Não estou dando ouvidos às suas objeções porque são tolas.

Examinando seus pés, ele desaparece por quinze minutos e volta com as únicas coisas que pôde encontrar no vilarejo: água e bicarbonato de sódio. Ele faz uma pasta e banha os pés de True, colocando chumaços de gaze presos por esparadrapo. Então lava os cabelos dela com o sabonete suave da estalagem e a ajuda a colocar um roupão. True se joga na cama, tentando evitar que o corpo se mexa verticalmente. Hank deita-se ao seu lado.

— Os pés estão doendo demais para consumar esta nova situação?

— Não é isso.

— Qual é o problema?

True faz um gesto que abrange a pélvis. E Hank acena com a cabeça.

— Como eu podia me importar com uma coisa dessas? — pergunta. — Você não é alguém que peguei na rua. Você é a minha garota.

Fazem amor com uma ferocidade que deixa a mente de True vazia. Ou melhor, sela a sua mente das relevâncias de sua vida real. Ela é apenas uma fêmea, ou todas as fêmeas de todas as espécies, agarrando e implorando, desejando essa ondulação de músculo mais do que comida ou respiração, como imagina um viciado ansiando pela droga acima de qualquer coisa, como se essa contração que dura um minuto a cure e absolva se conseguir alcançá-la.

— Vai ser sempre minha mulher? — sussurra Hank — e sempre minha puta, também? Como as garotas *cajun* que usam contas ao redor da cintura, que rolam e deslizam enquanto gingam os quadris? Não vou acabar com você enquanto não me contar. Vou deixá-la exatamente onde está, *cher*.

— Vou ser sempre, enquanto puder, sempre — murmura True. Ao gozar, ela imagina a visão de paredes manchadas de fuligem, um sonho de luz bruxuleante de cobre, um brilho de dentes. Hank está de certo modo agachado, os pés bem plantados, meio de pé, enquanto a reboca pelos quadris. O gemido canta no crânio dela, na sua espinha.

Pela primeira vez na vida, True adormece depois do sexo. Quando acorda, o quarto está tão escuro que não consegue ver Hank ou sua própria mão.

— Preciso comer — diz ela —, mas não posso deixar este quarto. Não consigo calçar os sapatos.

Hank convence o estalajadeiro a deixá-lo levar o jantar ao quarto numa bandeja. True come como se nunca tivesse visto comida, pão, salada e uma espécie de cozido repleta de salsa e cogumelos. Hank pediu à mulher do estalajadeiro absorventes higiênicos, o que enternece True ainda mais do que a satisfação do jantar. Quantos homens seriam capazes dessa delicadeza?

— Então este casamento — diz ela finalmente —, quando acha que poderia ser?

True pensa no outono, um outono luxuriante, quente e dourado do Cabo. No seu quintal, como o casamento de Esa, para dar sorte.

— Que dia é hoje? — pergunta Hank, olhando pela janela.

— É... é segunda-feira.

— OK, então que tal na quinta-feira? Quinta-feira sempre foi meu dia de sorte. Meu pai trabalhava até tarde e minha mãe e eu ficávamos sentados comendo *pretzels* com mostarda e assistindo à *Feiticeira.*

— True se senta na cama, onde jazia, pesada do jantar. — Quinta-feira quando?

— Quinta-feira próxima.

— O quê?

— Por que acha que lhe pedi para trazer o passaporte? Acha que eu realmente queria visitar o Canadá?

— O quê? Agora?

— Agora. Antes que eu mude de idéia.

— Se vai mudar de idéia, é melhor a gente esquecer de toda essa história.

— Não, não porque eu fosse mudar de idéia. Porque nos amamos agora. E podíamos nos amar daqui a três meses, ou um ano, mas o tempo é apenas mais tempo e, além do mais, não consigo encontrar um lugar para morar.

— Você me quer por minha casa.

— Quero você por seu filho, na verdade. Tenho um sentimento em relação ao Guy.

— Um sentimento?

— De que ainda há tempo para ele, para que me aceite... me aceite como seu pai. Se ele fosse um pouco mais velho, eu não teria certeza.

Guy, pensa True. Oh, Guy. Ela não pensou no filho, lá longe em alguma planície que ela nunca viu, vendo vacas parir, caindo de cavalos, pisando em cascavéis.

— Eu não poderia simplesmente me casar com você, ou com ninguém, sem contar ao meu filho — diz True. — Tendo perdido o pai tão criança, ele depende de mim de um modo que você provavelmente não pode entender.

— Eu entendo. Mas tenho a impressão de que se você perguntar, ele a convencerá a pular fora. Está acostumado a ter você toda para ele.

— Está.

— E não é bom para ele.

— Mas isso será melhor.

— Como pode ter certeza?

— Não tenho. Estou agindo por instinto. Mas sei que ele precisa de um pai. Qualquer um pode ver isso.

É isto, True decide antes de adormecer, Hank enroscado com sua espinha tocando na dela, que ela dará às pessoas essa explicação, quando ficarem atônitas.

Ela telefona para Guy na manhã seguinte na casa de seus avós. Ela e Hank bolaram o que imaginam ser um esquema elegante. Vão se casar, aqui e agora, em Nova Hampshire; mas providenciarão uma pequena cerimônia numa igreja para o sábado, quando Guy voltar para casa. Estando na jogada, sendo uma parte dela, Guy não se sentirá tão alienado, eles raciocinam. Antes mesmo de o telefone começar o seu *brrrrr* interurbano, True decide que não vai contar a Guy sobre este enlace pré-matrimonial. Ama demais o filho para traí-lo, e isso parece, de qualquer ângulo que veja, uma traição. Parece um truque barato.

Sua ex-sogra atende:

— True! Deus do céu! Como está? Seu filho tentou há pouco ligar para você, antes de sair para pescar.

— Alô, Linda — diz True cordialmente. — Pode encontrá-lo para mim? Preciso realmente falar com ele. Você e Pete estão bem?

— Melhor não podia ser, na nossa idade — nunca deixa de chocar True o fato de Linda, cujo filho morreu, sempre conseguir parecer tão casual. Se fosse Guy que tivesse morrido, True teria optado por um estado vegetativo persistente, se não por algo permanente, envolvendo barbitúricos.

— Sabe que o nosso Dennis nos fez avós de novo, alguns meses atrás.

— Soube. Parabéns.

— Bem, que tal se eu pedisse a Guy para ligar quando voltar para casa? Poderia já ser noite. Vamos ver, são... oito e cinco...

— Não, estou em Nova Hampshire, Linda. Vou ligar mais tarde, eu mesma. Tudo bem? Pode garantir que ele esteja de volta mais ou menos às cinco?

— Bem, quando vovô e ele vão pescar, especialmente considerando que só tem mais um dia por aqui — diz Linda. — Vou tentar — e clareia a garganta. — Quero que saiba, True, você teve um papel excelente na criação de Guy. Peter Junior teria ficado muito orgulhoso.

— Obrigada, Linda — diz True, imaginando, você vai pensar nisto na próxima meia hora. Ela tenta de novo. Ele ainda não chegou em casa. True não consegue se desvencilhar da culpa que sente, como um borrão de tinta sobre algo branco, como um cirro.

Tenta de novo na terça-feira à tardinha, mas só na tarde de quarta-feira True finalmente consegue falar com o filho.

— Como vai você, meu chapa, irado, hein? — pergunta ela.

— Chapa irado? — o risinho de Guy esmaga o seu coração. Ela pode sentir suas mãozinhas estendidas, seus dedos entrelaçados nos dela, seu jogo de tocar ombros nos ombros e quadris nos quadris quando caminham pela rua.

— Mamããããêêê! — sussurra Guy, baixando a voz — estou morrendo de saudades de você!

— Estou morrendo ainda mais!

— Eu estou morrendo de saudades suas!

— Mas está se divertindo?

— Demais. Vou pescar hoje e acampar esta noite! E você, está se divertindo?

— Um pouco! Fui subir no monte Washington e machuquei para valer meus pés!

— Quem está com você?

— Hank — diz True.

— Hank, o cara dançarino do restaurante?

— Sim, Hank, o cara dançarino do restaurante — True sorri bravamente para Hank, enquanto ele passa o dedo debaixo do colarinho da camisa. Todos os clichês são realizados, ela pensa. Hank sente o colarinho apertado.

— Ele subiu a montanha com você?

— Claro que subiu!

— E machucou os pés?

— Não, ele usou as botas adequadas. Eu que usei umas botas velhas fedorentas! Botas novas fedorentas!

— Bem, me alegra que não esteja sentada chorando...

— Não, na verdade, adivinhe só? Quando voltar para casa, tenho uma surpresa para você.

— Um cachorro? — grita Guy.

— Não, não um cachorro. Melhor. Bem melhor.

— Um cavalo?

— Não, tenho uma surpresa. É uma espécie de idéia...

— Estão levando *Oliver*?

— Vou lhe contar quando voltar para casa.

— Agora.

— Não *posso* agora.

— É um segredo?

— Sim — sussurra True. — É nosso segredo. Mas eu queria ouvir sua voz e dizer que tenho uma surpresa para você quando voltar para casa

— OK — diz Guy. — Não vai demorar muito agora. Lembra quando dizia "só uma dormida até chegar em casa", quando você embarcava numa viagem de negócios?

— Lembro — diz True. — Você costumava dizer isso, bem, cerca de seis meses atrás.

— Parece mais tempo — diz Guy.

— Certamente parece.

— Amo você mais do que qualquer outra coisa no mundo — diz True a ele.

— Eu também — diz Guy. — Tchau, mamãe. Não tenha mais saudades de mim agora.

— OK — diz True. — Vou tentar.

Fecha o telefone e o passa para Hank.

— Você não contou a ele — Hank está estupefato.

— Não, e não vou contar.

— Quer dizer que não vai contar a ele agora, como havíamos conversando?

— Quero dizer, não vou contar.

— Não... vai contar?

— Não vou contar agora. Sem sentar com ele e explicar direitinho. Não vou. Não posso. Não vou trair a sua confiança. Não é correto.

Hank olha para além dela, para o topo da montanha.

— Você vai dizer não se ele não quiser que você case.

— Meu querido, meu Hank, não pense assim — diz True a ele, enlaçando o seu braço, colocando a mão dele no seu rosto. — Acontece que o amor de uma mãe pelo filho... você não conhece isto. Você não sente isto. Ainda. Eu jamais poderia magoá-lo assim.

— Por que supõe que o magoaria? — Hank curva-se para a frente, virando o corpo dela para si. — Por que supõe que algo que você deseja tanto, e que será bom para ele, também, o magoe? Só porque é muito cedo? Só porque é comigo?

— Não se trata disso — diz True. — Ele nunca teve de me dividir com ninguém. Nunca teve de se perguntar se alguém na minha vida vinha à sua frente. Está a milhares de quilômetros de distância. Se sentiria como se eu estivesse fazendo algo às escondidas, pelas costas.

— *Bébé*, você é a mãe — Hank insiste. — *Você é* a mãe. A única razão que encontro para não contar a ele é que tem muita vergonha de que seus ex-sogros saibam que está se casando ou que não sou bom o suficiente para seu filho.

— Não — objeta True, achando que ele tem razão. Ele percebe. Estou em dúvida. Se estou em dúvida, vou perdê-lo fatalmente. Por isso, não só em pânico, mas em rígida insistência, ela diz com firmeza: — Não acho nada disso. Só que é cedo demais.

— O errado — sugere Hank — seria *não* contar a ele, não lhe dar nenhuma advertência, e então jogar tudo sobre ele no aeroporto no dia seguinte. Você não está dando muito crédito a ele.

— O que você receia se não nos casarmos imediatamente? — True o desafia subitamente, quase com raiva. — Que eu volte atrás? Ou que você volte atrás?

— Quer realmente que lhe diga? — as mãos de Hank se tensionam e formam punhos.

— Quero.

— Receio que esteja tão acostumada a fazer o que todo mundo quer que faça que alguém chegará a você e a convencerá de que eu sou um merda interessado apenas no seu dinheiro, e embora você não chegasse a acreditar nisso, acharia que tantas outras pessoas acreditariam que você vai tirar o corpo fora e querer me ver longe até que alguém mais adequado apareça.

True arqueja.

— Não sou tão limitada assim. Não sou uma idiota.

— Bem, então vamos ter de contar a Guy. E tem de valorizar o fato de que eu planejei isto, como o gesto mais romântico da minha vida, e dói como o diabo que você veja isto dessa maneira.

— Mas como, Hank, como é que eu vou...?

— Vamos nos aproximar dele. Vamos elegê-lo o padrinho do nosso casamento. Nosso casamento *verdadeiro*. E vamos partir em viagem de lua-de-mel, nós três, depois do Natal, talvez para aquele lugar da Flórida onde deixam você nadar com os golfinhos...

— Eu contei a você sobre isso?

— O quê?

— Que o lugar dos golfinhos era onde eu planejara levar Guy esta semana, antes que acontecesse o casamento de Isabelle e que seus avós o convidassem para Montana? E que nós íamos à Disney depois?

— Não.

— Mmmmmmmm — True morde o lábio. — Esa contou a você?

— Não. Simplesmente achei que ia fazer um garoto vibrar. Ia me fazer vibrar, para lhe dizer a verdade. Vamos fazer todo o circuito, Disney World...

— Ele nunca foi lá.

— Bem, True, ele só tem dez anos. Não é grande o bastante.

— Não acredito em signos e coisas do gênero.

— Nem eu — diz Hank. — Que quer você dizer com isso?

CEDO, NA MANHÃ DE QUINTA-FEIRA, antes de entrarem na igreja em Norris, Nova Hampshire, para o encontro que marcaram pelo telefone, True diz:

— Vou ligar para ele agora.

— Tudo bem para mim — diz Hank, embora pareça em pânico. — Vou falar com ele também.

— Não, só eu falo desta vez — diz True, pensando, bela chance se Guy falar comigo, mergulhado que está no passado do seu verdadeiro pai, cercado pelo que imagina serão os rostos contrariados de seus ex-sogros, suas tentativas canhestras de explicar por que os adultos às vezes fazem coisas surpreendentes, incapazes ao mesmo tempo de disfarçar seu desprazer. Ela tenta uma vez e ouve uma secretária eletrônica.

Telefonam com uma desculpa rápida pelo atraso de meia hora para o amigável pastor episcopal, compram café, e True tenta de novo. Sua ex-sogra responde. Pontadas nervosas correm ao longo do pescoço de True.

— Guy está aproveitando o máximo. Não sei se ficou em casa duas vezes desde que chegou aqui... estamos com um tempo tão bom, uma verdadeira primavera... — Linda tagarela.

— Bem, estou no telefone celular, Linda, por favor, deixe-me falar com ele antes que perca a linha — diz True. — Estou com um amigo. A ligação pode cair a qualquer momento. Gostaria de conversar mais, mas posso falar com Guy?

— Ora, claro, True, ele está bem aqui.

— Oi, querido — diz True.

— Oi, querida — Guy responde atrevidamente.

— Lembra daquela surpresa?

— Sim.

— Bem, vou contar a você.

— Ainda bem, porque eu ia ter de reclamar de você quando voltasse para casa, porque você disse que nunca fazemos isso um ao outro.

— Quer dizer deixar de contar — concorda True.

— Isso mesmo — diz Guy. — Tudo bem, mamãe, estou pronto.

True sente uma aguilhoada terrível de pena e arrependimento. Oh, meu bebê, meu menino, pensa. Brincando lá fora no amplo sol de Montana, sem suspeitar que sua mãe que cuida tanto de si mesma vai desprezar a única vida que conheceram, vai ajudá-lo pelas costas... Oh, isso é cruel e errado.

— Hank está aqui — começa True.

— Vai deixar que ele escute a conversa? — pergunta Guy em tom de conspiração.

— Sim. Ele sabe.

— Ele sabe?

— Sim. Sim, sabe — diz True e respira fundo. — Porque nós vamos nos casar.

— Nós vamos? — pergunta Guy reflexivamente.

— Sim.

— Com quem?

— Com Hank.

— Mamãe! Nem mesmo conhece ele e, além do mais, é jovem demais para ser pai e é provavelmente irresponsável e só quer você pelo seu dinheiro.

True imagina os ouvidos aguçados de Linda. Também imagina, com deleite, estar pisando nos calos da mãe, cuja argumentação Guy repete como um papagaio.

— Não, nada disso, espertinho — True controla a voz. — Ele quer mamãe por todas as boas razões. E eu o amo. Não sei como! Simplesmente me apaixonei por ele. E ele diz que quer realmente um menino ao seu lado para amadurecer...

— Isto quer dizer eu? Ou um bebê dele?

— Isto quer dizer você, Guy. Ele quer...

— Isto vai acontecer antes que eu complete doze anos?

— Sim — diz True.

— Antes que eu complete onze?

— Sim — diz True.

— Bem, quando é?

— Estamos pensando no sábado — sussurra True.

Ou a linha cai ou Guy desliga.

Linda atende quando True telefona de novo.

— Ele saiu — diz ela no tom de cristal que a faz lembrar do seu namoro com Pete. — Vou atrás dele.

Guy está em silêncio. True só pode ouvir sua respiração.

— Bem, ouça, seu chatinho, você desligou o telefone na minha cara? Eu o perdôo. E claro que amo você. Guy?

— Que posso fazer por você? — pergunta Guy. Parece um funcionário público.

— Você geralmente diz "Eu te amo mais!"

— Bem, obviamente eu amo você mais do que você me ama. Não inventei a porcaria dessa idéia.

— Guy!

— Bem, foi você!

— Você vai estar em casa em duas dormidas. Tenho saudades de você. Vovó tem saudades de você. Hank sente saudades de você.

— Certo — diz Guy. — Tenho certeza.

True passa a Hank o telefone, aquecido pela longa conversa ou pela pressão de sua mão.

— Guy — diz Hank —, olha só, não espero que aceite isso da noite para o dia. Mas pelo menos me dê uma chance, certo? Ninguém achou que você podia fazer o papel do Anão porque era jovem demais. Sua mãe me falou. Tudo mundo disse, ele não vai conseguir. Mas você teve uma oportunidade, não teve?

Ele espera enquanto Guy evidentemente dá uma resposta.

— Bem, é tudo o que estou pedindo. Uma oportunidade. Então vamos vivendo, um dia de cada vez.

Silêncio.

— Sim, eu fiz. Eu disse aquilo. Você foi uma parte importante em tudo. Por que eu mentiria? O que ganharia com isso?

Silêncio, espera.

— Não quero o dinheiro dela. Tenho meu próprio dinheiro. Ouça, Gui, por que eu mentiria para você? Por que mentiria para alguém que vou conhecer por toda a minha vida?

Silêncio.

— OK. Obrigado por isso — Hank fecha o telefone e dá a True um sorriso aquoso.

— Ele vai esperar e ver o que acontece — explica Hank.

— Bem — responde True, seus lábios selados em simpatia —, tenho orgulho dele. Se tivesse medo de perder meu amor para você, teria mentido e dito que estava feliz.

MAIS TARDE NAQUELA MANHÃ, para o seu casamento, True veste uma camisa branca de cetim e calças de veludo que encontraram num brechó e tamancos de jardinagem de borracha, tamanho 39, o único calçado em que pôde enfiar seus pés número 37 inchados.

Quando lhe perguntam se ela, True Dickinson, aceita este homem, Henry Bannister, como seu legítimo esposo, ela se encontra sem reservas, apesar de tudo, disposta a aceitar. O retrato em preto-e-branco feito por um fotógrafo local, que chega dois dias depois, mostra True parecendo muito doce e dominadora — ela suspeita que foi retocado — recostada no ombro de Hank, sua camisa branca drapejada como se tencionasse que o pano lhe caísse do ombro sobre o seio, enquanto a expressão do rosto dele lembra o olhar já visto em homens que venceram o biatlo ou abateram feras selvagens num safári. Ele parece orgulhoso, possessivo.

Esse retrato sempre a deixará contente.

Fora da igreja, True não consegue parar de soluçar. Hank finalmente tem de parar e comprar uma jinjibirra. Ele a ensina a curvar-se e beber da lata de ponta-cabeça e de trás para diante, dez goles. Funciona como mágica. Então ela pede o seu celular.

— Preciso ligar para Guy — diz True. — Ele nunca me perdoará. E assim terá um tempinho para se acostumar. Sabe que ele desligou na minha cara antes — Hank ausente com a cabeça. — Bem, eu não podia esperar que fizesse outra coisa — murmura True. — Na verdade, apenas desligar na minha cara foi algo bem sensato. Quero dizer, nós somos... estranhos.

— Nós *não somos* estranhos — Hank objeta.

— Para ele somos. Para qualquer outra pessoa, seríamos. Partimos apenas de um palpite.

— Bem, como eu disse a Guy...

— Sim, mas é tarde demais para um teste. Você já ganhou o papel. É a noite de estréia. Qual é o seu nome do meio? — sussurra True.

— É Rogan. Henry Rogan Bannister. O nome de solteira de minha mãe.

— O que gostaria de comer no café da manhã?

— Hambúrgueres. Restos de *pizza*. Maçãs. Sempre maçãs. E *muesli*. Sabe o que é.

— Que esporte praticou no colégio? Em que rua cresceu? Telefonou para seus pais? Quando eu estava dormindo? Qual é o nome do seu pai, de novo?

— Gus. Ele dizia para nós que Gus era diminutivo de Henry. Ou de "Henri". Ele sempre detestou o nome. Joguei basquete, mas era muito baixo. Participei da equipe de corrida e era realmente veloz, mas quebrei o tornozelo.

— O que ele faz?

— Quem?

— Seu pai.

— É cirurgião.

— Um... cirurgião? — True se esbofeteia mentalmente. Que havia esperado? Que o pai de Hank pescasse num barco camaroneiro? Era *isso* o que ela esperava. Ela pensou, e este era o seu consolo, que Hank estava subindo socialmente com o casamento, porque ela deveria receber algum tributo pelo que encara como o complemento desigual de dotes físicos entre os dois. Na verdade, é ela que está subindo com o casamento, ancestralmente, pelo menos. O que o mundo chamaria de em todos os outros sentidos. Ela pegou um peixe grande; as pessoas irão cumprimentá-la.

Vejam só, pensa ela, as pessoas vão me cumprimentar.

— Tudo bem. É capaz de absorver aquilo.

Ficam quietos durante uma hora, de mãos dadas, impressionados pela enormidade do seu ato.

— Você acha... nunca foi casado antes, a rotina... vai se chatear — arrisca True enquanto atravessam a divisa estadual.

— Como poderia me chatear?

— E sou mais *velha*. Mais velha. Entendeu? Já pensou como vai se sentir quando eu tiver cinqüenta e você quarenta? Quando for um jovem na definição geral e eu estiver do lado mais sombrio da meia-idade, uma jovem senhora idosa?

— Sei que nunca encontrei uma mulher com a qual achasse que nunca me chatearia, para toda a vida.

— Não por falta de tentativa.

— Devo admitir isso. Procurei. Apaixonei-me por uma semana em Galveston. Apaixonei-me por um mês em Boston. E uma mulher na França. Tive um caso intermitente com uma mulher daqui ao longo de seis anos, até que ela se mudou para Boston, porque havia tanta coisa nela que eu amava...

— Quem foi ela?

— Não importa.

— Ainda quero saber.

— Não era você. Não me fazia ficar adivinhando a toda hora. Não me fazia admirá-la todo dia, porque podia dirigir um negócio e cuidar de um filho e organizar um casamento.

— Mas não é verdade que todos os homens... todos os homens, não só você, desejam as coxas perfeitas, o corpo malhado...

— Já tive disso.

É como se o coração de True despencasse no elevador, cabos arrebentados chicoteando como cobras.

— Isto geralmente vem com uma personalidade tão profunda como uma queimadura de sol. Um homem, depois de um tempo... não quero que interprete mal o que vou dizer, mas ele se cansa das mulheres jovens, da maquiagem, do corte de cabelo na moda, da manicura francesa. Elas são tão jovens. Isto não é perfeição...

True se lembra abruptamente de ter sentido o molhado quente entre as pernas, o latejar dos pés. Ela não é perfeita. Mas ele está dizendo que a perfeição física não é o que deseja. Está dizendo que o que quer é distinção nesta mulher.

Pode estar sendo sincero. Pode ser um em um milhão.

Ou esta pode ser a maior palhaçada desde o início dos tempos, pensa True. *Todos* os homens desejam a encarnação viva do Sonho de Biquíni. Todos os homens. Acabam ficando com menos, quase sem escolher. Ela observa os olhos desesperados e vidrados de homens no estacionamento do Pick'N'Save, ao passarem ao lado de mulheres que estão vestindo as mesmas calças Capri e listras horizontais que teriam vestido com vinte quilos a menos, quando eram núbeis e voláteis. Pensou consigo mesma que esses homens matariam essas mulheres se pudessem, cometeriam assassinato por supermodelos.

Mas não deve ser assim. Ela tem tão pouca experiência com os homens. A mulher do seu advogado, Holly Bourse, a mãe do amigo de Gui, Fenn, é um belo tamanho 48 e seu marido, Addy, é louco por ela. Sua médica, Rollie Guinness, não é mais velha do que o marido, pelo menos parece, e ele adora sua companheira, perguntando nas festas se ela não é adorável, se não a consideram sensacional, particularmente desde que Rollie sobreviveu a um vírus mortal no ano anterior.

— O que eu quero dizer é que as curvas e as... mudanças — diz Hank — são interessantes.

— Bem, você é o único homem na face da terra que pensa assim.

— Então foi feliz em me encontrar.

— Eu sou feliz. Eu sou feliz.

— True — diz ele. — Sabe como é para um homem, pelo menos este homem, ser amado por uma mulher mais velha? Uma mulher mais velha bonita, sensual, viva? É igual a um jovem estudante que vai ao baile com a Rainha das Debutantes. É como se essa mulher com experiência, essa mulher do mundo, o desejasse de fato.

— Você? Sente-se assim? Nunca ouvi nada parecido.

— E, depois, vou ficar mais velho, também. Estudei isso. Uma mulher nos Estados Unidos sobrevive ao marido em média 12 anos. Portanto, atuariamente, você tem a mesma idade que eu.

É inútil. Ela concorda com a cabeça.

— Como um cara que conheço disse certa vez, eu sou sua — diz ela.

PELO QUE ESPERA seja a última vez na vida, True sente-se infinitamente grata de dirigir sozinha para casa.

Não quer deixar Hank. E, no entanto, gostaria de passar uma varinha de condão sobre ele e congelá-lo por umas duas horas, até que ela possa pôr em ordem todo o resto de sua vida.

Beijam-se castamente no banco dianteiro, no estacionamento do seu restaurante. Hank aconselha True, com um ar de marido, a lavar as botas ensangüentadas na máquina. Acha que elas não vão se deformar se ela as colocar na secadora com uma bola de tênis.

— Acho que vou colocá-las na lata de lixo com o recibo — diz True.

— Bem, vou chegar em casa mais tarde, querida! — Hank diz com falsa jovialidade. Está pálido. True nota sardas polvilhadas no seu nariz.

— Oh, esta noite? — pergunta True.

— Bem, não posso passar a noite em Bobby Lane. Seria muito estranho, também, True.

— Céus, seria mesmo, não? Somos casados.

— É o que diz o papel.

— Bem, vejo você depois, então.

— Só vou levar uma... pequena sacola com minhas coisas de barba e, você sabe, amanhã...

— Ótimo, ótimo — diz True. — Se eu levar o caminhão, quem vai levá-lo em casa?

— Tom ou um dos garçons.

— Não Lucy.

— Não Lucy, embora ela pudesse fazer isso, você sabe, True. É uma boa amiga.

— Não creio que conheça as mulheres tão bem quanto imagina, senhor Bannister. Não acho que ela vai reagir como você espera que vai.

— Vamos ver, senhora Bannister.

— Srta. Dickinson ainda. Mas sim, Senhora Bannister, também. Oba!

— Amo você, *ma chère*.

— Eu amo você, Hank. Não estou nem um pouco arrependida.

— Nem eu.

True não vai para casa, no entanto. Decide isto assim que sai do estacionamento. Sua mãe, tem certeza, vai estourar uma aorta. Roga ao Deus episcopal para que Franny esteja em casa. Ao chegar na entrada de carros da casa de Franny, ela vê as luzes de cristal rubi na sala de estar, claras como sementes de fruta e quase canta de júbilo. O marido de Franny, que é construtor, e está no começo infernal da sua temporada de excesso de trabalho, ainda não vai estar em casa, e Angelique não notaria se True e Franny estivessem fazendo a dança do ventre na cozinha.

— Me ajude — ela anuncia, abrindo a porta de Franny. Sua amiga está diante do computador. Abaixa os óculos de leitura na sua corrente de contas.

— Fizeram boa viagem? — pergunta Franny.

— Nós nos casamos.

— Bem, True — diz Franny com seriedade, abrindo os braços para acolhê-la —, ele é um doce de homem e é um tremendo gato, e este é um dos três finais felizes que você havia previsto. E é verdade que na nossa idade nós sabemos em, digamos, quinze minutos, se existe alguma esperança.

— Mas talvez tenha arruinado a vida de Guy.

Franny vai até o moedor de café, mas muda de marcha e tira seus copos de conhaque.

— Ele provavelmente vai ficar bem — diz ela finalmente.

— Ficar bem? Provavelmente? Você devia dizer que ele vai ficar ótimo! — True toma um gole abrasador do seu conhaque.

— Ele vai ficar bem, com o tempo — diz Franny. — O que quer, que eu minta para você? Vai ser um choque. O que foi que Guy disse?

— Nada tinha a dizer.

— Nada?

— Nada além de que eu havia mudado toda a sua vida pelas suas costas, e eu nem lhe disse que estávamos casados; disse que íamos nos casar no sábado, coisa que, se eu conseguir convencer o padre Tierney, vamos fazer.

— Bem — disse Franny —, você deve estar segura. Tão segura quanto poderia estar.

— Estou segura de que o amo. Não estou segura de que devia ter me casado com ele.

— Bem, querida, posso lhe dizer uma coisa. Você não conhece uma pessoa de fato a não ser depois que se casa. Nem mesmo se vivem juntos. Lembro os primeiros seis meses que vivi com Steve, eu tinha medo de dormir porque sabia que roncava.

— Então você ficaria embaraçada por uma coisa dessas?

— Sem dúvida!

— Quer dizer que eu sou louca? Fico pensando, e se ele for ao banheiro quando estou lá? Conheço casais que fazem as coisas na frente um do outro, mas eu jamais seria capaz. Não vou ao banheiro na presença de alguém desde a idade de quatro anos, desde que... eu *tinha* quatro anos.

— Tudo isso — acrescenta Franny — e tem ainda os pais dele. Os dois estão vivos, não? Bem, é todo um outro quadro, e se ele é o único irmão com três irmãs, ninguém vai conseguir ser boa o suficiente...

— Ora, puxa, eu nem tinha pensado nisso — diz True. — Bem, amiga, vou indo para casa.

— Não para a Chatham Bars Inn? E a noite de casamento?

— Tivemos a lua-de-mel. E depois nos casamos.

— Muito moderno.

— Por que não vem comigo?

— Aonde? À sua casa?

— Sim, para contar à minha mãe.

— Não contou a Kathleen? Estou feliz por não ser eu quem vai ter de contar a ela.

— Obrigada! Obrigadíssima!

— Adoro sua mãe, True. Ela é uma figura realmente original. Mas é um pouco rígida em relação a certas coisas...

— Um pouco rígida? Só falta um dia desses querer entrar para um convento.

— Acho que você a subestima, True. Ela podia facilmente ter se casado de novo. Ainda pode.

— Ora, Franny, e o sol vai se levantar no Oeste amanhã! Pelo menos me deixe ficar aqui esta noite, então. Não, não posso. Preciso ir. Se Hank chegar lá antes de mim...

— Na verdade, seria genial!

— Obrigada, Franny. Estou contente de que meu medo tenha animado a sua noite!

True abraça a amiga, apoiando-se nela e tremendo com risos reprimidos e absurdos, prometendo ligar amanhã. Dirige até sua casa e, com elegante cautela, estaciona o velho caminhão na entrada.

Kathleen está correndo para lá e para cá na cozinha, recolhendo pequenos pratos de papel e copos plásticos de drinque. True vê um limão, geometricamente oitavado, no aparador.

— Estava jogando bridge, mamãe?

— Gim — diz Kathleen. — Tenho notícias maravilhosas!

Isto não está no *script*.

Mas talvez Kathleen *vá* se casar de novo. Voar até Wisconsin na época das macieiras florirem. True pagaria a sua passagem, só de ida, em primeira classe.

— Bem — diz True — tenho notícias, também. Quais são as suas?

— OK — diz Kathleen, com um sorriso conspiratório. — Convenci pessoalmente o gerente de negócios da *Today's Child* a incluir os cartões da Doze Vezes Abençoada na revista.

— Mamãe! Isto é maravilhoso.

— Eles têm milhões de assinantes, True.

— Vai nos custar uma nota.

— Sim, mas pense só na expansão demográfica.

— Vejam só você falando!

— Não inventei isto do nada, True.

— *Today's Child* mostra roupas voltadas para a jovem mãe. Não é o nosso público-alvo principal.

Há não mais que cinco anos, Kathleen não sabia mais sobre marketing do que sobre fatiar presunto numa *delicatessen*. Agora ela deita e rola.

— Ora, mas trabalham produtos para as avós também. E dicas práticas. Muito abrangentes. Coisas aplicadas. Achei que íamos ter uma alavancagem muito interessante.

True seria capaz de gritar de alegria se não estivesse à beira de um colapso. Sente um surto de admiração por sua mãe. É precisamente a hora errada para isso.

— Acha que vamos ser atropeladas? Sabe, tenho este medo... a síndrome de J. Peterman. Usar a renda da temporada passada para comprar o estoque desta temporada. Em breve estaremos construindo uma loja na Grand Central Station.

— Acho que podemos administrar uma pequena expansão. Discuti a perspectiva financeira com Jeanine no banco. E tive uma conversa com Rudy. A propósito, e funcionária nova caiu doente no segundo dia de trabalho. E True, foi algo sinistro, uma coisa de dor no cérebro. Não acho que ela vá conseguir preencher o lugar de Esa.

— Mmmmm. Bem, ela não é o único peixe no aquário. E então, mamãe — começa True —, notei que você e o Sr. Merton ocuparam os mesmos alojamentos na noite do casamento de Esa? Tem alguma coisa rolando?

— True Dickinson — diz Kathleen, parando de repente com um saco de Hefty na mão. — Longe de mim... aquele homem deve ser vinte anos mais moço que eu. Conversamos até bem tarde. Levou uma vida muito interessante. Essa Mickey aparentemente lhe deu trabalho. Deixou-o várias vezes, com Isabelle, e Kellen...

— É Kellen, não é?

— E Kellen só tinha sua mãe para ajudar, antes que Mickey finalmente se amarrasse a este Hob. Parece que os dois eram muito jovens. Da geração *hippie*, pode-se dizer.

— Isabelle teve sorte de não acabar se chamando Luz-do-Sol ou Tulipa.

— Com certeza.

— Então, quais as novas? — pergunta Kathleen.

True literalmente cinge o ventre, que não só está com cãibra, mas também ligeiramente sensível.

— Lembra-se de quando subimos o pico Pike, mamãe?

— Sim.

— E minha menstruação chegou...

— Lembro do incidente.

— Bem, aquilo aconteceu comigo no monte Washington. Além do mais, minhas botas novas acabaram com meus pés. Vou ter de usar os chinelos de alce que Guy me deu no Natal durante uma semana.

— Ele telefonou.

— Que foi que disse? Falei com ele há umas duas horas.

— Disse que estava se divertindo. Mas parecia com saudades de casa, não achou? Era de se esperar.

— Mamãe, quero lhe contar. Hank vai passar a noite aqui em casa.

Kathleen fica impassível.

— Bem, não é da minha conta, True. Ellen e Mary fizeram umas perguntinhas, hoje à noite, se você e esse rapaz estavam na verdade saindo juntos. Claro, eu não falei nada — True acena solenemente com a cabeça. — Espero que saiba no que está se metendo, envolvendo-se com um homem tão mais jovem que você, e com tanta disparidade de renda...

— Mamãe, Aquele Lugar é um sucesso.

Kathleen torce o nariz:

— Suponho que eu devia ir até lá. Levando em conta o seu envolvimento. Mas a comida é condimentada demais. Muito exótica. Acho que cairia mal no estômago de Ellen. Sabe, no ano passado ela quase teve uma úlcera perfurada. Mas Mary esteve lá na semana passada...

— Bem, ele vai passar a noite nesta casa com bastante regularidade.

— Imaginei — diz Kathleen, largando seu saco Hefty e puxando uma cadeira da cozinha — que você se preocupasse muito em expor Guy a esse tipo de coisa. Não que eu questione a sua necessidade de uma vida pessoal. Eu mesma não experimentei essas necessidades... ser casada com Bert Dickinson preenchia minha vida pessoal e as mulheres não saltavam de cama em cama...

— Eu dificilmente saltei de cama em cama...

— Não estou sugerindo que tenha feito isso, mas o efeito sobre Guy de um homem solteiro...

— Ele não é solteiro.

— Ele... não é solteiro? — pergunta Kathleen. Pára, olha para suas mãos estendidas por um momento e então ergue o olhar para True. — Estava pensando num drinque antes de ir dormir.

— Eu também gostaria de tomar um — diz True. — É melhor preparar um duplo para você.

Kathleen prepara habilidosamente os drinques. True imagina que ela vai estar bêbada quando Hank chegar e que isso provavelmente não tem a menor importância. As duas mulheres se sentam frente à frente à mesa de cerejeira, feita a mão, de True.

— Então ele é casado — diz Kathleen. — É uma bela confusão. Pelo menos é separado? Ela está na cidade? Ou, de onde ele vem? Do Alabama?

— Ele é casado comigo, mamãe.

Kathleen perde a fala.

— Casamos ontem, em Nova Hampshire.

— Mas isto é permitido por lei? Não existe um... prazo de espera?

— Não. Tenho quarenta e três anos, mamãe. Não preciso de um formulário de consentimento. Tenho na minha mala, junto a minhas malditas e ensangüentadas botas de alpinismo, que me arrebentaram os pés, uma licença de casamento. E, no sábado, seu eu ajeitar as coisas, vamos nos casar de novo na paróquia, pelo padre Tierney. A família de Hank vai ficar furiosa. Eles chamam os episcopais de católicos *light*.

Kathleen torce o nariz e abana a mão, como se um inseto a atazanasse.

— Imagino que vai querer que eu me mude — diz então.

— Que se mude? Da sua casa?

— Bem, imagino que vai querer sua... privacidade.

— Está com intenção de ir para a cama conosco?

— True! — Kathleen se levanta como se fosse jogar fora o seu drinque.

— Sente-se, mamãe, eu nunca ia querer que se mudasse.

— E quanto a este... e quanto a Hank? — ela pronuncia seu nome como se estivesse afastando de si algo que foi guardado tempo demais num pote de Tupperware numa prateleira da geladeira. — E Guy?

— Bem, pensamos em nos livrar de Guy. Mandá-lo para um colégio interno na Suíça imediatamente. Mamãe! Não seja tola! Como pode perguntar tal coisa? Nada vai mudar, a não ser que me apaixonei e me casei. Um pouco às pressas, talvez...

— Pode repetir isto?

Kathleen está ficando com uma língua muito esperta, pensa True, o que a lembra de que está ligeiramente tonta.

— OK. Um tanto às pressas. Mas acho que foi o momento certo. Ele planejou tudo e me pediu de uma maneira adorável — True estende a mão com a aliança ainda no polegar. — Fez esta aliança. Para mim.

— Que gentil.

— Bem, agora a sua parte é dizer, minha filha querida, espero que seja muito feliz.

— Espero isso, naturalmente. Espero que isso vá termine melhor do que da última vez.

— É um endosso extraordinário. Mamãe, isso não é justo.

— Imagino que pensa que tudo vai ser fácil.

— Não, acho que vai ser terrivelmente difícil e estou apavorada. Quero dizer, toda a minha vida me contou sobre como você e papai tinham o casamento perfeito. E eu não. Com Peter não tive — continua True, com um princípio de protesto desenhando-se no rosto da mãe —, você sabe que não tive. Sim, num certo nível, você sabia que eu não tinha. Quero minha chance, mamãe. Quero me divertir, amar alguém e dar a Guy um pai.

— Vou me divertir — diz Kathleen abruptamente. Levanta-se então e se vira para encarar True. — Incomoda-se se eu dormir no quarto de hóspedes? Está ventando muito lá fora. Meus ossos estão gelados.

True suspeita que a bebida seja mais a causa e pensa em oferecer-se para acompanhar a mãe pelo pátio, mas percebe antes mesmo de falar que isso vai desencadear uma nova tempestade de areia. No entanto, o fato é que True se incomoda, e muito. E acha que o pedido de Kathleen beira a vingança, se não uma bizarria extrema. Já será embaraçoso o fato de ser a primeira noite de Hank em sua casa. Na casa *deles*. Mas ela diz:

— Não, claro, tudo bem.

TRUE ADORMECEU no sofá quando ouve alguém batendo suavemente na porta da frente. Hank está de pé na varanda, com sua sacola de viagem, e um ar acanhado.

— Oi, querida, cheguei — diz ele. Ambos riem, baixinho.

— Minha mãe está no andar de cima, dormindo.

— Ela está aqui? Por que diabos?

— Acho que para me deixar constrangida. Acho que é uma pequena vingança.

— Por quê? Como foi que recebeu a notícia?

— Ficou um tanto surpresa. Acho que a maioria das pessoas vai ficar um pouco surpresa, Hank. E talvez esteja com ciúmes. Não porque eu tenha me casado, mas porque não sou mais toda dela agora — True encosta a cabeça no peito dele e respira fundo. Cheira a fumaça do restaurante e queijo parmesão.

— Bem, meu sentimento é que existem cerca de cinco pessoas, sua mãe inclusive, de que precisamos muito da aprovação. Quanto ao resto, vamos gozar deles e que se fodam se não forem capazes de aceitar.

— Foi provavelmente melhor nos casarmos direto, em vez de esperar. As pessoas teriam tido oportunidade de falar e de nos convencer a sair desta.

— E agora não podem dizer nada. Tapamos suas bocas com suas palavras, está vendo?

— Acho que sim.

— Telefonei para minha mãe.

— Como estava ela?

— Bem, disse que já era tempo. As pessoas estavam começando a achar que eu era *gay*.

— Vamos lá, você tem trinta e três anos.

— Lá na minha terra nós nos casamos jovens e eu tendo me formado em dança e tudo o mais. E tantas namoradas, sem me fixar em nenhuma delas. Ela não foi a primeira a desconfiar disso.

— Bem, posso assinar uma declaração em cartório.

— Você mais do que ninguém.

— Ela disse: bem-vinda aos Bannisters. Os poucos, os esquisitos, os Bannisters. Não vêem a hora de conhecê-la. Na verdade, ameaçam todos aportar por aqui na semana que vem.

— Oh, querido. Então é mesmo... o casamento, então o nosso casamento... Ainda não estou preparada. Quero perder dez quilos e fazer um *peeling* no rosto e redecorar a casa primeiro.

— Tudo bem. Aqui fica mais agradável mais para o final do ano, e nós teremos prontas as coisas do outono que, eu sei, a estão preocupando. Talvez no Dia de Ação de Graças — ele não diz, *Querida, você não precisa fazer* peeling *no rosto. Ele diz "nós" em relação aos negócios de True.*

— Sua mãe achou que eu era o gigolô do pedaço, não foi?

— Por que diz isso?

— Palpite.

Estão subindo as escadas para o quarto de True. Ela imagina empurrar para o lado a profissão de cosméticos da pia dupla, para que Hank tenha um espaço. Também pensa no que precisa esconder. Seus comprimidos para dormir. O creme de progesterona que passa na barriga. O Rabbit Pearl, ainda em sua caixa intacta. Até então, ela está feliz de que seu escritório tenha um cofre. Está tendo chiliques em relação às fotos de sua gravidez, do seu baile de formatura.

— Sua mãe vai se dar muito bem comigo, True. Confie em mim. Nunca conheci uma mulher que eu não fosse capaz de encantar.

— Bem, talvez não precise se dar ao trabalho. Kathleen é tão dura quanto a Rainha Mãe. E está preocupada com Guy.

— Você vai ver. Minha mãe disse para lhe dar um grande beijo, um beijo de estalo. — E é o que ele faz. — E dizer a você que tem um verdadeiro nome Bannister. Podia ser quase uma sulista com um nome desses. E agora preciso dormir. True, não sou um soldado de cavalaria como você. Não consigo me casar, cozinhar para sessenta pessoas e dançar o tango tudo no mesmo dia.

Tomam banho de chuveiro, um de cada vez, a porta entreaberta. True coloca seu único pijama, listrado de flanela, com roupa de baixo de algodão. Hank veste calça de moletom e camiseta.

— Não se importa... se eu não ficar nu com você? — pergunta ele.

— A maioria das pessoas se importa?

— Na verdade, sim... já entrei em muita confusão por não ficar nu, e por não querer, bem, por não conseguir dormir abraçado com a mulher e, por falar nisso, você consegue enfiar outras mulheres em toda conversa? É como se pensasse que eu tenho sido o *playboy* do mundo ocidental.

— Você tem sido, um pouco. Mas está certo. Por que faço isso?

— Não estou zangado com você por fazer isto. Por perguntar. Mas não fica bem em você.

A ferroada acerta no alvo.

— O que não fica bem em mim?

— Essa coisa de insegurança.

— Bem, eu... — True acha que é capaz de chorar. — Não sou insegura. Sou apenas curiosa.

— Querida, se acha que tive meu quinhão de aventuras, não tem a menor idéia das coisas. Devia conhecer meu amigo Perry. Bem, goste ou não goste, durmo de pijama. E ronco.

— Não tenho a menor idéia se ronco. Nunca dormi com ninguém o tempo suficiente para se queixarem. Não uso dentaduras, também.

— Isso é bom. Gosto de mulheres com dentes. Se você roncar, não vou me importar. Vai ser como ter a companhia do meu cão Sully, de novo. Sinto falta daquele cachorro.

— Dentes. Para morder você melhor, querido.

— Já fui mordido antes. Sobrevivi.

True fica em silêncio. Hank a rola sobre o seu estômago.

— Isso a machuca também? Vamos, querida. Nunca arranhou um homem com as unhas? Num acesso de paixão?

— Não.

— Bem, vou ter que fazer você me arranhar, então. Vou ter que fazer você gritar. Talvez não esta noite. Talvez não com sua mãe no quarto ao lado. Ora, veja, sei interpretar esta cara. Não gosta da idéia de uma mulher morder seu novo marido, não é? É como encontrar camisinhas no estojo de barbear dele... — o arrependimento instantâneo no rosto de Hank diz a ela que *existem* camisinhas no estojo de barbear dele.

True fica sentada na cama e coloca a mão no rosto dele.

— É difícil acostumar-se. Foi tão súbito, o intervalo entre o tempo em que você era livre... livre para fazer o que bem entendesse e o tempo em que você... bem, se tornou meu.

— Ouça, True. Quer que eu esclareça tudo aqui e agora? Nunca fiz sexo com um homem. Nunca fiz sexo com duas mulheres, mas cheguei perto, em duas ocasiões, não, em três ocasiões. Fiz sexo anal, uma vez; foi péssimo, e foi idéia minha, mas a garota ficou tão furiosa depois que queria enfiar um pepino no meu rabo. É isso aí.

— Tudo bem.

— Quer comparar nossas fichas?

— Nenhum pepino na minha, lamento.

— OK, então. Agora, vamos voltar à vida real. Acha que devíamos comprar um cachorro para Guy? Eu acho que devíamos arranjar um cão para ele, como presente de boas-vindas. Nunca lhe dei um presente de aniversário.

— Um mundo de cada vez, Hank.

— Quem foi que disse isso?

— Santo Agostinho.

— Esta casa é formidável. True, por Deus. Nunca imaginei morar numa casa assim — diz Hank. — É uma mansão.

— Bem, sua casa deve ter sido legal.

— Era legal, mas meu pai estava sempre viajando para curar miolos ou tripas de crianças na Guatemala, ou coisa parecida, portanto não era um médico dos mais ricos. E ficava tudo num só andar, como todas as casas típicas dos trópicos.

— Bem, *mi casa es su casa*, como dizem — diz True, sonolenta. Através da parede, True ouve sua mãe tossir. Pensa se não seria uma advertência. Nada de batidas na cabeceira da cama esta noite. Como crianças perdidas no bosque, Hank e True dão as mãos e adormecem. Sonhos de cachorros e meninos correndo dançam como uma fronteira de sombras ao longo do friso do teto.

UM DIA ANTES DA CHEGADA prevista de Guy, True e Hank vão de carro até Boston para visitar Addley James Bourse III, advogado de True desde que Peter morreu, e marido da sua vizinha, Holly. Addy encaminhou True à firma de investimento adequada, ajudou-a a formar uma corporação e a estabelecer a guarda de Guy a cargo de Dog. Agora isso terá de ser mudado. Ela quer fazer testamentos, sentindo uma urgência que não sabe explicar ao certo. Quer sentir-se comum, colocar seus negócios em ordem, dar um peso a esta união. A notícia está se espalhando pela cidade. Franny diz que se tornou uma espécie de central de informações para as pessoas que receiam telefonar para True e perguntar se que dizem é verdade. True finalmente concordou em tirar o retrato e colocar um anúncio no *Herald*.

Franny fez um anúncio, também. Vai oferecer uma recepção, na casa de True, em maio.

— A minha é muito pequena. E vamos chamar de comemoração, não de recepção, *mas* não vamos acrescentar "Pede-se não enviarem presentes". Eu gosto de presentes — diz Franny a True.

True não sonharia em se opor à idéia. Ela também gosta de presentes. E suspeita que, embora tenha um liquidificador e um monte de batedeiras e tigelas, um montão de taças de vinho e, cortesia de sua avó, uma quantidade suficiente de porta-guardanapos e garfos de salada para várias vidas, seus amigos vão trazer coisas encantadoras, e muitos convidados só vão aparecer para poderem dizer que conheceram o homem com quem True Dickinson se casou. Ela está pensando em alugar uma máquina de karaokê.

Nos escritórios de Bourse, Bentley e Lynn, Addley oferece-lhes chá e pede desculpas por não ter tido a previsão de comprar champanhe.

— Nossa True é cheia de surpresas... — diz Addley, que, antes de ter conhecido o seu metro e noventa com alma de jogador de *squash*, ela considerara um nome tolo para um homem. — Começando seu próprio negócio, escolhendo um... marido.

True sabe que Addy quase falou "um noivo", e sabe que Hank ouviu isso, também. Bem. É melhor se acostumarem. Na tradição oriental, um rumor picante dura oitenta dias. Vão estar sujeitos a isso. O comentário de Addy é um dos muitos que receberão. True e Hank sorriem um para o outro.

— Bem — diz Addy —, temos negócios à nossa frente. É tarde demais para um acordo pré-nupcial, então o que precisamos fazer é um acordo de propriedade marital, antes de chegarmos aos testamentos. Isto significa o que acontecerá ao patrimônio que cada um de vocês traz ao casamento agora, o que acontecerá na eventualidade de morte de um dos parceiros, o que acontecerá se o casamento terminar, e assim por diante.

— Não pensamos em fazer nada disso — diz True. — Somos casados. Isto significa que o que é meu é dele e o que é dele é meu.

— Certo, naturalmente — concorda Addy. — Mas não estamos descrevendo um casamento em que ambos os parceiros estão no início da casa dos vinte anos, começando a vida e planejando ter filhos...

— Esse é o tipo de casamento que queremos — diz True. — Não é, Hank?

— Acho que ele está falando sobre a disparidade da nossa renda — diz Hank, baixinho —, e em proteger o seu patrimônio para Guy.

— Exatamente — diz Addy.

— Mas você faria isso — diz True.

— Claro que eu faria — diz Hank. — Mas ele quer dizer que, se nos divorciarmos, e se eu perder o meu negócio e, na pior das hipóteses, se você morrer e eu quiser gastar todo o dinheiro que você guardou para Guy...

— Você não faria uma coisa dessas — diz True.

— Vocês dois já discutiram isso? — pergunta Addy.

— Para dizer a verdade, não — admite True.

— Vou deixar a sala por uns momentos, então, e dar-lhes a oportunidade de resolverem isso, e depois prosseguiremos — diz Addy.

Ficam sentados a sós com suas garrafas de SoBe Tea e olham um para o outro cinscunspectos. Finalmente, Hank clareia a garganta.

— Não me importo de fazer um acordo assim, True. Afinal, não nos conhecemos de verdade. Eu podia ter sido um assaltante de banco e você não saberia.

— Você foi um assaltante de banco?

— Não.

— Qual foi a pior coisa que já fez?

— Quer que lhe conte isso agora?

— Vem à sua lembrança?

— Bem, é coisa muito feia.

— Estou preparada — ele abusou da irmã, pensa True. Podem conseguir uma anulação.

— Quando eu era adolescente — o estômago de True dá um nó —, achei uma carteira no banheiro de um posto de gasolina. Devia ser de outro pobre garoto. Peguei todo o dinheiro e deixei a carteira na pia.

— E aí?

— Foi isso. O que quer dizer?

— Foi a pior coisa que fez?

— Sim. Ainda sonho com isso. Eram uns cem dólares em notas de um, sabe? Provavelmente tudo o que ele tinha. E olhei bem no retrato de sua carteira de motorista e levei o dinheiro, mesmo assim. Qual foi a pior coisa que você já fez?

— Bem, certa vez decidi ser romancista. Escrevi, o quê?, umas cinqüenta páginas nojentas de uma história sobre uma garota com um nome tão estúpido, algo como Lydia Lincoln...

— Ou True Dickinson...

— Certo. E meu irmão, meu querido irmão, quando voltamos para casa de folga, decidiu me fazer uma surpresa e limpar e lavar meu carro. Foi perto do meu aniversário. Jogou fora as páginas, que eu tinha enfiado debaixo do banco do carro. E eu...

— O quê?

— Bati nele.

— E aí?

— Bati no meu irmão! Com força. A troco de nada.

— Foi isso?

— Foi muito ruim. E outra vez também lhe disse que uma blusa que me deu de presente de Natal tinha sido comprada numa loja barata. Ainda penso nisso. Vou escrever para ele a respeito um dia.

— Bem, OK, nunca cumprimos pena na prisão — diz Hank. — Você tem muito dinheiro?

— Não para os padrões daqui.

— Bem. Contando minha parte no restaurante, e alguns pequenos investimentos, meu patrimônio líquido está por volta dos setenta mil.

— Isso não é palha, Hank. É muito bom, levando em conta que você rodou bastante por aí.

— E fui um asno. Dei de presente bicicletas incríveis que eu montei porque queria deixar a cidade e não queria me dar ao trabalho de vendê-las...

— Eu tenho cerca de... dois e meio — diz True então.

— Milhões?

— Contando a casa e o meu negócio. Talvez um pouco menos.

— É o que ele quis dizer então. Você tem quase três milhões de dólares?

— Acredite em mim, você podia jogar uma pedra por aquela janela e acertar em dez pessoas com quase vinte vezes mais...

— Não admira que sua mãe pense... — Hank está quase sem fala.

— Mas eu não. Achei que podíamos ter esse casamento comum, em que compartilhamos tudo... E ter uma conta conjunta...

— Só que Tom e eu temos uma conta comercial — lembra Hank a True.

— E eu também, é claro. E tenho dinheiro na poupança para a universidade de Guy e, embora ache que ainda não chegamos a conversar sobre isto, Hank, não julguei que iríamos necessariamente nos impedir de ter filhos...

— Eu adoraria ter um filho com você. Ainda é possível, certo?

— Teoricamente. Ou podíamos adotar um bebê. Tenho pensado nisso.

— Seria ótimo.

— E é basicamente um insulto, não é?

— O contrato? True, juro por minha mãe, não vejo dessa maneira. Faça o que achar melhor.

— Bem, pensei que fosse fazer de você o meu herdeiro, e eu fosse ser sua herdeira, como casais comuns. Não é como se tivéssemos sessenta e cinco anos e decidíssemos derrubar as paredes entre nossos apartamentos de condomínio em Sun City...

— Muita gente não se casa antes de completar quarenta anos.

— E você quer ser o tutor de Guy, não?

— Se é o que você quer.

— Bem, se vai ser o pai dele, o seu padrasto... vai adotar Guy?

— Isso não depende de Guy?

— Sim, suponho.

— Se for do gosto dele, achei que seria este o caso mais ou menos, de qualquer maneira, considerando que não tem pai.

— Não, você teria de ser o pai legal dele — murmura True.

— Percebo. Bem, está bem para mim. Eu acho. Puxa, é muita novidade de uma só vez.

Quando Addley volta, Hank se mudou para o lado da mesa de True e sentou-se numa cadeira ao lado dela. True senta-se aprumada e diz:

— O que nós queremos é apenas... este é o tipo de estado em que tudo é propriedade conjunta se você é casado?

— Tudo que vier depois do casamento.

— Mas se nós simplesmente esperássemos e tudo se misturasse, no final tudo seria de nós dois, certo? A casa e tudo o mais?

Addy fica quieto. E então diz:

— Sim.

— OK, então — diz True. — Pode preparar os papéis. Queremos tudo misturado e meu testamento mudado para Hank como meu parente mais próximo e o dele... você tem um testamento, Hank?

— Sim — diz ele —, em algum lugar. Com minha mãe como beneficiária. Não é muito. Um pequeno fundo de pensão. Meu seguro de vida.

— Bem, tudo isso, eu acho. Vamos mandar para você pelo correio. E depois voltaremos aqui — True olha pela janela o píer de Boston, onde todas as lojas de turistas e bares de ostras estavam fechados e quietos.

Finalmente, depois de longos momentos, Addley diz:

— Não acho que eu seja a pessoa certa para fazer isto.

— Por quê? Você cuida de testamentos, Addley.

— Mas sou principalmente um sujeito corporativo.

— Fez o meu testamento.

— True, não há nenhum desrespeito nisso. Mas eu teria de dizer que considero essa atitude irresponsável. Você começou o seu negócio com cinqüenta mil dólares de dinheiro de seguro e era tudo o que tinha. Trabalhou como uma escrava. E embora eu respeite o espírito em que vieram aqui...

— Você não respeita o que queremos fazer.

— Não acho que seja sensato, a esta altura, não. E um advogado não deve ser um factótum objetivo. E, mesmo que fosse, True, sou seu vizinho. Acompanhei sua luta. Sr. Bannister, confie em mim. Não quero cometer nenhum desrespeito em relação ao senhor ou a True. Mas talvez eu não seja tão distanciado quanto poderia ser se ela não fosse uma velha amiga da família...

No final, precisam recorrer a quatro advogados até encontrar um que aceite fazer o que querem. True procura não se importar, mas um nó se forma na sua garganta quando pensa em seus rostos afáveis e preocupados. Lembram a ela o agente funerário que lhe mostrou um caixão de quatro mil dólares para Peter, explicando que algumas pessoas desejam a tranqüilidade de uma cobertura protetora que "perdure através dos tempos, protegendo os restos mortais das mudanças que, de outro modo, poderiam intrometer-se no corpo do seu ente querido".

Finalmente, visitam uma pequena casa reformada em Dennis, onde encontram um advogado careca com um ar de gnomo, mas de certo modo cativante, que nunca teve um sócio, que lhes oferece apenas água de bebedouro em copos de papel mas que lhes diz:

— Não conheci pessoalmente, mas ouvi falar de pessoas que escolheram deixar fortunas consideráveis para lulus da Pomerânia. Nada existe no Código Civil de Massachusetts que impeça isso, embora os irmãos humanos desses lulus da Pomerânia geralmente se sintam muito ofendidos. Observo que o senhor não é um lulu da Pomerânia, Sr. Bannister, nem um nômade indigente do sul da Califórnia e a Srta. Dickinson não é Ivana Trump. E os dois parecem relativamente sãos. Embora avaliar a sanidade das pessoas não seja certamente o meu forte. E embora nós, advogados, consideremos cada documento como gravado em pedra, eles não são e podem ser modificados se a pessoa assim desejar.

Os testamentos, num período de semanas, serão devidamente preparados, com fundos de pensão para Kathleen e Guy e quaisquer outras crianças que possam nascer ou ser adotadas pelo casal. Mais do que dois meses se passarão, na verdade, antes que eles voltem à casa de vigamento de madeira em Dennis para assinar os documentos. Será um dia úmido e ventoso, e eles se verão envolvidos numa discussão boba sobre uma motocicleta. Terão ficado repetidamente assombrados ao ver que seu amor providencial, predestinado, envolto num círculo místico, também tem amplo espaço para posicionamento defensivo, silêncios orgulhosos e noites em que caem na cama como dois pilares de pedra, mas também com Guy assistindo a reprises de *Andy Griffith* entre os dois na cama e aprendendo a dançar o merengue na sala de estar ao som de uma fita que compraram impulsivamente telefonando para um 0800 qualquer da vida.

Terão feito sexo quarenta vezes, não as noventa e nove vezes que haviam esperado.

Também terão passado um tempo com os pais de um e do outro e percebido que não são anomalias biológicas, mas produtos semelhantes a eles. E embora isso choque cada um deles em particular, nenhum comentará com o outro. No escritório do advogado, True será forçada a refletir que poderá antever circunstâncias em que ela e Hank poderiam terminar seu casamento, mas nenhuma circunstância em que não desejasse que Hank fosse o pai de Guy, e Guy tendo, afinal e plenamente, aceito Hank além do perímetro invisível.

Porém, mais importante, terão percebido olhares de soslaio e ouvido cumprimentos estupefatos que os terão endurecido num mundo só deles. E terão passado noites juntos agarrados a uma idéia do tipo Primeiro Ano Fora, terão começado a chamar certos comportamentos de "dar uma de Kathleen", e descoberto como desfazer os nós na coluna um do outro, os dela na base, e os dele perto do coração.

Um bardo da Nova Inglaterra escreveu que existe algo lá que é não gostar de paredes; e algo, talvez o mesmo algo, na natureza ianque de True resiste a admitir um erro. Quanto a Hank, não há registro de divórcio na família Bannister há duzentos anos. Portanto, se ambos forem humildes, mesmo assim se mostrarão resolutos ao caminharem juntos para assinar e vão rir quando seu advogado lhes disser "Seus testamentos vêm com a nossa garantia de imortalidade. Agora que seus negócios estão perfeitamente em ordem, não precisam sentir nenhuma obrigação de morrer."

MAIO

VAMOS BRINCAR?

Espalhem as sementes que vêm dentro da nossa bênção de primavera e vejam o primeiro jardim do Bebê florescer em junho. Então amaciem as mãos com o Bálsamo das Bênçãos, uma poção mágica que transforma mãos trabalhadoras de mamães em luvas de veludo. Assim, não vão perder o que vem em seguida. Filhotes de animais estão vindo ao mundo e à sua casa. Dentro de um celeiro feito de material flexível com uma alça vão encontrar um carneirinho, um pintinho, uma vaca (e é mamãe, naturalmente!), um potrinho, e um fazendeiro para cuidar de todos eles. Cada brinquedo Abençoado, inclusive o boné de beisebol com nossa marca de estrelas-e-ursos, é cuidadosamente confeccionado sem partes destacáveis e com tintas seguras, caso alguém queira dar uma mastigada!

— SUA PIRANHA ESCROTA de merda! — grita Guy do alto das escadas. — Eu não podia dizer isso no telefone, mas é o que eu penso!

É o primeiro dia de maio e Guy acabou de chegar em casa, voltando de Montana.

As coisas não saíram como True e Hank tinham planejado.

True foi sozinha ao aeroporto apanhar Guy, com a intenção de levantar com jeito o assunto de família, talvez irmãos, a necessidade, desde a partida de Esa, de uma família mais completa ao redor deles e então por que está fazendo isso, para os dois. O tolerante padre Tierney, depois de perguntar ceticamente "Uma minicerimônia? Isso não vai levar a um minicasamento, vai?", concordou em executar os ritos religiosos às duas da tarde no sábado.

Mas Guy está pálido, fechado e silencioso como um mexilhão.

O coração de True bate desordenadamente. Ela tem vinte e cinco quilômetros — quatro saídas de estrada — para introduzir um momento de Nagasaki numa vida que já teve, em sua década, uma Hiroxima. Deixou a sua marca, senão a sua lembrança. Como foi que ela se deixou levar pela certeza alegre de Hank de que isto pode ser "absorvido" por Guy? Ou ela está sendo simplesmente superprotetora, como quando Guy era criança e Pete a acusava de seguir o infante com um termômetro no bolso do *blue jeans*.

Esperava que Guy ficasse fascinado pelo fato de ter um homem em casa. Agora ela acha isso tão plausível como macaquinhos alados pegando o carro e levando-o pelos ares até em casa. Hank, ela pensa, subitamente alarmada, não deveria sequer estar em casa quando ela e Guy chegassem. Devia se retirar. Por algumas horas, ou uma semana. Ela literalmente fodeu sua existência perfeitamente tranqüila, cujo centro luminoso está preso por um cinto de segurança no banco ao seu lado.

Guy é o seu próprio, o seu único ser, cada palavra e gesto dele marcados a ferro e fogo na sua identidade.

Como pode ter pensado em Hank da mesma maneira, mesmo nas garras do mais terrível encantamento? True não pode conceber que tenha vivido sem Guy esses poucos dias, que parecem ter-se estendido pela circunstância em décadas de suas vidas. Guy parece ter ganhado alguns centímetros de altura e seus ombros estão mais largos; está dourado, radiante, como um garoto num anúncio de equipamento de alpinismo. True quer devorá-lo. Quer fazer todas as coisas secretas e sufocantes que as mães fazem, rearranjar um topete mítico nos seus cabelos como pretexto para expor-lhe a testa, dar um beijinho camuflado como se fosse para checar a febre, puxar a camisa para observar uma vez mais o seu umbigo, o lugar onde certa vez os dois estiveram unidos do modo que só as mães podem fazer sem permissão. Ela quer voltar à maneira como viviam antes, cada um o melhor amigo do outro, a imagem do outro. Vão perder isso, agora.

Acabariam perdendo, com o tempo. Mas as dores desta nova vida latejam como uma queimadura recente.

Ela imagina o relógio da vovó batendo na casa grande toda cercada por varandas em Stage Harbor Lane, onde Kathleen e Hank esperam no que True imagina deve ser um silêncio sem pontuações.

Kathleen é capaz de sustentar um silêncio como um cão de caça vigiando a presa.

— Tem certeza de que não quer ir para uma rodada de cerveja antes de irmos para casa? Só você e eu? — pergunta True.

— Não, tudo bem, mamãe. Vovó L. diz que esse troço não é bom para um menino — diz Guy, olhando com interesse penetrante coisas que viu sua vida inteira. — É toda aquela soda da máquina no escritório que está me deixando gordo. Água. É o que eu bebo agora. Um galão de água por dia.

— Ora, muito bom.

— Bem, eu coloco limão nela.

— E como estão vovó e vovô?

— Ótimos. Mamãe, por que está dirigindo tão devagar? Quero ver vovó e Ed.

Ed é o peixinho dourado de Guy, que sobreviveu, contra todas as estatísticas, anos além da expectativa de vida de um peixinho de aquário. Guy treinou Ed a seguir o seu dedo.

Ed!, pensa True. Não dei comida ao Ed! E se ele estiver de barriga para cima? Mas não, queira Deus que sua mãe tenha se lembrado. Gui não teria de lamentar perder seu único animal de estimação e a custódia única de sua mãe na mesma tarde de brisa.

Os pneus do carro esmagam o cascalho da entrada. Há uma cesta de flores de papel vegetal pendurada na maçaneta, cortesia, True suspeita, de Tenny Retton, a garotinha que mora duas casas abaixo, faz bijuterias e diz que quer trabalhar para True quando crescer. Seu irmão maior, Lane, é empacotador de verão para a Doze Vezes Abençoada.

Primeiro de maio, pensa True.

Primeiro de maio.

— Vovó! — Guy explode na porta da frente. — Vi uma vaca nascer! Vimos um bando inteiro de alces nas montanhas! Cavalguei Pólo, o cavalo, sem sela... — ele vê Hank no momento em que os olhos de Hank e True se encontram num apelo mútuo. — Oh, olá... hum... eu esqueci...

Guy não é o único. Hank parece ter esquecido seu nome também. Acena com a mão.

— O Sr. Bannister — diz Kathleen afinal, sorrindo serenamente, abraçando Guy, colando cada curva do seu pesado corpo em seu colo minúsculo. Faz anos que True não lembrava como ela e o irmão mordiam a torrada deixando-a no formato de revólver e o apontavam para a mãe, pelas costas, enquanto ela ralhava com eles. "Pago as mesmas taxas que todo mundo por aquele ônibus e não vou levar vocês de carro à escola só porque não são capazes de se levantar num horário decente..." Tudo isso apesar do fato de que ela e Dog iam para o mesmo lugar que a mãe, a escola preparatória de Amherst. Não pode imaginar por que se lembra disso agora. A não ser que Kathleen (embora não esteja fazendo nada para indicar isto) pareça tão cheia de razões, tão na postura de quem vai catar os cacos... para chamar isto um erro de julgamento que ela entenda a situação.

A luz da cozinha é tão brilhante que dá a impressão a True de que alguém vai se submeter a um transplante cardíaco. Caminha até o redutor e abaixa a luz.

— Bem, sabe de uma coisa — diz suavemente —, Hank quer que você o acompanhe.

Guy se levanta.

— Quero dizer, o acompanhe no casamento — explica True. Como fez para Esa.

— Que seja meu padrinho — diz Hank, baixinho. — Não pode ser o padrinho legal, porque não tem idade suficiente. Por isso Tom vai assinar o papel. Mas quero que você leve a aliança.

— Certo.

— Quer dizer que aceita?

— Quis dizer "certo" como em "sim". Não estou nem seguro de que queira ir.

— Oh — pergunta Hank em tom de conversa. — E por quê?

— Porque você decidiu se casar com minha mãe sem nem mesmo me pedir!

— Espere aí! Tenho a impressão de que sua mãe é adulta! Não achei que ela tivesse que pedir sua permissão para fazer coisas que achava fossem boas para vocês dois.

Guy, à beira das lágrimas:

— Só crianças fazem coisas como esta. Estou envergonhado por você!

— Gui, espere — implora True, enquanto Guy agarra sua sacola de viagem e sua nova vara de pescar no estojo. — Nunca quisemos magoá-lo. Estávamos simplesmente tão apaixonados que não agüentávamos ficar sem nos casar. É a coisa certa, Gui, você sabe. Eu podia ter saído por aí como Ronnie e trazer caras para casa...

— Ainda me sinto envergonhado por você! — grita Guy. — Nenhum cara quer saber que alguém está tão apaixonado por sua mãe que quer sexo e aquelas coisas! — ele rodopia a cabeça para o seu quarto.

— Deixe-me ver aquela vara de pescar antes — interrompe Hank.

Guy lança um olhar ameaçador e então, lenta e cuidadosamente, retira a vara do estojo.

— Ora, vejam só que beleza — diz Hank. — Eu nunca soube pescar com iscas artificiais. Meu pai, sim, é quem sabe pescar. Meu tio tentou me ensinar. Eu acabava enroscando as malditas linhas nas árvores.

— Bem, isto porque você não deve pescar debaixo das árvores — diz Guy severamente. — Você fica dentro da água e lança o anzol debaixo das árvores, na direção das margens.

— Bem, eu pegava peixe-agulha com pedaço de bambu e uma bola de pão na ponta.

True olha para Hank com uma admiração surpresa.

— Mas não serve para pegar trutas — observa Guy.

— Não, a truta é o príncipe dos peixes.

— Meu avô falou isso. Exatamente isso.

— Seu avô deve ser muito esperto.

— Sim, e me deu todas aquelas fotos de meu pai quando meu pai era pequeno. A foto dele quando bebê se parece completamente, exatamente comigo. Ele morreu quando eu tinha dois anos. Tenho o seu boné da escola de pilotagem e quando for mais velho vou poder ganhar a sua jaqueta de couro de Embry Riddle. Ele era piloto. Esteve na guerra. Você esteve na guerra?

— Não, mas meu pai esteve. Esteve na Segunda Guerra Mundial. Fez parte do Big Red One. Era médico. Esta é a coisa mais perigosa. É muito corajoso, meu pai.

— O meu também era. Estava tentando salvar uma mulher quando morreu. Foi atropelado por um carro com um motorista bêbado.

— Eu sei. Isso é uma coisa que a maioria dos meninos não tem de enfrentar. Você deve ser muito corajoso, também — diz Hank.

— Quer uma torrada com queijo, Guy? — pergunta Kathleen, enquanto Hank experimentalmente faz menção de lançar a linha, testando a força tênsil da vara.

— OK — diz Guy. — Olá, Ed, meu velho — Ed ainda está nadando vigorosamente ao redor do seu castelo de Netuno. — Mamãe, posso ter um cavalo?

Oh, graças a Deus, True implora, que ele faça o que os meninos fazem — mudar de assunto no meio de uma crise e se envolver com as coisas comuns.

— Não. Onde nós guardaríamos um cavalo, na garagem?

— E um cachorro?

— Acho que é uma excelente idéia — diz Hank. — Eu gostaria de ter um cachorro.

— Aposto que desejaria ter um com você neste momento — diz True.

— Com certeza — e Hank pega a mão de True. Guy se retrai, mas parece sereno. — Você tem um cachorro? — pergunta.

— Minha velha cachorra mora com minha mãe na Luisiana. Tem dezesseis anos. É velha demais para vir até aqui. Gosta de ficar sentada na varanda. Brincando com os gatos de minha mãe.

— Qual é a raça?

— Sully? Não creio que seja de alguma raça. Parte pastor, parte labrador, parte cão de caça.

— Sully é diminutivo do quê?

— Sully.

— Pensei que fosse Sully para Sullivan.

— Não tenho idéia por que lhe demos este nome. Talvez minha irmã quisesse dizer "Sally". Foi ela quem deu o nome.

— O que eu quero é um *collie*. São os mais espertos. Vou dar a ele o nome de Gypsy.

— São realmente bons cachorros. Apegados ao dono. Eu devia levar você para pescar lá.

— Onde?

— Lá onde eu cresci. Você pode ver os aligatores.

— Sei que está mentindo — diz Guy, quase com benevolência.

— Juro pela minha mãe que não. Você vê baleias e outras coisas por aqui.

— Não simplesmente nadando por aí...

— Focas!

— Bem, sim — Guy admite com relutância.

Kathleen traz um sanduíche, do jeito que Guy gosta, uma fatia de *cheddar* "grelhado" apenas ao ser colocado entre duas fatias de torrada bem tostadas. Sorri para ela. Confiança total, sincera. Como podia True não ter antevisto este momento e feito um plano prévio? Como podia ter deixado os sucos hormonais quase afogarem o seu intelecto? É assim que histórias que vão acabar em Good Housekeeping começam, com manchetes como "Seqüestrei Meu Filho de Uma Casa de Crack": "Apesar da perda prematura do pai, Guy Lemieux era um menino feliz, bem-ajustado e talentoso..." Este não é o momento certo para contar a ele. Este é o único momento que existe para contar a ele. Não preste atenção àquele homem na cozinha, Guy. Tudo está perfeitamente bem. Ainda amo você mais do que todo mundo. Ela ainda ama o filho mais do que todos? Não há dúvida. Até mesmo a pergunta é absurda. Ela ama Guy mais do que sua própria vida.

Ela ama Hank. Ama-o tanto quanto pode amar um homem e, suspeita, mais do que a maioria das mulheres chega a amar. E ela é a sua esposa. E deve a ambos algo melhor do que este rolar de olhos e esta pantomima de mãos torcidas que pareceria, a um observador casual, como se estivesse sufocando, como um peixe-agulha com uma bola de pão na boca.

— Gui — diz ela —, é hora de ir para a cama. Estamos todos cansados.

— Ele vai passar a noite aqui? — pergunta Guy.

— Sim, não tem problema, porque estamos quase casados.

— Certo — diz Guy.

— Na verdade, providenciamos a parte legal em Nova Hampshire... para que pudéssemos ter a parte de verdade aqui. Assim como Doug e Esa fizeram. Portanto, legalmente, já estamos casados.

— Hã-hã — murmura Guy. — Bem, acho que vou dormir na casa da vovó esta noite.

— Seria ótimo — diz Kathleen, apanhando o seu casaco.

— Não seria ótimo — replica True. — Seu lugar é aqui. Comigo. E com Hank. A partir de agora.

— OK, quer dizer que agora não posso nem ficar na casa de minha própria avó?

— Se nós sairmos, ou coisa parecida, mas não esta noite.

— Bem, não vou chamar você de "papai" — diz Guy a Hank.

— Não precisa, a não ser que queira, se é que vai querer um dia. Gosto do meu nome — replica Hank.

— Gosta? Parece como um peido para mim — responde Guy.

— Guy, agora chega — adverte True.

— Oh, mamãe, você não sabe de nada...

— Acho que você está supercansado — diz True.

— Acho que estou só puto da vida — diz Guy. — Quero ir com a vovó.

— Não — diz True.

— Eu *quero* ir com a vovó!

— Eu disse, não esta noite.

E a batalha está travada.

DUAS HORAS DEPOIS, Hank e True estão sentados de pernas cruzadas do lado de fora da porta trancada do quarto de dormir de Guy. Ele não respondeu a nenhuma das suas perguntas na última meia hora. Os sons de choro se dissiparam. Acham que ele pode ter adormecido.

— Vamos ter que tirar esta fechadura — diz True —, e vai ser uma parada. Ela é de qualidade.

— Pode estragar a madeira — diz Hank.

— Bem, não posso deixá-lo ali toda a noite.

— Talvez seja melhor. Respeite a privacidade dele. Não deve ser fácil para um menino chorar na frente de um homem que ele mal conhece e que acabou de se casar com a mãe dele.

— Ele tem dez anos, Hank. Não sabe que homens de verdade não choram.

— Não quis dizer nada em particular. Só sei como foi comigo, quando era garoto. Você tinha um anzol enfiado na mão ou pisava descalço num caco de vidro e tentava o mais que podia não chorar na frente de...

— Não estou tentando criá-lo para ser Steve McQueen.

— Pare com isso, querida. Por que está zangada comigo?

Ela caiu numa emboscada por seu amor a ele; seu poema de homem com cabelos de índio.

— Não estou zangada com você. Estou só puta comigo mesma. Sei o que quer dizer, mas não posso deixá-lo lá sozinho.

— Vamos nos deitar um pouco e ver se ele se levanta. Tem de ir ao banheiro a certa altura.

— Uma vez ele fez pipi pela janela quando estava bravo comigo.

— Vamos dar um tempo a ele.

Deitam-se na cama que True conhece como a sua, lado a lado, tomando o cuidado de não se tocarem, como se uma linha divisória tivesse sido demarcada por uma fita no centro da cama, do jeito que ela e Dog colavam uma fita no banco traseiro do carro quando iam visitar suas duas tias solteiras em Salem. E quando chega a manhã eles ainda se encontram nessa mesma posição. Ela vai na ponta dos pés verificar Guy. Ele se foi. Quando olha pela janela do quarto, pode vê-lo através da janela de Kathleen, gesticulando vigorosamente enquanto mergulha com voracidade no café da manhã. Ela agarra o roupão e os tamancos.

— Olá, mamãe — diz. — Vou levar Guy para casa agora.

— Não vai, não! — o rosto de Guy está transido de raiva que incha suas bochechas e faz seus olhos desaparecerem por trás de sulcos cerrados. Ela levou minutos para pegar no sono, percebe agora. Seu filho claramente chorou a noite inteira.

É este o tipo de mãe que ela é.

— True, não seja tão severa. Está agindo como se fosse culpa dele — diz Kathleen. — Como se sentiria se voltasse de uma viagem e encontrasse um estranho na cama da sua mãe e sua vida totalmente virada de ponta-cabeça?

— Sua vida não foi totalmente virada de ponta-cabeça! — grita True, cerrando os punhos e depois abrindo as mãos para esfregar seus braços. A vida de Guy foi totalmente virada de ponta-cabeça. Ela não vai admitir isso porque está... embaraçada. Não, mais do que isso, profundamente envergonhada. É por isso que não vai ligar para Dog e confidenciar com ele, como faz normalmente quando sua mãe faz alguma coisa maluca, ou pedir a Franny que venha travar com Gui uma de suas conversas salpicadas de piadinhas. Vai ter que dar meia-volta, voltar para sua própria casa, e falar sobre isso com um completo estranho que ela só conhece no sentido bíblico. Pega na mão de Guy e, deixando sua aveia sobre a mesa, praticamente o arrasta pelo pátio. Pode sentir os olhares dos Sandersons enquanto observam, quietos, à maneira dos quacres, sem emitir julgamento.

NO SÁBADO, TRUE coloca cedo seu melhor *tailleur*, enfia os pés ainda machucados em sandálias de salto e coloca uma nota de cem dólares para a igreja de Saint Thomas More na sua bolsa de noite, junto com os brincos em forma de farol de ouro maciço que escolheu para Franny em agradecimento por ser a sua dama de honra. Esa ainda está em lua-de-mel e Rudy de certo modo não foi localizado. Ela encontra Guy na cama de *jeans* e uma camiseta suja.

— Vá se vestir, querido — diz.

— Estou vestido — ele responde.

— Vá se vestir, Guy — ordena True. — Numa boa.

— Vá para o inferno — diz Guy lentamente.

— Estou farta de pedir a você que seja bonzinho, estou farta de pedir desculpas e estou farta de ver que isto é simples pirraça. Pode ser que a gente passe dez anos discutindo por que me casei rápido demais com Hank, mas neste exato momento você vai tirar a bunda dessa cama e vestir umas calças legais e uma camisa legal, ou vou obrigá-lo a fazer isso aos tapas e vou pegar seu aparelho de som e doá-lo para o bazar.

— Por quê? Porque tenho minhas próprias idéias?

— Não, porque está sendo grosseiro como um porco e você não é esse tipo de garoto. E mesmo que odeie Hank, ele lhe deu o cartão de Scottie Pippen e foi ao seu espetáculo e tentou ser legal com você.

— Tudo isso para transar com você. Vá em frente e leve o aparelho de som.

True se senta.

— Gostaria se eu fizesse isso com você? Se você quisesse fazer luta livre e eu não concordasse de modo algum e me recusasse a ir ver suas partidas?

— Chamam-se combates, mamãe, e não é a mesma coisa.

Guy tem razão.

— Bem, vou lhe pedir uma vez mais e vou pedir que por amor a mim faça uma coisa que não quer fazer mas que um dia aposto cinqüenta dólares que se sentirá contente de ter feito.

— Me daria realmente cinqüenta dólares se eu o odiar por toda minha vida?

— Vou lhe dar cinqüenta dólares se ainda o odiar no final do verão.

— Saia daqui. É uma aposta de otário — Guy sorri, levantando-se e dirigindo-se ao armário. — Posso conseguir dois cartões de novatos promissores com isto, assinados.

Com o suborno à mão, True telefona para a mãe e pergunta se está pronta para sair, e fica sabendo que Kathleen planeja manter suas horas de expediente na concessão de adesivos do estacionamento na praia naquela tarde, pois não desejaria sobrecarregar Mary e Ellen.

— Não vem ao meu casamento? — pergunta True, realmente atônita diante deste novo lance. — Vai vender adesivos na praia em vez de vir ao meu casamento? Até Dog está vindo para o meu casamento.

— Ora, já fui ao primeiro — diz Kathleen. — Virei à festa que Franny vai dar.

— Como sabe que Franny vai dar uma festa?

— Ela telefonou hoje de manhã.

— Você não me disse.

— Ela me perguntou o que você ia vestir. Eu lhe disse. Não achei que quisesse ser incomodada. A porta do seu quarto estava fechada.

— Mamãe, eu geralmente fecho a porta do quarto quando tomo banho e me visto.

— Bem, não achei que tinha permissão...

— Não faça isto! Não, por favor! Eu lhe peço de joelhos que venha ao meu casamento. Se não vier, vai me magoar muito e vai magoar muito Hank e vai magoar Guy, para não mencionar que ele vai se sentir capaz de me contestar mais ainda do que já o faz, o que está partindo meu coração.

— Bem... eu... — Kathleen vacila, claramente não desejando magoar ninguém e, no entanto, claramente não querendo dar sequer uma aprovação tácita a esta união, pelo simples fato de concordar em participar.

Então True joga o seu trunfo:

— Sabe o que o padre Tierney vai pensar se você se recusar a vir ao meu casamento? — Kathleen fica em silêncio, ruminando. — Para não mencionar que você passaria o tempo conversando a respeito com Mary e Ellen, de qualquer maneira.

— Deixe-me botar uma saia — resmunga Kathleen — e um par decente de sapatos.

Quando mais tarde True é solicitada a repetir que com o seu corpo ela honrará Hank e com seu espírito se manterá fiel a ele, que ela o acalentará com tudo o que é e com tudo o que tem, em nome de Deus, ela promete que sim. Hank repete as mesmas palavras, tendo dito à mãe e à avó, mais cedo pelo telefone, que "católico *light*" era melhor do que nada e que estava seguro de que Deus estaria em algum lugar nas vizinhanças. Quando Guy entrega a Hank a aliança de True e a aliança que ela comprou para Hank — que ele, é o rumor que corre, nunca vai usar — seu filho encolhe os ombros. Como Franny está de fato planejando uma festa para Hank e True mais para o final do mês, não há necessidade de um almoço ou jantar. Nada mais resta senão ir para casa, portanto todos se beijam e fazem justamente isso.

— Maninha, feliz, finalmente — Dog sussurra nos cabelos de True. — Se ele arrancar aquele ar sombrio do rosto, vai ser meu melhor amigo.

— Dá para ver? E deu a impressão de que eu não estava feliz? — True sussurra em resposta.

— Sim e sim — responde o irmão.

NOS DIAS QUE SE SEGUEM, Guy pune True agindo como se a avó fosse sua mãe.

Um dia, depois da escola, pouco antes da maré encher, True ouve o filho perguntar a Kathleen se pode caminhar pelos baixios. Kathleen lhe dá permissão. True interfere, a Eva Braun das mães. Está ciente de que Kathleen sabe o tempo todo que ela vai interferir e por isso não arriscou nada ao dar a Guy a permissão de fazer algo que normalmente proibiria; e isso deixa True ainda mais enfurecida. As marés são notórias nesta época do ano e poderiam levar de roldão um adulto parrudo. Guy é um pequenino e vigoroso mustangue e provavelmente se sairia bem; mas é uma regra que ele nunca caminhe sozinho na maré baixa. É como se Kathleen estivesse apoiando a determinação de Guy de ver True como uma mãe negligente.

— Você me trata como um bebê — resmunga Guy e sai batido para fazer arremessos à cesta com Brendan.

Hank passa, de saída para o trabalho, e beija True com tanto empenho que o sexo dela se contrai sediciosamente. Rudy suspira.

— Guy me odeia — diz True a Rudy depois que Hank sai.

— Sim — Rudy concorda. — Odeia.

— Gui me odeia — diz True a Fanny pelo telefone. — E vai me odiar para sempre.

— Para sempre é muito tempo, True — diz Franny, terrivelmente prestimosa.

— Agora, eis a questão principal. O que faço?

— Eu o convidaria formalmente para jantar, você e ele, na sua noite de segunda-feira, e deixaria Hank cozinhar e servi-los. Então, na semana seguinte, eu o levaria na sua noite de segunda para qualquer lugar longe de Hank, para que ele possa ver que toda a sua vida não vai girar em torno desse cara e que ainda vai ter uma parcela da atenção de sua mãe que ninguém mais pode ter.

— Esta é a minha Franny — True cantarola. — Como consegue ser tão esperta?

— Bem, eu geralmente não sigo meus próprios conselhos, se quer saber.

— Ela o *quê*? — grita Isabelle, que entrou neste momento, tendo voltado da lua-de-mel no dia anterior. Rudy e ela se abraçam com as cabeças coladas. True sorri e faz um grande sinal de OK para Esa, enquanto continua ouvindo Franny, que conclui:

— Seria diferente se ele tivesse fugido de casa ou engolido um frasco de aspirina ou coisa parecida. Esse esquema de vingança é coisa relativamente menor e obviamente simbólica.

— Bem, estou relativamente infeliz e obviamente psicótica.

— Deixe-o em paz e ele acabará aceitando, e não faça tanto drama — Franny aconselha. — Está apenas jogando combustível naquele lado de Guy. Vá dar um cochilo. Ou, melhor ainda, vá dar um cochilo com Hank.

Mas True sabe, ao desligar, que não pode ir dar um cochilo ou tomar uma taça de vinho ou qualquer coisa parecida que a possa acalmar. Tem trabalho à frente que, de certo modo, a nova garota não é capaz de fazer; talvez haja realmente algo errado com seu cérebro, apesar do diploma de Harvard. É tão incapacitada para o trabalho e tão obviamente incapaz de atender à miríade de exigências e a suas múltiplas tarefas que ela e Rudy discutiram a hipótese de lhe oferecerem dois meses de aviso prévio sem impostos em troca de demissão pura e simples. Então Rudy e True vão trabalhar dias de dezessete horas para despachar as encomendas até que encontrem alguém com que possam contar — ainda que tenham de recorrer ao pessoal de Elizabeth, embora tenham jurado que jamais fariam isso de novo. Assim que Rudy for embora, disse True, ela acha que vai ter de fechar, pois não restará ninguém no planeta que entenda desse traballho, exceto Hank, que vai aprender por osmose, mas que tem seu próprio negócio e nunca expressou mais do que um interesse passageiro em se envolver com o negócio de True.

No entanto, depois que deixou Esa rodopiar ao seu redor e ouviu-a repetir como ela, Isabelle, lhe tinha dito que este era o cara, que ela sabia o tempo todo; depois que engoliu o seu orgulho e deu uma resposta sincera quando Esa pergunta como Guy está aceitando tudo isso; um milagre se anuncia.

— E eu pensei que ia ser a única com uma surpresa — Isabelle começa, fingindo um beicinho.

— Está esperando um bebê — True adivinha.

— Não — diz Esa.

— Está se mudando para o Utah — True tenta de novo.

— Não.

— O que é então?

Douglas, Esa anuncia, recebeu a proposta de um pós-doutorado na Universidade de Boston. Esa não tem nenhuma intenção de se mudar para Boston ou pagar pelo privilégio. Vão comprar ou alugar uma casa num condomínio ou um chalé logo depois da ponte Sagamore, talvez em Onset.

Isabelle não só veio visitar True, mas também postar-se de joelhos diante dela e implorar por seu velho emprego, ou qualquer emprego na Doze Vezes Abençoada!

Se True precisar dela, pode até ficar de vez em quando e ajudar com Guy, já que Douglas, fiel ao seu estilo, vai freqüentemente passar um tempo fora da cidade com seus estudantes.

É True que cai de joelhos aliviada, tomando uma das mãos de Esa nas suas.

Ao ver True com uma sobrancelha levantada, Rudy pede a Vivien, a nova garota, que vá até lá fora com ele para fumar, pois tem algo a discutir com ela (True não permite cigarros em lugar algum perto da mercadoria).

— Não sabia que fumava — diz Vivien, puxando seu maço.

— Decidi começar — explica Rudy.

TRUE SENTE HANK deslizar para dentro da cama ao seu lado, fazendo seu nariz torcer com o forte cheiro de sabonete de pinho que eles usam para eliminar dos braços o odor característico de frutos do mar. Sem uma palavra, ele puxa e tira os *shorts* de flanela de True e começa a excitá-la com a língua. Ela estende os braços, num reflexo, para impedi-lo, mas percebe que mais cedo ou mais tarde eles vão ter de relaxar e parar de encostar uma cadeira contra a porta fechada. Ela não devia relutar em fazer sexo normal com o marido legalmente santificado enquanto seu filho (ou deles?) dorme em outro quarto ao longo do corredor. Mas não consegue se concentrar e Hank, cuja língua não é de robô, nota que suas suaves ginásticas estão obtendo pouco efeito.

— Por que não continuamos — pergunta Hank — até a etapa seguinte?

— Por que não saímos às escondidas e fazemos no carro? Ou ficamos em celibato até que Guy termine o colegial?

Deitada sobre as coxas de Hank, primeiro baixando a camiseta, depois puxando os *shorts* de novo para cima, Hank a orienta:

— Não sabe sobre a veia do lado externo?

— Pensei que a idéia era penetrar tanto quanto possível.

— Não, o lado externo é a chave.

— Diz isso a todas?

— A maioria das mulheres não sabe disso?

— A maioria?

— Bem, uma delas sabia. Mas acho que tinha prática demais para o meu gosto.

— Quer que sejamos cortesãs japonesas escoladas e ainda assim inocentes?

— Você fala demais.

Nenhum deles ouve a porta abrir. True está vestida, mas Hank está nu.

Sua vida acabou. Guy está parado na porta, em seu pijama de malha. O olhar no seu rosto dura para sempre. Está desistindo dela. Nunca mais confiará nela. Virando-se com um soluço, ele dispara pelo corredor.

— Sinto muito — grita para trás. — Sinto muito!

— Relaxe — Hank a aconselha.

True ainda pode ouvir Guy gritando: "Sinto muito! Sinto muito!"

— Relaxar? — ela quase uiva. Seria como se eu não ligasse a mínima para ele e nós voltássemos a trepar adoidado. Não percebe? Ele veio para... para nos aceitar, ou coisa parecida, e aqui estávamos.

— Bem, por que não conseguiu uma fechadura que funcionasse?

— Nunca foi necessário.

— Céus, está provavelmente saindo pela porta agora. Indo para a casa de Kathleen. Minha avó sempre disse que as coisas parecem melhores de manhã.

— A avó de todo mundo sempre disse isso. E que lhe importa? Não é o seu filho.

— Vou ignorar isto. Eu acho. Embora não merecesse. Deixe-me esfregar suas costas.

Mas True sabe que tem de ir atrás do filho. Dura como um pau, espera que Hank comece a roncar levemente, veste então as calças compridas do pijama e uma camiseta e sai na ponta dos pés pelo corredor. Senta-se na beira da cama de Guy e literalmente o empurra para o lado.

— Sei que você viu — diz ela.

— Por que fez aquilo? — pergunta Guy.

— Para ter um bebê — diz True, inventando um motivo na hora. — Para que você possa ter um irmãozinho ou uma irmãzinha.

— Fui lá para *conversar* com vocês — diz Guy, lágrimas rolando nas mãos de True, que colocou as palmas no rosto dele.

— Não sou uma mulher má, Gui. Eu amo Hank. Pessoas casadas que se amam tentam ter bebês.

— Você ama ele *mais.*

— Não, nunca vou amar alguém mais do que amo você. Fico insultada quando diz isso. Machuca meu coração. Você sabe bem disso.

— Mas você vai dormir com ele toda noite. Mesmo que eu vomite.

— Não vai ser diferente. Você ainda pode vir ao quarto.

— Oh, sim, e ver coisas que me deixam nauseado. Como toda aquela porra que vejo no banheiro do pai de Brendan debaixo da pia.

— Não diga isso. Por que o fato de eu me casar lhe deu a permissão de falar como um caminhoneiro?

— Ele não tem jeito de um pai.

— Como você sabe?

— Simplesmente não tem jeito.

— Por que é jovem demais?

— Porque eu posso dizer que ele não sabe que os filhos estão em primeiro lugar para sua mãe! Se soubesse, não faria isso! Era o que você dizia, que eu sempre estaria em primeiro lugar.

— Você está em primeiro lugar.

— Então por que fez *aquilo*?

— É assim que mães e pais fazem amor. É assim que mostram que se amam. Como você aprendeu na aula de ciências.

— Como eu falei! E se eu vomitar de noite?

— Bem, é só bater na porta.

— E se vocês estiverem... transando?

— Eu ia parar.

— Sim, como se pudesse parar.

— Claro que posso parar.

— Depois que você começa, não consegue parar mais.

— Quem diz isso?

— Brendan.

— Ouça, Guy, Brendan não sabe mais sobre fazer... amor do que você.

— Ele diz que depois que vocês se grudam, não conseguem se largar até de manhã.

Oh, valei-me Senhor, pensa True. Esta é a idéia que seu filho formou com um pastiche da aula de Mudanças Corporais, de éguas e garanhões em Montana e do vasto conhecimento de Brendan.

— Querido, não é verdade. Leva cerca de quinze minutos, a coisa toda, e você pode parar a hora que quiser.

Ambos erguem o olhar quando Hank, vestindo calças de pijama, entra no quarto e senta-se ao pé da cama de Guy.

— Diga a ele para ir embora — Guy instrui True.

— Ele quer falar comigo — explica True a Hank.

— O que eu acho — diz Hank lentamente — é que isto diz respeito a nós três. A mim também. Quero dizer, eu sou o homem da casa. O outro homem, certo? E vamos ter de nos acostumar um ao outro de alguma forma, certo?

— Errado — diz Guy, o rosto enfiado no travesseiro. — Você não é meu pai.

— Eu não disse que era.

— E nunca será meu pai.

— Isso depende de você.

— Bem, nunca vou querer que seja meu pai.

— Como assim?

— Bem, primeiro, você é feio.

— Gui — atalha True. — Retire isto.

— Não — diz Guy.

— Sou meio feio — admite Hank. Avança milimetricamente na cama e coloca a mão no quadril de Guy. — Escute, meu chapa, isso vai levar algum tempo. Mas uma coisa que quero lhe dizer antes de sair, e não vou obrigar mamãe a vir comigo, é que eu amo sua mãe. Eu a amo e vou cuidar dela... e de você e da vovó, também, se vocês me deixarem. Pode me considerar um tio. Ou pode pensar em mim como um amigo mais velho. Ou talvez como um pai. Mas não vou a lugar algum, meu camarada. Estou aqui. E deve haver alguma coisa boa nisso.

— Diga uma — Guy o desafia.

— Bem, sou capaz de dar um salto de oito metros numa bicicleta de acrobacias.

— Está falando merda.

— Meça as suas palavras! — True está tão excitada quanto pasma. — Esses palavrões têm de acabar.

Hank lança um olhar que diz claramente deixa para lá, ele só está tentando me impressionar.

— Ninguém é capaz de fazer isso — Guy dá um sorriso zombeteiro.

— Eu sou — garante Hank. — Pelo menos seis metros.

— Aposto dez dólares.

— Topo.

— Para valer, realmente, dez dólares. Não como os adultos dizem, oh, OK, aposto dez dólares que o primeiro elevador que chegar vai ser o da esquerda e depois dizem que nunca apostaram isso. Não tenho uma bicicleta de acrobacia. Mamãe diz que eu quebraria minha arcada de cantor — e aponta para os dentes. — Mas Fenn tem. Brendan tem. Posso ligar para ele? Você provavelmente vai cancelar a aposta quando eu tiver conseguido telefonar.

— Homens do Sul não fazem isso.

— Homens do Sul são melhores do que os outros ou coisa parecida?

— Só em fazer apostas. Se você voltar atrás numa aposta no Sul é obrigado a disputar um duelo.

— Saia — diz Guy, sentando-se na cama.

— Meu trisavô teve que disputar um duelo.

— Saia — diz Guy. — Ele nunca fez isso.

— Fez. Com pistolas de cavalarianos — persiste Hank.

— Gui, tudo o que eu peço — True se interpõe — é que aceite minhas desculpas por ter feito nosso casamento assim. Eu teria me casado com Hank de qualquer maneira, Guy. Eu o amo. Amo de verdade. Ele não é como... o estúpido Evan o Terrível. E me casei com ele tanto por você como por mim. — Guy bufa. — Falo a verdade. Você vai ver, agora que está ficando mais velho, é bom para um... menino ter um... pai... um cara em casa, que seja mais velho. Não posso fazer todas as coisas que um homem pode fazer, Guy.

— Titio pode.

— Mas ele mora em Amherst.

— Rudy pode.

— Rudy talvez se mude.

— Tem certeza?

— Não, mas poderia se mudar, de verdade... — ela percebe que está fazendo Hank parecer um utensílio doméstico. — Não quero dizer que ele vá tomar o lugar de seu pai, ou de alguém mais que a gente ama. Mas nunca faz mal ter mais amor ao seu redor.

— Qual foi o motivo daquele duelo? — pergunta Guy.

— Honra — diz Hank.

— Não quero saber de honra, mas qual foi a *razão*? Uma *garota*? Ou uma vaca? Um rancho?

— Posso perguntar a papai.

— Chama seu pai de papai?

— Chamo. É uma coisa do Sul, também.

— Aqui é coisa de bebê.

— Pode me chamar...

Não vá longe demais, reza True.

— ...como quiser. Comece com Hank, ou se acha que tem um som de peido, então Henry. Ou Meu Velho. Ou Cabeça de Bagre.

Hank se levanta e deixa o quarto, sumindo silenciosamente como uma sombra. True senta-se no lado da cama.

— Deite-se comigo — diz Guy e agarra seu braço com tanta força que ela não pode se desvencilhar. — Eu podia ganhar sessenta dólares de vocês — diz, sonolento. True se deita e ele vira a bunda para encostar no estômago dela. No que parecem segundos, está respirando profunda e sonoramente. True acha que ele é, afinal, um cara legal, o seu Guy, um homenzinho. Ela e Franny falaram freqüentemente de homens e de como sua estrutura cromossômica, X e Y, deve ser responsável por muitas das diferenças entre os gêneros, por mais liberal que seja a interpretação. Você rompe com um cara, Franny, True e Esa concordaram, e passa dias ouvindo *Clair de Lune* sem parar e bebendo vinho branco e dormindo até as onze da manhã. Na mesma situação, um cara faz uma reforma no carro.

Tem só uma coisa, Franny nunca deixa de lembrar a True. Caras escreveram essas canções. "Tenho a luz do sol num dia nublado. Olhe para mim; estou tão desamparado como um gatinho numa árvore. Oh, meu amor, minha querida, anseio por seu toque. Maria, acabei de conhecer uma garota chamada Maria, e subitamente o nome nunca mais vai ser o mesmo para mim. Lembranças assolam meus devaneios e estou mais uma vez com você..." todas elas foram escritas por homens. Franny insiste, se são capazes de fazer isso, não podem ser realmente organismos de oito células.

Quando ela encontra o caminho de volta à sua cama, Hank também está roncando, aquele lugar-chave na extremidade inferior do seu membro esquecido para o resto da noite.

True deixa a porta aberta.

De manhã, ao acordarem encontram Guy enrolado no saco de dormir, no pé da cama deles.

— Não — avisa Hank, enquanto ela aponta. — Não diga uma palavra. Levante e vá simplesmente fazer um ovo ou qualquer coisa. Não o deixe embaraçado.

NUM ENCONTRO PARA UM CAFÉ para comemorar a tênue reunião da nova tríade familiar, True e Franny embarcam numa sessão de planejamento.

— Vamos ver. O que desejamos é uma expressão pública de alegria. Presentes. Flores. Legitimidade. Quem deveríamos convocar? Para vocês três?

— Os vizinhos, Esa e o marido, e a turma do trabalho, os Bourses e os Sandersons, eu acho. Embora não possa imaginar que vou querer ver o rosto de Addley Bourse. Mas Holly é legal. E seu filho Fenn está no time de basquete de Guy. As amigas de minha mãe e Joy e o marido. Beatrice e Laura do Chatham Family Theatre. Elizabeth, você acha? A não ser que acha um pouco... demais. Para um segundo casamento?

— Quer dizer para um casamento com um homem mais jovem? E, lembre-se, não é o segundo casamento dele, True.

— Tem isso.

— E os presentes! — Franny transmite um entusiasmo juvenil. — Vinho do mês, vidros decorativos, passes para exóticas estalagens campestres, que tal?

True se permite uma centelha de diversão. Sempre adorou presentes. Talvez por isso tenha ingressado no negócio dos presentes. E durante oito anos recebeu alguns. Rudy e Esa nunca deixaram de comparecer com uns mimos adoráveis e Franny lhe dá os melhores livros. Mas Kathleen lhe dá cupons de presente e Dog sempre esquece. Viúvas, especialmente mães, se acostumam a saber o que existe em cada embrulho debaixo da árvore, mesmo aqueles marcados com o seu nome, embora Esa tenha mexido alguns pauzinhos com Guy, chegando certa vez a induzi-lo a economizar seis meses de mesada para a cruz de granada que True usa ao redor do pescoço.

— E você vai querer convidar a família de Hank... — continua Franny.

A chama se abate.

— Não.

— Acha que pode permanecer uma noiva secreta para sempre?

— Acho que podíamos ir devagar. Até... o Natal, talvez. Natal de 2005.

— Não, você tem de encarar a música e dançar, True.

— A mãe dele é muito jovem. Teve Hank quando estava ainda no colegial.

— True...

— Bem, na universidade.

— Então pelo menos é mais velha que você o mesmo número de anos que você é mais velha que Hank. Não, duas vezes mais velha. Talvez.

— Este é um fato que me dá vontade de vomitar, Franny. Se está tentando me consolar, fracassou. Céus, pode imaginar uma sogra apenas dez anos mais velha que você?

— Não.

— Bem, por que então está me forçando a encarar este fato?

— Porque tem uma sogra. Não há como mudar isso agora. Podia ter-se casado com um órfão.

— Oh, Franny, Franny, Franny, seja séria agora; o que pode ser feito? Como posso mudar em três semanas? E se eu só comer frutas...?

— Pare de ser boba. Já perdeu peso suficiente. Perca mais e vai ficar enrugada...

— E se me olharem de um jeito esquisito? Por favor, me leve para fora e dirija o carro até minha casa, Franny.

— Não acho que isso vá emagrecer você.

— Não, eu não esperaria que fosse fatal ou me incapacitasse. Esa está de volta. Vai dirigir a companhia até que Guy cresça.

— Eu serviria para que, então, suicídio assistido? Ou carro-a-kiri?

— Nada de *piadas*!!!

— Não estou brincando, True. Você é quem está bancando a tola. Digo isso numa boa. Quando você se preocupa, não se preocupa simplesmente, você apronta um cataclismo.

— Por que isso?

— Acho que porque passou por tanta coisa na vida. Mas isso já acabou. Vamos voltar ao futuro. Então, se vai ter música, vamos preparar algumas fitas. O namorado simpático de Angelique pode fazer isso. Agora vamos pensar nos dizeres do cartão... uma comemoração oferecida por... já sei, por Guy Lemieux... para o casamento de sua mãe, True Harte Dickinson Lemieux Bannister.

— Um pouco comprido.

— Por Guy Lemieux para sua mãe, True Dickinson, e Henry Bannister.

— Gosto disso.

— E poesia. Hummm, talvez algo de Edna St. Vincent Millay. Ou o eternamente popular Bardo. Que tal isto? "Escapar de mim? Nunca — Amada! Enquanto eu for eu e você for você!" Que tal isto?

— Parece que eu ia correr atrás dele e prender seu pé numa armadilha.

— OK, e quanto a Lennon e McCartney? Que tal "Eu sei que nunca vou perder o afeto / Por pessoas e coisas que já passaram... Em minha vida, eu amo você ainda mais"?

— Quer saber, acho que é isto. Claro, é perfeito — diz True.

— E que tal, digamos, o Memorial Day? Quando os lilases florescem e o algodão está no auge?

— E também as algas marinhas vão estar fedendo na praia...

— Vai usar lavanda... — sugere Franny — e sair de pés descalços.

— *Scarborough Fair*? Ou *Crepúsculo dos Deuses*?

— O que quer vestir? Renda de Alençon e um corpete?

— Não, não imaginei assim.

— True — diz Franny, baixinho. — Você não imaginou nada de nada. Acho que vou ter de levá-la às compras. É o que eu devia ser. Uma *personal shopper*, uma compradora para os ricos e para os deliberadamente deprimidos. Você vai usar um vestido sem mangas para mostrar seus braços deslumbrantes e um xale de contas e vou realçar os seus cabelos num penteado e você vai brilhar.

— O que eu faria sem você, Franny, hein? — pergunta True.

— Usaria *jeans* todo dia e vestiria *jeans* para ocasiões especiais — responde Franny, com franqueza. — Seria uma desleixada com os melhores cabelos do bairro.

NA MANHÃ DA COMEMORAÇÃO do seu casamento, True e Hank têm sua primeira briga conjugal, um verdadeiro arranca-rabo, e as coisas vão ladeira abaixo a partir daí. Um casamento, embora uma união, é sempre uma colisão de interesses conflitantes, uma competição do tipo mais básico: qual das duas famílias é a mais visivelmente normal? Qual delas produziu a imagem mais bem-sucedida?

Ela está se vestindo, em raiom lavanda, um colar de vidrilhos e brincos de ametista profunda, com sandálias de correias, quando Hank, seu rosto barbeado pela metade, pergunta:

— Quanto você pesa?

— Sessenta e três quilos — responde True com franqueza, ou tão francamente quanto um ser humano pode ser, omitindo apenas dois quilos.

— Qual é o seu peso normal? — pergunta ele então.

— Cinqüenta e nove — responde ela. — Por quê? Pareço gorda com esta roupa?

— Está maravilhosa.

— Perguntou isso por algum motivo.

— Só porque está sempre se preocupando com o peso. Não que as outras mulheres não se preocupem.

— As outras mulheres? Porque você claramente sabe delas.

— Toda mulher que conheci. As mesmas mulheres que gostam de picles. Porque são saborosos e não têm calorias. Até minha mãe. Minhas irmãs. E minhas irmãs são magras como gravetos.

— Bem, provavelmente vão achar que eu pareço um balão cheio de ar quente na parada do Dia de Ação de Graças.

— Mãe — Guy fala da porta —, esta camisa não entra direito na calça.

— É assim que você deve fazer — Hank se prontifica. Instrui Guy a ficar com as pernas abertas e as calças a meio mastro e como enfiar a camisa antes de fechar o zíper. — Funciona sempre.

— Legal — diz Guy.

— Quanto ao meu peso — continua True.

— É o peso perfeito para você.

— Então não é nada. Ou eu deveria dizer nádegas?

— Não quis insinuar nada — diz Hank, terminando de fazer a barba, arriando a tábua de passar para dar um toque final na camisa, que acabou de chegar, ainda no saco plástico da lavanderia.

— Por que faz isso?

— Tem uma ponta para cima.

— Passa tudo a ferro?

— Passo tudo.

— Existe um nome para isso.

— Qual é?

— Transtorno obsessivo-compulsivo — Guy, com a camisa elegantemente enfiada na calça, senta-se na cama, visivelmente interessado.

— Eu chamo de ordem. É algo que conta no trabalho. Um colarinho amarrotado significa um restaurante desleixado.

— E o que *shorts* não passados significam? Ou um paletó de pijama não passado? Um encontro desleixado.

— Não comece a me provocar, True.

— Guy, vá ver se Esa já chegou.

— Sei o que vocês estão fazendo — diz Guy. — Estão brigando e não querem que eu veja. Mas eu gosto de ver porque vocês são normalmente tão amiguinhos bonitinhos.

— Só estamos casados há um mês! O que espera? — pergunta Hank.

— E, além do mais, não estamos brigando — diz True, tensa. Seu batom está fora do lugar. Sente uma vontade desesperada de borrar tudo sobre os dentes.

— Adultos nunca admitem que estão brigando — comenta Guy. — Você e vovó brigam o tempo todo. Dá para sacar. Ficam com esse grande sorriso no rosto mostrando todos os dentes e dizem "por favor" e "se não se importa".

True tira o vestido, jogando-o num canto do armário e coloca *jeans*.

— Preciso ir ao escritório checar umas coisas. Vou me vestir depois. Vou botar um *muumuu* havaiano.

— Cale a boca, True — diz Hank. True fica tão chocada que se senta no chão do armário.

— Cale a boca? Cale a *boca*?

— Não sou um dos seus empregados de verão. Não sou um lavrador. Não queira me intimidar.

— E não sou uma das suas coelhinhas da *Playboy*. Não me aporrinhe. Está preocupado com o que seus pais e suas irmãs magrelas e seus maridos...

— Elas não são casadas...

— Uma delas é...

— Não está vindo. Vai ter bebê.

— Qual delas? Flora? Fauna? Firula?

— Tanniferro.

— Eu declaro, Rhett, esses nomes são com certeza bem coloridos.

— Não são nomes ianques caretas, com certeza. Jane. Brinn. Fenn. Luke. Dob. Vocês por aqui têm medo de escorregar nas sílabas?

— Cale a boca você.

— Kit. Fran. Holly. Upa! Temos aqui duas sílabas. Deve ser uma forasteira. Lynn. Chip.

— Está com medo!

— Não tenho medo de nada! Exceto de sua boca grande. True, você é tão insegura que quer pintar tudo à sua maneira. Por que está assim em nosso dia? Sinto-me orgulhoso da mulher com quem me casei. Você não quer encarar o dia de hoje porque receia que as pessoas notarão o inevitável e vão pensar...

— O inevitável?

— Esqueça.

— O inevitável o quê?

— O inevitável. A diferença de nossas idades.

— Acha que por se comportar como se estivesse na universidade, você parece que está na universidade. Pois bem! Não parece.

— OK, OK — Hank se aproxima dela, olhando-a do alto onde está sentada no chão. — Que quer que eu diga? Você não parece ter trinta e cinco anos, True. Não parece ter quarenta e cinco. Parece ter quarenta e três anos. Na verdade, você parece ter quarenta. Perfeitos quarenta anos. Eu pareço um pouco mais jovem do que sou, provavelmente porque não tive seu peso na vida...

— Quer dizer minhas responsabilidades...

— Como quiser definir... para enfrentar. Para encarar a vida.

— Sou uma adulta, Hank. E enfrentei a vida, durante oito anos, sozinha, agradeço o seu interesse. Bem-vindo ao meu mundo.

Ouvem Isabelle gritar do andar de baixo:

— Onde está meu camarada? Onde está você, Gui?

— Estou aqui em cima; eles estão brigando.

Hank se abaixa e coloca True de pé.

— Nós dois estamos nervosos — sussurrou Hank nos cabelos de True. — Não seria natural se não estivéssemos nervosos. Nunca fiz isso antes. Nunca encarei meus pais como adulto. Você também não fez isso antes. Não desta maneira. Temos de ficar unidos. Tudo vem de nós.

— Você está certo. Você está certo — diz True. — Você e eu. Do nascimento ao passamento.

— Do começo ao fim.

— Promete?

— Prometo.

E então Esa e Guy estão sobre ela, a simples colônia de Esa bastando para fazer True chorar de alegria, pela lembrança de como o aroma de White Linen antigamente permeava suas manhãs pacíficas. Ela aperta bem Esa.

— Aqui está a babá! Onde está o professor?

— Oh, lá embaixo, flertando com sua mãe. Sabe, ela e meu pai se escrevem toda semana. Por *e-mail*!

— Ela é um demônio. Kethleen finge que não é capaz de tocar no computador sem fazê-lo explodir.

— É um tremendo romance. A uma distância delicada, naturalmente.

— Me dê uma dica — True sacode a cabeça. — Do que eles falam?

— Livros, diz meu pai, e viuvez e coisas assim.

— Seu pai é divorciado, Esa. Não é viúvo.

— Você conheceu minha mãe, True. Para ele, é praticamente como se tivesse enviuvado.

— Vou dar um pulo para ver Rudy — diz Esa. — Vou deixar vocês... fazerem o que quiserem.

— Oh — diz Hank. — Não estamos planejando fazer nada.

— Estamos nervosos — diz True. — Estávamos tendo uma briga.

— Oh, Deus, quem não estaria? — Isabelle joga os cabelos para trás. — Douglas e eu brigamos como javalis na manhã do nosso casamento.

Mas True e Hank se beijam, total e impulsivamente, no momento em que Esa fecha a porta. De certo modo, ambos se sentem mais seguros.

— Estou tirando um peso das minhas costas — diz True. — Saber que isso acontece com pessoas normais.

— E por falar em peso, não sei por que aquele monte de bobagem saiu da minha boca — diz Hank. — Você parece a Rainha da Primavera naquele vestido, True. Eu juro pela...

— Sepultura de sua mãe. Ou pela cabeça ela. Ou pelos olhos dela. Sim, ela vai estar aqui antes que você se dê conta. Vou dar uma descida e trabalhar um pouco antes de voltar para me arrumar.

— Vou caprichar um pouco mais no colarinho da minha camisa... — Hank sorri e faz um gesto de apontar uma arma para True: — Te peguei!

Porém, mais para o final da manhã, que é de uma sexta-feira, ocorre uma fatalidade que só aconteceu outra vez antes na história da empresa de True.

Um bebê morre. Um bebê de seis meses, um menino em Denver, morre num acidente de carro. É a avó quem escreve, aterrorizada de que os presentes continuem chegando, para mortificar os pais traumatizados. Rudy vem procurar True, sua palidez levando-a a perguntar se estaria passando bem. Mandam lírios à família pelo FedEx e reembolsam toda a quantia da aquisição pelos doze meses com uma discreta carta de condolências. "O amor", escreve True, com os olhos marejados, "nunca é desperdiçado. Obrigada por nos terem deixado ser parte da vida de Duncan." Quando termina a carta, encerra o dia de trabalho, ainda às duas da tarde, e manda todo mundo ir para casa se vestir para a festa.

Hank se ofereceu para ir buscar toda a família no aeroporto no Volvo, mas seu pai insistiu-lhe que ficasse na sua e alugou um carro.

É um carro e tanto. Quando se aproxima da entrada da casa de True, os convidados que já haviam chegado param para olhar.

Não é uma limusine superlonga, mas é uma limusine, e as irmãs, quando descem, são exatamente como Hank as descrevera, gravetos, deslumbrantes gravetos de cabelos encaracolados, um monte de pernas e cachos negros. Uma delas, True adivinha ser a caçula, envolve Hank com as duas pernas no que ela supõe deva ser o estilo fraterno de saudação sulista. Só falta ele jogá-la ao ar. Sua mãe sai em seguida, alta e corpulenta e o que Kathleen descreveria, para suas amigas de *bridge*, como "rubicunda", uma elegante senhora grisalha que olha direto para a janela onde Franny, de joelhos, está freneticamente costurando True no alicerce de sua roupagem. A mulher mais velha ergue a cabeça, capta o olhar de True e pisca. O pai de Hank sai por último, saltando da limusine e beijando Hank nos lábios. Os cabelos são os mesmos, tão escuros a ponto de parecerem preto-azulados como a plumagem do corvo sob a luz do sol. Os quadris são os mesmos. Mas Hank Senior, chamado de Gus, é muito mais alto e maciço do que o filho. É também, obviamente, embora coberto de creme, um homem negro.

Franny tem um chilique, quase furando a coxa nua de True com a agulha.

— Adivinhe quem vem para jantar? — pergunta ela.

TRUE EVITA OS CANAPÊS e a salada de lagosta, o queijo de cabra cozido em tortinhas individuais, para ficar decidida e rapidamente embriagada com Chambord e champanhe. Seu sogro a beijou em ambas as faces, para deleite impassível de Holly e Addy Bourse; sua sogra, Clothilde, tomou-a pelas mãos e a abraçou, dando-lhe uma caixa branca comprida e pedindo, em tom conspiratório, que só abrisse "depois que esta farra acabar", e disse que ela era adorável, macia, fofa e doce, o que True não sabe como interpretar e logo decide que está se lixando. Conseguiu decifrar qual das irmãs é Reed e qual é Win, qual delas é dançarina que antes estudava medicina e qual delas ainda é estudante de medicina. Ela está sentada com Isabelle sobre uma manta debaixo de uma árvore, enquanto os homens arremessam uma bola de futebol. Até seu vizinho Luke Sanderson, que True nunca viu se mover mais rápido do que num passo normal, está exibindo seus antigos lances de Princeton. Gus Bannister chamou Guy para sentar-se ao seu lado num banco rústico, insistindo que o chame de "*Grand-père*", e está lhe mostrando o conteúdo dos seus bolsos, que incluem um relógio que apita como um trem, um bisturi que se fecha como um canivete, e um olho humano conservado.

— Está de pilequinho? — pergunta Isabelle.

— Não tão de pilequinho quanto gostaria — diz True.

— Não se sente feliz? Por ter-se casado com o cara mais bonito da cidade? E porque estou voltando ao trabalho? Você tem a vida perfeita.

— Estou feliz. Mas estou apavorada. Estou apavorada de que isto seja um pouco demais para minha pequenina e velha estrutura de Chatham.

— Oh, True. Você é do tipo que corre riscos...

— Com parapente. Com os negócios... não com a vida.

— Vamos lá. Isso é um tremendo barato, pensando bem. Você se importa?

— Claro que não. Você se importaria?

— Claro que não. Alguém normal se importaria?

— Considera minha mãe normal?

— Num certo sentido — responde Esa com sinceridade. — Ela não é... fora do comum.

— A conseqüência disso — True aponta, usando a haste de sua taça — é dar a minha mãe a munição que deseja para a sua tese do gigolô. Não que ela precisasse mais.

— Sua mãe não é preconceituosa.

— Não no sentido esnobe de Boston. Nem com relação aos vizinhos. Mas em relação à família? Ela é uma democrata, Isabelle. Isto não significa que seja uma liberal.

Franny junta-se a elas, puxando a manta um pouco para não sujar na grama o seu raiom branco.

— A primeira vez que me visto de branco nesta temporada — diz ela. — É genial. Parece verão.

— Estávamos falando sobre branco e não tão branco assim — observa True. — E como minha mãe vai reagir ao fato de eu ter me casado com um negro.

— Na verdade é com outras pessoas que estou mais preocupada — Franny confidencia. Alguém colocou um CD de uma banda cujos membros foram colegas de escola de Hank. É uma música gingada e apimentada, e o pai e a mãe de Hank se levantam e começam uma dança viva e complicada, Clothilde jogando para trás os cabelos prateados e requebrando os quadris largos e soltos enquanto rebola e desliza.

— São adoráveis — diz True.

— São vocês dois daqui a trinta anos — Franny sorri.

— Na verdade, em trinta anos Hank vai provavelmente me girar de cadeira de rodas pela pista de dança.

— True, pare com isso. Está ficando chata. E tem os genes dos antigos. Sua mãe é tão flexível quanto meu professor de ioga.

— Ela freqüenta o seu professor de ioga.

Quando o ritmo fica mais lento, Gus dá uma olhada panorâmica na multidão e, leve e galantemente, estende o braço para Kathleen. True e Franny prendem a respiração. Será que ela vai aceitar, True se pergunta? Dará uma desculpa alegando calor? Não, ela tem bons modos. Vai aceitar. Alguém vai tirar uma foto. Todas as fotos vão ser em preto-e-branco. O fotógrafo disse que são mais atemporais; que as cores, por exemplo, que um dia parecerão fora de moda, sempre perdem para as fotos em preto-e-branco.

Não era isso o que ele tinha em mente.

Kathleen se levanta, uma sombra de sorriso no rosto, e assume o seu lugar precisamente no côncavo direito dos braços de Gus e eles valsam na plataforma montada sobre a grama.

— Ela sabe realmente dançar — diz Franny.

— Ela e meu pai dançavam o tempo todo — conta True. — No Moose Lodge. Ela era uma espécie de regente.

Holly Bourse, balançando sua jinjibirra, junta-se a elas enquanto Esa se levanta para procurar Douglas e forçá-lo a dançar.

— Só vi fotos deles dançando. Nunca os vi dançar, na verdade. Assim como, embora tivesse ido ao enterro de meu pai, sinto como se tivesse visto apenas fotos do evento, também.

— Sabe que o segundo estágio da embriaguez é se tornar filosófica. Cuidado, True. O terceiro é imaginar que você é invisível — adverte Esa.

— É bonito, o seu noivo — diz Holly. — Estamos todas com ciúme. Queremos que ele se case conosco também.

— Holly — True toca no rosto da amiga. — Isso é tão gentil. Ele é uma beleza e sua aparência não é nem a metade do que conta. Aparência não é nada diante da bondade dele.

— Acha que seu pai vai se ofender se o noivo no bolo for branco? — pergunta Holly, e a mão de True se retesa para um tapa que é obrigada a recolher.

— Vá se roçar nas ostras — diz Frannya Holly.

— Mas você sabia — continua Holly.

— Na verdade, eu não sabia — diz True.

— Mas não tem importância para você.

— Teria importância para você, Hol?

— Não, True! Só se eu fosse ter filho, e você não vai, certo? — diz Holly, nervosa.

— Você não se importaria, Holly? — pergunta True, com voz cortante, ignorando Franny, que lhe belisca o braço.

— Não — responde Holly —, porque a vida, para ser sincera, já é bem cheia de desafios sem esta...

— Sem o quê?

— Sem haver mistura.

— Bem, a julgar pelo pai de Hank, as crianças não pareceriam muito misturadas. Acho até que seu pai já é bastante misturado — diz True.

— Vocês poderiam ter *filhos*? — Holly está realmente de queixo caído.

— Sou saudável. Ele não tem filhos e quer ter. Guy provavelmente gostaria de uma irmãzinha. Você não é tão mais jovem do que eu, Hol. Tem o quê, trinta e nove?

— Trinta e oito — diz Holly.

— Muitas pessoas na casa dos quarenta têm filhos — continua True.

— Certo — diz Franny. — Steve e eu poderíamos adotar.

— Mas o bebê poderia sair...

— O quê? — pergunta True.

— Bem, negro!

— Negro?

— Negro... negro.

— Só se adotarmos uma criança afro-americana. O que, pensando bem, eu acho que poderíamos fazer. Mas nenhuma criança pode ser mais escura do que o mais escuro dos seus pais — diz True.

— Como sabe disso? — persiste Holly.

— Freqüentei cinco minutos de Biologia quando era caloura, Hol. Jesus. Isso é uma grande polêmica? As pessoas imaginam que ele... pode me dar mais prazer ou coisa parecida?

— Não acho que alguém pense isto — Holly diz, desatenta. — Embora, True, francamente, isto seja um pouco exótico.

— E é um tanto exótico — admite True, pedindo ao garçom uma nova dose. — Gosto disso. Gosto muito.

— Desgraça pouca é bobagem — diz Holly alegremente.

— É exatamente o que eu sinto — True sorri.

HANK ESTÁ DANÇANDO com sua irmã mais velha, Reed, um suíngue lento, cativante não só pelos sorrisos em seus rostos e pela descontração bem treinada dos seus toques e giros. Só irmãos são capazes de dançar assim, ou pais e filhas, mães e filhos. É assim que Dog e ela são capazes de dançar, pensa True, captando seu olhar, depois de uma adolescência passada ensaiando um com o outro na sala de estar aquilo que usariam para impressionar os outros no mundo. Dog olha para ela, inclina a cabeça. True se levanta e, sob aplausos, juntam-se a Hank e Reed enquanto a valsa termina e o ritmo esquenta, um arranjo rifenho em cima de uma velha canção de Chuck Berry sobre um casamento de adolescentes. Isabelle e seu marido estão saltitando, dançando ao jeito da sua geração de vinte anos, enquanto Dog sorri e pega a mão de True e diz:

— Vamos mostrar a eles como se faz isso na nossa cidade, maninha.

É quase fora do alcance do seu ouvido, por cima da música e do tilintar dos copos, que True ouve a mãe de Hank perguntar a ele "*Est que ce ta maison, aussi*?" e True o vê beliscar a mãe jovialmente. Ela arquiva isto e ergue o olhar para o irmão.

— Não vai me perguntar se eu sabia que o pai dele era negro? — murmura ela enquanto Dog a envolve para a primeira rodada.

— Achei que você sabia. E daí? Ninguém liga a mínima. Isto é Massachusetts.

— Terra dos livres e dos bravos.

— E do BoSox.

— E dos Patriots.

— E da Constituição.

— Onde ninguém menciona os portugueses, a não ser para elogiar os seus sonetos.

— Bem...

— Mas podia ser pior. Podia ser o Mississípi.

— Certo.

— E todo mundo vai aprovar, depois que a notícia se espalhar. Vão nos achar muito no espírito do milênio.

— Quer aprovem ou não, bem, querida, só os cabeças de merda é que desaprovarão. Como eu disse, está todo mundo se lixando.

— Pensei que a diferença de idade fosse o grande escândalo. Para você ver. Acha que Guy vai se importar?

— Não, ele vai aceitar bem. Sei que minhas filhas não acreditaram quando sua professora de História lhes ensinou sobre linchamentos. Perguntaram-me com insistência, eles inventaram aquilo, não foi, papai? Nossos filhos podem ter muita merda pela frente, mas não esse tipo de merda.

— Fala sério, titio?

— Falo, queridinha — True esquece às vezes o extremo conforto que é saber que tem um irmão mais velho no universo. Com todos os seus lapsos, Dog é uma pedra preciosa. Não um diamante, não lapidado. Algo maior e mais saudável, como âmbar.

— Embora deva se lembrar — ela continua, enquanto começa uma canção lenta e ela chega mais perto dos braços de Dog, notando que Hank agora está dançando com a mãe — daquela briga que você teve no The Squire naquele verão com o sujeito com todas as cores de Cleveland...

— Sobre a atmosfera da cidade ter mudado? Os tipos de famílias que se instalaram? Desde que a família dele começara a chegar aqui nos anos 60?

— Certo, e você ia derrubá-lo?

— O cara tinha dois metros e dez de altura, True. Se alguém ia ser derrubado era eu. Mas, sim, eu me lembro. Um filho da mãe babaca.

— Então vai ficar tudo bem — True implora e seu irmão sorri e a inclina para trás suavemente num mergulho gracioso.

— Simplesmente continuem trocando tudo um com o outro. É tudo o que vocês têm de fazer. Não deixem nada estranho perturbar vocês. Ou se insinuar entre os dois. A rapidez do seu casamento, o fato de que ele não foi pai ainda, é uma parada para se encarar. Vão com cuidado. Você parece muito apaixonada e ao que tudo indica ele parece muito apaixonado, e ele é um cara muito legal, e parece que a família parece estar por trás dele e acho que ele vai conseguir conquistar Guy assim que vocês se assentarem — diz Dog. — Estou surpreso que tenha feito isso. Mas não sou como mamãe! Achei que ela ia ter um derrame ao telefone. Ela dizia, veja só, Augustus, veja só. É o cúmulo. E, oh, meu Deus, ela vai jogar tudo fora...

— Ela realmente disse isso?

— Bem, não exatamente estas palavras.

— Tenho a sensação de que usou exatamente estas palavras, Doggy Doo.

— Quase isso, e comparou ao tempo em que você... — ele começa a rir e tossir e toma um gole de champanhe de uma bandeja que passa, cujo único efeito é soltar tudo pelo nariz — ela comparou... — Dog tenta retomar a compostura — ela comparou àquela história de quando você tinha onze anos e pintou as sobrancelhas de preto...

— É mesmo? — True não consegue parar de rir, embora a risada a faça sentir-se nauseada, e então é como se o seu estômago estivesse subindo, formando uma bolha garganta acima como um balão. — Ela lembrou daquilo? E como não me deixava tirar as sobrancelhas porque só vagabundas faziam isso, e acabei passando metade da sexta série com aquelas sobrancelhas horríveis.

— Mamãe disse: "Ela tem a sorte do pai e cabeça para os negócios, mas não tem o bom senso que Deus deu a uma minhoca." Dog rodopia True sem parar e a bolha que estava tentando subir pela garganta explode e ela vomita, escarlate sobre lavanda.

— NINGUÉM CHEGOU A REPARAR — Clothilde tranqüiliza True, depois de ajudá-la a limpar seus belos cabelos trançados por Franny. — Vamos dar uma olhada neste armário. Tem muita coisa bonita aqui. Que tal este *tailleur* creme?

— Quente demais, eu iria desmaiar — murmura True, humilhada por ter sido a sogra, que conheceu há apenas duas horas, e não a própria mãe quem a ajudaria subir as escadas até o quarto, como se fosse algo corriqueiro noivas vomitarem durante comemorações familiares. Kathleen, embora só por um momento, cobriu o rosto com as mãos.

— Que tal este amarelo sem manga...?

— Eu pareceria com icterícia. Não sei por que comprei isto. Eu o detesto.

— Devia dá-lo para mim, então.

— Tudo bem — concorda True, surpresa.

— Vou ter de tirar um pouco da cintura, mas tem uma saia bem aberta... Gosto deste, então, com peixes brancos sobre fundo branco.

— Pode ficar com ele, também — True oferece sem muita convicção.

— Não, quero dizer para você usar agora, *chère*. É doce. Tem um ar de noiva. Parece andar sozinho.

— OK. Isto é muito simpático da sua parte... senhora... Clothilde.

— Ficaria honrada se me chamasse de mãe. É o que imagino meu rapaz desejaria.

— Mãe, então. Soa tão estranho dizer isso a alguém. Honrado foi a palavra que ele usou quando pediu minha mão. "Honrado".

— Então estou orgulhosa dele. Eu o eduquei bem.

— Educou, realmente.

— Ele certamente parece orgulhoso e feliz.

— Especialmente neste momento. Com o espetáculo da sua noiva vomitando no vestido.

— Querida, na nossa terra uma festa não é grande coisa se duas ou três pessoas não vomitarem na vala ou no matinho... e, além do mais, se a polícia não for chamada.

— Bem, é um escândalo por aqui. É uma exposição das funções do corpo.

— Coisa tipicamente ianque, eu acho.

— Isso mesmo.

Clothilde ajeita os seus próprios cabelos, erguendo uma das escovas de True, com o dorso prateado, em suas longas mãos brancas, suas unhas ovais com salpicos dourados. Enquanto True passa o vestido por sobre a cabeça, sua sogra pergunta:

— Posso usar isto?

— Claro — responde True. Ela se pergunta se sua sogra percebeu o minúsculo tempo de hesitação. É apenas um reflexo. Fica tão afrontada como se alguém tivesse pedido para usar sua escova de dentes. Mas Clothilde escova os cabelos ondulados e os ajeita com a ajuda dos dedos em forquilha.

— Pronto. Nós duas estamos bonitas. Vá escovar os dentes e colocar um pouco de *eau de cologne*...

True está imaginando se alguém limpou a pista de dança e se filmes em preto-e-branco são os melhores para cenas de ação envolvendo vomitadas; Guy está martelando na porta fechada e berrando para saber se sua mãe está passando bem, quando Clothilde pergunta: "Então, o que foi que a atraiu primeiro em Hank? O bumbum dele?" Ela sorri em tom de conspiração, mas benignamente, seu grande e belo rosto se abrindo para revelar covinhas ovais e grita para o corredor:

— Não se preocupe Gui! — Os Bannisters são o único pessoal, fora seus ex-sogros, que não têm problemas para pronunciar corretamente o nome do seu filho.

— Está tudo bem. A barriga da mamãe se enroscou por causa dos nervos. Ela está bem, *cher*.

True tenta imaginar algo adequado o bastante que mereça ser considerado uma resposta. É a história da escova de dentes de novo. Com a mãe do seu marido trocar opiniões sobre os atrativos do traseiro dele?

— Foi votado a Melhor Bunda no colégio, você sabe. Sempre foi... como é que dizem?... atraente para as minas.

— Um pára-raio de mina — diz True. — É o que meu filho diria.

— Ele é adorável. Bonito e forte. Seu filho, quero dizer, não o meu. Gostaria que viesse passar uns tempos conosco.

— Obrigada. Ele vai gostar de saber que pensa assim. Está um pouco inseguro neste momento.

— Está se ajustando? Isto foi um tanto súbito para ele.

— Acho que vai conseguir. Ficou um tanto... chocado por algum tempo. Ficou com raiva. Teve um ataque, se quer saber.

— Era de se esperar, não? Um chilique da primeira ordem?

— Acho que sim. Ainda estamos bastante preocupados — admite True. Nós, ela pensa. Nós. Somos um "nós". Hank e Guy e eu e esta simpática senhora e o homem lá embaixo que se parece com Adam Clayton Powell com uma porção de *au lait*. Ela gira sua coragem dois graus à direita. — Então vocês ficaram muito chocados?

— Fiquei surpresa — diz Clothilde, limpando um borrado de rímel debaixo de um olho. — Mas só diante do caráter súbito da coisa. Devia ter visto minha mãe irlandesa quando me casei com Gus. Tivemos de fugir, embora você possa se casar aos doze anos, praticamente, lá no Sul. Meu pai estava a fim de matá-lo. Mas, depois de trinta e oito anos, posso dizer com franqueza que meu marido é o melhor homem que já conheci. E espero que meu filho puxe por ele. Uma coisa que eu soube com certeza foi que, depois de tomar a decisão, Hank ia agir como um furacão; nada iria detê-lo.

— A senhora o teria detido se... soubesse?

— Soubesse? — Clothilde parece realmente intrigada.

— Soubesse que sou... mais velha, muito mais velha, uma viúva com um filho.

— "Méssim".

— O que disse?

— É "*mas sim*". M-A-S. A expressão francesa misturada para "mas sim". Nós dizemos "méssim". Francês *créole*. Eu mesma não sou. Quero dizer, olhe só estas sardas. Mas Gus é. Sempre soubemos que Hank iria se casar com uma garota mais velha.

— É mesmo?

— Oh, mas sim. Cada pombinha que ele trazia para nos conhecer eu pensava, não senhor, vai morrer de tédio quando chegar o fim de semana. E sempre se entediava.

— Mas ele se apaixonou por uma garota na Flórida. Que se mudou para cá. É sobre esta que ele não quer falar.

— Não há nada para falar. Era uma garota mimada. De classe muito alta. Conheceram-se na universidade.

— O que ela fazia? — True está quente agora, febril da champanhe e da ânsia de bancar a detetive. — Como era ela?

— Era baixa e de cabelos escuros e não gorda, mas grande, como eu, bem não tão grande quanto eu, de ombros largos, forte — explica Clothilde. — Era muito bonita. Ele deve ter fotos dela. Ficaram naquela de brigar e fazer as pazes durante um século. Mas, pensando bem, acho que ele deixou as fotos em nossa casa; tem tanta coisa armazenada na nossa garagem. Só peguei umas poucas coisas para ele quando viemos para cá. Ainda vou mandar algumas caixas.

— Mas ela era bonita?

— Adorável. Esperta, também. Escreve livros. Seu nome é Adele. Adele, eu penso num chapéu... não, Cabot. Escreve livros para crianças e também pinta. Tem um sobre uma criança sereia...

— Eu os conheço! Eu os uso nas Bênçãos.

— As bênçãos?

— Para o meu negócio! Os presentes que mando para a garota que vai ter o bebê! Escolhi o da mãe sereia que ama o bebê travesso... na cesta do primeiro aniversário! Examinei tantos, tantos livros e escolhi aquele!

— É um mundo pequeno, pequeno — diz Clothilde. — Muito pequeno mesmo.

Não posso acreditar nisso! Adele Cabot vive além da divisa. Em Nova Hampshire. É por isso que ele conhecia tanto Nova Hampshire. Ele *conhecia* Nova Hampshire.

— Bem, quanto a Adele, a coisa importante a saber é que, embora eu ache que eles se amavam, nunca chegaram ao auge da relação, porque ela não conseguia evitar que Hank se entediasse. Ele tem a tendência de se entediar com facilidade. É uma falha de caráter. Você vê, todos os empregos que teve, isso é tédio. Mas eu disse a meu marido, "Aquela garota nunca vai deixar o meu rapaz aborrecido", e meu marido, Gus, foi o primeiro a dizer, você tinha razão, mãe. Sua irmã, Win, pensou a mesma coisa. Ela e Hank são os mais chegados em idade. Ela disse que Hank, aos dez anos de idade, corria atrás das moças do curso secundário.

Ela coloca os braços ao redor de True, envolvendo-a no tipo de abraço de peito colado, ligeiramente úmido e prolongado que True sempre quis receber da própria mãe, e ainda quer, e teve de se contentar com os abraços de Esa e de Franny. Os olhos de True doem com o esforço para não chorar, ou com o efeito da ressaca, ou ambos. Toma duas aspirinas e usa sua pasta de dentes de erva-doce.

Juntas, voltam à varanda. Todo mundo toma o cuidado de não olhar ostensivamente.

Mas True faz uma mesura, sentindo-se mais ousada graças à mulher ao seu lado, e diz:

— A parte dos fogos de artifício gastronômicos na programação terminou. Peço desculpas.

— Foi o molho! — grita o irmão de True, em meio a risadas suaves e doces.

— E agora, se me permitem — grita Hank, saltando sobre a varanda. — Toquem uma música lenta, bem lenta e harmoniosa, por favor, para que eu possa dançar com minha noiva.

É *Moon River* que tocam e o lençol de água horizontal além de Ridgevale Beach cintila e pisca.

— VOCÊ PODIA TER-ME DITO, simplesmente isso — diz True.

Guy está no andar de baixo decidido a vencer o *Grand-père* no xadrez. Gus o derrotou em três partidas seguidas até agora, embora ele esteja claramente sob sua influência. O resto dos convidados se retirou, exceto a irmã de Hank, que pegou uma carona para ver Chatham Light com um dos mochileiros de verão, um passeio que Isabelle descreveu como "esperançoso ou suspeito, dependendo de como você vê a coisa".

— Eu contei a você — insiste Hank, acariciando seu mamilo. — Contei a você que eu era *créole*.

— Você me disse que fazia cozinha *créole*. O que é uma coisa bem diferente.

— Eu lhe disse que aprendi a cozinhar com minha avó *créole*, e você disse que sabia a diferença entre *créole* e *cajun*. Afinal, você é canadense.

— Não sou canadense; meu filho é — diz True. — Sou inglesa. Sou como os túmulos aqui. E juro que pensei que *créole* significasse apenas que levava mais pimenta.

— Estava certa. Mas significa também as pessoas que têm sangue africanos. Assim como todas as gatas malhadas são fêmeas. Eu lhe disse que minha avó veio do Haiti.

— Bem, então é melhor me agradar, como naqueles romances sobre os tempos coloniais. Sou a esposa com pele de porcelana do fazendeiro com os cabelos pretos do corvo. Você é o cervo dos campos. Lúcifer ou coisa parecida.

— *Laissez bon temps roullez* — replica Hank.

— E ouvi sua mãe perguntar se esta casa era sua, também.

A cabeça negra de Hank salta de sua tenra base e ele fica rígido sob as mãos de True em todos os lugares errados.

— Ou talvez eu estivesse enganada — diz True.

— Não, ela disse isso. Pensei que não falasse francês.

— Falo esse tanto de francês. Fui casada com um franco-canadense.

— Outro tema — diz Hank, rolando e afastando-se dela. Subitamente enregelada em sua nudez, True recatadamente puxa a bainha de seda da sua camisola. Sons noturnos, portas de carros se fechando, o bramido e o sussurro das ondas, são amplificados pela imensidão do seu silêncio pessoal, porque a questão do dinheiro, levantada numa cama, ou em qualquer plano do amor, pode ser algo semelhante a uma lança de gelo.

— É a sua casa — murmura True. — Já contei a Rudy e a todo mundo, é tudo seu, também. O dinheiro, todo ele.

Hank nada diz. True espera dez batidas do coração.

— Podia assinar um cheque de dez mil, vinte mil. Ninguém se importaria. Está me ouvindo?

— Estou — diz ele.

— Acredita em mim?

— Acredito em você. E estou caindo aos pedaços. Preciso dormir, *cher*.

— Tudo bem — murmura True. Não está sonolenta. Mas Hank não consegue dormir com a luz acesa. O livro dela está sobre a mesa-de-cabeceira, aberto para baixo. ("Isso não é maneira de tratar um livro", Kathleen nunca deixa de dizer a ela, quando True quebra as lombadas ou dobra cantos de página ou páginas inteiras em vez de usar um marcador. Kathleen diz que qualquer coisa serve de marcador, até um pedaço de papel higiênico. Quando True compra livros de capa dura, compra um exemplar extra para Kathleen, a fim de que sua mãe não tenha de se submeter à indignidade de ler um livro depois que ela o massacrou.) Os dois terços não lidos a chamam. É um bom romance, que ela folheou por alto na universidade, *Ana Karenina*. Ela considerara Anna tola e vaidosa, quase uma prostituta, e não era capaz de imaginar um amor tão desesperado que pudesse terminar debaixo das rodas de um trem. Quer ler mais a respeito disso agora e deseja poder vaguear pela sala de estar. Mas sua casa é um hotel esta noite, uma casa aberta de cerimônia. Esperam que ela e Hank se comportem de certa forma como parte desta cerimônia ou, caso contrário, se esforcem por agir às escondidas. As pessoas a veriam, e se perguntariam por que, recém-casada na cama, está tão ansiosa para ler romances antigos.

Esa, num dos quartos de hóspedes, ri uma vez, um trinado de amante. True deseja que Isabelle ainda fosse solteira, pois agora iria até ela, se enroscaria na cabeceira da cama, puxaria a camisola sobre os joelhos e conversaria sobre tudo no mundo, como costumavam fazer. Mas não deve ir. Deve fechar os olhos e concentrar-se no consolo costumeiro das dobras escuras do sono.

True sonha com águias, caindo e se engalfinhando, agarradas no vôo. A certa altura, alguém agarra sua asa e ela cai e desperta. É apenas Hank que puxou o braço dela sobre o seu peito.

JUNHO

É VERÃO, *BABY*, E A VIDA CORRE FÁCIL

Especialmente se vocês têm nadadeiras confortáveis que protegem pés pequeninos, óculos escuros com uma cinta que passa por trás de uma cabecinha minúscula, sem apertar, e um chapéu de palha que realmente cai muito bem. O chapéu de palha do bebê está encaixado no seu, e ambos podem ser enrolados de modo a não ocupar mais espaço do que uma revista. Há também bandanas vermelhas, com um monte de joaninhas, e um livro sobre um bebê-sereia que almeja se esgueirar até a praia para ver vaga-lumes à noite. Tudo gentilmente embalado em nossa sacola de fraldas de verão, inteiramente à prova d'água, com vários compartimentos não só para as coisas essenciais, mas também para romances e lanches, e um especialmente refrigerado para lata de cerveja não-alcoólica.

ALGO ESTÁ MUDANDO.

As árvores pintadas a nanquim de abril, as árvores suaves, cobertas de névoa de maio, foram todas banidas, atropeladas pela tenacidade verde de junho. E, dentro da casa, o barômetro também está subindo, a feira das previsões.

A visão do Toyota rodado de Esa na entrada de carros toda manhã faz True sentir-se firme como uma rocha e aliviada como um barco na horizontal depois de colhido por um vagalhão. Como dizem os velhos marinheiros, ela chegou quase ao ponto zero e não fechou um círculo. Fica de cócoras na água, com Isabelle ao seu lado.

True subestimou o quanto Rudy se sentiria alienado depois da partida de Esa. Separados por tão pouco tempo, os dois agora parecem ter um novo sentido de propósito. As brochuras da Califórnia de Rudy ficam soterradas durante dias por papéis mais urgentes. Um bando de chocalhos de gatos pretos cheios de luas cintilantes pende das molduras das janelas do escritório, como um varal de globos nevados fora de estação. Eles tremem e exibem piscadelas alaranjadas quando a brisa atravessa as persianas. As Bênçãos de Julho, com seus *shorts* e camisas vermelhos, brancos e azuis feitos com o mesmo tecido usado para a confecção das bandeiras dos Estados Unidos, com os *kits* de Bênçãos Solares que um farmacêutico local preparou, foram alojados em engenhosos baldes de areia moles, de borracha, com zíperes, e enviados. As Bênçãos de Agosto, com as roupas de banho dos meninos musculosos do século XIX, estão sendo embaladas; os produtos de setembro estão a caminho.

Hank se torna cada vez mais parte do compasso interno, dia a dia. Quando abre a geladeira, não olha mais primeiro para True, nem pergunta "Tem algum Tabasco!?" Está se adaptando à sua vida, descendo ao andar térreo de camiseta e calças de pijama.

True reservou para si uma manhã de segunda-feira para cuidar das finanças.

Em preparação, comprou o melhor café e um *croissant* de amêndoa para se consolar.

Como a sua companhia tem base na internet, True se sentiu no dever de investir em companhias afins. Mas sua prudência natural a conteve do furor e do frenesi, mesmo ao ler histórias de dar água na boca de investidores de fundo de quintal que se tornaram ricos da noite para o dia.

Quando a onda passou, o consultor de True começou a se desfazer das ações dessas firmas a torto e a direito. Continua falando de longo prazo e na necessidade de ser paciente, mas True não é o tipo de pessoa capaz de acreditar que uma perda de seis dígitos seja "só no papel" ou uma "correção". É uma perda e a faz sentir-se insegura para enfrentar os tempos difíceis. Ela tem o pavor mortal do ianque de pagar os custos deste mês com os lucros do mês passado, embora se sinta aliviada quando os analistas de mercado afirmam que houve uma melhora, ainda que pequena, e quando suas próprias vendas se nivelam, depois de terem baixado um pouco, como sempre ocorre com os negócios supérfluos quando uma tragédia ou uma crise inesperada nos sobrevém.

Ainda assim, ela se sente imensamente agradecida por não ter assumido os mesmos riscos que os outros.

Artigos sobre atônitos *yuppies* cujas montanhas de dinheiro desapareceram por completo eram matéria diária nas páginas dos noticiários. Eram meninos-prodígio sem diplomas e com currículos minguados. Esses sonhadores sentam-se agora sobre uma fatia de pão fina como a hóstia. Agora encaram a vida real, muito menos preparados para ela do que True poderia estar. "Vá procurar um emprego", dizia uma manchete da semana anterior.

True tem recursos, habilidades. Se o seu negócio afundasse, ela ainda teria a carteira recheada de verdinhas... bem, uma grande parte ainda. Teria a sua casa... bem, pelo menos algum capital sobre ela. Mas toda a idéia de "ações" ainda parece um tanto estranha para ela. Uma parte do seu ser acredita que seu dinheiro seria mais bem empregado num banco e transformado em pequenas poupanças com uma varanda na frente — em outras palavras, propriedade na praia que ela poderia alugar e esperar que se valorize com o tempo. Investimento que ela podia *ver*, que não dependia do telefonema de algum magnata do Japão.

Durante muito tempo depois da morte de Pete, o mercado de ações parecia um gigante benigno que, de poucos em poucos meses, jogava alguns feijões mágicos na panela de True e de Guy. "Quebras" eram momentosas, porém momentâneas, na sua vida adulta, e o melhor conselho era sempre segurar a barra. Ela sempre segurou a barra e sempre foi recompensada.

Isso não parece valer mais agora. A rebatida parece tão ruim quanto a curva de uma bola de tênis ensopada. True deposita sua fé em suas participações em companhias de biotecnologia e coisas do gênero (as pessoas vão precisar sempre de mamografias). Vai cuidar da sua bolsa com extrema cautela. Não vai expandir ou criar mais opções especiais, como a pressionaram para fazer. Se não houver alternativa. Se houver, ela planeja ser estóica.

É boa de estoicismo.

Mas também se acostumou a um certo tipo de margem de segurança, uma despreocupação com as muitas centenas de dólares que nada têm a ver com sua natureza básica ou com a maneira como foi criada, nem com a maneira pela qual ela cria Guy. É cruelmente fácil agir deste modo e ela se tornou assim de um modo cruelmente fácil. Pensa em que ela gasta o seu dinheiro. Casquinhas de sorvete. Café. Nem roupas, nem mantimentos, nem mesmo um novo liquidificador — e não faz muito tempo havia feito exatamente isto.

Embora sempre dissesse que venderia a casa antes do negócio, ela sentiria como se fosse a perda de um membro da família. Acostumou-se à generosidade dos seus contornos, ao aquário bem definido que é o seu escritório, em que cada escrivaninha dá para uma janela. Voltar a apreciar tudo isso pelos olhos ainda admirados de Hank. Um dia, ele trouxe para casa uma quantidade de caixas de papelão suficientes para encher uma geladeira e anunciou que estava instalando um sistema estéreo, de modo que a música de uma única fonte poderia ressoar através dos corredores em cada andar. Enquanto o instalava, com uma paciente capacidade de achar meios de enfiar fiação e ocultar cabos que ela considera extremamente erótica, True ficou tentada a dar uma olhada no recibo. Mas sua felicidade não dá espaço para esse tipo de sentimento mesquinho. Quando acorda, nas manhãs, ao som de Vivaldi, ou de Patsy Cline, ela se pergunta como é que não sabia que a vida podia ser assim.

Agora, planejando sair para a primeira exposição ao sol da temporada com o marido e o filho, ela coloca os *Concertos de Brandenburgo* e decididamente espalha as projeções e o seu orçamento sobre a cama, apanha seus óculos de leitura, e rala durante duas horas com um lápis bem apontado.

Por um longo tempo, não presta atenção aos sons da manhã lá embaixo. Depois de um intervalo, eles se fazem sentir.

Felizmente.

A aula terminou e Guy e Brendan estão no gramado com Hank que, apesar de uma leve objeção de True, comprou para Guy uma bicicleta de acrobacias Redline. Com madeira do paiol dos Sandersons (True tem observado o jeito de Hank de dar uma pequena investida e voltar com quase tudo aquilo que quiser), estão construindo um trampolim, um triângulo isósceles oco do qual saltarão em grande velocidade a qualquer momento.

— Ô!! Mamãe! Venha cá, mamãe! — chama Guy. — Vamos nessa!

True salta da cama e corre para fora, derramando café na camiseta.

Correção: na camiseta de Hank.

— Sente-se — Hank a instrui, conduzindo-a até um banco.

— Isto não é coisa de menina, mamãe — adverte Guy.

— Estou pronta — diz True.

— Não vou ser o primeiro — diz Guy, dando uns tapinhas no braço dela. — Vai ser papai. Vai ser Hank, quero dizer.

— OK — diz True. Ela e Hank trocam sobrancelhas erguidas, sorrisos secretos. Nenhum deles comentaria sobre o lapso de Guy. Mas True precisa morder a língua, para não chorar de alegria. Embora Hank seja esguio, sua camiseta está tão cheia de seus músculos que True não pode deixar de esperar que os vizinhos estejam olhando. Ele começa rodopiando na borda da pista, fazendo giros de roda apenas com a força dos ombros, olhando para ela com o canto do olho. Está se exibindo para a sua namorada e impressionando o seu filho. Quem poderia, quem teria imaginado jamais, apenas algumas semanas atrás, que de uma mão de baralho confusa e misturada, ela, True, iria tirar um *royal flush* todo de corações?

Ela relaxa no calor das costas do banco. O céu é de um azul de aço inoxidável, uma brisa sem nenhuma ameaça e sem vestígio de água e o contentamento de True é puro. Ao diabo, pensa, com os números. Números não acrescentam nada diante disso.

— Acerte o rumo agora, Guy — grita Hank —, porque tenho de pegar impulso para o salto. Não faço isto há quinze anos, quero dizer, desde que tinha quinze anos.

— Seria mais do que quinze anos então — comenta True alegremente.

— Obrigado, querida — Hank acena com um boné imaginário.

Subitamente lá vai Hank, rolando pela rua numa velocidade impossível, sem capacete, pedalando alto, voando direto para o meio da plataforma de madeira. True começa a se erguer do banco, mas não há tempo para cuidados; ele está em pleno vôo, subitamente, navegando, pousando sem nenhum dano ao gramado, fazendo a parada. Guy corre até o ponto da aterrissagem com um rolo de barbante, Brendan pisando na outra ponta (isto evidentemente tendo sido planejado com antecedência) e os três usam uma trena de metal para medir o comprimento.

— Seis metros e setenta! — grita Brendan. — É um milagre. Ele tem o dom!

— Não, são sete metros e meio! — vibra Guy. — Portanto, não ganhou a aposta.

— Eu disse pelo menos seis metros — Hank lembra a ele.

— Você disse sete metros e meio.

— Sabe que eu disse pelo menos seis metros. Eu ganhei.

— OK — concorda Guy. — Devo dez dólares a você. Mamãe, tem dez dólares aí?

— Calma, rapaz — diz Hank. — Você me deve dez dólares. Não a mamãe.

— Não tenho dez dólares — explica Guy. — A não ser no meu banco. Que você tem de quebrar quando estiver cheio para tirar o dinheiro.

— Ótimo. Você pode pagar prestando serviços, então.

— Serviços? — pergunta Guy, como se Hank tivesse falado em urdu.

— Como catar as roupas que você joga no chão e sua mãe tem de pegar. E tirar as coisas da lavadora de pratos antes que mamãe e vovó peçam, e especialmente quando pedem. Você nem sempre faz isso.

— Vou esperar até a escola quando receber minha mesada. Vou estar na quinta série, então vou conseguir cinco dólares — Guy diz a Hank descontraidamente.

— Mas para que recebe esta mesada?

Guy fica confuso.

— É a minha mesada.

— Mas para quê?

— Para nada — admite True —, mas ele não tem brinquedos ou jogos a não ser nos feriados, ou apenas raramente, e não tem uma Scooter ou um Nintendo, e não tinha uma bicicleta de acrobacias até que você...

— Isto porque você não era casada quando ele fez aniversário — diz Hank. — Este é o meu presente de aniversário para ele. Bem, esta situação de prestar serviços vai claramente precisar passar por uma revisão. A partir de agora, você tem de separar todas as suas roupas depois de serem lavadas e trazer toda a roupa suja para baixo para ser lavada e descarregar a lavadora de pratos toda noite.

— Nããããoo! — grita Guy.

— Sim! — diz Hank. True reflete se isto não seria demais, cedo demais? No entanto, ela detesta o modo como Guy espalha tudo que usa, toda vez que tira, mesmo que seja no tapete diante do vaso.

— Mamãe? — Guy vira-se para ela. True encolhe os ombros. Apresente uma frente unida, lembra a si mesma, o primeiro mandamento dos pais.

— Tenho de concordar com Hank. Acho que ele está com a razão — diz ela. — Eu não devia estar sempre atrás de você cobrando as coisas.

True observa então a pirraça no seu filho, quando ergue o pé para partir batido para dentro da casa, e então percebe como parece um menino mimado. Não à toa chamam isso de fazer teatro, ela percebe, enquanto Guy se controla fisicamente e restaura uma calma aparente no rosto.

Mas quando coloca o capacete e arremete para o salto, True abruptamente e com uma injeção de adrenalina se dá conta de como seu filho ainda está raivoso e decidido a provar que é um homem. Guy vem pedalando num ritmo furioso, aos trambolhões, estendendo ao máximo suas pernas curtas e consegue efetuar o salto e navegar, ao longe, pelo menos três metros, mas quando aterrissa não se levanta. E então grita.

Hank corre primeiro até Guy.

— Ele está bem, True, ele está bem — grita para True, que está parada de pé na varanda e que, consciente, tira a mão do coração para não ficar parecendo uma Scarlett O'Hara.

Ela olha para o chalé de Kathleen e vê sua mãe de pé, rígida, do lado de fora da porta da frente.

— CLAVÍCULAS — DIZ O MÉDICO da sala de emergência — se quebram facilmente numa criança em crescimento. A boa notícia é que se regeneram com muita facilidade também. Resolveu pular de uma árvore, não foi?

— Estava tentando saltar com a minha bicicleta de acrobacia — Guy murmura, embotado pelo Valium que lhe deram. — Meu padrasto me obrigou.

Hank fica ruborizado.

— Não foi bem assim. Estávamos brincando...

— Ele certamente não o obrigou a saltar. Guy queria saltar — interrompe True.

No carro, a caminho de casa, Guy adormece, aconchegando cuidadosamente sua tipóia.

— Foi culpa minha — começa Hank.

— Não, foi minha culpa por deixar a coisa desandar — diz True —, a aposta e tudo o mais.

— True, um menino pode fazer isso uma centena de vezes e uma só vez se machucar.

— Mas esta foi aquela única vez. Agora, ele vai perder o piano e a dança...

— Bem, talvez ele devesse dar uma parada em algumas dessas coisas, pelo menos por um tempinho.

— Que quer dizer? Você foi *dançarino*.

— Bem, acho que Gui quer ser um homem agora. Fazer coisas que os homens fazem.

Hank muda de assunto enquanto percorrem o arco de praia aninhado contra a baía de Cape Cod. A maré está baixa e nos baixios podem ver pequenas figuras, a quase um quilômetro de distância, a caminho da água. Ele pergunta:

— Olhe lá. O que estão fazendo?

— Bem — diz True —, estão desenterrando mariscos. Lingüeirões e mexilhões. E catando conchas e madeiras...

— Por amor à arte?

— Algumas pessoas. Outras para acender o fogo na lareira ou fogueiras. E usam detetores de metal.

— Sempre achei que pessoas que brincam com detetores de metal são uns *nerds*.

— Bem, um sujeito encontrou um Rolex de mulher à prova d'água aqui no verão passado. Não estava gravado. Novinho em folha.

— Talvez fosse jogo arranjar para nós um detetor de metal — Hank sorri. — Deve ser uma boa caminhada.

— Nunca fez isso?

— Nunca nadei neste oceano. Não é o meu tipo de oceano. Muito frio, cara.

— Bem, não é o golfo do México, com certeza. Mas se fosse até lá ia ver que a água é quente como a de qualquer piscina. É quente porque é rasa. Mas se tem uma criança com você, a maré pode chegar, e é rápida, e mesmo uma criança que nada bem é capaz de ser levada mais depressa do que poderia imaginar. Até adultos já foram.

— Deixa Guy caminhar até lá com os amigos?

— Comigo.

— E seus amigos.

— Sim.

— Que idade ele vai precisar ter para que o deixe caminhar lá sozinho?

— Trinta, Hank — True ri. — O que está querendo insinuar?

— É que você está sendo... um pouco superprotetora.

— Você foi superprotegido?

— Não sei.

— Bem, foi bastante mimado.

— Eu sei que fui.

— O primogênito e o único filho homem de uma mãe-coruja, o filho de um médico.

— Tudo o que sei é que quando tinha a idade de Guy eu nadava em poços com barracudas no fundo. Nunca usei um salva-vidas. Deixavam-me saltar de bicicleta acrobática. Nunca usei um capacete. Tenho fotos.

True fica em silêncio.

— Não fique zangada — diz Hank.

— Orgulha-se disso? Quer que Guy não use um capacete? E se ele não tivesse um capacete hoje? Podíamos estar observando linhas num monitor cerebral.

— Meus pais não faziam um cavalo de batalha a cada movimento meu.

— Bem, isso prova que os tempos eram diferentes...

— Só quero que encare este acidente como uma boa tentativa que não deu certo, não como uma tragédia. Não como um motivo para transformar Guy num menino da bolha. Quero que aceite isto como um progresso, como se ele estivesse me abrindo uma brecha em sua vida.

— Hank, eu aceito — responde True. — Fiquei emocionada de vê-lo em ação. Pode imaginar como me senti quando meu menino, meu filho, disse "papai" pela primeira vez desde que era um bebê?

Hank pega na mão dela.

— Então não o trate como um filhinho da mamãe...

— Espere! Isso não é justo! Não teria acontecido, Hank, se ele não estivesse zangado com você, se não estivesse tentando provar sua honra para você. Mas, veja, ele não é você. Para assumir um papel na vida dele, você não precisa refazê-lo à imagem do que acha que um menino deveria ser, ou até mesmo do que você foi. Ou do que os meninos eram vinte anos atrás.

— Entendo a sua argumentação. Quero que ele use um capacete de ciclista. Sei que é mais seguro. Mas ele fica parecendo um pateta de capacete.

— Querido! Todos os meninos usam capacete, ou pelo menos usam quando estão à vista dos pais.

— Bem, nós nos saímos bem.

— Não estou certa de que todos se saíram bem.

— Todo mundo que eu conheci se saiu bem.

— Bem, você teve sorte. Conheci um garoto que teve de usar um capacete com placas para o resto da vida por ter mergulhado num poço raso num rompante...

— Parece um garoto bem estúpido.

True se exaspera.

— Não teria sido tão importante para Guy se você não tivesse levantado toda a questão do que os homens viris fazem, trocam tiros na frente de suas mulheres...

— Você tem uma língua de cobra.

— Você tem uma cabeça de mula.

— Retire o que disse.

— Você primeiro.

— Bem, eu retiro, também. Quase tive um negócio quando ele caiu. Não estou zangado. Estou apavorado, de verdade — admite Hank.

True coloca a cabeça no ombro dele.

— Eu também.

Mas não está acostumada a ter de ajustar suas opiniões para conciliar com a de outro, pelo menos não de outro com quem ela partilha uma vida. Embora True nunca tenha se considerado outra coisa a não ser a mais generosa das empregadoras, ela expõe o seu pensamento com cautela. Dentro do seu pequeno domínio, tem sido o monarca. Ela se pergunta, agora, quantas vezes as pessoas se ressentiram dela, como se ressentiam de Elizabeth, quantas vezes fizeram fofocas a seu respeito ou gozaram dela. Simplesmente precisa explicar a Hank que ele não sabe muito a respeito de paternidade. Ele só foi filho, não foi pai.

— Não quero que ele evite todos os riscos — começa True suavemente.

— E quero que evite os riscos estúpidos. E você sabe, True, talvez eu não me lembre. Talvez eu tenha me safado de mais coisas do que me era permitido, e é só isso o que eu lembro.

NAQUELA NOITE, ENQUANTO Guy geme baixinho durante o sono, derrubado por analgésicos, True e Hank fazem amor com a porta aberta. No momento do clímax, True morde o ombro de Hank, um pouco mais forte do que a paixão exigiria. Ele estremece. Ela se sente soturna, satisfeita, enquanto a agitação dentro de si é amainada. Agora ele viu como uma mulher morde. Mas quando se aprontam para dormir, ela em sua camisola de seda, ele nas castas calças de pijama de cordel, ela sente, embora saiba que esta não é a emoção mais nova na face da terra, que conhece a alma do seu marido desde que as almas foram cunhadas pela primeira vez e que o mundo pode até dar um salto mortal.

Apesar do relaxamento de cada músculo, True não consegue dormir. Encurva a espinha; enfia um travesseiro entre os joelhos.

Ela verifica Guy. Ao ver sua tipóia, começa a chorar. Não sabe por que, mas não consegue parar.

Para não acordar Hank, ela desce as escadas na ponta dos pés e se enrosca no sofá debaixo da manta de caxemira. As lágrimas persistem. Medo. Alívio. Gratidão. Perdão? Não é uma chorona habitual; não sabe como fechar a torneira. Quando começa a cochilar, desperta com uma sensação que, no início, parece tanto antiga quanto estranha. Hank a ergueu e a está carregando para a cama.

Na manhã seguinte, True visita a farmácia CVS para comprar almofadas de algodão para o seu *toner*. Joga um par de pinças de borracha na cesta e um *kit* de ovulação e um teste de gravidez. Compra um pacote de lixa de unhas e um segundo teste de gravidez, só para inteirar a soma. Faz questão de ler a embalagem do *kit* de ovulação para ter certeza de que não exige a retirada de sangue. Nada disso, tudo o que ela precisa fazer é o que faz no banheiro todo dia, de qualquer maneira.

A PRIMEIRA VEZ QUE Hank e True aparecem em público já casados é num leilão beneficente para o Cape Family Theater. A primeira pessoa que encontram é um senhor bem mais velho, um juiz aposentado conhecido da mãe dela dos dias de Amherst. True não o via há anos, desde que Guy era bebê. Guy correu para mostrar aos amigos sua tipóia e o juiz, de olhos vermelhos e corpulento, atravessa a multidão para cumprimentar True.

— Este não pode ser... — o velho olha para Hank — não pode ser o seu filho? Tão crescido já?

— Este é o meu marido — replica True, desolada, enquanto Hank não consegue conter uma bufada, incapaz de sufocar o riso.

— Oh, claro, me desculpe — o homem fica ainda mais vermelho. — Soube que tinha se casado.

— Sim, e assaltei o berçário. Mas ele não é tão jovem quanto parece, juiz Hammersmith.

O juiz aperta a mão de Hank, que ainda não consegue controlar o riso.

— Você conquistou uma bela mulher, filho — diz ele com gravidade.

— Tenho plena certeza disso, meu senhor.

— Você não é dessas bandas. Tenho um bom ouvido para sotaques. Tenho o ouvido de um velho cão caçador de guaxinins.

Ainda bem, pensa True, porque tem os olhos de um morcego.

— Sou da Luisiana. Tenho um restaurante em Truro. Venha conhecer com a sua esposa.

— Quem me dera! Minha esposa faleceu há quatro anos. E ainda não consegui convencer a adorável mãe desta jovem a me fazer companhia nos muitos convites para jantar que recebo.

— Talvez ela se convença. Precisei gastar muita saliva para convencer a filha dela.

— Bem, desejo a vocês tudo de bom — e o juiz Hammersmith parte, seu árduo deslocamento interrompido por muitas pessoas que desejam apertar-lhe a mão. Sua esposa, Greta, foi uma importante doadora para o teatro; e True suspeita que a diretora, Beatrice, esteja de olho na herança do juiz, já que ele não tem filhos.

— Você não teve de gastar muita saliva, seu grande safado. Enfim, não está sentindo calor? Vamos para casa — provoca True, assim que o juiz se afasta.

— O quê? Acabamos de chegar. Se acha que isto é quente, nunca iria sobreviver na Luisiana.

— Bem, eu teria um ar-condicionado portátil feito para minha cabeça. E não é realmente o calor. É que você riu. Quando ele falou aquilo. Sobre nós.

— Que queria que eu fizesse, que desse um soco nele? Foi engraçado. Claro, o homem viu o perfil de um macho e presumiu...

— Talvez isto seja contra a natureza. Talvez todo mundo aqui pense o mesmo. Vejam só aquela velha tola. Vejam só True, toda caída por aquele jovem... talvez você devesse me deixar e fugir como Heathcliff.*

— Na verdade, você não está toda caída por mim, *cher*. Gostaria que estivesse. — True segura o braço de Hank. — True, você precisa superar isso. E *tout de suite*. Porque é perigoso. True, você precisa acreditar que toda vez que olho para uma mulher não estou pensando, poxa, gostaria que fosse minha mulher. Gostaria que minha mulher fosse mais jovem. Gostaria que True fosse parecida com ela. Olhar não é cobiçar. Vamos lá, Miss Cape Cod. Vamos cumprimentar a multidão. E quero você toda caída por mim, por favor, como a esposa apaixonada que é, True Dickinson Bannister.

Ele mal acabou de falar quando Beatrice joga os braços em volta do seu pescoço, tagarelando que ele deve se envolver com a companhia teatral, que se não sabe interpretar ela é capaz de ensinar-lhe. Ele tem de fazer teatro, porque seguramente leva jeito, e Beatrice ouviu dizer que é dançarino e que há uma grande necessidade de treinar a garotada em matéria de movimentos.

— Eu gostaria de fazer qualquer coisa que possa, considerando meu próprio trabalho... e ensinando nosso filho. — True olha para Hank espantada. — Vou ensinar a Guy um pouco de balé e *jazz*, algumas coisas rudimentares.

— Cara de sorte, o Guy. É tão talentoso. True, é verdade. A dança é tudo de que ele precisa. E emagrecer um pouco. E é tudo a mesma coisa, não é? — Beatrice sai rodopiando alegremente, sua roupa de muitas camadas de pano flutuando e adejando enquanto se afasta.

— Ela é muito legal — diz Hank.

— É. É maravilhosa. Tão rigorosa. Uma vez Guy tentou fazer um teste para uma produção de, ora, não sei bem o que, *Peter Rabbit*, com outro teatro, e conseguiu o papel principal, mas recusou, era seu primeiro papel principal... ele sempre foi o curinga de Beatrice. Mas me disse depois: "São legais com as crianças, mamãe, Nunca gritam com você."

— Isto é preparação para o teatro de verdade, embora eu deteste pensar que ela seja dura com ele — Hank dá uma pausa, ergue o queixo de True e a beija de leve. — Sente-se melhor?

— Sim. Não quero mais fazer um *lifting* — admite True. — Mas preciso lhe dizer, não me sinto bem e nada tem a ver com o que as pessoas pensam. Estou me sentindo, sabe, enjoada.

---

*Herói do romance *O morro dos ventos uivantes*, de Emily Brontë. (*N. do T.*)

Hank a segura pelos ombros.

— Acha que está grávida?

— Não — responde True. — É que eu... não, não estou grávida. Mas você ficaria excitado?

Hank parece exalar visivelmente.

— Claro — diz.

— Não parece convincente.

— Claro que ficaria, mas, como você disse, um mundo de cada vez, sabe?

— É uma merda — diz Guy, chegando por trás deles. — Não posso brincar porque meu pescoço está me matando e ninguém quer assinar nesta maldita tipóia.

— Não fale assim — True o censura sem convicção.

— Hank diz que "maldita" não é palavrão.

— Ora, veja só, isto é que é um pai para você.

E assim deslizam eles, Hank suavemente, True meio na encolha, através do resto do dia úmido que se põe, seus vapores cada vez mais densos, prometendo uma tempestade. A náusea de True piora e ela se pergunta se isto não seria um sinal esquisito de gestação, mas depois se lembra da crosta coagulada da salada de batata. Só provou alguns bocados.

Em casa, ela se deita na cama e diz a Hank para mandar Gui para a casa da mãe.

— Não, deixe que ele venha comigo — sugere Hank e Guy, ouvindo, começa uma cantoria em súplica, ele quer colocar as cerejas nos drinques; nunca passou a noite inteira no restaurante; vai ser útil e não vai atrapalhar; vai limpar as mesas; as tarefas, se lembra? E True cede:

— Vai ser uma noite lenta, de qualquer maneira, se vier uma tempestade.

— Esta é a noite em que fechamos a caixa registradora — diz Hank.

— Que quer dizer isso?

— Tiramos o dinheiro por fora, para pagar os impostos.

True senta-se, o estômago revolto.

— Isto é ilegal!

— É ligeiramente ilegal, True. Tão ilegal como contratar um ajudante de garçom mexicano sem documentos.

— Você faz isso? Não pode fazer isso! E não pode fazer a outra coisa também.

— Tenho de fazer.

— Não, você não tem de fazer! Não mais! Eu vou pagar os impostos! Não está vendo? Se fizer isso, estarei sendo conivente. Isto poderia me arruinar.

— Não pensei nisso. Pensei em nossos trabalhos como coisas separadas. Acho que não são.

— Oh, Hank, quantas vezes fomos aos advogados para que nossas coisas não fossem separadas?

— OK, vou falar com Tom. Vamos, não se preocupe. Está branca como o lençol.

— Está bem, está bem. Divirta-se com Gui. Não deixe que ele...

— Não vou deixá-lo queimar o outro braço ou cair na assadeira ou beber um litro de uísque.

— Vá embora — diz True, aliviada. — Você é um canalha, mas, pelo menos, não vai ser um canalha e um sonegador.

A tempestade chega com muita fúria e num raio de um azul glacial True vê uma de suas árvores cair. Até a terra estremece. True se levanta e vomita as tripas no vaso limpo e oval e se apruma, sentindo-se azul-glacial, suada e aliviada. Então vê, à luz de um relâmpago, sua mãe atravessando o quintal num casacão do tamanho do Maine. Desafivela as botas ruidosamente e sobe as escadas deixando um rastro molhado.

— Jesus Cristo! True! Você está bem?

— Jesus Cristo? Mãe, eu nunca a ouvi praguejar assim.

— Eu nunca vi uma maldita de uma árvore cair a três metros da minha porta! — Kathleen dá uma espiada em True. — O que você tem?

— Estou gripada. Peguei também algum micróbio miserável daquela horrenda salada de batata no piquenique para o teatro.

— Vou pegar uma jinjibirra para você.

— Não precisa.

— Não me importo. Não vou voltar ao chalé para que uma árvore desabe sobre a minha cama!

Sentam-se juntas na cama de True, Kathleen tomando chá e True cochilando. Quando desperta, vê a mãe arrumando a pilha de presentes de casamento que ainda está sobre o velho baú da avó de True.

— Um destes não foi aberto — diz Kathleen, segurando a caixa branca de Clothilde.

— Acabei não tendo tempo de abrir. Vamos abri-la agora?

— Não deveríamos esperar Hank?

— Ele não vai se importar. Não é o tipo de coisa que o chateie.

— Guy está dormindo?

— Foi com Hank ao trabalho.

— OK — Kathleen diz com um ar demoníaco. — Vamos abrir.

Dentro da caixa, True encontra um belo álbum de fotos, feito a mão, vazio. E, debaixo dele, outro bonito álbum, também costurado nas bordas. Ao abri-lo, ela vê que contém cada átomo da vida de um filho primogênito: a certidão de nascimento de Hank, seu cacho de cabelos escuros, suas primeiras fotos (num minúsculo *smoking*), um instantâneo legendado como *Andando! Apenas Dez Meses!*, outro dele dançando no palco (num *smoking* maior e de cartola) por volta dos seis anos, gloriosas fotos de verão de Win e Hank, segurando Tannie atravessada em seus colos, as duas crianças maiores marrons como castanhas-da-índia. Hank com um papagaio no ombro, magro como uma criança num esboço de Dickens, cada costela à vista, e então Hank, mais cheio, mais crescido, tão preguiçosamente sensual e bonito, com seus olhos azuis de pálpebras grandes prestes a piscar para a câmera, que faz a mãe de True suspirar involuntariamente. Hank sem camisa num caiaque. Hank lutando com alguma espécie de peixe grande. Gus, Clothilde e uma das três garotas — True acha que é Win —, ela e Hank com barretes e becas de formatura. Hank segurando uma velha senhora, que True imagina seja sua avó, no colo. Hank de esquis com uma mulher que True não consegue ver, que poderia nem ter um corpo por estar tão coberta por camadas de roupa; Hank numa embarcação a vela com um homem que True reconhece como um Tom muito mais jovem. Boletins do colégio e cartas de aniversário: *Filho, você tem dezesseis anos agora e embora nos tenha deixado tão orgulhosos este ano, especialmente no ginásio, é hora de começar a se aplicar mais para a universidade. Vou amar você mesmo que seja um vagabundo, mas não me obrigue a isso. Papai.* Enquanto True fecha o álbum, pensando no presente generoso que é, virtualmente colocando a vida toda de Hank nas mãos de sua esposa, um minúsculo envelope de papel vegetal, como um porta-brincos, cai da caixa. Dentro, a pérola desbotada de um dente de bebê. Ela coloca o envelope delicadamente de novo na bolsa do álbum, onde espia uma vela batismal e mais. Não pode ver a hora de mostrar isto a Guy, para que os comparem com o próprio álbum de fotos de Guy.

A nota de Clothilde dentro da caixa diz: *Você não chegou a conhecer o passado de Hank, por isso nós o oferecemos a você. O outro álbum é para que façam o seu futuro juntos. Com todo o nosso amor, Clothilde e Gus.*

É o dente do bebê que mexe com o seu coração. Ela tem uma caixa de brincos no escritório com os dentes de Guy. Acha que um bando de gladiadores não a tiraria de suas mãos. Mas aqui está o dente de Hank, dado com graça e um voto de confiança a uma nora que ainda é basicamente uma estranha. True aperta o álbum contra o peito, abraçando-o como se fosse a calorosa Clothilde com aroma de magnólia. Uma certa ânsia passa como água numa planície seca dentro dela. True se põe a pensar, com culpa, afastando o rosto para que Kathleen não perceba a sua beatitude, se esta não é a família que procurou a vida inteira, como um forasteiro que passa olhando para dentro de uma janela iluminada. Uma família em que as pessoas não se deslocam duramente para abrir espaço para você num banco, mas se levantam e lhe oferecem a cadeira mais macia, insistindo que, na verdade, estavam cansadas de ficar sentadas.

Mas Kathleen não notou. Está inspecionando um achado no fundo da caixa, um envelope grande e acolchoado, destinado a "Hank". Está selado. Kathleen, arqueando as sobrancelhas, o estende para True.

— Já está meio solto — sua mãe diz baixinho. — Não quer abrir?

Coloca o vapor da sua caneca de chá primeiro debaixo de um canto do envelope, depois sob o outro, e lentamente o abre sem rasgar nada.

— Não — diz True —, é para o Hank.

— Achei que tudo isto era seu.

— Mamãe, parece até que trabalhou para a CIA.

— Vamos... não sei, talvez não devêssemos olhar. Mas você quer olhar, não quer?

— Não especialmente — diz True. Ela daria o seu dedo indicador direito para olhar. Sua náusea foi substituída por algo que ela só pode chamar de um surto de adrenalina. Olha para o relógio. São só nove horas... mas tem a tempestade. Poderiam fechar mais cedo. Ela abre o envelope. É uma quantidade de cartas. E algumas fotos. True as apanha e examina uma a uma. Hank de paletó esporte com uma mulher cujos cabelos negros compridos caem como uma capa sobre o vestido longo preto. Hank num camisão de dormir ridículo. Hank nu, mas coberto, lendo na cama. Uma mulher com um terninho de trabalho dando um beijinho para a câmara. Fotos de festinhas da universidade. Um cartão-postal. *Não tenha muitas saudades de mim. Vou voltar em breve.* Um envelope particularmente grosso, do tipo usado em *drugstores* para rolos de filmes. True o esvazia. Adele. Adele como a conhece das suas fotos de divulgação, a cabeça inclinada ao olhar de uma escrivaninha, Adele deitada numa cama, sentada com o rosto voltado para o sol. Bonita Adele. Tem uma carta dentro do envelope, *Não consigo acreditar, querido! Dois livros. DOIS LIVROS*! Adele e Hank com outro homem, de pé, cercados por arbustos floridos, ela tão alta quanto Hank, se não mais alta, em *shorts* de veludo cotelê e de botas, um suéter jogado em volta do pescoço do jeito que todas as mulheres de Cape Cod sabem usar, exceto

True. Adele numa trilha de pedras com um enorme cajado. Adele contra um céu tempestuoso. Adele rastejando para fora de uma barraca, as duas mãos aladas em protesto contra a foto. Adele bebericando vinho sobre um grande rochedo. Um rochedo grande. Adele e Hank no monte Washington.

True começa a enfiar as fotos de volta no envelope, nem mesmo parando quando vê a de uma garota de *jeans*, completamente vestida, dando uma chave de pernas em Hank (também completamente vestido), numa imitação de luta livre no chão.

— Espere — sussurra Kathleen, num tom estranho, enquanto um trovão ribomba. — Coloque as fotos de volta como estavam. Espere um momento.

— Mamãe, que diabo importa isso?

— Você sabia que ele conhecia Adele Cabot.

— Ver é diferente.

— São apenas velhas fotos, mas... True, pare. Coloque-as de volta como estavam. Não vai querer que ele saiba que você mexeu.

— Acha que eu mentiria para ele?

Kathleen olha para a filha por um longo momento, seu rosto sob controle.

— É melhor não contar. Talvez ele as mostre a você um dia. Talvez não. Talvez a mãe dele soubesse que você não ia querer vê-las. Teve a bondade de fechar a carta. Coloque as fotos de volta na mesma ordem.

— Por que está tão empenhada nisso?

— Porque sim. As pessoas têm... coisas privadas. Você tem coisas privadas. As pessoas são estranhas em relação a isso.

— Bem, você me deixou transtornada agora! Quero ler as cartas. Quero saber se mentiu para mim quando disse que nunca se apaixonou de verdade antes.

— True, por que quer saber isso? Todo mundo se apaixona mais de uma vez. Talvez nunca devesse ter aberto o envelope.

— Foi idéia *sua*, mãe.

— Bem, está certa, foi idéia minha. É por isso que devíamos colocar tudo de volta e selar com cola de madeira e deixar os outros álbuns de fora e dizer que abrimos a caixa juntas.

True observa os olhos cinzentos da mãe, com sua auréola de minúsculas rugas, e vê o olhar de uma jovem, aguçado e explícito.

— Ele a respeitará por sua reticência, ao invés de se sentir envergonhado ou invadido.

— Sabe bem disso.

— Sei.

E a mãe de True cobre a filha até os ombros com a manta, como não fazia desde que True ficou grávida, e antes disso, quando True era criança, e apanha o seu casacão.

— Deixei uma poça no seu tapete, True. Sinto muito — diz Kathleen.

— É só água.

— Vou para a cama agora. No quarto de hóspedes, se não for problema para você.

As árvores ainda estão se agitando e oscilando. Kathleen leva o envelope acolchoado consigo e de manhã, quando True verifica, ele está pousado, inocente e colado, no fundo da longa caixa de presente branca. Quando volta para casa, Hank olha para o envelope, pega nele e o recoloca na caixa.

— Provavelmente minhas velhas contas — ri.

MAIS TARDE NAQUELA NOITE, ela, Hank e Guy pegam o álbum de bebê de Guy.

— Acho que ele se parece comigo — insiste Hank, e todos riem. Guy e Hank são como uma foto e um negativo, claro e escuro. — Não, olhe para o queixo e os ombros. Sim, ele se parece comigo.

Então, fazem uma farra com o álbum da infância de Hank, rindo de suas camisas pólo listradas e suas calças boca-de-sino tipo Billy the Kid e as lapelas cor-de-rosa do seu *smoking* de formatura (e o terno esporte cor-de-limão do Vovô Gus), rindo quando Hank geme ao verem o inevitável instantâneo em que aparece com cabelos caindo pelos ombros e bandana.

Guy cola com ar solene a primeira foto de Hank e True como marido e mulher no novo álbum, branco, adornado com fitas, e então escreve "Mamãe e Papai/Hank fugindo". Diz que os dois parecem ter passado a noite inteira acordados.

— Espero que as fotos da festa estejam melhores, mamãe — diz com seriedade. — Vou escrever nelas que fui eu quem deu a festa.

True coloca o álbum no armário de cedro, em cima da caixa de pau-rosa que seu pai fez para sua mãe como presente de casamento, dentro da qual estão as luvas de casamento que Kathleen mostrou a True quando era criança, e pacotes de cartas de todos aqueles meses em que ele viajara pelo país com suas caixas de livros, de A a Z.

Na noite seguinte, quando ela está sozinha e Guy do lado de fora, vendo um faz-tudo serrar o álamo atingido pelo raio, transformando-o em toras para a lareira, True sai em busca do envelope acolchoado. Mas ele e a caixa branca desapareceram.

JULHO

> ## ESTRELINHA, ESTRELINHA NO CÉU
>
> *É época de se divertir, de fogos de artifício e de moda. Os artesãos que confeccionam as bandeiras, com as estrelas e listras nos devidos lugares, fazem o nosso pacote vermelho-branco-e-azul. Você vai encontrá-lo numa cesta de melancia, com um toque totalmente novo na araucária — formigas de piquenique que se encaixam, todas em fileira — para manter os pequeninos dedos ocupados. E não se esqueça de levar as Bênçãos Solares, nossa poção deliciosamente segura e perfumada para proteger a pele do bebê e da mamãe também.*

AS CONDIÇÕES PARECEM IDEAIS.

O barômetro sobe.

E depois reverte.

O bom tempo predominou em junho. Julho é borrascoso, imprevisível. Proprietários de chalés de praia começam a pedir atestados de óbito quando os locatários que prometeram gratidão eterna em março se mostram incapazes de honrar suas promessas poucos meses depois.

— Sou tio! — Hank grita num final de noite de segunda-feira, quando True está saindo do chuveiro. Ele a agarra e a faz rodopiar pelo banheiro, lançando gotas por toda parte. — Está ficando leve como um graveto, querida. E é madrinha.

— O quê?

— Tannie quer que a gente seja padrinho do seu novo bebê. Dentro de duas semanas. Fazemos essas coisas logo, é superstição dos pantanais que o bebê vai para o inferno se morrer antes do batismo. Mas este é dos bons. Três quilos e oitocentos gramas de puro Bannister! O primeiro menino da família! Carr Bannister Swallow. Belo nome, hein?

True procura uma toalha. Guy, atraído pela bagunça, dá uma espiada no quarto e então recua e se afasta, quando percebe que True está despida.

— Volto em um minuto — grita Guy do corredor.

— É um belo nome — arrisca True.

— Qual é o problema?

— Bem — True improvisa —, não estou segura de que possa ser madrinha. Não sou católica. Não sou católica romana.

— Ora, não tem problema — diz Hank descontraído. — Um dos padrinhos de uma das filhas de Tannie foi meu amigo Perry, e ele é batista. Você pode ser uma coisa ou outra, não tem importância.

— E — True acena com a cabeça no corredor — ele não é o primeiro menino na família. Tem, como você sabe, o nosso menino.

— Sabe o que eu quis dizer — diz Hank. — Em minha família. Na família Bannister.

— Sabe o que eu quero dizer, também — replica True. — Somos da família Bannister também, não?

— Por que tem de ser tão difícil em relação a tudo? — Hank faz beicinho. — Será que não devo festejar o nascimento de meu sobrinho? Será que isso vai *ofender* alguém? Por que tenta armar confusão onde não existe nenhuma?

— Esqueça — True suspira, e então pergunta: — Eu faço isso?

— Faz. Você procura a lasca de gelo dentro da bola de neve. Às vezes é apenas uma bola de neve. Mas é capaz de encontrar algo para machucá-la se procurar muito.

— Não quero machucar. Não quero me sentir ofendida. Talvez eu seja assim mesmo. Mas você tem de admitir, o primeiro menino na família Bannister...

— Tudo bem, tudo bem. Extrapolei nessa. Ainda bem que Guy não estava aqui.

— Então está tudo bem conosco agora, certo?

— E isto então. Precisa saber antes que eu saia de casa todo dia se existe alguma pequena coisa na minha cabeça que vai me fazer pensar em você durante o dia e ficar irritado?

— Acho que sim. Gosto de estar em... como é que você diz? Gosto que a gente esteja em estado de graça.

— Vamos falar sobre isso no jantar, tudo bem, *cher*? — pergunta Hank. — Ainda não estou acostumado a pensar em Guy dessa maneira. Sou desajeitado.

Você é desajeitado; eu sou frágil. Juntos formamos algo como um perfeito touro solto numa loja de porcelana, pensa True.

— Tudo bem — ela acaba concordando, sabendo que Hank, pelo menos, não está mentindo. Planejam jantar juntos esta noite, uma das raras noites de folga de Hank, no The Bistro. Para não arruinar a noitada antes da hora, True acrescenta: — Não temos de dar muita importância a isso. É só que... não diga a ele que são a sua *grand-mère* e o seu *grand-père* e então faça parecer que este novo bebê é um Bannister melhor.

— Não vão pensar que o bebê é melhor — diz Hank. — Na verdade, se conheço minha família, vão pensar logo em alguma coisa para estragá-lo.

— Sabe de algo que eu não sei?

Hank ergueu o queixo dela.

— Talvez eu saiba um monte de coisas que você não sabe.

Ainda assim, ela sabe que o chateou com essa discussão sobre a lei sálica dos Bannister e que ele vai direto para a praia, onde vai nadar durante meia hora, tentando com suas braçadas se livrar da irritação que ela provocou nele. Mas as braçadas só servirão para amainar algo do seu dissabor. Vai emergir com os cabelos lambidos, sua pele azulada debaixo do bege e a armadura dos ombros intacta. Ela já ouviu as notas de abertura do refrão. Entrarão no que True começou a descrever para si mesma como O Grande Silêncio. Vai perguntar a Hank duas vezes, ou onze vezes, o que se passa em sua cabeça. Ele não vai responder. Vai parecer em concentração profunda diante de pôsteres antigos de linhas ferroviárias ou livros de receitas. Ela vai repetir as perguntas. Ele finalmente vai dizer: "Não há nada errado. Por que deveria haver algo errado?"

Por quê? É o meu homem, ou seriam os homens em geral propensos a esse comportamento?, rumina True.

Ela pensa, preciso perguntar a Franny se isso é um traço do cromossoma Y também? Eles não são capazes de falar sobre algo objetivamente, apenas de uma maneira indireta? E é tarde demais para remediar? Hank se apresentou como um homem aberto, um conversador, chegado a enigmas, fazendo perguntas. Não havia, no início, apresentado aquele lado seu que recua, que é tão parecido com Pete, e que assusta True e a induz a uma retirada nervosa e tímida, muito como os coelhos devem se sentir sob a sombra de asas — ultrajados e amedrontados.

Agora, True vai começar o jogo da adivinhação. Ele está zangado porque ela injetou Guy na sua comemoração do bebê de Tannie, mas isso não é justificativa suficiente para O Grande Silêncio. Existe algum assunto, ou problema, com os negócios, que ele quer conversar com ela. Talvez tenha tido uma briga com Tom. Ou talvez esteja antecipando, com razão, a relutância dela em ir de carro até a Luisiana, embora ele não tenha razão para ir de carro a não ser que goste de dirigir, embora uma estirada de mais de mil e quinhentos quilômetros debaixo do mormaço do verão, com Guy choramingando e Hank se queixando que meninos na sua época não choramingavam, venha a ser um exercício de masoquismo. Qualquer dessas coisas poderia ser a causa do mergulho não anunciado de seu marido no Atlântico à temperatura de dezessete graus. Mas ela pretende ficar na sua. Perguntar a Hank qual é o problema só traz à tona confusão e ressentimento, isso ela já aprendeu.

Ele é do tipo que rumina as coisas, sugere Isabelle. Douglas é assim, ela salienta, e aprendeu a sair pela tangente. Quando acabar com sua ruminação, talvez ele se abra mais. Talvez não.

Estão casados há quatro meses e ela não conseguiu detectar a fonte da vaga inquietação de Hank, se é que pode chamá-la assim, que permeia todos os seus dias, como uma febre baixa, ou uma imagem borrada numa tela. Podem mergulhar numa onda de felicidade; mas basta ela dar um passo em falso, se esquivar de uma carícia, colocá-lo contra a parede num erro que todo mundo é capaz de ver e ele desanda. E ultimamente, quando desanda, ele leva dias para voltar ao normal. O resultado é que True, que não está acostumada a se equivocar, se encontra medindo todas as palavras em colheres de chá para manter a paz. Ela deve negociar, e a coisa se resume nisso, com uma total falta de pistas.

É neste momento que True pára onde está e percebe que sua paciência com as ruminações de Hank tem limite: não é como a confiança casual de Isabelle no amor durável de Douglas. Sua tolerância diante da reticência de Hank é pequena, friável, tão profunda como uma queimadura de sol.

Faz lembrar-se de... si mesma.

Simplesmente não pode haver dois mártires numa família. Este é um território que True reivindicou há muito tempo. Legitimamente. É tão... não meramente desagradável, mas quase de queimar o cérebro, sequer acalentar a idéia de que ela se casou com o seu espelho, que ela guardou aquilo no bolso traseiro da mente como um simples capricho. Afinal, ela, True, batalhou. Enfrentou paradas indigestas e as superou. Hank tem tido um trajeto ameno desde que nasceu. Que desculpa possui ele para sair por aí resmungando com tanta eloqüência? Ela prefere considerar os lapsos de Hank, que são reais, provavelmente o resultado de sua inexperiência. Houve o momento na semana passada em que Guy, empolgado por um feito atlético qualquer, uma manobra radical no seu *skate*, veio correndo pela frente da casa e tentou saltar nos braços de Hank. Mas Hank, mesmo oferecendo um breve abraço, colocou Guy no chão.

— Epa, cara — disse —, você já está meio grandinho para que eu o pegue no colo. Desse jeito vou ter de fazer tração!

A vergonha de Guy percorreu os três metros entre ele e sua mãe, que estava sentada no escritório. Hank não percebeu que fizera Guy parecer exatamente o que um menino de dez anos não quer parecer — um bebê, embora na sua fome de acumular simulacros de afeto paterno ele venha agindo exatamente assim: enroscando-se em Hank no sofá, achando pretextos para tocar no seu ombro ou esbarrar nele ao passar para entrar num cômodo. Hank tem sido receptivo diante desses gestos, mas um tanto desnorteado. Dá tapinhas em Guy; dá-lhe socos de brincadeira; mas se retrai na hora de beijá-lo. Ela gostaria que Hank beijasse Guy, e o abraçasse, espontaneamente. Não tem idéia de como seria bom se isso acontecesse, até o incidente do *skate*. Aquela noite, na cama, ela disse:

— Sabe, hoje você humilhou o Guy.

— Fiz o quê? — perguntou Hank, absorto em passar a sua roupa do dia seguinte.

— Quando se recusou a pegá-lo no colo.

— Ele não devia querer ser pegado no colo. É o que venho falando, True. Não é certo um menino da idade dele querer esse tipo de...

— Seu pai beija você?

Ela sente o desejo de Hank de triunfar no conflito com o que é afinal a sua melhor parte. Ele não mente, não de saída.

— O que isso tem a ver com um menino de dez anos se comportar como um bebê? Claro que meu pai me beija, mas isso é um costume sulista.

— É o equivalente adulto de pegar no colo.

— Não me incomodo uma vez ou outra, mas ele não sai da minha aba, e pega tudo que é meu. Você sabe, a escova de cabelos, meu gel de cabelos, minhas roupas...

As roupas têm sido há muito tempo um foco de disputa. Desde a primeira noite em que fizeram amor, True não tem permissão de tomar emprestadas as camisas de Hank. Ele menciona com razão que nunca toma emprestadas as camisas dela.

E tem-se queixado de que suas camisetas vêm desaparecendo. Guy as vem pegando deliberadamente, usando-as a fim de se sentir mais próximo de Hank e também mais adulto e na moda. Mas agora Hank comprou uma bacia e lava suas próprias roupas — um hábito, diz ele, de seus tempos pobres de solteiro, quando cuidar de cada par de calças, de cada camisa de manga comprida, era uma necessidade econômica. True suspeita que é mais, que ele sente que está sendo consumido pela família dela, tendo sua identidade absorvida no corre-corre dos pertences comuns, mas ela receia dar vazão a isso em palavras. Poderia ser acusada de estar usando de psicologia barata.

Ainda assim, por que um homem adulto não é capaz de se acostumar a uma coisa tão pequena? Ele repreende Guy vivamente quando encontra uma camiseta sua largada num canto do quarto do menino.

E agora True tenta honestamente explicar:

— A razão por que ele apanha sua camiseta é a mesma por que se atirou nos seus braços. Não porque haja algo errado com ele. Porque não teve um pai durante tanto tempo. Quer ser como você. Quer que você o queira bem.

— Bem, True, o garoto deve pesar quase cinqüenta quilos. Não posso jogá-lo no ar e apanhá-lo como se fosse um bebê de dois anos — replica Hank.

— É justamente isso. Ninguém o *jogou* no ar e apanhou quando tinha dois anos e *desde* que tinha dois anos. Você deve dar um desconto.

— Eu dou um desconto. O garoto estragou duas das minhas camisas boas com *ketchup*.

— Podemos comprar outras, Hank. Ele precisa do seu amor. Todo o seu amor. E até de camisas.

— Mas são *minhas* camisas.

— Bem, numa família as coisas se misturam.

— Nem cabem direito nele. Ficam caindo pelos seus joelhos. Acho que ele está acostumado a pegar tudo o que quiser. Eu o vi outro dia mexendo no meu relógio de bolso. Meu pai me deu aquele relógio quando me formei no ginásio, você sabia?

— Talvez devesse dar a ele algumas coisas suas, pequenas coisas, para que sentisse que o está... acolhendo como um filho seu.

— Ainda não me sinto assim. Estou... estou chegando lá. Estou tentando. Mas ainda não consegui.

True não pode acreditar no que ouve.

— Ainda não se sente assim? — Como pode alguém não amar Guy? Não apenas do ponto de vista dela, mas objetivamente? Ela tenta de novo: — Não pode pelo menos... fingir até que se sinta assim?

— Vou fazer as coisas no meu próprio ritmo e ao meu jeito — diz Hank, com suavidade. — Não é que não queira.

— Oh, estou vendo. Mexer nas coisas do seu padrasto é invadir o seu espaço. É ser mimado.

— Vocês não têm... sabe o que é que vocês não têm nesta casa?

E então, suas melhores intenções esticadas como cordas de um violino pelo queixume no tom dele, ela arrebenta. Cria espinhos. E pergunta, exageradamente baixo:

— O quê? Pode dizer.

— Limites. Vocês não têm limites. O garoto entra no seu quarto à hora que quer. Entra no seu escritório e começa a falar quando você está ao telefone...

— Todos os garotos fazem isso...

— E Isabelle anda por aqui como se fosse dona do lugar. Kathleen não se dá ao trabalho nem de bater...

— Você bate na porta de sua mãe?

— Não é disso que estamos falando...

— Não, escute. Você batia na porta de sua mãe?

— Na porta do seu quarto de dormir. Nós tínhamos limites. Eu tinha três irmãs e precisava respeitar a privacidade delas e não podia tocar em suas coisas sem permissão.

— Bem, ele não tem irmãs. A coisa mais próxima de uma irmã que teve é Esa, e ela tomou conta desta casa durante oito anos.

— Então precisamos estabelecer algumas regras — diz Hank, pressionando o tecido firmemente com o ferro de passar. — Alguns limites. Se quiser alguma coisa, peça primeiro. Se quiser entrar, peça licença.

— Se quiser um abraço, peça permissão antes.

— Não dá para conversar com você, True.

Outro dos Grandes Silêncios. Depois de dois dias em que sua conversa se resumiu a boas-noites e bons-dias. True chama Hank para uma caminhada lá fora.

— Sei que o ofendi. Me diga como. — Hank, as mãos nos bolsos, encolhe os ombros. — Vamos.

Nenhuma resposta.

— Por favor. Eu vou escutar.

— Não, você vai me interromper.

— Não vou.

— Está bem — True espera então. Um minuto. Dois minutos. — E então, qual é o problema?

— Está vendo? Você interrompe.

— Você não estava *dizendo* nada!

— Eu ia dizer. Estava me preparando para falar.

— Está bem — e outros dois minutos se passam. True senta-se num toco de árvore, decidida a não deixar uma palavra sair de seus lábios até que Hank exponha seus pensamentos. Finalmente, ela não agüenta. — Estou acostumada com pausas nunca maiores do que dois minutos.

— Não me apresse. Vai ouvir coisas que não gostaria de ouvir.

— Não há nada que eu não deseje ouvir mais do que este silêncio, Hank. Parece uma arma.

Como é que os homens aprendem isso? A sacar o silêncio como uma arma? Por que True não consegue aprender isso também? É uma grande arma, muito mais eficaz do que ralhar ou reclamar. Ela espera outro minuto, contando um, mil. Dois, mil. Espera dois minutos. Nunca imaginou que pudesse ver Hank como nada além de bonito; no entanto, essa pose de menininho emburrado subitamente fica enjoativa. Se estivessem num bote, ela seria capaz de bater nele com um remo.

— OK — diz ele finalmente. — Eu me sinto como... — e um minuto se passa. Dois minutos.

— O quê?

— Eu me sinto como... como se estivesse sendo comido vivo.

— Oh.

É assim que você faz uma velhinha dizer "Bingo". Foda-se.

— Guy quer isto. Você quer aquilo — continua Hank. — Está sempre me vigiando. Estou acostumado com o meu espaço, True. Estou acostumado a ter um tempo para... contemplação. Agora, antes de ir para o trabalho, Guy sempre quer que brinque com ele ou o ajude no dever de casa ou me mostrar alguma coisa que desenhou ou ouvi-lo cantar, ou quer que eu conserte alguma coisa ou... Sinto que não sobra tempo para eu ser simplesmente eu mesmo.

— A vida em família é assim.

— Não era assim na nossa família.

— Oh!

— Estou pensando em tirar alguns dias de folga, ficar a sós comigo mesmo, só para pensar.

— Pensar em quê?

— Eu... não sei se fui feito para isso, True. É como se você quisesse que eu fosse esse modelo instantâneo e que já vem pronto de marido e pai.

— Não quero isso. Sabia que seriam necessários alguns ajustamentos. Não tinha idéia de como... você se sentia esmagado.

— Imagino que, para ser honesto, que eu não sabia que era nisso que estava entrando.

True sente uma nuvem de pânico passar sobre sua cabeça e estremece sob a sua frialdade.

— Está pensando em... me deixar?

— Não, na verdade.

— Não na verdade.

— Não.

— Bem, somos casados. Quando nos casamos, você pretendia que ficássemos assim por toda a vida?

— Sim. Claro que pretendia. E pretendo. Eu só não sabia o que "para sempre" significava. Não sabia como era difícil fazer a transição de um cara que, sei que isto parece horrível, vivia no seu próprio ritmo e segundo sua própria agenda, para ter de viver toda a minha vida em função de outra pessoa. Eu não sabia como seria difícil me ajustar na condição de marido e de pai, tudo ao mesmo tempo, e em tão pouco tempo.

— Então está pensando em me deixar, mas não agora.

— Não disse isso. Está colocando palavras na minha boca.

— Bem, eu não o faria, se você dissesse algo inequívoco pelo menos uma vez. Algo sem um "eu acho" ou um "talvez" acoplado.

Hank começou a caminhar, para dentro e para fora da sombra da lâmpada de rua, seu rosto retesado. É como assistir a um filme antigo, com maus efeitos. Cara. Não, cara. Cara. Não, cara.

— Não sei se posso agüentar a pressão constante de... das pessoas esperando coisas de mim. Especialmente Guy. Sei que o pobre garoto quer ter um pai, mas não agüento ele no meu pé o tempo todo...

— Seu babaca — diz True baixinho.

— O que foi que disse?

— Eu disse "Seu babaca". Devia ter dito "Seu babaca egoísta". Você é um homem crescido, Hank. Teve um pai a vida inteira, ali do seu lado, ouvindo você, orientando você. Ainda fala com ele, o quê?, toda semana? Não acha que Guy ia querer a mesma coisa? Quando me pediu para casar com você, não se lembra de que disse: "Tenho um palpite com relação a seu filho, acho que ele precisa de um pai?"

— Achei que ia ser mais fácil. Achei que ele seria um garoto mais fácil. E não achei que grudaria em mim tão rapidamente.

— Mas ele é um garoto fácil — insiste True. — Guy está catalogado no dicionário como "bom menino". É educado; tira boas notas. Faz quase tudo que lhe mandam fazer. O que eu acho que você quer dizer é que ele é um garoto, ponto, e você não está acostumado com garotos, ponto. Não dia após dia.

Ele parece não perceber que, no tempo da criança, dias eram semanas e semanas eram anos. Em julho, o Natal parece a uma distância impossível. No Natal, parece que o seu aniversário em março nunca vai chegar. Como ele pode ter esquecido tudo isso? Ele, que lembra sempre a ela, com suas acrobacias de bicicleta e seu espírito brincalhão *que não faz muito tempo* que foi garoto.

— Hank, quero lhe perguntar uma coisa. Alguém já rompeu com você? — começa True.

— Não sei.

— Não sabe se alguém já rompeu com você?

— Não sei bem o que significa "alguém rompeu comigo". Acho que foi mais uma questão de eu ter deixado de ver com freqüência uma mulher, mas eu não poderia dizer a você, aqui e agora, quem começou a idéia de ver menos um ao outro. Mas se fosse alguém com quem fiquei muito tempo, ainda conversaríamos e... não sei, por quê?

— Alguma de suas amantes invadiu o seu espaço?

— Não.

True sente como se estivesse falando com um daqueles livros gravados que Guy tinha quando era pequenino; você aperta um botão e cada página toca uma canção, a mesma canção toda vez.

— Não sabe realmente se alguma de suas namoradas chegou a invadir o seu espaço? Já brigou com alguma delas porque o deixou irritado?

— Não.

— Já teve algum tipo de briga com alguma delas?

— Não.

— Por quê?

— Por que não? Por que eu brigaria?

— Bem, o que você fazia quando vocês discordavam?

— Não discordávamos.

— Nem mesmo sobre, digamos, política?

— Acho que alguém disse certa vez que eu era um monge enrustido.

— Um monge enrustido?

— Porque eu disse que gostava da idéia da roupa de monge. Sabe, só aqueles mantos longos. As mulheres colocam um vestido e estão vestidas. Não precisam combinar o cinto com os sapatos. É mais fácil para as mulheres.

True deixa passar isso, sabendo que não é o momento oportuno para debater sobrancelhas depenadas, maquiagem e meias-calças.

— Bem, alguma delas pegou uma de suas camisas?

— Não.

— Por quê? E quanto a Lucy? Vocês moravam na mesma casa? Dormiam juntos...

— Não toda noite. Eu tinha o meu quarto. Lavávamos as roupas separadamente...

— Bem, acho que você levou a vida inteira do seu jeito e quando não era do seu jeito, ou parecia não ser do seu jeito, você se mandava.

— Talvez sim — e olha para ela, seus olhos estáticos de concentração. — Talvez eu fizesse isso. Eu não gostava... eu gostava de estabelecer limites. Mas toda pessoa gosta.

— Mas não pode fazer isso agora. Não pode estabelecer os limites, não todos eles, e não pode se mandar agora — diz ela. Hank não fala nada. — É casado. E nos comprometemos. Nos comprometemos para valer. Diante de todo mundo.

— Está preocupada no que as pessoas iriam pensar? Ou preocupada conosco?

— Conosco! Estou me lixando para o que as pessoas pensam ou não teria feito isso. Não gostaria de viver sem você. Não do mesmo jeito.

— Nem eu gostaria. É o que torna tudo isso tão horrível. True, eu amo você. Eu gosto de Guy. Eu até mesmo, que diabo, estou me acostumando a Kathleen. Mas ando por aí me preocupando se vou deixar você na mão.

— Bem, não vai. Você não vai.

— Tem certeza?

— Tenho certeza por um de nós. Não sei se posso ter certeza pelos dois.

Hank coloca os braços em volta dela.

AO DEIXAREM THE BISTRO mais tarde naquela semana, a noite de folga de Hank adiada por causa de sua pequena desavença, um pé-de-vento está se manifestando com insistência. Os braços de True borbulham com o frio súbito e Hank, que insiste que apenas seu sangue é menos denso, não ele, a abraça por trás.

— Justamente quando você acha que tem um verão, a coisa esfria para o seu lado — diz, sacudindo a cabeça. Nunca palavras mais verdadeiras foram ditas, pensa True, atônita e sombria. Gotas começam a cair, enormes e lentas.

— Vamos correr até o carro, pelo menos! — grita True. — O que estamos fazendo aqui parados?

— Espere — pede Hank. — Espere só um minuto.

Eles se encolhem debaixo do telhado de pouco mais de meio metro da entrada da Câmara de Comércio, enquanto a chuva os fustiga, como se uma cortina de chuveiro os envolvesse.

— True, quero lhe fazer uma pergunta séria.

— O quê? — pergunta True com impaciência, tremendo.

— Você sempre usa desodorante embaixo dos braços?

— O quê? — True arremete para a chuva e fica imediatamente encharcada. — O quê? Como ousa...?

— Eu estava brincando — Hank tira o suéter e o coloca sobre a cabeça de True. — Eu queria realmente perguntar a você, eu poderia ter sua permissão para pedir a adoção de Guy? Não perguntei a ele logo de saída, o que seria uma violação da sua virilidade, acabei criando uma grande confusão. Mas quero que ele saiba agora, antes que a gente vá para a casa dos meus pais, que ele é o primeiro menino na família Bannister. Desejo muito isso, e suspeito que Guy também o deseja.

— Fala sério? — True fica comovida, mas perplexa. — Como pode querer isso depois de tudo o que falamos, de como tem sido difícil para você, e tudo o mais?

— Você presta atenção demais em mim, só isso. Tem de aprender a ser como todo mundo mais que eu conheci e não me levar a sério.

— É sério adotar meu filho.

— Meu filho — diz Hank, e seus olhos nunca estiveram tão derretidos.

— Quando, então? — True pergunta, enquanto seus lábios se afastam. Os dele têm gosto de sal, como se a chuva fosse sangue.

— Bem, que dia é hoje? — pergunta Hank.

FAZEM A VIAGEM DE NOVO ao advogado com o doce sorriso à toa, o mesmo que fez os seus testamentos. Para não os desencorajar, mas porque é seu dever, ele os adverte que já viu, em sua carreira, casos terríveis em que as pessoas se casam, adotam um filho do cônjuge, e depois se separam, causando trauma emocional acrescido pela tristeza perplexa de uma criança.

— Quantos casos? — pergunta True.

— Uma dúzia ou mais — diz o advogado, mordendo os lábios tristemente. É um belo homem, com seus grandes olhos azuis e a calva sardenta e, no entanto, ainda consegue ter o olhar dissimulado e irônico de uma coruja que vive num buraco de uma árvore.

Ficam em silêncio e trocam olhares, nenhum deles consciente de que o outro acha o olhar do parceiro não só inquisitivo como também perturbador.

— Estamos confiantes — diz Hank finalmente. — Achamos importante para que Guy se sinta seguro.

— E é — admite o advogado. — Mas também poderia dar-lhe uma carga extra de insegurança mais tarde se as coisas saíssem erradas. Não há nenhum estatuto de limitações para quando você pode adotá-lo.

— Bem, cá estamos e fizemos o dever de casa — suspira True — e os exames de sangue, os exames de tuberculose e os testes psicológicos e existe um limite em tudo isso.

— Estão pensando de uma maneira prática, então — diz o advogado.

— Não, como diz Hank, é uma questão de segurança — responde True. — Isto é algo real, não é um simples gesto. Como lhe disse quando fizemos nossos testamentos, não há nenhuma circunstância sob a qual eu não desejaria que Guy fosse filho de Hank.

— Bem, então é uma questão bastante simples.

Mesmo assim ela se preocupa, toda vez que surpreende Hank mirando a distância impenetrável, se estariam fazendo a coisa certa, ou se, com esse gesto, que True interpreta como uma tentativa de tranqüilizá-la, não poderiam ferir

Guy. Poucos dias antes do procedimento formal, porém, algo acontece que a convence. E que ela acredita ser um sinal.

Cedo, numa manhã de domingo, True encontra Guy descendo a entrada de carros.

— Aonde vai tão cedo?

— Vou com o pai fazer suas entregas.

— Entregas? — pergunta ela. — Que entregas?

— Para as pessoas pobres que falam francês. Nos Breakers, são duas. E nos *trailers*. São três.

— Fala como se já tivessem feito isso antes — diz True.

— Fizemos, no dia em que houve reunião de professores.

— O que foi que fizeram?

— Conversamos, zanzamos por aí. Hank me perguntou se gostaria de chamá-lo de pai depois da adoção...

— E?... — pergunta True.

— Bem, fomos à casa de uma senhora. Tinha trinta gatos, mãe, e era realmente muito boa para eles, e tinha quinze caixas para os gatinhos fazerem as coisas. Mas não era sujo, mas o pessoal desgraçado dos apartamentos pegou todos menos um. Ela gosta tanto de gatos que chamou sua filha de Kitty.*

— O que você disse quanto a chamar Hank de "pai?"

— Bem, estou experimentando. Estou vendo se gosto. Ele diz que está tudo bem, de um jeito ou do outro.

— Perguntou a você como se sentia quanto à adoção?

— Sim.

— E o que foi que você disse?

— Eu lhe disse que, na primeira noite em que você me perguntou, quase chorei, porque... sabe, mãe, não é muito leal para com papai. Mas Hank disse que meu pai saberia e diria que era em adição a ele, não no lugar dele. Hank acredita no céu.

— Achou que foi fingido?

— Não — diz Guy pensativo. — Na verdade, não. Não quero ser o único garoto da escola que não teve um pai em toda a sua vida. Achei que já que ele estava morando aqui, de qualquer modo, eu podia muito bem aceitá-lo. Ter um padrasto é uma coisa boba. Dá a impressão de que você é divorciada.

---

*"Gatinha." (*N. do T.*)

— Que foi que ele disse?

— Ele disse que... ele disse "muito obrigado".

— Posso ir com vocês?

— Não sei. Tenho de perguntar a Han... a papai.

True planejou passar a manhã botando em dia a papelada, tentando desenredar a mixórdia de endereços mal arquivados e formatos de cartões que a garota que substituiu brevemente Esa deixou no seu rastro. Não deveria deixar o escritório, mas anseia por sentar-se com o filho entre ela e Hank no seu caminhão. Em vez de esperar que Hank venha apanhar Guy, ela vai com Guy até Aquele Lugar, onde Hank está enchendo um cesto de alumínio com embalagens fragrantes, algumas embrulhadas em papel laminado, outras em isopor.

— O que é isso? — pergunta ela com inocência.

— É comida — responde Hank. — Não precisava trazê-lo até aqui, querida. Eu estava indo apanhá-lo.

— Eu quis vir. Para ir com vocês. Sei que isto é comida. Para quem?

— Pessoas que eu conheço.

— Estou por dentro, Hank. Guy me contou. Está na sua cruzada individual contra a fome?

Hank não diz nada.

— Leva isto para pessoas pobres, Hank?

— Só pessoas pobres que falam francês

— *Comment ça va? Bon jour, Madame Le Chat.* — intervém Guy.

— Muito bom, Guy — diz Hank.

— Não se esqueça de mim — diz True.

— Não, você realmente não vai querer vir, True — diz Hank. — Não é nobre. Tem mau cheiro. Eles cheiram mal, para lhe dizer a verdade.

— Quero ir — e o rosto de Hank se retesa, como o de Guy quando está tentando não rir ou não chorar. — OK. Sobe aí.

Rodam até Hyannis, entrando por uma rua atrás da estação rodoviária. Isto é The Breakers*, um complexo de assistência social que não merece o nome, porque as pessoas idosas ou incapacitadas que moram aqui não recebem nenhuma assistência a não ser as ambulâncias que True ocasionalmente vê estacionadas em frente quando leva Guy para uma palestra ou a um espaço teatral

*"Ondas de arrebentação." (*N. do T.*)

para um ensaio geral. O local é um escândalo de sujeira, caindo aos pedaços. Suas janelas opacas não vêem uma esponja de limpeza há anos pelo lado de fora; mas, pateticamente, houve tentativas desajeitadas de alguns residentes para limpá-las do lado de dentro, como uma criança faz uma escotilha na janela gelada depois de bafejar no vidro.

Sua primeira parada é uma mulher velha e enrugada que Guy (e Hank, pelo que ela sabe) chamam de Madame Le Chat.

— *Allo!* — grita Guy. — *Bonjour, Madame Le Chat! Nous aves steak avec lager et tarragone.*

— *J'avez...* — Hank corrige gentilmente.

— Certo. *Javvey steak orange lager* — e Guy olha para Hank. — *Lagery lala! Yum!*

— *Bon jour, Gee* — diz a pequenina mulher, cujos membros são encurtados, talvez de nascença, talvez por causa de doença, e distorcida em formas que até répteis achariam voluntariamente impossível sustentar. Ela roda pela sala zunindo em sua cadeira de rodas motorizada. O aposento está abafado, denso com odores que True jamais tentaria identificar.

— *Bon jour, Henri. Qui est la belle femme?*

— *C'est... ma fille* — responde Hank, beijando uma mão cheia de nódulos e azulada. True fica comovida e confusa. Ele a chamou de "sua garota", não sua *legitime*, sua esposa. Mas talvez aquilo não seja *créole*, que tem o seu próprio idioma, nem francês como as *parisiennes* falam. Talvez *legitime* seja antiquado.

— *Elle ce belle* — sussurra Madame, sacudindo um dedo que parece de feiticeira. Debaixo do xale laranja enrolado que ela usa no calor sufocante, uma cabecinha de pêlos negros e dourados espia.

— *Le chat!* Madame, a senhora não pode ter gatos! Vai ter problemas de novo — diz Guy.

— Aquele gordo danado — diz Madame. — Levou todos *mes bébés. J'ai une seule.* Bem, *trois.*

— *Ou est Kitty?* — pergunta Hank, ajeitando o bife dela e um pequeno copo plástico de vinho e um guardanapo de pano sobre a mesa que cintila com poeira, gordura e pêlos de gato. Madame encolhe os ombros cuidadosamente. Hank leva True para um lado e sussurra:

— Kitty é um pouco... solta. Como os gatos de Madame. Devia ser castrada, também. Mas é bonitinha. Cerca de vinte e cinco anos. Cuida da mãe. O que é muito para se dizer dos filhos deste pessoal.

Hank volta ao lado da velha senhora, curva-se para dar um beijo em cada face da Madame e eles rodam em frente. True nunca amou mais seu marido do que neste momento, enquanto ele se entrega descontraidamente.

A parada seguinte é um *trailer* que True já viu antes. Sempre imaginou que estivesse abandonado, pendendo como um portão sem dobradiça num terreno baldio perto do aeroporto. Ela nunca notou as lamparinas chinesas penduradas em seqüência, todas acesas, apesar do sol nebuloso.

— Hank, *batard* — grita o mulato velho de chapéu diplomata molenga e manchado de suor que vem abrir a porta apoiando-se na sua bengala. — E *Henri fils. Comment va tu?*

— Ele gosta de flertar — adverte Hank.

— Ele fala "tetas" — Guy contribui. Hank coloca o braço ao redor de True.

— *Cette femme est ma* mulher — diz ao homem, que se chama Claude. — *Q'est que tu fait, Claude? Tu avais biblios? Je trago cuisine, mais delicieuses,* cara. *Ce Ce* os pônies, hein?

— Claude é do Bayou Forche — sussurra Hank a True. — Gasta sua pensão por invalidez apostando em corridas de cavalos extra-oficiais, mas graças a Deus tem sorte e não bebe tudo. — O rosto do velho se ilumina quando vê a carne. — Ele acha peixes e frutos do mar coisa de maricas — continua Hank, enquanto Guy brinca no quarto com o antigo *spaniel* saltador do velho.

— O senhor montava, Sr. River? — pergunta True.

— Riviere — corrige Hank.

— Sim. Tenho doze cavalos. Eu ensino... o que... *equestrienne, dressage, l'air* acima da *terre.*

— Ele quer dizer Lippazaners. Não sei se está mentindo ou não — diz Hank. — Sei que treinava cavalos, pelas fotos.

Estas, exibidas com destaque, mostram um Claude Riviere garboso e ereto, com o rosto encostado num garanhão castanho reluzente, uma bela mulher espanhola ou índia sentada numa cerca atrás dele e do cavalo; Claude aceitando uma fita de condecoração com a cabeça abaixada; Claude montado num árabe pardo com uma crina trançada. True medita: se apenas uma porção de uma vida pudesse ser prevista, para imaginar o resultado final e desolador, seria possível recalibrar, fazer um pequeno ajuste, capaz de manter a pessoa com a cabeça acima da água? Se fosse possível, as pessoas acreditariam, e escolheriam mudar antes da derrocada, ou seriam arrogantes demais? Acreditariam que um destino como o de Monsieur Claude poderia estar à sua espera?

— Como foi que o conheceu? — pergunta True, quando Guy e Hank gritaram "*Au revoir!*" e Claude fez algum comentário indecifrável sobre a anatomia de True, bem como lhe disse que as lanternas significam "*Mardi Gras, tout le monde toujours*".

— Bem, li a respeito de Marie, isto é, Madame, nos jornais, quando lhe tiraram os gatos e achei histérico que sua filha se chamasse Kitty. Achei que devia ir lá dar uma olhada nela, porque o artigo dizia que estava assustada por não falar muito inglês. Ela é da... não sei, da Bélgica, ou coisa parecida. Mal consigo entendê-la. Então fui até lá e ela me falou do velho Claude aqui e acabei topando com Blanche, que é a seguinte, numa livraria, na sua cadeira. Ela tem artrite.

— Ela tem a sua idade, mamãe, a pobre senhora — acrescenta Guy. — E está caidinha por papai.

— Não a culpo — murmura True. — Hank, essas pessoas não recebem... comida do... do condado?

— Sim, mas é uma merda. Merda institucional. Pão branco em embalagens seladas, tão úmido que você poderia fazer uma bola na mão. Por isso decidi que, uma vez por semana, eu viria, você sabe...

— É por isso... que você faz trabalho extra no sábado? — True acena com a cabeça. — Achei que estava quebrando o galho dos funcionários. Hank, você me faz sentir culpada. Acha que devíamos dar-lhes algum dinheiro para consertar suas... casas?

— Não, eles não aceitariam.

— Por que não?

— Bem, eu não perguntaria a eles. Adoram a comida e a oportunidade de conversar e brincar um pouco.

Em seguida visitam Blanche, cujo rosto seria bonito não fossem os estragos causados pela doença e a medicação. Hank confeccionou uma espécie de suporte para que ela mantenha os livros abertos, já que não consegue segurá-los com as mãos retorcidas. Há livros empilhados sobre cada mesa; as estantes estão cheias deles e até o escorredor de louça do lado da pia. Da próxima vez, Hank lhe promete num francês macarrônico, vai lhe trazer alguns livros novos (True interpõe "Eu tenho uma tonelada. Vamos trazer para ela alguns novos romances") e que o prato será lagostim. Blanche fica radiante, dando a True um olhar atravessado.

Quando Hank explica que True é sua mulher ela suspira, "*Mon dieu*". As paredes de Blanche estão cobertas de cartazes. Alguns são do tipo que todo mundo poderia ter, como *O bebedor de absinto* de Toulouse-Lautrec, mas outros não são do tipo que muitos teriam, como um pôster, emoldurado e coberto por vidro, de uma exposição de Monet em 1982 em Barcelona.

— Acho que Blanche foi professora ou estudante de arte — diz Hank. — Tem seus próprios quadros, quadros pintados por ela, enrolados no quarto de dormir.

— Podíamos pagar para emoldurá-los.

— Seria legal, True. Acho que ela gostaria.

A última visita é em The Breakers, para um velho senhor que está ausente. Vai constantemente ao médico porque tem câncer na coluna, que o está matando, mas como tem oitenta e oito anos, o está matando tão lentamente que provavelmente vai morrer de outra coisa. No momento está sendo tratado de um braço fraturado porque bateu com sua motocicleta numa caixa de correio.

— Adoraria que você conhecesse Jean — diz Hank —, mas sempre deixo sua comida porque nunca está por aqui. Gui, vá pegar os ossos.

Guy sobe no caminhão e traz um saco de papel.

— Para Sweet Sue. Sua cachorra. Ninguém sabe que mora aqui. É uma *border collie*, do tipo que Gui quer ter. Sabe ficar em silêncio.

True não consegue assimilar a idéia de um motoqueiro octogenário.

— Oh! — diz Hank. — Jean vai rodar de novo. Você devia ver a motocicleta. Está ali nos fundos. — A moto deve ter uns quarenta anos. Reluz como um botão de prata num *blazer* novo. — Ele cuida muito bem dela.

— Ele me levou na garupa da outra vez — fala Guy com entusiasmo, para horror de True.

— Ele enxerga bem?

— Não muito — diz Hank. — Só deu com Guy uma volta no estacionamento.

— Por que não me falou disso que faz? Dirige por todos esses lugares... vem fazendo isso desde que começou o restaurante? — pergunta True, enquanto voltam para casa. Ele acena com a cabeça e faz um gesto de que aquilo não é nada. Ela acrescenta, subitamente:

— Você precisa de um novo caminhão, Hank.

— O mundo inteiro sabe que preciso. Esta belezoca velha já passou dos trezentos mil quilômetros. Do jeito que você vem olhando os livros da contabilidade, não podemos nos dar ao luxo no momento — ele replica.

— Sim, podemos. Vamos procurar um juntos. Vamos procurar agora. Vamos só dar uma olhada. Com um banco traseiro para um cachorro e Guy e... outras coisas.

Hank sorri; acha que ela está querendo um encontro, mas ela realmente pensa num banco traseiro.

— Vamos procurar um caminhão.

— Vermelho! — grita Guy. — Voto no vermelho!

— Não, verde! — brinca Hank. — Verde é para velhotes. Como eu.

— Você sabe que gosta mais de vermelho.

— Tudo bem, vermelho — Hank concorda, e quando Guy salta, Hank roça a face de Guy com seus lábios.

Se True tivesse o costume de rezar, ela o faria, rezaria agora. Rezaria para que os deuses ciumentos não ficassem ofendidos com a beatitude de Hank quando encontra o Ford vermelho perfeito e para deixarem os três em paz.

A ASSISTENTE SOCIAL que veio à casa deles para a segunda entrevista de rotina sobre as condições do lar perguntou a Guy:

— É o que você quer? Que Hank seja seu pai legítimo?

— Ele não pode ser meu pai de verdade — respondeu Guy. — Mas não me lembro do meu pai de verdade, então acho que é isso mesmo.

A assistente social falou então sozinha com Guy no seu quarto, sussurrando depois para True que não se inquietasse, que Guy estava mais preocupado em ser amado por Hank do que o reverso. True contou isso a Hank.

— Vou separar uma parte dos meus armários de camisas para que ele destrua — disse Hank a ela com uma careta de arrependimento e pesar.

Vários dias depois, na véspera da audiência no tribunal, True acorda no meio da noite e instintivamente vai ao quarto de Guy. Não há som nenhum, nada que a alerte ou tenha atraído. É apenas uma intuição. Seus olhos estão fechados... O luar o transformou numa criança de alabastro, um ornamento de tumba. Ela está para se afastar de mansinho quando ele diz:

— Tudo bem, estou acordado.

— O que está fazendo?

— Rezando.

— Oh.

— Estou pedindo desculpas a papai.

True tem um nó na garganta.

— Querido, não acho que ele esperaria que você pedisse desculpas.

— Estou pedindo desculpas porque nunca o conheci e não quero que pense que me esqueci dele e que vou encontrá-lo um dia no céu e vou apresentá-lo a Hank. Acha que eles se dariam bem? Os dois gostam de pescar...

— Sim, acho que se dariam bem.

— Acha que Hank é tão bom quanto papai?

Esta pergunta é uma armadilha.

— Sim — diz ela seriamente —, acho que sim. Eu não escolheria um pai para você que não fosse tão bom quanto o seu próprio pai, o primeiro. E se acredita no céu, não acha que talvez papai tenha ajudado na escolha dele? Levando em conta como ele simplesmente apareceu assim de repente?

Ela está quase disposta a acreditar na intervenção divina, baseada apenas nesta súbita inspiração, em que não havia pensado até este segundo.

— É possível.

— Acho que sim.

True pega Guy em seus braços, segurando-o como fazia quando era uma criança, o rosto para cima.

— Acho você muito corajoso para fazer isto, Guy. Acho que deve realmente confiar em sua mãe, ainda que possa achar que eu tenha agido mal nesta história.

— Bem, na verdade eu amo você, mamãe. Ainda amo você. Mas confio em Hank. Ele deu sua palavra de honra de que sempre cuidaria de mim. Vou desafiá-lo para um duelo se não fizer isso.

— Sim, entendo.

True faz uma pausa e então diz:

— Você sabe mais do que qualquer outra coisa no mundo que eu o amo acima de tudo, Gui. E, para dizer a verdade, não sei se quero dividi-lo.

Isto, abruptamente, é de uma verdade terrível.

— Não quero dividi-la também, mamãe. Mas, você sabe. É a vida — diz Guy

NA TARDE SEGUINTE, True se levanta de uma longa e excruciante conversa com Larry Sornberger, durante a qual ela deve salvar suas emoções feridas e implorar-lhe que não deixe de fornecer-lhe as benditas pantufas em forma de pato na próxima primavera e então percebe que estão quase atrasados para a adoção.

— Que diabo! — diz True para Kathleen. — Sabe onde está o meu celular? Tenho de me encontrar com Hank no tribunal às três da tarde. E ainda tenho de pedir a Franny para passar pela concessionária de automóveis. Você vai levar Guy, certo?

— Está segura a respeito disso? — pergunta Kathleen.

— Do quê?

— Desse plano de adoção? Significa que Hank vai ser o pai legítimo dele.

— É? Significa? Pô, e está me dizendo isso agora! Tem certeza disso?

— True, fale sério. Isso é um compromisso ainda mais sério do que se casar como você fez. É a vida de uma criança.

— Ele adora Hank, mamãe. Sei que o sentimento cresceu muito rapidamente, mas os dois mudaram. Uma criança é maleável e Hank está tentando o seu melhor.

— E se vocês se separassem?

— Ainda assim ele amaria Hank, mamãe. E eu ainda desejaria que ele fosse o pai de Guy. Quantas vezes tenho de repetir isso? Quero dizer, se você e papai tivessem se divorciado? Ele ainda seria nosso pai.

Kathleen faz silêncio durante um átimo.

— Ele já era o seu pai.

— Escute, mamãe, venha ou não venha. Apenas me dê uma decisão. Vou pedir a Franny para vir buscá-lo se for preciso. Mesmo que ela tenha de deixar o escritório mais cedo.

Kathleen suspira e fecha o computador.

Às quatro horas da tarde, em seu último ato do dia, o juiz Clark Halliwell pronuncia:

— É meu privilégio, então, senhores, informar-lhes de que são agora, oficialmente e para sempre, pai e filho.

O advogado com cara de gnomo de Dennis, o mesmo que fez o testamento deles, se oferece para dar uma corrida até o outro lado da rua e autenticar os documentos.

— Estes aqui estão todos em ordem? — pergunta.

— Deixe-me ver — diz Guy. — Não. Quero que seja Guy Lemieux Bannister — Hank abaixa a cabeça e coloca a mão no ombro de Guy. — Para meus dois pais.

Todo mundo engole em seco.

— E quanto a mim? E quanto ao outro sobrenome? Dickinson? — diz True.

— Mãe, vou precisar ter duas carteiras de motorista — Guy choraminga.

— Pode usar as iniciais — sussurra o advogado.

— OK. Vamos fazer isso — diz Guy. O juiz convoca o seu escrevente, que volta rapidamente com os documentos corrigidos.

— Ele pode fazer isso? — pergunta True.

— Se você quiser que ele o faça — replica o advogado. — Não existe, como dizem, nenhuma lei contra. Podia mudar seu nome para Zé Mané, se você permitir. Ou Batman. Ou O Artista Antigamente Conhecido Como Prince.

— Acho que assim vai ficar ótimo — diz Hank. — Venha cá, vovó — diz ele, abraçando Kathleen. — Eu deveria adotar a senhora, também?

— Você leva ela comigo — explica Guy, orgulhosamente. — É um pacote.

Quando caminham para fora do tribunal, Franny está à sua espera no meio-fio, encostada no grande Ford vermelho, seus frisos verdes para velhotes cheios de metros e metros de fitas que eles compraram, acabando com o estoque da florista local.

— Seu treinador o espera, *monsieur Le Papa* — diz Guy, curvando-se. Hank agarra por baixo de um braço e faz seu corpo girar. É capaz de apanhar Guy, afinal, sem problemas

NA PISCINA DE FRANNY, no domingo seguinte, True observa estarrecida enquanto Franny frita seus seios nus, a barriga e os braços e se oferece em sacrifício ao sol. A destemida Franny, irlandesa negra, é a única mulher que True conhece que ainda toma banho de sol.

— Acho que Hank está tendo dúvidas em relação a ter casado comigo — True finalmente diz.

— Acho que você não está boa da cabeça — Franny replica. — Ele acabou de adotar o seu filho e parece feliz como pinto no lixo.

Franny agora está ungindo a garganta com Sport 20 Plus. A piscina de Franny fica tão distante, num terreno arredondado coberto de samambaias e árvores, que ela e Steve já ofereceram churrascos com os convivas jogando-se à água nus, com Angelique e Clainey seguramente alojados na casa da mãe de Steve em Mashpee. Hoje e sempre, em relação ao sol, True adota uma atitude de proteção. Usa um amplo chapéu de palha e está pensando num maiô de gola rulê. Não faz outra coisa senão afastar a toalha dois minutos a cada hora, como um exibicionista no parque de Boston Gardens. Só uma vez, e assim mesmo na mais completa escuridão, ficou nua durante uma churrascada. Mas adorou a sensação maravilhosa de nadar livremente, flutuando através da água azul-escura como um golfinho, roçando os corpos de um modo sensual, mas não sexual.

— Está tudo bem, numa boa, mas gostaria que ele me acariciasse como acaricia aquele caminhão novo — sussurra True.

— Epa! — diz Franny. — Ninguém transa todo dia depois dos primeiros dois meses.

— *Nunca* transamos todo dia. Mas ele é mais jovem. Devia estar com os hormônios saindo pelo ladrão.

— Você provavelmente está mais no pique sexual do que ele. Os homens de certo modo caem um pouco na casa dos trinta.

— Tudo bem — resmunga True, puxando o chapéu ainda mais sobre os olhos. — Estou no pique e ele caindo. Deveria ter-me casado com um garotão de dezoito anos? Quando namorávamos...

— Aquela *semana inteira...* — Franny interrompe, abafando uma risada.

— Bem, no início, ele disse "Tudo de que preciso é uma meia hora e estou pronto para começar de novo.

— Mas... — Franny tenta apartear.

— Bem, parece que tudo o que ele precisa é meia hora e está pronto para dormir — True está a fim de fazer beicinho e não vai se deixar dissuadir.

— Ele não está acostumado a todos os estímulos.

— Acho que teve uma boa quantidade de estímulos durante a vida, a julgar por seu portfólio.

— True, controle-se. Está obcecada com o passado dele. Quero dizer realmente obcecada. Não fica feliz por ele ter inspecionado todo o balcão de mercadorias e escolhido o pêssego certo? Quero dizer, ele não está acostumado a viver com uma mãe e um filho... muito menos com uma sogra. E agora com um novo filho.

— Céus! Se ouvir isso de novo!

— Então sabe o que está errado e ainda assim me pergunta?

— Sei que isto é uma coisa errada, mas não sei o que está errado além disso. Aquele negócio dos estímulos. Puxa, dá a impressão de que ele foi criado debaixo de uma redoma de vidro.

— Não inteiramente, porque você é um pouco mais desafiadora do que o urso comum.

— Como assim?

— Bem, o seu ambiente familiar, a agitação, a adrenalina. Ele provavelmente está acostumado a uma cervejinha enquanto assiste à CNN depois do trabalho.

— Ele não precisa ser tão... molenga.

— Bem, vai se acostumar com tudo isso. Mas você disse que havia outra coisa errada.

— E não consigo detectar o que é — diz True.

— Eu poderia arriscar um palpite.

— E seria o quê?

— Você o vigia como se ele fosse...

— Fosse o quê?

— Fugir com a primeira garçonete irlandesa que encontrar pela frente.

— E daí?

— E daí pare com isso. Ignore. Só porque um homem olha para o *menu* não significa que ele vai fazer o pedido. Você parece louca quando o vigia, como se esperasse que ele fosse pular a cerca. Como se aquilo a satisfizesse.

— Isso é loucura.

— É o que estou dizendo.

— Não, a louca é você. Seria a última coisa no mundo que me satisfaria.

Ficam deitadas ouvindo os cardeais conversando como carrilhões nos pinheiros acima.

— Acho que eu devia ficar grávida — sugere True.

— Quer dizer, sem anunciar? Esta é uma maneira garantida de selar um casamento. Como quando se diz selar a sua destruição.

— Bem, ele ficou completamente bobo quando sua irmã teve um bebê na semana passada...

— Mas tão cedo?

— Bem, Franny, não estou ficando mais jovem. Se ele quiser um filho comigo, vai ter de comparecer logo.

— Ele se importaria muito se não fosse seu filho, biologicamente? Vocês podiam esperar até que o casamento se estabilizasse e então adotar uma criança.

— Desde quando um casamento precisa ter um sistema de raízes como uma sequóia? Uma porção de pessoas que se casam fica casada. A julgar pela comemoração que fez em relação ao último rebento da família Bannister... acho que ele se importaria.

— Qual é o nome do bebê?

— Carr.

— É legal. E os outros filhos dela... ela tem outros filhos, certo?

— Não sei, provavelmente Roof e Boat.

— Você é má.

— Sim, sou. Estou com ciúmes. Até aí eu sei. Não preciso de um psicólogo para saber que ele adoraria um filho que nós tivéssemos mais do que Guy. Um é o rochedo e o outro é o ponto fraco, você sabe?

— É a natureza humana — diz Franny com uma lógica enlouquecedora. — Ele acompanharia aquela criança desde o berço. Ou talvez não. Quero dizer, talvez não, realmente. Quanto a mim, não acho que a conexão genética seja tão importante. Coloque um bebê na minha frente, eu vou ficar babando nele. Além do mais, acho que Angelique é uma alienígena, de qualquer maneira.

— É fácil para você dizer isso.

— Sim. Eu lhe contei que preenchemos os papéis na semana passada? Vamos para o Texas se a coisa der certo, não para a China. Você precisa *viver* lá durante seis semanas! E Steve, alma sensível que é, raciocina que os garotos latinos estão mais bem equipados geneticamente para o beisebol. True, não se preocupe tanto. Hank é um sujeito de bom coração. Dê um tempo a ele. Vai superar seu egoísmo de solteiro. Vai chegar à conclusão de que o casamento é uma grande jornada até a luz. Guy é um ursinho tão adorável. Ele vai conquistá-lo. Deve ser difícil para Guy ter noção de que um adulto precisa de espaço. Você nunca precisou de muito espaço.

— Eu nunca tive a chance — diz True. — Acho que precisaria... de tempo para reflexão e botar as coisas em ordem; as pessoas sempre dizem que precisam. Mas o que eu deveria fazer? Amarrar Guy até que terminasse a minha reflexão?

— Pais ou mães solteiros têm de ser flexíveis. Homens solteiros não.

Mas existem pessoas que cortam pedaços de quebra-cabeças para que se encaixem e True, quando criança, era uma delas. Era um hábito que levava sua mãe a quase espumar de raiva. Ela decide que vai fazer *duas* coisas para ajudar Hank a se adaptar à vida de família. Vai ficar grávida e vai fazer uma lipoaspiração no queixo. Essas duas decisões parecem, no cálculo de True, vinculadas. Tendo o que percebe como sua papada sugada a vácuo e devolvida aos contornos da juventude, ela parecerá mais o tipo de mulher que Hank teria emprenhado caso tivesse se casado com uma das cidadãs do envelope pardo, que não têm nome mas têm todas queixos empinados. É o que um terapeuta chamaria de pensamento mágico, mas ela está se lixando. E como nunca usaram qualquer controle da natalidade, a gravidez não pode ser algo que Hank ache inesperado.

Então as mulheres do envelope pardo sairão todas dos seus sonhos como saíram do seu baú de cedro.

Ela marca uma consulta com o cirurgião plástico de Holly Bourse, para duas semanas antes da viagem planejada para a Luisiana (Hank felizmente concordou em viajarem de avião). E visita um especialista em fertilidade que lhe diz que o *kit* que ela já comprou e uma análise de esperma do marido são tudo o que ela vai precisar. Então True espera ansiosamente como uma colegial que suas regras cheguem, para que possa começar a contar os dias.

Então volta de carro a Boston para o procedimento da lipoaspiração no próprio consultório. O médico administra, por injeção intravenosa, uma droga que, segundo ele, permitirá a True esquecer a dor no exato instante em que a experimenta — de modo que, não tendo nenhuma lembrança da dor, virtualmente não a terá experimentado. Ela deseja que tal medicamento fosse vendido livremente, para que pudesse ter um frasco à mão em casa. À medida que a solução penetra em pequenas gotas no seu pulso e começa a toldar-lhe a visão, ela pergunta ao médico:

— E então, como é que vou ficar depois disto?

— Bem, vai haver uma ligeira equimose. Nada que um *pancake* não possa cobrir. — Claramente, este não é um homem que acompanhe a terminologia dos cosméticos.

— E quanto tempo vai durar?

— Uma questão de dias. A senhora fica marcada com facilidade? Não, bem, então provavelmente não vai demorar muito. O zinco ajuda a cicatrizar, e é bom evitar o fumo.

— Eu não fumo. E tomo zinco.

— Vai ficar logo bem.

— Em duas semanas?

— Mmmmmm — diz o médico, e True ouve um som sussurrante e não tem mais noção de nada até que acorda numa cama reclinada, sua mandíbula atada como o fantasma de Marley.*

— Sra. Bannister — pergunta uma enfermeira —, seu acompanhante estaria na sala de espera?

— Do lado de fora — True mente. Não veio ninguém com ela.

— Tudo bem, porque a senhora poderia se sentir um pouco zonza durante umas duas horas.

*Personagem de *Um conto de Natal*, de Charles Dickens. (*N. do T.*)

— Tudo bem.

— Quando se sentir pronta, pode se levantar.

A própria mandíbula de Hank precisa ser atada quando ela chega em casa.

— Em duas semanas já passou — diz a ele em tom de desculpa.

— True, True, por quê?

— Eu... queria um queixo mais firme. Para me encontrar com toda... a sua família. Em seu próprio terreno.

— Não vão inspecionar seu maxilar. Você não é um cavalo de corrida.

— Estou com tanto medo desta viagem — ela confessa, estendendo os braços, mas, para seu espanto, os braços de Hank não se abrem para recebê-la no encaixe da clavícula.

— O que acha que eles são, True? Para pensar em se mutilar! Todos vão amá-la como você é, assim como eu a amo. Porque eu a amo.

— Fico pensando que gostariam mais da nova versão, melhorada.

— Não pode haver uma versão melhorada.

— De verdade? — pergunta True.

— Para mim — responde Hank.

— Ainda me sinto contente de ter feito isso — responde True. — Foi mais para mim do que para você. Acho que vou realmente gostar assim que... — enquanto caminham para o saguão frio, True se vê no espelho. — Oh, Hank, oh, meu Deus do céu...

— Vamos pensar no lado bom da coisa.

True dá uma passada pelo escritório, apanha o fichário das Bênçãos de Dezembro, que incluem dois novos itens. Todo mundo, especialmente Rudy e Esa, lançam olhares diligentes. Ela toma dois dos potentes analgésicos prescritos pelo cirurgião plástico e tenta avaliar mentalmente se as chinelas verdes e vermelhas com as pontas viradas para cima são francamente cristãs. Decide-se pela alternativa do costureiro, uma chinela bordada com bonecos de neve, um floco de neve azul firmemente costurado na ponta do pé. Um funcionário do escritório vai telefonar para ele. Ela deixa um bilhete para Krista, a garota que cuida da contabilidade, e atende ao telefone quando Kathleen não está presente. True não se dá conta de que a essa altura ela adormece, mas percebe quando acorda que sua TV está ligada num noticiário transmitido inteiramente em russo. Hank aparece com uma xícara de chá verde.

— Não precisa ir para o trabalho? — pergunta ela.

— Já fui e já voltei, True — ele ri. — É uma hora da manhã.

— Bem, então eu preciso voltar ao trabalho — ela resmunga.

— Você não vai a lugar algum, Zsa Zsa — diz ele. — Vamos, libere os seus radicais. É bom deixar alguém cuidar de você uma vez na vida.

E as nuvens se afastam de novo.

— TRUE! VOCÊ DEVE SER TRUE — diz Tannie Swallow, duas semanas depois, quando todas as irmãs, as pequenas sobrinhas encaracoladas, que na verdade se chamam Dana e Melanie, o bebê, o marido e as cunhadas de True a recebem, com Hank e Guy, no aeroporto. — E este é Gui. Gui, acho que vai gostar da nossa casa na árvore — continua Tannie. Ao contrário das outras duas irmãs, Tannie é mais morena e mais curvilínea, uma mulher mais com a configuração da própria True. Num sussurro, ela pergunta: — Querida, o que foi em nome de Deus que lhe aconteceu? Teve algum acidente de carro?

Apesar do que ela receia possa ter sido uma overdose de zinco e aplicações generosas de *pancake* — o médico sabia do que estava falando — e até mesmo de maquiagem de teatro cor da pele, comprada por sugestão de Beatrice do teatro, True parece ter enfrentado uma decisão empatada de dez assaltos com Leon Spinks. Seu queixo está inchado como se sua dieta jamais tivesse incluído iodo e suas equimoses progrediram em passagens de tecnicolor de roxo para azul até o atual amarelo-musgo.

— Eu, de certo modo... refiz meu queixo — confessa True. — Não foi um *lifting*, mas queria ter, você sabe, um queixo firme e empinado. O miserável do médico... desculpe, Clothilde... mãe, quero dizer, não, não vai doer, pode me beijar... me garantiu que estaria em forma e perfeito a esta altura. Se não quiserem que eu vá ao batizado, eu entendo perfeitamente...

— Jamais admitiria isto! — Tannie fica genuinamente chocada.

— Você vai ser a atração da festa! — diz Hank rindo.

— Cale a boca — diz True a ele, mas tem de rir também. — Vaidade, teu nome é mulher.

— Você está ótima para mim — diz o seu sogro. — O que você precisa aqui é um pouco de sangue-de-dragão. Algumas outras ervas, também. As equimoses vão desaparecer até o amanhecer. Vou pedir a minha mãe. E este homem — diz ele a Guy — cresceu quase meio metro. Acha que é capaz de me vencer no xadrez agora? Nós jogamos de maneira diferente aqui. Nós trapaceamos.

— Bem, não sei trapacear, mas posso tentar! — diz Guy, animado. — Posso ver o bebê?

Tannie abaixa Carr para a inspeção de Guy.

— Eu sei como segurar bebês. Segurei meu outro primo, Dennis, em Montana.

Suavemente, Tannie coloca a criança nos braços de Guy.

— É tão bonitinho. Mas não é negro! — Todo mundo olha. — Achei que seria mais escuro. Gosto mais de bebês escuros. Porque seus cabelos são tão legais.

— Posso me esforçar mais da próxima vez — diz Tannie, cujo marido é branco. Gus é o primeiro a rir.

— Meus genes não parecem funcionar muito nesta família, Gui — fala em tom de confidência. — Minha patroa é muito mandona.

— Ora, minha avó é mandona, também — Guy sorri. — E minha mãe é extremamente mandona. É até a chefona de um negócio.

— Mas seu pai também — acrescenta Gus.

— Oh, não, papai é legal com todo mundo.

— Eu sou legal com todo mundo! — True objeta.

— Mas você não toca Van Halen. Papai brinca sempre no trabalho. E todo o pessoal que trabalha com ele no restaurante brinca o tempo todo. Não é como no escritório de mamãe. Fica todo mundo diante de sua mesa. Ou vai até o depósito de mercadorias. E ninguém fuma. Eles podem fumar Naquele Lugar.

— Bem, contanto que você não fume — conclui Gus. — Aliás, Gui, ouvi dizer que sou seu avô oficial agora.

Guy concorda com a cabeça, buscando com o olhar a confirmação de True.

— Em nossa família, isso requer uma pequena cerimônia — e enfia a mão no bolso. — Este anel aqui foi do meu pai. Ele o usou na Primeira Guerra Mundial. Eu o usei durante a Segunda Guerra Mundial. Isto aqui é um diamante e isto é um rubi. Era destinado ao meu primeiro neto. Pensei que ia poder dá-lo a Carr, o primeiro neto, mas você chegou lá antes. É seu agora. Um pouco grande para você. Sua mãe e seu pai podem guardá-lo no cofre até que você cresça um pouco mais.

— Ou posso mandar ajustá-lo para que caiba agora! — grita Guy.

— Não! — todos gritam, rompendo a ternura insustentável do momento. True se alça para beijar Gus nas duas faces. — Obrigada.

— De nada, querida. Mas não é nada de mais. Tradição é tradição — responde Guys solenemente.

— De qualquer jeito, não vou usar o anel na Terceira Guerra Mundial — diz Guy rapidamente. — Minha mãe e eu somos pacifistas.

Todos estão rindo enquanto embarcam nos carros.

A casa dos Bannisters é uma meia-lua espanhola de quartos dispostos em torno de uma piscina e de um pátio com uma fonte. True nunca viu tanta simplicidade. Todas as casas de Cape Cod parecem atrair bugigangas como um ímã atrai aparas de ferro assim que as paredes sobem. Existe uma obra de arte, uma escultura em pastel-e-vidro, um coelho alaranjado saltando nas chamas, numa única parede branca. O resto das paredes está despido de decoração, a não ser por dúzias de janelas em arco. Os sofás e as almofadas são brancos; mas os tapetes são cor de terra queimada.

— É magnífico — diz ela a Clothilde.

— Gosto de relaxar — diz Clothilde. — Relaxar e cozinhar. Não gosto de lidar com a poeira.

Guy e as meninas correm para a piscina, enquanto Hank se enrosca num dos sofás brancos e cai instantaneamente num sono profundo. Como não pode respirar no calor, True fica dentro de casa, observando Tannie amamentar o bebê. O marido de Tannie voltou ao escritório.

— É tão bonito — diz True. — Hank e eu estamos tentando ter um bebê.

Clothilde está do seu lado, oferecendo chá gelado, insuportavelmente doce para True, mas pelo menos frio.

— Estão? Ora, é algo que nosso filho não mencionou.

Com certeza, pensa True, subitamente desejando que essas mulheres saibam que este é um casamento de verdade, com sexo e planos e tudo o mais que essas coisas acarretam. Ela quer ser parte deles, com seus segredos e seus cheiros.

— Tem certeza... bem, claro, não tem problema. Tenho uma amiga, Elise, ela teve um bebê aos quarenta e seis anos. Foi apanhada de surpresa. E é um diabinho, também.

— Quero que Guy tenha um irmão ou uma irmã. E não quero deixar o tempo passar.

— E o que meu filho acha disso? Sabe, não faz muito tempo ele só se preocupava se devia atravessar a ponte para ir ao melhor lugar para cortar os cabelos. A dádiva de Deus às mulheres, você sabe — ela abafa uma risada. — Ou assim pensava ele.

— Acho que vai ficar feliz quando acontecer. Ficou muito excitado com Carr.

— Já discutiram o assunto?

— Quero de certa forma surpreendê-lo. Como nos filmes antigos.

— Bem, não seria a primeira mulher a fazer isso. E ele parece muito bem. Fiquei preocupada, devo admitir. Hank nunca foi... como posso dizer... muito chegado a... bem, a compromissos.

— Quer dizer com namoradas.

— Quero dizer com namoradas, empregos, carros, casas, colégios, estéreos. Cada vez que o encontrávamos ele tinha algum plano novo. Certa vez foi o... o que foi mesmo, Tanniferro? O aspirador de pó?

— Certo, o aspirador de pó — Tannie ri, colocando Carr sobre o ombro para arrotar. — Hank vendeu tudo o que tinha, motocicleta, estéreo, para comprar ações dessa companhia que limpava o ar de sua casa com ozônios, ou coisa parecida...

— E, naturalmente, o sujeito era um trapaceiro — Clothilde prosseguiu — e levou cada centavo do dinheiro daquele pobre rapaz. Tivemos de ampará-lo até para que pudesse voltar ao colégio.

— Então ia ser monge, não um monge católico, você imagina, mas apenas um monge de um grupo de contemplativos... — diz Tannie.

— É idealista, mas não é prático — diz Clothilde. — Mas tudo isso mudou, acredito. O restaurante está indo bem, eu soube.

— Aí está ele, dormindo como um cachorro velho — fala outra voz, aguda mas penetrante.

Hank apruma-se imediatamente.

— *Grand-mère!* — e abre os braços para a pequenina mulher negra, seus cabelos ainda castanhos cor de avelã e presos num coque espetado, lenta e ereta, sua bengala de madeira leve e de cor viva parecendo quase um acessório de moda.

— Henri, você está gordo e saudável — diz ela, sentando-se ao lado dos joelhos de Hank.

— Esta é minha sogra, Winston — diz Clothilde —, de quem tomamos o nome para a irmã de Hank. *Maman*, esta é a mulher de Hank, True.

— É um bonito nome. E uma bonita garota.

— Faz muito tempo que não sou chamada de bonita garota — True ri. — Especialmente dessa maneira.

Maman Winston se aproxima mais.

— Sim, estou vendo, um melhoramento facial.

— Brevemente.

— *Maman*, você tem de ler as cartas para True, vamos lá — Tannie insiste.

— Me dê um momento para beijar este rapaz.

Guy entra na sala todo molhado.

— Por favor? — diz. — Não consigo achar uma toalha.

— Foi porque *Grand-mère* se esqueceu de lhe dar uma toalha. Deixe-me ir buscar e que tal um chá doce?

— Sim, por favor.

— É o seu filho? — pergunta Winston.

— Meu filho, Guy.

— Gui, chegue mais perto — a velha senhora pede. Ao fazê-lo, ela estende a mão, rápida como um gato, e segura o seu queixo. True vê seu filho assustar-se. — É uma boca de cantor. Você canta?

— Canto! Como foi que soube?

— Eu não sei! Eu simplesmente sei!

— A senhora tem oitenta anos?

— E mais. Vai cantar para mim? — Guy olha com ar de súplica para True, que encolhe os ombros.

— Agora? De calção de banho?

— E se eu morrer, logo mais, e não tiver ouvido você cantar?

— OK — concorda Guy —, mas tenho de ir ao banheiro antes.

— Fazer pipi?

— Não — ele ri. — Vocalizar. Para aquecer minha garganta.

Quando ele volta, enrolado numa toalha, Guy pergunta o que deveria cantar, algo antigo ou novo?

Antigo, ela sugere. E ele canta, no seu doce vibrato de iniciante, *Fitas escarlates*. No final, todas as quatro mulheres estão chorando.

— Este menino — *Maman* Winston diz a Hank —, é um menino importante.

Hank sorri preguiçosamente. True pensa que este é o tipo de chamego que está acostumado a ter para si, não para uma criança. Ela decide que adora esta família, a generosidade de sua expansão. Gus chega à porta com um velho *spaniel* saltador preso pela coleira.

— Sully! — grita Hank. A velha cachorra bate fortemente com o rabo no chão e pêlos brancos brilham no ar. — Sully, velha garota.

Guy, jogando a toalha, aproxima-se da cachorra.

— Tenha cuidado — adverte Hank — até que ela o conheça. Mas Sully fareja Guy agradecida e ele sai correndo da sala para voltar com um saco Ziploc verde de petiscos de fígado.

— Peguei isto com Fenn para você, Sully. Sabia que ia encontrá-la.

A velha cachorra engole alegremente.

— Não dê muita comida a ela — Hank avisa e então dá um risinho. — Ora, vá em frente, pode dar comida a ela. Sua barriga já está chegando aos joelhos, de qualquer maneira.

Sully lentamente lambe o rosto de Guy. True nunca foi muito a favor de animais lambendo humanos, mas não deseja interromper a felicidade do filho.

Clothilde preparou um excelente peixe de água salgada, simplesmente cozido, para o jantar, e quando Tannie parte, Win, recuperada aparentemente do fotógrafo do casamento, chega com o namorado.

— Então, Hankie, vai levar sua mina ao Bairro Francês? Nós não vamos lá, mas turistas adoram.

— É perigoso, Win — intervém Clothilde.

— Mas ela precisa ouvir a música, mamãe, e ver as *strippers* e as dançarinas baratas e beber um Hurricane.

— Ela vai ficar aqui uma semana. Deixe-a se instalar.

— Não, esta noite! — insiste Win, só faltando bater o pé, e True pensa, sim, deveras, uma das filhas que sempre respeitou os limites.

— Amanhã à noite vai ser ótimo — diz Clothilde, imperturbável.

Esta noite as mulheres vão cear *en seule*, diz Clothilde. E Hank e Gus vão até a casa em Bayou Fourche onde o velho amigo de Hank, Perry, cresceu, molhar uma linha de pesca à luz de lampião e jogar cartas.

E, de fato, momentos depois Hank salta e dá um abraço de urso num gigante negro, seu melhor amigo, o lendário Perry, e subitamente estão se despedindo.

— O quê? — pergunta True. — Espere, Hank!

Mas ele se foi e o namorado de Win, que começava a sair, corre atrás dos dois.

— Bem, pelo menos ficamos a sós — diz Tannie, entrando na sala. Ela mora a poucos quarteirões de distância e voltou a pé sem o bebê. — Dorme que é uma maravilha, este bebê. E está tão fresco e bonito lá fora.

True duvida que a temperatura tenha caído abaixo dos vinte e sete graus.
— Onde estão minhas meninas maluquinhas?

— Dana! Melanie! — grita Clothilde.

— *Grand-mère*, podemos ficar com nosso sobrinho?

Estão pulando para cima e para baixo em camisetas supergrandes que True imagina que sejam de Gus.

— Ele é o seu primo e, sim, podem ficar. Vão à sala grande, onde estão os *futons*.

— E eu virei colocá-la na cama — diz *Maman* Winston — e contar a história dos dois belos amantes que caminham de mãos dadas na Fazenda Kenilworth, *sans têtes*, e da árvore que chora pérolas e então você vai dormir e, falo sério, dormir mesmo.

— Sem cabeça? — sussurra True.

— Mas muito afetuosos — diz sua sogra —, não como fantasmas.

Em minutos, *Maman* Winston está de volta com uma bolsa de veludo azul.

— As cartas! — diz Win, batendo as mãos. — Minha avó é a mulher *Mojo* original.

True, exausta, pede desculpas e se enfia numa camiseta e nos *shorts* de corrida de Hank. Não tem sentido perder tempo com vestidos de babados; Hank se foi e o *kit* de gravidez assinala que esta noite não é o momento dourado. Na sala de estar, ela encontra Clothilde reclinada no sofá, agora vestindo um caftã de cetim.

— Como ela consegue? — pergunta True à sogra referindo-se à mulher mais velha, que está embaralhando as cartas de um baralho grande e em cores vivas.

— Sou velha e não perco tempo com o sono — explica Winston. — O sono é para os jovens, como aqueles ali.

Juntam-se em torno da mesa na varanda protegida por tela, True ouvindo os gritos noturnos e pipios de insetos e pássaros pouco familiares e refestelando-se na brisa.

— Vamos, você tem alguma pergunta para as cartas? — indaga Winston.

— Eu... não sei — diz True, subitamente lembrando que seu marido sequer a apresentou ao melhor amigo, menos ainda apresentou seu filho. — Como é que a gente pergunta?

— Não conhece o Tarô?

— Não.

— Então eu faço uma leitura simples. Sete cartas. Primeiro você sente e toca o baralho. Coloque os pés no chão. Pés descalços. — True obedece às instruções. — Agora você embaralha e eu seguro o baralho e você tira sete cartas, e as coloca desta maneira.

Ela aponta e faz um desenho sobre a mesa, aproximadamente na forma de uma cruz. True faz o que lhe pediu, tentando com todo o seu ser sentir qualquer sinal das cartas à sua frente, mas apenas se sentindo tola. Finalmente, tirou e colocou sete cartas, ouvindo o grito sufocado involuntário de Win diante de uma delas, e o suspiro de Clothilde diante de outra. Quando True acidentalmente inverte uma das cartas, de modo que o seu nome, Fortuna, fica embaixo, emborcado, ela estende a mão para endireitá-la, mas Winston a corrige.

— Se aconteceu de ficar invertida, deve continuar assim.

Uma a uma, *Maman* Winston aponta as cartas e explica o seu significado. No alto está a carta chamada O Louco.

— Esta é a principal entre as cartas sagradas de todo o Tarô — diz Winston em sua voz fina, com o tom abaixado para que as crianças não a escutem. — Seu significado é o homem sábio, de coração generoso. Acho que está claro que nesta vida, este é o seu homem, este é Henri.

Ela aponta para a carta seguinte, Fortuna.

— Esta pertence aos Arcanos Maiores e seu significado é obviamente — gesticula para as jóias e as correntes de ouro blasonadas na face da carta — grande riqueza e prosperidade. Ela aparecer nesta posição significa também que a mudança é inevitável.

— Oh! — exclama True. — Quer dizer que vou me arruinar financeiramente?

— Não, significa que a mudança é inevitável. Este — Winston aponta a seguir — é o cinco de Copas. É uma carta de perigo. De preocupação com o arrependimento. Existe no domínio mental da angústia. Pode significar doença. O cinco de Espadas — continua ela — é conflito. Conflito que tem a ver com, como é que vocês dizem, botar a cabeça no lugar...

— É isso aí, vovozinha — Win ri.

— Criança boba — Winston a reprova. — Pode significar uma derrota, duradoura ou temporária, mas um triunfo ao usar a cabeça e o coração juntos para obter força.

— Tudo numa só carta? — True mostra-se maravilhada.

— As cartas nunca mentem — diz Winston a ela. A carta seguinte, que True colocou de cabeça para baixo, é a Rainha de Ouros. — Esta é a carta associada à mulher infiel, a inconfiável. É a carta que significa a queda em tentação, a discórdia. E, no entanto, como está invertida, podemos esperar então que tenha a ver, neste sentido, com problema físico, algum tipo de problema físico, que pode ser temporário.

Todas estão à espera da carta seguinte. True pode sentir. É uma imagem feia, um Judas pendurado numa árvore. O Enforcado.

— Esta carta não significa o que parece, True. É carta de renúncia, de uma capitulação voluntária às circunstâncias que estão além do nosso controle como seres humanos. E esta última — ela conclui triunfalmente — é o um de Ouros. Esta é a carta do nascimento e das bênçãos.

— Bênçãos — diz True.

— É o bastante por uma noite — diz *Grand-mère* Winston a ela, enfiando as cartas na bolsa azul com suas estrelas prateadas. Quando True deixa a sala para dar um beijo de boa-noite em Guy, ouve *Maman* atrás de si, caminhando macio, como em sapatos de balé.

— Se quiser prender o seu homem, leve uma moeda de prata verdadeira ao cemitério e jogue-a no túmulo mais alto, através da grade.

— Um cemitério? Qualquer cemitério?

— Um daqui. Duvido que funcione num cemitério do Norte. Uma sepultura de mulher é melhor.

— Vou lembrar disso — sussurra True.

VESTEM-SE CEDO PARA O jantar na noite seguinte. Vão sair Hank e True, Win e o namorado. Perry e sua garota mais nova vão juntar-se a eles no Bairro Francês. Guy e *Grand-père* vão passear de barco à noite à luz de lampião na Reserva Barataria, no Bayou Fourche, procurando crocodilos de três metros que Gus jura virem à tona de vez em quando e depois pescar "num lugar que eu conheço desde garoto". Quando True está pronta para sair, Guy aprendeu a chamar Win e Tannie de *tante* e confidenciou a True que "isto aqui é tão bom quanto Montana".

Tante Win, suas clavículas que parecem cabides flutuando sob lápis e prata, seus braços envoltos por braceletes que True não conseguiria enfiar sequer nos seus pulsos, estabeleceu um roteiro para a noitada de True. Ela adverte Hank:

— Quero que ela veja a casa grande, também, quando tiver clareado.

O que ela quer dizer, True vem a saber depois, é uma casa de 1858 com a reputação de ter sido o lar de uma família de "*sous-sains*" — atores e mímicos de dia, vampiros à noite. É, na verdade, uma bela residência em estilo neohelênico, em que o mármore foi usado com a mesma generosidade que a concha prensada em Cape Cod.

— E você pensou que só a sua terra era antiga, hein? — sussurra Hank a True.

— Bem, esta não era *nossa* terra naquela época, era, Hankie? Era da França — diz Win, pedindo ao cocheiro da carruagem que os deixe suficientemente perto do Magazine para caminharem. True nunca ouviu nomes de ruas tão líricos — Felicity, Bourbon, Tchoupitoulas, Royal, ao lado das costumeiras Calhouns, Washingtons, States. Milan é pronunciada "MAI-lan" por Win.

— Existe realmente uma rua chamada "Desire"* — True fica maravilhada. — Quem daria um nomes destes a uma rua?

— Alguém — comenta Win baixinho — que estava com calor demais para se levantar e ir trabalhar.

— Preciso parar — diz True subitamente. — Moedas de vinte e cinco centavos são de prata?

— Acho que são basicamente de cobre — responde Hank.

— Tenho de ir a um cemitério — replica True. Chama-se Todos os Santos. — Hank, por favor, vá até aquela tabacaria e veja se o homem tem uma moeda de cinqüenta centavos.

— Ninguém tem moedas de cinqüenta centavos, True, o que é isso, afinal?

— Só esta vez.

True está contando com a sorte da cartada de *Maman*. Quando Hank atravessa a rua de volta, ela o vê segurando uma moeda de prata, de cinqüenta centavos, com a efígie de Kennedy.

— Tenho de ir lá sozinha — diz True a Hank e à cunhada e o namorado.

Caminha por entre as sepulturas, um calafrio lhe percorre a espinha apesar do calor, com todas as criptas acima do solo, todas exuberantemente tristes e sinistras, manchas lacrimosas de musgo cinzento, suas cornijas e cúpulas arranhadas pelos indiferentes dedos papiráceos dos carvalhos que as abrigam. Ninguém pode ser sepultado abaixo da terra aqui, disse-lhe Win, o chão é uma mera crosta sobre o rio corrente e sepultar um corpo abaixo da terra é o mesmo que despachá-lo para seus ancestrais antes de subir aos céus. True se pergunta qual dos túmulos vai falar a ela; mas se distrai com a fileira de pequeninas caixas de mármore, parecidas com carrinhos de bebê — Joyeux, Claudine, Imogene,

---

*Alusão à rua de Nova Orleans que figura no título da peça famosa de Tennessee Williams, *A Streetcar Named Desire*; no Brasil *Um bonde chamado desejo* (teatro) e *Uma rua chamada pecado* (cinema). (*N. do T.*)

Byron — quatro crianças, todas mortas no mesmo ano, 1919. Lembra-se de algo sobre a epidemia de gripe espanhola. Sua atenção se volta para um túmulo encimado pelo entalhe de um chapéu e de uma lata. VOVÔ EMILE está gravado de um lado, 1888-1978, e do outro lado, VOVÓ SAPHINE, 1898——. Esta mulher deve ter agora mais de cem anos. Ouve Hank chamá-la da calçada e olha para trás e fica espantada ao ver quanto andou, num terreno arenoso. Hank está pequeno e difuso à distância, Win uma boneca viva, acenando com as duas mãos. Ela quer se apressar, mas não quer errar. Encontra finalmente uma cripta toda feita do mais profundo granito safira, as grades, através da qual ela espreita, de latão polido. A placa diz apenas MARIE LANDRY: ELA CAMINHA EM BELEZA, COMO A NOITE. True prende o fôlego, fecha os olhos e ouve o baque surdo da moeda ao cair no chão de cerâmica da mulher que True imagina possa voltar seus olhos, pálidos como a concha de uma ostra, em direção do destino de uma estranha. Até o chilreio dos pássaros cai no silêncio.

True vira-se e corre.

— O que estava fazendo? — pergunta Hank. — Não temos cemitérios suficientes em Cape Cod?

— Esses túmulos são mais bonitos — explica True. — São mais exóticos. Vi um azul... — ela aponta, mas a tumba que escolheu não é visível de onde estão — em algum lugar por ali. Queria vê-lo. Você não vem aqui para ver as sepulturas?

— São muito tristes — diz Win. — Há muitos bebês.

— Eu vi isso — admite True.

— Eu não quero — Hank estremece —, mas dizem que a rainha do vodu está enterrada aqui.

— Oh, Marie Leveaux — Win escarnece. — Se foi enterrada em todo lugar que dizem, ela teria mais colegas de dormitório do que Al Gore teve na universidade.

— Nós costumávamos sair à procura da sua sepultura — diz o namorado de Win, Matthew. — Dizem que, se tocar a quina do seu caixão, você...

— O quê? — True quer saber.

— Sabe... com as mulheres — ele sorri.

— É melhor continuar procurando, querido — Win diz a ele com uma risada bem-humorada. — Tudo o que posso ver é que você perdeu uma boa meia hora de tempo no *shopping* — Win se queixa. Ela empurra True para Magazine Street, que, jura, é um inferno para mulheres com orçamentos minguados —

mas você e Hank não têm este problema — e antes que True possa protestar, ela acrescenta, a rua se chama "MAH-gah-zahn", nada como o nome de publicações mensais.

É um inferno.

True deseja cada mercadoria em que bate o olho. Camas de baldaquino em estilo neogrego, esculturas de coelhos em fuga contra um céu de chamas, peças em técnica mista que lembram as cartas da *Grand-mère* Winston, feitas de lata recortada e madeira e contas de vidro, geralmente ornamentadas com os crânios em cartolas. Win diz que são o emblema de Baron Samedi, o Senhor da Morte.

— Nós idolatramos a morte na Luisiana, porque achamos que assim ela vai se esquecer de nos notar — diz Win. — Todas estas trepadeiras viçosas e a profundeza dos pantanais e a história das febres, você acaba crescendo com a impressão de que a morte é a sua vizinha ao lado.

Ela apresenta True a Simone, sua professora de dança, que também possui uma loja de saias e rendas antigas e exóticas e *petites choses*. Enquanto os homens se afastam para um *burrito* e café — True nunca tomou tanto café e acha que o daqui tem a consistência e o gosto de querosene —, Win força True a provar um bustiê com ombreiras triangulares e uma saia godê cor de âmbar desbotado. Simone puxa para cima os cabelos de True deixando o pescoço descoberto e os enrola nas mãos, prendendo-os com pentes antigos de casco de tartaruga autêntico ("Não se preocupe", diz Win, "estas tartarugas morreram muito tempo atrás..."). Depois de dois dias de aplicação de uma poção que *Grand-mère* Winston deu a True, num pequeno pote fechado com uma rolha de vinho, as equimoses e os inchaços quase cederam totalmente. O que resta pode, realmente, ser coberto com *pancake*.

— Este é o estilo que devia adotar — diz Simone.

— Vou levar — diz True, enquanto Simone a envolve com um xale rendado triangular do peito para as costas. O conjunto todo sai por oitocentos dólares. True, o coração galopando, oferece seu cartão de crédito, envergonhada de ter cometido um erro tão tolo. Mas, como um menino com sapatos novos, ela enfia seu vestido sem manga numa sacola e veste tudo, saindo renovada da loja.

— Você parece uma dama oitocentista — diz Win. — Hank vai ficar maluco. Não vai notar mais ninguém.

Algo no rosto de True faz Win parar sua tagarelice. Notar mais ninguém? Quem deveria ele notar? Então Win diz:

— True, ele só ama você.

— Por que diz isso?

— Você não precisa ser clarividente como minha avó para saber que se preocupa. Você vigia cada movimento que ele faz.

— Mas havia tantas namoradas. Quando casamos, recebeu sete mensagens na secretária eletrônica, com pessoas chorando. Bem, não chorando, mas dizendo: "Oh, querido, estou tão feliz por você."

— Isso porque meu irmão é tão covarde que nunca foi capaz de romper com ninguém.

— O que quer dizer? Eu não devia perguntar isso, Win, estou bisbilhotando.

— Não, tudo bem. Você é da família, *cher*. Ele simplesmente... ele as deixava todas pensando que cada uma era a única, entendeu? Deixou um rastro de corações partidos, como dizem nos filmes.

— E vocês todos...?

— Muito bem, True. É assim que se fala!

— Vocês achavam que ele chegaria a se casar um dia?

— Achei que ele se casaria quando ficasse bem velho. Pensei que fosse ficar rodando por aí para sempre, se apaixonando e se desapaixonando. "Winnie," ele me dizia... isso não é uma maldade? Soa como um porco... meu verdadeiro nome é Mary Winston, você sabe...

— Sei, Mary Winston, Mary Tanniferro... Hank teria sido Mary Henry...

— Ele roubou a minha piada! Aquele safado. Enfim, ele dizia "Winnie, tem muita coisa boa na praça". Mas papai, papai achava que Hank era *gay*. Andava todo preocupado.

— Ele teria se importado?

— *Mas* sim! Por isso, quando ele conheceu você...

— Todo mundo ficou feliz?

— Demais, feliz demais. E ele simplesmente acha que as estrelas brilham sobre você, True. Eu juro, pela...

— Cabeça de minha mãe?

— Certo!

E quando Hank a vê caminhando ao sol de fim de tarde, com Win radiante e apontando, ele assobia, e o olhar em seu rosto é tão feroz, tão zangado que True pensa, este foi um dinheiro bem gasto; o olhar no rosto dele não tem preço. Ela acha que nunca se divertiu tanto na vida. Acha que esta cidade é encantada. Bebem misturas rosadas com limão e flores em copos longos e, no Martinique Bistro, Hank pede pampo e berinjela grelhada em francês, conferenciando seriamente com o garçom, como o esnobe gastronômico que é. Assim que chegam seus tira-gostos, ostras fritas em queijo de cabra, chegam também Perry com uma estonteante mulher de pele acobreada cujo vestido de contas parece ser uma extensão de suas pequenas curvas sinuosas.

— Lembra-se de Jacqueline? — Perry faz um aceno com a cabeça e Hank se levanta, beijando a bela mulher, que tem montes de pequenas tranças cobertas de contas de âmbar caindo pelas faces. Ela joga os braços ao redor dele, True notando que também lança os quadris para a frente.

— Não sabia que estava saindo com este velho cachorrão molhado — Hank lhe diz, enquanto ela se encaixa na banqueta ao lado do namorado de Win.

— Faz pouco tempo — Jacqueline sorri. — Mas ele é um cachorro velho muito legal, hein, Perry?

— Sabe qual é o nome de Perry? — pergunta Win nervosamente. — Peridot. Porque tem olhos verdes.

Há um olhar que nenhum psiquiatra precisaria observar duas vezes para decodificar, correndo entre Hank e seu melhor amigo, um olhar que diz claramente *Você não se importa?* E *Não, tudo bem.* True não precisa perguntar se Hank provou o corpo debaixo do vestido cor de cobre; e ela promete a si mesma, jura a si mesma como um cavaleiro sobre a sua honra, que não vai falar uma palavra de sua suspeita ao marido.

— Você está bem, mas está meio gordo, *bébé* — diz Jacqueline a Hank.

— Eu como o meu trabalho no inverno — diz Hank a ela. — E a vida de casado.

— Soube que se casou. Não acreditei nisso por um segundo. Quero conhecer sua mulher algum dia. Quero só ver esta dama — Jacqueline ri asperamente.

— Ela está... bem aqui. Esta é True.

— Bem, não posso acreditar — Jacqueline insiste. — Como se chama? True?

— Sim — diz True estendendo uma mão ignorada. Ela sente instantaneamente, debaixo da malícia brincalhona dos grandes olhos de gato preto de Jacqueline, como se a sua indumentária fosse uma espécie de piada de mau gosto armada por Win, como se parecesse a Princesa Margaret fantasiada de Martha Washington. Sente os montículos de carne que discretamente sobressaem do sutiã apertado do seu bustiê e sabe que foi por isso que Simone lhe ofereceu um xale, apesar do calor, para ocultar, para enganar o olho. Ela continua com a mão estendida e o xale cai roçando no seu prato.

— Pode acreditar — diz ela, mais friamente do que tenciona.

— Oh, gordura! Tragam um pano úmido! — Win grita.

— Bem, parabéns — diz Jacqueline baixinho. — Não imaginava que você fosse... loura.

True sabe o que Jacqueline quer dizer, *Eu não imaginava que você fosse velha.* O ambiente todo decorado parece um cenário, um palco poeirento e embolorado de bordel armado com cascatas de veludo vermelho esfarrapado — puído, quando se olha mais de perto. Ela anseia pelas linhas limpas e secas de Aquele Lugar, do seu próprio quarto fresco, branco sobre branco. Deixou Shangri-La e está murchando a cada momento. Levanta-se e pede licença para ir ao banheiro; Win vai atrás dela em passos rápidos nos seus saltos finos.

— Não ligue para ela — Win diz a True impetuosamente. — Essa garota foi comida por todo homem desta paróquia...

— Isto não é um grande consolo para mim neste momento — diz True, contendo as lágrimas. Ela tira os pentes, sob o murmúrio de Win, *Não, True*, e deixa cair os cabelos ondulados. Puxa o bustiê para cima como uma cinta, e enfia tudo o que pode dos seus seios e de suas extremidades no corpete. Ela e Win ajeitam o xale, desta vez com um nó. — Eu devia era pegar meu velho vestido...

— Não, ela saberia que fez isso por causa dela. E é uma atitude muito Costa Leste. True, um momento atrás você se portava como Maria Antonieta...

— Não consigo suportar as mulheres que ele...

— Bem, não diga amou, porque ele nunca amou esta mulher.

— Ela vai ficar conosco a noite inteira?

— Imagino.

— Então vou para casa depois do jantar... Win, não tente entender; você não pode, porque é bonita, pequena e jovem como a garça azul debaixo do meu embarcadouro. Ainda não sabe das coisas. Você é a garota mais gentil, mas é uma garota. E se eu tiver de ver *aquela* garota, por exemplo, dançar com ele, vou acabar brigando com Hank e este foi um dos dias mais felizes de minha vida e não quero estragá-lo. Prefiro que ele pense que estou com dor de cabeça a achar que estou com ciúmes. Por favor, Win, por favor me perdoe. Sou sua cunhada e vou voltar aqui uma dúzia de vezes. Hank disse que vamos passar o Natal aqui... por isso, por favor...

— Não entendo. A *puta* — Win faz uma careta. — Mas eu entendo, sim, eu entendo também. Sabe, garotas magrelas também sentem ciúmes, True.

— Não acredito nisso.

— Veja, sou uma dançarina. Grande merda. Sou uma dançarina. Não sou nenhuma Maria Tallchief. Se tiver sorte vou conseguir um emprego ensinando numa companhia regional e talvez faça um espetáculo de verão com Alvin Ailey numa fantasia com um capuz em que só o meu nariz aparece. Nunca vou ser rica. O melhor que tenho a fazer é me casar. Não tenho a queda do meu irmão para os negócios, nem a inteligência da minha irmã...

— Mas como isto pode significar algo para você, quero dizer, como pode significar algo quando você acorda de manhã, toda manhã, e tem de simplesmente ser você?

— O que importa é que nunca vejo nem um bocado de comida até as seis da noite. O que importa é que não como um naco de pão há sete anos. Que fumo o meu café da manhã. E que meus pés parecem patas de cavalo...

True tenta concentrar seu pensamento na alegria que sente quando come pão quente contra a felicidade impossível de ter o corpinho de Win.

— Não consigo — diz ela. — Quero acreditar em você, e poderia ter acreditado certa vez, dez anos atrás. Agora me sinto como... o quê? Frágil? Como se estivesse me segurando ao que tenho com uma linha fina? Eu costumava achar que tudo estaria bem, ficaria acordada a noite toda e tudo estaria bem, tomaria uma garrafa inteira de vinho e tudo estaria bem.

— Acho minha mãe bonita. E papai também acha. Você não acredita nisso — diz Win.

— Acho os dois, sim — diz True, e pensa no tinido da moeda na cerâmica.

Ela pede para ir embora, e fala que pode ir para casa de táxi, Hank implorando para que fique, quando algo acontece no seu íntimo que a faz acalmar-se, e ela volta à mesa. Pediu a Hank que fingisse até onde pudesse; ela não pode fazer outra coisa. E assim que ela decide isto, surpreendentemente, a postura intelectual que a possuiu na loja em Magazine Street toma conta dela de novo. Joga os cabelos para trás.

— *Je me desolée* — diz True —, mas achei que me senti mal — e coloca a mão na barriga de maneira cuidadosa —, e estou me sentindo bem agora.

Hank e True dividem um prato de camarões gelados e pedem drinques de frutas elaborados.

E a banda de quatro músicos aparece e eles dançam.

Jacqueline se contorce, para cima e para baixo, seus braços compridos ornados de braceletes um ninho de serpentes sedutoras. Ela desliza e estremece e imita uma corcunda e dá um volteio. É bonita. E está se esforçando exageradamente.

Hank e True dançam como fizeram no seu casamento, como amantes e também como irmã e irmão, como um só corpo, em movimentos nascidos um para o outro sem a necessidade de olhar, a música irrelevante. Então Win dança com Hank e True com Perry. A música embala e Perry conduz True num compasso em dois tempos. O suor escorre pelas sobrancelhas dela. Apanha seus pentes e prende os cabelos para cima de novo. A certa altura, True se desvencilha do xale, joga os ombros para trás e deixa balançar as luas gêmeas dos seus seios brancos. Perry a dobra para trás sobre o braço e diz a Hank:

— Esta sua mulher sabe gingar...

Muito depois da meia-noite, Hank sussurra:

— Vamos sair daqui. Está muito quente e enfumaçado.

— E — diz True em voz alta o bastante para que todos ouçam — esse tipo de comida é muito melhor quando você a cozinha.

True beija Win na boca e aceita seu abraço forte e secreto e beija Jacqueline nas duas faces.

— Vocês devem vir até o Norte, você e Perry. Sei que meu marido adoraria que Perry conhecesse o seu restaurante; é menor do que este, mas é tão simpático.

A pele morena de Hank se ruboriza.

— E gostaríamos que conhecessem nosso filhinho. Tem muito lugar, a casa é enorme.

Correm para a rua de mãos dadas. Quando os vê se beijarem, um saxofonista toca *Stardust* e Hank joga para ele uma nota de dez dólares e a outra moeda de cinqüenta centavos.

Através da porta de tela, quando chegam à casa em Metairie, ambos vêem Guy e Gus, curvados num círculo de luz na janela de sacada, e através da porta de tela, True ouve Guy gritar:

— Xeque mate! Ganhei do senhor, *Grand-père*. Ganhei em jogo limpo sem vantagem desta vez!

Hank pega a mão de True e a beija.

— Não ia querer perder isto em troca de uma música medíocre e de uns drinques xaroposos.

Entram na casa.

— Você ganhou — admite Gus —, e eu não gosto de ser vencido. — Vamos dar uma olhada no seu amigo — diz ele, enquanto se levantam.

Amigo? True pensa sombriamente, ele deu ao menino um aligátor, e se fez isso vou matá-lo com minhas próprias mãos. Guy sai correndo da sala. Preciso ensiná-lo a não sair correndo, pensa True, ou pular para cima e para baixo quando está feliz. É uma reação infantil. Mas em seguida ela se detesta por ter sequer acolhido o pensamento. Guy ainda não passa de uma criança.

— Meu marido não estava mentindo. Ele não gosta de ser derrotado — Clothilde diz a True, abrindo a porta. A casa está abençoadamente fresca. — Ele é um menino esperto, este Gui. Adoro que não se finja de adolescente como os bobalhões daqui deixam seus filhos serem. E você? Parece a Rainha do Mardi Gras. Mary Winston levou-a a Magazine Street. Fez um rombo no seu bolso.

— Um rombo e tanto! — diz True.

— Mas ela está ótima, para uma ianque, *non*? — pergunta Hank.

— Bem, dê uma voltinha — pede Clothilde. — Eu diria que você teve um bom retorno para o seu dinheiro. Por que voltaram tão cedo?

— Está muito quente e sujo por lá, mamãe. E nunca temos uma chance de ficar a sós — diz Hank, deixando óbvia a necessidade de explicar, e True ouve uma ponta de orgulho em sua voz.

— Bem, é melhor vestir algo confortável e vamos tomar uma limonada com menta — diz a sogra de True. — Está um calor dos diabos lá fora. Fizeram a escolha certa. Win vai dançar a noite inteira.

Eu podia dançar a noite inteira, pensa True. Mas o bastante não precisa ser a noite inteira.

Então subitamente Clothilde fica séria.

— Ouça, True, temos de pedir desculpas por uma coisa... não, espere, realmente pedimos desculpas. Fizemos algo com Gui que os avós sempre fazem, e é sempre errado, mas deve nos perdoar, porque ele está tão feliz... — diz ela.

True pensa no aligátor; mas é, oh, pior e melhor. Maravilhoso. Ternamente, como se segurando o bebê Carr, Guy carrega na sala um filhote agitado preto-e-branco, com olhos extraordinariamente verdes que dizem a True *você está gamada.*

— Muito bem — diz True —, foi isto o que pescaram no pantanal?

— Oh, True, sentimos muito...

— Eu disse a ela, *cher*.

— Mas um menino precisa de um cachorro. E este é um *border collie*, True. O cachorro mais esperto que o homem conhece. Comprei-o do meu velho amigo que cria esta raça para desfiles...

— Olhe, mamãe, olhe só para ele — Guy implora.

True segura nos braços o filhote, que cheira a leite e feno. Ele lambe o pescoço macio dela, como que sentindo onde dói.

— Ele é... desmamado? É tão pequeno.

— Desmamado, mas não cedo demais — diz Gus orgulhosamente —, mas eles se acostumam cedo hoje em dia. Quatro meses. Ele tem dez semanas.

— Você planejou isto, seu safado — True acusa Guy, que arregala os brancos dos olhos e abre as mãos em sinal de inocência. — Como é que vamos levar este cachorro...

— É um *border collie*, mamãe. Seu nome é Gypsy, Gyp abreviado. Gypsy Carr Bannister, Primeiro.

— Ele nunca vai deixar ninguém machucar Guy — diz Gus a ela —, e vai defender sua casa com a própria vida. Esses cães são maravilhosos...

— São os melhores — acrescenta Hank.

— Você também participou deste complô! Todas estas semanas! — acusa True. Hank faz um gesto idêntico de rendição, erguendo as palmas das mãos. — Não posso deixar de perdoá-lo. Puxa, querido, muito obrigada. A primeira coisa que você disse...

— Que eu lhe daria um cachorro — Hank sorri. — E cumpri minhas promessas.

— E guardou tudo isso consigo! Todas essas semanas! — acusa True.

— Eles tosam um cachorro por dia — explica Clothilde — e fazem o aspirador de pó chiar "Uiiiii!"

— Ora, muito bem.

— Ele vai fazer pipi do lado de fora — observa Guy. — Quer ver?

E, de fato, Gypsy faz o seu pipi bonitinho.

— Preciso dizer a ele "Vá fazer pipi", no mesmo lugar todo dia. E depois preciso ensinar a ele "Sente-se" apenas com minha mão levantada, sem falar nada, e nunca devo dizer o nome dele com raiva, para que sempre venha a mim.

— Bem, quem vai encher sua tigela de ração e limpar o...?

— Ora, eu mesmo, mamãe. Sabe que sou muito responsável. E *Grand-père* comprou para ele uma casinha para que a gente o leve no avião debaixo do assento e uma caminha e dois chicletes de couro para que ele nunca mastigue nada parecido com uma meia ou um sapato de alguém ou então ele vai achar que pode mastigar qualquer coisa que se pareça com uma meia ou um sapato, e ele só pode comer ração de frango com arroz porque as rações comuns fazem os cachorros peidarem...

— Bem, ele é danado de bonitinho.

— Sabia que ia deixar que eu ficasse com ele. *Grand-père* disse que as mães são fáceis de levar na conversa.

— Eu não disse isso! — protesta Gus.

— Não minta, disse sim — Guy o repreende.

— Bem, não vamos ter de nos preocupar com o que o seu pai vai dizer! — True lança um olhar fingido de fúria para Hank.

— Oh, ele sabia o tempo todo. Quero dizer, semanas antes de chegarmos aqui!

— Vamos *lá*!

— Ele sabia, bem, não semanas antes, True. Contei a Henri na semana passada. Mas não queríamos... estragar a surpresa.

Ela, Hank e Guy adormecem na mesma cama, enquanto Gypsy fica no seu cesto de vime, choramingando baixinho e polidamente. Depois de uns momentos, True ouve e vai pegar o filhote nos braços. Num instante ele dorme agradecido sob o queixo dela, confiante como um bebê. Ela pensa numa cerca para o jardim da frente. Isto, pelo menos. A rua é muito movimentada... e talvez uma casinha do lado de fora, para quando não tiver ninguém em casa...

— Gosta dele? — sussurra Hank.

— É adorável. Seu diabinho. Não posso acreditar em você. Assim que Guy o visse, você sabia que estaria tudo perdido.

Beijam-se e então True se lembra daquela noite mais cedo, a mesa com sua toalha bordada, a garota com as escamas douradas de uma sereia. Ele podia ter tido ela; ele prefere True. Beijam-se de novo e a língua de Hank se avoluma dentro do céu da sua boca, seus lábios macios, sugando.

True sente um nó no coração. Ele a ama. Ele ama Guy. Hank diz, porque não podem fazer o que sentem vontade de fazer, com Guy ao lado deles, roncando.

— Chegue para cá, Gypsy, meu camaradinha, e deixe-me ficar entre minha mulher e meu filho. Para que possa abraçar os dois.

Algo que estava retesado no estômago de True relaxa e ela pega no sono, uma mão sobre a de Hank, a outra sobre a cabecinha sedosa de Gypsy.

NA SUA PENÚLTIMA NOITE em Metairie, a noite antes do batizado, True pega Hank e Perry dando risinhos no saguão. Vão sair para uma noitada típica de rapazes. Uma parte dela está aliviada. True viu tantos barcos e edifícios, ouviu tantas canções e histórias, que deseja apenas ficar deitada com as costas sobre uma bóia de borracha e olhar para as estrelas através do painel de vidro sobre a piscina dos Bannisters.

— Boa noite, *cher* — Hank a beija. — Quer que traga alguma coisa?

— Espero que não — Perry abafa uma risadinha e Hank olha para ele, subitamente com um ar severo.

— Esta é a minha esposa — diz ele.

— Desculpe, True — Perry sacode a cabeça, como um meninão envergonhado de seis anos.

— Não passa de uma criança grande — diz vovó Winston. — Vão aos antros, a lugares vergonhosos.

— Quer dizer... bordéis? — pergunta True.

— Não — a velha ri —, só lugares onde os drinques são de água e gengibre e as garotas bonitas dançam nuas. Comem *boudin* e ovos em picles, nesses inferninhos.

— Sem mim?

Todas as mulheres dão risinhos abafados.

— Garotas não vão a essas espeluncas — diz Win. — Ou vão ver *strippers*. A não ser no Bairro Francês.

— Verdade? — diz True friamente.

— Se não gosta disso, bata nele — e Win ri. — Nós batíamos nele o tempo todo. Reed lhe dava coças terríveis. É pequena, mas é durona.

True e Guy passam a noite nadando, seus braços deixando arcos de fosforescência à luz das estrelas.

— Precisamos ir embora? — pergunta Guy.

— Precisamos, mas não quer mostrar a Fenn e Brendan seu novo bebezinho?

Guy ri maliciosamente, pois Holly não permite que Fenn tenha animais.

— Sim — diz ele.

— E nós voltaremos. Vamos voltar muitas vezes.

— Está bem — diz Guy. — Incomoda-se se eu for para a cama, mãe? Gyp está cansado.

True está cansada. Ao caminhar até a cozinha com seu copo de chá doce, faz algo num impulso que a surpreende. Dá um beijo na cabeça de Clothilde e sua sogra ergue a mão para tocar no seu rosto.

— Gostou da nossa casa?

— Muito — diz True.

— É sua casa agora, também — diz Clothilde, com visível ternura que faz a garganta de True doer. E ela decide então que, se durante esta viagem, se o *kit* der o sinal verde, se disser vá em frente, ela irá em frente. Irá, se possível, fazer o seu bebê nesta casa de amor e languidez, muito parecida com a casa em que desejaria ter crescido, crescido com calma, afoitamente e querida.

Vai ao banheiro. O oráculo diz que esta é a noite. Coloca então sua camisola de cetim da noite de núpcias, que ficou grande para ela, e espera, enroscada, por seu homem.

OUVE HANK TROPEÇAR ligeiramente ao entrar no quarto e acender a lâmpada da mesinha-de-cabeceira. A casa toda já dormiu há muito tempo. Ele sorri acanhado e encolhe os ombros.

— Aonde foi? — pergunta ela.

— Ao River Annie's, onde íamos quando éramos garotos — diz ele. Seu bafo e suas roupas fedem a fumaça de charuto.

— É um local de *strip-tease*?

— Win lhe contou isso?

— Sim.

— Bem, não chega a ser uma espelunca de *strip*. Duas *strippers* apenas.

— Me conte o que elas fizeram.

— True, não vá ficar toda grilada.

— Não, me conte o que fizeram. Estou interessada. Por outras razões.

— Estou interessado em dormir direto doze horas, mas preciso de quatro aspirinas. Tem alguma no armário do banheiro?

— Querido, como vou saber? Não é minha casa. Posso ir mexendo nos armários? Não acho que deveria.

— Vá em frente. Sem problema.

Ela lhe traz quatro aspirinas e um copo d'água e vê que ele nota seu corpo flutuar debaixo do tecido da camisola.

— Sua avó disse que só servem jinjibirra lá. Que as garotas são a grande atração.

— Bem, Perry levou algo com ele que não era jinjibirra. Aliás, Perry falou esta noite que você é quente — e Hank começa a rir.

— Por que está rindo? Eu sou quente... e estou quente.

— Foi o jeito como ele disse. Como um cara dos anos 1980. Pelo menos a casa tem ar-condicionado. Quando estávamos crescendo, papai dizia que o ar-condicionado deixava você fraco.

— Não, eu disse que estou quente não em termos de temperatura. Estou me sentindo *sexy*.

— Bem, milagres acontecem. Nunca ouvi você dizer isso.

Nu, Hank sobe na cama.

— Agora me conte sobre as *strippers*.

E assim, com muitas pausas e grandes silêncios, Hank descreve uma cama de cetim cor-de-rosa, sobre a qual uma garota "amarela" estava deitada de sutiã e meias, que ela tirou. E depois?

— Então ela abriu as pernas e não permitiu nenhum esforço de imaginação.

— Isto é contra a lei?

— Provavelmente.

— E depois?

— Aí ela colocou um travesseiro debaixo da bunda, para deixar de vez tudo à mostra e bem, True, ela fingiu... você sabe.

— Ela fez... assim? — True ergue sua camisola virginal e abre as pernas, enfiando debaixo de si um dos travesseiros de renda imaculados de Clothilde. Embora seus olhos estejam já bem vermelhos, ele seria capaz de sangrar até morrer antes de fechá-los, e True vê, num movimento do lençol, que atraiu o interesse dele. Lentamente, numa lentidão dolorosa, ela começa a mexer os quadris para cima e para baixo, deslizando o corpo para a frente e para trás sobre o travesseiro. Ela lambe um dedo e aponta, "X" marca o local. Enquanto Hank se levanta sobre um cotovelo, True tira a camisola por cima da cabeça.

— Sou bonita como ela? — pergunta.

— Você é mais bonita, para mim — Hank declara, ao rolar para penetrar nela. — Não existe nada mais bonito do que você. Precisamos disto? — ele começa a tirar o travesseiro, mas True leu numa revista que ajuda os espermatozóides a nadarem mais velozmente para suas posições de ataque.

— Nos livros de Hemingway, a garota sempre usava um travesseiro por baixo. Dizem que... aumentava a fricção.

— Bem, quem sou eu para discutir com Hemingway? — Hank sorri e então acrescenta. — Espere. Estou cheirando como um pantanal. Deixe-me tomar um banho de chuveiro primeiro. Ou pelo menos escovar os dentes.

— Só os dentes. Não posso esperar.

Hank na verdade corre até o banheiro.

Enquanto ela se arqueia, Hemingway tendo acertado algo pelo menos uma vez, True pensa no um, no um, o um de Ouros. Este, ela supõe, é a entrega. Ela imagina que sente uma fechadura girar e fechar com um clique.

NA IGREJA NA MANHÃ de domingo, True coberta de *pancake* como um manequim e envergando uma bonita mantilha de seda que Clothilde teve a sensibilidade de lhe oferecer, segura Carr Bannister Swallow contra o *tailleur* de linho enquanto ele é abençoado e consagrado, e enquanto o seu marido, estonteante em seu terno azul e gravata vermelha, permanece ereto ao seu lado, ao prometerem cumprir seus deveres, educando esta criança no conhecimento do seu Salvador. Um pequeno almoço de pequeninos sanduíches com recheios deliciosos é oferecido, o pequeno Carr é festejado com colheres de prata, um bracelete com o seu nome, títulos de poupança, estamenhas de seda e, de Perry, uma miniatura, e provavelmente muito cara, de uma jaqueta preta de motociclista.

Terminada a festa, a família de Hank e True recolhem-se à casa para uma soneca, o que não fazem, Hank guardando memórias vívidas da atuação de True na noite anterior. Existem virtudes no catolicismo. Santificados, eles se incandescem devidamente com calor sexual.

Na manhã seguinte, True, Hank, Guy, Gypsy, e ainda outro passageiro, voam para casa em Chatham.

DUAS SEMANAS DEPOIS, True leva o pequeno bastão para o banheiro. Isabelle aguarda do lado de fora enquanto True cuidadosamente faz pipi no local indicado sobre o bastão.

— Vamos, True, esta é de longe a coisa menos embaraçosa que já fizemos num banheiro — reclama Esa.

True sabe ao que ela está se referindo. Exatos nove meses depois da morte de Pete, ela e sua então nova ajudante Isabelle tinham ido de carro à Agência Funerária Nickerson para apanhar o que era chamado eufemisticamente de "restos mortais" de Peter. Mostraram-lhes uma variedade de urnas, com modelos inspirados em quase tudo, da Esfinge ao *Pensador* de Rodin, até que True disse:

— Pretendo espalhar as cinzas de Pete nos baixios, que ele amava.

— Vai precisar de uma permissão para isso — o alinhado diretor da agência funerária disse a ela rapidamente —, e a maioria das famílias prefere guardar...

— Bem, nós não — dissera Isabelle —, e estou *tão* segura de que o senhor precisa de uma permissão.

Mas, quando examinaram o conteúdo da lata, pareceu sinistro, como arqueologia em vez de areia macia. True podia ver pedaços de ossos, grandes como os dedos do bebê Guy, e pedaços do que parecia plástico preto.

— É a sacola que envolve o corpo — disse Esa a ela. — É o que colocam na pessoa para... você sabe.

— Não posso deixar as pessoas verem isso — desabafou True. — É chocante.

E assim, encorajada por muitos copos de vinho, levaram a lata ao banheiro de True e usaram uma peneira de espaguete para separar os ossos até que tudo o que restou foi um pó macio e esbranquiçado que colou em seus rostos e cabelos suados como se tivessem aberto uma lata de talco de bebê. True lembra-se de ter rido histericamente: "É Peter, sem tirar nem pôr!"

E uma semana depois, ao som de gaitas de fole, a família sobriamente espalhou as cinzas. Então à noite, como piratas, Esa e True enterraram os ossos debaixo de uma árvore perto do farol de Chatham.

True ri histericamente, como da outra vez.

— Estou esperando! — diz Esa, batendo o pé.

— Estou esperando, também. Leva três minutos.

— Bem, abra a porta. Não precisa ficar de calcinha arriada enquanto espera!

Sentam-se lado a lado na cama e examinam o bastão como um oráculo. Teimosamente, ele permanece de um branco virginal.

— Talvez você tenha feito pipi errado — sugere Esa, ao se aproximarem da marca dos dois minutos. E então, milagrosamente, uma forte linha azul aparece ousadamente através da janela no bastão.

— Escute, True, escute. "Embora seja possível que você tenha feito este teste cedo demais durante o seu ciclo, e um resultado negativo falso possa ocorrer, uma linha azul é virtualmente um indicador definitivo de que você está grávida. Procure o seu médico para..."

Mas True está saltando da cama, acenando com o bastão.

— Foi o um de Ouros! Foi o Um de Ouros — ela está chorando, como se a *Maman* marrom de Hank não tivesse revelado as mensagens de sete cartas, mas só de uma.

AGOSTO

BABY, FAZ CALOR LÁ FORA

A peça central da Bênção de Agosto é um balde de areia de borracha com zíper que também pode ser usado como sacola, completo, com uma pá segura e rígida. Para as meninas temos um monoquíni amarelo-claro e para os meninos uma roupa de banho inspirada nos modelos masculinos do século XIX, com confortáveis suspensórios (porque estes calções não caem sempre e deixam uma fralda suja de areia?). E como as noites começam a esfriar em agosto, uma de nossas Bênçãos Noturnas, um macacão de dormir que não requer nenhum tipo de ciência para abri-lo. E esquecemos das meias em formato de peixe? Um par bem divertido para você e outro para o seu bebê? Combinam genialmente com blue jeans, *ou caxemira.*

POR QUE OUTRAS PESSOAS chegam em bandos em Cape Cod em agosto é um mistério para os que moram lá. Faz sempre calor, mas pode ser um calor abafado, ou quente como uma caixa de fósforos largada junto a um fogão.

O tempo quente coloca as pessoas em encrenca.

Os tiras em Chatham estão sempre apartando brigas de motoristas com os de Ontario e de Nova Jersey. Se uma semana ensolarada inclui três dias de temporal, todo mundo se acha perseguido. Aqueles que fuçam as livrarias e os antiquários são pães-duros e mal-humorados, propensos a afanar uma caneta ou um saleiro. Soube-se de *chefs* que jogaram baldes de gordura pela porta nas costas de garçons que receberam melhores ofertas de trabalho mais adiante na mesma rua e brigas irrompem entre amantes de idade universitária que nunca conheceram nitroglicerina mais erótica do que entre as dunas no Memorial Day*. Em agosto, essas lembranças são como as manchas brancas salpicadas

*Feriado em memória dos soldados mortos na guerra (geralmente 30 de maio). (*N. do T.*)

na pele provocadas pelas bolhas das queimaduras solares — visíveis, mas dormentes, indignas da dor que certamente provocaram.

Irritam-se com os catadores de mariscos, ressentindo-se do fato de que as mesmas conchas que vêem sendo recolhidas em pás do seu ninho de palha, que deveriam, raciocinam, pertencer a todos, são servidas a eles com um raminho de *arugula* e umas pitadas de raiz-forte em Aquele Lugar. Hank sempre disse que as pessoas acham que estão pagando por comestíveis, mas na verdade estão pagando pelos temperos. Se soubessem que aqueles temperos, até mesmo Sysco — uma boa marca de condimentos que Hank compra religiosamente — e outros que vêm em sacos sem nome que ele importa se for preciso, custam no atacado apenas cinqüenta centavos duzentos e cinqüenta gramas, eles ficariam totalmente pirados.

É numa dessas noites de agosto, uma noite que parece perigosamente quente como açúcar queimado, que True acha que está ficando descontrolada.

Ela e Guy vão jogar golfe, com Gyp na coleira, mas os maruins são um terror e eles decidem ir encher o saco de papai um pouco. Pelo menos a viagem até Truro é uma desculpa para rodar com as janelas abertas e o ar-condicionado ligado, um pecado da carne menor que eles dois adoram cometer. Mas no estacionamento, antes que Guy escancare a porta, True vê Hank de pé sob a cornija da porta da frente.

Ele está... beijando uma mulher.

Hank está beijando, uma mulher, uma mulher, beijando uma mulher. Ela não pode ver o rosto dela, embora ainda haja muita luz do sol, porque o rosto da mulher está virado para longe, oculto pelo corte de cabelo meio no estilo pajem, enquanto procura a face de Hank. Pelo menos não é um beijo na boca. Ela está lhe dando o beijo Bannister nas duas faces. Suas mãos agarram os antebraços dele. Por um instante eles se afastam. True não sabe se cobre os olhos de Guy, se salta do carro, suas mãos estendidas e levantadas, uivando como uma alma penada, ou se desliza para baixo do painel e se esconde. Hank e a mulher se separam brevemente. O fôlego de True está entrecortado, a cada segundo mais ofegante, como se ela estivesse subindo um morro perseguida e não pudesse parar para descansar.

Hank coloca as duas mãos nos ombros da mulher, ergue seu queixo e aponta um dedo para ela e a beija na testa. Ele a segura contra o peito brevemente e depois a solta. Com a cabeça abaixada, a mulher se dirige para um carro esportivo.

— É um Passat — diz Guy. — Adoro esta marca. Vou ter um Passat quando for famoso.

— OK — True arqueja. Ela não quer abrir a porta e curvar-se para fora e vomitar. Não quer vomitar nas suas mãos. Não há, pela primeira vez na vida, nem um copo plástico de café ou copo de refrigerante vazio no Volvo, normalmente um verdadeiro depósito desses itens pegajosos. True inclina-se para diante para colocar a boca contra a rajada acre do ar-condicionado. Inpire e depois expire lentamente.

— Ele já beijou o que tinha de beijar, podemos descer agora?

OK, OK, OK, OK. Espere, espere espere espere, pensa True.

— Eu... eu acho... quem é aquela? — pergunta True. — Quem é aquela mulher?

— Não sei.

— Já a viu alguma vez?

— Não.

— Bem, talvez devêssemos ir tomar um *sundae* em vez disso.

— Por quê? Ele já fez. Podia ter sido, não, ela tem cabelos ruivos. E está saindo com o irmão de Tom agora, sabia disso?

— Não sabia. Quem, Lucy?

— Sim.

— Temos de ir, Gui. Temos de ir agora mesmo.

True tem quase certeza de que é capaz de dirigir. Só está suando agora, não está mais enjoada. Respirar ajuda. Ela respira mais fundo, com medo de desmaiar de tanto respirar, respirar, respirar. True começa a rir. Guy, inicialmente intrigado, começa a rir com ela. Ela pisa fundo no acelerador e segue para a entrada do Parque Nacional Litorâneo. Arranca a camisa, ficando apenas de camiseta regata, que está colada à pele.

— Não está quente? Está tão quente, não está? — pergunta ela a Guy. — Quero um *sundae*. Preciso de um *sundae*, sim?

Algo na mulher é tão familiar que True perde o caminho para a Sundae School e acaba atrás de uma oficina mecânica, mas finalmente encontra a direção do quiosque à beira da estrada onde ela e Guy desavergonhadamente consomem café moca com creme de *marshmallow* aos montões.

— Está melhor agora, não está? — pergunta ela a Guy, que olha para ela atônito enquanto True remexe nos cabelos e nos apliques, se limpa e depois coloca de novo o brilho labial. — Vou voltar agora e trazer o papai, OK? Volto logo, OK? — diz ela a Guy. — Aposto que era uma velha amiga da sua irmã, de *Tante* Win ou de *Tante* Tannie. Não acha? É no que eu aposto.

— Quem? — pergunta Guy.

— A dama beijoqueira.

— Oh, OK — Guy dá um tapinha no braço dela, despreocupado.

Deixando Guy com Kathleen para assistir a um programa sobre bruxinhas adolescentes gêmeas — é da Disney, mamãe, insiste Guy, antecipando um fraco protesto que True está cansada e perturbada demais para fazer — ela dirige de volta a Aquele Lugar. Fica sentada sozinha no estacionamento. Assim que vê Hank sair pelos fundos para umas baforadas no seu charuto ela se dá conta de quem era a mulher. A mulher era Adele Cabot. Adele da Flórida, de Nova Hampshire, de Massachusetts, Adele aqui e agora. Não consegue compor seu rosto para encontrar o de Hank. Não consegue pensar no que perguntar ou não perguntar. Mas quando ela começa a se afastar, Hank ouve os passos no cascalho e vem correndo.

— Ei, você aí! Estava justamente pensando em ligar para você e pedir que viesse. Pensei que talvez quisesse jogar dardos ou coisa parecida. Pelo menos estaria onde tem ar fresco. Céus, está tão quente lá dentro. Tom está trabalhando quase nu.

Hank não está muito diferente de Tom. Usa uma camiseta sucinta e bermudas de *jeans* cortados debaixo do guarda-pó branco de cozinheiro.

— Estou entediada, você acertou — diz True. — Os borrachudos estão terríveis. E os maruins; bem, nós os vimos. Você está entediado. Está uma noite chata?

— Uns morrinhentos. Ficam sentados diante do pães durante quarenta e cinco minutos. Pedem um drinque.

— Ninguém mais apareceu? Nenhum dos fregueses? Ninguém de fora da cidade?

— Não — Hank a beija levemente no nariz. True estuda sua boca, a terna umidade dos seus lábios por dentro, seu dente lascado, o quarto a partir da parte de trás.

Ela espera, um longo momento.

Se Hank disser, *Aquela escritora, você sabe, a mulher com quem eu saía? Adele? Passou por aqui. Estava de férias...* ela não vai explodir. Promete não explodir, por tudo o que lhe é sagrado. Hank só a estava consolando. True percebe isso agora. Apenas isso. Não estava tentando tirar uma casquinha, nem ficar de caso, não à vista de todos, não no estacionamento. Qualquer um podia ter chegado de carro. *Ela* podia ter chegado de carro. Ela havia chegado de carro. Adele tinha sofrido uma perda... um contrato, um emprego, uma série de palestras, algo assim, ou... rompido com um namorado ou, melhor ainda, encontrado o seu verdadeiro amor. Estava se despedindo de Hank. Sim, era isso mesmo. Despedindo-se e desejando-lhe felicidade com os mesmos gestos carinhosos que True teria empregado. Com alguém como... Evan. Não passava disso. Se fosse mais do que isso, Hank estaria dizendo agora, *Adele passou por aqui. Adele está encrencada; você sabe quem é, Adele.* Mas Hank não diz nada. True entra no suave frescor de Aquele Lugar, então, com seus braceletes e temperos, como um estabelecimento no Vieux Carré, como o interior de um geodo. Acena para Tom. O olhar culpado de Tom é transparente como celofane. Desaparece nos fundos. Lucy, saltando de uma frente-única de cetim, está ensaiando a recepção da casa esta noite e mostra os dentes para True. True caminha até a cozinha cheia de vapores, onde os dois homens trabalham silenciosamente, lado a lado, com seu novo assistente, despejando xícaras de leite sobre o camarão nas frigideiras, jogando punhados de pimenta vermelha, agarrando pinças com habilidade para retirar os bifes das grandes assadeiras Blodgett onde foram colocados para grelhar depois de aquecidos. Tudo é cozido ao mesmo tempo; nada é estragado. True sente como se estivesse observando o funcionamento de um relógio.

— Lembre que preciso triplicar o camarão Tazo — Hank pede a Tom.

— Certo, três ou quatro?

— Hummm, deixe-me pensar. Quatro. E outra coisa, o bolo de *mousse*, podemos congelar para que não derreta quando eu o tirar — diz Hank —, e pão.

Devem ser para Madame le Chat e Mister Riviere. Este é Hank, Hank, seu bom e galante Hank.

Hank beijou Adele.

Ela imaginou isto. Viu isto através do caleidoscópio dos hormônios.

Ela observa, paralisada, os pés sobre um caixote plástico de leite, enquanto Tom usa um maçarico para encrespar a *crème brulée*, que é de chocolate esta noite, o tipo de doce que True em outros tempos teria feito qualquer coisa para provar. Agora, porém, o doce e toda a idéia de uma sala cheia de estranhos fora dos minúsculos limites da cozinha, obstinada e tenazmente encarando a *bouillabaisse* e o purê de batata doce com estragão atrás dos quais vieram e que vão consumir, apesar do calor, apesar dos distúrbios gástricos que possam experimentar em suas camas aquela noite na Hawthorne's Inn ou no Gilded Gull, parece bárbaro. Quando ela olha para fora da porta de vaivém, espera ver trombas e chifres.

— Aqui não é o seu lugar, *cher* — diz Hank, enxugando o pescoço com um guardanapo limpo. — Parece um tanto verde, você.

True sai para o restaurante, senta-se no bar, pede a Rose, o *barman*, um chá gelado e coloca as mãos ao redor do copo e então as mãos contra as faces.

Qualquer esposa perguntaria. Nenhuma esposa com qualquer senso de seu próprio domínio, do amor do seu marido, seria tão passiva, tão abjeta. Ela é um rato? É uma megera? Por que não diz nada?

Ao fecharem o restaurante, depois que Hank esfregou um pano molhado no chão — um cartaz na parede diz O CHÃO SERÁ — Isto é, SERÁ!!!! — ESFREGADO CINCO VEZES POR SEMANA — e se refrescou com a mangueira, do lado de fora, vestindo apenas as bermudas de *jeans* cortados, ele sugere que deixem o caminhão e voltem juntos para casa. Ela pode trazê-lo amanhã.

Depois de um quilômetro e meio sua pele secou.

— Pode acreditar nisso? Estou tão quente como se não tivesse tomado banho de mangueira.

— Você deve literalmente perder peso na cozinha quando faz calor assim — comenta True.

— Dois quilos e meio neste verão até agora — Hank zomba.

— E você age como se não fosse trabalho duro. É como trabalhar no bojo de um navio, jogando carvão com uma pá na fornalha — diz True.

— Você não deveria agir como seu trabalho fosse árduo — diz Hank pensativamente. — Meu pai diz que isso dá a impressão de que você o faz pelo dinheiro.

— Eu o faço pelo dinheiro — diz True.

— Bobagem, True — Hank a censura. — Ninguém trabalharia tão duro como você só pelo dinheiro. Pare para pensar. Você não precisa esquentar tanto a cabeça, mas acaba esquentando. Eu a ouço no telefone.

Hank segue na direção de Nauset e eles descem para caminhar. O ar finalmente começa a se mexer, embora não se pudesse chamar isso de uma brisa. True sabe que é menosprezada por possuir um dos únicos sistemas de ar condicionado central na vizinhança — os habitantes de Cape Cod desprezam o ar condicionado, embora cheguem aos tapas no estacionamento da loja JC Penney brigando pelo modelo padrão de qualquer ventilador durante uma onda de calor — mas se justifica alegando que sua casa não é apenas uma casa, mas também um local de trabalho. Ela também instalou ar-condicionado no depósito, com unidades de janela, em função do estoque, mas também dos empacotadores.

Sente horror ao imaginar alguma mamãe da sociedade de Filadélfia abrindo uma caixa de Bênçãos que cheire ao bacalhau dos vapores trazidos pelo vento da fábrica de enlatados nas proximidades.

— Por que está tão deprimida? — pergunta Hank.

— Mmmm. Deve ser o tempo. Sabe? Não sei o que deu em mim.

— Vamos para casa. Vai ver o que eu vou dar a você.

— Está bem.

— Na verdade, vamos ficar aqui, mas noto que você não é muito uma garota de praia...

— Adoro a praia, Hank. Só odeio a areia.

— Por que se mudou para cá, então?

— Foi onde a Natureza me colocou. Se pudesse, eu mandaria pavimentar a praia com material sintético, como uma quadra de espuma de borracha, um piso de basquete. Não consigo sair da piscina de Franny, mas simplesmente... odeio a areia.

— Guy adora. Gosta de ser enterrado na areia.

— Toda vez que ele faz isso — diz True, agarrando o braço de Hank enquanto se viram para caminhar até o carro — eu me arrepio toda.

— E está sempre querendo que eu faça o mesmo.

— É só dizer a ele para parar com isso.

— Eu digo, mas depois ele começa tudo de novo. Garotos são assim. Quer tomar um sorvete?

— Já tomei. Hoje mesmo. Com Guy, mais cedo.

Merda, ela pensa. Será que Guy vai perguntar sobre a beijoqueira? Não. Guy se esquece das coisas dos adultos, a não ser que o afete diretamente, assim como esquece as cuecas no chão do banheiro.

— Então vamos ficar entre os lençóis, mulher. Tem uma coisa que quero lhe mostrar.

— Esqueça os lençóis — diz True subitamente, com a voz um tanto aguda. — Temos uma manta no porta-malas.

Caminham para longe, bem longe, no escuro, onde o facho do farol e as fogueiras esparsas dos adolescentes não conseguem encontrá-los. Nem mesmo os maruins não aparecem por aqui. E True, com o que espera ser uma espécie de habilidade sedutora, fica de pé diante de Hank, que está deitado na manta, e desfaz o laço da cintura deixando cair as calças, debaixo das quais não veste nada, e deita-se ao lado dele. A água está plana sob uma lua de metal, com nuvens em fileiras que parecem simétricas demais para serem naturais, nuvens como barras de chumbo sobre um céu de bronze.

— Nunca vi o céu assim — diz True. — Sei que indica algum tipo de tempo, mas parece como um planeta.

Hank puxa do bolso de trás uma caixa de papelão, dessas de leite ou suco.

— Isto não é droga — True dá um risinho abafado.

— É gelo — diz Hank.

— Gelo?

— Simplesmente gelo — ele insiste. — O bom e velho gelo.

— Vamos tomar martíni?

Ele tira um dos cubos de embalagem sofisticada, com o puxador de pressão no centro, e o coloca sobre um dos mamilos dela, que fica ereto primeiro em choque, depois deleite, enquanto a água derretida escorre deliciosamente por suas costelas, Hank debruçando-se primeiro para lamber, depois para sugar.

— Refrescou? — pergunta.

— Em certo sentido — ela responde.

Ficam deitados juntos enquanto Hank distraidamente acaricia a barriga e as coxas de True com o dedo indicador, desenhando plumas, depois círculos, luas e estrelas. Ele se ergue ligeiramente para sair dos *shorts* de *jeans* e então estende as mãos para trás e puxa fora a camiseta, um gesto que, mesmo tendo visto centenas de vezes, ainda possui uma carga de virilidade que deixa True com vontade de cair de joelhos. Nunca viu outro ser humano formado tão descontraída e expressamente para o sexo. Quando Hank penetra, True ouve uma risada jovem e sufocada e parte de uma frase que a faz lembrar de um antigo ruído surdo de pés nus na areia, como um verso de uma canção se irradiando da janela aberta de um carro enquanto ela tentava na adolescência, deitada na cama, pegar no sono, "... tão bonito".

Ele agarra os ombros dela, seu rosto contorcido, seu ronronar abaixando uma oitava, transformando-se num gemido, num grunhido, num rosnado, enquanto a possui, com força excessiva, suas omoplatas cavando um buraco na areia debaixo da manta. Ela sente dor; a mente que governa seu conforto anseia por empurrá-lo para trás, para fora dela, por fazer um sinal restritivo com a mão. Mas perturbar esta intensa colisão dos planos incandescentes físico e emocional, convergindo para um único ponto de calor, ela está embalada demais para interromper tal simetria. Seria um pecado. Sem se importar com a presença de vagabundos nas redondezas, ela não consegue sufocar um estremecimento de êxtase, rapidamente seguido pela sensação de lágrimas.

Sim, ela pensa. Ele é bonito. É bonito ao longo de gerações. É uma mina.

— Está pronta? — Hank pergunta a ela, um grunhido.

— Mais do que pronta — True tenta puxar o fôlego em arquejos orgásticos. Hank está ofegante; True está ofegante. Pela primeira vez em seu casamento, ela finge.

— Fazem pedidos às estrelas na Luisiana? — pergunta True, quando Hank rolou para o lado, o suor fresco de sua pele fazendo-a tremer.

— Fazemos pedidos às estrelas, como aqui.

— O que você pedia, quando era garoto?

— Pedia uma McClaren — diz ele. — O que você pedia?

— Para ser uma atriz famosa.

— Bem, você chegou mais perto.

True espera um pouco.

— Sabe o que peço agora? É um pouco mórbido.

— O quê?

— Desejo que meus filhos tenham vidas longas, que meus filhas sobrevivam a mim.

— Huh. Só você. Consegue colocar uma preocupação num pedido a uma estrela.

— Eu não costumava pedir isso — ela confidencia.

— O que costumava pedir?

— Para encontrar um homem da Luisiana, que estivesse no ramo dos restaurantes...

Hank agita sua camiseta sobre ela:

— Que bela fala...

— E que nos casássemos e fôssemos à Luisiana e uma noite fizéssemos amor e acordaríamos de manhã e, epa, vejam só, estaríamos grávidos! E nove meses depois teríamos um bebê, uma menina saltitante, ou um menino saltitante, parecido exatamente com este homem da Luisiana...

Hank ficou quieto, olhando para a lasca lunar do horizonte.

— Está me dizendo alguma coisa, True?

— Acho que estou, papai — diz ela, e cruza os dedos debaixo das coxas.

Hank ainda continua sentado, imóvel.

— True, eu... True, fala sério... — o coração de True começa a esvaziar — quero dizer que sou o homem mais feliz da Terra. É mais do que isto. Eu me sinto tão feliz que não ousaria dizer uma palavra para romper o encanto.

— Então está feliz?

— Estou feliz, feliz? Puxa, se estou... achei que íamos ter de passar por injeções e termômetros e...

Conseguimos, pensa True, afrouxando os dedos.

— Meu pai me advertiu sobre isso. Mas não precisamos! Tudo o que precisamos foi uma trepada e o famoso esperma Bannister!

— Bem, não saia a comprar charutos ainda, Hank. Estou apenas com uns dez minutos de gravidez e a coisa ainda é arriscada, o médico diz que há uma possibilidade de prematuridade na minha idade e todo tipo de coisas.

— Nada vai acontecer com nosso bebê! *Nosso bebê. Nosso bebê. Está vendo, está vendo? Está tudo bem!*

— Bem, eu só queria que soubesse, não é ainda uma coisa certa... mas dentro de seis semanas, podemos começar a ser otimistas.

Hank salta e começa a limpar a areia do colo de True.

— Oh, True, que merda. O que foi que fizemos...? Será que machucamos ele? Ela? Temos que ficar... de manter um bom comportamento?

— Não! Só com... algumas coisas. Vou explicar. Tomar cuidado para não introduzir ar na... — diz True, sorrindo.

— Entendi.

— Está seguro de que não ficou muito abalado? Quero dizer, um filho novo, um novo casamento...

— Não, *mas* não! — grita Hank. — Estou apavorado. Quero dizer, estou com medo de que não dê certo. Mas é só isso. Simplesmente não esperava isto tão cedo. Foi uma vida e tanto, estes seis meses. Não, eu quero isso mais do que qualquer outra coisa. É apenas irônico.

— Como irônico? — pergunta True.

— Deixa para lá — diz Hank. — Estúpido. Estou simplesmente desbundado. Já lhe aconteceu algo que a deixou desbundada porque foi tão inesperado, mas ainda assim a deixou mais feliz do que imaginava? Algo que realmente não achava que podia esperar?

— Só uma vez, quando me pediu para casar com você.

— O exemplo perfeito — conclui Hank.

Estende as mãos em concha cobrindo os ombros dela, para beijá-la. Ela desvia o rosto.

— Areia na minha... minha boca. Está vendo? É por isso que detesto areia — True ri, atordoada. Não vai deixar a boca dele tocar na sua, não com a essência de Adele ainda parte dele.

Sobem os degraus de madeira do caminhão, Hank ainda com a bermuda de *jeans*, agora a apoiando, como se não só estivesse grávida, mas também deficiente. True vê o olhar de pálpebras caídas nos rostos das jovens de vinte e poucos anos que pararam no estacionamento para fumar o que pode ser ou não tabaco. Ora, vejam só, ela pensa. Desculpem, garotas.

True faz sermão para si mesma. Abdique de toda dúvida. A dúvida é o peso morto de uma âncora contra um velejar suave. Peso é declínio. Pense, *mais* sim, ele é bonitinho. E eu sou a sua primeira e única. Por isso preciso tratá-lo como um companheiro, não como uma criança, ou um rapaz, nunca mais. *E algum dia, talvez depois que o bebê nascer, ele vai contar a ela, lembrar aquela noite exata? Quando você me contou que estava grávida? A coisa mais estúpida aconteceu e eu não podia arruinar aquele momento, mas você não pode adivinhar quem apareceu, um atraso de vida total...*

— Eu amo você — diz ela a Hank.

— Eu amo você, também — diz ele.

— Então estamos bem.

— Estamos melhor do que bem. Eu devia telefonar para o meu pessoal, alugar um avião para voar com uma faixa DE PROPAGANDA...

— Estamos bem e... tem algo que eu queria falar com você.

Vou perdoá-lo, pensa True. Seja o que for. Vai me contar sobre Adele, e que não representava nada, e vou acreditar nele.

— Eu... eu tenho uma idéia — diz Hank, pegando-a com a guarda tão baixa que ela se esquece de ficar zangada por ele ter se esquecido do seu filho. — Tenho outra idéia... — True se anima. — Tenho uma idéia para uma companhia não exatamente como a Doze Vezes Abençoada, mas meio parecida... me escute... eu pensei, se tivéssemos um garoto como Guy, mais velho do que Guy, que vai embora para a universidade dentro de dois anos, e ainda assim é nosso filho, por isso você quer que ele pense em sua casa e saiba que está pensando nele.

True, apesar do cérebro zunindo, escuta um tilintar prateado no seu ouvido mental.

— O que você faria?

— Bem, minha mãe chamava isso de sortimento de casa, mas você mandaria um a cada mês...

— Com biscoitos em lata, e música, e meias tricotadas a mão.

— Exatamente — Hank cai de novo de joelhos — e *vapo-rub*.

— Vapo-rub! É brilhante. Como foi que pensou nisso? Para o primeiro resfriado que você tiver sem a mamãe por perto... mas do seu tipo preferido, da sua marca.

— E mais. Café. Luvas...

— Está certo, Hank, está certo. E uma máscara de dormir, caso seu companheiro de quarto fique com a luz acesa estudando a noite inteira...

— Ou tampões de ouvidos, se ele ficar acordado a noite toda, tocando música ou trepando.

— Isso — diz True lentamente — poderia realmente funcionar... — e ela se levanta subitamente.

— Ora, claro que iria funcionar, True — Hank diz com uma certa irritação. — Não sou um idiota. Não sou uma criança. Você fala como se eu fosse Guy.

— Não tive essa intenção. É assim que falo quando estou pensando.

— Então você embalaria essas coisas como fazemos com, bem, com nossas coisas, em invólucros que poderia usar depois. Como uma sacola de livros. Ou uma...

— Caixa de CD, uma grande. Entendi.

— E daríamos um nome — está pronto? Nós chamaríamos de Primeiro Ano Fora. Como uma versão crescida de Doze Vezes Abençoada.

— Não fale mais uma só palavra a respeito — diz True, correndo para o caminhão. — Precisamos de papel. Precisamos botar tudo isso no papel. Não diga uma palavra, só diga a si mesmo, sou um homem de idéias, sou um homem de idéias. Repita isto como um mantra.

— Espere! Por que não lhe diria o resto? Você disse que gostou da idéia!

— Adoro a idéia. É por isso que estamos indo para casa. Vamos pegar o caderno de anotações e fazer listas. Se você é o homem das idéias, vai precisar de uma pessoa que execute a idéia. É o que eu sou. Eu sou aquela que faz a coisa acontecer.

— Mas quero ser a pessoa que faz a coisa acontecer, também — objeta Hank.

— Hank, está me dando esta idéia, ou gostaria na verdade de executá-la comigo? De fazermos a coisa juntos?

— Nunca imaginei que a fizéssemos juntos. Ou que não a fizéssemos. True, na verdade não pensei muito além de lançar as idéias no ar. E eu a teria levantado, mais cedo ou mais tarde, mas a notícia que você me deu, obviamente, ocupou o primeiro lugar. Fiquei no céu. E, claro, pensei que todo o meu tempo seria consumido pelo restaurante, mas acho que poderia aprender isso com você.

Gostaria que você aprendesse, mas não vejo como pode a não ser que deixe alguém comprar uma participação com você e Tom, um verdadeiro sócio, não um gerente, porque você não sabe quanto tempo leva para planejar um protótipo e fazer pesquisa de mercado.

— True, é minha idéia, e quanto mais penso nisso, mais gostaria de me ver envolvido. Fazer a coisa perfeita. Como Doze Vezes Abençoada. Todos os toques certos. E mais, cheguei até a pensar, além disso, você sabe, que você poderia fazer uma versão para seniores, também.

— Espere. Espere, espere! Vamos embora! Receio que vá esquecer alguma coisa quando chegarmos em casa... vamos embora!

Hank agarra a mão dela e correm mais rápido. E então True pára, abruptamente.

— Não acho que você deveria abrir mão de sua independência, Hank. Do seu negócio. E aquele belo trabalho voluntário que faz para as pessoas. Se quisesse realmente se envolver, teria de passar mais tempo comigo e aprender a respeito desse tipo de negócio.

— E nós brigaríamos. Eu sei disso.

— É o que estou querendo dizer. Nós brigaríamos, porque você acha que sabe fazer isso melhor do que eu e se ofenderia se eu dissesse...

— Mas não seriam brigas pessoais. Seriam como as rusgas entre você e Rudy. Deixe-me pensar no assunto. Um pouco. Mas acho que posso conseguir engolir o meu orgulho. Afinal — ele suspira — você é a chefe, chefia.

— Só quando se trata de experiência neste setor — pondera True. — É a sua idéia. Seríamos sócios. Aqui em cima — ela dá um tapinha na cabeça — e cá embaixo — dá um tapinha na barriga — e lá fora, nós vamos... — e então, observando a respiração ofegante de Hank ela pensa, espere. Vá devagar. Uma palavra de cada vez. Existe uma simetria saudável nisso. Ela deu a Hank uma surpresa. Ele deu outra a ela. Ela respeita Hank, literal e figuradamente, pela primeira vez. Não teria pensado em nada que pudesse expandir tão perfeitamente a idéia do Doze Vezes Abençoada, e de maneira tão bela e irretocável.

Naquela noite, os passantes que tentam aproveitar uma brisa madrugadora notam uma luz no quarto mais alto da casa grande que dá fundos para Ridgevale Beach acesa até as primeiras horas da manhã, como uma lanterna na viga mestra de um navio.

True ri com freqüência, enquanto eles planejam, e ela faz elogios também com freqüência, e Hank dá risinhos de satisfação e faz gestos autodepreciativos para ocultar seu orgulho e, ainda assim, volta e meia, como um camundongo assustado, um pensamento se insinua na gaiola do cérebro dela.

QUANDO TRUE SE LEVANTA, tarde, ainda lânguida do sexo doce e salgado, energizado pelo bálsamo da sua colaboração, e só lateralmente importunada pela lembrança do encontro casual com Adele, ela se aproxima de sua mãe que está fazendo chá na cozinha, a caminho do escritório.

— Hank teve a idéia mais fabulosa — conta ela a Kathleen.

— Sim?

True embarca numa descrição do Primeiro Ano Fora, à qual Kathleen escuta pacientemente, acenando e ocasionalmente sacudindo a cabeça.

— É um belo projeto, True. Mas será época para novas aventuras?

— Não estou segura. Não sei se é ousado ou temerário. Mas acho também que é uma empreitada infalível.

— Foi o que Blooms by Dawn pensou — Kathleen coloca as mãos nos quadris estreitos.

— Blooms by Dawn? Com que diabo você veio a saber sobre Blooms by Dawn, mamãe? — pergunta True.

— Eu escuto coisas.

— Ouviu sobre Bono, ultimamente, sobre os seus esforços pela paz mundial?

— True, quero dizer, eu ouço coisas sobre negócios baseados na internet. Leio e estudo. E o que escuto é, como você sabe, extremamente desencorajador.

True reúne mais bravata do que na verdade sente.

— Não seja uma desmancha-prazeres, mamãe. É uma excelente idéia. Vamos ver se podemos fazer uma amostragem de mercado; podemos arcar com isto, pelo menos.

— Mas e quanto ao capital?

— Bem, já fui procurada antes por parceiros potenciais para capital de risco.

— E todos queriam uma parte do controle!

— Bem. Talvez tenham uma parcela. Ao preço correto. Só tenho um palpite.

— Está segura de que não são apenas hormônios?

— Que quer dizer, hormônios?

— Não sou cega, True.

True inadvertidamente olha para o seu abdome.

— Como soube?

— Uma mãe sabe — diz Kathleen.

— Uma mãe sabe fuçando no lixo.

— Não, True. Uma mãe sabe através de conversas sussurradas que não são tão sussurradas assim, com médicos, bem no escritório, e pelo fato de que Esa simplesmente teve de contar a Rudy, que jurou que não contaria a ninguém, só que eu o ouvi pessoalmente contar a Keith, e também à sua mãe...

— Oh, querida. Agora tenho de contar a Guy. E queria esperar até ter a certeza de que nada iria... acontecer.

— Bem, qualquer coisa pode acontecer a qualquer momento. E estou segura de que nada vai acontecer.

— Está, mamãe? Isto é como fanfarras de trombones e bandeiras ao vento, partindo de você.

— Naturalmente, fico feliz por você. Se é isto o que quer.

— É.

— E vou navegar na internet e sondar se existe alguma coisa parecida para estudantes de universidade. Vi um *site* para seniores que estava sendo muito acessado.

— Como sabe disso? Achei que não era capaz de usar o computador. Ele simplesmente queima se você o tocar! Aposto que poderia invadir o Pentágono a essa altura, mamãe.

— Estou aprendendo — diz Kathleen, com serena indiferença, enquanto mergulha seu saquinho de chá, uma, duas vezes, então o pendura na pequena grade de madeira, para uso posterior. — Você nunca é velha demais para aprender. Certas coisas. Kellen escreve que...

— Oh, Kellen. O gênio plantador de maçãs.

— É um homem muito ilustrado. Estamos lendo junto *Ana Karenina* do clube-do-livro.

— Estou lendo este livro também — diz True, surpresa. Está mentindo. Tem andado cansada demais para ler qualquer coisa a não ser que seja ligada ao seu trabalho.

— Veja só — sua mãe sorri.

NA SEGUNDA-FEIRA SEGUINTE, True recebe um telefonema estarrecedor, do programa de televisão *Today*.

Desesperados por causa de um cancelamento, querem programar Doze Vezes Abençoada depois de amanhã, uma empresa ponto-com cada vez mais forte, e ouvir sua filosofia e seus segredos. Querem trazê-la de avião para Nova York, e que ela reúna da noite para o dia amostras de cinco ou seis de suas Bênçãos, para que seu *designer* possa decorar o *set* do programa. True chegou de fato a acalentar sonhos em que algo assim acontecia, sonhar sobre si mesma e Rosie O'Donnell, as cabeças inclinadas juntas sobre as surpresas de um pacote de Bênçãos. True fica maluca, se levanta ainda falando ao telefone com o produtor do programa, acenando para Rudy, puxando os cabelos para cima em pontas. *Ligue para Franny*, ela escreve num bloco, e vê Rudy começar a discar.

A primeira coisa que Esa e True fazem, depois que Franny chega, é comprar o nome *primeiroanofora.com* na internet. Quando Franny chega, as três mulheres sobem as escadas para a tarefa realmente importante: decidir a roupa que True vai usar em Nova York.

— Tenho algo que possa vestir? Não precisa ser chamativo. Só não pode ser preto ou branco. Ou preto-e-branco. Ou listrado. Ou que cintile.

— Ainda estou esperançosa. Você não pode usar uma saia curta porque vai parecer que tem pernas de piano, embora não tenha... True, você tem alguns brincos que não pareceriam deslocados num rodeio? Contas e plumas, gente!

— Hank também diz isso. Sempre diz: "Quanto tempo tem de usar isso?" E eu digo: "Por quê?" E ele diz: "Para ganhar a aposta." Fala isso também das minhas botas de caubói.

— Bem, felizmente eu tenho brincos melhores. Você precisa deles dourados e grandes, mas simples, e próximos do rosto. Eu li que, para a TV, você tem de parecer simples; tem de falar com simplicidade e lentamente; mas você ganha muito com isso. Exatamente quando faz um discurso. Não importa o que o apresentador pergunte, você diz o que quer dizer. Diz e repete várias vezes.

— E o que eu quero dizer?

— Vamos lá, True.

— O que eu quero dizer, de verdade?

— Diga à simpática senhora loura que Doze Vezes Abençoada é algo único, absolutamente único, porque oferece ao cliente a mágica de dar àquele bebê especial uma nova surpresa *cada mês durante todo o primeiro ano de sua vida!* E então a senhora loura dirá algo como, oh, igual ao Clube do Livro do Mês? E você vai rir, só levemente, e dizer "Não, não, cada item de nossos pacotes de

Bênçãos, exceto nossos livros maravilhosos escolhidos por bibliotecárias de coleções infantis...

— Por mim e por Kathleen!

— Ela é bibliotecária!

— Está bem.

— Cada item é feito a mão por artistas e artesãos, e cada um é ligeiramente diferente. Chegamos até a mesclar protetores solares e loções especialmente para que a mamãe e o bebê possam usá-los juntos. Todos os nossos produtos são à prova de crueldade e nós os criamos com muita sensibilidade. Conte a eles como os macacões de dormir são como câmaras bobalhonas. Faça uma piada. Diga a eles como nunca conseguiu que todos os colchetes de pressão combinassem nos macacões de dormir de Guy, especialmente no escuro, por isso decidiu fazer o seu com um grande painel na forquilha das pernas e só dois colchetes, um em cada quadril — continua Franny.

— E por que os babadores saem por sobre a cabeça do bebê, como uma gola rulê, portanto sem nós.

— OK. Percebi os temas a serem comentados...

— Não, não mencionei todos, não mencionei o principal — e Franny sacode o dedo.

— O que estou esquecendo?

— Você anuncia a nova companhia!

— Mas se eu anunciar a nova companhia então eu tenho de fato de *lançar* a nova companhia, e logo! Não tenho certeza de estar pronta para tudo isso!

— Pensei que tivesse dito que ousadia era tudo — Franny lembra a ela. — Pensei que tivesse dito que quando a coisa apertasse...

— Devia assumir mais riscos, certo. Eu estava sob o efeito de drogas — diz True.

— Bem, você nunca vai ter uma oportunidade melhor do que esta.

— Tem razão — concorda True. — Vou achar um jeito.

— E, oh, True, eu esqueci, mas bata bem nesta tecla, True, cada item é adequado às características e ao tamanho do bebê. Até os prematuros. Existem muitos prematuros hoje em dia — diz Franny. — Mães com uma certa idade e com dinheiro, você sabe? E vai haver mais deles.

— E por falar nisso...

— O quê? — Franny torce o nariz em repulsa diante de um vestido camisolão alaranjado de listras do tamanho de uma barraca de mochileiro.

— Não jogue fora. Posso vir a precisar disso.

— Para quê, fazer um guarda-chuva para um bazar de garagem?

— Não — e Franny ergue o olhar. — True Dickinson! — ela diz e abraça sua melhor amiga e murmura do seu ombro exclamações geralmente reservadas para desastres e milagres, em vez de para o acontecimento mais extraordinário da vida humana. — Vai ser seguro? Voar?

— Tão baixo assim, não há problema. É apenas um pequeno passo.

— Um pequeno passo para a raça feminina, um grande salto para... oh, True, eu adoro você — diz Franny. — Você merece isto. E Hank, está no céu?

— Sim. E um pouco chocado. E super...

— Superagitado, provavelmente — responde Franny em sincronia com True; as duas riem. — Bem, ele vai ter de aprender a encarar esta onda. Espere até que ele veja a bebê.

— Oh, é um menino. Eu sei, com certeza.

— Você já sabe?

— Não, Hank diz.

— É uma menina, True — Franny diz com seriedade. — E vou ser a madrinha dela.

No final, True escolhe o *tailleur* de linho cor de sepiolita que usou para casar Douglas e Esa.

— DESEJEM-ME SORTE, RAPAZES — diz True, ao partir para Nova York, e Hank e Guy respondem simultaneamente "Merda!".* True leva Hank para um canto no último momento e sussurra.

— Está vendo? Falando de predestinação!

— Nem pense nisso. Fique só com a jaqueta puxada debaixo da bunda e dê um sorriso bonito — diz ele. Ela se tranqüiliza ao ver que, enquanto o avião se afasta, Hank colocou o braço ao redor de Guy.

Franny e True se hospedam numa pensão num prédio do East Side, limpo mas ligeiramente sinistro por causa da arte nas suas paredes, alternando amostras de salmos em ponto de cruz emolduradas e fotos de crianças louras. Estas fotos são retocadas a mão em tons pastel, como se fazia nos tempos de garota de True. A recepcionista enfatizou a necessidade de baixar o volume da televisão à noite, porque sua filhinha de quatro anos dormia depois das sete.

*Saudação teatral desejando sorte numa estréia (em inglês: "*Break a leg!*"). (*N. do T.*)

Folheando o livro de registro de hóspedes, Franny lê em voz alta: "O perfeito retiro religioso... louvado seja Nosso Senhor Jesus pelo Santuário da Cidade..," Eis aqui alguém do Peru: "Que surpresa encontrar Nosso Senhor vicejando no meio de uma cidade de pecado e violência." Não chego a acreditar que ela tenha realmente uma filha de quatro anos, True. Aquelas fotos têm trinta anos de idade. Talvez ela *tivesse* uma filha de quatro anos e ela...

— Pare com isso, Franny, está me assustando — diz True, a mão na barriga. — Vou trancar a porta.

Elas acabam escovando os dentes e sentando-se, lado a lado. A televisão tem antenas de chifres e só pega um canal, uma visão trêmula em preto-e-branco do que parece ser algum noticiário britânico.

— Vamos ligar para casa no meu celular. Se Steve responder nós podemos estar seguras de que não caímos em algum buraco do tempo. O bebê parece gostar. Talvez ela seja uma anglófila. Você ainda não vomitou.

— Vá dormir — diz True. — Preciso ter uma cara de trinta anos dentro de seis horas.

As duas pulam ao ouvirem uma porta bater e ser trancada a poucos metros da cabeceira da cama. Franny abafa uma risada.

— Dou cinqüenta dólares para você se sacolejar na cama comigo e começar a gemer e gritar. Dou cem dólares.

— Cale-se! — True ralha com ela, mas elas riem tão alto que provocam provavelmente o mesmo efeito. Franny precisa sair correndo do quarto para fazer pipi. True finalmente acaba tendo de vomitar.

Surpreendentemente, na manhã seguinte na estação de TV, True fica tão encantada quando o estilista rapidamente desfaz suas tranças e refaz seus cabelos num estilo pajem simples — que lhe cai melhor do que qualquer outro penteado que tenha usado até hoje — que ela se esquece de ficar nervosa quando lhe prendem o microfone na roupa e a encaminham para o *set*. Ela conversa e exibe o Ursinho-na-Caixa, uma caixa de presente que se abre suavemente com uma canção-de-ninar e, dentro, revela sabonete e um macacão de dormir. A apresentadora fica tão fascinada que encomenda uma assinatura de Bênçãos, ao vivo, para sua irmã no Kansas. E quando Jane (True acha que seu nome é Jane) pergunta o que há de novo, True sugere abertamente: "Bem, nós pensamos que todos esses bebês vão crescer e vão deixar o ninho. Na ocasião em que um garoto ou garota deixa sua casa pela primeira vez e um pai ou mãe, o tipo de mãe que eu sou, quer mandar um pedaço de si mesma junto com ele, ou ela, mas está ocupada demais para fazer biscoitos e tricotar meias...

— Bênçãos para garotos crescidos! — a apresentadora exclama.

— É o que está no horizonte — True sorri.

— Mas isto é fantástico! — Jane diz à América inteira, enquanto o coração de True treme de medo ou entusiasmo, o que poderia ser a mesma coisa.

Quando chegam em casa, Guy encheu a varanda de faixas, MAMÃE ESTRELA DO UNIVERSO! VAI FUNDO, 12 X ABENÇOADA! VAI FUNDO, 1 x FORA! E Hank excitadamente conta a True que ela já apareceu no noticiário das seis horas em Boston.

Sua participação na TV ganha espaço nas páginas da seção "Estilo de Vida" do *Boston Globe* e um repórter visita o depósito para uma entrevista. True está recebendo mais encomendas do que Esa e Kathleen, com todas as linhas telefônicas e *e-mails* a pleno vapor, conseguem dar conta. Ela pensa em colocar anúncios à procura de mais empacotadores, com benefícios, para tornar o emprego mais atraente. Mesmo assim, as ações na Bolsa provavelmente caíram, a corda bamba ainda tremendo, mas as coisas estão se acalmando. Quando Hank chega em casa, ela ainda está à sua mesa de trabalho. Passando *e-mails* com informações para novos clientes, e não nota, até ver a marca na parede, que ele chutou fora as botas e as deixou caídas sujas de areia no pé da escada. É um comportamento tão improvável nele que ela vai à sua procura e o encontra olhando-se ao espelho do banheiro. Surpreendentemente, está bêbado.

— Hank — pergunta ela. — Qual é o problema?

— Nada — diz ele.

— Sei que algo está errado. Você não bebe. Não assim.

— Bem, tem vezes que faço coisas que nem sempre faço. Estou com a cabeça cheia de problemas.

— Por exemplo?

— Meu bom e velho amigo Tom pegou emprestados dez mil dólares de nossa escritura e investiu-os em alguma companhia de serviço telefônico de merda que seu irmão ajudou a iniciar.

— E...

— E a coisa toda dançou.

— Oh, Hank.

— E ele jura que vai pagar tudo de volta imediatamente, mas eu lhe disse que podia receber metade do seu salário até acertar, e agora ele está puto...

— *Ele está* puto; nem chegou a perguntar a você.

— E eu não posso fechar a folha de pagamento.

— Bem, vou ajudá-lo.

— Não — diz Hank secamente. — Não.

— Hank, somos sócios, está lembrado? Do começo ao fim?

— Você não vai pagar o meu pessoal.

— Você pagaria o meu?

— Sim.

— Bem?

— Bem, é diferente. Não quero que Tom saiba que tive de correr para a minha mulher rica e conseguir meu dinheiro da merenda...

As mãos de True ficam frias.

— É assim que vê a questão?

— Não, mas é assim que todo mundo vê.

— Que importa todo mundo? Você é o único que disse isso. E quem precisa saber?

— Eu vou saber. Sinto como se você... fosse minha proprietária.

— Hank!

— Bem... eu sou um homem, True.

— E eu sou sua mulher. Para o melhor e para o pior, nos tempos bons e nos maus, com tudo o que sou e tudo o que tenho.

— OK.

— OK.

— OK, OK, *OK!* Por favor, me ajude a superar isto.

— Ótimo. Agora vamos esquecer.

— Não é bem isso.

— O que mais? — Hank começou a lavar o rosto, sem parar, como se pudesse apagar alguma coisa. — Hank?

— Não é nada.

— Não é nada — True não tem paciência para isso; morde a língua, literalmente.

— Não é nada com que precise se preocupar. Só me deixe pensar um pouco, OK? Depois eu falo com você.

— Hank, você está enjoado?

— Quer dizer do estômago? Não. Não estou enjoado — diz Hank. — Não estou enjoado.

— Não se preocupe com dinheiro, querido. Tente dormir — True o tranqüiliza.

— Tá bem.

— Bem, OK. Ótimo. Vamos ser daqueles que chegam lá.

— Mas e se não chegarmos? — a voz de Hank está pastosa.

— Bem... nós nos ajustaremos. Vamos pensar em algo. Durma e esqueça. Vamos lá. Tivemos um golpe de sorte com esta participação na TV. Uma coisa compensa a outra. E as ações da bolsa estão o mais baixo a que podem chegar...

True reconhece que sabe pouco a respeito do marido, que até o mais radiante de todos os homens tem depressões assombradas e que a de Hank se relaciona de certo modo com o seu medo da dependência, de depender de uma mulher, o que normalmente a deixaria zangada, mas agora o ar está cheio demais de esperança e perigo até para ensejar a possibilidade de combustão. Ela se indaga sobre seu pai, sobre o marido de Franny, Steve. Existe algum homem que não guarde suas cartas tão perto do peito?

— Quero escovar os dentes agora. Me dê um pouco de espaço, por favor.

— OK. E quer quatro aspirinas?

— Sim, quero. E vou deixar que pegue para mim.

Hank apanha as aspirinas da mão aberta de True.

— Vou dormir agora e vou fazer o que minha mãe me mandava fazer quando me trancava no quarto. Vou meditar sobre os meus pecados.

Ela se lembra então. Adele. Seu rosto virado para cima. Ele ainda não lhe contou.

— RECEBI O NOVO LIVRO de Adele — True diz a Hank poucos dias depois. — Céus, é uma artista maravilhosa.

— É muito boa.

Ele vai falar agora. Apareceu por aqui. Nos encontramos. Senti pena dela, por causa de tudo o que você e eu temos, agora...

— Ela está... bem? Tem recebido notícias?

— De vez em quando. Recebi pouco tempo atrás. Sua mãe está muito doente, tem estado há anos, e ela nunca teve um pai.

— Como eu — diz True. — Eu tive, mas não me lembro dele.

— Acho que é por isso que ela era tão... era muito, fazia muita questão de agradar... mas não era agressiva em relação a isso. Ela só queria ser amada. Acho que saía com um cara que eu conhecia. Foi assim que a encontrei. Era uma festa para o seu primeiro livro, eu acho. O livro sobre o bebê-sereia que achava que a sua mãe era...

— Um golfinho.

— Certo.

— E eu pude sentir que ele a tratava como um trapo. Então, um dia, telefonei para ela e a convidei a ir ao cinema comigo e parecia que eu lhe tinha dado um cheque de mil dólares. E depois disso nunca mais paramos de nos ver. Até o dia em que paramos.

— Por que pararam?

— Eu me mudei.

— Por que a deixou?

— Mudei-me para cá. E não queria uma relação interurbana.

— Ela ficou triste?

— Sim. Muito triste. Eu também fiquei. Mas foi o fim do caso, de qualquer maneira. Estávamos rodando em círculos. Um pouco de toque. Um pouco de prazer. Um pouco de vida. Nenhum futuro. Nunca pude entender como uma mulher com tanta promessa, com tanta coisa a seu favor, era tão... tímida e inibida. Eu queria... fazê-la crescer. Fazer com que visse a si mesma como realmente era. Tinha um corpo maravilhoso, como o corpo de uma modelo, embora não fosse magricela. E se achava feia. Como é possível isto?

— E foi isso? Era disso que não gostava? Que ela não acreditasse em si mesma?

— Isso... não ajudava as coisas — ela vê pelo rosto dele, e pelo modo como rapidamente liga a TV na CNN, que Hank flagrou a ressonância do que acabou de dizer para sua própria mulher. Se eu tomar uma pílula para dormir, pensa True, será que o bebê vai dormir também, ou crescer outro membro? Não quer correr o risco. Tudo, ela percebeu, de xarope contra a tosse até vitamina B, traz uma advertência para mulheres grávidas. Mas as vitaminas pré-natais e os hormônios tornaram seus cabelos mais espessos e brilhantes. Ela adora sua leveza e sua textura. Ela levou uma fita do programa de TV para o cabeleireiro e mandou cortar os cabelos daquele jeito e adora ver seus ângulos projetarem-se além de suas faces.

— Preocupa-se com ela? — Hank havia sintonizado na VHI.

— De certo modo. Era por isso que eu não a deixava muito tempo sozinha. Ela precisava realmente de mim. Espere um minuto. Adoro esta canção —

diz Hank. — É Van Halen, *Jump* — e Hank salta sobre a cama e começa a dedilhar uma guitarra Stratocaster invisível. — Cante os vocais de fundo, True. Não acha que a guitarra invisível é um instrumento de verdade?

— Não — ela faz beicinho. — Simplesmente não quero cantar "Pule! Vá em frente e pule!" e "Respeito, só um pouco, respeito, só um pouco..."

— Bem, você não é capaz de cantar a melodia.

— Por quê?

— Porque não é um homem. E não sabe tocar a guitarra invisível.

— Mas você não conhece as canções antigas. Eu conheço.

— Como as dos Beatles. Conheço. Sei inteira *The Ballad of John and Yoko*. Sei que *Something's Happenin' Here* na verdade se chama *For What It's Worth*.

— Quero dizer canções antigas mesmo. Canções de nossos pais. Como as que minha mãe cantava quando cozinhava. Como... como *South of the Border*. Por que estão falando tanto na música pop dos anos 1940?

Mas Hank canta *South of the Border* palavra por palavra.

— Não subestime o garoto, True. Minha mãe cantava, também.

— OK, tenho uma idéia fabulosa e original, também. Sabe, toda vez que estivermos para brigar, vamos cantar. Será o nosso sinal. Eu canto as partes agudas. Vamos cantar.

— Quem eu tenho de chupar para que liguem o ar-condicionado?

— Não está fazendo nenhum calor. Deve estar uns vinte graus lá fora. E Hank, que acha disso? Nossa cantoterapia? Toda vez que brigarmos?

— Acho ótima. Excelente. Mas não posso dormir, True. Nós vivemos no ar condicionado, no Sul.

— Vá fechar todas as janelas, então.

— Vá você. Estou cansado.

— Estou cansada, também, e não quero mudar minha posição. Estou com as pernas bem em cima do travesseiro.

— Por que tem tantas janelas? Jesus, esta casa deve ter umas duzentas janelas.

— Tem sessenta.

— É mesmo?

— Bem, em primeiro lugar, antes de construirmos o anexo, elas já estavam aqui, porque esta casa foi maravilhosamente desenhada para ventilação natural. De modo que nem precisa ter *ar condicionado*.

Hank se levanta, resmungando contra o tapete berbere. Tendo sido criado em parquete sedoso, Hank acha o berbere não só feio como também uma tortura desnecessária. Diz que tem a consistência de pregos e promete que vai instalar parquete e tapetes orientais na primeira vez que True fizer uma viagem de mais de três dias.

Ele leva meia hora para fechar todas as janelas e até mesmo o pequeno desejo e a vasta ternura que sente por Hank não deixa True ficar acordada tanto tempo. O sono é um narcótico para ela agora. Um sacramento. Ela dorme à sua mesa, no carro enquanto espera por Guy na saída da escola, enroscada no sofá antes do jantar. Adora sua sonolência, uma prova a mais de que sua gravidez está progredindo. True adormece ao som de Boy George, na crença de que, embora não mereça nem Hank nem a sua sorte, é rainha do mundo, ou pelo menos da vizinhança imediata.

UMA MANHÃ DE DOMINGO, Hank faz *waffles* do nada. A cozinha está silenciosa e vazia como a superfície interna de um sino.

— Gui, venha cá — True gesticula e encaixa a cabeça de Gui no seu ombro. — Gui, papai Hank e eu temos uma coisa para lhe contar.

— O quê? — pergunta Gui, suas mãos gordurosas de nacos de salsichas de peru. Está tentando ensinar Gyp a sentar-se, mas toda vez que faz o gesto com a mão o cão salta trinta centímetros no ar.

— Hank?

— Sim?

— *Hank?* — True repete com mais urgência como em *sente-se aqui e junte-se a nós neste momento Kodak.* — Nós...

— Vamos ter um bebê — Gui termina por ela.

— Gui! Quem lhe contou?

— Eu deduzi.

— Você deduziu — Hank ri. — Você nem sabe o que significa "deduzir".

— Sim — diz Gui.

— Como? — pergunta True.

— Bem, tem uma garrafa grande e bojuda ali que diz "vitaminas pré-natais". Eu sei o que significa "pré-natal".

— Está feliz?

— Sente-se, Gyp — e Gyp finalmente se senta. — Bom filhote, bom menino. Ele conseguiu, mamãe!

— Está feliz? — pergunta True de novo.

— Hum, sim.

— Acha que vou amar o bebê mais do que você? É isto? Porque não vou. Assim como vovó não ama mais a mim do que a Dog. Vou amar você sempre da mesma maneira.

— Nããããoooo.

— Bem? E então? Você sempre quis uma irmãzinha ou um irmãozinho — Guy volta o olhar para Hank. True clareia a garganta e Hank olha para ela. Ela telegrafa a pergunta.

— Não se preocupe quanto a mim, parceiro. Vou ganhar um filho. Vai ser genial. Muito divertido. Mas, você sabe, por algum tempo eles não podem fazer muita coisa. Não como nós. Sim, você é o meu primogênito. Não ganhou o anel do *Grand-père*?

— Sim — Guy ergue o olhar estudando Hank. E então pergunta: — Posso deitar a massa na forma do *waffle*?

E assim, True observa, a coisa se resolve.

SETEMBRO

DOCE SETEMBRO

Que fim levou o verão? Uma bênção que deixou foram as maçãs; e nós estamos no clima de desfrutar o sabor e a doçura da temporada das maçãs — a primeira delícia oferecida a todo bebê e um dos primeiros símbolos reconhecíveis na aquisição da linguagem humana. Uma grande e suculenta maçã, em madeira macia e pintada em vermelho brilhante não-tóxico, se divide em quatro seções e magicamente se recompõe, um suéter tricotado a mão com (adivinhe o quê) no lugar dos botões, e a mais gloriosa geléia de maçã de Michigan, para você e para a menina dos seus olhos. Enrosque-se com um bom livro para ler, também. Nós recomendamos A sereia Mimi *e a* Escola de golfinhos.

UMA SUAVE MANHÃ cheirando a pinheiros, sugestiva do outono que se aproxima, True encontra uma pequena mancha enferrujada de sangue nas calcinhas.

Histérica, telefona para sua médica em Boston e pede que a coloquem na linha, apesar dos protestos da enfermeira que ouve pacientemente a descrição dos sintomas.

A médica finalmente atende à ligação.

— Não, Sra. Bannister — a obstetra lhe assegura —, uma quantidade pequenina, pequenina mesmo, de sangue é normal, às vezes quando o colo do útero se modifica. Se ficar mais vivo, ou mais profuso, ligue para mim. Mas não se preocupe com o que viu agora.

— Hank — ela sussurra à noite, deitada na cama da qual não se levantou o dia inteiro, tendo passado o dia telefonando para Esa e Rudy e escrevendo-lhes *e-mails* no seu *laptop* —, estou com manchas.

— Onde? — pergunta ele, examinando o rosto dela.

True não pode deixar de rir.

— Não quer dizer que estejam nascendo pintas! Quero dizer pequenas gotas de sangue...

— O bebê? O bebê está bem?

— A médica não parece preocupada. Diz que a probabilidade de um aborto a essa altura é de cerca de dois por cento... se o feto for normal.

— E é?

— Hank, eu não sei! É pequeno demais para saber! E não tenho visão de raios X.

— Então faça exatamente o que a médica mandar — diz Hank casualmente, estendendo a mão por cima dela para pegar o telefone. Liga para a casa dos pais; e Gus ratifica tudo o que a obstetra disse a True, o que a tranqüiliza mais.

— Procure não ficar de pé até que pare completamente, True — Gus ainda acrescenta —, e coloque uma boa bolsa de gelo na parte inferior da barriga.

True fica deitada e inativa um sábado inteiro, com sua bolsa de gelo, os pés suspensos na mesinha do *laptop*, terminando a leitura da derrocada de Ana Karenina, até sentir que poderia gelar taças de martíni na barriga.

O sangramento pára.

Na segunda-feira ela volta ao trabalho. Ainda assim, está ansiosa e vai ao banheiro tantas vezes que não pode acreditar que os colegas não lhe ofereçam Kaopectate.* Ela procura com vários pedaços de papel higiênico sinais de sangue menstrual com mais avidez do que o fazia na universidade, quando suas regras atrasavam, embora ela e seus poucos amantes nunca deixassem de usar camisinha.

Preocupa-se especialmente porque sabe que outra viagem está para ser programada; que em breve ela deve pegar este bebê descompromissado e voar com ele para a Califórnia.

Toda a atenção da mídia sobre Doze Vezes Abençoada atraiu um importante capitalista de risco ("Deve ser podre de rico; seu papel de correspondência timbrado diz Bel Air, não o endereço de uma rua, mas como se ele fosse o dono do pedaço", comenta Rudy). O homem cheio do dinheiro, pai de três filhos em idade universitária, ficou "encantado" com a idéia do Primeiro Ano Fora.

Discutiu o projeto em muitos *e-mails* e múltiplos telefonemas a True e Hank. Para falar a verdade, principalmente a True, porque quando Otto Karp liga ele

*Medicamento protetor gastrointestinal. (*N. do T.*).

geralmente está em Hong Kong ou Berlim, onde é hora de negócios para ele, mas hora de limpar a cozinha para Hank. True é a única que está em casa quando ele telefona. Mesmo assim, ele está pronto para fabricar o remédio, como ele define. E sua urgência é contagiante.

True visita sua obstetra em Boston. A médica mostra-se otimista.

— Se o sangramento parar durante um período de duas semanas, a senhora pode sentir-se totalmente segura para voar no segundo trimestre.

— Tem de ser antes disso — explica True.

— Então outra pessoa deve ir, em seu lugar — diz a médica. — É preciso se precaver, Sra. Bannister. Mudanças de pressão no primeiro trimestre não são de modo algum recomendáveis.

Juntas, observam a batida do coração que parece um farfalhar da asa de uma borboleta na ultra-sonografia. É óbvio para True que ela não prejudicaria nem comprometeria este farfalhar ainda que Donald Trump lhe oferecesse uma de suas torres em troca.

— É real — diz ela, com uma inevitabilidade primeva. — É absolutamente, realmente real.

A médica, uma mulher de bom senso que já trouxe ao mundo bebês em iglus nas lonjuras do Alasca, sorri em júbilo tolerante, como se esta história corriqueira fosse novíssima.

— É uma batida de coração bem forte. Sua membrana está um pouco fina, mas não é motivo para alarme, eu acho. Quando você sente a batida do coração, como eu disse, a possibilidade de aborto diminui muito. Relaxe, Sra. Bannister. Diariamente, muitas grávidas idosas — mães mais velhas — dão à luz e sempre foi assim. Especialmente mulheres muito pobres e muito ricas.

True carregou a palavra "idosa" consigo como um estigma malcheiroso durante uma semana depois da sua consulta e, por algum motivo, ela guarda a calcinha manchada de sangue numa sacola plástica enfiada no baú de cedro como o Santo Sudário de Turim. Ela sabe que especialistas em gravidez de alto-risco usam o termo "idosa" só no sentido médico mais estrito; mas não conseguiu parar de pensar. Sou a mãe idosa do filho do tamanho de uma unha do jovem Hank. O que significa que sou velha o bastante para ter juízo e, no entanto, não posso me comportar de maneira diferente da de uma grávida jovem. Faz pedidos às estrelas. Joga sal por cima do ombro e evita ver a lua nova através da vidraça. Não pisa numa rachadura. Observa Hank e Guy se ombrearem no chão da sala de estar, gritando até ficarem roucos jogando Kombat e sente as placas do cérebro deslizarem e se deslocarem. A consciência masculina dos dois, sua confiança cega nela, em todas as coisas, é uma fonte considerável de vigorosa felicidade. Faz com que se sinta como a cartógrafa de muito, talvez em demasia, da rota que esta família vai seguir. Que este bebê não é apenas precioso, mas de certo modo também necessário.

Sant'Ana, Santa Teresa, Santo Antônio, reza True, que tem fé em santos, principalmente porque todos eles parecem ter tido vidas complicadas na Terra. Por favor, deixem este bebê perseverar. Por favor, deixem que seja uma promessa, não uma insinuação. Tudo o que peço para nós é que continuemos os mesmos. *Clink, a moeda toca no piso do túmulo reluzente.*

Planejar os encontros com Otto Karp — que todos começaram a chamar de O Grande Atum — como se fossem um clipe da MTV ou um comercial de televisão, ajudou, porque isso a distrai. A decisão momentosa é que Hank irá no lugar de True, com Isabelle ("uma segunda cadeira", diz Rudy). Hank vai vender o novo produto; Esa cantará a balada da história da Doze Vezes Abençoada. Os encontros serão realizados numa suíte durante o almoço, no Beverly Hilton, um clichê, sim, mas não insultuoso. Um garçom servirá linguado e frutas frescas. O quarto terá dois vasos de frésias. Juntos, Hank e True visitam The Pilgrim e compram para Hank um terno de linho (outro clichê, sugere Rudy; eles o ignoram). Isabelle vestirá o *tailleur* pêssego de seda pura de True com uma bata de renda; e Franny encurtou a saia para exibir da melhor forma as pernas esplêndidas de Esa. Todos acreditam que as pernas de Esa serão o equivalente da propaganda subliminar de pipoca no cinema.

— A não ser que Otto seja *gay* — sugere Rudy — e neste caso eu é que deveria ir e também ganhar um terno novo. Gosto de cinzento.

Kathleen vai assumir os computadores e a correspondência. Krista vai substituir Esa no atendimento aos clientes durante dois dias.

Guy tem permissão para faltar à escola na sexta-feira e ficar com Doug e Esa no fim de semana antes da viagem para que Hank e True possam passar e repassar cada detalhe. Hank volta cedo para casa na sexta-feira e tira o sábado todo de folga, com o seu, e de Tom, estonteante novo *sous chef*, ainda em treinamento assumindo o lugar de Hank na retaguarda da casa.

Hank e True transformam sua cama numa improvisada mesa de reunião.

— As coisas principais em primeiro lugar. Não fale nada enquanto estiver comendo — True instrui Hank. — Aja como se comer fosse a única coisa em que jamais pensou na vida. Fale sobre o linguado e de como o nosso é superior em Cape Cod e diga que ele acabará vindo ao Cabo e prepararemos um belo linguado para ele. Fale sobre o restaurante no qual você tem uma *participação*... você acha, Hank, que é capaz de colocar a coisa exatamente assim?

— Não me pergunte esse tipo de coisa, True. Isto me deixa louco. É como você treinando Guy e ensinando qual a palavra deve enfatizar num monólogo, e você não chega necessariamente a saber se é a palavra certa! Se não tem certeza de que eu possa me encarregar disso, mande Franny — Hank a censura. Ele assobia e modela as calças do terno, perguntando-se se não estariam um pouco compridas.

Mas True, embora não queira ferir o orgulho de Hank, sabe que eles vão precisar de todo o seu engenho e inteligência. Ela tenta não entrar de sola: nunca entendeu nem aceitou a diferença entre o orgulho masculino e o orgulho feminino, mas sabe que as mulheres são mais práticas em matéria de indignidades. É aqui que a expressão "fazer das tripas coração" realmente se origina. Por mais ansioso que Karp pareça, o negócio que eles vêm discutindo poderia facilmente terminar custando-lhe centenas de milhares a troco de nada, embora pudesse também lhe trazer um montão de dinheiro. Só True sabe o quanto O Grande Atum está realmente otimista. E como o seu risco, embora calculado, é substancial, levando em conta a confusão do mercado de ações e como, mesmo com a nova popularidade da Doze Vezes Abençoada, a sua carteira de ações está atingindo altas maciças. Sem chegar a enunciar as palavras, todos eles sabem que o fracasso da segunda empreitada poderia engolir toda a sua casa, pelo menos, e até Aquele Lugar. Ela não pode calcular se Hank escolheria abrir mão primeiro do seu restaurante, ou da sua casa. Não pode prever a alternativa que ela escolheria.

Só dias depois True se dá conta disso: nunca pensou que a sua própria companhia poderia ser o sacrifício.

— Não comece se desculpando por eu não estar lá — True não consegue deixar de lembrar a Hank. — Se ele perguntar, diga a verdade. Estou... *enceinte*, mas, de qualquer modo, *este era o plano original*, que fosse você ao encontro. Não chegue a mencionar o fracasso dos outros empreendimentos ponto-com. Não fale sobre o que lê nos jornais e tente contradizê-los. Coloque a ênfase na demografia, no grupo da população que é o nosso alvo — o maior número de filhos na História deixando suas casas em busca de educação superior, muitos deles com pais prósperos ainda trabalhando...

— Touros, ursos*. Altas, baixas. Para mim a Nasdaq soa como um patrocinador de pilotos da Fórmula Um. Não leio esse tipo de coisa e nem quero ler — diz Hank a ela. — Só me explique como é que eu seduzo ele sem ter de tirar minha camisa.

— Hank, isso é sério!

— Estou sendo sério! Fiz você acreditar, não fiz? É uma grande idéia.

— Mas eu sou sua mulher.

— Está dizendo que não teria acreditado na idéia se não fosse minha mulher?

— Não, claro que não, mas você precisa ter o senso de oportunidade, sentir o momento de ser mão aberta com aquela caixa de protótipos... ficar à vontade, espalhar os itens, para que a secretária e o parceiro dele possam ter uma... dar-lhe tempo para examinar a caixa. Perguntar-lhe sobre seus filhos.

— Sei disso, True. Eu sou o Grande à Vontade** original.

— E então dar seguimento à pesquisa de mercado... as pessoas em Chicago, sete em cada oito, que disseram... bem, Esa poderia fazer isso.

— *True!* — berra Hank. — Já chega!

Mesmo assim, nos poucos dias antes da partida de Hank, a preocupação com a gravidez, com o dinheiro e com o "problema" ainda não confesso de Hank, no qual ele diz pensar enquanto está nadando, a põem à beira de um ataque de nervos. Ela o pega caminhando ao longo da praia num entardecer, com a testa enrugada.

— O que é? O que é? — pergunta True. — O que é que está pegando?

— Não se preocupe — ele se esquiva dela quando tenta arrancá-lo de um dos seus silêncios. — Não tem nada a ver como você... com a gente ou com o bebê.

— Se tem a ver com você, tem a ver comigo — argumenta True com firmeza.

— Não, até maridos e mulheres podem ter problemas estritamente pessoais — replica Hank.

— Está tentando tomar uma decisão? — insiste ela.

— Não — responde Hank. True se maravilha de novo diante da facilidade com que os homens podem dizer "Não" ou "Sim" sem sentir a menor compulsão de oferecer sequer uma frase na seqüência.

---

*Touros (*bulls*), ursos (*bears*): jargão da Bolsa para especulação na alta e especulação na baixa. Nasdaq: National Association of Securities Dealers Automatic Quotations, o Pregão Automático da Associação Nacional dos Corretores, iniciado em 1971. (*N. do T.*)

**Alusão ao apelido da cidade de Nova Orlens, *Big Easy*. (*N. do T.*)

Ele está tão aberto quanto uma ostra para uma discussão de realismo mágico. Então True marcha à sua frente decidida e animada. Respira ao ritmo dos discos de Enya, leva Gyp para passear até as pernas do filhote ficarem trôpegas. Ela ganha peso, três quilos e meio. Às vezes pensa no ponto de transição a que chegaram, tão cedo em seu casamento, na sua vida de negócios. Não conseguem enxergar além da esquina. O novo começo será simplesmente demais, a folha que derruba todo o castelo de cartas. No entanto, desistir da oferta de Otto Karp seria não só sem sentido, seria também o verdadeiro sinal do animal ferido. Ela sente que está caminhando em águas profundas quando, pelo bem da sua saúde, devia estar flutuando de costas no travesseiro das ondas. Apesar disso, toda noite, ela dá uma olhada na foto ampliada e emoldurada na estante do seu quarto de dormir de seu último piquenique na praia, quando os dois deixaram que Guy os enterrasse na areia, com montículos gêmeos sobre os quais ele escreveu as palavras MÃE e PAI. Quando True toma conhecimento de que a mezzo-soprano Kitt Reuter-Foos está vindo ao Cape Family Theater para interpretar o papel de Nancy em *Oliver!*, ela telefona para Beatrice para saber se a famosa cantora do Meio-Oeste estaria disposta a dar aulas particulares a alguma das crianças. Com muita satisfação, Beatrice retorna a ligação para dizer que Kitt concordou em dar aulas para quatro estudantes — e que Guy é um deles! Os oitenta dólares por hora valerão a pena, não importa o que True tenha de sacrificar para pagar as lições. Hank ensinou a Guy um *tour jetté*, depois de muita resistência física e muita reclamação de Guy, provando a ele que homens de verdade são capazes de saltar, mostrando-lhe vídeos de Mikhail Baryshnikov e Gene Kelly. Guy está ficando esguio e elástico. Quando assume a postura de um arabesco, Hank olha para True como o fez na foto do casamento, com um orgulho não disfarçado que beira a luxúria. Existem ainda noites suarentas, de costas, de frente e de lado, em que Hank acorda com seu velho fogo, procurando-a, desnudando-a, antes mesmo que ela tenha a chance de empurrar Gypsy para fora do pé da cama e correr sub-repticiamente até o banheiro para fazer pipi e se livrar da náusea. Estão bem. Estão ótimos.

Mas há manhãs em que Hank acorda como se fosse uma folha de capim que congelou durante a noite, perfeita por fora, mas tão quebradiça que ela sabe que ele estalaria ao seu toque, e por isso recolhe a mão. Ele evita o olhar dela. Fica em silêncio quando Kathleen o cumprimenta. Está alheio a tudo nessas manhãs, até mesmo a Guy, que desvia o olhar quando seu abraço é retribuído por um vago encolher de ombros. True vê a confusão e a mágoa do filho e odeia o marido por sua incapacidade infantil de fingir bom humor. Fingir bom humor é uma especialidade de Massachusetts. Cartas de Win — agora em Nova York e prestes a visitá-los dentro de poucas semanas — são a única fonte de alegria para Hank; mas elas deixam True irracionalmente instável. Ela se indaga se o bebê o faz sentir encurralado entre sua vida com True e a próxima porta aberta. Nunca houve antes uma porta aberta pela qual Hank não pudesse escapar, caso assim o escolhesse. *Eu não sabia o que significava realmente ser um cara para sempre.* Ela procura ouvir o toque de eternidade na vibração de sua voz, a pressão firme de sua mão, tão grande que cobre seus dedos estendidos. Ela procura ver esboços de seu futuro compartilhado na luxúria dele. Mas as folhas começaram a amarelar e cair e True se sente velha, velha e desesperadamente cansada de tentar sentir-se jovem. Sua cintura e seus tornozelos já começaram a engrossar. Mas ela não parece grávida. Parece apenas desalinhada.

Na última noite, mas uma antes da partida de Hank para a Califórnia, Guy irrompe no banheiro e a pega numa verificação do meio das pernas.

— Não ouviu dizer que as pessoas costumam bater? — pergunta True, irritada a ponto de ficar ruborizada.

— Desculpe. Mas que diabo está fazendo?

— Ajeitando minhas calcinhas. Minhas calças estão muito apertadas — diz True. — Estou com uma assadura.

— Você usa calcinhas até debaixo dos pijamas, não é? Eu nunca faço isso. Gosto de voar em liberdade — grita Guy com alegria.

— Foi assim que vovó nos ensinou — replica True com franqueza. — Ela dizia que se vestir para ir dormir era o mesmo que se vestir para qualquer outra coisa. Simplesmente me habituei. Agora me sinto estranha se não me vestir assim.

— Ei, sabe de uma coisa? — pergunta Guy então, as roupas de baixo de True esquecidas. — Vou de Gene Kelly ao Halloween.

— Que bom — diz True, erguendo o olhar, já que fantasias de Halloween sempre foram uma coisa importante entre eles.

Ela imagina então como seria uma roupa de Gene Kelly. Calças bege com as bainhas dobradas e uma camiseta branca? Ela se pergunta, como é que alguém vai adivinhar a fantasia?

— Sabe, vou usar uma roupa de marinheiro — diz Guy, lendo o pensamento dela. Uma roupa de marinheiro de verdade, da loja de uniformes Army-Navy.

Hank e ele vêm assistindo a filmes antigos, com Gene Kelly e Judy Garland e Leslie Caron, e tentando algumas combinações, para que Guy possa ver como um *pas de bourée* ou uma virada *chine* não são um passo para garotinhas de sapatilhas de balé cor-de-rosa, mas um feito atlético e viril. Hank admite que, em um ano, Guy terá dominado tudo que ele é capaz de lhe ensinar.

— As pessoas vão pensar que é um marinheiro — diz True ao filho.

— Mas eu vou saber.

True pensa na primeira fantasia de Halloween dele, um coelho folgadão com orelhas forradas de cetim vermelho, costurado por Kathleen; e sua indumentária do ano passado — quando, por um motivo que só Guy conhecia , ele decide se vestir de garçom. True rodou a cidade inteira em busca de um paletó de *smoking* e então cortou metade das mangas. Seus amigos gritavam para ele na porta enquanto tentava colar a quente uma azeitona plástica numa taça de martíni numa bandeja de alumínio.

Mas Guy agora também se esqueceu do Halloween e está pulando na cama, lançando a bola de basquete fluorescente na cesta que Hank instalou na crista do teto abobadado de modo que ele possa arremessar deitado; e Gypsy salta sobre a cama e pula com ele até que True receia que as lâmpadas do andar de baixo estejam prestes a se desalojar dos seus bocais. Ela os expulsa do quarto. Ela se pergunta como ele se comportará com Chloe ou Brewster. Ou Annie Laurie. Ou Morrow. Eudora ou Jesse. Paul ou Mimi. Gostaria de poder contar a Guy que suas visitas ao banheiro são apenas para verificar como vai o menino, ou a menina, mas isso seria "vulgar" e uma preocupação desnecessária para uma criança.

Espera que Hank venha para a cama; mas ele não vem. Esgueira-se até o andar de baixo e o vê encurvado no seu escritório, seu rosto iluminado apenas pela tela do computador. Está digitando furiosamente um *e-mail*; longo, pelo andar da carruagem. Ouve os choupos lá fora, seu farfalhar um tumulto lamentoso. Ela não entra.

Apesar de toda a sua ansiedade, as calcinhas de True continuam brancas como creme batido enquanto setembro avança em Cape Cod.

De dia, é um mês implacavelmente magnífico, como se a natureza tirasse do baú cada botão brilhante antecipando a feiúra cruel de novembro. Ninguém pode ficar imune. Os arbustos queimados se rebelam ao longo da entrada de carros e o grande bordo, apesar das noites geralmente quentes, se tornou plena e desavergonhadamente vermelho. Contra a casa branca de True, com as bétulas amarelas ensolaradas ao fundo, o efeito de cartão-postal é quase doloroso. Isto, diz o vizinho de True, Luke Sanderson, é o que o faz suportar o horror de janeiro. De pé na varanda, True faz um apelo à brisa generosa, com seu travo sutil de friagem, pela vida nova que ela sabe pode agora mesmo estar nadando e rodopiando dentro dela, pelo som de Guy da janela acima, "meu Gypsy é um bom cão, é o melhor cão, tem as orelhas de cão mais macias do mundo, meu Gypsy". True sabe que Gypsy, que não é bobo, vai deitar-se encostado aos pés de Guy até ele dormir e depois descer da cama e caminhar até a portinhola aberta. O filhote segue True aonde quer que ela vá, até ao banheiro, e True quase ri quando Gypsy, dormindo estendido em pleno langor canino, ouve True fazer um movimento na sua mesa e solta um suspiro, como se resignado com o fato de que vai ter de se levantar e segui-la. True ainda está acordada quando Gypsy abre com o focinho a porta do seu quarto e se instala em seu nicho formado pelos joelhos dobrados de True.

A MANHÃ CHEGA QUANDO ela se levanta e não se sente enjoada. Sente até que nem mingau de aveia ou uma torrada seca bombardearão seu trato digestivo. Olha no espelho e vê um rosto não mais amarelado pela náusea, mas amaciado pela sugestão de uma plenitude extra e uma coloração subjacente, suave e luminosa como damasco. Seus cabelos estão... gloriosos. Ela enfeixa nas mãos tufos de sua espessura cor de mel, sente-se tão robusta como uma leoa, ativa como uma colegial, e morre de vontade de *huevos rancheros*. Saltando sobre Hank, ela o prende durante vinte minutos, o que, ela percebe depois, resulta em arrancar com uma mordida um naco de seu próprio lábio inferior. Mas isto pouco lhe importa; sua sensação de um poder e de um bem-estar singulares é inabalável, como o seu desejo por mais Hank, mais comida e pela tagarelice animada do escritório.

Se esta é a dádiva hormonal da gravidez depois dos quarenta anos, True decide que vai encarar uma segunda dose, assim que for fisicamente possível.

NA MANHÃ ANTERIOR ao dia do encontro, True acorda de um sono feliz e pesado com Hank bruscamente sacudindo-lhe os ombros. Há uma gritaria na televisão; será ainda noite? Por um instante ela fica ressentida; ele interrompeu o seu langor para compartilhar algum momento extravagante de um filme mais antigo de Bruce Willis?

Mas não, ele simplesmente a acordou para a primeira manhã do fim do mundo.

Passam dias até que todos se dêem conta plenamente de que o que aconteceu não é um sonho, nem uma farsa elaborada, uma versão para o milênio da brincadeira de Halloween de Orson Welles. Ficam sentados amontoados na cama de True — Guy, Kathleen, Isabelle e Rudy, porque ninguém mais veio trabalhar, nem se deu ao incômodo de telefonar — e vêem as cenas passarem repetidas vezes, vêem as torres do World Trade Center se desfazer lentamente, como castelos de pão de mel, em fontes de poeira farinácea, acompanham a silhueta flamejante do segundo imenso avião de passageiros num contorno bem definido, como um recorte num trabalho infantil, chocando-se contra a segunda torre. Por várias vezes, True lembra a si mesma que estava acordada e assistiu de verdade ao segundo jato romper a fachada do edifício no momento em que aconteceu, que viu com seus próprios olhos, que não era um programa sobre efeitos especiais no Discovery Channel, revelando os segredos de pirotécnicos cujo trabalho era fazer modelos pintados de compensado implodirem para filmes de Arnold Schwarzenegger.

Hank, chocado a ponto de falar sem parar, passa a tarde toda ligando para suas irmãs, seus pais, receando saber que um deles, seu cunhado, um primo, conhecesse alguém num dos aviões, num dos edifícios. Passa *e-mails* furiosamente e checa seus *e-mails* cinco vezes por hora. Win, que mora em Chelsea, está em lágrimas, mas segura. Assim que possa deixar a cidade, virá para o Cabo. Está tentando alugar um carro. True se oferece para comprar-lhe um se ela puder encontrar algo, qualquer coisa que rode.

Constatam, finalmente, que nenhum deles — exceto Addy Bourse, que tinha um colega de fraternidade que conseguiu sair ileso do Pentágono — chega a conhecer uma única alma que estivesse na zona de perigo.

— Isto viola a lei dos seis graus de separação! — grita Hank no terceiro dia, sacudindo o punho para o céu azul impecável e indiferente do lado de fora de suas janelas. Dog telefonou. Nem ele nem sua mulher conhecem algum dos mortos ou feridos. Como é possível? Como cidadãos do Massachusetts, acreditam que conhecem, pelo menos de vista, cada um na Comunidade. Mas Amherst é um lugar pequeno, e também Cape Cod, e Chatham apenas o centro daquele lugar pequeno.

Tivesse sido agosto, quando todo mundo topa com celebridades e estrelas de cinema no Cabo e nega o fato, mais nomes conhecidos poderiam ter se transformado em manchetes chamativas e negras.

Mas as escolas voltaram às aulas; o verão acabou. Os grandes nomes voltaram todos para Nova York ou L.A. E nenhum dos pequenos nomes, inicialmente, é o de alguém que conheçam.

— Devíamos ficar felizes — diz Kathleen a eles. — Felizes de não haver nenhum amigo nisso. Devíamos agradecer a Deus.

— A Deus? — pergunta Hank a ela, incrédulo.

Lentamente, porém, à medida que as notícias se espalham pela cidade, quando as pessoas se aventuram até a agência dos correios e as aulas são reiniciadas depois de um recesso de dois dias, eles vêm a saber que os Redforts, de Dennis, que freqüentaram Saint Thomas desde que True se lembra, têm um filho que trabalhava no sexagésimo oitavo andar do World Trade Center. Ele está desaparecido. A filha dos Sargents, seu marido e os três filhos haviam decolado do aeroporto de Logan naquela manhã com destino à Disneylândia no vôo fatídico, assim como T.J. Karavos, o adorado e amigável craque arremessador, ás do ano passado em Chatham, com covinhas tão profundas que apareciam mesmo quando não estava sorrindo, aquele que saudavam como o novo Nolan Ryan. Ele estava no Vôo 11, a caminho de sua casa em Pasadena, com um anel de noivado no bolso, para propor casamento à sua namorada dos tempos de colégio. True pensa em Guy e seus amigos gritando "Tiij! Tiij! Tiij!" no crepúsculo de verão. Logan é o seu aeroporto, impossivelmente relapso nas melhores ocasiões, mas ninguém poderia ter imaginado... as facas deviam ser de cerâmica, diz Franny. Artigos de arte, do tipo que guardam em armazéns. Os Estados Unidos, envolvidos entre amigos da cabeça aos pés e protegidos pelo fosso dos seus mares, foi atingido no coração sem que um único tiro fosse disparado, sem que uma única arma fosse brandida. True quer tapar os olhos e os ouvidos. Ela deseja mover os ponteiros do tempo para julho, quando não se falava em outra coisa na cidade a não ser se a mamãe durona ou o cara magrelo iam levar para casa o prêmio de *No Limite*, quando a roupinha quase virtual de Jennifer Lopez causou uma rusga entre True e o marido porque Hank mencionou que ela se parecia levemente com uma garota hispânica com quem saíra no Texas. Seus ciúmes, seu tolo queixo empinado, tudo isso parece ridículo. A onda não passou, dizem os locutores de rádio. Haverá mais alvos terroristas. A Torre Sears em Chicago. A Estátua da Liberdade. Símbolos. Ela pensa em serviços memoriais à vista, de infectadores-suicidas — as narinas e as gargantas tomadas de febre tifóide, tossindo em trens do metrô, pacotes coloridos embrulhados para presente (como suas próprias Bênçãos), programados para expelir esporos de antraz, homens-bomba verificando seus dispositivos de detonação e então alegremente envergando seus coletes numerados para a Maratona de Boston, comprando cachorros-quentes na World Series de beisebol. Ela não pode ignorar os cartazes e camisetas de "Orgulho Americano", as bandeiras em cada ombreira de porta, inclusive na sua. Não pode ignorar que Dob, o irmão mais velho da garotinha da casa vizinha acabou de completar dezoito anos e agora disse que vai entrar para a Marinha. Quando Otto Karp telefona... *tudo mudou... os mercados... claro que ela entende... talvez no ano que vem... devemos todos manter nossas expectativas baixas...* ela quase não consegue se concentrar em suas palavras e simplesmente resmunga respostas. Todo tipo de negócio parece irrelevante e até mesmo o mercado de ações afunda num buraco que nem o mais pessimista dos "ursos" seria capaz de prever, e eles perderam mais dinheiro, grandes quantidades de dinheiro. Mas as taxas de juros também vão cair vertiginosamente, ela pensa: e eles... irão comprar chalés, chalés de praia que jovens nova-iorquinos mal conseguiam manter e agora vão ser obrigados a vender. Tudo vai mudar. Eles irão se ater ao essencial. True cruza as mãos sobre a barriga e pensa de novo no ditado favorito de Luke Sanderson, sobre a terra, que não se está fabricando mais terra. Vão renovar a hipoteca da casa num índice mais baixo, e o restaurante, e... vão comprar chalés. E alugá-los. Ou coisa parecida. Nada mais importa além do seu pequeno bando e sua abençoada sobrevivência.

Na quarta noite, Guy acorda gritando: "Aquele era o avião de papai, mamãe! Ia ser o avião de papai e de Esa!"

Hank o traz para a sua cama, os quarenta e cinco quilos enrolados em seu corpo como um filhote superdesenvolvido e True lhe assegura, insistentemente, que não era o avião deles. Seu avião devia ter saído muito mais tarde naquele mesmo dia. Finalmente, Guy adormece, mas choraminga e geme o resto da noite.

Na quarta manhã, quando seus empregados já voltaram ao escritório, com os olhos embaciados, True está fazendo a sua inspeção com papel higiênico quando vê uma mancha de sangue amarronzado. Corre para o banheiro do escritório. Ajoelha-se e vomita, mais de nervosismo do que de náusea matutina. Tem mais sangue nas suas calcinhas, de repente, mais vivo e mais profuso. Sem dizer a ninguém, nem mesmo a Isabelle, entra no carro e dirige até Boston, onde consulta a obstetra. A essa altura, o sangramento reduziu-se a um pontinho ocasional.

Com a testa franzida e sua atitude curiosamente desligada, a médica diz a True que ela está realmente "ameaçando" um aborto: mas que as batidas do coração do feto ainda estão fortes. Diz a True que poderia interná-la para observação; mas que o melhor seria que True ficasse deitada enquanto sua "acompanhante" a leva de carro para casa e então ficar de repouso no leito durante duas semanas.

— Se quiser, podemos tirar uma amostra de sangue e ver se está produzindo todos os hormônios... bem, se vai precisar de suplementos... ouça, o que vou fazer é lhe dar um supositório de progesterona, de qualquer modo, embora sua placenta devesse estar... bem...

— A senhora é tão impessoal! — grita True. — É como se fosse algo rotineiro! Não quero ser histérica, mas a senhora é tão casual...

— Não pretendia ser.

— Estou preocupada. Estou com o coração na mão — diz True.

— Bem, eu também, Sra. Bannister. É porque, eu acho... talvez eu pareça tão abstraída porque as coisas se encontram tão anormais e fora do comum. Porque, oh, são dias terríveis e tristes por toda parte. Uma paciente minha grávida de cinco meses estava naquele vôo do aeroporto Logan, Sra. Bannister. Não da sua idade. Mas havia tentado tantas, mas tantas vezes.

— Oh, meu Deus, sinto muito. Nunca teria dito isso se soubesse.

— Mas não é desculpa para eu estar impessoal... Sei que o seu bebê é muito desejado e faremos de tudo para garantir que esta criança venha ao mundo como deveria — a médica bate com o lápis nos dentes. — Afinal — acrescenta baixinho —, tudo gira em torno disso, não é? A vida é a melhor vingança.

São cinco da tarde quando ela começa a dirigir de volta para casa, uma almofada entre as pernas grossa como uma fralda noturna. A Rodovia 6 está deserta. O som de nenhum avião no ar é como um estrondo na sua cabeça. Quando ela encosta o carro diante da casa Kathleen vai ao seu encontro, frenética.

— Você desapareceu! Aonde foi?

— Eu tinha uma consulta com a médica, mamãe.

— Não podia ter esperado? Os médicos já voltaram ao trabalho? Tantos se ofereceram como voluntários. E por que não nos avisou? Morri de preocupação. Todos nós.

— Não sei. As coisas pareciam tão estranhas, achei que ninguém iria notar.

— True, você está doente? — True sabe que sua mãe está pensando, um mioma, um nódulo, uma úlcera que não cicatriza.

— Não, não estou doente... eu... podia estar tendo um aborto — True admite, enquanto a pequenina Kathleen, sacudindo a cabeça e suspirando com uma compreensão pesarosa, abre os braços. — Preciso ficar de repouso, mamãe.

— Na sua idade — Kathleen murmura, precisamente no mesmo tom de voz que teria usado se True tivesse derramado um copo de leite aos seis anos de idade. — Bem, cuide-se, então. Vou buscar um pouco de chá para você. Vou ficar aqui até que Hank volte para casa.

— Traz uma bolsa de gelo também, mamãe?

— Claro.

— Quando isso aconteceu antes, usei um saco de ervilhas congeladas. Funcionou. Porque era flexível.

— Isso aconteceu antes? Cãibras?

— Não, sangramento...

— Muito?

— Acho que parece mais do que realmente é. É o que a médica diz.

— Bem, é melhor prevenir. True, você sabe que não fica grávida há onze anos.

— Acho que é como andar de bicicleta, mamãe. E tenho me sentido tão bem.

— Vou chamar Hank agora mesmo. Você parece arrasada.

— Tudo bem. Mas diga a ele que não precisa se apressar.

— Ele não vai ter vivalma no restaurante esta noite, True, do jeito que as coisas andam.

— Você provavelmente está certa. Obrigada, mamãe.

— E vou jogar baralho com Guy quando ele chegar...

— Ele vai ficar realmente preocupado.

— Vou explicar com jeito. Falo sério, True. Sei fazer isso.

— Tudo bem.

— Vou pegar o chá agora.

Apesar das explicações tranqüilizadoras da avó, Guy aproxima-se e senta-se com apenas meia nádega na beira da cama de True.

— Não vai me quebrar, querido — diz True. — Tudo bem, você e Gyp podem subir na cama e ver as horríveis notícias da TV comigo.

— Eu me interesso pelos noticiários. A mãe de uma menina da nossa escola morreu. Mas estou mais triste com o nosso bebê.

— Não há motivo para se preocupar ainda. Mamãe só tem de ficar na cama por algum tempo. Você pode me trazer... deixa ver. Um montão de iogurte com molho de *marshmallow*... e tacos.

— Está brincando...

— Bem, sabe do que senhoras grávidas gostam. Coisas sinistras. Sorvete e picles.

— Isso não é sinistro. Mas *marshmallow* com tacos!

— Não juntos!

— Gui! — grita Kathleen —, quer uma torrada com queijo? Estou cansada de esperar por esse jogo de cartas.

— Obrigada — diz True, quando Kathleen traz o chá. Está genuinamente agradecida pelos cuidados de Kathleen, por mais minguados que possam parecer para uma outra filha, quase aliviada por Kathleen não ter perdido o juízo por medo antecipado, como pode ocorrer a muita outra avó em perspectiva.

Antes de sair, Esa vem sentar-se na cama.

— Bem — diz ela —, eu fiz a pesquisa. Esse tipo de sangramento de pequenas manchas é inteiramente comum em aproximadamente trinta por cento dos inícios de gravidez; algumas mulheres chegam até a menstruar normalmente por um tempo...

— Esa, você acha mesmo? — True pergunta baixinho.

— Claro, querida. Nada vai nos tirar nosso bebê. É só você repousar, diminuir o ritmo, não se estressar e essa coisa toda.

— Prometo. Quando Hank chegar, não vou me mexer durante duas semanas. Ele pode até me dar banho na cama.

— Tudo bem. Eu até nem iria embora esta noite, só que...

— Só que deseja ficar com Douglas. Querida, todos no mundo querem estar com a pessoa que amam neste momento particular. Não se desculpe.

— Mas, se precisar, me ligue.

— Vou ligar para você imediatamente.

— Quer que leve Gui para minha casa?

— Ele tem de ir à escola. Isto é, acho que tem. E Kathleen está se adaptando bem à situação. Está ótima, até.

— É o seu neto e, você sabe, está muito excitada.

— Está? — True se comove.

— Sim, secretamente. Como se estivesse orgulhosa de você. Secretamente.

— Hum! — murmura True.

Depois que Isabelle desce para fechar o escritório, Kathleen aparece de novo para perguntar se True gostaria de tomar um pouco de sopa que ela descongelou. True gostaria, por favor.

— Conseguiu falar com Hank? — pergunta ela, e não deixa de perceber que o rosto da mãe se fecha.

— Ele... não podia atender o telefone — replica Kathleen estranhamente.

— Estavam ocupados?

— Vou trazer a sopa. Quer pão também?

True toma a sopa; e apanha o pedacinho de papel que Esa deixa com o novo número do seu telefone no carro. Hank não aparece. Depois de uma hora, True disca o telefone interno e pergunta de novo à mãe, que está na cozinha:

— Onde estava Hank quando você ligou, mamãe?

Kathleen sobe até o quarto.

— Bem, True, Tom disse que ele estava a caminho de casa.

— Mas isso foi uma hora atrás.

Ambas ouvem a porta de baixo se fechar.

— Pronto, está aqui — diz Kathleen. Hank sobe as escadas, de dois em dois degraus, carregando um porta-terno do The Pilgrim. Larga o saco e inclina-se sobre True, sua mão cobrindo o saco de ervilhas congeladas.

— Um pequeno problema na zona sul?

True lhe dá um sorriso aguado.

— O mesmo que antes, mas a doutora diz que realmente não é motivo para grande preocupação.

— Bem, graças a Deus — Hank suspira aliviado. Vai até o banheiro e abre o chuveiro. Os dois olham para Kathleen que não mostrou nenhuma intenção de sair do quarto.

— Hank vai tomar banho, mamãe — diz True.

— Eu deveria ir para casa, então? Você está bem? — pergunta Kathleen.

— Não, na verdade, Kathleen, quero que fique. Preciso ir para Boston assim que sair do chuveiro e acho que ela precisa de alguém para lhe fazer companhia — Hank parodia um rosto severo para True —, não importa o que ela diga.

— O quê? — pergunta True. — Por que precisa ir a Boston? Quem se machucou? À noite? Não devem estar embarcando produtos a esta hora!

— Tenho de ficar ao lado de uma amiga que está com problemas, True — diz Hank, desabotoando a camisa. Kathleen ainda não se moveu da cadeira ao lado da cama.

— Hum, mamãe — diz True —, podia nos dar um minuto?

— Vou dar uma olhada em Guy — diz Kathleen, levantando-se com extrema relutância.

— Qual é o problema, querido? — pergunta True, começando a levantar-se. — O parente de alguém...?

— Não, você aí! Simplesmente se deite e fique quieta. Vou tomar um banho e em cerca de três minutos estou de saída.

E ele realmente surge, mais rápido do que True já o viu — é uma piada entre eles que é sempre True quem fica batendo o pé lá embaixo enquanto ele experimenta roupa após roupa — e coloca uma nova camisa e um casaco esporte.

— *Bem* legal — diz True do casaco bege pálido com fios em salva e vermelho. Usa uma camisa e gravata novas combinadas e puxando pelo verde.

— Comprei na liquidação. Sessenta por cento de desconto. Vou botar meu terno no saco, caso precise dele, e meus pijamas.

— Vai passar a noite em *Boston*?

— True, eu realmente tenho medo de explicar isto a você — Hank suspira, sentando-se ao pé da cama e esfregando um dos pés de True. — Vou encontrar Adele...

— Adele? *Adele?*

— Imaginei que fosse reagir assim. Mas você não entende. Não tem nada a ver com você, ou conosco, ou com algum tipo de amor entre mim e Adele. Só o afeto por uma boa amiga. Sua mãe está morrendo. Está doente há muito, muito tempo. Tem sofrido derrames desde que a conheço. E agora, com tudo o que aconteceu, e Marie em coma, ela me chamou. Sou a única pessoa que ela tem.

— Achei que ela estivesse com um cara. Você falou. O cara do norte.

— Estava.

— E daí?

— Bem, ele a largou, quando descobriu que ela estava, bem, você pode imaginar — Hank abaixa os olhos e examina os sapatos. Estende a mão para tirar um grão de poeira invisível.

— Grávida? — pergunta True. — Adele está grávida?

— Está.

— Foi isso o que quis dizer ao comentar que era tão irônico. Quando lhe contei sobre nosso bebê.

— Só que as duas mulheres que tinham sido...

— Espere um minuto! Espere um minuto! — grita True. — As duas mulheres que tinham sido o quê?

Ela nota que a porta está aberta e que Kathleen deve estar ouvindo cada palavra sua.

— Feche a porta — ela pede. — Feche a porta!

— Não tenho muito tempo, True. Por favor, me ouça.

— Feche a porta ou vou quebrar esta lâmpada na sua cabeça, estou falando sério — diz True, sua voz um sussurro furioso.

— Epa, minha senhora. Está extrapolando — diz Hank num tom calmo, seus olhos se estreitando. Mas fecha a porta.

— As duas mulheres em sua vida! Era isto o que ia dizer! Mas uma das mulheres é a sua suposta ex-namorada e outra é sua *esposa*! Eu! Que está tendo uma gravidez difícil. Adele está doente?

— Não, no que se refere à gravidez, está bem. Mas isso poderia machucá-la, não acha?

— Com quantos meses ela está?

— Mais ou menos igual a você... a nós. Talvez um pouco menos.

— Como sabe? — pergunta True. — Como sabe o tempo de gravidez dela?

— Estivemos em contato — diz Hank.

— Estiveram na porra de contato sim! Eu vi vocês! Eu vi você beijando ela do lado de fora do seu restaurante. Gui viu vocês!

— Andou me espionando? — Hank levanta-se da cama, chocado.

— Espionando você? Fomos visitar papai no trabalho e em vez disso vimos praticamente papai se esfregando com uma mulher no estacionamento.

— Não foi assim. Ela estava me contando que Dave a havia abandonado. Que estava se mudando para Cambridge. Tentei consolá-la. Foi só isso, True. Ela é uma *amiga*. Uma velha e querida amiga.

— Não me importa quem seja! Preciso de você aqui. Agora. Especialmente agora. Isso é ridículo, Hank.

True tenta por um momento assumir um tom mais sensato.

— O mundo está explodindo. Tenho ordens médicas de ficar na cama. Nenhum marido com a cabeça no lugar deixaria a mulher num momento como este!

— Acho que você está exagerando um pouco.

— Exagerando? Se eu estivesse reagindo do jeito que devia já lhe teria dado um tapa na boca! Vá lá fora e descreva esta situação às cinco primeiras pessoas que encontrar e pergunte a elas se estou exagerando. Pergunte a Esa. Pergunte ao seu pai! Pergunte a Clothilde, Hank, se estou exagerando!

Hank suspira, longa e pesadamente.

— Ouça, True, eu fiz uma promessa. Ela não tem mais ninguém.

— Deve ter amigos. Primos. Irmãos.

— Não são o tipo de amigos que você chamaria numa hora dessas.

— Acho que não — concorda True. — E por quê?

— Ela é um tipo de pessoa fechada.

— Bem, ela vai ter você — continua True, portentosamente.

— Não o tempo todo. Eu me preocupo.

— Você se *preocupa*? Hank, não viu que passou dos limites? As pessoas não fazem isso. O que está dizendo? Está mais preocupado com a saúde emocional de Adele do que com a minha? Do que com o nosso filho?

— Claro que não e, se você não estivesse cercada por pessoas que babam a cada movimento seu, eu não faria isso. Mas você está, e tudo o que tem a fazer é erguer um dedinho que vêm todos correndo cuidar de você.

— Você fala como se ficasse ressentido com isso — sugere True.

— Eu não. Mas você não é exatamente do tipo carente. E, se for, tem toda a sua equipe de...

— Não diga isso. Não fale uma palavra sobre Esa ou Rudy...

— Bem, você tem apoio. Ela não. Eu prometi que iria e não quebro promessas. Estou indo e é bom você aceitar isso melhor do que está aceitando ou vai acabar ficando doente. Você é aquela que não precisa de ninguém, não é, True? É mais fácil por conta própria. Foi o que você disse. Você tem o seu próprio feudo...

— Nem tudo isso tem a ver com Adele, não é, Hank?

— Sim, claro que tem.

— Não, é mais do que isso. É, não sei bem o que é, mas existe algo nisso que tem a ver com o fato de que eu possuía uma vida, e uma vida próspera...

— Certo, e você simplesmente me encaixou nela e continuou funcionando como um mecanismo de relojoaria até que ficou grávida e teve de deixar o coitado e burro do Hank representá-la no seu grande encontro importante.

— Cale a porra da boca! Não fiz nada para merecer isso! Que tipo de merda de orgulho masculino ferido é esse?

— Estou saindo agora. Me dê um beijo, por favor, True. Isso não tem a ver conosco. Eu amo você mais do que tudo no mundo. Amo você e não quero essas palavras entre nós — diz Hank suavemente, puxando para trás os cabelos suados de True que estavam sobre a testa e soprando gentilmente na sua pele.

True nada diz. Ergue-se e lenta, roboticamente, afasta a mão de Hank.

— Se for, não volte.

— True.

— Se você for, estou falando sério, não volte. A não ser que vá, dê as caras, faça meia-volta e esteja de novo aqui dentro de poucas horas. Se é que precisa chegar a este tanto, para corresponder à sua idéia de uma pessoa boa.

— Não me imponha limites. Não me dê ultimatos.

— Oh, não, eu estou lhe dando um ultimato — diz True, a voz monótona. — Não volte para esta casa. Você está fazendo uma escolha.

— Não estou fazendo nenhum tipo de escolha, exceto a escolha de...

— Saia daqui e vá se foder.

— True, eu lhe imploro. Vamos conversar sobre isso quando eu voltar.

— Saia... daqui... e vá... se foder — diz True, e vira o rosto para o travesseiro. Sente Hank afagar sua trança, brevemente, ouve-o arrumando suas roupas e então a porta se fechando suavemente. Ela o ouve descer as escadas.

DEPOIS DE UMA HORA, durante a qual ela chora, e morde o travesseiro para abafar o ruído, True levanta-se rapidamente, passa uma água no rosto e começa a descer as escadas, lentamente.

Guy a surpreende no meio do caminho.

— Do que precisa, mamãe? Vou pegar para você. Volte para a cama.

— Preciso do... do *laptop* do papai no pequeno escritório, onde ele guarda suas coisas.

— Vou pegar para você. Vá se deitar. Vovó e eu vamos tomar conta de você. Ela está fazendo chá. Aonde papai foi, todo vestido daquele jeito?

— A um enterro — diz True. — Não é triste?

— Alguém que morreu no 911?

— Não, um velho amigo. Ele não queria ir, mas teve de ir. Vai voltar logo — True sorri e encrespa o topete triplo de Guy.

As senhas que ela tenta são Sully1, Henri1, Aquelelugar, Clothilde, Creole, Peridot, Adele, Adelecabot e, finalmente, Adele 01.

Esta abre o *e-mail* de Hank.

Esta abre o *e-mail* do seu marido.

E, no entanto, naturalmente, para quem ele mandaria *e-mails*, ela raciocina esperançosamente mesmo enquanto responde: para a mãe, as irmãs, seus amigos distantes.

Só há uma única mensagem, já de várias semanas, e a lixeira foi esvaziada. Ela não deve ler a correspondência eletrônica do marido. É o pior tipo de violação. Abre o arquivo. "Querido Hank", diz. "Não pode saber o que significou receber o seu apoio. Embora não esteja aqui, sinto a sua força. E isto torna mais fácil para mim seguir em frente. Nunca poderei agradecer-lhe o suficiente." A nota é assinada: "Adele, a sua Adele."

Como se para segurar não só o bebê, mas também seus órgãos no lugar, True deita-se de costas na cama, o coração disparando. Verifica o absorvente higiênico. Está imaculado.

Às nove da noite, Guy lhe dá um beijo de boa-noite.

— Papai vai chegar em casa logo, você falou? — pergunta ele casualmente, enquanto Gyp lambe o pulso de True, seus olhos tristes e inteligentes implorando. — Então por que vovó vai dormir aqui em casa?

— Não sabia que ela ia ficar aqui.

— Foi apanhar suas coisas.

Kathleen, é claro, não vai querer perder um único ato deste minidrama, pensa True acidamente. Por outro lado, sua mãe *cuidou* dela. Talvez esteja apenas genuinamente preocupada.

— Mmmmm — promete True. Ela ligou a televisão e está assistindo a uma reapresentação do programa *The Mary Tyler Moore*, só porque todas as outras estações estão passando as mesmas imagens, o avião negro aproximando-se, os penachos de chamas, as pequeninas silhuetas, caindo, caindo.

Mary está reclamando de Lou a demora na sua promoção quando True adormece.

ELA SONHA QUE GUY cresceu. Ele e True caminham juntos numa rua de Chatham para comprar sandálias. Guy é uma cabeça mais alto que ela; tem dezenove, vinte anos. O queixo quadrado, bronzeado e esguio. Gypsy é um cão velho, com um focinho acinzentado mas ainda esperto. True não vê a si mesma, mas sente uma pontada no quadril, uma dor no ombro. O Bebê Beleza está à sua direita, perto de Danny's Galley e, quando passam, Hank sai para a varanda. True sente que sorri. Sua testa ficou mais ampla e mechas grisalhas apareceram nos seus cabelos negros, que ele usa compridos agora, e ondulados.

Aproxima-se de Guy e lhe dá um abraço viril. Suas bocas se mexem; Guy sorri, mas True não pode ouvir-lhe o que dizem. Mas ela olha além deles, onde Adele se esforça para abrir a porta da loja e empurrar um carrinho de bebê ao mesmo tempo. Guy corre para ajudar e Adele empurra pela calçada de lajes seu glorioso bebê. Adele está falando, também, e embora True não consiga ouvir as palavras, sabe que Adele está lhe dizendo que o nome do bebê é Chloe Marie, em homenagem à mãe de Hank e à sua própria mãe. Hank está radiante de orgulho. True sente uma melancólica e distante felicidade por ele. Enfia a mão no bolso do casaco — é um jaquetão grosso, como o da sua mãe — e acha um lenço de papel e um recibo do armazém no qual escreve para si mesma um bilhete — a bolsa de Kathleen está cheia de anotações nas costas de guardanapos e recibos — a mandar para Adele um certificado. O bebê tem seis meses de idade. Ela terá pelo menos meio ano de belos presentes.

True acorda, uma névoa fria de suor debaixo dos seios. As coisas acabaram se desenrolando como deveriam.

NA MANHÃ SEGUINTE, de pé às seis, True primeiro liga para o celular de Hank, que responde friamente: "Esta é a Mensagem MP Trinta-e-dois. O assinante da Intellicell que você está tentando contatar não se acha disponível."

Metodicamente, ela liga então para Isabelle.

— Quem morreu? — Esa pergunta.

— Querida, sinto muito por acordá-la. Peça desculpas a Douglas. Pode ficar um tempinho em casa antes de vir para cá? — pergunta True. — Até que eu volte a ligar para você? Pode ser que eu precise que vá apanhar uma coisa em Boston para mim.

— OK, True — concorda Esa, intrigada. — Quer dizer uma receita ou algo parecido?

— Não, simplesmente fique em casa que eu ligo para você, querida, e estou ótima, não se preocupe — diz True. — Não saia até que eu ligue.

— Onde está Hank?

— Ligo para você em seguida — promete True.

Pensa em telefonar para Franny, mas é absurdamente cedo. E não há nenhuma emergência. O que quer que tenha acontecido, já aconteceu. True não sente nenhuma urgência incômoda, apenas o tipo de choque que imagina a gazela sente quando o leão a derruba. Uma espécie de libertação. Embora possa agora sentir mais tormenta do que a cota normal da sua mente, no momento só quer informação. Mesmo que espere que esteja errada, pois agora só deseja *estar* errada. Não pode chorar; não pode desabar. Não há nada, lugar algum nem ninguém que a possa apoiar. Pensa em ligar para a mãe de Hank, e tenta se conter.

Mas sua mão desencarnada pega o telefone e Gus responde.

— Você está bem, True? Guy está bem?

— Estamos todos bem. Gostaria de falar com... mamãe.

— Está aqui do meu lado. Acorde, Clo.

— Oh, por Deus, não a acorde.

Falam durante uma hora. True conta-lhe tudo. Sobre o *e-mail* e o beijo amigo. Sobre a partida teimosa de Hank e sua condição física, seus medos e sua imobilidade.

— Ele tem falado sobre Adele? — pergunta True à sogra.

— Um pouco, True. Só nas últimas semanas. Nós achamos estranho, devo admitir.

— O que está acontecendo?

— Não temos certeza. Mas imaginamos que ela tem enfrentado algum problema terrível e Hank sente como se ela não tivesse ninguém mais a quem recorrer. O homem para perto do qual ela se mudou, aquele que mora em algum lugar no Norte...

— Não é Hank? Ela não se mudou para ficar mais perto de Hank? Este cara com quem ela estava saindo, a coisa era séria?

— Nós lhe dissemos para conversar sobre isso com você, não foi Gus? — True ouve um grunhido de assentimento. — Ele disse que você se sentiria ameaçada demais. Disse que as coisas estavam indo bem demais.

— Estavam. Qual é o problema dela? De Adele?

— Não sei se deveria trair a confiança de Hank.

— OK. Mas estou me esforçando para não ter um ataque aqui.

— Bem, você obviamente sabe que a mãe dela estava muito doente. E que morava com ela. Adele é filha única. Seu pai as deixou anos atrás. Não acredito, embora não saiba ao certo, que o pai e a mãe tivessem chegado a se casar. Ela precisou ir para uma... como é mesmo, Gus? Uma espécie de unidade hospitalar. E então o tal homem do Norte... estou repetindo o que ele contou a Gus, porque realmente não falou comigo sobre isso...

— OK, OK...

— Bem, Hank disse que o homem rompeu com ela justamente quando sua mãe ficou gravemente doente, porque Adele estava...

— Grávida. Hank me contou. Ouça, mãe, não acha que este homem é fictício e que Hank é realmente o pai da criança?

— Não, claro que não — Clothilde está horrorizada.

— Mas ele tem escrito para ela e notei que tem andado distraído, quase atormentado.

— Sei que o bebê não é de Hank. Imagino que está preocupado com ela. Foi assim que ela o prendeu por tanto tempo, True, querida, eu receio. Continuou apresentando razões por que não podia viver sem ele.

— É o que imagino. Pelo menos agora. Mas vai ter o bebê.

— Foi o que Hank disse. Ela quer alguém para amar se sua mãe morrer, suponho.

— Como Hank pôde contar-lhes tudo isso e não me dizer absolutamente nada? — o lamento na voz de True é penoso de ouvir, até mesmo aos seus próprios ouvidos.

— Foi errado. Dissemos isso a ele.

— O problema é que tudo isso cai num momento tão inoportuno, tão horrivelmente inoportuno...; sinto-me agredida. Em outra situação, podia até sentir pena dela. Mas, mãe, detesto isso. Detesto que ela o tenha chamado e ele tenha ido. É como se a dependência dela fosse... normal. Como se fosse permissível. Mas na verdade é um pedaço dele que ela não quer largar. E ela o conhece há muito mais tempo que eu.

— Gus disse isso a ele. Que isso não é amizade, mas uma espécie de controle passivo. Mas Hank argumenta que está tentando ser um homem honrado.

— Certo.

— Bem, *cher* — Clothilde diz finalmente. — Tenho de lhe dizer, eu não compro essa história.

— OK — diz True numa voz tão fraca que chega a guinchar.

— Não gosto que ele tenha ido lá. Ela ligar e ele consolá-la é amizade. Mas pedir que vá até lá é diferente. Ele é um homem casado agora. Não acho que devesse ter ido e não acho que você devia ter concordado...

— Eu não concordei! Praticamente barrei a porta!

— Isso torna ainda pior o comportamento do meu filho. E pode dizer a ele que eu penso assim. Que sua mãe falou isso.

— Acho que é melhor eu não fazer isso. Então ele vai saber que lhe contei tudo...

— Oh, querida. Ele nos conta todas as suas tolices e todos os seus erros. Como se sente carregado de responsabilidades. Como ama Guy. Como tem medo e se sente desafiado e excitado em relação ao novo bebê. Nós lhe dizemos, Henri, Henri...

— O quê?

— Nós lhe dizemos para crescer.

— Mas ele não cresce, mãe. Parece que vai em frente e depois regride, como se não soubesse o que é certo e o que é errado, igual a uma criança. Não pretendo insultá-los dizendo isso, mas é verdade.

— Acredito em você, True. Ele custou a crescer. Foi o problema que sempre tivemos com ele. É irresponsável. Às vezes. E não estou dizendo isso como deslealdade para com meu próprio filho — Clothilde exala, um eco do suspiro de Hank.

True a consola.

— Eu sei. Também não estou dizendo isso em deslealdade a ele. E metade de tudo sou eu. Sou eu. Estou tão... por tanto tempo eu me senti culpada por ter casado com ele, acho que o fiz sentir-se assim, também. No início, elaborei esta noção de como nossa diferença de idade fazia de nós um casal antinatural, sobre como ele era um pássaro cativo.

— Não pense em Hank como um pássaro cativo, True. Ele escolheu isso. Ele escolheu você. E não pode ficar em cima do muro e ser o cavaleiro galante de toda garota e o flerte de toda garota e ainda por cima ser pai e marido. Amo meu filho de todo o coração. Mas, você sabe, ele passou a vida toda jogando a bola para a frente com a sua lábia...

— Clothilde... mãe, que devo fazer? E se ele sente tanta pena de Adele que...?

— Ele jamais faria isso.

— Eu sei.

— Vá dormir. Sei que é impossível não se preocupar. Mas todos sabemos, não vale a pena. É por isso que os homens não fazem isso. Me ligue depois, quando ele voltar para casa. Vai ligar?

— Sim — diz True e então Clothilde conta a ela que Perry se alistou na Guarda Costeira e que Tannie está fumando de novo, agora que não amamenta mais, e True observa o relógio. O relógio marca nove da manhã. Clothilde diz finalmente:

— Papai manda um abraço também. E abrace Kathleen e Gui por nós.

— Farei isso — diz True a ela com afeto.

Ela adormece e acorda quando Kathleen traz para ela uma salada de lagosta.

— Está ótima, mamãe — True a cumprimenta.

— Achei que precisava de algo que a levantasse.

— Hummmmm.

— Não vou perguntar o que está acontecendo...

— Tudo bem, porque você sabe tanto quanto eu. Nem se dê ao trabalho de fingir que não ouviu. Eu sei que estava berrando como uma louca. Tudo bem.

Ela se senta na cama subitamente. Esqueceu de ligar para Isabelle. Agarra o telefone.

— Esa? — ela pede desculpas no momento em que Esa apanha o fone. — Peguei no sono. O que, o que eu quero que você apanhe para mim é... espere, preciso ligar para o Tom; ligo para você em seguida.

— Não deixe de ligar, True. Estou sentada aqui lendo horóscopos antigos de *Glamour*. Nenhum dos meus deu certo. Eu devia estar alerta para a possibilidade de uma virada na minha carreira além do que eu jamais tivesse imaginado. Talvez signifique que você vai me demitir. Tudo está confuso no escritório. Preciso ir trabalhar.

— Tom — diz True assim que ele atende. — Me dê o número do telefone de Adele Cabot.

— Não tenho.

— OK, me dê o endereço dela.

Ele não é capaz de lembrar, também.

— True, tentei ligar para ele toda esta manhã.

True desliga e telefona para a assistência ao assinante. Seria capaz de bater na cabeça com o punho.

Não surpreende que haja um número considerável de Cabots em Boston.

Mas só há dois nomes com a inicial "A" em Cambridge. Uma inicial isolada é uma pista para o telefone de uma mulher solteira. True disca um deles e é atendida por uma indignada Janet, cujo marido é Al. Ela disca a informação de novo e pergunta o segundo número. "Não está listado, a pedido do assinante", uma voz gravada explica. Uma discussão de exceções de vida e morte com uma supervisora telefônica resulta numa recusa tão final quanto a da gravação. "Existe um endereço?" A mulher nasalmente menciona um número no bloco quinhentos da Saint Vincent Court. Assim, pensa True amargamente, as pessoas não podem telefonar ou ameaçar Adele pelo telefone, podem simplesmente pegar um carro, dirigir até lá e ameaçá-la pessoalmente. True liga para Isabelle.

— Esa, o que eu quero que você compre é um monitor cardíaco.

— Está tendo problemas do coração?

Sim, pensa True.

— Não, quero dizer um daqueles em que você pode ouvir os batimentos cardíacos do bebê. Um aparelho doppler. Um estetoscópio especial. Pode comprar numa loja de equipamento médico.

— Ohhkk — diz Isabelle.

— Para que eu possa ouvir e saber que está tudo bem sempre que quiser.

— Ohhkk.

— E quero que vá de carro até Cambridge e procure uma casa no bloco quinhentos de Saint Vincent Court. Cinco-sete-zero. E toque a campainha e pergunte por Adele Cabot.

— A autora? A mulher com quem Hank saía?

— Sim.

— Quer um livro?

— Não. Sim, claro.

— True? Que diabos está acontecendo?

— Eu acho, Esa... — True começa a chorar e não consegue parar; a violência do seu esforço para retomar o fôlego deitada não lhe permite falar. — Eu acho que Hank... eu acho.

— Vou imediatamente, True. Não me chame no celular nem espere que eu ligue logo, OK? Vá dormir. Falo sério. Vá dormir. O bebê está cansado. Não se meta numa enrascada completa. É uma ordem que lhe dou, como amiga de verdade. Fique firme. Vou lhe trazer equipamento, comida e informação. Promete?

True obedece. E quando acorda, já está quase escuro. Acende a lâmpada da cabeceira e vê o que a acordou, Esa sentada silenciosamente na sua cadeira do quarto de dormir, olhando para fora, para a incongruente fogueira das árvores iluminadas pelo pôr-do-sol.

— Ele estava lá — diz True. Isabelle fica calada. — Falou com ela? Ou com ele? — Isabele balança a cabeça. — Você *viu* os dois?

— Na janela — diz Esa. — De pé. Vestido. O caminhão estacionado em frente.

— Tem certeza que era o dele?

— Eu me lembro da imagem do caminhão com os dez metros de fitas. Eu me lembro da imagem dele e de Guy na frente do caminhão depois da adoção. Eu me lembro de como você me contou que todos vocês gritaram "Surpresa!" Eu me lembro de quando estava no hospital e o achei tão bonito, bonito como um índio numa gravura antiga... como a porra do nobre selvagem ou coisa parecida, e marquei o encontro para vocês irem jogar boliche...

True pode ver as lágrimas, contas douradas à última luz do crepúsculo, nas faces de Esa.

— Sinto muito, True, sinto muito. Sinto mesmo. Que babaca filho da mãe. O que ele está fazendo lá?

True conta a ela a versão resumida.

Então, juntas, elas abrem a pequena máquina que True pode apertar contra o montículo da barriga onde passou gel e escutar Chloe ou Adam, Drew ou Francie, Brewster ou Morrow, *flab-dab*, *flab-dab*, *flab-dab*, um ponto de vida estável num universo em redemoinho.

Guy e True enroscam-se na cama e assistem a um vídeo de *Oliver!* Em preparação para o teste de Guy, para o papel que deseja tanto, mais especificamente, o do próprio Oliver. Quando True começa a chorar — já não agüenta mais tanto berreiro — enquanto Nancy canta *As Long as He Needs Me*, ela diz a Guy:

— Não estou chorando por causa de papai. Acho que está tudo bem com ele, embora a gente vá precisar ter uma conversa quando ele voltar para casa porque ele está me preocupando.

— Eu sei! Como quando eu vou à casa de Fenn e não telefono e eu podia estar esmagado debaixo de um caminhão...!

— Exatamente — diz True —, acontece que todas as mães choram com esta canção. É a canção do choro da mamãe.

— Sei que está apaixonada — diz Guy —, mas papai nunca bateria na sua cabeça com um pedaço de lenha.

— Está certo, Gui — diz True. — Quer ouvir o seu bebê?

— Irado! — grita Guy, e eles apanham o pequeno monitor.

Quando True acorda, o sino da prefeitura de Chatham está soando as últimas batidas da meia-noite.

ELA ACORDA QUANDO Hank chega em casa, às cinco da manhã seguinte, e senta-se na cama para tirar os sapatos sociais. True tem dores no peito que, sabe, são o equivalente da sua asma da infância. Não um ataque cardíaco. Não um aborto. Ela olha para o pequeno monitor ao lado da cama.

— Bem — diz ela —, estou surpresa em ver você. Eu lhe disse para não voltar.

— Sei que você não quis dizer aquilo — diz Hank. — Escute, True, foi horrível. Ela tinha tido tantos derrames. Adele está transtornada. Sua mãe era tudo o que lhe restava. Pelo menos vai ter o bebê. Está com medo de perdê-lo. Vou explicar tudo depois do trabalho. Tom provavelmente está a fim de me matar.

— A mãe de Adele morreu.

— Soube a respeito?

— Calculei, quando você não voltou que ela havia morrido. E que era iminente. Deduzi pelo que sua mãe me contou e pelo seu *e-mail.*

— Você *leu* o meu *e-mail*? Como foi que conseguiu acessá-lo? — seu rosto e seu pescoço ficam vermelhos de vergonha.

— Hank, perdi o contato com você durante dois dias. Sabe o que isso representa?

— Bem, aparentemente você sabia — diz ele, torcendo a boca com desagrado. — Você provavelmente não queria falar comigo. Poderia ter ligado para mim.

— O telefone dela não está no catálogo.

— Não sabia disso. Poderia ter ligado para o celular.

— Não está funcionando. Acho que é a... tragédia. Imagino que tudo esteja descontrolado.

— Não sabia disso também. Francamente, estava assoberbado. Ela não foi capaz sequer de cuidar dos detalhes. Entrou em colapso completo.

— Sorte dela que você não entrou. Que pôde ser o cara que tomou conta de tudo.

— True, estou exausto. Não comece. Acabei de passar um dia do lado de fora de uma UTI com uma filha chorando...

— Não tire a roupa. Fale calmamente — diz True. — Não chegue sequer a sugerir que eu deva ter pena de você pelo que passou.

— E depois um dia no crematório com um estranho que nem sequer conhecia Marie. Nós quase não dormimos. Basicamente, fiquei acordado durante trinta horas.

— "Marie"? E "nós"? Quem está chamando de "nós"? Você e Adele são "nós"? Pensei que isso valesse para mim e para você. E como eu deveria me sentir a respeito de tudo isso? Não consegue ver o que fez? Não consegue, não é? Ou consegue e simplesmente não liga.

—Tenho de ir ao trabalho. Portanto, se *precisamos* discutir isso, vai ter de ser mais tarde, depois que eu tiver tempo de superar a situação e dormir um pouco.

— Depois que *você* tiver tempo de superar a situação? Isso define tudo, Hank.

— Define tudo?

A voz de True fica lerda:

— Não tire a roupa. Faça as malas. Faça as malas em silêncio. Já tem o que precisa para uns dois dias. Mande-me um endereço para onde eu possa despachar aquilo que você não conseguir levar agora. Leve o caminhão. Leve a TV. Leve tudo, menos Guy e o cachorro.

— De que porra está falando? Mandar um endereço para você? OK, me ouça, sinto muito. Sei que não telefonei. Se você encara do seu ponto de vista, é uma canalhice. Devia ter ligado para você dez vezes. Sei disso. Devia ter-me desculpado imediatamente. Você não pode usar telefones celulares num hospital...

— Pode usá-los num apartamento. Pode usar telefones comuns num apartamento.

— O quê?

— Esa viu seu caminhão estacionado na frente do apartamento de Adele. E viu você e Adele.

— Bem, voltamos lá por uma hora ou pouco mais. Para cochilar um pouco. Não dormi com ela, ou coisa do gênero. Quero dizer, dormimos juntos, na mesma cama. Mas não fizemos nada. Ela fez um café.

— Estou me lixando se você trepou com ela até explodir.

— Não está.

— Não, o que me importa é que você se importou mais com a mãe da sua ex-namorada e com o bebê dela do que com nosso bebê e com o que eu estaria pensando aqui, sobre você. Nem mesmo talvez sobre estar me traindo. Sobre você. Se estava vivo, ou se dormiu enquanto dirigia e caiu numa vala. Como Pete. Como meu pai. Você não me ligou e ficou fora duas noites. E eu estava sangrando, Hank. Antes. Muito. Fui a Boston. Estou de repouso na cama por pelo menos duas semanas. Podíamos estar perdendo o *nosso* bebê, Hank. Duas semanas. Não estou sangrando, mas estava. — Olheiras pálidas aparecem sob os olhos de Hank. — Você, que nunca perde um dia de trabalho. Nem mesmo ligou para Tom. Simplesmente se concentrou em Adele. E nunca vi você se concentrar tão completamente numa coisa.

— Você mandou me seguir? Confia tão pouco assim em mim?

— Se acha que isso tem a ver apenas com confiança, ou com a minha paranóia, e não com responsabilidade, você não está *me* entendendo...

— Como vai o bebê?

— Vai bem, eu acho.

— Graças a Deus — Hank estende a mão para pegar nos cabelos de True, mas ela afasta a cabeça para trás. Coloca as duas mãos sobre a barriga dela, arredondada debaixo da camisa dele, que ela apertou junto ao seu rosto a noite inteira.

— Gostaria de ouvir a batida do coração? — pergunta True, sabendo que aquilo beira a crueldade.

— Pode fazer isso?

— Comprei um treco.

— Hum!

Ela observa os olhos de Hank mudarem enquanto ouve Abby ou Martin, Isabelle ou Ian.

— É a coisa mais incrível que eu já... que eu já...

— Sim, é incrível. É o nosso filho. O nosso bebê, Hank. Esses aparelhinhos não são tão caros. Você pode comprar um para Adele.

— Foi um comentário cretino.

— Sim, foi. Eu me sinto horrível. Me sinto desolada. Traída. Abandonada. Tudo que você pode sentir deitada aqui sabendo o que eu sei. Odeio o que você fez. Agora, vá embora, Hank.

— True, deixar a casa? Ir embora? Por quê? Eu lhe disse que não dormi com ela...

— Porque... você não entende, não é, Hank? Não entende. Odeio dizer isto, parece uma coisa tão primária. Mas se você não entende por quê, eu não posso fazê-lo entender.

— OK — diz Hank.

— OK? — True não esperava isso. — É tudo o que tem a dizer?

— Sim. Para mim chega. Estou cansado, e estou cansado disso. Você tem razão, True. Não ouso olhar para a direita ou para a esquerda. Não ouso respirar.

Estou provavelmente tão farto de você como você de mim. Os problemas reais de Adele foram um alívio comparados com todos os problemas que você imaginou.

— Obrigada, Hank. Foi uma coisa galante o que você disse. Prova que é o homem honrado que faz tanta questão de dizer que é. Você considera eu não desejar que fosse correndo para o lado de sua ex-namorada enquanto eu estava ameaçada de um aborto *mantê-lo sob algemas, Hank*? Acha minha objeção a que passasse duas noites com ela muito... muito sufocante? — True faz uma pausa e prossegue. — Pois bem, vou lhe explicar melhor. Talvez em certa época eu fizesse o que você diz que eu fazia. Talvez observasse cada garota como sendo aquela que levaria meu príncipe encantado. Não faz muito tempo. Mas muita coisa pode mudar em pouco tempo. Nós nos apaixonamos em pouco tempo. Você se acostumou a amar Guy em pouco tempo. E em pouco tempo você me fez deixar de fazer aquilo. Me fez confiar em você. Fez Gui confiar em você.

— E então o que você faz com tudo isso é...

— Não, espere! Espere. Você me fez acreditar que não lhe importava que eu fosse mais velha. Que nossa família era unida, que os seus silêncios eram apenas um trejeito. Não eram um trejeito. Eram uma artimanha. Você estava tramando como conseguiria fazer a velha True feliz enquanto consolava a querida Adele. Digitando no seu escritório. Contando à sua família. Mentindo para mim. Fizemos um plano juntos, para um negócio. Fizemos um bebê. E então, isto.

— Isto... o quê? Não posso acreditar como você reage diante disso. Como se eu tivesse matado alguém.

— Você matou. Você matou a nós. E talvez não cortaria tão fundo se eu realmente acreditasse que era uma emergência tão grande que você não podia sequer telefonar para sua mulher.

— O quê? Para que eu pudesse ouvir todas essas besteiras? Que você teria jogado pra cima de mim. Estava se lixando, não é? Num momento desses?

— Então realmente não se esqueceu? Sabia muito bem como eu iria reagir. E ela não é realmente apenas sua velha amiga. Bom. Porque não acreditei naquilo desde que o vi beijá-la. E não foi só porque o tenha visto beijá-la, quer saber disso? Foi porque nem chegou a me contar, como se fosse alguma coisa para se ocultar! Eu podia esquecer Adele, se ela não continuasse aparecendo o tempo todo. E continua aparecendo porque você não a larga. Ou ela não larga você.

— Mal foi um beijo. Foi como um beijo que eu desse em Win.

— Não foi!

— Foi!

— Talvez para uma puritana!

— Não comece com isso! Não me venha com essa tolice de que tenho água gelada nas veias porque nasci ao norte da linha Mason-Dixon. Hank. Eu o vi beijando Adele e não estou tendo alucinações e não estou *reagindo exageradamente.* Mas, sim, nós puritanos temos um nome para isso, Hank.

— Qual é?

— Baixaria. Falsidade. Mais do que tudo, mentiroso.

— Não posso acreditar que você jogaria todo o nosso casamento fora por causa dessa bobagem. Não posso acreditar que a perturbe tanto. Você realmente vai fundo, True. Você se importa muito.

— Não posso acreditar que achasse que eu não me importaria. Traiu a fé que eu tinha em você. Não foi fiel...

— Eu disse que não dormi com ela. Não houve nenhuma intimidade.

— Aí está, exatamente o que você disse, isto é intimidade. Esta é *toda* a intimidade. Não consegue ver? Mais do que se desse uma rapidinha e saltasse no caminhão e voltasse ao restaurante. Eu teria ficado zangada com isso. Mas talvez pudesse superar, encarando a coisa como um estúpido gesto de despedida da vida de solteiro. Mas isto, não consigo... ou, na verdade, talvez eu entenda. Me fez acreditar que você seria um sujeito do tipo eterno e isso significava que você tinha de acreditar também.

— OK — Hank ergue as palmas das mãos. — Você ganhou, True. E o que vai fazer a respeito... disso? — aponta para a barriga dela. — Vai jogar fora o marido enquanto está lutando pela vida do seu bebê? Ou vai interrompê-la, True? Para que não estrague sua beleza?

— Eu nunca faria isso, Hank. Quero nosso bebê. E quero que tenha um bebê na sua vida, também. E, especialmente, eu nunca faria isso pela razão estúpida de ter sido sacaneada por um cara. Você não é dez anos mais jovem do que eu; você é cem anos mais jovem do que eu. Porque não *pensa.* E, a não ser que aprenda a pensar de uma maneira diferente, não chegaremos lá. Talvez nunca pudéssemos chegar, porque tivemos vidas totalmente diferentes antes de nos conhecermos. Ou talvez por estarmos ambos acostumados às coisas da nossa maneira.

— Sempre esteve convencida de que eu iria falhar com você. Basta. Tentei. Perdi.

— Claro que perdeu. Até sua mãe acha isso.

— Mencionou minha mãe? Falou com minha mãe?

— Telefonei para sua mãe na manhã depois que você partiu. Até ela acha que você errou indo para Adele. É minha sogra. Posso ligar para ela à hora que quiser.

— Sim, mas não para me delatar. Filha da mãe. Ela deve estar muito aborrecida.

— Sim, está. E, está vendo? É só o que o preocupa. Faça as malas em silêncio. Vamos conversar na... hummm, que dia é hoje?

True segura o rosto. Pode sentir seus ângulos e placas, sua frágil estruturação. Segura com firmeza as faces com os dedos. Coloca o dedo sobre os lábios para cessar a tremedeira.

— Terça-feira.

— Conversaremos na sexta, OK?

— Sobre o quê?

— Não sei. Sobre como o bebê vai indo. Sobre como explicar isso para Guy. Vou dormir. Saia.

Fique para sempre. Não me deixe. True enfia as unhas na sua testa. Não vai falar isso.

— Eu disse "saia", Hank.

— Me dê minha camisa — diz Hank. — É minha camisa velha favorita.

— Não — diz True. — Esta é minha. Esta é *minha.*

Ela não acredita ter jamais visto um rosto tão amarrotado de dor do que o de Hank, naquele momento. Ele caminha até o armário embutido, agarra coisas dos cabides com uma velocidade que deixa os cabides estremecendo ao longo das balizas, e sai batido.

E, amortecida de espanto, sabendo que fez a coisa certa pela razão certa, mas que um impulso além do seu alcance a projetou para esta ação, True coloca um travesseiro sobre a cabeça e outro sob a barriga e, o nariz enterrado na camisa, acaba dormindo.

OUTUBRO

> ### BU, *BABY*!
>
> *O Halloween pode ser emocionante, mas assustador, também. Nós buscamos os folguedos sem os calafrios, a lã mais suave torna nossas fantasias de espiga de milho e abóbora adequadas, depois, como roupas para brincar ou para nanar. Elas estão recheadas das mais gentis dádivas da estação: um gatinho cintilante, feito sob medida para caber numa mão pequenina, um livro sobre uma mamãe morcego e seu bebê que não quer ir dormir (identifica-se com a situação?) e uma vela de Vermont feita a mão que reúne todos os aromas do outono, para iluminar suas noites e apaziguar seu espírito.*

— QUE SACANAGEM É ESSA confusão toda? Onde está papai? Não voltou ainda? — Guy a está sacudindo para que acorde. O sono tornou-se um túnel pelo qual True desaparece com tanta freqüência quando pode, mais de uma vez por dia, se possível. Olha para o relógio da mesa-de-cabeceira. São quatro da tarde de primeiro de outubro e o filho de True ainda carrega a mochila da escola.

— Não diga "sacanagem" — murmurava True através de lábios gretados. Soa como uma bêbada.

— Papai diz que não é palavrão.

— Eu digo que é palavrão. Sei o que significa. É o mesmo que a palavra começada por "F". E se você sacanear e falar esta palavra de novo vou lavar sua boca com sabão — diz True a ele, chamando-o em seguida de "seu fedelho" e dizendo então "venha cá", e apertando Guy contra si. Ele cheira a cachorro molhado, gel capilar e algo forte, como cravo.

— Fedelho? Sou um fedelho? — Guy joga a mochila no chão com força. — Vovó diz que você jogou meu pai na rua e *eu sou* um fedelho?

— Não joguei seu pai na rua. Ele foi morar na... casa de Tom, por uns tempos, porque estamos brigando muito e ele fez algo realmente desagradável.

— O quê?

— Coisas de adultos.

— Ele fez sexo com alguém?

— Não.

— Então onde está a sacanagem em toda a história?

— Gui, leve Gyp para passear. Um longo passeio. E então pegue o seu livrão da Broadway. Vai ter sua aula com aquela senhora, Kitt, hoje. Levo você de carro.

— Tem certeza de que pode se levantar?

— Tenho certeza — diz True. — Estou bem agora.

Ela está mentindo. Não tem a menor idéia se deveria se levantar. Mas decidiu que ficará deitada o máximo que puder e espera que a natureza seja tolerante.

— Primeiro, você não me diz que vai se casar, e depois não me diz que vai botar meu único pai na rua... — Guy começa a chorar e True o envolve.

— Gui, é uma sacana de uma confusão. Mas vamos dar um jeito. Dog, vovó, Esa e Rudy...

— E papai.

— E, espero, papai.

— Vai pedir um divórcio?

— Não. Espero que não. Talvez. Não sei. Provavelmente não. Preciso dar-lhe uma lição.

— Dar-lhe uma lição? É um adulto!

— Adultos precisam aprender lições também, Gui. Não sei se ele é capaz disso. Acho que eu tenho uma lição a aprender, também.

— Você é a mãe! Você devia saber!

— Bem, o que você acha?

— O que eu acho? Sou um garoto!

— Lembra-se da ocasião em que o levei com Fenn ao boliche e você previu que ia fazer cento e trinta e um pontos? E de fato fez cento e trinta e um pontos? Bem, você talvez seja médium, como *Maman* Winston em Metairie.

— Ela sabe disso? Poderia lançar uma maldição sobre você.

— Não, não faria isso — replica True, lembrando que tem de telefonar para Clothilde e que preferia sofrer uma operação para curar a sinusite. Pensando, também, no cinco de copas, o grande embate entre a cabeça e o coração, a derrota momentânea. Seria aquilo uma previsão do mundo? Ou do seu próprio mundo egoísta? Em Nova York, garotinhos do tamanho de Guy estão ouvindo gaitas de fole nos enterros de seus pais bombeiros. E, no entanto, a vida comum continua um campo fértil para a tragédia. Nem mesmo Humphrey Bogart discordaria.

Uma águia-pescadora, perto da casa de True, encontrou seu ninho destruído por um guaxinim, bem feito para ela, por ter acasalado tarde demais na estação. A águia havia agido por instinto, ou impulso. Agora o guaxinim vai hibernar no ninho que ela construiu com seu bico e suas garras. A águia não pensa em matar o guaxinim. Ela revira as cascas da sua ninhada, que não teria vingado.

Esa entra no quarto sem se anunciar, faz uma avaliação rápida e intuitiva, e diz a Guy que ela, e não sua mãe, vai levá-lo à aula.

— Então — diz True no mesmo momento —, o que você acha? A respeito de papai e eu?

— Mamãe — diz Guy, enxugando os olhos nas orelhas de Gypsy —, eu não passo de um médium do boliche.

— ESTÁ TUDO BEM. Estou realmente bem — diz True a Franny uma semana depois, nas seleções de elenco para a peça, enquanto estão sentadas lado a lado no salão de ensaio. True ficou na cama de repouso até se sentir quase louca e sente-se animada só de estar fora de casa. — Estou me sentindo bem melhor do que achei que estaria.

— Você está com uma cara ótima — admite Franny. — Sente-se — e aponta para a barriga de True — realmente bem?

— Sinto-me ótima. Fisicamente. Mas não posso me lembrar em que mês estamos. Ou se estou na cidade ou não. Gostaria que meu cérebro funcionasse tão bem como minha barriga.

— Talvez os hormônios sejam uma dádiva neste momento.

— É o que penso. Vou mandar fazer um destilado com eles. Um elixir. Euforia e paz, numa exclusividade de Doze Vezes Abençoada.

— Você está realmente tão bem quanto parece? Você é uma maravilha — comenta Franny. — Eu seria um cesto de roupa suja.

True faz uma pausa.

— Na verdade, cara Franny, existem momentos, longos momentos, em que desejaria estar morta. Mas não posso morrer. Isso mataria o bebê e Guy. Então eu me levanto e faço alguma coisa. Eu fui uma zumbi de meia-idade.

— É capaz de fazer graça — comenta Franny.

— E eu tenho outra saída? O que devo fazer? Ligar para você chorando às quatro da manhã? Já fiz Esa dormir lá em casa, *dormir na minha cama*, duas vezes, quando devia estar em casa com Doug, porque não podia suportar dormir sozinha.

— Por que não o aceita de volta e o tortura durante alguns meses?

— Pensei nisso, mas então ele acharia que estava certo, que poderia fazer qualquer coisa e ser perdoado. Acharia que eu era uma pamonha. Seria capaz de viver com um homem que a achasse uma pamonha? Enfim, de qualquer maneira, fico achando que ele vai me pedir de joelhos.

— Não fez isso ainda?

— Não, ele telefonou.

— E o que disse?

— Não falo com ele. Kathleen geralmente atende o telefone. Ela praticamente se mudou para cá, é claro. E na verdade estou agradecida a ela.

— Então como sabe que ele não está tentando lhe pedir de joelhos?

— Receio que, se falarmos, ele vá dizer alguma palavra sobre a coitada da Adele e então eu vou ter de dar um jeito de matá-lo. Ele fala com Guy. Vem apanhar Guy. Eu me escondo.

— Eu não faria isso — pensa Franny em voz alta — se Steve dormisse com outra mulher... Sei que o aceitaria de volta, meramente pelo prazer de perdoá-lo cada dia pelo resto da sua vida.

— E se ele passasse duas noites e um belo dia na exótica Cambridge com sua ex-amada, depois de você ter implorado, chorado e até o ameaçado para que não fosse? E se ele ignorasse tudo aquilo e fosse, de qualquer jeito? — é doloroso para True admitir isto e Franny não só percebe, como aprecia.

Franny bate com o dedo na ponta do nariz sardento, um hábito que tem cultivado para colocar em foco seus pensamentos nesses anos todos que True a conhece.

— Entendo o que está em jogo. No entanto, se ele não *dormiu* com ela...

— Ninguém percebe isso, só eu? — True só falta uivar. — É pior do que isso! Eu seria capaz, como você disse, de superar uma pulada de cerca tola, fruto de uma bebedeira, mas isso foi... amor, Franny! Isto foi um ato de amor!

Beatrice gesticula insistentemente para as duas falarem mais baixo. E existem, por parte das mães e dos pais, muitos olhos ávidos e inquiridores voltados para True, que afunda na cadeira.

Felizmente, os testes começam e todos os olhos se voltam para a frente. A multidão de várias dúzias de crianças e pais subitamente faz um silêncio tão profundo que True pode ouvir Franny chupando suas pastilhas contra a tosse. Sua filha Clainey também está se candidatando a um papel na encenação mais ambiciosa do teatro até hoje.

Beatrice começa cuidadosamente a explicar por que *Oliver!* será uma produção maior e mais trabalhosa do que *Um conto de Natal* tem sido nos anos anteriores.

— Primeiro, porque fomos convidados — sim — para nos apresentarmos na Boston Civic Opera House... — sons sussurrantes de admiração... — por duas noites, e estamos em negociações para nos apresentarmos por duas noites na... — e ela faz uma pausa... — Radio City! Podem imaginar isto? — As crianças gritam e tagarelam. — Vamos, vamos — continua ela. — Temos uma programação de ensaios muito intensa e temos a grande honra de contar com Kitt Reuter-Foss, uma renomada *mezzo*-soprano que atuou com a Metropolitan Opera, para cantar o papel de Nancy... Kitt está aqui — a adorável ruiva que True viu na porta da pensão quando deixou Guy para uma aula enruga o nariz e acena para as crianças — para nos ajudar a escolher, por isso quem quer que esteja envolvido com uma atividade esportiva ou... passando por alguns desafios na escola, talvez fosse melhor deixar o teatro para o ano que vem. Nós teremos vinte espetáculos, sem contar aqueles em excursão, atenção senhores pais, quero que saibam que um doador proporcionou recursos para reforçar a segurança em todos esses espetáculos e para... não quero assustar ninguém, para uma guarda de segurança armada nos ônibus que nos levarão a Boston e aos *shows* nas escolas.

Os olhos cinzentos de Beatrice, no seu ninho de suaves rugas, abrem-se de compaixão.

— Estamos vivendo em tempos realmente assustadores, não é? Mas é importante também lembrar que a arte é uma arma contra a violência. Por isso, antes de começarmos, eu gostaria de pedir um momento para que todos abaixássemos a cabeça e orássemos, ou pensássemos silenciosamente sobre aqueles que desapareceram e ainda não foram encontrados, por nossos soldados, pela segurança do nosso país e pela paz na Terra.

Obedientemente, todos abaixam a cabeça. Então Beatrice bate palmas.

— Vamos ouvir algumas canções!

A pequenina Clainey de Franny parece um anjo de árvore de Natal no seu vestido festonado de rendas e em suas sapatilhas de balé brancas. Mas ao cantar *I'm Forever Blowing Bubbles* é impossível ouvir a sua voz diminuta até mesmo acima do tinido do piano da sala de ensaio. Mas, quando dança, leve como a seda de um algodãozinho-do-campo, True vê Beatrice rabiscar no seu bloco de anotações, e olha para Franny. Clainey vai acabar integrando o coral, como um dos pequenos moleques de rua, graças a Deus. Seria terrível se Guy fosse escolhido para esta produção e Clainey não — tanto para a amizade de Franny e True, como para True, que deseja muito ficar próxima de Franny, de Rudy ou de Esa, e mesmo de Kathleen, que tenciona passar cada momento dos próximos seis meses colada a uma delas. Ela se pergunta quantas pessoas, em quantos lugares da Terra esta noite, acabaram de dizer as mesmas palavras que ela, e com tanta insinceridade. *Estou ótima. Realmente, bem melhor do que esperava.* O que isto pode significar? Que ela aspira e expira? Que mais pode dizer a Franny? *Achei que ele estaria de volta à minha porta em dois dias e ele não veio? Não posso acreditar que ele não queira se submeter a terapia? Não posso lhe dizer quantas vezes apalpei meu corpo com os dedos à noite em busca de uma lembrança dele para sentir algo do que sentia com ele...* Sim, ela podia dizer todas essas coisas.

Mas tem medo de torná-las reais. Uma parte de si ainda acredita no reencontro que deve ocorrer. Não confiaria isto a ninguém. Talvez nem mesmo, nem totalmente, a si mesma.

Guy se apresenta a seguir.

— Vou cantar *The Lord of the Dance,* que eu não sei quem compôs, e uma dança que meu... meu pai me ensinou, e meu monólogo é *Where the Wild Things Are* — Ele se prepara para cantar, enchendo o peito. — *Dancei de manhã...* esperem! É de Maurice Sendak. Peço desculpas.

Beatrice acena com a cabeça, erguendo uma sobrancelha. As crianças que estão há algum tempo com a companhia sabem todas que apresentar a sua interpretação é algo que todos os profissionais fazem, e Beatrice insiste para que todos os membros do seu elenco sejam atores profissionais, "cujo único pagamento é o aplauso".

A canção é tão radiante que uma mulher de cabelos escuros compridos que True nunca viu inclina-se através de duas pessoas e sussurra para ela:

— É o seu filho? Que bela voz.

True gira para sorrir para ela e vê Hank. Duas filas atrás. Estende a mão, ele a aperta e os dois sorriem. Ela morde o lábio com força para não chorar. Os primeiros passos da dança de Guy são ágeis e precisos, mas os saltos mortais laterais — um, dois, ele quase chega lá — terminam com um tombo com o traseiro no chão. Levanta-se corado de vergonha.

— Este piso é tão *escorregadio* — comenta Beatrice levemente. — Obrigada, Guy. E obrigada a seu pai por coreografar um autêntico desafio para você.

Corajosamente, Guy embarca no seu monólogo e está suscitando risos de apreciação quando o diretor de cena o corta. Ele excedeu seu limite de tempo e vai haver outras cem crianças, nas duas noites seguintes, que foram convocadas para dezessete papéis.

Suado e mal-humorado, Guy desaba na cadeira ao lado da de True.

— Pisei na bola — diz ele. E então vê Hank. — Papai! Você voltou.

Guy na verdade apóia a face no antebraço de Hank. Hank estremece.

— Estou aqui. Você não pisou na bola — sussurra Hank. — Saiu-se muito bem. Eles estão em busca de uma visão geral, não da perfeição.

— *Pisei* na bola — repete Guy, com um ar assassino.

Pelo modo como a mulher que cumprimentou True se inclina ansiosamente para diante enquanto a criança seguinte, um suave menino louro alvo, sobe ao palco, True presume que é o filho dela. Dizer que a voz do menino é bela, ao cantar *Amazing Grace*, seria um insulto rude. Ele soa como um menino de coral alemão, um modelo de controle e respiração. Impecavelmente, recita vários poemas de Tennyson e conclui com alguns segundos de sapateado. Prendendo o fôlego, True inclina-se para a mulher, que acena com a cabeça entusiasmada e mostra os polegares erguidos para o filho.

— Ele foi fantástico. Eu sou True — e estende a mão. Ela nota o momento em que Guy percebe a ausência de Hank. Guy levanta-se impetuosamente e deixa a porta de vaivém girando. Ela se levanta para correr atrás dele, mas a mulher cuja mão apertou ainda está falando. A polidez e o desejo de desviar a atenção das pessoas do chilique de Guy a paralisam.

— Oh, eu sei quem você é. É a senhora das caixas de bebês. Você é famosa. Eu sou Genevra — diz a mulher, seu rosto pálido de luar abrindo-se num sorriso caloroso. True precisa recuperar agora uma parte do que ela encara como a sua antiga personalidade e sustentar um momento de conversação.

Franny tenta ajudar.

— Minha filha também fez o teste. É a bonitinha que vocês não conseguiram ouvir.

Estes nunca são eventos fáceis para pais cujos filhos estão competindo por um número reduzido de papéis. São especialmente difíceis, reflete True, quando seu pai é tão evanescente quanto era o pai de Hamlet.

— Gen... como é que a chamam os íntimos? — pergunta True.

— Genevra — responde a mulher.

— Bem, seu filho é realmente fabuloso. — True não se interessa, mas pergunta: — Já trabalhou antes com o Cape Family Theater?

— Não, ele geralmente faz trabalho comercial — responde Genevra. — Já apareceu num filme e em seis comerciais. Mas adora tanto este musical, e nós não temos... objeções a ele, a não ser pela violência, que decidimos que seria uma boa para ele tentar um papel.

— Bem, estou segura de que vai conseguir — afirma True.

— Oh, eu também acredito.

A mímica secreta de Franny de uma esnobe de nariz arrebitado quase faz True sorrir.

True vai lá fora buscar Guy, que está sentado junto a uma janela, enxugando os olhos.

— Você precisa voltar. As regras exigem. Não pode sair correndo assim. É antiprofissional.

— Não vou ser escolhido. Por que deveria me sentar lá? E por que papai veio me ver e depois saiu escondido?

— Não sei, a não ser que precisava ir ao trabalho e não queria fazer barulho. Vai vê-lo amanhã — True consola o filho. Com Guy ainda à beira das lágrimas, ela o conduz de novo para dentro e sentam-se bravamente ao longo de outras horas de testes, sofrendo e vibrando com crianças cujos pais só faltam empurrá-las da cadeira até o palco, ou que esquecem as falas, batendo palmas aliviados pela regularidade de outras. No carro, depois, Guy se diz muito "cansado e sacaneado" para um *ice cream soda* e pergunta por que sua mãe insiste em lhe oferecer coisas que o engordarão.

— Vá com calma — True o repreende. — Sei por que está zangado. Mas não bote a culpa em mim. Foi duro para mim quando ele saiu, também. Pensei só que gostaria de uma guloseima. Você gastou muita energia lá no palco.

— Pra nada — diz Guy.

— Como sabe disso? — diz True, paciente. Não consegue pensar em nada a não ser em Hank, apesar do sofrimento óbvio do filho. É mais inflexível em sua polidez do que a porra da Emily Post, e está farta de si mesma. O homem não tem coração?

Durante os dois dias seguintes, enquanto ouve no rádio os desdobramentos dos acontecimentos do 11 de setembro, as mortes dos bombeiros, seu heroísmo extremo, a descoberta de que os terroristas viveram e treinaram na mesma universidade em que seu falecido marido, Peter, recebeu o brevê de piloto, enquanto orienta a nova assistente de Esa no processo de atualização de cadastros, mostrando-lhe como mandar lembretes via computador ou cartões-postais àqueles compradores de Bênçãos que se esqueceram de atualizar os dados relativos às mudanças no tamanho dos "seus" bebês ("Como é que se lembra de tudo isso?", a garota grita por um instante, totalmente espantada diante das minúcias que fazem a companhia funcionar), ela egoisticamente espera que o telefone toque. Que a correspondência caia pela fenda da caixa de correio. Como fazia quando seus namorados do colégio não respondiam a seus telefonemas, ela chega até a tirar o fone do gancho para ver se está dando linha. Quando Isabelle chega para trabalhar na quarta-feira, a primeira coisa que pergunta é "Que papel Guy conseguiu?" e True fica horrorizada ao perceber que se esqueceu da expectativa pela convocação de *Guy*, o que faz cair sobre si a mesma maldição de sentir-se animada e almoçar com as amigas a caminho de uma mamografia. Tenta imediatamente compensar o seu lapso em preocupação antecipada entregando-se a uma orgia de culpa. Promete a si mesma ter a certeza de que Guy não ganhará um papel com fala e promete consolá-lo da melhor forma possível.

— Não fale no assunto — adverte True. — Ele caiu enquanto dançava. Acho que o que Hank lhe ensinou era difícil demais para um menino.

— Bem, ele ainda pode entrar.

— Mas ele queria... você sabe, um papel. Queria ser Oliver.

— Iiiihhhh. Puxa... ele está preparado para isso?

— Bem, você sabe, outro ano, outro musical... Vou lhe dizer isso.

— Ainda poderia conseguir. Ninguém canta como Gui.

— Havia um garoto lá que era capaz de cantar com auréolas na cabeça. Um soprano. Oliver é um personagem inocente. Guy é um menino inocente, mas não age como tal.

— Humm — murmura Esa. — Bem, quando é que vai saber?

— Não sei se ela vai ligar ou apenas mandar a temida carta — replica True. — E não ache que não me sinto como a Sra. Dona Merda por me preocupar se meu filho vai ou não conseguir um papel quando o mundo inteiro está indo para o inferno, para não mencionar que meu marido me deixou e estou grávida...

— Não tem de dizer isso — replica Isabelle. — A vida simplesmente continua. Tem de continuar. É a nossa vitória sobre as trevas.

— Tem visto filmes antigos com Douglas?

— Sim, mas você sabe, True, é a verdade.

Isabelle vai trabalhar junto à sua assistente. Rudy chega. Somente ele não esteve "por dentro" da separação dela e de Hank, embora tenha feito os ruídos costumeiros de solidariedade. True pode sentir que o nariz dele está ligeiramente fora de esquadro. Decide tentar um tom mais confidencial.

— Vou fazer meu exame em duas semanas — diz a Rudy — para ver se o bebê está bem.

— Realmente vai seguir em frente com isto?

— Que está dizendo? Quer saber se não vou... fazer um aborto?

— Sim, True.

— Rudy, eu nunca faria isso.

— Religião?

— Não, bom senso. Tenho o bastante para criar um bebê sozinha.

— Bastante o quê?

— Bastante dinheiro, pelo menos por enquanto. Bastante da minha cabeça em ordem. Bastante apoio. E existem pessoas que fizeram muito mais com muito menos.

— Mas você tem bastante... espaço? Na sua vida? Quero dizer, seu prato está cheio. Está começando este novo negócio e não tem parceiro agora.

— Posso dar conta.

— Bem, é mais corajosa do que eu.

— Acha que sou tola?

— Acho que está... subestimando o que significa criar um bebê sozinha, na sua idade. Não faça isso, querida True. Você ainda tem de cuidar de Guy e de Kathleen.

— Então, porque Hank está agindo como um canalha, eu deveria desistir de tudo o que sempre quis?

— Poderia ser considerado, por outras pessoas, egoísta trazer outra vida ao mundo, a este mundo... se você não tem os recursos emocionais para dar a ela tudo o que um bebê merece.

— Quem acha isso, você ou Keith?

Rudy enrubesce.

— Keith. Eu concordo com ele.

— Bem, goze dele, então, Rude. Acha que eu queria isso desse jeito? Acha que não estou morta de medo, de todas estas coisas que você acabou de falar?

Mas o que... quero dizer, esta pequena vida lutou e agarrou-se e... eu ainda amo Hank. Espero que a gente faça as pazes. Não imagino como, mas ainda assim espero.

— Eu sei.

— E ele quer este bebê também, não importa se estamos juntos ou separados.

— Tem certeza disso?

— Keith ou você?

— Eu, desta vez. Não estou tão seguro de que não tenha sido o bebê que o fez recuar.

— Fico contente que esteja dizendo isso.

— Por quê?

— Porque está me deixando puta, é por isso. Não com você. É natural pensar assim. Por isso, vou estar preparada quando as próximas cinco, seis ou dez pessoas disserem a mesma coisa, porque é o que vão dizer.

— True, todos nós ficaremos do seu lado.

— Sei que ficarão — diz True, pegando na mão de Rudy. — Eu sei. É só que... não espere que não vá ouvir pelas ruas da cidade dizerem que sua chefe é doida, quando isto começar a aparecer.

— Já começou.

— Ora, deixa para lá.

— Bem, foi você que tocou no assunto.

— Quem falou?

— Lee Macy e Dee.

— O que disseram?

— Mais ou menos na balada do que ela achava que iria acontecer, o que ela achava que um homem daquela idade queria...

— OK, captei o espírito da coisa. — True suspira. E então pergunta a Rudy. — Não seria legal se as pessoas cuidassem de sua própria vida?

— Isto é a sua vida, True. Só porque você não faz fofoca, não significa que não seja o centro das atenções nacional de quase todo mundo.

— Bem, eu não ligo a mínima para o que estão pensando. Contanto que você e Esa e... bem, as pessoas que contam, estejam dispostos a amar a mim e a meus filhos, eu simplesmente não estou me importando.

— Você se importa.

— Sim, eu me importo. Mas Guy não aprendeu a fazer teatro lambendo a grama. Vou fingir que estou bem. Vou fingir fodidamente. Tenho de fingir. Pretendo ser a divorciada alegre.

— É a primeira coisa sensata que disse.

— Não quis dizer alegre no sentido de *gay*.

— Há sempre esperança, você sabe.

— Sim — diz True, torcendo o nariz para ele. — Gosto deste nome. Esperança. É muito *Mayflower*.

Rudy levanta-se e abraça True. Ela se deixa relaxar e começa a tremer.

— Querida True, oohhh, querida — Rudy a consola.

Guy entra no escritório vindo do ônibus do colégio e joga ao chão sua mochila de livros.

— Fizemos corridas de resistência no ginásio. Fui o segundo a durar mais — e deita-se no chão.

— Eu era sempre o último a resistir, também — comenta Rudy. — Agora sou um atleta virtual.

— Quer dizer como em realidade virtual? — pergunta Guy.

Estão rindo quando o telefone toca na casa principal e Isabelle faz menção de se levantar para atender, mas Guy chega antes. Rudy e Isabelle ficam quietos enquanto True se esforça para ouvir.

— Sim, OK — diz ele, sem nenhum afeto particular. — OK. Obrigado, Beatrice.

Pelo menos, pensa True, ele se lembrou de ter bons modos.

Então Guy vem correndo pelo corredor até o escritório, gritando:

— Mamãe! Mamãe! Eu consegui! Eu consegui!

— O quê? O quê? Oliver?

— Não, eu sou o Artful Dodger!

True telefona para Hank e poucos minutos depois ele chega com os pneus guinchando na entrada da casa a caminho do trabalho.

— É o melhor papel na peça, cara! Você vai ter de cantar todas aquelas grandes canções sobre batedores de carteiras e...

— Eu sei! Eu sei! E... vou usar uma cartola! E encardida! — ele começa a correr na direção de Hank, os braços abertos, mas pára de repente. — Esqueci. Sou alto demais... — Hank se ajoelha e beija Guy nos lábios e então o apanha nos braços.

— Você é o homem, cara! Você é o homem! — diz ele e eles se abraçam de novo.

True se levanta e deixa a sala, feliz de saber onde fica a porta, porque está momentaneamente cega.

O MUNDO INTEIRO agora, como descrito nas manchetes, está coalhado de nomes de países que as pessoas só conheceriam de algum jogo de tabuleiro: Uzbesquistão, Benin. A guerra — contra quem, ninguém sabe ao certo — mudou os nomes de uma maneira maluca, de Águia Dourada para Justiça Infinita para Liberdade Duradoura, este soando para True como a marca de uma meia-calça.

True telefona para Hank uma noite no restaurante e diz:

— Acho que deveríamos conversar sobre o negócio. O Primeiro Ano Fora.

— Não estou muito a fim de encontros de negócios com você agora, True — diz Hank, abafando o fone com a mão contra o ruído ambiente. — Se quisesse conversar, deveria ter prestado atenção a mim quando eu tentei...

— E acho que deveríamos falar sobre Guy — ela prossegue, interrompendo-o. Sobre você estar com ele.

Hank faz uma pausa e então responde.

— OK. Posso dar um pulo aí esta noite?

— Estarei à sua espera.

Colocam os fones no gancho sem se despedir.

Quando Hank chega, Guy está dormindo. True começa:

— Vamos dizer algumas coisas normais. Vamos agir como se nosso mundo e o grande mundo não estivessem desabando.

É um esforço enorme para ela, e Hank parece apreciar isso.

— Hank, que nome gostaria de dar ao nosso bebê?

— Brewster — diz ele —, embora eu ache que isso cabe a você. Como tudo mais. Vai chamá-lo de Bannister?

— Brewster Bannister? — ela quase ri.

— Sempre gostei do nome daquela cidade. E Brewster Bannister soa... meio coisa de teatro de variedades. Ou poderia soar como o nome de um congressista. Brewster D. Bannister.

— O "D" seria do quê?

— Dickinson.

— Ohhhh. Isto é gentil. Podia ser um ás do beisebol. Como T.J. Ou um astro do hóquei. Brew Bannister, número sessenta e oito, sai do banco das penalidades... Penso nele crescido, também, Hank. Não importam as premonições que tive. Tenho tantas esperanças para ele. Fiquei tão feliz, tão feliz que não podia acreditar que fosse verdade. Eu estava fazendo a coisa que achei que nunca faria por você. Estava tão feliz e tão assustada ao mesmo tempo. Era bom demais para ser verdade. E foi.

— Não por culpa minha. Ainda quero saber por que você não vem ao telefone quando eu ligo...

— Não sei o que dizer e acho que você também não sabe...

— Eu sei, mas acho que você não quer ouvir, a julgar pela forma como reagiu até agora.

— Acho que é cedo demais para falarmos de nomes — diz True bruscamente, mudando de assunto. — Quero que você tenha uma participação no negócio. Quero que tenha uma parte dos lucros. E você pode ajudar de fato, se quiser, conseguindo o financiamento.

— Como? — Hank sai para a varanda e acende um charuto.

— Estou pensando em procurar Elizabeth. Ela tem um montão de dinheiro e não acho que ficaria apavorada, como Otto Karp ficou. Sei que ela confia em mim.

— E onde é que entro nisso?

— Bem, uma segunda-feira, quando o restaurante está fechado, você poderia ser o anfitrião de um pequeno almoço e eu apresentaria a idéia a ela.

— Nós apresentaremos a idéia a ela.

— Não quero que tome isto como um insulto, Hank, mas sou eu quem ela conhece. Ela é... excêntrica.

— OK.

— OK, você vai fazer isso?

— Sim.

— E quanto a Guy...

— Vou querer passar todo fim de semana com ele.

— Fim de semana sim, fim de semana não.

— Não o vejo a semana inteira. Uma hora depois da escola, levando-o de carro a uma aula. Isto não é ser um pai. Ele não vai poder jogar basquete nesta temporada, vai? Com este musical?

— Acho que não. Mas eu mal o vejo durante a semana também. E achei que ser um pai em tempo integral foi o que derrubou você.

— True, você mora com ele. E, espere, sou um desgraçado de um idiota! Como você não se cansa de repetir! Eu não sabia quanto ia sentir falta de todas as cobranças até que fiquei sem elas! Isto não a deixa feliz, True? Sinto falta de ter ele me aporrinhando. Sinto falta de ouvi-lo dizer "Quer jogar vinte-e-um, papai?" a cada cinco minutos.

— Bem, você tem um lugar onde ele não vai ser exposto a...?

— Ao quê, mulheres nuas e fumaça de maconha? Sim, tenho minha própria casa, um chalé sublocado.

— Rapaz, você resolveu a parada rápido, desta vez.

— Precisava de um lugar onde meu filho pudesse dormir. Algum problema nisso?

— Não, só quis dizer...

— Sei o que quis dizer. Mas um dos principais motivos por que eu não consegui uma casa no começo foi porque queria que a gente se casasse, True. Sério.

— Sinto muito, então.

— Por que não rachamos os fins de semana? Fico com ele no final da sexta e parte do domingo e o levo para sua casa cedo no domingo.

— OK. Mas temos de levar em conta o espetáculo. Ele vai ter ensaios.

— Bem, se forem até tarde, posso apanhá-lo no teatro nas noites de sábado às vezes. Quando fecharmos. Fechamos cedo agora, às nove.

— Bem, vamos combinar isto.

— Que mundo louco este de agora, hein? — diz ele. — Tenho pensado sobre muitas coisas, True. Pensei até em me alistar.

— Alistar? Mas você tem uma família...

— Pelo menos na Guarda Costeira. Posso prestar um serviço. Eles me aceitariam.

— Mas e o seu negócio?

— Você pode fazer reservas. Vão precisar de guardas costeiros. Grandes benefícios e eu estaria ajudando. Deveria. Meu pai tinha a minha idade. Esteve na Coréia. Eu me sentiria um maricas se não participasse.

— Heim?

— E provavelmente não vai durar muito.

— Já ouviu falar do Vietnã, Hank?

— Não acho que vai ser igual.

— Eu acho que vai ser igual.

— Todo mundo tem de fazer o que acha melhor, True — ele dá uma baforada no charuto, então o apaga e esmaga os restos. Faz uma pausa e olha para ela com um anseio sincero. — Onde foi que começamos a nos perder? Acho que começou porque você me tratou como uma criança desde o início. Talvez eu agisse como uma criança. Acho que tudo começou naquele piquenique, em que o sujeito achou que eu era seu filho e você se perdeu.

True percebe o esforço monumental de Hank, em abrir uma caixa de Pandora de cinqüenta galões, e o admira. Vai tentar corresponder ao seu esforço, embora tudo o que ele tenha dito até agora tenha sido "você, você, você".

— Eu realmente não o tratei como criança. Não mesmo! Tratei-o como, como o homem que é agora, neste exato momento. Alguém que não tinha consciência do que não sabia. Você encarou isso como eu o tratando como uma pessoa estúpida. Acho que começou com a idéia de ser pai, de como Guy se sentiria se você não o pudesse pegar no colo, foi aí que acho que nos perdemos.

— Mas existe uma dúzia de coisas que nunca contei a você. Fazia aquela boquinha de Kathleen quando eu esquecia de entregar um mísero papel na escola de Guy a caminho do trabalho. Ficava com aquele olhar que diz, esse cara é um retardado. Mas deixa para lá. É o meu retardado. É o meu marido-troféu.

— Isto é merda da grossa! Nunca o tratei como marido-troféu. Eu me senti constrangida.

— Constrangida?

— Quero dizer, fiquei constrangida com a nossa diferença de idade. Nada orgulhosa dela. *Você* nunca me constrangeu. Não, de verdade.

— Mesmo quando eu não sabia que Franklin Delano Roosevelt não era o mesmo cara que Teddy Roosevelt? Quando Franny e Steve nos visitaram e jogamos aquele joguinho...? — True se encolhe. — Está vendo o que eu quis dizer?

— E você insultou a todos nós, dizendo que aquelas perguntas eram o tipo de coisa que só pessoas mais velhas saberiam? Corta essa! Quando falou das minhas calças de moletom, que usaria calças daquelas quando chegasse... aos quarenta? Quantas vezes tive de engolir aquilo?

— Não tive a intenção de insultá-la. Fiquei apenas na defensiva.

— Eu também.

— Você nasceu na defensiva.

— Isto não vai nos levar a lugar algum. Estamos apenas jogando pôquer; eu vejo um insulto seu e abro um meu... Quanto a eu ter nascido na defensiva.

As pessoas dizem isso. Agora. Não diziam antes. Eu... acho que você tem razão. Não sei por quê. Ninguém nunca me deu o fora. Mas... eu não confio... nos homens. Nem mesmo em você. De verdade. Mesmo antes de fazer o que fez. E eu não sabia disso. Não havia razão para saber disso antes — True está indo fundo, mais fundo do que gostaria. Pode ouvir o som das trancas abrindo-se nas suas entranhas.

— O que eu fiz para que não confiasse em mim? Não os homens em geral. Eu, pessoalmente.

— Além do claramente óbvio?

— Gostaria de nunca ter conhecido Adele.

— Eu também. Embora acredite que não saiba. Vocês dois estão provavelmente felicíssimos, a cara de um é o focinho do outro.

— Como você seria capaz de saber o que eu desejo agora, True? — suspira Hank.

— Você nunca tentou me fazer sentir segura, Hank. Dizia coisas que todas as mulheres notam, Hank! Não apenas eu. Nós notamos quando um homem diz "eu me dei mal por não dormir nu com as mulheres". Isto se traduz como eu dormi com todas as mulheres *sexy* do mundo que queriam ficar nuas comigo e me cansei de rodar por aí e então me acomodei com algo confiável, o equivalente humano de uma poltrona reclinável. Como poderia confiar em você quando fazia comentários sombrios desse tipo, bem na minha cara?

— Mas você pediu isso, True. Você me forçou. Tinha de perguntar detalhes. Como se quisesse torturar a si mesma. E eu sou um homem, True. Eu falo sem pensar. Você nunca vai achar um cara que não fale coisas sem pensar ou se esqueça das coisas. Ou deixe de telefonar. Ou se envolva num jogo ou numa discussão e simplesmente se esqueça de telefonar...

— Ou se envolva com sua ex-amante e se esqueça de telefonar...

— Se não queria um homem como marido, devia ter-se casado com uma mulher.

— Eu me esqueci — admite True. — Realmente esqueci como os homens podem ser estúpidos. E não falo isso como um insulto.

— Não recebo isso como um insulto. E então, quando as coisas estavam realmente bem, quando íamos a pleno vapor, você levou Franny para Nova York.

— Minha namorada Franny? Para o programa *Today*? Você não teria se interessado em ir.

— Eu queria realmente ir!

— Não disse nada! Se é tão bom de falar as coisas, por que não falou?

— O que eu devia dizer? Você já tinha tudo planejado antes mesmo que eu soubesse...

— Bem, você podia ter ido se eu soubesse. Pensei que fosse achar uma coisa boba. Porque tinha a ver com meu negócio. Ou uma coisa de mulher. O penteado e que tipo de jóias usar.

— Não, sou muito bom nisso. Fiquei magoado. Achei que gostaria de ter seu marido ao seu lado.

— Lamento.

— E dinheiro, dinheiro, dinheiro. Cada centavo contabilizado. Como se o céu estivesse vindo abaixo todo dia... você agiu como se fôssemos morar num *trailer*! Me senti tão culpado que ia vender o caminhão!

— Oh, Hank, essa história de dinheiro. Fui criada para me preocupar com dinheiro. Vamos calar em relação a dinheiro, dinheiro, dinheiro. Fala como se fosse o seu caralho.

— Que eu detesto.

— O quê?

— Detesto meu caralho.

— Que porra é essa?

— Acho que ele afina na extremidade, em vez de ser grande e grosso. E costumava pensar que você desejava, uau, gostaria que ele fosse grande e grosso, uma trolha imensa de vinte e cinco centímetros...

— Você está maluco. Completamente maluco. Digo isso numa boa.

— Bem, é o que eu acho. Quase comprei pesos, certa vez, para que a coisa crescesse.

— Se eu rir, não estou rindo de você. Mas, por Deus, Hank, não achei que houvesse nada na Terra que você pudesse me dizer para me fazer rir exatamente agora; mas isto... supera tudo. Você tem um... caralho perfeito. Você me preenche. Me fazia sentir a coisa primal. Não devia dizer-lhe isso porque vai deixá-lo ainda mais convencido.

— Sim, eu poderia ser convencido da cintura para cima. Mas todo cara sente... todo cara quer um caralho maior.

— Só se estiver tentando encontrar uma garota com um rabo virgem sensacional para exibir seu caralho. Só se quiser se casar... com uma Julia Roberts ou uma Princesa Diana...

— Sonhei certa vez que me casei com a Princesa Diana. E Madonna. Na mesma noite.

— Bem, você claramente não tem os mesmos déficits de ego que eu tenho.

— Nunca teve um sonho erótico com algum astro do cinema?

— *Porra* nenhuma. Nunca tive um sonho erótico na vida. Exceto em relação ao meu irmão.

— Seu *irmão*? Epa, isto é depravado.

— Não é. Franny disse que não.

— Oh, Franny falou, então é a Bíblia. Como pode confiar na opinião de qualquer amiga sua mais do que confia em mim? Como pode voltar para mim e dizer, sabe, você estava certo sobre isto ou aquilo, mas só depois de perguntar a Rudy ou a Franny?

— Não faço mais isso. Fazia no começo, antes de conhecê-lo muito bem. Estava acostumada a checar tudo com eles. Exceto a idéia do Primeiro Ano Fora. Não lhes perguntei nada a respeito. *Apresentei* a idéia a eles, como a *sua* grande idéia. E... e acho que se ainda estivéssemos casados, estaríamos cantando agora — diz True, combatendo as lágrimas.

— Querida — diz Hank, colocando o braço ao redor dela. — Talvez devêssemos pensar melhor sobre isso. Ficar juntos pelo menos até o bebê chegar. Você não parece muito tesuda.

— Lá vai você, Hank! É assim que conserta um casamento? Oferece companhia temporária e diz à mulher que ela está parecendo uma merda? Isto foi uma verdade flagrante? Ou uma fala precipitada, sem pensar. Silêncio. Mancada. Silêncio. Mancada. Hank, não sabe como isso me afeta? Estou sempre tentando compreendê-lo. Estou tentando aprender coisas sobre você que as pessoas sabem *antes* de se casar. Não posso ler o seu pensamento.

— E eu não posso responder ao seu milhão de perguntas. Como ela se sentiu quando você disse isso? Como você se sentiu quando eu fiz aquilo? É como estar tendo o meu cérebro operado. Quando tento explicar as coisas à sua maneira, fico com dor de cabeça.

— Então estamos melhor assim.

— Ótimo — diz Hank bruscamente. — Tenho uma pergunta. Posso usar o seu "estúdio" lá embaixo para dar a Gui algumas dicas de dança para *Oliver*?

— Claro!

— Devia telefonar e marcar hora?

— Não, se ainda tiver uma chave. É só saber quando Guy está disponível. Logo depois da escola estaria bem, antes de você ir para o trabalho.

— Posso devolver-lhe a chave se quiser.

— Não seja imbecil.

— Sabe, True, talvez isso não tivesse acontecido se você não estivesse tão preocupada em ser uma garota que se esqueceu de que era a mulher por quem me apaixonei.

— Ou se não tivesse mentido para mim desde a primeira palavra sobre coisas a respeito das quais devia ser honesto, como que estivera no monte Washington com Adele...

— Adele! Adele! Puxa, gostaria que ela soubesse como era importante.

— Porque você provavelmente fez para ela todo o discurso que fez para mim! Você provavelmente propôs casamento a ela com o mesmo anel idiota.

— Não é obrigada a guardá-lo.

— OK — diz True, e tenta arrancá-lo da mão mas não consegue porque seus dedos estão inchados. Hank parece estar sofrendo.

— Eu devia ter-lhe dado um diamante grande e gordo como o de Holly que você pudesse exibir por aí.

— Agora posso exibir meu estômago grande e gordo!

— Que importância tem se fui lá com Adele? Fui lá com Tom e Perry, também, e não propus casamento a eles. Deveria ter-lhe dito que havia estado lá antes?

— Propôs casamento a ela.

— Não.

— Propôs casamento a ela no monte Washington?

— Não.

— Mas propôs casamento a ela?

— Falamos em nos casar. Teoricamente. Cerca de uma centena de vezes. Foi por isso provavelmente que nunca nos casamos.

— Nunca mais quero ouvir falar de Adele! Estou cheia dela! Estou cheia de pensar nela. Vá em frente e case com ela! Não me importo se resolver se alistar na Marinha! Vá em frente! — True apóia-se na pilastra, respirando como faz quando corre. — Falei sem pensar. Não quis dizer isso. Não sei se tenho forças para falar sobre isso, falar mais sobre tudo isso. Não esta noite.

Hank começa e virar-se e a se afastar e True abre a porta da frente. É então que ela ouve a janela de Guy se fechar com um estalido suave.

NUM FIM DE TARDE, True ouve música e caminha até a sala de ginástica. Hank está ensinando Guy a ficar na ponta dos pés em seus novos sapatos de *jazz* (à

Gene Kelly) ao som da velha canção de Judy Garland *You Gotta Have Me Go With You*. True observa com orgulho e simpatia... como ama esses dois. Podem estar num caos; mas aqui está Hank ainda tentando fazer por Guy o que ela não poderia fazer. Aqui está ele ainda tentando. E enquanto ela pensa isso, eles executam piruetas, as duplas que sempre fazem Guy cair de bunda.

— Você se esqueceu de marcar — Hank lembra ao menino.

— Como posso marcar se estou olhando para meus pés?

— Seus pés vão tomar conta de si mesmos. Você marca um lugar na parede. Que vai ver quando voltar do rodopio. Bem, vamos fazer a parte mais fácil, o passo ritmado com as palmas — coloca o CD de novo no início. — Agora lembre. Síncopa são as palmas fora da batida, ouça. Não é por nenhum motivo especial, só para aumentar o interesse na música.

— Já tenho problemas para acompanhar a batida regular — diz Guy.

— Não, você é musical, Gui. Eu o escuto, cantarolando por toda a casa, tem uma boa noção do ritmo. E se estudar piano — Guy faz uma careta. — Eu sei, eu sei. E ouço o que todo pai diz: "Oh, gostaria de ter continuado *minhas* aulas de piano." Bem, o fato é que você realmente deveria. Porque o piano é a base de todos os instrumentos. É realmente um instrumento de percussão e se conseguir ler partitura à primeira vista, ainda que seja um pouco, poderá cantar qualquer coisa.

— Você lê à primeira vista? — pergunta Guy, obviamente contente com a interrupção, pois está com a camiseta molhada de suor, seu rosto vermelho como uma ameixa. Não pela primeira vez. True se indaga se ele não teria herdado suas alergias de infância.

— Um pouco — Hank confidencia. — Mas é uma tristeza. Tenho de contar a pauta para começar... F-A-C-E...*

— Todo bom garoto vai bem nessa — Guy prossegue.

— Ainda usam este macete?

— Sim.

— OK. Não quero que seus músculos esfriem. Vamos fazer trabalho de barra.

— Estou muito doído.

— Tem de fazer trabalho de barra. A única maneira de não ficar doído é fazer *alongamento*. Não faz sentido, mas é assim que funciona, companheiro.

— A porra da barra é mais alta do que a minha cabeça...

*Fá-Lá-Dó-Mi, na notação musical anglo-americana. (A = Lá, B = Si,C = Dó e assim por diante.) (*N. do T.*)

— Bem, eu poderia baixá-la um pouco — admite Hank. — Use o peitoril da janela.

O que True vê quando Hank se dirige até a barra é algo que ela não pode acreditar que não seja um truque do seu olho. Guy observa Hank, com cuidado, com atenção, e então deliberadamente estende a ponta do sapato e passa uma rasteira em Hank, que cai, desprotegido, contra a extremidade da barra de balé. Sua perna dobra atrás do corpo, um perfeito "L", só que voltado para a direção errada.

— Jesus! — ele grita, rolando para agarrar o joelho.

— Oh, não fiz por querer! — grita Guy.

— Fez sim! Eu vi você! — grita True. — Como está? Machucou alguma coisa? Ou quebrou alguma coisa?

— Realmente não fiz por querer! Sou um tremendo... retardado — diz Guy.

— Tudo bem. Vou sobreviver. Mas acho que vou ter de procurar um médico — diz Hank com os dentes cerrados, brutalmente endireitando o ângulo do seu joelho.

— Vou vomitar — diz Guy.

— *Você* vai vomitar? — pergunta Hank, o suor escorrendo pelas canaletas ao lado do nariz. — Devia sentir esta porra desta dor.

— Vocês dois, calem a boca! Gui, vi você passar-lhe uma rasteira. Eu vi! Se está zangado porque ele saiu daqui, diga a ele. Não tente machucá-lo.

— Então vai ter de ir para um hospital — diz Guy, sem parecer muito arrependido, ignorando True.

— Acho que sim. Não se assuste.

— Acha que é permanente? — pergunta Guy.

— Não — diz Hank. — Vamos, minha gente, se puderem me ajudar a ficar de pé e me apoiar em alguma coisa...

True olha ao redor e, perto deles, vê um guarda-chuva de golfe. Passa para ele. Hank olha para ela.

— True, não seja boba. Isto não agüentaria nem o peso de Guy. Tô fodido de quebrado.

— Você parece um nativo de Cape Cod — murmura True. Hank dá um sorriso tenebroso. — Estou pensando mais numa espécie de... muleta... ou um cajado.

— Tenho um pedaço de corrimão na garagem — grita True. — Podíamos atá-lo ao seu braço com a velha tipóia de Guy, quando quebrou a clavícula. Por Deus, vão pensar que batemos um no outro em nossa casa...

— Que coisa apropriada, um corrimão* — Hank diz a ela. Manquejando, a peça de madeira amarrada no braço, Hank vai saltitando enquanto True o ajuda a entrar no carro. Ao ser baixado no banco traseiro ele uiva de pura dor animal, mas embora ao redor do seu lábio haja uma área branca descolorida, faz um gesto a ela para não se preocupar.

— Vá para a casa da vovó, Guy, agora mesmo — diz True ao filho secamente.

Enquanto rodam, True pergunta:

— Como foi que dobrou o joelho desse jeito? Provavelmente o estrago é maior! Você está tão... não sente dor?

— *Cher*, eu me queimo duas vezes ao dia. Já estirei todo músculo do meu corpo, bati cada dedo das minhas mãos com martelos, perdi unhas. Sinto dor, mas não me deixo paralisar por ela. Esqueci de dizer a Guy para fazer alongamento — Hank rumina enquanto o carro pula ao passar rápido demais sobre o quebra-mola do estacionamento do hospital e ele grita involuntariamente.

— Hank, sinto tanto que ele o tenha machucado. Vou botá-lo de castigo. Vou tirar seu aparelho de som. Vou prendê-lo em casa durante um mês. Não consigo entender isto — diz True.

Hank rompeu os ligamentos nos dois lados do joelho.

— É um raio X muito alarmante — diz o médico. — Mas vamos cuidar disso. E a não ser que esteja nas finais do campeonato, poderíamos, quero dizer, poderíamos evitar a cirurgia artroscópica.

— Cirurgia? — Hank empalidece visivelmente.

— Se ficar de molho durante seis semanas...

— Não posso — diz Hank. — Sou um *chef*.

— Bem, vai ser um *chef* perneta por um tempo. Foi um acidente de cozinha? — o médico pergunta enquanto pede material para engessar toda a perna.

— Não. Estava dançando.

— Ao redor de um braseiro?

— Ensinando meu filho a dançar. Caí de mau jeito — explica Hank.

— Podia colocar uma cadeira móvel de escritório na cozinha — sugere True.

— True, a cozinha tem dois metros e meio por três. Onde colocaríamos uma cadeira de rodinhas?

*"*Bannister*" em inglês. (*N.do T.*)

— Talvez uma banqueta?

— Vou dar um jeito — conclui Hank, querendo dizer *cale a boca.*

— Bem, seus dias de dança acabaram por algum tempo — o médico comenta. — Não sei se vai recuperar a mobilidade completa... bem, você é jovem. Voltamos a nos ver aqui dentro de uma semana, OK?

Quatro horas depois da queda, True e Hank encostam diante da casa. Guy aparece instantaneamente junto à porta do carro, ajudando Hank a apoiar-se nas muletas.

— É um gesso grande! — grita. — É muito grave? É permanente?

— Não, vou ficar bem — diz Hank. — Tenho de ficar de molho por uns tempos. Vai ter de me ouvir enquanto lhe dou aulas. Fez alongamento? — Guy se vira e começa a coçar a barriga de Gypsy.

— Hummm — murmura Guy. — Um pouco. Tem certeza de que não vai ficar aleijado para sempre?

True olha para o filho. Apesar da sua inocência ao brincar com Gypsy, ele parece... raivoso.

— Pare com isso, Gui. Por que fez isso?

— Porque ele é mimado demais — diz Hank. — Você sempre cede a ele, ou ele a inferniza e se não consegue o que quer de você vai à avó e ela cede para ele.

— Tenho cedido, provavelmente demais. É difícil criar um filho sozinha. Você acaba cedendo. Talvez não seja difícil ceder nas pequenas coisas quando ele perdeu as grandes. Talvez este vá ser mimado demais, também, pela mesma razão.

— Não se eu tiver alguma coisa a ver com sua criação — diz Hank, num tom mais calmo.

— Bem, é bastante óbvio que você não vai ter muito a ver — a voz de True é fria como gelo. — Fala como se ele fosse um doente mental.

— Bem, se isto não foi um acidente — Hank bate com a mão na testa.

— Achei que teria de ficar numa cadeira de rodas — diz Guy. — Estava esperando que ficasse.

— Guy! — True está horrorizada.

— Acho péssimo que ele tenha se machucado tanto. Mas pensei que ficaria numa cadeira de rodas por algum tempo. Até... tipo, o Natal.

— Não tem mais nada a dizer?

— Claro — responde Guy. — O quê?

— Que sente muito? Que não devia ter sido um fedelho tão vingativo. E se ele tivesse batido com a cabeça? E se você tivesse matado papai?

— Eu sabia que não ia matar ele! — Guy começa a chorar, seu peito tremendo debaixo da camiseta de ensaio, com os dizeres FUI TREINADO PARA AGIR ASSIM.

— Sabia que não ia matá-lo? — grita True.

— Eu não queria matá-lo! Estava pensando em maneiras de salvar a sua vida! — diz Guy para Hank.

— Que porra está... — Hank vocifera enquanto True o acalma. — Que quer dizer, Guy? Salvar a minha vida?

— Porque não pode ir para a guerra se for aleijado! — soluça Guy. — Eu vi no filme com Gene Kelly! Ele esmagou a própria mão, mas acabou sendo um herói, de qualquer modo, mas você ia nos deixar e ir para a guerra, ouvi dizer a mamãe, e pensei que se o machucasse um pouco, foi por isso que lhe dei uma rasteira na barra. Não estava tentando matá-lo! Eu... eu amo você! Já tive um pai que morreu! Já foi ruim o bastante você ter nos deixado! Se fosse para a guerra eu sabia que provavelmente morreria porque é muito velho e a maioria dos soldados é muito jovem e você não consegue correr tão rápido, bem, rápido como eles, mas, na verdade, teria de ser um general para não morrer e até mesmo eles morrem se jogarem uma bomba neles... eu não queria realmente machucá-lo! Mas precisava fazer alguma coisa!

— Oh, Deus, oh meu querido Senhor — suspira Hank. — Não pensou que podia simplesmente contar isto a alguém? Guy, querido, Guy, primeiro de tudo não vou para a guerra. Como posso ir para a guerra? *Sou* velho demais e, além disso, tenho um filho. Nunca o deixaria. E agora estou aleijado.

Ninguém sabe o que dizer e embora True queira colocar os braços em volta de Hank e de Guy, porque não sabe de quem sente mais pena, ela simplesmente cobre o rosto com as mãos.

— Da próxima vez que lhe mandar fazer uma coisa no estúdio você me obedeça, OK? — diz Hank seriamente.

— Sim.

— E não se preocupe tanto. Sua mãe e eu precisamos falar sobre as coisas, mas não estou indo para lugar algum. Temos nosso apê, certo? E vamos decorar o banheiro com capas de álbuns antigos?

— Sim — diz Guy.

— Vejo você no domingo, certo?

— Certo — diz Guy.

— Vou indo — diz Hank a True.

— Posso levá-lo de carro.

— Obrigado, True. Já vi você dirigir. Vou correr os meus riscos — diz Hank e True se afasta, sem dizer a ele que ela acha que na noite passada, pela primeira vez, sentiu o bebê se mexer.

É O FILHO DE GENEVRA, um menino doce de boas maneiras chamado Connor Cahill, quem ganha o papel de Oliver. E ela tem outras três filhas, todas igualmente educadas, que se sentam aos seus pés e colorem ou costuram enquanto Connor e as outras crianças estão dentro da sala de ensaio.

Nessas ocasiões, quando Esa ou Hank não podem levar Guy ao ensaio, que True, cansada demais para fazer as duas viagens de ida e volta, simplesmente se deixa cair num dos bancos cobertos e alternadamente cochila ou observa a compostura da mulher com admiração.

— Acho que ela os droga ou coisa parecida — True confidencia a Franny, cuja Clainey foi de fato escolhida a única menina no bando de ladrõezinhos maltrapilhos encabeçados pelo velho amigo de True, Ellery, no seu elemento como Fagin.

— Ouvi dizer que são cristãos piores do que aqueles Fredericksons — sussurra Franny —, que freqüentam aquela coisa lá em Dennis?

— Aquela coisa?

— Não pode chamar aquilo realmente de igreja. É mais como um *shopping mall*, com uma escola, um centro comunitário e um ginásio... Steve chama aquilo de Seis Bandeiras Sobre Jesus.

— Talvez eu devesse ir até lá — diz True. — Guy está desbocado como um estivador.

— Deve estar aprendendo com Clainey — replica Franny com humildade incomum. É *pô* para cá e *pô* para lá. Lavei a sua boca com sabão no outro dia, literalmente. E, é claro, *ela* aprende com a irmã mais velha, que já superou as versões Disney dos palavrões... acho que Angelique vai ser uma criminosa de carreira. Foi interceptada a caminho de uma festa na outra noite por causa de um volume debaixo da jaqueta, que era uma caixa de meia dúzia de garrafas de cerveja.

— Podia ter sido pior — diz True, acenando com a cabeça para seu próprio volume. — Você é uma assistente social, Franny querida; como poderia ter criado uma delinqüente potencial?

— Você sabe, os filhos do sapateiro — diz Franny. — Eu a tive muito cedo. Tentei ser legal com ela. Não vou cometer o mesmo erro com MacClaine, ou se tiver mais um. Não faça isso você também. Dê duro nela desde o nascimento.

Encontram um espaço no banco ao lado de Genevra e True faz as apresentações.

— Você fica aqui durante todos esses ensaios?

— Oh, sim. Só temos um carro — diz Genevra. — E meu marido trabalha à noite para o FedEx, por isso tenho tempo. Ofereci-me para ajudar. Realmente precisam de alguém nos bastidores. As crianças precisam de alguma orientação. E as minhas não precisam acordar muito cedo. Um grupo nosso dá aulas em casa e não importa a hora em que começamos.

— É uma sorte — diz Franny. — Preciso arrastar a Srta. MacClaine gemendo da cama toda manhã para apanhar o ônibus.

— Isto é muito ruim — diz Genevra. — Pobre garota. Já pensou em aulas em casa? Ou você... trabalha? — ela parece torcer o lábio levemente.

— Trabalho — diz Franny, olhando de esguelha para True. — Ajudando outras pessoas a criarem seus filhos. Irônico, eu acho. Mas acho também que eu lhe daria um cascudo se estivesse tentando ensinar-lhe geografia e ela fosse desbocada comigo.

— Eu *sei* que não seria capaz de ensinar a Guy — observa True. — Especialmente na minha condição.

— Sim, ele é um prato cheio — diz Genevra, e as orelhas de True queimam. — Mas não é realmente tão difícil se você for paciente. Não precisa passar em nenhum exame estadual ou coisa assim. Simplesmente consegue os livros da escola distrital e garante que estejam mais ou menos no nível das crianças. Pode improvisar à medida que for evoluindo. E pode ensinar-lhes o que você quer que aprendam e *não* lhes ensinar aquilo que não quer que aprendam, se entende o que estou dizendo. Claro, Conor está muito à frente. Tem de estar, trabalhando tanto como ator.

— Eu trabalho também — diz True —, o tempo todo. E não acha que eles têm menos respeito pelos próprios pais?

— Bem, na verdade, não — diz Genevra, inclinando-se para ajudar sua pequena filha a desenrolar uma meada de linha que se enredou. — Acho que os meus me respeitam mais do que podiam respeitar qualquer pessoa. Esta é a base de tudo. E eu os respeito, também. E nos divertimos tanto. Estamos formando um grupo de trabalho sobre os americanos nativos, construindo nossa própria tenda... Espero que o tempo fique firme para que possamos dormir e cozinhar nela, pelo menos uma noite... está ficando frio e eu ainda não fiz todos os suéteres das meninas.

— Fez? — pergunta True.

— Eu os tricoto — diz Genevra — todo ano — Ela ri. — Não me interprete mal. Uso uma máquina. Não sou a Mulher Maravilha.

As três riem, Franny e True nervosamente.

— Já tricotou para... outras coisas? — True pergunta então, sentindo uma artesã em potencial. É um esforço para pensar no seu negócio, como se isso fosse importante para ela; mas esforço é a tônica de todo este período.

— Bazares de igreja, coisas assim — diz Genevra. — E tenho vendido algumas das minhas luvas de inverno e outras coisinhas.

— Sabe que tenho uma empresa. E adoramos luvinhas de bebê tricotadas a mão. Quer conversar sobre isso em alguma ocasião? Posso dar-lhe o meu cartão?

— Posso seguramente perguntar ao meu marido — replica Genevra, com um sorriso luminoso. — Acho que seria interessante, uma pequena renda extra e todas aquelas luvinhas correndo o mundo... mas Cal teria de dar a sua aprovação.

— Bem, elas não correm exatamente o mundo — diz True.

— Bem, correndo o país. E eu as faço em formas de animais. As garotas preferem assim, não é, queridinhas? — três cabecinhas louras balançam para cima e para baixo.

Franny e True param para tomar chá na pequena loja ao lado do teatro.

— Ela é como uma esposa de Stepford — diz True —, com as debutantes de Stepford.

— Talvez seja apenas uma garota antiquada — replica Franny. — Existem de todos os tipos.

Beijam-se nas faces e Franny pergunta:

— Já tem uma data para este *début* formal?

— Desejaria que fosse agora. Mas, na verdade, é para fevereiro ou março, dependendo de como os testes do *kit* ficarem espaçados. A doutora diz que estou um pouco grande...

— Deve ser apenas líquido. Seus tornozelos estão realmente inchados... não doem?

— Ficam amortecidos. Mas estou feliz de não ganhar a vida num bar *topless*.

— Não está loucamente excitada?

— Para dizer a verdade, estou um pouco amedrontada. Sem Hank. Tudo leva este rótulo agora, querida. Sem Hank.

— Bem, Esa e eu vamos ajudá-la. E você precisa contratar alguém. Contrate uma babá. E, por Deus, True, ele ainda pode voltar para casa.

— Esa ajuda. Estou tentando controlar o dinheiro.

— Mas Esa tem tanto a fazer. Não queime a garota. Claro que você teria dinheiro para uma ajudante de mamãe algumas horas ao dia?

— Acho que sim.

— Você o leva correndo ao ensaio, depois de trabalhar o dia inteiro. Não consegue agüentar o rojão, True.

— Sim, a médica me mandou diminuir o ritmo; minha pressão arterial está um pouco alta.

— Podia sofrer uma pré-eclampsia.

— Não me assuste! Isto não é uma espécie de falha do sistema em que têm de retirar o bebê imediatamente, por causa da pressão arterial da mãe...

— Sim. Embora nem sempre retirem o bebê imediatamente. Mas têm de hospitalizar a mãe. E dores de cabeça. Você tem? Tem dores de cabeça?

— Sim.

— Ouça, True, vá procurar uma agência de babás... senão eu vou! Para o seu bem! Você precisa de algum tempo de repouso.

— Sim, senhora. Prometo.

— E deixe que Hank saiba. Vai querer ajudar. Vai querer cuidar do bebê, e talvez de você.

— Nós só brigamos toda vez que falamos. É isto provavelmente que está fazendo minha pressão arterial subir.

— Ele sempre fez isso, não foi, True? — pergunta Franny.

O CONTADOR VIRÁ na segunda-feira. True não teve tempo de antecipá-lo, devido à partida de Hank e vários outros pequenos problemas, mas ela disse a Isabelle que seria prudente ter um cirurgião cardíaco por perto quando o homem chegar. Ela não tem idéia do que a guerra vai significar, além de suas perdas anteriores, e sente-se infeliz de ter de pensar nela em termos econômicos.

Tem um corretor de imóveis procurando chalés de praia a preços de desespero e acredita que encontrou um, em Harwichport; mas ainda está caro, mais de quatrocentos mil, mesmo que ela pechinchasse como um... mercador de tapetes. Sente-se culpada até de pensar em "mercador de tapetes". Existem termos que ninguém vai usar de novo. True vem fazendo, sem ter outra saída, exatamente aquilo que jurou nunca fazer, recorrendo a poupança e aposentadoria para fechar a folha de pagamento, usando os lucros para comprar estoque para, no máximo, três meses. Uma mulher mais sensata simplesmente dançaria conforme a música e venderia a casa, mas True não pode, não quer acreditar que a economia vá continuar descendo a ladeira até surgirem filas do pão diante do Danny's Galley. Então, se isto acontecer, raciocina, todo mundo estará no mesmo barco; liquidarão tudo e conseguirão empregos. Guy vai conseguir biscates fazendo comerciais de *pizza*. Ela tem um diploma de professora e se deu ao trabalho de verificar o que seria exigido para atualizar suas credenciais. Vão se mudar para esse chalé que pretende comprar, ela vai ter o seu bebê, e desfrutará seus verões na praia.

Quando o contador chega, alegre como um agente funerário, é na decoração de listras azuis e brancas do chalé que ela está pensando, não na massa de livros contábeis abertos à sua frente; por isso, não está pronta. E, depois que começam a conversa, ela percebe que nunca poderia estar suficientemente pronta.

O encontro com Elizabeth deve ser agendado para breve. A nova companhia deve ser empurrada para o alto, para fazer a sua fortuna, como Jack com seu saco de feijões. As encomendas continuam chegando aos borbotões em Doze Vezes Abençoada, como se os clientes se recusassem, tal como ela própria, a aderir à paranóia coletiva desonrando seus bebês. Ela nunca recebeu mais pedidos do que agora, exatamente agora, com dois dos empacotadores tendo sido convocados para a reserva e outros dois tendo lembrado a urgência de tirar seus diplomas universitários. Ainda conta com os quatro novos empacotadores, trabalhando em tempo integral, homens mais idosos, saídos da aposentadoria. Não querem, nem necessitam do seguro-saúde. Kathleen os comanda com prazer. True decidiu contratar uma amiga de Rudy para cuidar do trabalho de apresentação, a função de Kathleen, já que a garota, na entrevista, demonstrou saber se vestir muito bem. Chegou a hora de atacar.

Não foi True, afinal, a palestrante que declarou a multidões de caras tristes e esperançosas "Quando a coisa endurecer, assuma mais riscos"? Parece agora, com o mundo adernando nos eixos, que fazer coisas imprudentes e aventureiras é uma atitude paradoxalmente sábia. Seu país está jogando bombas e pacotes de medicamentos nos mesmos locais do mesmo país. Quem é True para exibir mais lógica ou moderação?

TRUE FOI ATÉ a Bella Madonna em Wellfleet comprar uma boa roupa de grávida, um tecido misto de lã e seda creme-claro, para seu encontro com Elizabeth, um almoço em Aquele Lugar. Tenta não pensar em como a cara de Elizabeth vai endurecer num sorriso de cera quando True lhe pedir dinheiro. Isto a obriga a fazer pipi sete vezes antes de sair de casa.

Nos últimos dias, True ficou de molho e Isabelle levou Guy para as aulas de canto com Kitt, e para o ensaio toda noite, dizendo a True que não se incomoda com essa atividade, que ela acompanha a sua aula através da leitura. De fato, True sabe que os instintos maternos de Esa, não em relação ao bebê, mas em relação a True e Guy, estão em pleno florescimento à medida que a gravidez de True progride. Tornou-se mais atenciosa e mais terna para com Guy do que costumava ser quando ele era um bebê. Dorme na casa de True com freqüência, mesmo sem ser solicitada, alegando que Douglas trabalha até tão tarde que mal nota suas ausências. Com tudo o que True tem na sua cabeça conturbada, isto é ainda outra dádiva, uma verdadeira bênção. Entreouvindo retalhos de conversa, fica sabendo que um antigo berço de vime está surgindo, agora mesmo aos cuidados das mãos de um dos artesãos. Fica sabendo também que Esa e Rudy encomendaram a Genevra Cahill, a mãe de "Oliver", uma colcha em branco sobre branco para o bebê, com margens em crochê e bordas almofadadas. Embora se dê conta de que isto é para ser uma surpresa, True não pode deixar de dar uma olhada de soslaio quando às vezes surpreende Genevra entretida com esse trabalho em suas vigílias durante os ensaios. Uma noite, quando Esa ficou para dormir, Douglas achando-se ausente num simpósio de três dias, True comenta sobre o trabalho delicado de Genevra.

— Mas é doida de pedra — diz Isabelle.

— Por que diz isso?

— É que... tem esse ar sinistro nos olhos. E falou uma coisa certa noite que me deixou apavorada. Disse que talvez o seu pastor estivesse certo, que o Senhor Jesus...

— Ela não disse "Senhor Jesus".

— Não, foi isso mesmo. Ela disse "Senhor Jesus" como você diria "Franny Van Nevel". Ela disse que talvez o "Senhor Jesus" estivesse castigando os Estados Unidos por ser uma nação que havia se esquecido dos Seus ensinamentos e que isto era o começo da punição para todas as nações.

— E o que você disse?

— Bem, senti vontade de pegar Guy pela mão e levá-lo para o carro. Mas por algum motivo perguntei a ela, como pode pensar assim? Você tem todas estas crianças maravilhosas. Como pode achar que Deus desejaria magoar todos nós?

— E o que foi que ela disse?

— Bem, ela disse: "Nós não seríamos feridos."

— Que acha que ela quis dizer?

— Acho que quis dizer que *sua família* não seria ferida.

— Porque são crentes.

— Ou talvez quisesse dizer — replica Isabelle, endireitando uma ponta da sua volumosa camisola — que não seriam feridos porque seriam levados para o paraíso ou coisa parecida, como no Apocalipse.

— Argghh!

— E ela fica irritada com Guy.

— Irritada?

— Bem, eu a ouvi dizer "Deixe Con ficar com os *crayons*. São dele." E tudo o que Guy estava fazendo era desenhar.

— Isso não é novidade — suspira True. — Tem sempre uma mãe que fica rondando como uma sombra querendo dar ordens às crianças.

— Não gosto disso — Isabelle não está sendo exageradamente sensível. True percebe que ela está realmente em guarda. E, depois que Isabelle foi para a cama, True refletiu que ela mesma não gostava disso. Guy sempre foi um menino amistoso e que partilha tudo. Só teve problemas com Beatrice uma vez por ensaiar golpes de caratê em vez de dar atenção à aula, e isso aconteceu muitos anos atrás.

No entanto, na manhã em que faz um balanço de suas finanças, deixa seus pensamentos divagarem até Genevra. Se ela é esquisita àquele ponto, talvez seja melhor True esquecer as luvas em forma de animais, embora os pares que mostrou a True sejam de fato belamente trabalhados e adoráveis.

Amanhã ela vai ver Hank, pensa True. Está cansada até os ossos. Sua cabeça dói. Mas se levanta e toma um banho de chuveiro, inclinando-se de lado para raspar a perna e cuidadosamente ajeita os cabelos.

Ainda quer aparecer bonita para ele. Ainda o quer, ponto final.

TRUE AMACIA A SAIA e ajeita o broche de ouro antigo que pegou emprestado da mãe.

— Você está muito bem — disse Kathleen. — Com ares de executiva, mas não formal demais. Ouça, não rasteje para ela, True. É o que ela espera.

— Como sabe o que ela espera? — pergunta True com um ar infeliz. — Oh, mamãe, sei exatamente o que quer dizer. Acho apenas que ela vai dizer: "Busque sua fortuna em outro lugar."

— Acho que ela espera que você peça seu emprego de volta.

— Talvez eu devesse pedir meu emprego de volta.

— Não seria má idéia — diz Kathleen pensativa. — Com as coisas do jeito que estão.

— E o que faríamos com os milhares de baldes de areia à prova d'água com zíper e os chapéus tricotados com a vaca pulando sobre a lua, mamãe? Fazer um grande bazar na garagem?

— Bem, não poderíamos, como Elizabeth fazia com a ponta de estoque? Está lembrada? As mulheres acampavam à noite para comprar as bonecas pela metade do preço?

— Mamãe, não quero abrir mão da minha empresa.

— Não acho que seja questão do que você queira, True. Tem de pensar em Guy. No bebê. E saber que o seu patrimônio não é... mais como antes.

— E como sabe disso?

— Rudy.

— Eu contratei as maiores bocas de Massachusetts. Mamãe, lhe imploro de joelhos. Ficaria de joelhos se pudesse enxergar meus joelhos e se este não fosse meu único par de meias bom, não fale a ninguém sobre meu estoque. Ou o estoque de qualquer um. Não quero ninguém me secando.

— De jeito nenhum!

— Nem para Mary. Nem para Ellen. Nem em confissão. Não conto a ninguém.

— Eu nunca faria isso. Eu... bem... contei a Kellen. O pai de Isabelle. Mas ele está bem longe, no Wisconsin.

— Oh, que ótimo.

— E é uma pessoa muito... bem, quase não fala com ninguém, True. Ele me diz que nossas trocas de *e-mail* são praticamente a única conversação que ele mantém, a não ser com Esa, e a não ser sobre o tempo.

— Então Esa sabe.

— Bem, *você* contou a ela. E ela preparou os livros, antes que aquela Vivien os assumisse.

— Tudo bem, querida — True beija a face da mãe, macia como uma pétala. — Bem, vamos todos ser pequeninos camundongos agora e vamos guardar segredo. Agora vamos, me deseje sorte.

— Desejo. Não deixe que o fato de ver o seu ex-marido a faça esquecer do seu objetivo.

— Ele não é meu ex-marido, mamãe.

— Bem, não legalmente.

— Eu amo Hank, mamãe. Acho que não tem jeito.

— Isto é algo que qualquer um poderia entender — diz Kathleen. — Mas, embora me entristeça dizer isto, acho que você está certa com relação a Hank. Ele nunca prestou.

— Por favor, mamãe. Não me faça defendê-lo.

Kathleen encolhe os ombros.

Elizabeth, mais esguia e elegante do que recorda True, está à espera no estacionamento de Aquele Lugar. Hank preparou croquetes de caranguejo com *chipolata* e pequenas torradas, uma sopa de feijão preto, e uma salada com lagosta e vinagrete de framboesa.

— Soube do papel importante de Guy, Beatrice me contou — Elizabeth começa.

— Espero que vá vê-lo — True sorri enquanto elas se sentam.

— Eu deveria. Paguei uma nota por aquela soprano. Vou estar na estréia de gala.

— Não sabia que contribuía para a companhia de teatro.

— Sempre contribuo.

— Isto é maravilhoso, Elizabeth. Beatrice faz mágica com um pouco de veludo e verve.

— Ela faz — diz Elizabeth, mordiscando uma torrada. — E você está bem, True. Está bem e com um ar jovem. Gostaria de poder dizer esguia, mas parece em forma.

— Devia ver meu cachorro.

— Que quer dizer? — Tom aparece silenciosamente com pão de milho quente.

— Não posso realmente malhar e não quero acabar gorda como uma jamanta, por isso nós caminhamos e caminhamos. É o cachorro mais em forma de Cape Cod.

— Estou vendo. Parece que fez bem aos dois — Elizabeth nunca mencionaria a separação de Hank e True. — Você parece radiante.

— Você também, Elizabeth.

— Eu não pareço jovem. Pareço descansada. Estou descansada. Porque, e você vai acabar lendo isto, se lê os jornais, vendi Elizabeth's Heroines.

— Vendeu...?

— Vendi para Short Stuff.

— Mas era... era o seu, o seu bebê.

Elizabeth lança um olhar a True que a fez sentir que está encolhendo, como Alice debaixo do cogumelo.

— Nunca foi meu bebê. Foi algo que eu amava e que trouxe ao ponto em que pode continuar sem minha contribuição diária. Permanecerei na junta diretora por um curto tempo, possivelmente. Stefano ficará encarregado da companhia por um tempo maior. Mas foram dezessete anos, True. Você se dá conta disso? O desafio não era mais novidade.

— Então você se aposentou?

— A resposta fácil é sim. Mas não. Estou fazendo algumas coisas que Roger e eu queríamos fazer há algum tempo. Mais viagens. E estou trabalhando com Beatrice em algumas coisas que farão diferença na comunidade, em toda a comunidade de Cape Cod, no setor das artes. Como lutar para que o Cape Family Theater tenha o seu próprio espaço, a sua própria sede, um teatro adorável, se ouso dizer, em planejamento. Não só para crianças. E existem outras razões.

— Então vai estar ocupada.

— Vou estar ocupada. E vou ser rica. E precisarei levar as coisas num ritmo mais lento. Short Stuff é uma megaempresa, como sabe. Apesar desta terrível situação. As pequenas empresas vão precisar de modelos, agora mais do que nunca.

— A guerra.

— A repetição da história que estamos condenados a aprender de novo a cada geração.

Tom, silenciosamente, trouxe a sopa. True espera que Elizabeth comece, mas ela pede uma garrafa de champanhe. Como um fantasma, Tom aparece com uma.

— Vamos brindar — sugere.

— Às suas novas aventuras?

— Às suas. A óbvia e aquela que a fez me convidar para vir aqui conversar. E ao negócio adorável e bem-sucedido do seu marido. E às minhas esperanças de que vocês superem suas diferenças.

— Sabe então?

— Bem, sobre a nova companhia, é claro. Imaginei que não me convidasse a vir aqui só para me oferecer uma boa comida. Achei que ia querer me perguntar a respeito dessa companhia universitária.

True suspira.

— Quem lhe *contou* a respeito?

— Não foi Rudy.

— As paredes têm ouvidos? — pergunta True ao ar ao seu redor.

— Você ficaria surpresa.

— Não, não ficaria. Falam de Hank e de mim?

— As pessoas dizem coisas.

— Coisas poucos generosas.

— Mas não acredito nelas, True. Não sei o que aconteceu entre vocês, mas sei que não deve ser tão significativo quanto aquilo que os uniu.

True respira fundo.

— É o que vamos... ver. Bem, Elizabeth, em resumo, acredito que esta companhia, para a qual estabeleci um plano — e coloca sua sinopse de quatro páginas, com a capa de celulóide, na mesa entre elas — tem asas. Acredito que minha geração vai mandar mais filhos para a universidade, mais filhos acostumados a mais luxos na universidade, do que as gerações anteriores. E esta é idéia motriz por trás do Primeiro Ano Fora. A idéia é de Hank e devo dizer que acho que tem um toque de gênio. Ao contrário da geração dos meus pais, mães e avós, ainda farão parte da força de trabalho quando os filhos e netos forem à universidade pela primeira vez. Não estarão na cozinha, fazendo biscoitos, mandando pacotes caseiros com meias quentinhas e...

— Em outras palavras, é Doze Vezes Abençoada, numa versão crescida.

— Precisamente.

— Gosto da idéia. É como aquele homem que fez uma fortuna mandando bolos de aniversário para jovens universitários... como se chamava ele?

— Não me lembro — diz True —, mas sei de quem está falando.

— E os números estão aqui?

— Sim, estão.

— Mas, seguramente, você poderia recorrer a um banco, ou refinanciar sua casa...

— Estou refinanciando minha casa, de qualquer maneira.

— E, no entanto, preferiu me procurar, embora deva ter-lhe custado muito em orgulho, porque...?

— Eu queria manter a coisa... em sigilo. E porque achei que você poderia se interessar.

— De fato, eu poderia me interessar por ela. Admiro muito Doze Vezes Abençoada.

— Então, se der uma olhada nisto e pensar a respeito... Fiz uma provisão generosa para o seu retorno sobre o investimento.

— Gostaria de ter a metade.

— Do Primeiro Ano Fora?

— Da Doze Vezes Abençoada.

— Não! — diz True. Tom, na janelinha da cozinha, pisca. Hank, atrás dele, deliberadamente invisível para Elizabeth, faz um gesto de cortar a garganta.

— Por que não?

— É minha!

— Mas seria um arranjo melhor para você. Seu negócio atual ficaria seguro. Seu novo negócio menos em risco.

— Pareceria uma... derrota.

— Pense a respeito disso.

— Vou pensar — suspira True. — Elizabeth? — pergunta ela então baixinho. — Você me odeia?

Observa Elizabeth virar sua *flûte* de champanhe, desejando que pudesse tomar um gole longo ela também.

Finalmente, Elizabeth sorri.

— Claro que não. Eu... tente entender, na verdade tenho grande carinho por você, True. Fiquei muito desapontada quando você...

— Quando saí? Quando Rudy saiu?

— Sim, na verdade fiquei... arrasada. Realmente.

— Mas você tinha todo mundo na área de criação. Stefano.

— Stefano não é True Dickinson. Mas eu sabia que iria acontecer. Assim que você percebesse o seu potencial. E quando se desse conta de tudo o que havia aprendido, se posso me gabar, de mim. Só lamentei quando teve de ser à custa de suportar a morte do seu marido. Mas aquilo levou ao seu homem — Elizabeth acena com uma mão cheia de anéis para incluir a sala —, e isto, pelo menos, conduzirá a um bebê maravilhoso.

— Sim, estou feliz por isso. Pelo menos.

— E ele é trabalhador. Ficará envolvido com a nova aventura. Já estive aqui várias vezes. É delicioso.

Tom traz uma bandeja de sobremesas e True começa a despachá-lo, mas Elizabeth o chama de volta. True fica atônita. Nunca viu Elizabeth Chilmark comer mais do que um único bocado de qualquer coisa contendo açúcar ou chocolate, nem mesmo nos aniversários no escritório.

— Vou querer a ilha flutuante — diz ela.

— Hum! eu também — diz True. — Obrigada, Tom.

— Muito bem. Vamos aproveitar nossa sobremesa. Vou adiantar-lhe... esta soma e serei proprietária da metade de Doze Vezes Abençoada. E quando a hora chegar, se ela chegar, você pode fazer uma oferta e comprar meus cinqüenta e um por cento.

— Quarenta e nove por cento, Elizabeth. Não vai esperar que eu a deixe ter uma participação majoritária e controlar a coisa que construí com o único dinheiro que tinha.

— Tudo bem. Claro que não. Aceito assim. Vou deixá-la comprar de volta a um preço que o mercado da época sugerir.

— Pensei que ia dizer não. Irrevogavelmente não. Não achei que... não quer se envolver com o novo negócio?

— Não, sinceramente.

— Por quê?

— Tenho tantas coisas na cabeça. E você fará um melhor trabalho. Você e Rudy são um time de craques. Tem de admitir isso.

— Mesmo assim, ele está me deixando. Assim que as coisas se assentarem vai mudar-se para a Califórnia.

— Bobagem. Vem dizendo isso há séculos. Não vai a lugar nenhum. Evie vai continuar de olho nele. Conheço a mãe de Rudy há anos. Pode crer.

— Este acordo. É complicado. Vou ter de consultar meu marido.

— Ele não é co-proprietário do seu negócio? Certamente vocês fizeram um acordo matrimonial?

— Não — True suspira. — Talvez eu devesse ter feito... especialmente agora.

— Bem, você deve ter tido muita confiança. Mas precisa fazer um acordo, especialmente agora.

— Roger possui metade de tudo o que você tem.

— Seguramente não. Ele tem seus próprios títulos e eu os meus.

— Acho que é a maneira inteligente.

— É. Mas suponho que não inspire grande confiança — Elizabeth termina sua última colherada com apetite. — Estava divina! Comeria outra, se ainda houvesse espaço! Está indo para onde?

— Como sabe que estou indo para algum lugar?

— Olhou para o relógio.

— Tenho um encontro com hora marcada.

— Bem, antes de irmos embora, sei que congratulações são necessárias — Elizabeth abre a bolsa e coloca uma nota de cem dólares sobre a mesa.

— Isto devia ser por nossa conta... — explica True.

— Oh, claro, sei disso — replica Elizabeth —, isto é para Guy. Para comemorar o fato de que é filho de pai e mãe de novo — lágrimas sinceras se comprimem nos olhos de True. — Porque, aconteça o que acontecer, ele é isto. Ele tem um pai.

— Ele tem — admite True, esperando que Hank não possa ouvi-la. — E um bom pai. Não precisa fazer isso, Elizabeth. Fiquei comovida quando ganhei a tigela com a gravura do golfinho, no nosso casamento, e a boneca, oh, a boneca... gostaria que tivesse vindo à festa. Tudo parece que aconteceu tão de repente, passou de roldão sobre mim. Estou lhe agradecendo pelos presentes de casamento à beira de... um divórcio.

— Recebi suas notas. Eu não estava bem. Você tem... boas maneiras, True. Sua mãe tem boas maneiras — Elizabeth levanta-se da cadeira. — Bem, sócia, eu a vejo em breve. Em algum escritório mofado. Com papéis. Sente-se melhor?

— Muito, muito, não posso lhe dizer quanto me sinto melhor — Elizabeth inclina-se e rapidamente, como um fósforo acendido e apagado com um sopro, beija a face de True.

— Estou contente que tenha me chamado. Isto mostra confiança. E a adoção e o bebê... isto mostra confiança. E coragem. Você sempre teve coragem.

É importante. Ter coragem agora, True. Fazer a coisa certa, mas se lembrar de que o caminho mais óbvio nem sempre é o correto.

— Vou tentar. Vou tentar o melhor que puder.

— E o seu melhor é excelente, de verdade — diz Elizabeth, e parte, sorrindo mais amplamente, caminhando mais airosamente do que True jamais viu. Ela está estupefata. Tom e Hank, que estavam se escondendo na cozinha, saem e vêm sentar-se ao seu lado.

— Você lhe deu metade do negócio — diz Hank.

— Tive de dar — diz True —, mas vou reavê-lo. Acho que ela quer que eu trabalhe para tê-lo de volta. Acho que isto é o que ela pretende. Uma lição. E vai fazer algum dinheiro com isso, assim que o novo negócio estiver em andamento.

— E não vamos ter de incluir este restaurante nas listas dos estabelecimentos que estão de portas fechadas — diz Tom. — Malditos jóqueis de camelo. Como se já não houvesse merda demais no ventilador...

— Ora, vamos deixar a maldade de cada dia — diz True — ser igual à alegria, ou o que for. Bem, não posso tomar aquele maravilhoso Moët et Chandon. Bebam, rapazes! É por minha conta. Brindem com suas taças. Estamos fora de perigo... por enquanto. Sinto-me uma grande dama. True Dickinson volta a atacar.

Hank roda nos calcanhares e volta à cozinha, quase arrancando os botões do seu guarda-pó ao tirá-lo. Ela ouve seu caminhão, apenas um segundo depois, espalhando cascalho no estacionamento.

— Por que tem de agir como se estivesse se lixando? — pergunta Tom a True.

— Quero que pense que estou me lixando — diz True ferozmente.

— Por quê? Isso o está matando.

— Ele me parece ótimo. E tenho certeza de que Adele está recolhendo os cacos.

— Diz que você não responde suas cartas. Não atende seus telefonemas. Tudo o que quer falar quando o vê é sobre o bebê — Tom continua, o maxilar cerrado.

— Suas cartas? O quê? Um mísero recadinho dizendo "Passo aí às quatro para pegar Guy"? São tão inspiradores.

— O que espera? O cara está arrasado.

— O cara procurou esta encrenca — diz True. — Não que isto seja da sua conta, Tom. Devia até agradecer-lhe por não me contar que Hank estava vendo Adele pelas minhas costas.

— Não vi nada demais naquilo. Achei que não significava nada. Ainda acho, True.

— Bem, é por isso que você e Hank se dão tão bem — diz True, apanhando seus papéis e sua pasta. — Diga a Adele, quando a encontrar da próxima vez, que lamento mas vamos ter de fazer uns cortes e seus livros não serão mais necessários. Pode procurar sua fortuna em outro lugar. E obrigada por me tornar solvente de novo. Isto, no fundo, vai ajudar Hank. Tá?

True zarpa para a porta.

Esgotada sua bravata, True fica sentada no carro no estacionamento do seu advogado, onde marcou um encontro, porque é caminho de sua casa. As palavras de Elizabeth estão reverberando na sua cabeça, como se fossem uma peça para piano em tom menor. True apanha suas coisas, aplica pó no rosto diante do espelho retrovisor. Então entra na sala e cumprimenta o advogado. Brevemente, e se sentindo bastante humilhada, explica o que aconteceu, que deseja passar uma procuração para sua mãe e que gostaria que, por meio desta procuração, fosse oferecido algum tipo de acordo financeiro a Hank, bem como requerendo que ele não fizesse qualquer reivindicação em relação aos bens preexistentes dela.

— Não preciso fazer isso — o advogado com ar de gnomo diz misteriosamente.

— Quero que faça — explica True. — O senhor tinha razão.

— Mas a senhora, talvez, não. O Sr. Bannister esteve aqui alguns dias atrás e me pediu para preparar um documento em que abre mão de toda reivindicação sobre sua propriedade, agora e no futuro, e me comunicou seu desejo de contribuir para o sustento de Guy Lemieux Bannister e de quaisquer outros filhos do seu casamento.

— Fez isso? — pergunta True.

— Aqui está — o advogado estende uma pasta.

True não a abre, mas de novo fica sentada no carro muito tempo, no estacionamento cercado do advogado, até que suas mãos param de tremer o suficiente para que possa dirigir em segurança até sua casa. Hank fez isso.

Mas o que foi que ela fez?

O HALLOWEEN ESTÁ SE APROXIMANDO e os ensaios da peça agora acontecem toda noite, faltando apenas um mês para a estréia. True está esgotada. Embora Kathleen esteja fazendo o máximo que pode para treinar novos empregados, o fluxo, com a perda dos regulares que se alistaram ou voltaram a suas origens, está caindo. Quando ela leva Guy de carro ao ensaio, tantas vezes quantas pode, se encontra cochilando numa cadeira, ouvindo a bonita música como se fosse seu próprio coral de anjos fazendo uma serenata para ela à distância. Uma noite, a porta fica entreaberta e True ouve Kitt Reuter-Foss interpretar a canção de Nancy, *As Long as He Needs Me*, e quando Kitt sai, no vestido maltrapilho da garçonete que ela torna glorioso, True está em lágrimas.

— Qual é o problema — pergunta Kitt.

— Nada, não é nada — diz True. — Só que nunca ouvi alguém cantar tão bonito em toda a minha vida. Você deve ser... não assisto a ópera... você deve ser uma estrela, e eu não sabia...

— Dificilmente. Diga ao meu agente. Eu sou a perene Suzuki em relação a Butterfly.

— Mas, certamente, na Broadway...

— Pode apostar que eu me daria bem. Adoraria. Mas você ganha menos na Broadway do que na ópera. Guy tem um duro caminho pela frente. E também minhas garotas, minhas filhas.

— Tem filhos?

— Duas garotas, adolescentes, uma ainda pequena, a outra já quase saindo da universidade, que possuem as verdadeiras vozes na família...

— Você não tem idade para ser mãe de adolescentes.

— Bem, é uma história triste. Fui mãe solteira na sexta série — Kitt põe as costas da mão sobre a testa. — Por favor, não partilhe minha vergonha com ninguém.

— Oh, querida — diz True. — Oh, meu Deus.

— Saia dessa! Acreditou em mim? Não, tenho quarenta anos. Casei com meu namoradinho da universidade. Ele está na nossa cidade agora, dirigindo o coral da igreja, o coral municipal e o coral do teatro e o coral de *jazz*. Mas vamos falar de Guy. Ele tem jeito e, se realmente se empenhar, poderá ter uma voz, e é capaz de interpretar, e quando tiver o seu surto de crescimento... tome cuidado! Ao contrário de alguém que eu poderia mencionar...

— Quem, por exemplo?

— Oh, eu falo demais — e Kitt abre a boca. — Está vendo? — ela canta um mi agudo acima do dó e Beatrice chama:

— Senhoras!

Ellery, em seus trapos como Fagin, abre a porta da sala de ensaio.

— True querida. Está dormindo bem por aqui? Acabei de passar e ouvi seu ronco delicado que, presumo, decorre da sua condição delicada. Srta. Kitt, lamento informar, mas estão à sua espera para que seja assassinada agora...

— Esqueço sempre aquela parte — murmura True. Ela ouve Conor cantando a melancólica *Where Is Love?* e quando Kitt está saindo ela ergue a voz: — Quer jantar comigo uma noite dessas? Não na minha casa; não forçaria ninguém a isto, mas no restaurante do meu marido? É comida *cajun*, ótima. Tenho certeza de que ele nos receberia.

— O cara com as muletas, é o seu marido? — Kitt pergunta.

— Bem, sim, ele é.

— Não parece segura.

— Não é nada — True começa e então vê algo aberto e calmo nos olhos de Kitt que a faz continuar: — Na verdade, tem algo. Estamos separados. Mas isso não quer dizer que a gente não possa ir ao restaurante. Ainda somos amigos.

— Bem, hã-hã. Quero dizer, a comida *cajun*, é claro. Não o cara. Heh, heh. É uma merda que estejam tendo problemas. Mas, me escute, assim que ele botar os olhos em quem quer que esteja ocupando espaço lá, acho que as coisas vão encontrar um jeito de se ajustarem. Pelo menos, assim espero. — Pega na mão de True: — Eu me comporto como uma bobinha, mas vou rezar por você. É o inferno ficar longe daquele que você ama. Bem, preciso ir até lá para morrer. Vou aceitar a sua oferta. Tenho vivido só de macarrão instantâneo.

— Vá — True estica as pernas e procura um banco mais macio. Tornou-se seu hábito, quando traz Guy ao ensaio, relaxar e tirar uma soneca, mesmo em noites como esta, um sábado, quando Hank virá buscar seu filho depois de um longo ensaio e entregá-lo de volta na tarde seguinte para outra maratona. De certo modo esta noite, o devaneio distante da música e o som das vozes infantis compõem uma irresistível canção de ninar. Em meio a seu cochilo, ela vê Genevra sair pelos bastidores, rebocando uma de suas três lourinhas... — Oh, Genevra — ela chama —, obrigada por ter mandado as luvas para eu dar uma olhada. Peço desculpas por não ter dado um retorno ainda.

— Tudo bem — diz Genevra. — Lamento, mas meu marido acha que precisamos nos concentrar em trabalho de assistência, agora. Fazer coisas quentes para as viúvas e os órfãos aqui e no estrangeiro, em nossas missões. Temos missões até no Irã. Por isso, não vou ter tempo. Mas obrigada.

— OK — diz True —, eu entendo.

Ela mesma mandou dinheiro para a Cruz Vermelha, mas isto é humildade, muito mais pessoal.

Fica contente que Genevra tenha se decidido por não fazer as luvinhas, de qualquer maneira. Seu *marido* se decidiu. Franny tem razão. Genevra é uma Esposa de Stepford. E então Genevra, que se dirigia para a porta, se vira.

— E, True, preciso lhe dizer. Tive de repreender Guy esta noite. Ele estava... receio dizer que estava amedrontando algumas das outras crianças.

— Oh, querida, ele é capaz de fazer isso. Tenho certeza de que sua intervenção resolveu tudo.

— Estava desenhando pornografia. Com os lápis de Con.

— Meu Deus do céu! Que tipo de...?

— Bem, ele desenhou... é melhor que ele mesmo conte a você. E ameaçou bater em Conor se ele contasse. Então eu disse, ninguém vai bater em ninguém. Ele contou uma história de que Conor o teria mordido, mas Conor nunca bateu ou mordeu ninguém, nem mesmo suas irmãzinhas, graças a Deus. Nós simplesmente não permitimos violência. Não temos sequer televisão.

— Percebo. Bem, vou falar com ele. Obrigada, Genevra. Mas, você sabe, estou segura de que Guy não fez por maldade. Só tem dez anos. Meninos costumam ser... vulgares. De qualquer modo, obrigada.

— De nada. Todos eles ficam meio perturbados lá dentro. E Conor não está acostumado com rixas.

— Percebo.

Genevra sai às pressas e True recosta-se de novo no banco e adormece em um minuto, até que sente Guy sacudindo o seu ombro.

— Mamãe? Mamãe? — os olhos de Guy estão inchados e avermelhados.

— Eu lhe disse para usar creme frio, para retirar aquela maquiagem. Só leva alguns segundos e agora você está com os olhos machucados...

— Usei creme frio.

— Qual é o problema, então? Está tendo alergias à poeira? Devíamos fazer um teste em você...

— Mamãe? Vamos sair daqui agora. Podemos voltar para que papai me apanhe depois que todo mundo tiver saído. Ele vai esperar.

— Claro, ele vai esperar. Qual é o problema, Guy?

— Agora mesmo, mamãe, por favor.

Saem para a rua, onde a única luz é do Expresso Yourself, a casa de chá ao lado do teatro, onde os universitários estudam até as primeiras horas da manhã.

— Mamãe, vamos tomar uma xícara de chá.

— Chá de ervas. E agora, precisa ir para a cama. Nada de filmes até tarde com o papai esta noite.

— Que tal chocolate quente? Ajuda você a dormir.

— Só desta vez — entram na colmeia dourada da casa de chá, vaporosa e aromática, mas antes mesmo de se sentarem Guy está puxando a sua manga.

— Mamãe, estou com medo dela. Não quis fazer nada de errado.

— Quem? Oh, eu sei. A Sra. Cahill. Ela me contou tudo — Guy pára, seu creme de *Chantilly* dissolvendo, e olha para ela.

— Ela lhe contou?

— Sim, me contou. E não quero que faça mais desenhos desagradáveis, garoto.

— Eram só as bolas do saco, mamãe. Temos um personagem de quadrinhos, Kevin e eu, chamado Homem do Culhão Grande. Não ofendeu ninguém, mas então Conor disse que ia contar a Beatrice e eu disse não, não ouse, ela vai gritar comigo, agarrei o seu braço e ele me mordeu.

Guy estende o braço e lá está uma saliência feia, com as marcas claramente espaçadas das fileiras de dentes.

— Isso está indo longe demais.

— Por isso eu quero deixar a peça, mamãe.

— Deixar? Deixar a peça?

— Sim, porque ela vai ficar em cima de mim. Diz que eu vou para o inferno, mamãe.

— *O quê?*

— Ela diz que eu vou para o inferno quando o país explodir.

Guy está chorando mais forte agora e True sabe que não é da dor da mordida. Ela toma um gole do seu chá verde, queimando a língua.

— Mamãe, tem de prometer que não vai contar...

— O quê, Guy?

— Tem de prometer primeiro.

— Não vou prometer.

— Prometa.

— Prometa-me que não vai dizer a ela que eu lhe contei. Ela disse que se eu contasse a você eu seria um pequeno e maldoso mexeriqueiro.

— Guy, espere. Você e eu somos os melhores amigos, não somos? Contamos tudo um ao outro. Lembra-se de quando não contávamos, e o joelho de papai, o joelho de Hank se quebrou? — Guy acena com a cabeça. — Aquela foi uma grande lição. Por isso, tudo o que disserem a você, não precisa ser cada piada suja de Brendan ou Fenn, quero dizer, coisas importantes, que o assustem a ponto de querer deixar o espetáculo que vem ensaiando há dois meses, precisa me contar, de qualquer jeito. — Guy está chorando tanto que os estudantes se viraram para olhar. — Vamos até lá fora — sugere True.

— Bem, ela disse...

— Ela disse...

— Ela disse que eu era um fedelho mimado e rico e que ela apostava que eu tinha meu próprio computador e eu disse a ela que não, que eu brincava nos computadores do escritório e ela perguntou a Kevin por que ele tinha um computador e ele disse que era para a escola e ela disse que todos nós éramos pequenos fedelhos mimados e ricos. Mas então ela disse... Eu lhes disse que papai havia me adotado, eu estava contando a Kevin e ela disse...

— O quê, Guy, o quê?

— Ela disse, sabe por que homens jovens e bonitos como o seu chamado papai se casam com mulheres gordas e velhas como sua mãe? Pelo seu dinheiro, é por isso. E ela diz que todos os garotos e suas mamães dizem isso. E foi por isso que ele deixou você. Porque você é velha e está gorda. Dizem que True perdeu o seu brinquedo... o seu garoto... coisa assim.

— Seu garoto-brinquedo?

— Sim, e que papai realmente não me ama, que vai me esquecer já que deu um chute em você e vai se mandar com uma garota bonita da idade dele. E eu disse, não falem isso, meu pai ama minha mãe; eles são amigos, mas estão tendo problemas. Ela disse, é o que você pensa...

Mas True já está correndo, com Guy correndo aos saltos atrás dela, implorando para que não volte ao teatro. Na porta do palco, Conor está parado de pé, sozinho, chupando um pirulito, tão pálido e com um ar transparente que parece de fato tão subnutrido como o personagem que está interpretando. O coração de mãe de True quase a interrompe, como uma barricada, diante do que ela sabe que vai dizer.

— Onde está sua mãe? — pergunta ela.

— Não sei — ele diz, e aponta para Guy. — Ele fez um desenho feio.

— E você o mordeu. Nunca mais morda o meu filho de novo, está me ouvindo? Senão vou deixar que ele morda você. E ele tem dentes iguais aos de uma piranha.

— Não, mamãe, por favor — Guy implora a ela, à beira de um ataque de histeria.

— Onde está sua mãe? Voando sobre o telhado na sua vassoura? — encolhendo os ombros, Conor aponta para o recesso escuro dos bastidores. True, que agora pensa que se pudesse ver a si mesma, sua pele teria se esticado sobre seu rosto como uma embalagem plástica, para que ela pudesse ver uma máscara raivosa de True, não a si mesma, se surpreende quando abre a porta de vaivém e ela continua presa a suas dobradiças.

— Genevra? — True grita na penumbra. — Beatrice? Genevra?

Beatrice e Genevra, com várias outras mães, estão reunidas em torno de uma lista num quadro de avisos.

— Estamos discutindo o cronograma, True querida — diz Beatrice.

Baixinho, para não assustar Beatrice, True diz:

— Genevra, nunca mais fale com o meu filho — observa com satisfação a cor escorrer do rosto de Genevra como leite derramado. — Está me ouvindo? Se tem questões a discutir sobre minha família ou minha vida familiar ou meus problemas, traga-os a mim, está me ouvindo? Não para uma criança de dez anos, que ficou com tanto medo de me contar que está querendo abandonar o espetáculo.

— Abandonar o espetáculo? — pergunta Beatrice, confusa. — Qual é o problema?

— Ela é o problema! — grita True. — Disse ao meu filho que o pai dele se casou comigo pelo meu dinheiro, estão sabendo disso? Disse ao meu filho que ele iria para o inferno. E que seria mau se me contasse.

— E está sendo mau, o merdinha mentiroso — diz Genevra. O marido dela sai das sombras, carregando a pequena parca de Conor, e segura o ombro de True.

— O que minha esposa disse é verdade. Observei. Guy é um encrenqueiro. E não quero ver minha esposa perturbada — diz ele severamente. — Seu garoto tem a tendência de causar problemas... — o homem ergue a palma da mão como um policial de trânsito. — A senhora só precisa se acalmar. Falar como uma pessoa civilizada.

— Se não quiser que lhe dê um chute no traseiro, tire a mão do meu ombro — diz True. — Talvez não consiga fazer isso, mas vou tentar. Sou mais forte do que pareço, apesar de ser uma mulher gorda, velha, grávida e abandonada. Ela lhe disse que foi isto que falou ao meu filho?

— Ela teve de repreendê-lo. Não existe disciplina aqui, entre as crianças mais rebeldes... — diz o pai de Conor. — Conor está habituado a um ambiente suave e positivo, não a um zoológico!

— Espere — interrompe Beatrice. — Espere. Eu nunca disse que ninguém disciplinaria as crianças, a não ser eu mesma. Eu nunca...

— A seguir ele vai começar incêndios e a agarrar as calcinhas das garotas, oh, sim, Guy, nós sabemos tudo sobre como você acendeu a grande lanterna elétrica e como escondeu a calcinha de alguém — continua Genevra, enquanto Guy se esconde atrás de True.

— Sua cadela hipócrita! — grita True. — Deixe-o em paz! Beatrice, eu adoro você, mas não vou deixar atormentarem meu filho. Sei o que está dizendo sobre incêndios. Ele acendeu o acendedor de velas. Uma vez. Disque 911!

O alívio das lágrimas não lhe vem; está tão raivosa que nem chega a pensar que está expondo o bebê ao pior barulho violento possível, que ele provavelmente ficará com cólica e precisará de terapia pós-natal imediata.

— Deixem pra lá! Deixem pra lá mesmo! Se o que ela diz é verdade, se é assim que as pessoas falam a meu respeito, não quero que meu filho faça parte disto! E se Hank estivesse aqui, se sentiria da mesma maneira.

— Quero que deixe minha esposa em paz e falo sério — diz o pai de Conor, o peito quase no rosto de True. — Você pode ter dinheiro, mas isto não lhe dá o direito de maltratá-la!

Aproxima-se mais um passo. Mas então reconsidera sua atitude e recua. True se pergunta se seus dentes à mostra chegaram a assustá-lo; e então ela se vira um pouco e vê Hank atrás de si.

Guy corre para ele e desliza seus braços ao redor de Hank, enterrando a cabeça sob a jaqueta de couro de Hank.

— Papai — ele fala —, disseram que mamãe...

— Eu ouvi — diz Hank, bem baixo. — Fiquei no vestíbulo, até que ouvi toda esta coisa. — Ele olha firme para o pai de Conor. — Na minha terra, um homem não fala a uma mulher grávida e a uma criança desse jeito. Tome cuidado, irmão; não deixe que as muletas o enganem.

— True, querida, nada disso faz sentido — diz Beatrice. — Genevra. Vamos conversar sobre isso com calma.

— Conversem vocês. Eu estou fora — diz True, pegando no braço de Hank, esquecendo-se de que não tem direito a isso.

— E ele não ganharia seus belos papéis se a mamãezinha não os comprasse para ele! — Genevra grita para eles, quando vão saindo, True abrindo a porta dos bastidores para Hank. — Todo mundo sabe disso. Ele não sabe cantar. Não sabe dançar. É uma piada.

— Genevra! — Beatrice recua, chocada.

Mas todos já saíram porta afora, Guy agora chorando, ambos tropeçando, parecendo uma paródia de dois palhaços bêbados. Ficam parados na rua. Finalmente, True diz:

— Ela é que é uma piada, Gui. Era uma mentirosa, grande e gorda. Você sabe que tem talento. Tem um sorriso que pode ser visto a um quilômetro de distância, querido. Sabe disso.

— Eu queria ser o Dodger. Estava me divertindo — Guy enxuga os olhos.

— E vai ser — diz Hank a ele. — Agora, sossegue. Não deixe que ela o afete tanto. E True, se acalme. Ou não vai conseguir dirigir.

— Quando chegarmos ao caminhão — pergunta Guy —, posso ouvir o rádio?

— Sim — diz Hank, virando-se para True. — Vai ficar bem?

— Estou bem agora — diz True, e os Cahills saem em tropa, olhando para a frente e com sorrisos que, para True, parecem derivados diretamente do Apocalipse. — Estou realmente bem. Obrigada, Hank. Você tem um talento para chegar na hora certa, hein? Faça com que ele converse a respeito com você — ela aconselha, enquanto Guy já colocou o caminhão a vibrar com o rádio vomitando canções idiotas sobre vamos nos aconchegar esta noite, vamos nos amar toda esta noite.

True sente-se trancada numa jaula de vidro, o mundo que passa, um rolo de cenário. Ela só quer ver a entrada de sua casa, sua própria cama. Ao partir, desce a janela e grita:

— Eu ia perder a parada lá. Eu acho que eu *teria* batido naquele cara.

— Não duvido disso nem por um momento, True. Mas o pior é que acho que o imbecil teria revidado e batido em você, e você partiria para cima dele — e toca na sua garganta. — Sua doida. Não cheguei a ouvir tudo o que ela disse, querida — diz Hank —, mas sabia que era ruim quando a ouvi gritar.

— Você teria gritado também. Ela acusou Guy de ameaçar bater no seu filho quando, de fato, Conor mordeu Guy — eu devia dar-lhe uma vacina antitetânica. E então partiu para lhe falar... coisas sobre mulheres gordas e velhas. No caso, eu.

— E você partiu para a briga com uma maluca mãe de bastidor que tem inveja de você?

— Inveja?

— Do seu negócio. Da sua casa. Da sua boa vida. Do seu bom filho. Do nosso bom filho. O dela é provavelmente o merdinha mimado. Está dizendo de Guy algo que se aplica a Conor.

— E quanto a minha beleza? Acha que ela tem inveja? E o fato de que sou uma mãe separada aos quarenta e três anos?

— Provavelmente.

— Você é certamente o maior cascateiro da cidade.

— Ei, sou um herói esta noite. Gosto disso. Gosto quando temos uma chance de conversar. Mesmo que seja à custa de uma crise. Sinto falta de ser seu amigo.

— Mmmmmmm — Hank pisa de novo. Quase chega lá, e depois diz precisamente a coisa errada.

Mas então ele encosta mais o caminhão. Podiam quase se tocar.

— O que eu realmente queria dizer é a razão verdadeira por que fiquei parado lá no saguão, escutando você.

— Qual foi? — pergunta True.

— Lembrou-me de quando a conheci. Na noite em que você ficou presa na vala de neve e...

— E?

— E lembrei do seu rosto quando você veio se arrastando para subir a encosta. E por que me apaixonei por você, naquele exato momento, quando estava molhada, suja e tinha sangue no rosto.

— Por quê?

— Porque achei você a mulher mais corajosa que já havia conhecido.

— Achou?

— Sim — diz Hank afavelmente. — E esta noite você estava assim. Do jeito que estava então. Talvez você precisasse de mim naquela noite, mas acho que teria dado um jeito. Não teria deixado Esa morrer. E com toda certeza encarou a parada esta noite. Você é uma guerreira, True. Acho que isto é um consolo, levando em conta como as coisas são, sabendo que não precisa de mim. E lá estava eu, então, achando-a toda insegura. Acho que a única coisa que a tornou insegura fui eu.

Mas eu preciso de você, True quer dizer, dando a Hank um sorriso zangado e a Guy um grande polegar para cima enquanto fecha a janela. *Preciso de você e quero que venha para casa. Diga alguma coisa, qualquer coisa, que me permita lhe dizer isto.* Está para abrir a boca, quando Hank diz:

— Sabe, True, não quero que descubra isso através de outra pessoa. Vou contar eu mesmo. Adele está ficando comigo parte do tempo, só platonicamente. Não é como você, garota. Sente-se tão perdida; tem medo de dormir com a luz apagada. Acho que ajuda a ela simplesmente ter alguém na casa. E gosta da luz do dia para desenhar. Não se preocupe, ela nunca vai se encontrar com Guy. Tem uma amiga que fica com ela nos fins de semana e está fazendo um seminário em Harvard. Achei que, considerando como você se sente a meu respeito, não se incomodaria.

Uma guerreira, pensa True, rapidamente virando a esquina na Queen Anne Road e deixando seus olhos se inundarem. Não se incomodaria? Como ele é capaz de acreditar nisso? Claro, claro, ele acredita, mas por quê? É impossível. Primeiro, ser derrubada por sua fraqueza... e depois por sua força. E pelo mesmo homem, que em certa época era incapaz de entendê-la.

Naquela noite, a águia mãe ergue suas grandes asas e a acaricia em seus sonhos.

BEATRICE É A PRIMEIRA pessoa a ligar no horário decente, em termos de Cape Cod, para dar um telefonema, ou seja, às oito e meia da manhã.

— True, querida, preciso lhe falar sobre o que houve ontem à noite.

— Oh, Beatrice, sinto tanta vergonha de mim mesma — True já decidiu que não vai sair da cama hoje o dia inteiro. Ajeitou a manta e o travesseiro de modo que está completamente coberta, exceto pelas narinas.

— Você não tem nada que se envergonhar. O comportamento daquela mulher é que foi ultrajante.

— Ela tem um sistema diferente de valores.

— Bem, ela tem um sistema diferente de valores que não tem o direito de impor nos filhos dos outros. E quero que saiba que nunca dei a ela nenhuma autoridade para disciplinar qualquer das crianças. Só eu e Laura temos autoridade para fazer uma criança se sentar se estiver saindo da linha...

— Guy saiu da linha?

— Ele e Kevin estavam desenhando coisas inadequadas. Laura pediu que parasse e ele parou, pediu desculpa e jogou fora os desenhos. Não fez nada que nenhum menino normal de dez anos não faria. Não demos muita importância ao ocorrido. Mas, aquele pequeno Conor... já mordeu duas pessoas, e beliscou uma das dançarinas na perna durante o número do bar...

O pequenino e medonho crocodilo, pensa True.

— E quero que saiba — continuou Beatrice — que comunicamos a Genevra que ela não pode mais freqüentar os bastidores durante o resto da produção. É ela que está assustando as crianças. E não só Guy.

— OK. Mas não quero que pense que sou a causa de tudo isso. Você sabe, Beatrice, a respeito de mim e de Hank...?

— Querida, qualquer um que tenha visto você e seu doce marido juntos, ou visto ele com Guy, sabe que vocês têm um casamento de verdade baseado no amor. Não importa o que esteja acontecendo agora.

— Não, Beatrice, isto é, sim, temos um grande amor um pelo outro. Mas estamos separados. É a coisa mais triste do mundo. Mas parte do que ela disse era verdade.

— O que ela disse foi mesquinho — replica Beatrice. — Por isso, nenhuma parte pode ser verdade. Ainda que exista um grão de fato no que ela falou, não sei e não estou interessada. Nunca ouvi ninguém dizer algo assim. Mas de qualquer modo deve ter magoado você terrivelmente.

— Não — diz True. — Tentei ignorar — ela respira fundo. — Sim, me magoou terrivelmente. Me fez sentir mais perdida e mais uma figura sujeita a zombaria do que me sentia antes.

— Oh, minha querida True, vai me prometer que vai fazer exatamente o que disse primeiro, ignorar aquelas palavras e tentar resolver as coisas à sua maneira e que, sob nenhuma circunstância, vai tirar Guy do espetáculo.

— OK.

— E, por último, True, quero que me prometa mais uma coisa. Vai fazer isso?

— Sim, Beatrice. Claro.

— Quero que diga isto a Guy. Que ele tem muito mais talento do que sua mãe tem dinheiro. Exatamente nestas palavras.

— Isto é uma das coisas mais adoráveis que já ouvi alguém dizer, Beatrice — diz True, sentando-se na cama. — Obrigada.

— É pura verdade — replica Beatrice e True se levanta, aliviada, e esquece, por um instante, o espaço na cama ao seu lado. Mas então ouve sons de sua casa ao amanhecer, nada em particular, e Gyp silenciosamente coloca o focinho na sua mão. Vou falar com ele, pensa True... porque no fim não importa quem está certo, quem está errado, porque ele não teve nenhuma *intenção* de fazer mal. Por mais confuso que estivesse, *não teve* a intenção de fazer mal. Ela pula, remexe na mesa de Guy e encontra o número de Hank. Disca. No quarto toque: "Se desejar deixar uma mensagem para Hank, Adele ou Guy, por favor fale depois do sinal."

Nenhum tempo perdido. Nenhuma impropriedade poupada.

Nada no mundo faria True deixar uma mensagem depois do sinal.

É ISABELLE QUEM TRAZ o jornal com a manchete acima da dobra: "Chega, Por Favor, da mamãe de 'Oliver'"? É só o *Herald*, mas o primeiro parágrafo diz: "A mãe do jovem ator que interpreta o papel principal na dispendiosa produção do musical *Oliver!* foi banida de suas funções de voluntária nos bastidores, supostamente porque outros pais se queixaram de que ela tentou intervir em atos de violência. 'Meu filho estava sendo atormentado pelas crianças mais velhas', explicou Genevra Cahill, de Hyannis, na terça-feira. 'E, naturalmente, eu quis protegê-lo. É a criança mais jovem no elenco. Tem apenas sete anos, embora possua muito mais experiência teatral do que a maioria das outras crianças, para as quais isto é um *hobby*. Para Conor, é um dom de Deus, um trabalho para a vida inteira.'

"De fato", continua a reportagem, "Conor Cahill não é novato como ator, tendo atuado em *Os garotos do verão*, um filme sobre a equipe atlética de Chatham, feito antes da trágica morte de T.J. Karavos, e vários comerciais para os restaurantes Friendly. 'Os garotos maiores nos maltratam', disse Conor ao *Herald*, 'e suas mães maltrataram minha mãe'.

"A presidente do conselho do Cape Family Theatre disse ao *Herald*: 'Ocorreram alguns problemas com alguns pais e algumas crianças. Estamos cuidando desses problemas através da adoção de uma lista de normas, para que os pais e os jovens atores entendam plenamente a premência de tempo e as regras de conduta requeridas como parte das nossas produções. São normas severas e requerem que as crianças, assim como os membros adultos do elenco, se comportem como profissionais".

"Mas Genevra Cahill diz que seu filho participou em sua última produção do CFT. 'Somos uma família cristã e temos graves dúvidas em relação a Conor aparecer numa peça que contém tanta violência,' disse ela, referindo-se a uma cena no musical, que será apresentado na Boston Civic Opera House, bem como no Radio City Music Hall, durante a temporada de Natal, em que a personagem de Nancy, interpretada pela renomada vocalista Kitt Reuter-Foss, é surrada por seu amante bruto, Bill Sykes. 'Mais importante do que isto, ficamos chocados e entristecidos ao saber que pais que têm mais dinheiro e mais influência no teatro mereceram tratamento especial.'"

True joga fora o jornal.

— Isto é maravilhoso — diz ela. — Guy vai se sentir como se fosse uma espécie de bandido.

— Escreva uma carta ao editor — sugere Rudy com raiva. — Não devia deixá-los se safar numa boa, True. Você não fez nada de errado.

— Mas eu fiz — admite True. — Disse palavrões a ela... e perdi a calma.

— Bem, o merdinha *mordeu* Guy, pelo amor de Deus — continua Rudy. — Por que não tiramos um retrato do braço de Guy e o mostramos ao *Herald*?

— Vamos esquecer isto. Graças a Deus não mencionaram meu nome ou minha companhia. Eu podia ver "Filho da Dona de Companhia de Bebês Maltrata Pequeno Cristão". Vamos deixar isso de lado.

O bebê chuta, chuta para valer; com certeza não é indigestão desta vez, como se para lembrar a True que existem outras prioridades além da cobertura da imprensa.

Mas no final da semana, Conor Cahill saiu do espetáculo e Beatrice está loucamente à procura de um substituto. Sai uma nova reportagem no *Herald*, citando Genevra, que sua "consciência não permitiria" deixar o filho continuar envolvido numa atmosfera tão perigosa sem "minha supervisão pessoal".

QUANDO VOLTA PARA CASA da escola, Guy se sente realmente horrível. Não precisou ler o jornal. Todo mundo já lhe disse e fez um jogo de adivinhação para saber qual era a mãe em questão.

Nos dias seguintes, começa a se queixar, toda noite antes do ensaio, de que seu estômago dói.

— São os nervos — diz True. — Você está nervoso. Ninguém pode culpá-lo, depois do que aquela senhora desagradável disse? E papai tendo partido? E tudo o mais. O mundo inteiro está nervoso. Não se preocupe, Gui.

— Não somos cristãos, também? — pergunta ele uma manhã durante o café, meias-luas azuladas sob seus olhos.

— Claro que vocês são — diz Kathleen com firmeza a Guy.

— Mas não dos melhores — replica Guy.

— Aos olhos de Deus todo mundo é bom.

— Mesmo os caras do terror? — insiste Guy.

— Isto você precisa perguntar a Deus — replica Esa, passando pela cozinha para pegar meio pãozinho —, mas não, querido, até onde sei, Deus não compactua com isto.

— E o sujeito do jornal que escreveu essa história toda?

— *Ele* foi apenas burro — diz Esa jovialmente, agradecida de ficar longe dos grandes temas. — Não pode culpar todo mundo por isso. A burrice é herdada. Como cabelos louros.

Guy ri. Suas faces ficam coradas.

Mas na noite seguinte Guy conta a True que o pára-brisa do caminhão de Hank foi quebrado na área de estacionamento.

— Sei que eles fizeram isso — diz Guy. — Papai não quer falar.

— Gostaria de *ter* quebrado seus faróis — diz True.

— Papai devia ter quebrado os faróis deles — diz Guy. — Ou batido nele com a muleta.

— *Isto* é que teria dado boas manchetes.

— Papai tem calcinhas de mulher numa gaveta em sua casa — diz Guy, sorrindo.

— Talvez goste de usá-las para mudar um pouco o ritmo — sugere True. Tem vontade de vomitar.

— Ora, mamãe, está querendo enganar quem? Sabe que ele comprou para você! Ainda não deu para você! Já ouviu falar de surpresa? — diz Guy, dando um soquinho no braço dela. — Vamos subir e ouvir meu irmão bebê batendo o coração.

HANK ENCONTRA TRUE em Boston para uma ultra-sonografia. Ela fica devendo esta a ele. Sob o recato do lençol de algodão, a médica manipula o aparelho e o que parece inicialmente uma representação em radar de um ciclone surge numa tela de televisão. Mas a obstetra mostra a eles como ver o feto e milagrosamente, de repente, tão claramente como se observassem golfinhos numa piscina, vêem o fundo de pé, um movimento.

— Ele está nadando! — exclama Hank.

— Sim, está — a médica concorda. — E a senhora pode sentir isso, Sra. Bannister.

— Não é que posso? — diz True. — Posso sentir, sim.

— É cedo para sentir. Mas — ela ajusta a máquina, clica e mede — está segura de que anotou as datas certas? Pode estar um pouco mais à frente, baseado no tamanho que estou vendo aqui. Mas essas coisas são imprecisas. E a senhora já passou por isso antes.

True fica mesmerizada pela visão do pé perfeitamente formado, tomando impulso, nadando para longe dela. Ela se lembra, naquele momento, que este é o dia de aniversário de seu marido.

NOVEMBRO

VOCÊ É A MINHA ABÓBORA!

Todo mundo vê o Halloween como a temporada da abóbora, mas na América mais antiga era no Dia de Ação de Graças que as grandes abóboras alaranjadas se tornavam o centro das atenções. Nossa abóbora de madeira é um quebra-cabeça e modelador de figuras, com um chapéu, uma boca triangular e um grande sorriso. Dentro, luvinhas em forma de abóbora e orelheiras para aquecer essas pequeninas partes do corpo quando os dias gelados chegarem. E vocês vão adorar o Bálsamo das Bênçãos com aroma de canela e especiarias, que confere a suas mãos laboriosas a sensação de terem sido mergulhadas em seda.

ASSIM QUE OS INGRESSOS são impressos, True seleciona três, situados duas fileiras atrás e ligeiramente à direita de onde ela vai se sentar, com sua família, para a abertura de *Oliver!* no Cape Cod Family Theater. Serão para Hank e seus pais.

O espetáculo estréia no teatro local na noite seguinte ao Dia de Ação de Graças. Depois, em dezembro, haverá uma semana na Civic Opera House em Boston e, a seguir, retorna ao Cape Cod Family Theater por duas semanas, com um final triunfal de dois dias no Radio City. As crianças do elenco estão loucas de excitação. True desejava que os Bannisters pudessem ver Guy atuar em Nova York.

Mas ninguém quer mais ir a Nova York. Ela vai de carro com sua pequena comitiva, se o cinto de segurança ainda passar ao redor de sua barriga.

True aperta o botão de controle do banco até o fundo, entra no Volvo e dirige até Truro cedo numa tarde de sexta-feira, esperando pegar Tom para que ele possa entregar o envelope antes que Hank chegue. Mas, assim que contorna a curva da rodovia, ela vê o caminhão. Os cabelos de True não foram lavados e estão presos por um elástico e enfiados sob um boné dos Red Sox. Ela usa as calças elásticas vermelhas de Eileen Fisher, com o elástico esticado quase a ponto de estourar e uma das camisas menos sociais de Hank, deixada para trás, com apenas os três botões de cima fechados. Seus pés começaram a sair para fora dos sapatos normais e ela geralmente usa, com especial enternecimento, os tamancos de borracha vermelhos de jardinagem com os quais se casou. Tomando suas medidas, a obstetra pergunta se True está absolutamente certa de que ficou grávida no início de julho. Exasperada, True afirma que sim. Tinha certeza absoluta de que a maior das duas linhas violeta era a mais escura das duas no *kit* de ovulação?

True não pode ter certeza absoluta disso. Não diz que achou o *kit* de ovulação impossivelmente confuso, nas duas vezes que tentou usá-lo. Diz à doutora que nunca tomaram precauções antes de tentarem especificamente e que o seu período de junho fora irregular e escasso, fato que True atribuíra à idade e ao estresse.

— Bem, muitas mulheres sangram um pouco na implantação dos seus óvulos — diz a médica. — Por isso, ou você está tendo um exemplar bem fornido de menino ou menina, como diria meu avô, ou então suas datas estão equivocadas. Ou talvez seja líquido em excesso. Já vi ultra-sonografias que jurei eram de bebês de quatro quilos e meio, e nasceram com dois quilos e oitocentos gramas, portanto quem pode saber?

A crença particular de True é que ela vem simplesmente afogando suas mágoas em bolinhos de canela, e o monte que se ergue debaixo da sua camisa se deve mais à comida do que à gestação. Não conhece a parte psicológica por trás disso; mas sabe que as mulheres comem a sua tristeza e os homens bebem a sua.

A melhor parte do mês que se avoluma à frente, com toda a sua simpatia de feriado e seu vazio impossível, é que True não o passará totalmente sozinha.

Douglas, o marido de Esa, recebeu uma oferta de uma agência de turismo-de-aventuras para levar um grupo de estudantes de pós-graduação até o Utah durante o mês de férias. Surpreendentemente, com a possibilidade de doença e destruição em cada porta do metrô e a possibilidade de explosão na ignição de cada motor, a viagem está prosseguindo.

Esa explica que precisam demais do dinheiro, pois desejam fazer uma oferta para comprar o seu próprio chalé. Doug também raciocina que o Monumento Nacional do Dinossauro e as escavações em andamento ali não figuram na lista dos principais alvos dos terroristas. O grupo vai viajar através do país em três *vans* e Isabelle sente-se mais tranqüilizada sabendo que Doug, e não algum piloto nervoso, estará no comando.

— Sinto-me como se estivesse voltado para casa! — diz Esa. — Vou sentir uma falta doida dele, mas pelo menos vou ter vocês! — Faz uma pausa. — Foi uma coisa idiota que eu disse, não foi, True? Sinto muito.

— Tudo bem, Esa — diz True —, eu me sinto do mesmo jeito. Sinto uma falta louca dele, mas pelo menos não vai ser tão ruim se tiver você para conversar.

Esa está dormindo no quarto de hóspedes. Considerando que os próximos eventos de sua vida estão urinando e lutando para respirar quando ela se debruça, True se sente mais segura sabendo que existe outro adulto na casa. E o fato desse outro adulto ser alguém em quem ela confia plenamente é outra vantagem.

A não ser pela noite da altercação no teatro, ela e Hank só se falaram brevemente, como um casal velho e descuidadamente hostil cuja conversa se limita a meia dúzia de comentários ácidos. Sua última conversa de verdade, na varanda de True, parece ter exposto muitas emoções, e sua revelação sobre a insegurança da pobre Adele ("Protegei o resto de nós dos fracos, pois eles herdarão tudo o que não estiver pregado no chão ou na parede", Isabelle disse quando True lhe contou isto) deixou True sem nenhuma força sequer para lamentar.

Com arrependimento, ela sente que dobrou uma esquina. Não haverá mais voltas noturnas de carro passando pelo chalé de Princeton Circle, esperando ver seu marido passando pela janela. Não mais telefonemas cortados antes do sinal... afinal, quem quer ouvir o trinado presunçoso de Adele? Não mais noites na pedra achatada de Ridgevale Beach, inicialmente abraçando os joelhos e depois abraçando qualquer parte de si mesma que ainda possa abraçar: True surpreendeu a si mesma aprendendo a refletir. Não mais passeios de carro solitários à meia-noite para ouvir o homem do *reggae* em Nauset. True aprendeu, tarde na vida, o valor da solidão e da reflexão; mas ressente-se do preço pago.

Hank polidamente perguntou, da última vez que ligou, se ainda pode levar Guy em suas excursões de distribuição de comida, se elas caírem depois da escola nas segundas-feiras, e True deu sua permissão. Ele continua a treinar Guy na sala de ginástica no porão. Em relação a Guy, falam como divorciados civilizados, que gastaram todos os pneus do seu casamento numa estrada cheia de buracos e acabaram com a charada.

— Depois de encerrada a temporada do espetáculo, pode ficar com ele toda sexta e sábado, de quinze em quinze dias — diz True a Hank. Partilharão os domingos, quem sabe até, se conseguirem administrar, farão algumas coisas juntos com Guy. Isto é o pouco que se importam um com o outro, ou fingem se importar.

Enquanto Hank parecer encará-la como encararia uma placa de obras na estrada, uma irritação menor que realmente não conta em sua vida, ela vai fazer a mesmíssima coisa. Por sua vez, True não tem idéia da rotina comum dos casais separados. Deveria perguntar a Franny. Sabe que Franny a espera, de braços abertos, para qualquer tipo de conselho, trivial ou de importância transcendental; mas a reticência de True é dia a dia argamassada mais firmemente por seu orgulho. Depois daquele primeiro rompante de vulnerabilidade, tijolo a tijolo, que ela achava que algo em si nunca apreciara, está se erguendo contra a sua vontade. Através de todo um jogo em que ambos compraram uma quantidade de presentes da estação de feriados, incluindo, no caso de True, varinhas de condão para *Maman* Winston, uma caixa de música de bailarina para Win e um cinzeiro de charuto na forma de um aligátor para Gus, ela e Franny conseguiram não discutir Hank em qualquer grau significativo. True sente-se estreitamente presa em sua própria rede. Como pode não falar nisso? Como é capaz? É ao mesmo tempo trivial demais, um grão de areia no olho sangrento da vida no mundo em geral, e assustador demais, ou um lenho em chamas jogado através de sua janela. Franny, com a graça flexível que sempre conseguiu imprimir em cada situação, começou a referir-se a True e Guy — quando pergunta sobre planos ou faz convites — como o fazia antes que True se casasse.

Adora Franny mais do que nunca por respeitar quanto é frágil a sua reserva.

True invoca aquela reserva agora e entra no restaurante. A primeira coisa que vê são os novos candelabros, que suspeita sejam da Luisiana, gotas de chuva e lascas de cristal sobre braços dourados. E lâmpadas de mesa onde anteriormente havia velas, lâmpadas de mesa no formato de postes de luz do Vieux Carré. O local parece mais alinhado e sedutor. True sente-se orgulhosa de Hank, ao passar a mão sobre as toalhas de mesa, cor de salva e creme, levemente adamascada com criaturas marinhas.

— True — diz Hank, surpreendendo-a, vindo da sala dos fundos, enxugando as mãos no avental. Estava cortando carne. Tem um ar horrível, ela observa, com uma satisfação pela qual despreza a si mesma. Parece que está com câncer.

— Rapaz, isto aqui está genial, Hank — diz True, jovialmente. — O lugar parece novo. Você, por outro lado, não está tão legal.

— Obrigado — diz ele. — Tenho dedicado muito tempo ao restaurante, tentando trazer as pessoas de volta.

— Elas virão. Estão espantadas, só isso. Uau, Hank. Está magro como o meu dedo — diz True, com uma simpatia que não é fingida. Isto é o meu marido, ela pensa. *Isto é o meu marido.* — Que diabo! — ambos olham para o dedo dela onde ainda tem o anel de prata, encravado em ondas de carne apetitosa e inchada. Nas últimas semanas, os dedos das mãos e dos pés e os tornozelos de True incharam muito. Mas não quer deixar que o anel seja serrado. True coloca a mão esquerda atrás das costas e oferece os ingressos com a mão direita. — Comprei estes para sua mãe, seu pai e você. Não sei se Win e Matthew ou seja quem for... Posso conseguir mais...

— Matthew ficou tão passado — eles riem. — Não conseguiu agüentar o estrelismo de Win, você sabe? Ou nem mesmo a idéia de que ela pudesse tentar o estrelato. É um sujeito bisonho.

Uma terceira referência literária, embora se reporte a uma canção de musical, nota True, e morde o lábio, com força.

Teria ela feito aquilo de que Hank a acusava, tratado ele como um iletrado que falava engraçado? Esperava que não conhecesse datas importantes, ou livros, ou letras de canções? Fizera aquilo inconscientemente em olhares e ações até ele se sentir diminuído? Desejara ele apenas por seus *jeans* e seus genes?

Como aquilo parece mesquinho. Daria seus molares para ouvi-lo falar agora, encher a casa com sua fala arrastada, suas duplas negativas, sua risada bufa insaciável.

— Pai e mamãe não agüentam esperar — diz Hank a ela gentilmente. — Win com certeza vem, mas vem de carro até aqui. Diz que as pessoas não podem imaginar como está Nova York. Vendo na TV não é como ver a coisa lá mesmo...

— Mas ela ainda mora no West Side, apesar de tudo?

— Num hotel para mulheres! Elas têm toque de recolher!

— Win! — e ambos sorriem. — Imaginem só ela assinando o livro para sair à noite...

— Sim. A danadinha.

— Vou ter de conseguir outro ingresso. Eu consigo.

— Vou pagar a você.

— Não tem problema.

O silêncio cai como uma cortina de teatro, quase com um som e um tremor.

— Como vai *Maman*?

— Vai bem.

— Bom, eu vou andando — diz True despreocupadamente.

— Oh — diz Hank, e então, olhando para longe —, vou... vou fazer o jantar de Ação de Graças aqui e adoraria se você e Kathleen viessem. Estava seguro de que deixaria Guy vir. Você já sabia que o meu pessoal vem porque eu disse em meu...

— Oh, claro. Calculei que viriam. Apesar de... seja lá o que for. Pelo menos vão ter um bom jantar. Não terão de comer a droga que Kathleen e eu preparamos.

— Tenho certeza de que preparam um peru excelente, True. Não foram vocês que inventaram o Dia de Ação de Graças, vocês puritanos?

— Inventamos, de fato. E, sim, eu preparo um peru bem maneiro. *Wonder Bread* de três dias para que o recheio fique seco como um osso. Meu irmão adora. Não queria comer quando era criança, até que descobriu que levava pão. Meu irmão certa vez comeu um pacote de torradas inteiro... — ela está tagarelando. Pára. — Guy tem um ensaio naquela noite. Beatrice é uma bárbara.

— Vou levá-lo ao ensaio depois que jantarmos. Então, Dog vem?

— Sim, e Esa. Douglas está... escavando em busca de cacos de cerâmica, sabe. Na verdade, desta vez são ossos de dinossauro. E Rudy e Keith. Teremos uma... mesa cheia — ela pára, de novo. — Já preparei uma refeição para você, Hank?

— Não me lembro.

— Devo ter causado uma forte impressão.

— Bem, não, espere. Lembro algo, sim, alguma coisa com macarrão. Sim. *Stroganoff*. Sem o *Strogan*. Cogumelos *Stroganoff*.

— Ahhh, sim. A receita da culinária *light* de Franny.

— Estava bom.

— Bem, obrigada.

— Sim.

— OK. Te vejo. Dê um alô ao Tom.

— Dê um alô a Esa, e a Rudy e... a todo mundo. Como vai o bebê, hein? Numa boa?

— Bem, crescendo como uma espécie de ET. Ganhei mais de dois quilos este mês. Esa diz que sou secretamente uma bezerra do Wisconsin, uma máquina de dar leite. Começamos um curso para grávidas em suas semanas.

— Sim — diz True, suavemente. — Esa e eu. Ela vai me treinar. Não pensei, nestas circunstâncias...

— Certo. Bem, é bom para você. Você parece jovem e... iluminada. Ótima.

— Sim. Isto é gentil da sua parte. Estou pensando em que loja de *camping* vou procurar uma barraca para vestir na estréia de gala do musical.

— É só usar aquela coisa de veludo com os laços no lado que você pegava e jogava no corpo. Para fazer pregas? É só não usar os laços.

— É uma excelente idéia. E o treco de rubi?

— Certo.

— OK, vou usar.

— E um monte de bijuterias. Seja um barco de ilusões do Mississípi.

— Bem, seria um barco de alguma espécie. Tchau, Hank. Coma alguma coisa, pelo amor de Deus. Você não é assim. Vá jogar dardos com alguém.

— Falou isso de maldade?

— Não, de jeito algum. Falei com preocupação. Volte ao normal.

— Eu não tenho... bem, comido, no sentido normal da palavra.

Ele se encosta no balcão, como se sua memória estivesse caindo como num jogo de dominó.

— Mmmmm — diz True, sentindo-se magnetizada, atraída, literalmente apoiando-se no calcanhar das suas botas para combater a sensação. *Você quer saber, diz True a ele, sem falar, quantas vezes eu observei, achatada contra a parede do quarto, quando você apanha Guy e o cachorro? Quantas vezes me virei para correr lá embaixo e cantar a plenos pulmões, qualquer coisa? Cantar, mostre um pouco de fé, há magia na noite? Cantar o Hank Volte Para Casa Blues? Quantas vezes tive de enterrar as unhas nas mãos para não sair correndo e agarrar você? Como apalpei meu sexo à noite até os dedos doerem e não consegui gozar, pensando em você e nos seus ombros? Quantas noites sentei-me naquela porra de praia fria enquanto a cerração engole os rochedos, usando o casaco que você deixou no cabide, que ainda guarda seu cheiro? Quantas vezes passei por aquela miserável casa, depois da meia-noite, rezando para ver seu caminhão, aliviada quando o via, e então pensando, porra, você podia ter outra mulher lá, muito menos Adele, embora, naturalmente, não machucasse seus sentimentos. Podia estar tendo uma festa privada com favores que só você oferece, como fazia comigo? Quantas vezes peguei o telefone para ligar para você, quantas vezes liguei para você e ouvi aquela desgraçada mensagem? Quantas noites tive a certeza de que iria me ligar? Você acha, meu querido, meu* moreno *querido pássaro finalmente fora da gaiola, que nunca estivemos realmente nas cartas, nem nas estrelas? E que isto é na verdade melhor para você? E provavelmente até mesmo para mim?*

True pensa todas estas coisas. Vira as costas, ajeita seu boné dos Red Sox e sai pela porta. Ao chegar à entrada de sua casa, sua gola rulê está tão molhada que se torcer escorre água. Parece uma pateta.

— Então esteve com Hank? — pergunta Esa.

— Sim. Está ótimo. Magro. Tivemos um encontro muito cordial.

— Você está maluca, True. Você ama esse cara. Ama tanto esse cara. O que os impede de algum tipo de aproximação? O que faz você gostar disso?

— Se eu fosse você, Esa, estaria correndo para Truro agora. Estaria correndo descalça pela rodovia. Mas não sou você. E ele queria ir embora, Esa. Ele queria. Ou não teria feito o que fez.

— Ele não queria ser forçado a ir. "Libertado", como você disse. Ele me contou...

— Falou com ele.

— Só cerca de quatro milhões de vezes. Quando ele telefona.

— Nunca soube que ele telefonava. Quero dizer, outras vezes além daquelas em que trocamos informações.

— Bem, eu nunca soube que ele ligava, também, até que passei certa vez quando Kathleen atendeu o telefone. Ela tem boa intenção, eu acho. Não quer magoá-la mencionando isso, mas ele telefona o tempo todo, e fala com Guy.

— Isso é diferente.

— Sempre chama você primeiro.

— Chama?

— Ouço Kathleen dizer "Ela não está", ainda que você esteja em casa. E sei que ele a quer de volta. Eu sei.

— Ele disse isso?

— Sua voz disse. Por que vocês não têm um encontro? Eu poderia sugerir...

— Já fizemos isso, Esa. Está lembrada? E foi... a coisa mais generosa que alguém fez por outra pessoa. Mas agora é tarde demais.

— Passou-se um mês, True. Você é tão dramática. Isto não é tarde demais — Isabelle olha para True e continua. — Você quer que seja assim, não quer? Está aliviada.

— Estou aliviada de que acabou, pelo menos.

— Quero dizer, nunca achou realmente que iria dar certo.

— Foi o que Hank disse. Não, acho que eu queria que desse certo, mas julguei que não daria.

— E então desistiu sem nenhuma luta.

— Não. Eu ainda... não desisti.

— Então que acha da minha idéia?

— Vou pensar em me aproximar dele. Acho que não há nada a perder. Mas machuca meu orgulho. Demais. Eu não fiz nada de errado.

— Mas há tanta coisa em jogo. Guy. O bebê. Sua felicidade.

— Sou feliz — diz True. — Não me sinto realmente infeliz. É como se ele tivesse passado por minha vida tão rapidamente... é quase como se nunca tivesse estado aqui. É como se ele fosse um grande filme que jamais vou esquecer.

— Pelo menos pense em discutir a questão. De uma maneira esperançosa. Prometa.

— Bem, vou pensar quando tiver tempo. Estou começando um negócio e reunindo dados e ruminando diariamente a decisão de vincular a minha vida a Elizabeth e ao banco e preparar Guy para o seu primeiro papel importante...

— É uma abelha tão ocupada que não pode telefonar ao homem que ama?

— Sou assim — diz True, querendo parecer leve, mas parecendo na verdade amarga.

O TEATRO É COMPACTO, duzentos, trezentos lugares. True não via o interior do Opera Center desde que ela e Peter assistiram a uma apresentação do New York Ballet Theater, um presente de Natal dos pais dele, e aquilo foi há tanto tempo que Baryshnikov ainda dançava ao som de canções de Frank Sinatra. Anjos dão as mãos em volta da cúpula interna e homens de *smoking* e mulheres de longos de gaze de seda farfalhando entram nos camarotes forrados de tecido rubi. O cenário, que Beatrice descreveu para True, gira e desliza, do interior do covil dos ladrões, que fica no palco frontal, até a taverna onde as crianças cantam *Thank You Very Much* com Nancy e onde depois ela morrerá nas mãos de Bill Sykes. Quando o palco gira, são as ruas de Londres. True nunca foi assistir a um dos ensaios completos com as roupas, não desejando estragar um momento desta noite para si mesma. Veste a saia de Nova Orleans, com o zíper ocultamente aberto atrás, debaixo de uma jaqueta de veludo, e Franny enrolou seus cabelos num coque. Franny e Steve estão em algum lugar na platéia, mas True não consegue vê-los. As luzes piscam numa primeira chamada. Dez minutos. Os Bannisters ainda não estão ali.

O Dia de Ação de Graças transcorreu calmo e sem novidade. O molho de alcachofra de Keith foi um grande sucesso, mas True não ficou segura de que o peru não tivesse o temível osso rosa, embora todo mundo lhe assegurasse (tão enfaticamente como se ela tivesse uma doença terminal) que estava úmido, bem cozido e excelente.

Kitt, que afinal não chegou a desfrutar sua refeição em Aquele Lugar, e está morando há tanto tempo na Witherspoon Guest House que True acha que ela adquiriu os gene Witherspoon, foi convidada e apareceu com tantos presentes de vários tamanhos e cores que parecia que Papai Noel havia chegado mais cedo. Havia luvinhas de dormir para o bebê X ou Y, calças de pijamas com pano xadrez de ar viril para Guy, aquecedores de punho para True — que certa vez mencionara como gostava de praticar esqui *cross country*, mas detestava neve subindo por dentro das mangas —, um chapéu de Papai Noel para Gypsy e um xale para Kathleen.

— Onde conseguiu essas coisas? — perguntou True, seu olho aquisitivo de mercador sobrepujando suas boas maneiras. — São maravilhosamente bem-feitas.

— Eu as fiz — disse Kitt a ela, envolvendo sua minúscula figura num dos aventais de True. — Com estas patinhas de unhas falsas aqui. Me dêem trabalho para fazer. Estou com saudades de minhas filhas — elas chegam amanhã — e quero fazer trabalhos para toda a América — ela gira nos calcanhares. — Tem um piano, True? Sim, você tem um piano. Uma bela clavinova. Vou cantar para pagar meu jantar — e pergunta a Guy: — Quer vir passar um semestre comigo no Wisconsin? Vou deixá-lo em forma. Vai estar cantando na Broadway no próximo ano. Tenho umas garotas bonitas que sempre quiseram ter um irmãozinho. Vão fazer muita festa com você.

Guy acena vigorosamente com a cabeça. Já viu fotos das encantadoras filhinhas de Kitt, que são apenas um ano mais velhas que ele.

— Acho que ele vai ficar por aqui para conhecer este sujeito — True bate na barriga. — Só deve aparecer no final de fevereiro ou começo de março. Mas Guy quer que seja o bebê do Ano Novo! Quer aparecer na TV e ganhar todas aquelas fraldas de graça.

— Bem, antes de deixar esta temporada interminável, vou lhe dar o nome de um bom professor em Boston para Guy. Não há ninguém por aqui. Ele está justamente no final do período de soprano-júnior — diz Kitt.

— Vou ficar mais alto? — pergunta Guy.

— Sim — diz Kitt disse. — E vai ter pêlos nas axilas.

— Oh, merda! — exclama Guy, corando e cobrindo a boca; mas todo mundo riu, exceto Kathleen.

Guy estava nervoso demais para comer muito, ansioso demais para mostrar ao seu *grand-père* todos os truques de Gypsy. É um filhote esplêndido, que já se deita obedecendo a um movimento da mão de Guy e observando atentamente com os olhos à espera da próxima indicação de Guy. Ele dança. Cobre o nariz com a pata quando Guy diz "Peido", embora este seja um truque que não foi praticado em casa. True suspeita de Hank e seu bando de renegados franceses.

Depois, num momento de lavagem de pratos, Kitt disse:

— Bem, todo o resto do pessoal está com medo, mas eu vou perguntar. Como vai a separação e por que não desiste dela? Não que seja da minha conta. Mas preciso lhe dizer, Guy está infeliz. Quero dizer, todos nós estamos infelizes, de certo modo, o mundo estando como está, mas quando Guy canta com Michael, o garotinho que substituiu Conor, para tornar a voz de Michael mais forte em *Where Is Love?*, as suas lágrimas são reais, True.

— Oh, meu Deus. Oh, Jesus Cristo.

— Por que não estabelecem uma trégua nos feriados? Li um livro sobre casamento que dizia que se as pessoas se comportassem como se estivessem felizes, elas quase poderiam conseguir. Eu quase me divorciei de meu marido certa vez. E ele é o amor da minha vida. O único homem que jamais tocou neste corpinho. Foi meu primeiro papel importante no Met, só a segunda vez na vida que fui Suzuki em *Butterfly*, e ele preferiu ir à reunião da sua turma do colégio. Queria na verdade voltar àquela escola ridícula e gabar-se de que sua mulher era uma diva... — Kitt resmunga.

— Mas ele se orgulhava de você! E ficou furiosa?

— Você tem tanta coragem, True. Eu nunca faria o que você está fazendo sozinha. Não posso imaginar ter um bebê, na sua idade, e administrar um negócio. Veja só isto... olhe ao seu redor. Tudo o que você fez.

— Tudo o que você fez... não vale nada em relação... ao que você é, e neste exato momento não me sinto um grande sucesso — diz True.

— Então vocês deveriam se reconciliar. Vi os dois juntos na noite do arranca-rabo. O homem lambe o chão onde você pisa.

— Não me conhece, Kitt. Sou muito má quando começo... talvez eu nunca merecesse...

— O que é isto de "nunca merecer"? Um homem que se casa com uma mulher mais velha, uma mulher da sua idade...

— Fale claro.

— ...é uma pessoa. Um *mensch*. E devido a algo que ele não sabe que você não pode ensinar-lhe, você desiste depois de, o quê?, um ano?

— Seis meses.

— Devia envergonhar-se. A não ser que ele tenha feito algo imperdoável.

— Foi... outra coisa. Mas é um grande pai para Guy e vai ser um grande pai para esta pessoa.

— Não sabe o sexo?

— Marquei o teste para ver se tinha os ovinhos em ordem, mas no último minuto decidi não fazer, eu queria ser surpreendida. Saber antecipadamente parecia muito moderno, como diria minha amiga Franny.

Os pratos terminados, Kitt então cantou, enquanto todos se reuniam nos sofás e almofadas. Cantou *As Long As He Needs Me*, uma ária do *Figaro* e então, com Guy, *Consider Yourself*. Quando passou a aceitar pedidos, Keith pediu *Over the Rainbow*, e quase chorou no tremor de pura flauta do seu vibrato.

Finalmente Kathleen, para surpresa de True, pediu:

— Pode cantar *My Funny Valentine*? Era a nossa canção, do meu marido e eu.

E ela cantou, uma versão rouca e lânguida que pareceu a True menos uma promessa de amantes antigos do que um prelúdio à sua separação; e Kathleen, no refrão, estava enxugando o rosto, traída pelo champanhe e por suas memórias. Kitt partiu então "para colocar pepinos nos meus olhos" e momentos depois True ouviu o motor do caminhão vermelho.

— Papi está aqui — disse a Guy. — Corra para pegar Gyp e suas coisas.

Hank esperou na entrada da casa, descansando o motor. Podia ver os contornos da cabeça de Hank e do topete de Gus.

Depois que Guy e Kitt partiram, a casa esvaziou acentuadamente. O pai de Esa apareceu, tarde e inesperadamente, queixando-se de uma cerração em Boston. Kathleen insistiu em preparar-lhe um prato cheio de sobras e sentou-se, acompanhando-o no champanhe enquanto ele comia. Depois, Dog, Rudy e Keith assistiram a jogos de boliche com Kellen.

Com a percepção de que finalmente apreendera o significado exato de seu próprio nome, True finalmente se preparou para acompanhar a mãe até o chalé. Mas Kellen pegou no braço dela.

— Preparei o sofá-cama para você — disse Kathleen, soluçando. — Acho que bebi um pouco além da conta.

— Então sabia que ele estava vindo, embora Esa não soubesse — pergunta True.

— Oh, claro, Katie sabe tudo sobre mim, não é? — diz Kellen, envolvendo Kathleen em seu imenso casaco.

— Boa noite, True. Sinto... sinto muito.

— Não se preocupe. Tome quatro aspirinas — True a aconselha. — E vê lá se não vai cair.

— Não quis dizer isso — Kathleen falou. — Quis me referir a ser... desconfiada demais dos homens.

— Bem, não sei o que dizer sobre isso, mamãe. E acho que são as borbulhas falando, de qualquer maneira.

Kathleen arrastou-se pela porta, sacudindo a cabeça pesarosamente.

True foi a última pessoa acordada na casa a ouvir Gyp e Guy voltarem.

Guy bateu na sua porta.

— Posso dormir aqui? — perguntou. — Estou me sentindo péssimo. — True concordou com um aceno de cabeça. Guy perguntou então, como nunca fizera antes. — Papai vai voltar logo? Vai levar muito tempo para tomar uma decisão a respeito de nós?

— Não sei — respondeu ela.

— Posso perguntar a ele? — Guy quis saber.

— Pode perguntar a ele o que você quiser, querido. Mas não acredito que ele saiba a resposta. Mas sei que ele não vai embora, mesmo que você vá visitar Vovô e Vovó L. no Natal e ele não... não está preparando papéis para se divorciar de nós, de mim, quero dizer. Ele rumina muito as coisas, foi o que tia Franny disse. Papai costuma levar mais tempo para decidir as coisas.

— Por que não o convida para jogar boliche e tenta dar o troco desta vez?

— Você parece a Esa.

— Você seria capaz.

— Sim, mas ele está zangado comigo e eu seguramente fiquei zangada com ele. E, antes disso, acho que ele ficou zangado muito tempo comigo, de uma maneira que eu desconhecia. E, agora, acho que estou zangada o bastante por nós dois.

— Nunca vou me casar. Só vou sair com grandes estrelas, como Kitt.

— Kitt é um pouco velha para você.

— Bem, você era um pouco velha para papai.

— Certo! — diz True. — Agora vamos dormir.

DEIXANDO DE LADO SUA IDADE assumida, na noite seguinte, no teatro, quando Kitt pisa no palco ela não parece um dia além dos vinte e cinco anos. O longo aplique ruivo preso aos seus cabelos e seu vestido decotado com rufos de garçonete a transformaram na sedutora, terna, folgazã e desamparada Nancy, mãe de diabretes e amada do satânico Bill.

No momento em que Guy entra em cena, com a sua cartola de seda enviesada, True olha para trás e vê Clothilde e Win acenando loucamente, e Hank, seus olhos colados no filho. True acena e observa Hank soletrar as palavras que Guy canta maravilhosamente, despertando a admiração de estranhos. Ele incorpora o Trapaceiro, o bravo e solitário pequeno Cockney, seu filho, pequenino no palco, diante de estranhos, estranhos em peles e diamantes. Ela vê Holly e Addy na fileira da frente, as mãos de Holly apertadas diante da visão de sua filha, Amity, que também é dançarina na peça. Fenn aplaudindo ferozmente sua irmã. Vê então Holly inclinar-se e beijar Addy no pescoço quando a grande cena de rua termina. E deseja que pudesse apertar as mãos com seu marido e experimentar em sua plenitude a glória deste instante. No intervalo, ela acha o caminho até um banheiro no alto perto da galeria e esconde-se num reservado, enquanto mulheres lindamente vestidas vão e vêm, uma delas sussurrando, para a alegria oculta de True: "Bem, o garoto da cartola não é da companhia. Ouvi dizer que é um profissional. Tem um corpo de um hidrante."

Quando o espetáculo termina, depois de quatro chamadas à cena dos atores, True atravessa a multidão para beijar Kitt e Beatrice, abraçar Holly e Franny, e finalmente encontrar Guy nos braços de Hank. Corre para Clothilde, que parece uma mulher de negócios.

— Vamos achar tempo para tomar um café, certo? Tenho o dia inteiro de amanhã livre.

E então Hank a abraça e congratula e Dog faz uma tentativa engraçada de erguer Guy num ombro, e True é forçada a fazer as apresentações gerais.

— Estes são os pais de Hank, Gus e Clothilde, e esta é minha mãe... e o pai da minha assistente, Kellen...

Kellen, True nota, está usando de novo o velho casaco esporte de *tweed* do seu pai.

Existem minutos que parecem não ser, não poderiam de modo algum ser, a agregação de sessenta segundos. Um segundo é muito tempo. Existem minutos que duram quarenta e oito horas; e estes são o tipo de minutos que True passa durante os momentos em que suas famílias, perdidas e achadas e perdidas, ficam juntas de pé no *foyer* do teatro. Horas inteiras, e vidas, podem ser condensados em tais minutos. Não há nenhum cartão de Scottie Pippen, mas um buquê de doze rosas da Grand-mère, e uma vermelha desejando sorte. *Você está cheirando a biscoitos de baunilha... porque me ama.* Se ele pedir agora, ela irá; vai deitar-se com ele na cama da picape. As possibilidades são intermináveis... Ela romperá o muro do seu orgulho com um braço tão feroz e largo como uma onda de ressaca. Ele estende a mão, uma mão animada por vontade própria, e segura o braço de Hank. Sorriem com um ar de conspiração. True toma fôlego, sentindo o perfume de visons e de flores.

Mas ele diz:

— Ele é fenomenal.

— Trabalhou tanto — diz True. — E você trabalhou tanto com ele. Deve isto a você. A você e a Kitt.

É como se nem Kathleen, nem Gus, nem Clothilde fossem os avós de Guy, mas ela e Hank, sua exaltação em relação a Guy uma coisa remota, gentilmente remota.

— Venha até a nossa casa. Temos bolo e ponche! — grita Guy.

— Cara, é uma viagem e tanto — diz Hank —, mas prometo ir lá e apanhá-lo amanhã, para que você e *Grand-père* possam jogar xadrez.

— Tenho um espetáculo amanhã às três — diz Guy, os lábios tremendo. True vê o seu esforço para se controlar. Jamais iria se permitir parecer um maricas diante do pai.

— Mas vou chegar lá de manhã, quando você acordar — diz Hank. — Vamos, me dê um abração e assine o programa daquela garotinha ali. Ela está à sua espera.

Clothilde movimenta os lábios:

— Amanhã.

E a família de Hank parte.

True sente a desolação como uma dor no esôfago, um bocado de esperança que não consegue engolir.

— True, vou pegar a estrada — diz Dog. — Adoro você, mana. Existe algo, pô, algo que eu possa fazer? Seus negócios vão bem e tudo o mais? Jogaram merda no ventilador no país inteiro, hein? Fiquei surpreso que as pessoas não foram revistadas aqui...

— Mas foram — diz True. — Não viu aqueles caras da Guarda Nacional? Garotos. De uniforme. Como ele vai estar daqui a dez anos.

— Queira Deus que esta coisa ainda não esteja rolando daqui a dez anos.

— Queira Deus.

— True, por Jesus, achei que vocês, você e Hank, estavam indo bem. Sinto muito, mana. Por que o deixou adotar Guy se iam se separar? — Dog só falta estar retorcendo as mãos. Parece o grandalhão dos tempos em que jogava basquete. — Por que diabos decidiu ter um bebê imediatamente? Quer que eu vá conversar com ele? Qualquer coisa? Seja o que for?

Dog não fez uma única pergunta que True não possa responder, nem, até onde ela possa ver, para a qual chegue a existir uma resposta.

— Não foi como se as coisas deteriorassem gradativamente, querido — diz True. — Um dia, algo deu um clique e percebi que nem sequer conhecia Hank.

— Se precisar conversar...

— Você será o primeiro a quem vou ligar.

Guy aparece.

— Ninguém vem para o bolo e o ponche?

— Ora, claro, seu bobinho. Você é a estrela. Esa, vovó, Rudy e Keith.

— Quero dizer, outras pessoas...

— Todo mundo precisa ir para casa. Titio e titia têm de comprar sua árvore de Natal amanhã e, você sabe, talvez a gente devesse ter uma árvore de Natal mais cedo, uma vez na vida...

— Quer dizer, só nós? Comprar a árvore?

— Sim.

— Você não poderia nem arrastá-la. A médica disse que não devia nem tentar alcançar a estante mais alta.

— Rudy vai me ajudar. Tem olho clínico para escolher árvores.

— Venha até Amherst — Dog insiste. — Iremos ao Sandy's e vamos cortar árvores, como fazíamos quando éramos crianças.

— Eu iria, mas ele tem as suas apresentações.

— Bem, você esteve fabuloso, Gui — Dog conclui, segurando o sobrinho de perto e olhando para True com um ar de súplica por cima da cabeça do sobrinho. True encolhe os ombros.

Guy, depois de tagarelar interminavelmente sobre a emoção e a adrenalina da sua interpretação, subitamente pega no sono logo depois que atravessam a ponte do Sagamore. E nem Kathleen, nem True têm apetite para bolo; por isso, Esa e os outros ficam sentados conversando e comendo, e True observa as nuvens passarem diante da lua, e a lua reaparecer, reconhecendo pela primeira vez que o "rosto" do homem na lua parece uma forma fetal, suavemente curvada. Observa até que não é mais capaz de distinguir entre a lua e as nuvens, e então entre o seu sono e sua vigília. Ela dorme, mas não descansa. Às vezes, nas primeiras horas antes do amanhecer, ela se levanta e tira o retrato dela e de Hank, no dia do seu casamento, da estante ao lado da cama. Ela não o joga fora, mas leva até o armário e coloca ternamente, com a imagem para baixo, sobre o baú de cedro.

COMO É COVARDE E RECEIA que sua afeição por Clothilde a convencerá a fazer escolhas a partir de seu coração indomável em vez de sua cabeça pragmática, True convida Franny a acompanhá-la no encontro para o café, na manhã seguinte. Franny está fora, é sábado; mas ela só concorda quando True promete: "Você devia perdoar a expressão, falar sério comigo."

Pelo que parece a milésima vez, True vende o seu peixe: estava predestinado. Foi insensato, infeliz, improvável, inauspicioso. Franny senta-se no banco do carona e ajuda True a colocar o cinto.

— Está faltando algo — diz então.

— Bem, acho que você tinha razão o tempo todo. Fui insegura demais para administrá-lo no início. Você fantasia casar-se com o cara jovem e *sexy*, acaba casando e depois se sente como Matusalém.

— Mas você superou isso.

— Acho que a essa altura os danos já tinham sido muitos. Esperei muita coisa, muito cedo, sob todos os aspectos. Ele se sentiu encurralado.

— Portanto Adele foi apenas a gota d'água.

— Sim — admite True. — Ela parece tão... passada, fora de tudo como sombra de olho. Não é um fator agora. Embora ele esteja vivendo com ela.

— Está o quê?

— Sim, não é uma maravilha? Oh, Franny. Eu estava disposta a ceder, recebê-lo de volta se quisesse vir, e então Adele foi morar com ele. Eu não ia lhe contar isto. Fiquei humilhada demais. Ela passa os fins de semana em Cambridge. Mas se sente "muito solitária" se ficar lá toda a semana.

— Ora, vejam só. É um crime capital. Mande baterem nele. Eu pago a metade.

— Eu nunca o machucaria. Ele e Guy... Pelo menos Guy e o Sr. Sortudo na minha barriga vão ter um pai de verdade. Só vai ser um arranjo excêntrico.

— Bem, agora eu sei que teria jogado Steve para fora por uma coisa dessas, com bebê ou sem bebê, casamento novo ou velho. Mas tem uma coisa. Quando casei com Steve, eu tinha opções.

— Quais, Mikey Nunzio? Teddy Moore?

— Ei, Mikey me levou ao baile a rigor em Annapolis. Quando você caminha com um cara sob as espadas cruzadas...

— Palhaçada.

— Ainda digo, isso conta, eu tinha opções.

— Eu tenho... opções.

— Não tem tantas opções quanto eu... nós tínhamos, aos vinte e cinco anos.

— Não pode encarar a questão dessa maneira.

— Tem de encarar a questão dessa maneira — diz Franny, colocando a mão no braço de True, de modo que ela não pode encaixar a marcha a ré e sair com o carro. — Na nossa idade, temos opções que incluem... bem, Evan, o diretor da funerária, e o cara que trabalha para a TerminCo e está fazendo a pesquisa sobre baratas...

— O cara do *Herald*. Que está estudando se os machos colocam suas antenas para cima ou para baixo quando são sexualmente estimulados. Aquele que disse que estava à procura de sua companheira, também. Oh, Jesus, Franny.

— Sim, imagine levantar suas antenas para cima com ele. Estas são as nossas gerações, True. Os homens solteiros de nossas gerações. Homens que querem se aposentar aos cinqüenta e dar caminhadas lentas com blusões combinando e colocar os pés na mesa de café e assistir a corridas de carro na TV...

— Ou jogar golfe. Duas vezes por semana.

— Ou *assistir* ao golfe na TV. Aos domingos.

— Isto seria o insulto final.

— Com barriguinhas flácidas. E calças com cintura de elástico. E persistente crescimento de pêlos nos ombros.

— Franny, isto não é necessário. Está fazendo minha pele arrepiar.

— Ou cortadores especiais para os pêlos do nariz.

— Evan não tinha pêlos no nariz.

— Como sabe?

— Claro que existem mulheres.

— Oh, isto seria uma bela mudança para Guy. Do Sr. Machão à Sra. Sapatão.

— Quando eu estava saindo com todos os homens ruins da América, eu cogitei numa mulher. Não deixava de ser uma idéia atraente. Nada de brigas sobre o filme a que se ia assistir, você duplicava o seu guarda-roupa...

— O que a impediu?

— Não sou *gay*, este é um fator... e você teria de arremessar, bem como apanhar...

— Sim.

— Mas esta é a pior parte, a coisa ruim em relação aos homens é também a coisa boa. Nem sempre estão falando. Ainda que você quisesse que falassem mais quando o desejasse, eles não falam o tempo todo. Há ocasiões em que até eu não tenho vontade de conversar sobre as coisas. Se você vivesse com outra mulher, ela sentiria que a está aborrecendo e gostaria de falar sobre isso e você não gostaria e...

— É o que Hank diz — admite True.

— O que nos traz de volta a Hank. True, ele tem defeitos, talvez muitos, e talvez vocês tenham coisas a resolver. Mas você o ama. E é o pai de Guy. Você disse isso. Ele é o pai de Guy. É o pai deste bebê. Você fez Guy aceitá-lo e está tendo o bebê dele e agora o está deixando ir embora. E quinze minutos depois que o pegou.

— O *peguei*?

— Não como numa armadilha. Como um maná do céu. Quero dizer, parece que não percebe a importância do fato de que está grávida!

— Corta essa, Franny! — True olha para baixo com um horror fingido. — Oh, meu Deus, você está certa! Estou grávida! O que vou fazer?

— True, não brinque numa hora dessas. Diga a ele que volte para casa, que tudo está perdoado. Ou, pelo menos, tudo pode ser perdoado se vocês dois se esforçarem.

— Ora, vamos lá. Estou cansada disso, Hank sendo uma grande dádiva para a pobre True no último posto de gasolina antes do deserto. Hank fez a sua boa parcela de... cagadas. Não digo me surrar. Mas coisas reais, que não podem ser endireitadas. Não sem muito trabalho, que ele não estaria disposto a fazer. Toda aquela... *falação*, Franny. Exatamente o que você mencionou. Algo que você tem de fazer. Hank detesta essa parte da conversa. É um garoto bobo. É um garoto simpático, bonitinho, elegante, talentoso...e bobo.

— Não é. É um garoto... esperto. E é uma boa pessoa. É trabalhador. É honesto. E eu a conheço há vinte e dois anos e sei como ficou quando o conheceu...

— Aquilo foi luxúria. A luxúria a deixa inspirada. Você não pode se distinguir da outra pessoa. Quer rastejar até ele.

— Isto é também amor.

— Franny, ele quer ser livre. Disse isso de mil maneiras. Foi sempre ambivalente. Se não foi ambivalente, onde estão os cartões Hallmark? As chamadas no meio da noite? Os *e-mails* embriagados?

— Nenhum?

— Nenhum, Franny, nenhum. Isso, pelo menos, eu esperava. Quando não os recebi, eu sabia. E vamos nos atrasar. Minha brevemente ex-sogra vai achar que lhe dei o bolo.

— Reflita bastante sobre isso, True.

— Estou tentando. E também estou tentando não refletir. Eu choro tanto que fico desidratada.

— Além do mais, você é uma tremenda safada.

— Você é safada, também.

— Mas não era safada quando me casei.

— Bem, eu também não era safada quando me casei com Peter. Nunca contrariei uma palavra da sua boca. Agora, sou uma mulher crescida. Tenho opiniões. Tenho...

— Raiva. Metade de uma vida cheia de raiva. Que você voltou contra ele. Você o desafiou a... fazer... algo horrível.

— OK, desafiei. Mas ele devia ter sabido que as pessoas que fazem isso... elas desafiam as pessoas a provarem quanto elas são amadas.

— Você exigiu provas.

— As pessoas fazem isso — suspira True. — A maioria das pessoas. Pessoas inseguras. Pessoas estúpidas, o que vem a ser a maioria das pessoas.

— Querida, não quis dizer nesse sentido.

— Sou capaz de agüentar isso, Franny. Pertenço à classe privilegiada dos engolidores de sapos, agora. Teria feito aquilo se ele tivesse dado um sinal. O que fiz de errado no início, eu consertei quatrocentas vezes. E você não pressionou Steve, no começo? Não pressiona ainda?

— Claro que sim. Mas estamos casados há vinte anos. E Steve está acostumado comigo. E nunca sou tão má como você. Me escute. — True desvencilha suas mãos e dá a partida no carro. — Você é. Sabe como afinar a ponta de uma flecha e banhá-la no curare. Sabe sim. Mas espere só. Ele não é páreo para esse veneno. Está zangada com ele porque outras mulheres olham para ele, coisa que a deveria deixar orgulhosa...

— Não, não estou! Ficava, mas agora estou zangada com ele por ser um grande tolo. Por que toda essa conversa de que eu deveria me orgulhar de Hank? Ele deveria se orgulhar de *mim*!

— E não se orgulha? Age como tal. Todos nós vemos isto! Precisa ficar cega a isto? Seria o gene Kathleen mandando-a não se levar em muito alta conta?

— Não, pelo amor de Deus, Franny, se ele apenas admitisse o seu erro e sua boa vontade, eu acabaria com tudo. Quero que ele reconheça que estava errado! Isto é tão anormal?

— Sabe que não é. É o mínimo que você merece.

Encostaram diante do Expresso Yourself e podem ver Clothilde, lá dentro, seus cabelos prateados puxados para trás num nó, seus dedos ovalados e prateados cruzados à sua frente na mesa, enquanto olha para sua xícara de chá. Ergue o olhar e abre os braços quando True entra.

— Está lembrada de Franny? — diz True. — Minha amiga.

— Quanto prazer em vê-la — diz Clothilde, mas não parece muito contente. Parece desconcertada. — True — diz ela baixinho. — *Est-ce que okay discuter de quelque chose avec...?*

— *Oui* — responde Franny. — *Trues est ma bonne amie. Ma meilleure amie.* E estudei francês também.

— Lamento ter sido indelicada — diz Clothilde. — É imperdoável. *Cela ne sa dit pas.* Sinto muito, Franny. Mas são — e coloca a mão sobre o peito — questões tão doloridas.

— Ficou nervosa durante o vôo? — pergunta Franny amigavelmente. — Meu marido e eu vamos voar para San Diego em janeiro para uma reunião de família e não estou muito confiante de que vá encarar esta parada.

— Estranhamente — Clothilde começa, sua voz lenta e musical fazendo cada palavra comum soar formal, teatral — não. Nunca fui uma passageira de aviões confiante e quando as crianças eram pequenas e meu marido ia para a América do Sul eu ficava desarvorada em casa até que ele voltasse em segurança. Mas agora, acho, é como um tapa na cara daqueles animais. Como um ato de desafio. Como True — ela sorri largamente para sua nora. — Um bebê! Justamente como *Maman* disse!

— E provavelmente naquela mesma noite, se não antes.

— O francês é sua língua? — pergunta Franny a Clothilde.

— Mas não! — diz Clothilde. — Não sou fluente. Simplesmente vivi ao lado de Hank... quero dizer ao lado de Gus, durante tantos anos, e durante tantos anos sua mãe morou em nossa casa.

— Isso funciona? — pergunta Franny.

— Você precisa conhecer Winston — True sorri.

— Bem, sempre funciona. Não há escolha — Clothilde encolhe os ombros. — Em... na nossa terra, só um cão colocaria um pai num asilo de velhos.

— Guy me ameaçou com isso alguns meses atrás — diz True, quase rindo. — Nem posso imaginar onde ele ouviu a respeito disso.

— Ele está zangado com você — diz Clothilde seriamente. — Quer o pai dele de volta. E não entende por que você não quer conversar com Hank ou responder às suas cartas.

True sente a fúria crepitar e vergastá-la.

— Bem, mãe, foi uma coisa que Guy disse antes que Hank e eu nos casássemos. E não houve cartas, nem telefonemas, exceto os mais polidos, a respeito das visitas de Guy. E Guy é uma criança e não entende todos os elementos dos emaranhados emocionais adultos. E não quero que entenda. Se o fizesse, estaria mais zangado com Hank do que comigo. Hank está morando com Adele; a senhora sabia disso?

— Não! — Clothilde grita. — Isto é impossível.

— Sim, e diz que são apenas amigos, mas como pode imaginar isto é intolerável...

— Naturalmente...

— E se da parte dele é amizade ou proteção, da parte dela é amor, e se não fosse, por que ele não está demostrando o mesmo sentido de proteção para com sua mulher, seu bebê e seu filho?

— Eu não sabia disso! Hank não me contou.

— Ele tem vergonha — diz True —, e com toda razão.

— Por outro lado, ele tentou tanto reconciliar-se com você — Clothilde começa.

— Não tentou, de modo algum — diz True. — Talvez ele pense que tentou.

— Acho que sim — diz Clothilde. — Sim, é bem dele.

Que se foda a mulher, pensa True, ela *entenderia*.

— Imaginei que Hank lhe tivesse contado tudo — diz True então.

— Pensamos que tivesse — diz Clothilde.

— E estou segura de que ele está tão perturbado quanto eu.

— Está, mas diz que não quer voltar. Não acha que o amor deva ser forçado — Clothilde fala com tristeza.

True sente um surto de náusea, mas responde.

— Acho que ele está certo.

Geralmente ela não consegue imaginar o rosto de Hank completo por mais de uma fração de segundo, mas agora o vê bem, em sua camisa de cambraia azul aquela noite de inverno no bar. Tão detalhado e persistente como um retrato a óleo. É uma sensação boa você vencer. Existe um perímetro de consolo em torno de sua infelicidade ao saber que um dia ela bem poderá odiar Hank, ou pelo menos pensar nele com a mesma indiferença que sente quando pensa em Evan, indiferença acompanhada de uma pequena irritação, como se até mesmo a lembrança de Evan fosse um desperdício.

— Não acho que ele esteja certo ou que você esteja certa. Sra. Bannister — diz Franny.

— Clothilde.

— Clothilde, não parecia vê-los no começo como nós os víamos. Não foi um amor forçado.

— Forcei Guy para cima dele — admite True.

— Não forçou. Ele adora Guy. E, True, quero que saiba que, aconteça o que acontecer, queremos que Guy seja uma parte de nossa família e, se isso é possível, queremos que você seja também. E, definitivamente, este *cher enfant*. Não desejamos que isto seja *adieu*, mas até breve.

— Desejo isto, também, por Guy e por este pequeno anjo — diz True, tão generosamente como pode. — Quero que este bebê conheça sua família Bannister — ela vê o espanto genuíno no rosto da sogra e deseja que fosse permissível deitar sua cabeça no colo de Clothilde. Mas sabendo, também, que os lados foram escolhidos, como deve inevitavelmente acontecer, e que Hank é o menino de Clothilde, assim como Guy é o seu menino, ela não diria nada diferente, não faria nada diferente.

— Preciso voltar — diz Clothilde — e devolver a você o seu filho. Ele está cheio de histórias de tesouros enterrados, guardados por panteras negras, e jura que ele e Gus vão encontrar este tesouro de piratas. Nosso vôo é às cinco. Vai deixar que ele venha nos visitar por uns tempos, True?

— Naturalmente.

— Ele é tão talentoso... e tão querido.

— Sim, ele é.

— E, penso, perder dois pais...

— Por favor, Clothilde, por favor, mãe, não me faça sentir pior a respeito disto do que me sinto.

— Claro. Esperava que meu filho... — diz Clothilde. — Talvez ele devesse voltar para onde nasceu, porque... mas seria difícil para ele ver Guy então, e o bebê será muito pequeno durante muito tempo.

— Está todo mundo simplesmente desistindo? — pergunta Franny, desesperada. — Onde está Harold Pinter?

— Somos todos espíritos tão vulneráveis — diz Clothilde, apanhando o seu xale. — É tão frio por aqui, True.

— Dizemos que isto nos conserva com saúde.

— Adeus, True, *cher, ma belle. Toujours.*

Abraçam-se durante um longo momento e então Clothilde, depois de apertar a mão de Franny, sai lentamente, dobrando a cabeça ao vento.

DEZEMBRO

> ## *ROCK AND ROLL*, COMO UMA BOLA DE NEVE!
>
> *Uma bola de neve cintilante em escultura flexível abre-se por meio de um zíper para revelar uma quantidade de surpresas da estação, como um veado com chifres macios de feltro, uma família de bonecos de neve, mamãe, papai e filhinho, com uma árvore sempre-verde e um guaxinim espreitando dela. Tem um chapéu decorado com veados em tropel e sempre-verdes e até uma atrevida borla em forma de árvore no topo. E no fundo da bola estão pares de luvas, e cachecóis, combinando, de lã aconchegante, um par no tamanho do bebê e outro para a mamãe, a fim de completar a celebração.*

AS PRIMEIRAS SEMANAS de dezembro estão repletas de coisas que True deixou de fazer por falta de energia ou por não considerá-las muito urgentes.

Ela se obriga a fazê-las agora. Falta-lhe tempo para tudo. Em seu último *check up*, a obstetra expressou uma certa preocupação quanto à pressão arterial de True.

— Precisa ficar mais calma — disse ela. — Não vamos querer nos preocupar com problemas renais. — De fato, algumas proteínas apareceram no seu exame de urina. — A única cura para a pré-eclampsia é o término da gravidez, você sabe. Isto é, dar à luz o bebê mais cedo, para a saúde dele e da mãe. E não desejamos isso. Ainda não.

Ela escreve numa folha de receita "REPOUSO NO LEITO ou HOSPITAL" e sorri.

— Coloque isto no quadro de avisos do escritório e ao mesmo tempo providencie a instalação de uma cama de campanha para que você possa se deitar durante o experiente pelo menos umas duas horas por dia. Para que não se esqueça de repousar. Isso é duro nesta época do ano.

Sentindo-se virtuosa e injustiçada, True pede a Esa que mande os presentes que ela comprou para a família de Hank. Fez compras extravagantes para recompensar Guy, conseguindo para ele o planador controlado pelo rádio que tanto queria, uma jaqueta de couro de piloto bombardeiro como a de Hank, e um estranho tipo de cadeira de balanço e monociclo combinados que o seu operador pode pedalar para trás, para a frente, para cima e para baixo. Envia um boné de pele de coelho com orelheiras para Kellen Merton e sente prazer em imaginá-lo usando o boné ao cuidar de suas novilhas e verificar suas árvores nas manhãs gélidas. Para cada um dos membros da sua equipe, pediu a um prateiro local que criasse berloques com a marca da Doze Vezes Abençoada, numa caixa da qual saem estrelas e ursinhos, cercados pelo nome da companhia. Para as mulheres é um pingente, para ser usado no pescoço como um colar, ou como um adorno ao redor do tornozelo; para os homens, um alfinete de lapela. Deu também a cada um uma caixa de amostra do protótipo do Primeiro Ano Fora, embora o negócio só deva começar em maio, a tempo para as formaturas e para as partidas de agosto: True trabalhou duramente no planejamento do *kit*, pensando, ao selecionar cada item, será que Hank gostaria disto? Teria ele escolhido isto? É um pequeno cofre de estanho batido, adequado para guardar livros ou CDs, com um fecho de fivela. Cada caixa contém um par de maravilhosas meias feitas a mão, tão macias que True teve vontade de nadar no caixote em que chegaram; um pote de ungüento para o peito (muito superior ao Vick); um pacote de chás; meia dúzia de biscoitos de passas e aveia hermeticamente embalados do tamanho da mão de True; e, estranha mas adequadamente, o CD de canções de ninar que sempre segue na primeira caixa das Bênçãos.

São tranqüilizadoras as melodias familiares disfarçadas por engenhosos arranjos e orquestrações. Na sua primeira noite na universidade, sentindo-se estranha e inquieta, a apenas oito quilômetros da casa de sua mãe, mas assustada pela exuberância e sofisticação das outras garotas, ela ansiara por ser de novo uma criança na casa com lâmpadas Delft de imitação, com sua cozinha que cheirava a *spray* de passar roupa e creme de milho. Teria gostado de adormecer na sua cama de ferro estreita ouvindo um CD de canções de ninar, mesmo enquanto suas colegas de dormitório planejavam uma incursão à cidade na noite seguinte.

Só a providência e seu temperamento recluso a conduziram, na sua terceira noite, a encontrar Franny na sala de estudos, a cabeça enterrada fundo em Tolstói.

— Sou uma bolsista de Montpellier, Illinois — Franny anunciou. — E estou de saco cheio com a chata da Sally, a chata da Tracy e a chata da Linda.

True podia ter chorado de alívio. Ela se sente mais ou menos do mesmo jeito. Num impulso, manda fazer um medalhão e um protótipo para Franny, que prometeu ser a sua treinadora de parto, uma vez que Isabelle acha que poderia desmaiar e não parece adequado a True que ela e Hank compartilhem este evento.

Para estes poucos, ela mandou fazer os alfinetes e berloques em ouro e acrescentou um rubi no medalhão para Rudy e um diamante para Esa, Franny e Kathleen, tornando o pequeno símbolo uma autêntica peça de joalheria. Para sua mãe, também compra um casaco comprido reversível, azul-safira, caxemira de um lado e um adorável tecido crespo à prova d'água do outro.

No último minuto, manda fazer um alfinete para Hank, também, e o embrulha com o protótipo. Espera que isto não o ofenda ou faça pensar que o considera um empregado, nem pareça pessoal demais de uma ex-esposa. Trabalhou no bilhete que acompanha o presente. No começo dizia: "Este *demo* é seu mais do que meu. Espero que goste. Vamos conversar, a respeito da sua impressão, se vai funcionar." Primeiro assinou "Com amor, de True", depois rasgou e escreveu "Tudo de bom, True" e então rasgou isto também; depois escreveu "Esperança e alegria, de True". Com passos pesados, foi ela mesma ao serviço de expedição, com suas pernas cada vez mais elefantinas, enviou este pacote, olhando de soslaio para os comentários que alguém pudesse fazer, nestas circunstâncias.

— Parece que alguém vai ter um presente especial debaixo da sua árvore — a mulher atrás do balcão brinca, estendendo a mão para tocar na barriga de True. Obedientemente, como um golfinho treinado, o bebê rola.

— Não vem antes de dois meses. Este é um bebê de São Patrício. Bem, talvez antes disso. Um trevo de quatro folhas. Meu irmão nasceu no dia de São Patrício, também.

— Poxa — diz a mulher. — Não seria legal? Tenho quatro. Mas você está grande e pesada, para seis meses.

— Seis e pouquinho — diz True. — Bons feriados.

— Bons feriados. Para vocês dois.

Numa pequena cerimônia improvisada, com champanhe e *petits fours*, True distribui ao pessoal do escritório seus presentes. Vivien e os empacotadores adoram os protótipos; e Harris, um policial aposentado recentemente contratado para o escritório, que sempre usa uma jaqueta esporte no trabalho, coloca o seu alfinete de lapela imediatamente.

— Isso foi melhor que a árvore de Natal que se ilumina sozinha que a patroa comprou para mim — ele sorri.

— Tudo isto — Rudy anuncia, ao receber o seu — parece uma conspiração para me obrigar a me tornar adulto. O alfinete parece pressupor que um dia vou ter lapelas. O pequeno X ali na sua barriga também me faz sentir o mesmo. Brevemente, vamos ter um código de vestimenta e sextas-feiras felizes e coisa assim. O que aconteceu com o velho escritório que tínhamos, True querida? Onde tudo era uma confusão e estávamos todos à beira de ataques de nervos o tempo todo? Eu gostava daquilo.

— Demos uma virada, Rude — diz ela. — Temos de ficar alertas. Estamos vivendo uma época difícil. E tenho de ser uma boa garota. Tenho de ser uma superboa garota, porque estou grávida, velha, e praticamente solteira.

— Bem, pelo menos com a guerra não vamos nos mudar para San Diego — Rudy faz um beicinho. — Keith não quer ficar perto de nenhuma costa. Chamei a sua atenção para o fato de que *moramos* à beira-mar. Mas ele acha que uma beira-mar estranha seria ainda mais ameaçadora.

— É o melhor presente que podia me dar. Não posso dizer que esteja triste, Rudolfo — True o consola. — Quero você aqui. Especialmente agora. Vai ser difícil para mim.

— Sei, e estou feliz de estar aqui, também. Além do mais, True, tem um monte de gente sem nenhum emprego e eu tenho a sorte de contar com o meu, que além do mais adoro. E, naturalmente, Truly querida, nunca quis deixar *você*, pessoalmente. Com a renda de Keith, estamos muito bem, e é o bastante para deixar você louco, a colisão da culpa com a gratidão.

— É sim. Imagine como me sinto. Tão feliz com isto dentro de mim, tão infeliz com tudo fora de mim.

— A coisa está difícil por toda parte.

— Pode repetir isso.

— A coisa está difícil por toda parte.

True sorri.

— Acabou com ele?

— Não. Não cheguei nem a me divorciar dele.

— Jurou para mim nesta mesma sala que você ou qualquer mulher seria capaz de se recuperar, se fosse chutada por um cara, em vinte e um dias. Você e Esa. Chamou isto de o plano dos vinte e um dias. Vinho branco, o álbum *Blue* de Joni Mitchell...

— Não estou nem mesmo em forma para um porre de vinho. E não consigo parar o suficiente para ouvir um disco inteiro, ou meus pés incham. Parece que foi há muito tempo. Mas eu não falei isso, falei? Não sei, Rudy. Talvez ele seja o amor da minha vida. Ou talvez eu esteja senil a ponto de não me lembrar dos outros.

— Bem, Keith é o grande amor da minha vida, e estamos juntos há seis anos, mas ainda assim acho que conseguiria me recuperar se ele me chutasse.

— Ele não me chutou. Eu chutei ele. Nós chutamos um ao outro. Ou talvez eu quisesse chegar em primeiro...

— Conheço a sensação.

— E estou... me recuperando. Não me deixe de fora. Olhe ao seu redor. Estou cuidando dos negócios e trabalhando horas extras... E fui bastante eficiente em exibir minha figura rotunda pela cidade. Não pareço constrangida, pareço?

— Não, e isto é ótimo. Mas está, realmente?

— Realmente, sinto como se tivesse um grande e gordo A de adúltera no meu peito. Como se tivesse feito algo errado que não fiz.

— Eca, isto é um horror! Você faz uma boa imitação da normalidade, de qualquer modo. Como se tivesse filhos bastardos todo dia.

— Bem, esta é definitivamente a impressão que estou tentando dar. Estou feliz de que esteja funcionando.

— É assim que... você vai sempre ser, True? — Rudy pergunta então.

— Gorda?

— Não. Quieta e simpática? Odeio você assim.

— Oh, imagino que vou voltar aos meus velhos truques um dia.

— Lembra quando jogou a impressora pela janela?

— Sim.

— Lembra quando disse ao cara que fazia os trenós de bebê para enfiar os patins no rabo?

— Sim.

— Adoro você, mas não agüento ficar ao seu lado. Está muito mais... pacífica e gentil do que nunca foi. Mas está tão divertida quanto as reuniões do grupo religioso de minha mãe.

— Lamento. Deve ser hormonal — True faz uma pausa. — Não, Rude, para falar a verdade, minha vontade é gritar e arrancar os cabelos em certas noites.

Mas não posso, por isso não faço. Penso nele dez horas por dia. Perdi meus óculos e as chaves do carro. Fico parada no meio da sala e esqueço por que estou ali.

— Não está indo à esquerda, nem à direita — Rudy é especialista em encaixar citações de Stephen Sondheim.

— É isso aí — estava ele sendo generoso? Ou estou ficando maluca?

— Se eu não fosse *gay*, True, me casaria com você. Teríamos um bebê Adão e... e talvez uma bebê Rute.

— Sabe, Esa certa vez me disse que ela se casaria comigo se *fosse* gay. Foi quando ficamos presas na neve. A noite em que conheci Hank. Não fosse aquela maldita preferência sexual, eu seria a noiva mais procurada da cidade.

— Bem, falei com sinceridade, True querida.

— Sei que falou. E aceito isto como um elogio, Rudy, você é uma das pessoas mais legais que já conheci. É bonito demais. E daria, com toda a certeza, um grande pai.

— Keith diz que eu daria uma grande mãe — Rudy diz com ar pesaroso.

— É um elogio. O que um grande pai é, Rudy, é uma grande mãe com um pênis.

Rudy ri e True pensa em Hank beijando Guy no rosto diante do *trailer* onde o velho treinador de cavalos mantinha sua fileira de Lâmpadas de Mardi Gras.

— Lamento que a gente não possa ir aos espetáculos de Nova York, True.

— Tudo bem, Rudy. Nós vamos de carro e ficaremos num hotel. Guy quer serviço de quarto e Nintendo.

— É que... Keith acha que o Radio City Music Hall poderia ser o próximo alvo.

— Sim, tenho certeza de que as Rockettes sempre foram uma ofensa aos fundamentalistas islâmicos.

— Assim está melhor, True. Você pareceu a velha True por um momento.

— Que bom. Fico feliz.

— Bem, agora não está mais.

— Rudy — diz True — estou fazendo o melhor que posso.

KATHLEEN ESTÁ SEPARANDO a correspondência uma manhã, enquanto True, deitada na sua cama de campanha, pede desculpas a uma cliente cuja Bênção de novembro chegou com atraso, prometendo incluir uma colcha especial como brinde no próximo pacote para compensar o incômodo. Ao colocar o fone no gancho, True vê um envelope com uma letra familiar. Observa enquanto Kathleen abre com a espátula e coloca de lado. Levanta-se.

— Me dê esta, mamãe — diz True. Kathleen mede a filha com um olhar e passa o envelope para ela.

É uma carta de Hank, ou, na verdade, um cartão.

"Querida True," diz. "É óbvio do que foi dito e feito por você, e do que você não disse nem fez, que acha que estamos em dois caminhos que nunca mais vão se reencontrar. OK. Não vou ficar malhando em ferro frio. Já disse mil vezes o que tinha a dizer. Você não aceita. Mas não chegue a pensar que vai me afastar da vida de meus filhos. Nada me afastará de Guy e do bebê. Por isso, o que quer que tenha planejado, não conte com isto." Está assinado "Sempre, Hank."

Finalmente, a ficha caiu.

— Que foi que ele disse? — pergunta Kathleen, olhando para a pilha de correspondência.

— Disse que me ama e que deseja desesperadamente que eu reveja a minha posição — responde True.

— Oh — Kathleen ergue o olhar. — E você acredita nele?

— Ele não disse nada, mamãe. Absolutamente nada — True confessa.

— Foi o que pensei. Você está melhor assim, True.

— É o que parece — True fica a pensar. Acaricia a assinatura de Hank uma vez e então rasga o cartão pela metade, depois em quartos e o joga na retalhadora.

NO SÁBADO SEGUINTE, quando Hank vem apanhar Guy, True lhe diz friamente que preferia que Guy não saísse com ele até que a temporada da peça terminasse.

— Ele está parecendo meio esgotado — diz Hank, concordando com relutância.

— Bem, está exausto. É um papel exigente e... não importa como você se sinta, o que está acontecendo entre nós é responsável por parte do que ele sente.

— Deve ser isto. Mas, True, queria lhe pedir se seria possível que ele viesse comigo para a casa dos meus pais — não para o Natal, não estou pensando nisso, mas para a semana entre o Natal e o Ano-novo? O Ano-novo é realmente divertido na Luisiana. Tem fogos de artifício e tudo o mais, e uma parada.

— Vou pensar nisso — diz True. — É um pouco perto do... você sabe o quê...

— Pelo menos um mês ou mais!

— Bem, certo. Mas havia um plano anterior de que ele fosse visitar seus outros avós em Montana nessa semana. Não sei se seria legal ele viajar de avião sozinho para qualquer lugar neste momento.

— Oh, eu iria com ele. Eu pagaria a passagem.

— Achei que fosse passar o Natal em casa de seus pais.

— Não, vou ficar por aqui, tentar manter a casa aberta e tenho... bem, uns amigos me convidaram para o dia de Natal.

— Bom — diz True. — Tom? Adele?

— Não, só uns amigos. Lá no Norte.

— Sei.

Ele parte e True pensa que não disse nada do que queria dizer. Não disse nada. Podia ter dito, escute, você não está indo tão bem e eu estou bastante infeliz e nós íamos bem até essa coisa da Adele, então por que não conversamos a respeito disso, e Guy está terrivelmente preocupado e talvez estivéssemos desistindo cedo demais e tem este bebê como o elefante branco agarrado ao meu corpo do qual nenhum de nós fala? Por que, ela pensou, as pessoas deixam questões titânicas sem discussão e permitem que a cola seque até que suas vidas se desmanchem? Ela viu isto acontecer em centenas de filmes; deve ser a condição humana. Mas seria a sua, particularmente? Está programada para prender, prender sempre, exceto com Guy, alguma pepita de emoção, alguma verdade não confidenciada? Nunca antes, não até estes últimos dias, nem mesmo com Esa, nem com Franny, ela se permitiu falar sem peias — ela, na verdade, demarcou uma linha ao seu redor que até aqueles mais próximos sabem que não devem cruzar.

Enquanto procura o número do pediatra de Guy, True pensa na santa parcimônia de sua mãe depois da morte de seu pai, como parecia contar cada ervilha que colocava nos pratos dela e de Dog, como desencorajava, com um leva balançar da cabeça, que se servissem de novo. Não admira que True, uma vez livre, se empanturrou de comida a ponto de engasgar, emborcando litros de sorvete e pacotes de batatas gordurosas em seu dormitório. Todas as viúvas eram assim? Ela não fora. Nos seus piores momentos, nunca fizera Guy se sentir como se fosse um fardo, um estranho, ou teria feito? Não, ela e Dog se chamaram de primeira geração, primeira geração sadia.

Por que sua mãe não a abraçara e não a levara, com Dog, para a sua cama naquela noite em que ambos a ouviram soluçar através das finas paredes de sua casa em Amherst? Por que se sentiram tolhidos de correr e consolá-la? Kathleen não admitira nenhuma consolação.

True pensa, agora eu não admito nenhuma consolação. Garanto a todo mundo que estou ótima, melhor a cada dia. Preencho minhas rotinas calma e precisamente, vou à minha aula de Lamaze numa boa com Franny. Digo a todo mundo que não é amigo íntimo, que não me importo. E por que me consolo com o fato de que eles acreditem numa mentira tão deslavada?

True telefona para a médica, fala à enfermeira sobre o cansaço de Guy e marca uma consulta com a pediatra, que receita algumas pílulas de ferro e um antibiótico suave para o que parece ser uma incipiente infecção de ouvido, mas confessa que permanece intrigada. Pergunta sobre estresse em casa. Relutantemente, True admite a situação estressante. A médica diz que isso pode ser um fator, mas que se Guy não tiver melhorado significativamente até o fim de semana, ela pediria um exame de sangue.

— Vamos em frente agora mesmo — True insiste.

— Não — diz Guy com firmeza. — Não vou ser espetado até que seja necessário. Vou melhorar.

Ainda assim, Guy se queixa toda noite de dores de estômago e exaustão. True raciocina que, com a escola, e a peça agora sendo levada toda noite no CFT, ele está sobrecarregado. Conversa com o diretor da escola e, várias vezes por semana, deixa Guy dormir até tarde e depois compensar o atraso fazendo o dever de casa das aulas que perdeu.

Esta é a noite de segunda-feira, e Aquele Lugar, como quase todos os restaurantes da cidade, exceto as redes de lanchonetes, está fechado, alguns deles pelo resto do inverno.

Mas esta é a noite da fogueira da cidade, uma tradição antiga e peculiar, cuja origem ninguém parece ao certo conhecer. Todo mundo se reúne na praia, em Hatter Beach, e num círculo de pedras que está ali desde que True é capaz de se lembrar, amontoa madeira lançada à costa, lenha, restos de cadeiras sem tinta, uma pilha de combustíveis com seis metros de altura. Todo ano, algum cidadão intransigente sugere que se cancele o evento em nome da segurança e da poluição, mas a tradição de certo modo se mantém. O chefe do corpo de bombeiros faz as honras e todo mundo traz batatas para tostar na fogueira, que depois se comem com sal e vinagre, dos frascos de vinagre fornecidos pelas senhoras de Saint Thomas More. Por algum motivo, as crianças parecem adorar este ritual, o início da temporada de Natal, e Guy, embora pareça murcho ao lado de True, bolsas azuladas sob os olhos, implora para ir com ela pelo menos um pouquinho.

— Não quero ficar para a cantoria do coro e coisa assim, mamãe — diz ele. — Seria esquisito perder a fogueira.

E então, às seis da tarde, ela e Esa agasalham Guy e a si mesmas e partem para a praia, com mantas no banco traseiro do carro. Enquanto rodam, os primeiros tímidos flocos de neve começam a derreter no pára-brisa. Guy fica encantado.

— De repente a gente vai ter neve de verdade no Natal, mamãe — diz ele. — Neve de verdade, não um pouquinho nas beiradas.

— Tivemos ano passado — diz Isabelle. — Está lembrado? Achamos que ia nevar para sempre.

Na praia, os três se juntam debaixo de suas mantas. Isabelle está radiante de excitação. Em poucos dias, Douglas estará de volta e os dois vão ter o seu primeiro Natal juntos na sua pequena casa nova. True tenta não extrapolar. Vai passar do pensamento do reencontro de Douglas e Isabelle a imaginar como ela e Hank poderiam estar planejando seu próprio primeiro Natal, bem como um quarto de criança esperto para Brewster, ou Chloe, Gwynevere ou Emory. True nada fez pelo bebê, em parte por medo ou superstição, exceto comprar um moisés para manter ao seu lado em sua própria cama larga. Tem de manter seus pensamentos estreitos e os olhos bem em frente, ou vai afundar em autocomiseração. De certo modo, parece que a depressão que paira sobre ela poderia infiltrar-se na personalidade do bebê, tornando-o triste, desprovido de sentimento.

São provavelmente duzentas pessoas ou mais em volta do círculo de fogo em Hatter Beach. Assim que o primeiro penacho de fogo sobe como um foguete, com sua chuva de cinzas e sombras, True vê Hank, com um homem e uma mulher, de pé adiante deles. Sabe que ele não a vê; mas pode ver que suas mãos estão enfiadas nos bolsos e as camadas de capuz do seu blusão de malha estão jogadas para trás de sua cabeça; está rindo de algo que o homem disse. A mulher não é Adele.

É por isso que ela não vai pedir a Hank que reconsidere, por causa do medo de que ele esteja bem, agüentando, se recuperando. Que esteja de fato, agora que ela reconhece isso, mais feliz. O que ela fará se ele disser isso? Vai desmoronar? Jogar suas bênçãos manifestas atrás daquele que foi perdido? Não quer correr riscos. A recompensa do amor condicional é o controle dos danos.

Observando Hank, ela o vê pela primeira vez com um olho objetivo. Nunca entendeu divórcios de estrelas de cinema; a beleza e a excitação compensariam, por si só, ela sempre acreditou, quaisquer problemas, excetuando a infidelidade e a violência física. Mas agora ela sabe que é capaz de ver Hank como não inteiramente bonito, nem beatífico. Pode vê-lo como um homem cuja natureza só se mostra descontraída porque ele só adere a eventos se oferecerem uma grande oportunidade de o fazerem parecer bonito.

True olha para o Hank do seu coração e não sente... nada.

Está atravessando uma linha perigosa. Pouco depois que este pensamento lhe passa pela cabeça, Hank, adequadamente, se perde na multidão.

Depois da fogueira, Guy vomita suas batatas assadas, o que não preocupa True, porque pensa que tubérculos escurecidos pelo fogo e ensopados em vinagre perturbariam o estômago de qualquer um.

Quando ele se levanta durante a noite, vomitando, ela tira sua temperatura. Trinta e nove e meio. Sua mãe sempre lhe ensinou, sabiamente, que uma febre é a natureza fazendo o seu trabalho e que tratar uma febre inferior a trinta e nove numa criança é derrotar a estratégia biológica. Mas Guy parece esquisito. Toma sua temperatura de novo e ainda é de trinta e nove e meio. Sua pele está viscosa, da cor de leitelho. Ela lhe dá Tylenol, tenta não ser uma maricona e espera, deitada na cama dele ao seu lado, enquanto sua febre se rompe e dissolve em suor, empapando os lençóis. Não parece bem, mas será que a pediatra, que conhece Guy desde a circuncisão, estaria errada? Disse que era um vírus. Nada mais. Exaustão.

No entanto, de manhã, ele parece bem, embora pálido, e True imagina que um vírus tinha passado pelo seu sistema.

— Minha barriga dói tanto, mamãe — diz Guy. — Quando falei com papai, ele achou que eu podia ter rompido um músculo da virilha dançando. Podia ter uma hérnia.

True não pensou nisso. Com a sacola de teatro de Guy, suas partituras e os sapatos de *jazz* jogados no banco traseiro, ela o leva de carro até a clínica de atendimento de emergência em Harwich, onde o médico diz que pode entender o ponto de vista de Hank.

— A dor que ele indica é do lado errado para um apêndice — o jovem explica. — Podia ser uma hérnia, mas ele não sente dor suficiente para isto, ou é o que suspeito pelo tipo de coisas que está fazendo. Acho que a senhora está certa; é um vírus. Dê-lhe bastante líquido e faça com que repouse.

Mas Guy precisa se agitar muito por todo o palco do CFT naquela noite no papel do Malandro Trapaceiro.

No entanto, depois do espetáculo Kitt se aproxima de True.

— Qual é o problema com o nosso camarada aqui?

— Está simplesmente exausto, eu acho. Talvez um pouco anêmico. Não tenho cuidado das suas vitaminas e da sua dieta como deveria.

— Sabe, por ter duas filhas, sinto apenas... ele tem um ar de doente.

— Entendo o que quer dizer.

E às duas da manhã, Guy acorda de novo, com ânsias de vômito. True o acalma com panos úmidos e jinjibirra, que ele também vomita. Fica deitado na cama dela, Gypsy atenciosamente lambendo seu rosto com sua língua áspera.

— Vou pedir que o liberem do espetáculo esta noite — diz True a Guy.

— Tudo bem — diz Guy.

— Deixe o seu substituto ter uma chance.

— Tudo bem — ele repete.

Isto, mais do que qualquer traço físico no langor de Guy, reforça os pressentimentos de True. Guy não é o tipo de pessoa que, tendo trabalhado duro e conquistado o seu papel, cederia um segundo da sua recompensa, o seu aplauso, as menininhas de tranças e vestidos de veludo vermelho festonados que lhe pedem para assinar o seu programa como se fosse um ator de verdade. Resta menos de uma semana para levarem o espetáculo até Nova York e Guy vem se esforçando para burilar cada detalhe cômico de dança e fala no seu desempenho, seu pai tendo dito que agentes teatrais de verdade às vezes assistem a apresentações como esta que o CFT está oferecendo. Se não estivesse muito arriado, Guy se levantaria da cama, como fez tantas outras vezes, em uma hora se transformaria num pequeno Cockney cambalhoteiro e careteiro.

Ela pede que Guy seja dispensado da apresentação. Beatrice e Laura diagnosticam exaustão e um caso severo de nervosismo diante do compromisso de Nova York, misturado com a ansiedade que tomou conta das crianças estão sentindo desde setembro. Estão todos numa sala de espelhos.

NA NOITE DE 17 DE DEZEMBRO, a última noite em que o espetáculo vai ocupar o teatro em Chatham, Beatrice oferece uma reunião de gala beneficente antes da apresentação, destinada a seduzir doadores. True tem horror a isto, mas precisa comparecer. Embora ainda tenha crises periódicas de náusea, Guy insiste que está bem o bastante para atuar. Na noite anterior, ele dormiu quatorze horas.

Ela literalmente paga a Rudy, de lapela e tudo, para acompanhá-la entre os doadores cujos cheques tornarão as apresentações e os cenários do ano que vem uma realidade. True usa calças de veludo pretas, adequadamente folgadas, e a camisa de cetim com que se casou, sobre uma generosa bata na moda que Isabelle achou em algum lugar, já que só pode fechar dois dos botões.

Elizabeth Chilmark e seu marido estão entre os convidados, assim como os inúmeros endinheirados de todo ano.

— Você está bem, True — diz Elizabeth, quando se encontram no bar. — Parece admiravelmente em forma e feliz.

— Bem, tenho poucas alternativas, Elizabeth — responde True.

Elizabeth sorri fugazmente.

— Disse-o bem — concorda.

— Você também está bem, Elizabeth; um pouco mais magra, mas combina com você — diz True. Elizabeth sempre foi esguia, mas agora está côncava.

— Tenho aproveitado o meu novo lazer para caminhar mais — diz Elizabeth. — Estou segura de que é um fator que contribuiu para eu emagrecer. Gosto... do ar do inverno. Gosto muito, mesmo. Tenho passado... tempo demais dentro de casa ultimamente.

Elas fecharam sua transação, breve e mecanicamente — True arrependida mas agradecida, Elizabeth jovial mas resoluta. Disse que esperava um memorando sobre novas idéias para Doze Vezes Abençoada. True admite que estas sugestões serão as boas e tem de abafar seu ressentimento!

No silencioso saguão de leilões, ao lado do salão principal onde se realiza a reunião de gala, True e Rudy deslizam entre os itens caros e tentadores, entre eles um certificado que dá direito a um pacote de Bênçãos, True deslocando-se de lado para conseguir circular pelas passagens. Ela dá um lance por um adorável cobertor amarelo bordado com a velha citação sobre "Todas as coisas sábias e maravilhosas; todas as criaturas grandes e pequenas". Rudy faz lances ferozes numa *mountain bike* mas é superado continuamente pelos lances despreocupados do cabeça-quadrada filho de um barão do peixe local, que provavelmente gasta o custo de uma bicicleta dessas todo mês em cerveja. True impulsivamente compra um colar de opala, porque o cordão de ouro que cerca a pedra verde faiscante vazada lembra a ela o *design* de sua aliança. Assim que o leilão se encerra ela caminha de volta à mesa e, com um golpe do seu lápis, sobrepuja o filho do ricaço, ganhando a *mountain bike* para Rudy.

— Não precisava fazer isso — diz ele, embaraçado.

— Eu não queria que ele ficasse com a bicicleta, mas agora você tem de me prometer que vem de bicicleta ao trabalho e vai ficar todo sarado — diz True —, e tem de me pagar a importância dos lances que fez antes que eu completasse o resto. O resto é presente meu.

— Sim, mamãe — Rudy concorda. — Esta é a minha True. Eternamente prudente.

— Veja o que você ganha com a imprudência — True o adverte e coloca a cabeça no seu ombro.

Beatrice aproxima-se de True pouco antes do espetáculo, puxando-a de lado.

— Querida — diz ela. — Você deve saber como estamos tristes aqui com o seu... o seu problema com o querido Hank. Como estamos felizes com... a sua... condição. E se algo que aconteceu aqui teve alguma coisa a ver com aquilo, quero dizer com o que citei em primeiro, não em segundo lugar... sinto muito do fundo do meu coração.

— Não teria mudado nada — diz True, jogando os braços em volta da minúscula cintura de Beatrice, enquanto Beatrice se esforça para envolver uma porção da barriga de True. — Você é uma maravilha e deu a Guy a coisa exata que ele precisava para segurá-lo.

Quando ela recua, vê lágrimas nos olhos de Beatrice.

— Sei que Guy não vem se sentindo bem, mas todos nós achamos que é... a tensão — diz ela.

— Oh, Beatrice, isto me faz sentir tão... terrível — diz True, e começa a chorar para valer. Felizmente, todo mundo na multidão é de Chatham ou de Harwich e nunca sonharia em ter os maus modos de notar, por isso True se refugia no banheiro das senhoras até que as luzes da casa piscam duas vezes.

Franny, Steve e Angelique estão sentados ao lado de Rudy e True.

— Você pode sentir o cheiro do dinheiro aqui — Franny diz, em voz baixa, quando as luzes se apagam — os diamantes brilham mais que os refletores.

— Posso sentir o bebê? — Angelique pergunta, com um tocante ar de garota. True coloca a mão dela num ponto determinado de sua barriga e Angelique é recompensada com um acentuado tremor de soluços.

— Quer dizer que ele tem soluços exatamente como nós? — pergunta Angelique, sussurrando.

— Tem, sim — responde True, pegando a mão de Angelique, suas unhas com esmalte verde e decalques de estrelas vermelhas, e cobrindo-a com a sua.

— Quero que a gente tenha um bebê, agora — Angelique diz a Franny.

— Espere três anos, saia de casa e tenha um você mesma — Franny sugere na brincadeira.

— Não, quero dizer você e papai.

— Eles não só têm soluços, mas têm chiliques e vão para a universidade — Franny informa a ela.

— Bem, vamos ver — Steve sorri, beijando o pescoço de Franny tão ternamente que True tem de virar os olhos.

E a *overture* começa.

Para espanto de True, as pessoas ficam de pé para aplaudir quando Guy termina de cantar *Consider Yourself*, e True fica tão corada de orgulho que tem de cobrir o rosto com as mãos. Ele nunca pareceu mais forte, nem mais faminto e desesperado e travesso. Nunca cantou com mais entusiasmo. Ela odeia, mas também precisa ir fazer pipi. Passando desajeitadamente por Franny, ela caminha, pesada, até o fim do corredor. Quando volta, decide ficar de pé até depois do grande número do bar, quando Guy deve ajoelhar-se e rolar Oliver sobre suas costas várias vezes, porque então vai haver um intervalo. Pode enxergar melhor de pé, também. Ela desliza através da escuridão para ficar de pé atrás da balaustrada das poltronas do andar principal.

O pequeno Oliver rola e rola e então Guy deveria levantar-se e contorná-lo num passo rápido para pegar na mão de Nancy, depois do que os dois fazem o seu pequeno dó-si-dó.

Mas Guy não se levanta.

True dá um passo à frente, suas mãos agarrando a balaustrada, sua barriga encostando no ouro frio. É como dizem: está tão gelada como se estivesse sonhando.

Guy permanece primeiro agachado de quatro, depois se abaixa, estatelado, de rosto para baixo, sobre o palco; estende a mão para Kitt e, horrorizada, ela corre para a frente do palco.

— Isto não é parte do nosso espetáculo — grita. — Precisamos de um médico. Tem um médico na casa?

Tem, vinte.

As pessoas enchem o corredor entre as cadeiras enquanto True tenta abrir caminho com os cotovelos, correndo da melhor maneira que pode em direção do palco.

Quando chega lá, True vê o substituto, os lábios trêmulos, apanhar a cartola de Guy e enfiá-la na cabeça. A música começa, insegura, e depois pára. Beatrice plana sobre o palco, apertando as mãos, e anuncia um intervalo de dez minutos, enquanto True desce as escadas, através do labirinto de corredores dos bastidores, e finalmente chega à viela dos fundos assim que Ellery entrega seu filho às mãos de um paramédico. A ambulância já está aberta e outros dois médicos estão abrindo uma padiola, como se fosse uma cadeira dobrável.

NA SALA DE EMERGÊNCIA, o cirurgião, que se apresenta como Peter Oudenhoven, passou o paletó do *smoking* para uma enfermeira e vestiu um jaleco branco de mangas curtas e uma touca. True ajoelha-se no chão frio da Sala de Emergência, à cabeceira de Guy, acariciando-lhe os cabelos, puxando para cima os cobertores que um residente jogou sobre seu filho trêmulo.

— Deixe-me apalpar um pouco aqui — o Dr. Oudenhoven sugere. — Espero que minhas mãos não estejam frias demais. Na verdade, deixem-me colocá-las debaixo de um pouco de água quente. Você roubou o *show*, não foi... Gil?

— Guy — True diz a ele. — Eu o conheço. É o marido de Joy Hooks, não é? Ela sente uma pontada de embaraço, lembrando a primeira briga que tive com Hank, no café de Joy. — É uma cidade tão pequena...

— Sou. Acho que já nos encontramos. Tem tido muita dor de barriga? — pergunta o médico. Guy acena com a cabeça. — Vamos colocá-la num quarto e sobre a mesa. Muito bem, vou tocar levemente em alguns pontos e você me diz onde está doendo, OK? — Guy acena com a cabeça. Tem vomitado? — Guy acena que sim. — Febre? — Guy acena também. Quando as mãos do médico suavemente apalpam a parte esquerda inferior do seu abdome, Guy uiva como um guaxinim numa briga.

— Por favor, por favor, não toque mais aí, é o diabo — ele grita.

— Precisamos fazer uma tomografia computadorizada, Sra.... Dickenson.

— Bannister — Guy sussurra baixinho.

— Precisamos ver o que está acontecendo ali, naquela parte do intestino — diz o médico.

— Vai ser o médico dele? — pergunta True. — Acabou de sair da platéia...

— Tenho privilégios aqui e gosto de acompanhar um caso até o fim. É a minha ética de fuzileiro naval.

— O senhor é... pode cuidar disso?

O médico sorri, embora sem condescendência.

— Sou cirurgião e clínico geral — diz.

Eles rodaram pela noite na ambulância sacolejante, luzes e sirenes acionadas, paramédicos inserindo um tubo na pequena mão de Guy para começar a injetar soro, obedecendo a ordens pelo rádio do Hospital Geral de Cape Cod, em Hyannis. Os carros desviam para o acostamento, como True o fez tantas vezes na vida, perguntando-se o que estaria acontecendo dentro das janelas iluminadas das ambulâncias, onde ela pode vislumbrar cabeças e armações de equipamento balançando, imaginando se alguém estava deixando o mundo ou entrando nele. Kathleen ensinou Guy a prender o fôlego para ter sorte quando uma ambulância passa e segurar um botão quando passa um cortejo fúnebre, e também o ensinou que uma ambulância rodando só com as luzes piscando, mas sem sirenes, leva uma pessoa morta — que são como a ambulância que levou o vovô Bert do seu carro acidentado depois que o retiraram do riacho, como a ambulância que trouxe o pai de Guy do lado da estrada para o necrotério. O que surpreende True é como o veículo joga e sacode como um caminhão de carga.

— Estas coisas não têm amortecedores? — diz ao jovem paramédico.

— As pessoas sempre se surpreendem com isso — o jovem diz a ela sucintamente. — Não são Cadillacs, madame.

Agora, enquanto True acompanha a maca de Guy ao longo do corredor até o laboratório de imagens, ela é interrompida por uma enfermeira.

— Suas irmãs estão numa sala de espera — informa a True.

— Eu não... não sei por que — pensa True, corrigindo-se no último momento. Dizendo a Guy que vai voltar em segundos, notando como seus olhos rolam para longe dela enquanto fala, True tira seus sapatos de saltos baixos e se arrasta de meias pelo corredor até a sala de espera da Emergência, onde encontra Holly, Addy, Franny e Steve, em trajes a rigor. Os outros ocupantes da sala, mães balançando infantes sofrendo de crupe, olham com franca diversão.

— Dissemos a eles que éramos suas tias — explica Franny. — Disseram que não dariam informação de outro modo. Podemos ir até lá?

— Acho que não — True se equivoca. Quer que todos fiquem, mas sabe que vão demorar horas até que alguém saiba qual é o problema de Guy. Vai passar por uma tomografia computadorizada.

— Talvez tenha um intestino comprimido. Angie certa vez teve intestino impactado — sugere Franny.

— Seria um alívio — diz True. Abre os braços para abraçá-los a todos. — Onde está minha mãe? — pergunta então.

— Não se sentiu capaz de dirigir e não havia espaço para ela no carro — Franny se desculpa. — Mas vou apanhá-la quando deixar Angie. Angie e Clainey estão no carro, discutindo. Quer Kathleen aqui?

— Não — diz True. — Sim.

— Quer que ligue para Hank? Ou Esa?

— Sim. Para os dois. Hank primeiro.

— True, você está estranha — diz Franny.

— Estou suando, apenas isso, de correr — True responde, mas Franny já chamou uma enfermeira, que faz True deitar-se numa cama da Sala de Emergência enquanto coloca um aparelho de pressão em torno do seu braço.

— Deite-se do seu lado esquerdo, senhora...

— Dickinson — diz True. — Por quê?

— Pode ajudar o sangue a correr mais livremente e alivia a pressão sobre o feto — responde a enfermeira. — O perigo da pré-eclampsia é que às vezes indica que a placenta é inadequada.

— Que maneira terrível de definir a coisa — Franny interpela.

— Quero dizer, às vezes o feto não recebe nutrição suficiente, apesar do que pareceria, com todo o acúmulo de líquido — continua a enfermeira.

— Mas ninguém disse que eu tenho pré-eclampsia — diz True à enfermeira.

— Seu médico não disse? A senhora não toma medicamentos?

— Não — insiste True. — Estou apenas preocupada e inchada. Tenho mais de quarenta anos. Acontece.

— Não sei — a enfermeira morde os lábios. — Passei cinco anos cuidando de partos...

— Olhe para suas mãos, True — diz Franny, com um horror delicado. True olha. No que parece questão de minutos, suas mãos se encheram como luvas cirúrgicas inflamadas, aparentemente feitas de borracha em vez de pele, seu anel engolido por uma dobra disforme azul pálida.

— Eu... eu não sei quando isto aconteceu — diz True. — Estavam inchadas, mas não assim.

— Está vendo? — diz a enfermeira. — O que foi que lhe falei? Geralmente é repentino.

— Acho que *sim* — diz True.

— Posso cortar isto para a senhora? — a enfermeira pergunta. — Não está com uma cara boa...

— Sim, por favor — True pede, subitamente sentindo a dor da compressão. Seus tornozelos são montes de massa de bolo.

A enfermeira enfia através da banda de prata terrivelmente encravada um alicate cirúrgico de dentes robustos, cortando o aro metálico — o mesmo que, antes de ser reduzido do tamanho, era tão largo que só cabia no polegar de True. O alívio é impressionante. Sua mão formiga, como ao se aquecer depois de enregelada.

— Não consigo encontrar Hank em parte alguma! É a sua mulher e o seu filho! — Franny irrompe gritando.

— Ele devia ter pensado nisso antes — responde True. Mesmo agora, ela consegue localizar e vazar sua veia de amargura. — Não quis dizer assim como parece, minha Franny.

— Bem, eu ficaria puta da vida, também! Mas Esa está a caminho.

— Tudo o que pensei foi... que pudéssemos contar com ele mesmo como um amigo. Que não teria de procurar por ele, Franny. Está passando o Natal com amigos e, do pouco que sei, estão numa cabana de esqui em algum lugar. Nem mesmo Tom deve saber, sou capaz de apostar.

— Continue pensando. Vou continuar tentando lá fora. Esa logo vai estar aqui — diz Franny.

— Preciso ir — diz True à enfermeira. — Meu filho está muito doente.

— Bem, já está um pouco melhor — a enfermeira inclina a cabeça para um lado, ouvindo a batida sanguínea de True — e o seu pulso está mais lento.

— Vou bem devagar — promete True.

— Espere! — a enfermeira grita, quando True parte para o corredor. — Não quer o seu anel? — e ela trota para colocar o aro cortado na mão de True. True o coloca no bolso da camisa.

— Onde está meu filho? — pergunta à enfermeira, que aponta com a cabeça para um corredor.

— Vire à direita — diz a True distraidamente, desaparecendo atrás de outra cortina.

Guy está justamente na boca da caverna branca do aparelho de tomografia computadorizada, de avental e posicionado.

— Mamãe, pensei que tivesse ido embora.

— Não, fui verificar minha pressão arterial! Não é engraçado? E não sou eu quem está doente! — Guy sorri levemente e True pensa no forno que a bruxa preparou para Joãozinho e Maria. — Posso ficar aqui enquanto ele é examinado?

— Não — o Dr. Oudenhoven se desculpa, olhando para a barriga dela. — Obviamente. Mas pode esperar ali fora e olhar pelo vidro. Radiação.

— Precisa tomar isto, Guy — uma enfermeira dá a Guy um copo do que parece leite diluído. — A maioria das pessoas acha que tem um gosto parecido com o de limonada.

Guy dá uma bicada para provar.

— Tem *gosto* de água salgada. Pode colocar um pouco de açúcar?

— Não — diz a enfermeira —, e você precisa tentar beber rapidamente, para que possa guiar os médicos que estão observando. Ilumina-se dentro de você. A maioria das pessoas acha que tem gosto de limonada.

— A *maioria das pessoas* deve ser muito burra — Guy engasga.

— Tem de beber rapidamente — a enfermeira insiste, inabalável.

— E vai brilhar no escuro? — diz Guy, com uma demonstração autêntica mas letárgica de curiosidade.

— De certo modo.

— Vou tentar — Guy toma fôlego, prende o nariz e emborca o líquido. Dentro de segundos está vomitando tudo no seu roupão de papel.

— Tudo bem, tudo bem — diz a enfermeira. — Um pouco deve ter descido. Que tal tentarmos de novo?

— Que tal simplesmente me deixar morrer? — pergunta Guy.

A enfermeira limpa Guy e consulta brevemente fora da sala.

— Doutor diz que talvez seja suficiente — fala a enfermeira, uma forma de tratamento, especialmente na terceira pessoa, que sempre mexeu com os nervos de True. O Dr. Oudenhoven volta.

— Não podemos esperar muito tempo — diz ele.

— Não podem cobrir sua... genitália? — pergunta True.

— Faremos a coisa toda da maneira correta. Não leva tanto tempo quanto a senhora pensa, Sra. Bannister.

Leva tanto tempo quanto uma refeição de três pratos. Durante o que parecem horas, o médico simplesmente parece ocupado em tagarelar no telefone, provavelmente encomendando *pizza*, enquanto Guy fica deitado flexionando a apontando os dedos dos pés. Depois que True foi beber água, caminhou, checou o relógio, recuperou seus sapatos, fez pipi sete vezes e finalmente se estirou sobre o carpete viscoso com as costas contra a parede do lado de fora da porta, Franny voltou com café e um cobertor.

— Guardam este lugar como labradores — ela se queixa. — Estou sentindo que vai passar a noite aqui.

Kathleen, Franny explica, está muito transtornada para vir até o hospital.

— Diz que isto a faz lembrar do seu pai...

— Ora, porra — diz True. — Que desculpa esfarrapada. Como ousa ela enfiar a sua ansiedade de trinta anos atrás na doença do seu neto?

— Eu na verdade falei algo assim para ela — diz Franny. — Mas estava com medo. True, é uma velha senhora. Estava com medo de que Guy fosse morrer se ela viesse, eu acho.

— Bem, fico agradecida por esta análise, Srta. Freud. Kathleen e Hank ambos fora de campo agora. Minha mãe vai contar a todo mundo que quase desmaiou...

— Sim, você sabe, é o que parece. Algumas pessoas têm medo de hospitais.

— E outras têm medo de se comprometer.

— De qualquer maneira, estou aqui. Sou mais útil — Franny raciocina.

— O que você acha que ele tem, Franny?

— Talvez tenha uma imaturidade arraigada.

— Deus! Estou falando de Guy!

— Acho que ele tem um apêndice inflamado.

— Por quê?

— Porque está doente há semanas e quando Steve teve um problema com o apêndice eles disseram que ele ficou "latente" durante semanas e que poderia ter supurado.

— O que acontece quando um apêndice fica supurado?

— Bem, não seria boa coisa, porque a infecção se espalharia.

— E?

— Ficaria doente de verdade. Por falar nisso, qual foi o *seu* problema lá dentro?

— Nada. Minha pressão arterial desandou. Porque eu pirei. Talvez tenha pré-eclampsia. Mas existe remédio para isso.

— Não, obrigam você a ir para a cama, ponto — diz Franny. — Minha irmã Patty teve isso.

— Não foi o que a minha médica disse — continua True. — De qualquer maneira, não oferece risco de vida.

— Oferece, se progredir a ponto de você ter ataques. Pode matar o bebê e você — diz Franny. — E mesmo que não vá até o fim, pode ser perigosa.

— Quero dizer o apêndice! O apêndice inflamado! O apêndice! Um assunto de cada vez, querida!

— Não — diz Franny. — Não põe em risco a vida dele.

O médico aparece.

— Bem — diz ele. — Eu estava certo — O residente fica atrás dele, concordando com a cabeça. — Guy teve um apêndice supurado. Significa que vamos ter de levá-lo logo à sala de cirurgia e limpar tudo rapidamente. Mary aqui — True nota uma enfermeira de pé atrás dela — lhe dará o formulário para que autorize a cirurgia e a levará até a mesa de registros para resolver a questão do seguro e outras coisas...

— Bem, eu quero ir com Guy — diz True, rabiscando seu nome na parte de baixo de um formulário.

— Pode ir até a ante-sala, enquanto o preparamos.

Guy é levado numa maca para o corredor e rapidamente dois enfermeiros começam a empurrá-lo como numa corrida de Grand-Prix.

— Por que toda essa correria se não há perigo de vida? — pergunta True.

— Não achei que o apêndice tivesse realmente supurado, ou não teria dito nada — Franny morde o lábio.

True vira-se para o médico.

— Não existe risco, existe? Risco de vida?

— O apêndice se rompeu... faz algum tempo, o que torna isso um pouco mais urgente — o Dr. Oudenhoven explica.

— Há algum tempo? — pergunta True. — Uma hora atrás?

— Oh, não. Dias atrás.

— Como pode saber?

— Pelo que vejo nas imagens. Mas não podemos estar seguros enquanto não chegarmos ao local, e é por isso que tenho de ir agora...

— Que significa tudo isto?

— Significa que os resíduos...

— Defina resíduos — exige True.

— Os conteúdos, a matéria tóxica... ele pode ter gangrena, Sra. Bannister, e algum tecido necrosado do intestino que precisaremos extirpar...

— Defina necrosado.

— Bem, tecido morto.

True cai para trás. Ela vacila e cai de traseiro, pesadamente, na borda da grade de aquecimento.

— Deixem-na ficar aí até que esteja pronta para se levantar — diz a enfermeira que alguém chama de "Mary!", soando baixo e distante. — Sente-se meio zonza, Sra. Bannister?

— Não — True diz a ela, embora se sinta de fato fraca e tenha uma dor de cabeça que faça suas têmporas parecerem fisicamente machucadas. — Assinei o formulário?

— Sim — diz Mary a ela — e agora tudo o que tem a fazer é me dar o seu cartão de seguro.

— Não está comigo. Levei minha bolsa de noite. Meu filho estava numa apresentação musical.

— Sim, pudemos perceber pela maquiagem e pelas roupas. Não achamos que se vestisse assim normalmente — Mary ri.

Ela *ri.*

— Não pode... simplesmente fazer uma busca no computador ou coisa assim?

— Já esteve nesta Sala de Emergência?

— Muitas vezes, e recentemente com Guy e meu marido.

— OK, bem, então estamos encaminhados. Mas precisa assinar para a internação dele...

— Só depois de vê-lo.

Franny ajuda True a se levantar e a ampara pelos corredores, seguindo placas que os orientam no labirinto que os conduz a elevadores que as conduzem a mais placas que apontam para a sala de cirurgia. Dentro de uma porta que declara ENTRADA PROIBIDA, True vê Guy na mesa, enfermeiras abrindo seu avental e aplicando sabão e iodo na sua barriga. Ela empurra e abre a porta.

— Sou a mãe dele.

— Mamãe — diz Guy. — Vai doer?

— Você vai estar dormindo. Pode doer um pouco depois, mas vão lhe dar algum analgésico e você vai dormir e mamãe vai estar bem aqui.

— E vão cortar meu estômago?

— Sim, mas não muito.

— E tirar o apêndice?

— Sim.

— Papai está lá fora? — pergunta Guy.

— Sim — diz True. — Está a caminho.

— Tudo bem.

— Guy, Gui, Gui — True inclina-se sobre a cabeça do filho. — Vai correr tudo bem. Com certeza. Eu prometo.

As enfermeiras suavemente enxugam suas lágrimas inoportunas que caem sobre o rosto de Guy, enquanto passam esponjas para tirar a sua maquiagem.

— Que estava fazendo? Um Halloween atrasado? — pergunta uma delas.

— Sou um ator — diz Guy a elas e True se dobra e senta no chão.

— Por favor, por favor cuidem bem dele — diz às enfermeiras.

— Tragam alguém para tomar conta dela — diz a enfermeira encarregada. — Madame não pode fazer ginástica aqui.

Uma mulher grandona ajuda True a sentar-se numa cadeira reclinável. Ela pode ver o Dr. Oudenhoven atrás de uma janela com tela de arame, escovando cuidadosa e lentamente seus braços, uma enfermeira colocando uma touca de papel em seus cabelos prateados curtos.

— Por favor, por favor, é meu único filho — grita True.

— Por enquanto — a enfermeira sorri. — Não se preocupe. Vai sair desta como um campeão.

— Por favor, oh, por favor — grita True enquanto Guy é levado, uma touca de rede azul presa sobre os seus cabelos.

Estas são as palavras que estão sendo repetidas em urdu, em espanhol, em alemão e turco, em hospitais de um andar feitos de blocos de concreto com seis camas e hospitais de quatorze andares com dez mil camas, hospitais no fim de estradas sujas e nas esquinas mais iluminadas das ruas urbanas, por mães, pais e avós. Todas as palavras, orações, súplicas e sortilégios flutuam para cima e convergem. Os produtos do choro que às vezes acompanha as palavras também se encontram e salgam o chão.

UMA HORA DEPOIS, Kitt chega, ainda com a maquiagem completa de garçonete e sangue na sua testa.

— Onde está ele?

— Cirurgia — diz True. — Seu apêndice supurou. Eu me senti no fundo do inferno...

— Você parece no fundo do inferno — diz Kitt.

— Não, quero dizer que me senti terrível por não saber.

— Você consultou a médica dele, True. Duas vezes. Sua médica não sabia.

— A dor era do lado errado para apendicite — diz Franny —, porque já havia supurado. Quando o apêndice se rompe, ele não dói tanto.

Kitt fica pálida.

— Estão fazendo tudo... não deveria ir para Boston?

— Ele está em boas mãos, eu acho — responde True, balançando, esfregando os braços. Kitt se abaixa e tira os sapatos de *jazz* desgastados e também o xale.

— Isto vai mantê-la aquecida e os sapatos estão arrebentados, ficarão confortáveis se tiver de permanecer de pé. Você tem uma longa noite pela frente. Se não tivesse de fazer as malas, ficaria com você.

— Kitt, obrigada — diz True.

— Adoro você — diz Kitt inesperadamente. — Criou um garoto formidável. E vou voltar. Vejo vocês de novo. Só uns dois dias. Relaxe, True. Vamos, onde está Hank?

True encolhe os ombros.

— Não conseguimos encontrá-lo.

— Ele vai aparecer — diz Kitt. — Assim que souber.

True e Franny se revezaram fazendo pipi, uma dúzia de vezes. True acredita que mijou o equivalente do estreito de Puget. A TV na sala de espera matraqueia incessantemente — as crianças vendo desenhos animados até que os adultos mudam para a CNN. Um empregado dos correios em Washington D.C. morreu da inalação de uma forma de antraz. Um homem com um videoteipe do homem de ar ascético e olhos suaves envolto em mantos que possivelmente arquitetou a ruína do mundo, um videoteipe feito em dezembro em que ele explica seus planos para demolir o World Trade Center, foi detido em Estrasburgo. As crianças, cujos avós tiveram ataques cardíacos, imploram para passar de novo para o canal Nickelodeon. Os adultos concordam e reclamam que o café acabou. Quando o telefone toca, todo mundo pula e fica de pé. Quem ligou é Kathleen.

— Ele está na cirurgia, mamãe — explica True. — Dizem que vai ficar bem. Teve um apêndice supurado.

— Sabia que não estava gripado — resmunga Kathleen —, nem com distensão num músculo da virilha.

— Sim — True concorda, tamborilando com as unhas, decidindo roê-las.

— Bem, há algo que eu possa fazer?

— Podia vir até aqui.

— Está nevando.

— OK, então pode levar o cachorro para passear e dar comida para ele. E pode rezar.

— True, estou rezando. Rudy quer saber se você precisa de comida?

— Não, obrigada. Mas diga a ele que é gentil.

— Bem, você precisa de comida para o bebê. Por isso vou pedir a ele que leve um sanduíche de atum — True sente um engulho na garganta. — E Isabelle está a caminho.

— Eu sei. Hank telefonou? — Kathleen não responde, parece falar com alguém com o fone coberto. — Hank telefonou?

— Não — diz Kathleen depois de uma pausa. — Acho que Isabelle ligou para ele.

— Telefonou para os Lemieux ou... ora, esqueça isso.

— Está agüentando, True? Rudy pode levar umas roupas para você.

— De manhã.

— Bem, tudo certo, então. Vou ligar para Ellen e pedir-lhe que reze, também... na verdade, posso acionar a corrente de orações...

— Não faça isso.

— Por quê?

— Faz parecer um sinal vermelho no paraíso. Não quero que Deus leve isso tão a sério, como se ele estivesse morrendo.

— OK. Boa noite, True.

Depois que ela larga o fone, um homem na sala anuncia: "As pessoas deixam as tendas de oxigênio o tempo todo. Estão desmamando minha mãe neste momento. Não é verdade que quando você entra numa tenda, a coisa é para sempre."

Uma mulher com cara de doninha numa capa de chuva concorda com um aceno de cabeça. Quando True ergue a vista, o Dr. Oudenhoven está de pé na porta, aparentando a sua idade, que True calcula estar por volta dos sessenta. Acena com a cabeça e, com um gesto de mão, a convida até o corredor. True vira-se para Franny, mas Franny está enroscada em seu casaco num canto, roncando suavemente.

— Está em recuperação — mas quando True começa a querer correr, o médico coloca uma mão seca no seu braço. — Quando era um jovem cirurgião, servindo nos fuzileiros, disseram-me que se pedissem a um cirurgião que apontasse seus cinco casos mais complicados, cada um deles envolveria um apêndice. Em outras palavras, quando examinamos o local, Sra. Bannister, havia muito trabalho a ser feito. Havia tecido gangrenoso e pus por toda parte, e ele é um menino de muita sorte de estar falando com as enfermeiras neste exato momento. Não quero assustá-la; o que quero é enfatizar que ele provavelmente terá uma recuperação muito longa. Venha cá — gesticula para um minúsculo escritório com a placa SALA DE SILÊNCIO e senta-se. — O que fizemos, além, naturalmente, de remover o apêndice, foi enxugar da melhor maneira possível os produtos daquela ruptura. Se ele fosse apenas um pouco mais jovem, digamos, com cinco anos, nós o teríamos perdido. E se fosse um adulto, da sua idade, nós o teríamos perdido. — Algo no rosto de True evidentemente o deixa alarmado, porque ele diz: — Sra. Dickenson... Sra. Bannister, acalme-se. Nós teríamos, mas não o perdemos. Ele tem um pequeno sistema imunológico tão forte, que vai reagir muito bem; podemos antecipar que... talvez em dez dias a partir de hoje, com fortes doses de antibióticos e muito líquido, poderíamos mandá-lo para casa. Talvez até mesmo pelo Natal, se ele se recuperar notavelmente.

— Dez dias? No hospital?

— Espero, Sra. Bannister. E eu diria que vi pacientes jovens reagirem e terem o dreno da incisão...

— O dreno?

— Não fechamos a incisão. Guy ainda tem um corte aberto, cheio de gaze, que continuará a pôr para fora tudo que ainda estever fermentando no local. Quando estivermos seguros de que sua contagem de células esteja normal, vamos retirar o dreno e costurar o corte... ou talvez não. Poderíamos mandá-lo para casa com uma incisão aberta e continuar a drenagem e lhe ensinaríamos a cuidar disto...

— Por quê?

— Porque a outra possibilidade é de que se desenvolva um bolsão, uma espécie de abcesso, resultante da infecção.

— E então?

— Então teríamos de abri-lo para retirar o abcesso, ou na melhor das hipóteses retirar com uma agulha guiada por ultra-som.

— Oh. Mas ele acabará ficando bom.

— As próximas doze horas serão decisivas.

True fica tonta.

— Quer dizer que ele não está totalmente fora de perigo?

— Não creio que seja o caso. Mas ele podia não ter suportado, esses garotos são tão fortes. Continuam como homens mortos caminhando. A dor deve ter sido excruciante. E do jeito que se movimentava no palco...

— Quanto tempo precisaria para que ficasse realmente doente?

— Ele está realmente doente.

— Quanto tempo para que...

— Não há meios de calcular isto, Sra. Bannister.

— Tente.

— Podiam ser duas horas. Ou três horas. Podia ter sido uma hora.

— Horas?

O médico acena com a cabeça.

— Horas? Uma hora?

— Certamente não mais do que isto. Talvez menos. Estou muito agradecido, pessoalmente, de estar lá — diz o Dr. Oudenhoven, e não parece surpreso quando True pega sua mão e a coloca contra o rosto.

A PRIMEIRA SEMANA da hospitalização de Guy passa quase em silêncio. Ele geme e aperta o botão vermelho na máquina que ministra morfina. Pode ser apertado a cada dez minutos e quando seu filho não a alcança, True aperta ela mesma. Ele é arrastado para fora da cama para sentar-se, para tentar acionar os intestinos e o metabolismo. Existem momentos em que acorda.

— Vou ficar com uma cicatriz? — pergunta.

— Sim — True admite com tristeza.

— Oba, que bom — Guy suspira. — Eu queria uma cicatriz.

— Veja todos os seus cartões e outras coisas — True o encoraja.

Finalmente, depois de três dias, e somente enquanto Esa ficou sentada observando Guy dormir, ela tomou um banho de chuveiro e tirou seus trajes de noite encrostados, ensangüentados e fedorentos, vestindo uma camiseta e uma calça de moletom com a barriga expandida. Para que possa ficar deitada sobre seu lado esquerdo, as enfermeiras trouxeram uma segunda cama de hospital sobre rodas até o quarto de Guy. Sua obstetra a visitou e fez um exame, a cortina puxada discretamente entre True e o filho, e afirmou que True "não está doente o bastante para ser internada, mas provavelmente ficaria tão bem aqui como em qualquer outro lugar".

Rudy várias vezes lhe trouxe *croissants* e *hummus*, tendo jogado o sanduíche de atum de sua mãe na praia, onde, diz ele, nenhum mamífero vai morrer em conseqüência do acepipe. Ela ainda usa os sapatos de *jazz* de Kitt. São confortáveis. Guy percorre com a vista a parede de cartas, o boneco empalhado com as roupas maltrapilhas e a cartola que o elenco mandou, o cacho de balões, tão grande que seria capaz de levantar Guy do quarto, mandado pelo pessoal que trabalha com ela. Beatrice mandou para Guy chocolates finos que só as enfermeiras podem engolir e Elizabeth enviou de táxi uma aldeia inteira da Nova Inglaterra em porcelana com faróis e figuras. Dog comprou uma espingarda de ar comprimido, pelo que True vai dar-lhe um balaço quando o encontrar. Ele telefona para Guy, prometendo uma surpresa que chegará com sinos e tudo, no Natal, e desafia Guy a adivinhar o que é.

— A surpresa vale; a arma está fora.

Guy tenta barganhar.

— Mas é a regra, mãe. Se alguém lhe dá, não pode dizer não, ainda que seja alguma coisa que sua mãe não compraria para você. É parte da minha herança, como diz papai.

— Nada de armas. Principalmente agora. Não é um jogo de honra sulista. Há uma guerra de verdade em andamento, querido.

— Eu sei. Está lembrada de que papai ia para esta guerra? É só uma velha espingarda de ar comprimido. Gyp e eu podemos correr no mato e atirar nas árvores e nas pedras.

— Ou em Gyp...

— Mamãe! Prometo nunca atirar num passarinho. Ou num garoto, ou em você. Papai atirou.

— Papai cresceu em outra época e em outro lugar.

— Posso atirar na casa de *Grand-père*?

— Oh, claro — diz True cansada —, e como pretende levar a arma até lá?

— Você pode viajar com armas, se tiver uma licença.

— Jesus, Guy, como pode pensar nisso agora? Ninguém no planeta pode viajar com armas agora. Ninguém.

A caminho de casa depois das apresentações em Nova York, Kitt aparece para se despedir. Inclina-se sobre Guy, a ponta do seu cachecol de *mohair* vermelho vivo fazendo o nariz dele coçar.

— Estou lhe dizendo, saia desta cama e venha comigo para minha casa no Wisconsin — diz ela. — Posso embrulhar você. Esta é sua última chance.

Minhas garotas vão fazer muita festa para você. Pode assistir à TV o dia inteiro. Filmes proibidos.

As duas mulheres se abraçam.

— Sinto que encontrei uma amiga em você, True. E Guy é algo especial. E eu... eu lhe desejo amor. Suponho que o melhor presente de Natal que poderia ter é este cara magrelo aqui e aquela pequena pepita de ouro ali.

Guy sorri e beija Kitt com fervor.

— Da próxima vez, você será Louis e eu serei Anna, OK, garoto? Vamos dançar, numa nuvem brilhante de música, vamos deslizar? Ou você vai ser o jovem príncipe! É uma confusão! Hein? — Kitt promete. — Você ainda não se livrou de mim.

Quando Kitt parte, True sente de certo modo como se uma grande represa tivesse se rompido, que nada mais vai ser proibido de fluir e de reivindicá-la. Senta-se na cama e chora até ficar seca e suas fossas nasais estão feridas como se tivesse nadado debaixo d'água durante horas. É tudo tão real, e ela está tão enojada de toda esta choradeira. Devia ser agora uma casca seca, em vez de um balão d'água.

Rudy trouxe uma arma de mola, para quando Guy se sentir bem o bastante para atirar no quadro de cortiça, uma almofada-que-peida e uma árvore de Natal dos avós de Guy de Montana, decorada com luzes brancas e camundongos brancos. O próprio Rudy telefonou aos Lemieux.

— É uma espécie de árvore republicana — diz Rudy. — Por que não vieram vê-lo?

Por que seria? True se indaga. Mas, claro, ainda acham que é casada. Não teriam gostado de aparecer abruptamente. E tem também a guerra.

Um dia Kathleen vem sentar-se, durante as duas horas que True leva para ir até a casa apanhar seus artigos de toalete, lendo para Guy de *O livro da selva* a parte de que ele mais gosta, sobre Mowgli voltando à aldeia humana e deixando seus irmãos lobos. Kathleen prometeu só se levantar para ir ao banheiro ou comer uma coisinha enquanto Guy estiver cochilando. Quando True volta, tanto a mãe como o filho estão roncando levemente.

Em vez de acordá-los, True pensa em pôr uma ordem na pilha crescente de presentes e cartas, para que ela e Guy possam passar o tempo escrevendo cartões de agradecimento.

Então True descobre um vídeo de lutas da WWF e uma revista de automobilismo. No mesmo momento, Guy acorda.

— Oi, mamãe — ele boceja.

— Foi titio quem mandou estes? — pergunta a Guy.

Ele desvia o olhar.

— Não — diz.

— Quem foi que mandou?

— Não sei — diz Guy. — Talvez Ellery. Aqui está, Esa!

Isabelle, seus olhos envelhecidos por dentro, desmentindo o grande sorriso em seu rosto, beija Guy e diz:

— Você sabe mesmo atrair atenção, seu safado. Nem chegou a me ver da última vez que estive aqui, estava tão drogado. Se eu não tivesse de ir passar o Natal em casa agora, eu tirava você desta cama e o torturava de cócegas.

— Você mandou estes presentes para Guy? — pergunta True, ao abraçar Esa. Esa tem a mesma reação esquisita. Desvia o olhar.

— Não mesmo — diz, e parece aliviada quando a enfermeira entra no quarto.

— Volte logo para casa, Guy, sentimos a sua falta — sussurra Isabelle, e tira da sua imensa sacola uma caixa de Coca pequena e um elfo eletrônico que canta, na voz de Judy Garland, *Have Yourself a Merry Little Christmas.* Também diz a ele que a vovó está cuidando bem de Gyp e de Ed, mas que Gyp se deita no pé da cama de Guy toda noite e que Ed faria o mesmo se pudesse.

True olha para o vídeo da WWF, pensando.

Diariamente, quando True vai até o corredor para tomar café, o Dr. Oudenhoven chega e verifica a incisão de Guy e o seu prontuário. Ela nunca chega a se encontrar com ele, nem consegue perguntar por que o curativo de Guy fede como um matadouro (True nunca entrou num matadouro, mas sentiu o cheiro de um veado morto e sua imaginação pode estabelecer a ligação). É algo que pergunta à enfermeira do dia, Anna, uma pequenina e delicada garota latina, e à enfermeira da noite, Nigeria, que está longe de ser pequena, mas tem as trancinhas mais delicadas que True já viu. True não consegue tirar os olhos das contas de cristal em suas tranças.

— Por que ele cheira tão mal?

— Devia perguntar ao médico — aconselha Nigeria.

— Nunca vejo um médico — True se queixa. — Esperam que eu saia do quarto e então entram rapidamente, como espiões.

Nigeria ri.

— Você é da Nigéria, Nigeria?

— Não, do Brooklyn.

— Sua mãe era da Nigéria?

— Não, do Brooklyn.

— Por que se chama Nigeria?

— Por que se chama True?

— Nasci no Dia dos Namorados.

— Bem, minha mãe e meu pai queriam uma garota africana genuína, eu acho. Não sei. Mas vou aliciar um residente para você e vamos perguntar a ele sobre o mau cheiro.

A residente é empertigada, saída diretamente de um seriado de televisão de horário nobre sobre hospitais, onde todos os residentes são magros como caniços e têm cortes de cabelo perfeitos.

— Eca — diz ela. — Cheira mal, mesmo. O Dr. Oudenhoven não deve ter o olfato muito apurado. Por outro lado, o que está vazando ali é substância ruim, por isso acho que deve ser normal. Vamos fazer uma coisa. Vou telefonar para ele e trocar o curativo externo e fazer uma pequena assepsia.

Dez minutos depois, o que True antecipava como um bem, transformou-se num pesadelo. Guy está berrando, enterrando as unhas nas mãos da mãe, enquanto a residente lenta e suavemente retira a camada interminável de gaze sangrenta, terrivelmente manchada e pegajosa.

— Faça ela parar, mamãe! Estou morrendo de dor! Mande ela parar, por favor, mande ela parar!

— Aperte o botão da morfina — a interna instrui True, sua tensão palpável.

— Estou apertando. Apertei quando você começou. Não pode dar uma injeção nele? Por favor, dê-lhe uma injeção.

— Não queremos que ele fique muito...

— Doutora — True examina o crachá plastificado — Gideon. Está com uma dor intolerável. E como vai ser quando colocar de volta aquela coisa toda nele?

Concentrada em limpar as bordas da boca aberta da ferida, a Dra. Gideon no começo não responde. Então se levanta, coloca as mãos nos quadris e aperta a campainha para chamar a enfermeira.

— Valium dez miligramas — diz e minutos depois Guy está apenas gemendo, enquanto o tampão é recolocado e o curativo bem preso. O corpo inteiro de True está ensopado de suor.

Enquanto observam afundar no sono, a Dra. Gideon diz:

— Posso lhe fazer uma pergunta boba? Na verdade, duas perguntas, uma boba?

— Claro — diz True.

— Você é a senhora rica, aquela que é dona da companhia de bonecas?

— Não — responde True. — Não sou rica e tenho uma companhia especializada em bebês.

— Oh, então... por quê? Ora, certo. Ela está na ala médica.

— Quem?

— A dona da companhia de bonecas.

— Elizabeth? Elizabeth Chilmark? Ela está no hospital?

— Sim.

— Eu... o que aconteceu com ela?

— Ela... bem, pergunte a ela, sim? Não devo falar coisas...

— OK.

— Quanto à outra pergunta? — concorda True com a cabeça. — A senhora está tomando algum medicamento para este barrigão?

— Não, na verdade. Minha médica disse apenas para levar tudo devagar e ficar de repouso.

— Bem, faça isto. Parece que está para surgir um bebê de quatro quilos e meio. Não estou brincando. Ponha-se naquela cama e coloque um monte de travesseiros debaixo dos pés e faça que monitorem sua pressão arterial toda vez que examinarem a dele. E beba água. E peça que verifiquem o ritmo cardíaco fetal...

— Tenho meu próprio aparelho — diz True.

— Tem seu próprio aparelho?

— Paranóia. Quase sofri um aborto.

— Tudo bem. Bem, pelo menos vai receber atenção. Já que é Natal, todo mundo que pode rodar ou se arrastar daqui se foi...

True agradece. Olha o relógio. É véspera de Natal. Ela se pergunta se Hank estaria olhando para o mesmo céu cinzento soltando suas plumas.

NAQUELA NOITE, enquanto Guy dorme, True se levanta e caminha até que encontra a ala médica. Pergunta pela paciente Elizabeth Chilmark.

— Dois-dois-três — uma enfermeira resmunga, sem erguer a vista do computador.

Há uma pequenina mas delicada lâmpada de contas acesa ao lado da cama de Elizabeth, e sua cama está coberta por uma colcha branca macia. Embora sua cabeça esteja virada, ela parece estar acordada.

— Elizabeth? — sussurra True.

— Como está Guy? — Elizabeth responde, sem virar a cabeça.

— Melhor. Posso entrar?

— Claro, True — Elizabeth vira a cabeça. Seus lábios estão azuis.

— O que lhe aconteceu?

— Nada.

— Quero dizer, por que está no hospital?

— Tenho leucemia, True.

— O quê? Por que não me contou?

Elizabeth acena com uma mão manicurada e esquelética.

— Por que deveria?

— Bem, eu suponho... nós não éramos realmente...

— Não quero dizer que não lhe teria contado. Mas não é do conhecimento geral.

— Está estável?

— Não.

— Está tomando... algo?

— Estou esperando um doador para um transplante de medula. Quando houver um disponível, entrarei em isolamento. Como não tenho filhos, nem irmãs, isto representa uma dificuldade. Tenho de esperar a iniciativa de um doador anônimo...

— Eu lhe doarei minha medula.

— Obrigada, True. Mas você não está em condições agora. E o teste requer a retirada de sangue e então, acredito, tutano de um osso do quadril. É extremamente doloroso e exige isolamento...

— Não me importa! E quanto a Isabelle, a minha mãe e Rudy? E o seu marido e todos os seus amigos?

— Meu marido foi examinado e uma de minhas empregadas e uma sobrinha, mas não eram compatíveis.

— Estou vendo. Mas se encontrasse alguém compatível isto seria essencialmente...?

— Sim, uma cura.

— Há quanto tempo sabe disso?

— Dois anos — diz Elizabeth. — No início, a quimioterapia funcionou admiravelmente. Mas acabou não surtindo mais efeito.

— Que merda! — diz True. — Elizabeth, que merda! Devia ter-me dito isso há mais tempo. Eu teria doado a medula!

— Algum tempo atrás eu não precisava. Qualquer um que queira me doar a medula é bem-vindo. Não sou uma estóica, True. Não estou ansiando por morrer.

Naquela noite, quando True conversa com Rudy sobre as Bênçãos — foram todas despachadas, e no prazo previsto — e lhe deseja um Feliz Natal, ela fala da doença de Elizabeth e Rudy sai a compilar uma lista de todo mundo que conhece que estaria disposto a ser testado como candidato a salvador de Elizabeth.

O NATAL NUMA ENFERMARIA de crianças de um hospital não é uma experiência a ser recomendada.

Mesmo as pessoas medianamente religiosas ficam comovidas com os coros de enfermeiras que erram pelos corredores vazios, segurando velas, cantando em vozes angelicais sobre o bebê na manjedoura. Laura, a diretora de cena do CFT, traz para Guy um verdadeiro saco de Papai Noel cheio de brinquedos, tintas, livros sobre buracos negros, animais empalhados e um cartão de um metro com uma caricatura de Guy como o Malandro Trapaceiro desenhado por Ellery e assinado por todo o elenco.

True oferece a Guy um pouco de canja de galinha, tão fedorenta que ela não a daria nem ao cachorro, e uma lata de Coca gelada. Ele bebe avidamente, mas vomita poucos minutos depois. Tenta de novo e retém alguns goles.

— Tem de fazê-lo beber todos esses líquidos — diz o enfermeiro da noite que substituiu Nigeria durante o feriado. Seu nome é Russell.

— Ele vomita.

— Bem, tem de continuar tentando. Vou dar a ele alguma coisa para a náusea. Hora de acordar, companheiro.

É uma excruciante maratona diária que começou dois dias depois da cirurgia, observar seu pequeno dançarino robusto e vigoroso cambalear de meias ao longo do corredor apoiado por seu suporte de soro e pela enfermeira. Guy chega ao fim do corredor e, exausto e envergonhado, implora para voltar. True nota, no momento exato em que Guy faz isso, que as costas do seu avental estão abertas, revelando seu traseiro murcho. Ela esqueceu o roupão que a vovó trouxe de casa. Mas não é importante. Ninguém se manifesta, exceto o bebê que choraminga no quarto ao lado, que True é proibida de embalar porque é "mimada e contagiosa", segundo a enfermeira do dia.

— Vamos lá, ou você é um babaca — diz Russell.

Guy finalmente consegue voltar, amarelo de exaustão, faz pipi no coletor na lateral do vaso para que sua urina possa ser medida, faz menos xixi do que fazia na sua fralda quando bebê e desaba na cama.

— Quero ver luta livre — ele sussurra. Mas, antes que True possa colocar a fita, ele está roncando.

— Russell — pergunta ela ao enfermeiro, rebobinando a fita. — Viu alguém além de meus parentes por aqui?

— Não conheço seus parentes — diz ele. — Apareço pouco por aqui.

— Viu um sujeito de cabelos negros vir aqui ontem?

— Vi um cara numa jaqueta de couro — diz a ela. — Só deu uma olhada quando vocês dois dormiam. Depois saiu. Mas vem aqui o tempo todo. Eu o vejo no saguão. É o seu irmão?

Podia ser Rudy. E no entanto Rudy vestia uma parca cor de camurça quando veio anteriormente. Só uma pessoa usa jaqueta de couro *toujours*.

Mas se fosse ele, não teria... falado? Beijado seu filho?

Às dez horas, True liga a televisão e sintoniza uma Missa do Galo transmitida de... algum lugar onde é meia-noite.

Ajoelhada ao lado da cama de Guy, ela tenta evocar as palavras que repetiu nesta noite todo ano desde que aprendeu a falar. É como discar um número de telefone que a gente não consegue lembrar, imaginando os próprios dedos executando os movimentos nos números do aparelho. Acaba vindo facilmente. "E por aqueles dias saiu um édito de César Augusto... e José partiu da Galiléia para a Judéia..." ela sabe que está saltando palavras, "...a fim de recensear-se com Maria, sua mulher, que se encontrava grávida. E quando eles ali se encontravam... ela teve o seu filho primogênito, que envolveu em panos e o recostou numa manjedoura, por não haver para eles lugar na hospedaria. Na mesma região encontravam-se uns pastores que pernoitavam nos campos, guardando os seus rebanhos. O anjo do Senhor apareceu-lhes..." Ela pára e encosta a cabeça nos braços.

— Continue — diz Guy, sonolento —, eu gosto desta parte.

— "Disse-lhes o anjo: 'Não temais, pois vos anuncio uma grande notícia'..."

— "Grande alegria" — Guy a corrige. — Pô.

— "'... uma grande alegria que o será para todo o povo. Hoje, na cidade de Davi, nasceu-vos um Salvador, que é o Messias, Senhor.' ...e de repente juntou-se ao anjo uma multidão das hostes celestiais..."

— O que são hostes celestiais? — pergunta Guy. — Mais anjos?

— Anjos que fazem os vocais de fundo. O coro.

— Oh!

— Pelo menos é o que suponho. E louvavam Deus, dizendo: "Glória a Deus nas alturas e paz na terra aos homens de boa vontade."

— Você deixou de fora partes inteiras, mamãe. Como os doutores. E o Frankenstein* e a mirra.

— Não estou totalmente aqui, Guy. Não estou bem da cachola.

— Nunca pensei que ia passar o *Natal* num hospital.

— Não é minha idéia de diversão também, queridinho — diz True.

Uma voluntária do Caminho Unido traz para Guy uma bengala de açúcar e um ursinho de pelúcia.

— Isto é coisa de bebê — diz Guy, depois que a voluntária saiu e depois de ter-lhe agradecido polidamente. — Deveríamos dar para Bebê Carr?

— Vamos guardar para o nosso bebê. Mandei um presente para o Bebê Carr.

— Aposto que ele tem um ano agora. Ia achar que era coisa de bebê.

— Queridinho, uma criança de um ano ainda é um bebê. Você ainda era bebê quando tinha um ano. E dois e quase três. Não está ainda nem perto de ser um adulto agora. Nosso bebê vai ser um bebezinho por muito tempo.

— Que nome vamos dar a ele?

— Que nome quer dar a ele?

— Hank. Hank Peter Bannister. Hank Peter Guy Bannister.

— Ora, eu pensei em Narigão.

— Mamãe, não me faça rir. Me mata de dor.

— Ou Fedorento. Você vai ter de trocar as fraldas, fique sabendo. Estou muito ocupada para isso.

— De jeito nenhum! Não vou trocar fralda nenhuma. Isto não está no meu contrato de trabalho. — Guy faz uma pausa. — Mamãe?

— Hã?

*Incenso; no inglês, "*frankincense*". (*N. do T.*)

— Onde está papai?

— Quer dizer no céu.

— Não, o papai de agora. Estava aqui um minuto atrás. Ou uma hora atrás.

Um calafrio percorre a espinha de True.

— Acho que está com *Grand-mère*... ou com seus amigos, esquiando. Não sabia que isso estava acontecendo, Gui. E eu lhe disse que não podia estar com você até o espetáculo terminar a temporada... Eu lhe disse que não poderia estar com você no Natal.

— Grande, mãe! Então deixa ele ir embora sem vir me ver? — a voz de Guy, sua crença despedaçada, é insuportável.

— Sinto muito, muitíssimo, Guy. Tentamos telefonar para ele. Não sei se Esa conseguiu. Tom não foi capaz de achá-lo. E ele ia para a Luisiana de qualquer maneira e eu lhe disse que você não podia ir porque tinha de ir para a casa de seus avós L. — True improvisa. — Não é culpa dele. Ele viria para cá correndo.

— Talvez ele seja apenas burro de doer.

— Não, ele não é — diz True.

Naquela noite, depois de falar ao telefone com seu irmão, True observa a neve cair e vê no estacionamento um caminhão vermelho solitário. Forçando a vista, ela enxerga o logotipo da grade e não é um Dodge, mas um Chevy. Pensa nos bares onde é servida jinjibirra e as garotas dançam completamente nuas, e como, em sua ânsia de ter um filho de Hank, ela ignorou aquela bobagem e o seduziu, True se pergunta o que Hank poderia estar fazendo precisamente agora. *Laissez bon temps roullez.*

Talvez ele seja mesmo burro de doer. Talvez um cara que acha que guitarra invisível é um instrumento de verdade seja uma pessoa invisível.

Guy acorda com uma dor terrível à meia-noite e recebe outra injeção e, assim que adormece, técnicos do laboratório chegam, acendem todas as luzes, e começam a retirar frascos de sangue.

— Isso está indo longe demais — diz True. — Vocês não vão fazer uma sangria nele. Ele mal pode beber qualquer coisa. Sua pediatra acha que corre o risco de desequilíbrio de eletrólitos. Vai ter um dano cerebral.

— Temos de continuar observando a contagem de células...

Claro que para estes aventais brancos ele é sangue, como é um cérebro para o neurologista, uma emergência para o residente caubói. Não existe diálogo.

— Deixe que façam e acabem logo com isso, mamãe, e True segura a mão de Guy. Está tão exausta que mal pode ficar de pé.

— Deixem para lá — diz True. — Eu não lhes dou permissão.

O técnico pestaneja.

— Tenho ordens.

— Peça ao médico que venha me dizer isso pessoalmente. Diga que é contra minha religião. Que acabei de mudar de fé.

Mais tarde, enquanto esperam, as mãos apertadas, para que os paramédicos das agulhas encontrem seus alvos, Guy murmura:

— Acho que no fundo eu quero morrer, mamãe. Não agüento mais tudo isso. Não consigo mais vomitar. Mamãe, vou morrer de qualquer maneira... pelo menos vou ver meu verdadeiro pai.

True leva a mão para trás e dá uma bofetada no rosto de Guy.

Olha então espantada para a palma da mão ardente e grita:

— Guy Lemieux, nunca, nunca mais, nunca mais diga isto de novo! Se disser isto de novo vou me levantar e sair por aquela porta e deixar você sozinho aqui. Só vou voltar para buscá-lo. Juro por Deus que vou fazer isso!

— Você bateu num menino doente! Vocês *dois* bateram em mim. Você e... aquele cagalhão feioso do Hank! Quando tentei salvar a vida dele quebrando sua perna. Ele praticamente me acertou um tiro.

— Vou bater em você de novo se disser mais uma palavra sobre morrer, uma única palavra... — e então ela cai de joelhos. — Gui, Gui, por favor não morra. Escute, escute, se não morrer vou comprar qualquer coisa no mundo que você queira. O que deseja mais do que qualquer outra coisa no mundo?

Guy cautelosamente abre um olho.

— Odeio você — diz ele.

— Eu também — concorda True.

— Um cavalo.

— Sabe que não podemos ter um cavalo. Onde o colocaria? Na garagem?

— Talvez um *laptop*. Modelo laranja.

— OK, vou conseguir um *laptop* para você. O melhor que houver. Agora mesmo. Vou ligar para eles agora mesmo, que tal?

— Mamãe, não pode telefonar agora. É véspera de Natal.

— Bem, poderiam estar lá. Trabalham o tempo todo. Veja, os médicos estão aqui. A polícia está lá fora. Talvez o pessoal dos computadores também esteja.

Ela disca informação e então um número 0800 e, com toda a certeza, um jovem esperto fica muito feliz de vender-lhe o modelo tangerina com sua própria alça e uma impressora e vários games muito violentos.

— Não dá para entregar amanhã?

— A UPS entrega. Custa...

— Não me importa. Entregue o mais rápido possível. — True vira-se para Guy. — Está vendo? Deve ter sido o MacNoel.

— Obrigado, mamãe.

Ela desvia os olhos da marca de dedos que começa a inchar avermelhada no rosto dele.

— Guy, nunca mais vou bater em você.

— Eu sei.

— Mas não pode imaginar como mamãe fica assustada com... pensei que estivesse tendo uma visão.

— Estava.

True se retesa.

— Do quê?

— Esqueça. Vá dormir, mamãe — diz Guy. — Desligue o papa. Eu bateria em você também se você morresse.

Mas True não dorme. Ela abraça os joelhos e se enrosca no aquecedor, próximo da janela, onde um céu de nuvem branca sobre ametista ocasionalmente se abre para revelar, só por um momento, uma estrela. Lembra-se de rodar de carro com Guy, certa vez quando ele tinha sete anos, talvez, e como ela vira duas estrelas que pareciam estar jogando pingue-pongue para cá e para lá no céu. — Olhe, Guy — ela apontou. — Um disco voador. Ou um satélite. Ou estrelas cadentes.

— Ou talvez um astigmatismo — respondeu Guy e True pensou, divertida, esta é a sua primeira piada de conversa adulta.

True não tem idéia da freqüência com que Deus aparece esta noite. Mas olha fixo para qualquer estrela que seja revelada num dado momento, como se fosse um botão que pudesse apertar e reza: "Dizem que o Senhor teve um filho. Não acredito que o Senhor o tenha tratado bem."

Junta as mãos, uma concha para cobrir o rosto, e continua: "Deixou-o morrer quando chorava pelo Senhor. Fez dele essencialmente um piloto suicida para a Sua... Sua glória. Mas na minha opinião não teria valido a pena. Não O respeito por isto. Mas sei que o Senhor acreditava que estava certo. Até aí eu sei. Arrependeu-se? Importou-se? Sentiu... orgulho? Pelo menos, se tudo isto é verdade, o Senhor o teve de volta. Ele estava com o Senhor naquele dia exato. Ele seguiu direto para a Sua mão direita, onde se senta. E mesmo antes daquilo,

O Senhor tinha todas as Suas hostes celestiais. Todas as Suas estrelas celestiais. Eu só tenho Guy. Só tenho este filho, como o Senhor. O Senhor levou meu pai, Peter e Hank. Dizem que o Senhor zela pelos pardais, então zele por mim. Se o Senhor é meu Pai, não leve meu filho. Abro mão do sexo ou da comida, da minha vida ou da minha medula, ou de qualquer coisa que for exigida de mim. Abro mão de Hank para sempre. Nunca vou superar a vaidade, mas posso conviver com a velhice e a feiúra. Abro mão da minha beleza. Vou doar todo o meu dinheiro.

"Por favor, poupe este. Ainda que o Senhor tenha de levar embora o outro. Por favor, poupe este."

TRUE ESTÁ ADORMECIDA, enroscada como um gato no pé da sua cama às dez da manhã no dia seguinte ao Natal, depois que a maré de entoadores de cânticos natalinos e presenteadores de bengalas de açúcar, que acordou todos os pacientes, acabou de refluir. Algo na atmosfera do quarto muda. Ela abre os olhos. Um homem de casaco preto e chapéu preto está parado junto à porta. No começo, ela acha que deve estar sonhando, que o anjo da morte, que ela inequivocamente convidou soltando o verbo para cima de Deus, não usaria um chapéu diplomata.

— A senhora é True Dickinson? — pergunta o homem.

Ela pensa então, são os documentos do divórcio.

Estou recebendo a intimação. Ele é um cagalhão feioso. Tão sensível como um cagalhão feioso.

— Sim?

Ou seria o inspetor da freqüência às aulas?

— Telefonei para a escola duas vezes — ela murmura, aturdida. — Claro, estão de férias.

— Sou Norris Mitchell, de Mitchell e Tate. Represento o espólio de Elizabeth Chilmark.

— Elizabeth? — True se senta. Um advogado talvez. Papéis para uma doadora de medula. Talvez a tenham escolhido, afinal, embora seu perfil genético, revelado pelo exame de sangue, só coincida com o de Elizabeth em três dos seis índices possíveis. Isto, o médico que conversou com ela explicou, esta pelo menos acima da maioria das pessoas em geral, mas gostariam de tentar algo melhor, com alguém preenchendo quatro, cinco ou seis dos índices, para reduzir as possibilidades de rejeição.

Mas o homem rapidamente diz:

— Lamento ter de lhe dizer que a Srta. Chilmark morreu ontem de manhã pouco depois das seis horas.

True se levanta.

— Foi uma morte tranqüila. Estava dormindo e não sentia dor. Mas estou aqui, True, porque foi o desejo da Srta. Chilmark que eu lhe entregasse isto pessoalmente — estende um envelope, subscrito na firme letra caligráfica de Elizabeth. No seu papel timbrado pessoal.

Como um gesto de amor e fé, Elizabeth escreveu, numa nota breve, que deseja que True aceite como doação a restituição das ações de Elizabeth na Doze Vezes Abençoada. A dívida de True é cancelada. "*Espero*", a nota conclui, "*que esta carta encontre Guy bem de saúde e forte. Aprecio o seu gesto, True, sua coragem e perseverança. E suas muitas gentilezas. Sua amiga, Elizabeth.*"

True segura a carta na palma das mãos como um pequeno pássaro vivo, como um cálice. A generosidade de Elizabeth é inesperada e magnânima além de tudo que True teria suspeitado.

Mesmo assim, depois que o homem sai, ela ergue os olhos e se dirige ao teto. "Quero que Você saiba que se isto equivale a fechar uma porta e abrir uma janela, não vou concordar. Não vou fechar negócio."

JANEIRO

> ## ANO NOVÍSSIMO, VIDA NOVÍSSIMA
>
> *Deixa rolar os bons tempos com um globo de neve moldado em material especial, cheio de reluzentes símbolos do Ano-novo, de estrelas e luas até trompas e flautas douradas que tocam não só* Auld Lang Syne *mas também* The Skye Boat Song *e o* Cânone de Pachelbel *e às quais não se podem dar corda em exagero. Vem dentro de um baú de tesouros de forro dourado para guardar lembranças (adequado um dia para cartões de beisebol ou para brincos) com uma vela de champanhe para você e um bonequinho de brinquedo que é uma visão inteiramente nova da figura do Velho Cronos!*

DESDE QUE GUY VOLTOU para casa, pesando apenas trinta e seis quilos e mancando ligeiramente do lado direito, True fez breves incursões ao escritório, mas passou a maior parte do tempo dando aulas e brincando com o filho.

Ele está cansado, mas bem-disposto; ela está mais cansada.

Conforme prometera, seu irmão chegou com os sinos badalando. Quando Guy recebeu alta do hospital, dois dias depois do Natal, Dog alugou uma charrete de quatro cavalos com um cocheiro de ar adequadamente vitoriano, embarcou a mulher, as filhas, Guy, True e Kathleen e os levou a desfilar por toda Chatham, um espetáculo com lâmpadas cintilando e sinos dobrando. Alertados previamente, amigos acenam dos degraus de suas portas. "Bem-vindo à casa, Guy!" "Melhoras, Guy!" "Guy, está passeando em alto estilo!"

O médico proibiu a escola durante pelo menos três semanas, para evitar que Guy corra o risco de contrair infecção por causa da incisão aberta. Nessas condições mesmo uma garganta inflamada poderia ser fatal.

Sua professora não recebeu a notícia com satisfação especial.

— Ele já perdeu *muito* da escola por causa de todas aquelas apresentações — diz ela a True —, e soube que ele andou deslizando de trenó na neve. Além do mais, já tive estudantes que vieram às aulas de gesso, cadeira de roda e até com suporte de soro!

— As apresentações nada tiveram a ver com o apêndice — True lembra a ela suavemente. — E aquelas outras crianças? Aposto que eram garotos com doenças crônicas.

— Eram — disse a professora. — Doenças sérias. Como... leucemia.

— Mas Guy tem uma doença *crítica*, e se for à escola e se contaminar com o espirro ou a tosse de alguém, vou processar a escola e a senhora pessoalmente, e o departamento de saúde pública e todo mundo em que puder pensar — diz True, com ainda mais suavidade.

— Bem — a professora se aplaca —, vou mandar os deveres para sua casa.

— E é exigido por lei que a senhora consiga um professor para ele.

— Vou fazer uma requisição.

Isto, True sabe, levaria até o aniversário de treze anos de Guy para se concretizar. Então os dois conspiram para liquidar todos os deveres na primeira semana, colocando as capitais de países asiáticos e sul-americanos em mapas tão desordenadamente como macarrão de letras numa sopa. Passam o resto do tempo navegando no novo *laptop* de Guy ou jogando baralho na mesa da cozinha. Isto, True pensa, é matemática.

Cada vez que True conquista um ponto, Guy é obrigado a beber jinjibirra ou tentar engolir um bocado de pudim. Cada vez, ele engasga, mas True persiste, seu medo de mãe sobrepujando a repugnância natural de mãe de sujeitá-lo a tamanha indignidade. Hidratação e os níveis de sódio de Guy, questões que quase nunca passaram pela cabeça de True exceto no dia mais quente entre as dunas, são agora ansiedades diárias, são questões vitais, sua pediatra advertiu. Guy tem de reaprender o apetite, como um bebê. Como se intuísse a fragilidade de Guy, Gypsy fica deitado protetoramente aos seus pés. Quando Guy joga a bola, ele espertamente a traz de volta, mas então cruza as patas sobre ela, poupando galantemente a resistência do seu amigo. Desde que Guy voltou para casa, Gyp nunca mais voltou à cama de True. True pensa na loucura de deixar uma criança com uma incisão aberta dormir com um cachorro, mas conclui que é seguro contanto que Gypsy fique fora das cobertas.

Guy não volta à cama dela também. Diz que tem medo de que sua mãe se mexa e machuque o seu corte, ou que ele se mexa e machuque o bebê, e que, afinal, dormir numa cama grande e macia com o cheiro dele e de Gyp, em vez de álcool, goma e sangue, é como estar no céu.

No dia seguinte à chegada de Guy em casa, True ouve o caminhão vermelho esmagar o cascalho da entrada da casa e seu coração palpita. Hank joga para trás a porta da frente, batendo a maçaneta contra o gesso.

— Meu camarada! — grita. — Chegou em casa, finalmente! Como está? Pelo menos não podem impedir a minha entrada aqui! Está com uma cara terrível!

— Você também! — Guy grita agradecido, saltando de pé e dobrando-se com a fisgada de dor. — Por onde andou?

— Sente-se aqui, querido. Me deixa ver o seu corte!

— Está bem!

Guy levanta a camisa e Hank desvia rapidamente os olhos ao ver a feia boca vermelha, com seus lábios amarelos cheios de crostas e os tubos de borracha que True precisa limpar com luvas estéreis todo dia antes de mudar seus curativos, conforme lhe ensinou a coordenadora da enfermagem-em-casa.

— Oh, meu filho, meu filho coitado, você passou por tanta coisa! True, você também não parece muito legal... o que houve com as mãos? Esse inchaço todo é normal?

— Que bom que você veio finalmente, Hank — diz True, tentando manter sua voz neutra, mas ela está carregada com a estridência de sua raiva represada. — Botei todo mundo, exceto a polícia estadual, à sua procura. Telefonei para o seu celular. Telefonei para Tom. Esa ligou para Adele. Minha mãe...

— Sua mãe! Pare por aí, True. Sua mãe disse que eu não devia ligar para o hospital em nenhuma circunstância, que você lhe tinha dado ordens expressas de que eu não devia visitar o hospital. Ela se desculpou. Disse que sabia como devia ser difícil para mim, mas que tinha de seguir as suas instruções... não que eu levasse a sério. Fui de qualquer maneira... Fui todo dia.

— Ela não disse isto. Hank! Por favor não me insulte. Por favor não tente encobrir. Você foi passar o Natal numa estação de esqui. Tudo bem, mas não seja um canalha.

— Desculpe, *ma petite*. Tom me encontrou em Vermont com dois companheiros antes do Natal e eu voltei o mais rápido que pude, *na verdade*. Estava em Vermont porque não havia Natal para mim, sem meus filhos ou minha família, True, de modo que pode enfiar... desculpe, Gui. Achei que havia uma chance de que pudesse reconsiderar e me deixar ter Guy parte do tempo. Meus pais estavam preparados para vir antes que ele ficasse doente. Então rondei o estacionamento daquele hospital como uma porra de tarado, tentando entrar e ver meu filho — diz Hank rudemente. — Desculpe pelos palavrões, Gui. Mas, vamos lá, pensando bem, True. E você está se lixando. Por que diabos fica perguntando pelo meu paradeiro? Meu filho, sim, posso ver que Guy precisava de mim. Vou sempre me odiar por não ter encarado você e entrado naquele hospital e pedido para dormir lá como você fez. Tenho o mesmo direito. Estava tentando manter a paz.

— Por quê?

— Achei que me daria algum crédito por isso. Mas você? Não você. True, a Verdadeira, Sempre-Virtuosa. Nunca respondeu a minhas cartas ou tentou entrar em contato comigo. Por que se importou com onde eu estivesse? — o rosto de Hank está roxo. Guy olha para um rosto, depois para o outro, como se assistindo a uma partida de tênis.

— Suas cartas? Quer dizer aquela única epístola — somos dois trens correndo por diferentes trilhos? Que tipo de resposta eu devia ter dado àquilo? Você deixou claro o que queria. Os filhos. Nenhuma parte de mim — replica True. — Vamos deixar Guy sair do quarto enquanto discutimos isto.

— Não quero que ele pense que o desertei, embora você provavelmente gostasse disso — Hank começa.

— Eu certamente não gostaria disso — True suspira.

Hank olha para o seu rosto, para a sua barriga, e sua voz fica suave, quase cantante.

— Espere um minuto. Talvez eu tenha interpretado mal.

— Ouça — diz True. — Não esperava que fosse tão rude na sua nota, apenas isso. A troco de nada. Depois de como fomos... civilizados desde que você partiu.

— Sim, civilizados — Hank rosna, afrontado de novo. — Esta é a especialidade da casa em Stage Harbor Lane. Não importa como se sinta de verdade.

— Me dá um refresco, Hank. Acabei de passar cerca de duas semanas no hospital com um menino desesperadamente doente; e também não estou muito bem, caso você não seja capaz de notar. Estou doente. Devia estar na cama ou este bebê vai nascer cedo demais e nenhum de nós quer isto. Me senti realmente injuriada por aquela nota. Nunca tinha dado a você qualquer razão para achar que eu o privaria do acesso às crianças, então por que deveria me ameaçar?

Hank parece genuinamente passado.

— A última nota? O que esperava que eu dissesse? Que continuasse implorando e arrastando o rabo? E quanto ao resto? Escrevi-lhe páginas. E quanto aos telefonemas? Nunca me ligou de volta, mesmo antes de Guy ficar doente. Nem uma só vez. Nem depois. Mesmo depois que fui até lá.

— Nunca vi você. As enfermeiras nunca o viram.

— Me viram. Falaram comigo. Aquela garota negra grande com as contas? E o cara? Você estava dormindo. Guy falou comigo.

— Você deixou coisas para Guy?

— Umas coisinhas.

— Ele não sabia.

— Sim, sabia. Ele disse "Oi, papai" algumas vezes, mas não sabia se estava sonhando ou não. Estava com os olhos vidrados.

— Nunca recebi uma carta sua, Hank. Nunca recebi um telefonema. Estou lhe contando a verdade.

— Recebeu recados.

— Não recebi. Só quando Esa disse que você havia ligado perguntando por Guy.

— E quanto à sua mãe?

— Nenhum.

— Bem, então ela se esqueceu de dar o recado. Ou então foi descaso. Depois que ele ficou doente, eu ligava para Isabelle todo dia e ela me contava tudo e fui até o hospital dez vezes, mas metade do tempo eu tinha medo de fazer mais do que simplesmente dar uma olhada. Achava que iam me jogar na rua. Implorei a Kathleen que me deixasse vê-lo. Implorei a Esa que me deixasse falar com você.

— Isso não se encaixa. Se ligou para Isabelle, por que ela não me contou? E, pare para pensar, por que não foi simplesmente entrando? Disse que pensou em fazer isso — True acha que deve ter perdido alguma parte dessa história. Nada disso faz sentido levando em conta o Hank que ela conhece — impetuoso, despreocupado, quase incorrigível, especialmente com estranhos.

— E me censurou assim na frente dele? Kathleen disse que você estava furiosa. Disse que tinha a idéia de que o estresse havia contribuído para a doença de Guy...

— Eu nunca disse isso! Eu não o teria jogado para fora. Devia me ter em melhor conta — a revolta de True é súbita como sua exaustão. Ela sussurra. — E você está mentindo. Eu devia saber que se estava falando, está mentindo, Hank. Esa teria me contado. Por que se dá ao trabalho de mentir, agora, é que eu não entendo.

— Kathleen disse que demitiria Isabelle. Foi o que Esa me contou. Ela prometeu que a demitiria se fizesse qualquer coisa para perturbar mais você e Guy.

True tenta lembrar-se das vezes em que pedira a Esa, às vezes um tanto severamente, para deixar Hank de fora. Lembra as dúzias de tentativas fracassadas de súplicas e de artimanhas para convencer True a falar com Hank. Se Kathleen ainda consegue intimidar sua filha de quarenta e três anos, que dizer de uma garota de vinte e seis?

— Espere. Disse que minha *mãe* iria demitir Isabelle?

— Sim, disse que ela tem poder de procuradora sua agora.

— Ela tem, desde que você partiu, mas... isso não faz sentido. Não vejo por que Esa não me procurou. Por outro lado, não é uma situação que jamais tenha enfrentado e precisa realmente do emprego agora. Eu não estava aberta à idéia. Mas por que minha mãe iria...?

— Eis o que eu pensei. Você vai me odiar, True, mas para me manter longe dele quando ele estava...

— Quando eu estava morrendo, mamãe! — Guy interrompe. — E eu vi você, papai. Um montão de vezes. E achei que estava sonhando, papai, porque você só fazia "sshhh" e desaparecia. Fiquei realmente zangado com você.

As visões de Guy, True pensa.

— Bem, não foi de propósito!

— Ela me deu um tapa — diz Guy baixinho.

— Ela lhe deu um tapa? O que foi que houve, True? — pergunta Hank.

— Está me atacando? Por ter dado um tapa nele? Sr. Macho? Quem disse que o seu pai travava duelos em suas horas de folga?

— Oh, pare de bobagem, True.

— Bem, não me acuse de agressora de crianças. Foi você quem o mandou saltar...

— Eu lhe disse que ele queria...

— Calem-se, vocês dois! — Guy grita fracamente.

— Conte a ele — diz True. — Conte a ele por que bati em você.

— Por nada — Guy encolhe os ombros.

— Por *nada*? Ele disse que queria morrer porque pelo menos poderia ver seu pai de verdade.

Hank ajoelha-se.

— Eu sou o seu pai, Guy. Não sou o seu pai de verdade, mas estou me lixando para isso, e aposto que o seu pai no céu quer que tenha um pai aqui, também. E se não fosse por mamãe, eu estaria bem aqui com você agora.

— Me deixe fora disso — True ordena.

— Não fosse a vovó ter tanto medo de que eu o perturbasse... Vovó pelo menos lhe deu meus cartões e meus presentes, certo?

— Não! — Guy fica chocado.

— Mandei-lhe camisas e um detetor de metais e *Grand-mère* mandou botas impermeáveis para a pesca, no seu número, e *Grand-père* mandou para você seu próprio tabuleiro de xadrez. Aquele da Guerra Civil. E um casaco para o bebê. E todo este enxoval de recém-nascido que *Maman* fez em crochê. Onde estão, True?

— Com toda a certeza não sei. Não os escondi. Não estão aqui.

— Onde está Kathleen?

— Espere, espere, espere, vou resolver isto. Faça a visita ao seu filho, já que está aqui finalmente. Posso deixá-lo com você por um momento?

— Acho que posso administrar a situação, True. Pode confiar em mim se for para um outro local e me deixar aqui com nosso filho — Hank fala sem expressão. Então pergunta, as palavras se atropelando: — Posso tocar no bebê antes?

True pensa em Hank e Adele, talvez lendo diante de uma pequena lareira, talvez acendendo uma fogueira de praia, e sacode a cabeça, uma vez, resoluta mente. O rosto de Hank se retesa e ele treme como se ela o houvesse esbofeteado.

— Me deixe tocar no meu bebê, True. Por favor.

Ela cede e aponta para uma protuberância.

— O que temos aqui é um pé.

Hank toca na camiseta de True com a ponta de um dedo. Ela quase ri.

— Não, Hank! Não como se estivesse tocando num fogão quente! Tem de dar um pequeno empurrão, ou ele não vai notar você.

Hank toca com mais força e o bebê chuta em resposta.

— Oh, meu Deus — diz Hank.

— Pronto. Agora vou falar com Kathleen.

Com passadas que teriam deixado Himmler* orgulhoso, True parte para o seu escritório. Não acredita que vá bater na mãe, mas a idéia é um impulso satisfatório e propulsor. Kathleen está ao telefone. True rabisca uma nota no bloco de recados.

Vai esperá-la na cozinha. Para tomar um chá com ela. Tão cedo quanto possível.

---

*Heinrich Himmler (1900-1945) foi chefe da Gestapo, das SS (tropas da elite) e das SA (tropas de choque) e ordenou a contrução de Auschwitz em 27 de março de 1940. (*N. da E.*)

Como se compartilhando da indignação de True, o bebê rola, como uma baleia saltando para fora d'água.

GUY ESTÁ COCHILANDO e Hank saiu deixando um bilhete prometendo voltar na manhã seguinte, quando True finalmente telefona para sua mãe e pede de novo que suba ao escritório para tomar uma xícara de chá.

— Eu lhe pedi para subir — diz ela, quando Kathleen finalmente entra na cozinha — uma hora atrás.

— Tenho andado muito ocupada, já que você não tem estado no escritório, pelo menos em tempo integral — diz Kathleen, pois não é nada boba.

— Abra uma exceção — diz True. — Precisamos realmente conversar — Kathleen suspira.

— O que pode querer que seja tão urgente? — pergunta Kathleen. — Guy está doente?

— Guy está ótimo. Está dormindo. Hank acabou de visitá-lo.

— Oh, estou segura de que está *ótimo*, então. O que você precisa?

— Sente-se, mãe.

— Está bem — diz Kathleen. — Falou em chá. Onde está o chá?

True aperta o botão da chaleira elétrica.

— Está um dia gelado, de atravessar os ossos. Devia me mudar para a Flórida.

— Não é uma idéia totalmente má.

— Eu nunca me mudaria para a Flórida.

— Eu sei, mamãe.

— Muitos idosos, se arrastando...

— Eu sei, mamãe — True prepara uma xícara com um prato combinando para cada uma. Senta-se. — Agora me diga por que nunca me disse que Hank tinha telefonado, pedindo para falar comigo pessoalmente, não apenas para combinar uma visita a Guy, ou que me mandou cartas, ou que sua família mandou presentes para Guy, e por que o impediu de ir visitar Guy no hospital e ameaçou demitir Isabelle.

— Ainda está nesta onda?

True acha que seus globos oculares vão explodir de dentro para fora.

— *Onda?* Mãe, eu lhe perguntei por que invadiu minha privacidade e manteve meu filho afastado do pai... tudo o que quero é uma resposta. Agora.

— Seu pai? — Kathleen torce o nariz e aponta para a barriga de True. — É pai *deste* aí?

— Não me importa o que pense sobre Hank. Mas Guy queria o pai *dele*. E podia ter-se recuperado mais cedo se tivesse Hank para o consolar...

— Isto não era pai nenhum — diz Kathleen de novo. — Isto não era pai.

— Não cabe a você julgar.

— Bem, você também não sabe julgar.

— Não acredito no que estou ouvindo.

— Você estava tão louca por sexo, ávida e solitária, ofegante como um cachorro. Teria perdoado qualquer coisa — diz Kathleen. — Eu a ouvi, todas aquelas noites, gemendo no seu quarto.

True pode ver a si mesma erguendo-se da cadeira, segurando Kathleen pelos ombros e sacudindo-a até que os dentes chacoalham dentro da sua cabeça.

— Ouviu-me chorar e nunca veio tentar me consolar?

— Não achei que gostaria que soubessem que estava caindo aos pedaços. Respeitei seu direito à solidão. Teria desejado que eu entrasse no seu quarto?

— Não — admite True. — Teria sentido vergonha, imagino. Teria sentido que você tinha vergonha de mim. Mas não sei por quê. É minha mãe. Eu teria desejado contar-lhe como me sentia terrivelmente triste.

— Você tinha o direito de estar triste. Aquele homem a fez de tola aos olhos de toda esta cidade.

— Pare com isso, pare com isso agora. Só quero saber uma coisa. Onde estão minhas cartas? Onde estão os presentes de Guy?

— Vi que Elizabeth lhe devolveu a companhia.

— Espiou a carta.

— Aberta sobre a mesa do saguão, True. Não fez nenhuma tentativa de ocultá-la. Foi muita classe dela. Era uma mulher de belas maneiras, decente.

— Era. Agora, seja também uma. Me diga onde estão as cartas.

Kathleen está agitada. Remexe nos bolsos com os dedos e encontra uma pastilha de menta, que delicadamente desembrulha e engole.

— True, se você se agitar, sua pressão vai subir.

— Não estou agitada, mãe. Estou decidida.

Kathleen suspira.

— Quanto aos presentes, pode tê-los. Não os abri. E não os trouxe para Guy porque simplesmente achei que seria ainda mais duro para ele, em última análise. E para você. As lembranças. Estão no cofre do escritório.

— OK, vou apanhar os presentes. Vou dar a Guy quando ele acordar. Caso não tenha notado, os Bannisters gostam muito de Guy. Eles o adoram, quer Hank e eu estejamos juntos ou não.

— Sim, parecem muito afetuosos. Esbanjam afeto.

— Mamãe, esta é uma observação tão mesquinha, até mesmo vinda de você. *Eles são assim*. Não é fingimento. E não mude de assunto.

— Ah, sim.

— Eu *quero* as minhas cartas!

— Tenha certeza de que quer, antes de pedir.

— Que diabo é isto, mamãe? Alguma cena de um romance de Daphne Du Maurier? Desça do seu pedestal e pare de querer controlar a minha vida como algum procurador gótico. O que vai fazer a seguir, queimar as cortinas? Por que eu não iria querer as minhas cartas?

Kathleen bebe todo o seu chá.

— Vou ter de ir buscá-las. Estão na minha mesa do saguão. Vamos, siga em frente e leia todas elas. E fique caída pela conversa fiada em que todas acreditam, seja uma idiota.

Ela sai batida, abre a porta do seu chalé enquanto True a observa pela janela, marcha de volta e joga dois maços de cartas aos pés de True.

— Sabe que não posso me abaixar para apanhar essas cartas, mãe.

Kathleen se curva e entrega a True o maço mais fino. Lentamente, True abre a primeira carta, datada de uma semana depois que Hank saiu de casa.

Querida Esposa:

Sou orgulhoso e tolo, e estou preparado para me arrepender de tudo o que fiz para magoá-la. Posso explicar melhor pessoalmente do que por escrito. Por favor, me dê uma chance. Pode me detestar, mas pelo menos poderemos conversar. Não podemos conversar? Vou esperá-la na segunda-feira no Comfort & Joy. Que tal às seis?

Hank

E então a seguinte.

Querida True:

Sei agora que está furiosa. Mais do que furiosa. Já a vi furiosa. Sei que isto é mais. Sei que está decidida a nunca perdoar. Mas preciso tentar.

Você tem direito. Não a culpo. Agi errado. Mas não preciso que minha mãe me diga isso, embora ela o tenha dito. E mais de uma vez.

Preciso explicar. Por favor, me dê uma chance. Nada é o que parece. É como se tudo tivesse começado a girar fora de controle e eu não pudesse parar. Sim, eu podia ter parado. Mas não achei que pudesse.

No começo, escrevi para Adele porque sentia pena dela. Não iniciei a correspondência. Ela o fez. E nunca pareceu que ninguém se importasse antes se Adele ligasse ou escrevesse. Achei que isto era o mesmo tipo de coisa. Não me dei conta do que ela devia estar sentindo em relação ao nosso casamento. Fui ingênuo. Mas acho que também gostei da idéia de que ela não conseguia se esquecer de mim. Ela sempre disse que ninguém poderia jamais assumir o meu lugar, que eu a arruinara para os outros homens. Era um lance de ego. Sinto-me um tolo agora em relação àquilo.

E então, quando ela continuou escrevendo, eu não sabia como deixar de responder a ela. Estava tão desesperada à medida que sua mãe ficava mais doente. Seu sofrimento era como uma teia. Era palpável. Estendi a mão e a teia me pegou. Nunca pensei que ela estivesse usando aquele sofrimento para me envolver de uma maneira irreversível. Antes, Adele vinha à cidade e nós íamos jantar ou coisa parecida, e então ela ia embora de novo. Era como se eu fosse a única coisa com a qual ela podia contar que estaria sempre ao seu dispor.

Quando ela veio de carro até aqui pela primeira vez, a caminho de Nova Hampshire, fiquei feliz por ela. Parecia gostar daquele sujeito, embora tenha dito que jamais o amaria como me amou. Era uma coisa doentia. Tentei me desvencilhar dela. Tentei explicar-lhe que não podia sair com ela. Então, o caso com o tal do Dave acabou, quase antes mesmo de ter começado. Claramente, ele detectou algo no jeito de Adele mais cedo do que eu. Ela ficou histérica. Sinceramente, achei que ia se matar, e matar o bebê, depois que ele a chutou. Foi quando ela veio ao restaurante.

Eu ainda lhe disse, tenho uma mulher, amo minha mulher. Amo meu filho. Estamos esperando um bebê. E ela chorou e disse, e que me diz de todos aqueles anos, Hank? Quer dizer que seria capaz de amá-la mais em seis meses do que me amou em seis anos? Senti uma pena terrível dela. Você teria sentido, se a tivesse visto. Mas eu disse, quando encontrar o homem da sua vida, você vai saber. Vai saber exatamente como eu soube. Eu lhe disse a verdade. O tempo que podíamos passar juntos acabou. E, finalmente, ela disse que havia entendido. Mas ainda continuava me escrevendo, dúzias de e-mails, *implorando-me que respondesse. E eu tentava responder um ou dois, só para lhe dizer que ainda era seu amigo.*

Então, quando Marie estava à morte, achei que você entenderia. Que isto seria o fim de tudo, que ela deixaria de se grudar a mim. Nunca soube, quando cheguei em casa naquele dia, que você estava doente. E já tinha decidido não ir, quando entrei no chuveiro, com sua mãe parada lá, quando você investiu contra mim. E o idiota em mim simplesmente se manifestou. Não ia deixar nenhuma mulher me dizer o que devia fazer. Pensei em todas as vezes que me senti assim desde que nos casamos, como era você quem mandava e eu apenas o cara que você deixava ficar por ali.

E fiz a pior coisa que jamais fiz na minha vida. Deixei você lá sozinha. Oh, não sou um homem de implorar. Nunca implorei. Mas imploraria a você de joelhos que me perdoasse por aquele erro. Foi cruel, teimoso e insensível. Virei aquele caminhão cinco vezes para voltar para casa mas então, pensei, ela me jogou na rua. Ela me jogou na rua, e eu seguia em frente. Tudo o que fiz o tempo todo que estava em Cambridge foi pensar em você, e como me reconciliaria com você. Tudo o que fazia era me preocupar, pensando que me mataria se chegasse em casa e tivéssemos perdido nosso bebê.

Então voltei para casa. Tudo o que queria era jogar meus braços ao redor de você. E você me mandou fazer as malas. Jogou-me para fora como um monte de lixo. Não quis ouvir uma palavra do que eu dizia. Não foi sua culpa. Sei como lhe parecia a coisa. Mas podia ter-lhe dito, nunca foi como parecia.

O mínimo que você podia fazer era ficar diante de mim e me dizer que aquela situação não lhe parecia real. Que não era algo que nunca tivesse sentido antes na vida. Diga-me que o jeito como me olhou no casamento de Esa não estava carregado de algo que não pode definir através de palavras. Eu posso defini-lo em palavras.

Mas você me conhecia, estou seguro disso. Como nunca conheceu outro homem. E eu a amei com tudo o que tinha dentro de mim.

Ainda a amo, True. Ainda a amo. Ainda a amo.

Não fiz sexo com Adele naquela noite. Nunca teria desonrado você dessa forma.

Quero ser seu marido por toda a minha vida. Quero viver em paz com você. Se acha que preciso de um psicanalista, irei a um psicanalista. Um homem pode mudar, se tiver vontade o suficiente. Posso mudar com você. Meu pai diz isso. Diz que perdi a jóia mais valiosa em minha vida, e tem razão.

Por favor venha ao restaurante, a qualquer hora. Podemos conversar. Sei que vai entender o meu lado da questão. Cometi um monte de erros. Grandes erros. O maior foi me comportar como me comportei com o nosso filho. Como fui egoísta e imaturo em relação a Guy. Vou deixá-lo rasgar a camisa das minhas costas e usá-la para fazer um papagaio agora. True, não consigo comer e não consigo dormir. Tenho muitas contas a lhe prestar. Mas posso passar o resto de nossas vidas provando-lhe que nunca, nunca mesmo, tive a intenção de magoá-la. Se é um pecado ser estúpido, então sou um pecador. Mas desejo tocar em você mais do que desejo o céu.

Do marido que a ama, Hank Bannister

É Hank em cada linha, mas True não pode acreditar que ele tenha escrito aquilo. Um homem que parece tão ardente, tão rápido com os gestos, e no entanto tão confuso quando se trata de respostas francas jogou sua grande cartada sobre a mesa. True não consegue desenredar o novelo até o primeiro nó. Não pode situar o local exato em que duas pessoas singulares fincaram uma bandeira no cume de suas circunstâncias incomuns e, mal haviam se comprometido, começaram a deslizar encosta abaixo. Ela não é capaz de detectar qual das suas fraquezas levou Hank a erguer barreiras, ou qual das suas barreiras a faz abrir as garras.

Mas essas palavras poderiam ter evitado tudo aquilo, imediatamente. Eles poderiam nunca ter se separado e então ter ficado forçosamente apartados, por circunstância e duplicidade. Segurando estas páginas, ela é tomada de enorme ternura e comoção. Enxuga os olhos marejados com os punhos da camisa. Como deve ter se mostrado dura, frívola, ignorando uma súplica tão despojada?

E, no entanto, essas palavras no papel não apagam tudo o que eles fizeram e disseram, a miríade de feridas grandes e pequenas nunca cicatrizadas.

Mas não pode ser tarde demais. Ela pode fazê-lo entender. Ele a fez entender. Se há tempo, deve haver esperança. Deve haver.

Ela abre a outra carta, escrita depois, mais desesperada.

True:

Se fui um tolo e uma criança, peço desculpas. Não sou um escritor. Não tenho o dom das palavras. Mas ainda amo você. Ainda desejo viver com minha mulher e meu filho. Sinto falta do meu garoto. Por favor, reconsidere esta escolha. O amor não pode ser forçado, mas quando você me jogou para fora eu não consegui me desculpar. Compartilhamos este terrível orgulho, você e eu. Deixe-me contar-lhe das horas que passei caminhando na praia, olhando as luzes da casa que era o meu lar, onde passei as horas mais felizes da minha vida de homem.

Nunca pensei que estivesse revidando você, através de Adele, por me fazer sentir diminuído. Pelo meu papel na sua vida. Como se eu fosse apenas mais um dos seus empregados. Agora vejo que eu era. Vejo que não era você que me sentia fazer assim, era eu mesmo. Você sempre dizia que não era boa o suficiente para mim. Eu ficava pensando que não era suficientemente bom para você.

Você sabe tudo. Livros, negócios, história. Eu nada sabia a não ser preparar camarão no arroz. Ajo como um cara importante para encobrir isso. Oh, True, talvez você nunca devesse ter-me amado. Mas você me amou, True.

Você me amou. Eu sei disso.

Eu poderia não ser merecedor daquele amor, True. Mas nós superamos todas as pedras do caminho.

Não superamos? As partes difíceis e horríveis, as brigas, a dor que lhe causei, todos os temores que sentiu. Nós superamos tudo. Fizemos o que todos disseram que não seríamos capazes de fazer.

Como pode abrir mão de tudo isso? Não posso dizer que não entenda por que não me quer mais. Mas sempre que a vejo, não ignoro a ânsia em seus olhos. Não sei se é por mim ou apenas pelo futuro que deveríamos ter, mas que não saiu como planejamos. Pergunto a Guy e ele me diz que você está apenas esperando pela ocasião certa para eu voltar para casa. Diz que você está me dando uma lição. Me dando uma lição? Isto é a cara da minha esposa. Da minha puritana.

Talvez isto seja atrevido demais. Eu não devia estar fazendo piadas.

Quer que eu espere para sempre? Eu diria que seria capaz de esperar para sempre se isto me desse esperança. Estou aqui. Estou esperando.

Vou dizer mais uma coisa. Guy me conta que você chora. Diz que dorme com a minha camisa. Oh, a porra da camisa! Por que eu não vi o que estava fazendo? Seu triste rosto, seu trabalho duro?

Por que não a elogiei quando estava insegura? Por que gracejei com isso?

Acho que porque eu também estava tão inseguro. Inseguro? Hank Bannister? Mas sim. Como Perry. Eu tinha de mostrar a todo mundo. As garotas sexy. *A motocicleta. Mas eu nada mais era do que ar dentro de um monte de roupas.*

Nunca mostrei nada de mim a ninguém exceto à minha família. E depois a você. Principalmente a você. Acho que nunca pensei que houvesse porra alguma dentro de mim, até que você enxergou. Você despertou o que havia de melhor em mim e eu joguei isso fora.

Você me disse que era minha. Bébé. *Você me disse que era MINHA.*

Quando eu a vejo, você não é fria. Não é mesquinha. É como seria com um velho amigo. Mas eu não me sinto assim. Não sinto como se fosse minha velha amiga. Isto me mata. Eu quero o que nós tínhamos. Sim, toda a confusão. Todas as complicações. Todo o barulho. Sinto até falta de Kathleen.

Pelo menos, pense nisso. Em função de Guy, e do bebê, senão de nós. Não vou decepcioná-la. Não há motivo algum para acreditar em mim. Mas não vou decepcioná-la. Eu juro. Pode contar comigo para sempre. Isto soa como uma ridícula canção country. *Existem certas coisas que a gente não consegue dizer sem parecer piegas.*

Hank.

Sua mãe permaneceu ereta e imóvel, enquanto True lê. True ergue a carta entre elas, como uma tocha.

— Por que, em nome de tudo que é humano, você fez isso, Kathleen?

— Não adorou a parte em que ele disse que sentiu falta de mim? — ela sorri, um sorriso marcado por malícia e mais alguma coisa. Existe um odor animal no ambiente. Uma corrupção selvagem.

— Não ouse dizer uma palavra sobre ele na minha casa, Kathleen. Nem uma palavra.

— Não me chame assim — sua mãe reage.

— Não consigo chamá-la de "mãe" neste momento. Sinto-me como se estivesse aqui com uma estranha.

— Bem, imagino que vai correr até lá agora e perguntar à namorada dele se pode vê-lo.

— Isto é feio, Kathleen — diz True. — Mas, sim, se pudesse, se ele me ouvisse, se eu não tivesse tornado isto impossível, é isso mesmo que eu faria. Iria até lá, se tivesse de ir. Como podia achar que essas cartas não eram sinceras? Como podia ter deixado de ver o quanto ele se arrependia do que tinha feito? Existe algo a respeito de... você. Você está... assustada, não está? Está assustada pelo que fez? Vou fingir que não ouvi o que acabou de dizer. Vou lhe dar uma oportunidade de ser boa para mim.

— Antes que saísse correndo, tem outra coisa que gostaria que visse — diz Kathleen, soturna. — Devia ter-lhe mostrado isso há alguns meses, mas tinha minha própria privacidade a zelar.

— *Sua* privacidade! Como ousa mencionar privacidade? Depois que invadiu minha vida, fez o melhor que pôde para tirar minha vida dos eixos?

True apanha o maço de envelopes que Kathleen lhe estende. Estão amarelados, marcado pelo tempo. Ela os empunha e sacode na cara da mãe.

— O que são? Cartas de papai? Quer provar para mim o que um homem de verdade diz à sua mulher? Que novidade! Não me importa! Não quero ler! Estou de saco cheio de ouvir falar de Bert Dickinson. Pelo que me lembre, ele nunca foi a uma partida de beisebol com Dog e nunca assistiu a qualquer peça em que eu atuasse e acho que vocês dois tinham uma tremenda relação que nunca consegui entender direito, mas eu não gostaria de viver com um sujeito que passava mais tempo fora do que em casa, e que sumia até mesmo quando *estava* em casa! Sabe de uma coisa, mãe? Não tenho nenhuma lembrança de papai a não ser dele mandando a gente ler aqueles malditos anuários! Por que acha que é assim? Não acho que ele fosse um bom pai. Talvez vocês não devessem ter tido filhos. Talvez ele não nos desejasse...

— Se parar de delirar, vai ver que estas não são cartas do seu pai para mim — Kathleen diz baixinho. — Dê uma olhada nelas, True. Dê uma olhada muito cuidadosa nelas.

— Por quê? O que elas significariam? Gostaria que sua vida fosse examinada por outra pessoa sem o seu conhecimento? Como se alguém a estivesse observando com uma câmera oculta?

Kathleen nada diz.

— Vamos, mãe, gostaria? Responda-me, mãe!

— Escute o que eu falei. Não são do seu pai — diz Kathleen. — Se olhar para elas vai entender o que eu quis dizer e por que fiz o que fiz. Porque eu queria filhos. Meus filhos foram toda a minha vida, True. Não tive outra vida. Dê uma olhada nelas, True.

— De quem são?

— São *para* o seu pai. Ele nunca as viu, também.

True olha para o maço em suas mãos. Todas as cartas estão com os envelopes abertos, datadas de 1959, 1963, 1965. A letra e redonda e floreada, como a de uma colegial. Cada pequena letra "i" está encimada por um coração ou uma estrela.

— Vá em frente. Houve uma dúzia de vezes quando você era uma jovem mulher que quis lhe contar sobre isso, mas nunca... não conseguia me decidir a fazê-lo. É bom que fique sabendo agora.

— Não quero magoá-la, mãe. Fique com elas.

— Não.

— Fique com elas. São suas. Se fizermos algo terrível, isto só vai piorar a coisa.

— Você não pode piorar nada. Isto já aconteceu.

Robbie:

diz a primeira carta,

Você se encrencou muito quando ela telefonou e o funcionário do hotel disse que o Sr. e a Sra. Dickinson tinham acabado de sair para jantar? Oh, espero que não tenha se encrencado. Mas, de certo modo, esperava que sim. Então, tudo pode acabar, a necessidade de se esconder e de mentir. Como estão True e Augustus? As fotos que mandou fazem ele parecer muito esperto e alto. Estou morrendo de amor por você. E não posso esperar a hora de vê-lo de novo. Sua garota para sempre,

Barbie.

True sobe lentamente as escadas, Kathleen atrás dela, próxima e silenciosa como uma sombra que respira. True senta-se na sua cama. O bebê dança *break*. Ela se deita de costas e respira fundo. Abre outra carta, que está apenas ligeiramente grudada num canto, um daqueles envelopes antigos de listras vermelhas, brancas e azuis com um selo de dez centavos e diz:

Robbie querido:

Receio nossa amiga não tenha comparecido à visita. Nem você. Durante um mês inteiro! Vou simplesmente achar um homem parecido com James Dean e deixar você na rua da amargura. Oh, não, seria eu capaz de fazer isso um dia? Você é o homem mais inteligente, generoso e querido que já conheci. Para onde quer que eu olhe... para o "nosso" vaso amarelo, para as estantes que você construiu, para minha cadeira de balanço, penso no quanto você me dá. Mas o pior em tudo isto é que não podemos ter um bebê só nosso. Por que não? Por que não, já que você passa a metade do tempo aqui, de qualquer maneira? Nunca chegou a ver aquele filme sobre o incrível Sr. Pennypacker? Talvez você tenha mais amor para dar do que uma só casa necessita, também. Robbie, estou segura de que não me encontro em "estado interessante". Mas gosto de pensar em você se preocupando por minha causa. Gosto de pensar em você chutando os sapatos, mesmo que suas meias estejam fedidas — como é que aquela mulher lava, afinal? Não deve usar amaciante de tecidos. E estou lendo o novo anuário. É o máximo. Eu amo você, Barbie.

A mãe de True está de pé junto à porta do quarto de dormir.

— Se ele chegou a receber uma só delas, nunca cheguei a saber. É fácil subtrair correspondência. Ninguém realmente sai à procura. É ainda mais fácil numa casa como esta, em constante caos.

— Minha casa não está num caos. Quem é esta mulher?

— A mulher de Bert.

— De papai? Papai tinha uma amante?

— Se quer chamar assim.

— Bem, essas cartas não parecem cartas de uma prostituta.

— Aceite a minha palavra, True. Ela era uma vagabunda. Estou lhe contando a honesta verdade de Deus. Era alguém a quem ele vendia enciclopédias. E fizeram a coisa já naquele primeiro dia. Ela simplesmente assinou um cheque para ele e foram direto para a cama. É o que eu presumo. Não chego nem a saber por que ela comprava enciclopédias. Duvido até que ela soubesse *ler*. Depois que descobri, nunca mais voltei a dormir com ele.

— Mas, mãe, você amava tanto o papai — diz True, sua raiva misturada com uma horrível pena. — Amava papai de todo o seu coração. E todos aqueles bailes no Moose Lodge? Como podia suportar aquilo? Como foi que descobriu?

— Bem, você está vendo tudo aqui. Ela mandava as cartas diretamente para nossa *casa*. Como remetente colocava World Book, Incorporated, mas eu sabia que os escritórios da corporação World Book não escreviam com tinta violeta e como uma criança retardada. Então comecei a abri-las. A abrir os envelopes no vapor.

True lembra da noite do envelope de fotos de Hank e dos olhos brilhantes de Kathleen.

— Deve ter partido o seu coração. Mãe, você guardou tudo isso para si mesma. Contou a Ellen? Contou ao seu padre?

— Contei ao padre Adams. Ele disse que eu devia rezar e ter esperança e lutar pelo meu casamento e pelo bem de vocês e pelo bem da alma de Bert. Era o que eu acreditava, também.

— Mas havia mais em jogo.

— Eu não ia deixá-la ficar com ele, ia? — os olhos de Kathleen se enchem de lágrimas, horrorizada.

— Eu... eu não tenho idéia.

— Um divórcio? Isto era nos anos 60, e não nos *Sixties* que você imagina quando ouve falar de tais coisas, True. Os verdadeiros anos 1960, não os de paz e amor. Nunca conheci ninguém, a não ser Lena Livowitz, que tenha se divorciado. E isso porque o marido dela tinha outra esposa em Lynn. Eu não ia deixá-la ter a poupança de Bert, sua pensão, outros filhos, uma vida com o homem ao qual eu me entregara virgem...

— Deus do céu!

— Não pragueje.

— Bem, mãe, você deve admitir...

— Sei que está chocada. Eu tinha vontade de contar a você e a Augustus. Mas que diferença fazia? Ele estava morto. Ele me amava. Nunca a amou. Acredito nisso. Sei disso. Mas eu podia ver que este homem, este Hank, ia fazer a mesma coisa a você...

— Mãe, não.

— Um homem mais jovem? Do jeito que ele olhava para Esa?

— Esa? — risadas saem pela garganta de True como um refluxo. Não consegue abafá-las. — Esa?

— Para todo mundo! Eu o via olhando. E quando a deixou e passou a noite com aquela vadia...

— Não acho que Adele seja uma vadia, mas não vem ao caso....

— Sabe que teria feito isso! Sabe que a teria deixado no fim, não importa como acontecesse. Quebrada! Você teria perdido tudo! Eu ainda não sei o que você vai perder no divórcio, True. Ele ligou para você do apartamento daquela mulher, True. Verifiquei no identificador de chamadas! E então, quando descobriu que você esperava um bebê, agiu como o dono da bola!

— Foi assim... foi assim às vezes, está certa.

— E quantas vezes meu Bert me ligava da casa dela? Daquele mesmo jeito, não está vendo? Ela quieta como um camundongo? Ou rindo de mim?

Kathleen remexe nos conteúdos do maço de cartas.

— Veja, veja! Aqui tem uma foto dela! True vê uma mulher pequenina e maliciosa, envolta numa imitação barata de pele de raposa, um sorriso sedutor, os olhos voltados para o lado numa paródia de desejo. — Acha ela bonita?

— Não, mamãe. Você era muito mais bonita! — True, a cabeça latejando, fogos de artifício diante dos olhos, ainda consegue refletir que nunca teve uma conversa bilateral longa e íntima com sua mãe como esta, que não tratasse de assuntos como finanças ou maus-tratos aos livros da biblioteca. — Você ainda é bonita.

— Sou. Quero dizer, eu fui! Fui a garota mais bonita de Amherst. Além de poucas outras. E ele me tirou da casa do meu pai. Eu o queria. Sim, True, tive de me casar com ele...

— Estava grávida de Dog?

— Não, mas eu o havia deixado fazer aquilo. E depois que deixei, tive sorte de que se casou comigo.

— Jesus — True olha para uma das cartas abertas. *Estou tricotando um suéter para você e não tenho as medidas, a não ser os meus braços. Espero que fique bom. Você tem uns ombros largos. Não vejo a hora de você vir da próxima vez, e me levar para dançar em Big Pine, em Madison...*

— Por que não perguntou a ele a respeito? Por que não o encarou?

Kathleen hesita.

— Porque então ele teria uma desculpa para ir embora.

— Onde ela morava?

— Em Wisconsin.

— É bem longe.

— Era o território dele. Leste do Mississípi.

— Kellen sabe disso?

— Kellen é a primeira pessoa na Terra que chegou a saber disso. Fez alguma pesquisa para mim. Descobriu onde ela está. Ainda está viva. É casada. Tem filhos. Kellen pesquisou tudo isso.

— E nunca disse uma palavra disso a Dog?

— Por Deus, não.

— Ainda não entendi. Como podia ele saber que ela estava mandando cartas para ele e não se aterrorizar de que você as encontrasse?

— Ele não ligava, eu suponho. Eu não podia exatamente discutir as cartas, podia? Durante o jantar? Na frente de vocês, crianças? Sozinha com ele em nossa cama? Pensei que se as guardasse e ele pedisse divórcio eu poderia usá-las como prova de deserção. Mas ele nunca pediu o divórcio e nunca mencionou quaisquer cartas. E, depois que você nasceu, nunca mais tivemos relações.

— Já disse isso, mãe. Não quero saber mais a respeito.

— Então não tocarei mais no assunto. Ele estava vindo da casa dela, quando morreu.

— Então foi um Chappaquiddick.

— O quê?

— Dog e eu... sempre achamos que havia algo esquisito em relação à morte de papai. Sobre como nunca soubemos realmente muito a respeito. Nós simplesmente continuamos...

— Todo mundo o fazia, naqueles dias. Não se devia falar às crianças do pai morto. Foi o que o legista disse.

— Mas se ela estava em Wisconsin...

— Ela estava aqui! Estava aqui para a temporada naquele verão. *Temporada*. Ela tinha uma casa em Harwichport.

True está mistificada, horror e fascinação uma mistura sedutora.

— Eu podia tê-la visto. Quando estive lá, trabalhando como babá.

— Receei que você a pudesse encontrar.

— Mas não a teria conhecido, mãe. Como poderia tê-la conhecido?

— Sim. Pensei que ela pudesse... abordá-la.

— Não importa. Estou mais sentida do que posso lhe dizer. Mamãe, você fez este ídolo de barro de papai para nós, para o mundo inteiro, e ele não passava de uma doninha que a traiu a vida inteira.

Ela imagina seus pais, tirando do baú os enfeites de Natal, fatiando o assado de domingo, talvez ele apertando o fecho do colar dela antes da Noite de Cassino no Moose Lodge, cercando, durante uma década, o grande elefante olhando de soslaio e balançando no meio da sala de estar. Ela os imagina rodando em seu carro, comentando sobre o tempo, o preço dos sapatos das crianças, as doenças ou nascimentos no seu círculo de amigos.

Sua mãe desabafa:

— Como eu poderia enfrentar aquilo? Como aquilo teria me deixado? Caso eu admitisse? Pobre Katie, não conseguiu segurar o seu homem. Acha que teria conservado meus amigos? Conservado algum amor-próprio? Eu teria ficado como...

— Como eu estou agora, mãe. Sei que é isso o que quer dizer. Mas eu não ligo, mãe. Embora tenha me sentido terrivelmente humilhada. É uma humilhação falsa, porém. Eu apenas lancei os dados e perdi. Isto não faz de mim uma tola. Ou não faz de mim tão tola quanto me sinto. Você... mãe, falou alguma vez com um médico a respeito disso?

— Quer dizer um psiquiatra?

— Sim, porque o que fez com Hank... aquilo não foi muito... foi exagerado... foi loucura.

— Não se você pensar a respeito.

— Sim, se eu pensar a respeito. Ainda nem comecei a pensar. Quando pensar, vou achar que foi ainda mais ultrajante do que acho agora.

— Ela veio ao enterro, True! Ela veio ao enterro de Bert! Eu a vi. Eu a vi olhar para mim. Estava gorda. Não gorda. Uma mulher encorpada. Àquela altura.

— Mas aquilo foi há trinta anos, mãe. Não falou com ela? — True está horrorizada.

— Eu quis. Quis dizer "Me dê o que me pertence. Tudo que ele lhe deu, cada pedaço de papel ou peça de joalheria." Nem sei mesmo se ela trabalhava, True. Ele podia pagar seu aluguel. Eu nunca teria sabido. Bert levava o talão de cheques. Bert pagava as contas.

— Acho que *deveria* consultar um psiquiatra. Vem guardando isso há muito tempo, tempo demais. Ainda lhe resta uma longa vida, mãe. Se vai querer... viver, poderia também tentar superar isso. O que você perdeu e o que fez para... mim.

— O que um psiquiatra me diria? Que fui superprotetora de minha única criança? Quero dizer, de minha única filha? Que se encontrava no mesmo tipo de problema que eu enfrentei, tanto tempo atrás?

— Nós nos encontrávamos no mesmo tipo de problema? Não acho que nos *encontrássemos* no mesmo tipo de problema. Hank deu uma série de telefonemas horrorosos. Mas eu também. Tinha medo. E... talvez um médico dissesse que você deixou o medo dominá-la, apagar toda a sua vida. Não sei — diz True. — Espere até que Dog saiba disso.

— Não conte a ele, por favor — Kathleen suplica. — Ele perderia o respeito pelo pai.

— Vou contar a ele, mãe. A não ser que você ameace enforcar-se de um galho da tília. Ele merece saber. É a sua vida, também. E já que estamos no assunto, pare de tratar Dog como o Príncipe Herdeiro e eu como Cinderela. Por que poupar seus sentimentos e não os meus?

— Vai partir o seu coração. Ele respeitava seu pai. E só tinha doze anos. E, se eu fosse me matar, teria feito isso muito tempo atrás. Não ache que não pensei nisso. Imaginei Bert me encontrando morta. Sabendo. Mas não valia a pena. Eu não queria que ela tivesse você — diz Kathleen orgulhosamente.

— Graças a Deus por isto. Ela não parece o lápis mais bem apontado da caixa, mãe, se isto serve de consolo. Você é uma mulher muito mais letrada, com muito mais classe. E estou segura de que papai sabia disso. Mas eu *vou* contar ao meu irmão, a Hank e a Franny. E vai parar aí. Prometo. E, mãe, não vou demiti-la.

— O quê?

— Não vou demiti-la, mas vou botá-la para fora. Não, não, não como pensa. Vou comprar um chalé para você. Em algum outro lugar perto daqui. Isso eu vou! Porque ainda quero amar você e ainda quero trabalhar com você. E ainda quero que Guy tenha uma avó e eu quero minha mãe. Mas não quero você monitorando minha vida. Não quero você puxando meus cordéis. Podem ocorrer ocasiões em que eu esteja fora e Hank ou Esa vão querer ficar naquela casa de hóspedes e isto era tudo que ela foi planejada para ser. Ou eu poderia precisar de uma babá que gostasse de sua privacidade para ficar lá. De qualquer maneira, pretendo ter uma vida de novo, mãe. E acho que você deveria, também. Você deveria... sair com alguém. Viver a sua vida.

— Sair com alguém!

— O juiz lhe pede...

— Na minha idade!

— Você *praticamente* está namorando o pai de Esa.

— Isto é ridículo. E se quiser que eu me mude, ótimo, True. Vou simplesmente ligar para Augustus e depois...

— OK.

— Você me deixaria, não é? Fala sério. Apesar dos sentimentos de Guy. E do meu novo neto. Você me deixaria sair daqui. Sozinha.

— Falo sério. Nunca falei nada mais sério. É o que precisamos fazer. Eu quero a custódia total da minha vida.

— Você é fria, True. Não sei como se tornou tão fria.

True não responde, mas coloca os braços ao redor dos pequenos ombros rígidos de Kathleen e sente através do suéter da mãe os contornos aguçados de seus ombros e o profundo desalento da sua derrota.

— FILHO DA MÃE. Como foi que desconfiamos? — pergunta Dog depois ao telefone.

— As crianças sabem — diz True a ele. — Elas sentem tudo. Nós pegávamos aquilo como um vírus. Éramos criancinhas tão inocentes. Pelo menos eu era. E você era um garoto bobalhão se agitando na quadra de basquete, praticamente. Éramos tão obedientes, Doggie. Éramos tão... nós andávamos nas pontas dos pés. Estávamos exagerando. Porque podíamos ver que ela estava sofrendo. Não era um pedaço de pau. Sentia-se infeliz. E tentava manter uma encenação.

— Foi realmente um Chappaquiddick.

— Foi, realmente.

— Quantos anos teria papai quando morreu?

— Quantos? Quarenta? Quarenta e dois?

— Bem, pelo menos teve alguma felicidade.

— Ela não. Mamãe não teve felicidade.

— Talvez tenha agora.

— Eu lhe disse que precisava de algum aconselhamento — True conta a ele.

— Oh, tenho certeza de que vai fazer isso, True. E talvez assuma a presidência da General Motors.

— Ela poderia. Poderia ter feito... tanto. Tinha tanta coisa. E não fez, porque não se fazia. No seu mundo, não se fazia.

— Sim. Que tipo de homem deve ter sido ele?

— Acho que havia uma porção de homens como ele então. O presidente Kennedy, por exemplo. Você já traiu Linda?

— Não. Pensei nisso uma vez, muito, muito tempo atrás. Logo depois da universidade. Éramos namorados desde o ginásio, True. E pensei que devia ter pelo menos uma chance... mas não. Eu teria contado a você, se tivesse feito. True, a vida é incessantemente cheia de perplexidades. Mas você ganhou sua companhia de volta. E agora sabe que Hank tentou com tanto afinco encontrá-la. Isto é importante para você?

— Podia ter sido, certa vez. Acho que o momento passou agora. Vamos conversar a respeito. A propósito, mamãe talvez fosse morar com você por uns tempos.

— Epa, pare com isso.

— Ou isto, ou vou comprar para ela... — não, *você* e eu vamos comprar para ela... — uma casinha. Não a quero tão perto, onde possa ter acesso tão fácil a mim e a cada movimento meu. Se é que vou ter uma vida de novo. Não se preocupe, vou pagar a maior parte, Doggie. Mas vai ter de dar a sua contribuição. Tem dinheiro o bastante. Tem tempo. Ou vai arranjar tempo. Vai ter de encontrar o lugar. Vou ser uma nova mamãe por aqui. Você faz parte da geração do sanduíche, mano meu. E ainda não provou sequer a maionese.

Dog suspira.

— Não consigo ter uma conversa de verdade com mamãe.

— Ninguém consegue ter uma conversa com mamãe. Embora eu ache que acabei de ter. Foi surreal.

— Imaginei vocês duas tendo discussões sobre livros, fazendo planos para os negócios, ouvindo música...

— Oh, foi *tão* assim, Dog. Deve estar numa onda de drogas. Mande um pouco para mim. Sim, ela simplesmente acabou me chamando de uma megera velha tarada sexual e enganada.

— Sinto muito, mana. Que você teve de engolir isso. Sabia que ela era difícil de agüentar, mas não assim. Bem. Vou fazer mais. Linda vai. Gostaria de estar aí para isso. Deveria ter estado. Podia ter dirigido até aí — Dog faz uma pausa. — E se tivesse sabido o que ela fez a Hank e a você...

— Bem, eu dificilmente poderia tê-lo convidado para a ocasião. A abertura da caixa de Pandora.

— Pelo menos Guy está melhor — comenta seu irmão.

— Sim, mas eu não vou lá muito bem... Tenho pré-eclampsia.

— Que diabo é isso?

— A resposta sucinta é pressão arterial alta e tanta água dentro de mim que me sinto como o *Titanic*. De certa forma impede o bebê de se nutrir o suficiente.

— Melhor cuidar disso rápido, então.

— Vou cuidar. Eu amo você, mano.

— Amo você. O filho da mãe.

— Quem?

— Hank. Quero dizer, eu culpo mamãe, também. Mas existe o fato. Ele causou isso.

— Não, Doggie. Gostaria de concordar com você, porque uma parte de mim ainda está muito puta da vida com Hank, também, mas havia também tanta coisa dele que nunca entendi e talvez ele não tenha entendido até que... perdemos um ao outro. Mas o estresse nada teve a ver com isso. Nada. Isto é uma história de velhas comadres. Embora eu seja uma velha comadre.

As cartas que Kathleen lhe mostrou, no entanto, preencheram o papel desejado, plantaram a semente da desconfiança. Ela tem receio de escrever, receio de que Adele possa abrir sua carta, ou, se a mandar para o restaurante, pode ser aberta por alguém do pessoal, ou pelo contador. Pensa em marcá-la como PESSOAL mas isto é mais um convite.

E se ele simplesmente a rejeitar?

E se ela o deixou tempo demasiado com a crista abaixada?

Naquela tarde, antes de consultar sua obstetra, True manda a Hank um cartão aos cuidados do restaurante. Ela é cuidadosa com as palavras.

Escreve:

> *Querido Hank, gostaria de falar com você em breve. Existem ainda muitas coisas que temos de decidir. Pelo menos, espero que existam. Coisas que ainda não foram decididas. E tenho algo interessante a lhe contar, que pode ajudar a explicar por que dei o pior de mim em cada conjuntura possível. Sei que está muito ocupado agora. Portanto, não considere isto como uma convocação. Mas sempre que tiver tempo, por favor, dê notícias. Por favor. True.*

DEVIDO À SUA CONDIÇÃO, a nova obstetra, uma encantadora asiática mais ou menos com a mesma idade de True, ordenou que a pressão arterial de True fosse verificada de dois em dois dias, e o feto monitorado ao mesmo tempo.

As duas coisas não precisam ser feitas em Boston, como True receava, mas mais perto de casa, no Cape Cod General Hospital, em Hyannis, onde True fará o seu parto.

— Posso lhe dizer isto — fala a médica. — Não se pode realmente prever o tamanho do feto a partir de uma ultra-sonografia, não importa o que digam, mas o desenvolvimento dela, bem... ou dele, parece bom. O tamanho parece bom. Então sabemos que o bebê está crescendo, pelo menos.

Esa, que acompanha True à consulta, no papel do marido, aprende a verificar a pressão de True com um aparelho doméstico.

— Não é apenas um emprego, True querida, é uma aventura — diz jovialmente, ao marcar os números da manhã, do meio-dia e da tarde num boletim todo dia. A pressão de True oscila em torno de quinze ou dezesseis por nove e meio, não aterradoramente alta, mas preocupante.

True deixa a cama para tomar um banho de chuveiro, para sentar à sua mesa por breves períodos, até que sua cabeça começa a latejar e a rodar. Então, lentamente, parando a cada degrau da escada, volta à sua cama e aos pés elevados sobre um monte de travesseiros.

Uma semana se passa, depois outra. True sente como se estivesse nadando em sonhos, luzes e sons que não são reais dançando diante de seus olhos. A dor na testa e nas têmporas faz pouco do Tylenol. Ela adormece e acorda, e vê o rosto de Hank, perto, sobre o seu, o céu acima do monte Washington atrás dele, seus lábios abertos, seus olhos sedentos e acariciantes. Ela estende a mão para pegar o seu anel e descobre que ele se foi. Lembra-se, então. Outras sete ou oito semanas deste transe? True não consegue chegar a uma conclusão.

Ela vagueia e dorme, dorme e levanta-se para ir ao banheiro. Desta vez, ela tenta ler, Anne Morrow Lindbergh. Mas não consegue. Tenta ir embora, mas o pipi não sai, uma sensação extraordinária. Caminha de um lado para o outro entre a cama e a janela. Tenta de novo. Não consegue. True deita-se de costas, tendo molhado o rosto. As palavras de Anne Morrow dançam diante dos seus olhos. Ela os fecha e vê estrelinhas em suas pálpebras. *Hank está de volta, com sua camisa macia de cambraia azul. Hank, voando através do ar na bicicleta de acrobacias, seus cabelos índios negros como a graúna, compridos, jogados para trás. Clink, a moeda cai no piso do túmulo azul, azul. As mãos de Hank na sua barriga, fazendo coceira; seus seios batem e formigam.*

Ela lê, esquece o que lê, e fala ao telefone com Larry Sornberger, que diz que está fazendo um berço para ela, grátis. Ela lhe agradece com muito carinho. Ele diz que vai ser feito no estilo antigo, com um pedal para balançar e uma alça que pode ser alcançada da cama para balançar o bebê quando ele acordar.

Chega um dia em que ela não consegue se levantar para ir ao chuveiro.

A cabeça de True não dói mais, porém parece que está se expandindo. Se ela pudesse se ver, veria uma boca de borracha vasta e esticada e uma testa alongada como numa sala de espelhos deformantes. Uma lente olho de peixe substituiu seus olhos normais. Suas mãos, estendidas à sua frente, não parecem ser suas, não parecem sequer humanas. Ela apanha sua tesoura da mesinha-de-cabeceira e a posiciona para furar seu antebraço inchado, pouco acima do pulso, mas pára um centímetro antes que a lâmina afiada penetre na pele. Se regozijaria ao ver o líquido esguichar, liberando-a, encolhendo-a, devolvendo-lhe a sensação da realidade do seu próprio corpo. *Hank, ela grita em silêncio, pense em mim.*

Não lhe resta mais tempo.

True levanta o telefone e disca para o escritório.

— Esa — diz —, preciso ir para o hospital.

ELA FICA DEITADA de lado na sua cama, com a extremidade erguida para elevar seus pés, e imagina que está voando. Como a mamãe águia, True pode ver as coisas lá embaixo, bem do alto. Pode ver sua mãe se agitando no seu chalé, beliscando, raivosa. Chorando? *Kathleen* está chorando? Ou esta é uma velha lembrança de um filme, um filme como *O mágico de Oz*? Dog está lá, suas mãos grandes demais, grandes além da conta. Dog vai tomar conta das coisas. Ela vê Hank, abaixo de Kathleen, na praia de Ridgevale, com o pálido e pequeno Guy caminhando quieto ao seu lado e Gypsy correndo. Está mais tonta do que teria imaginado fosse possível sem um pilequinho. Está tonta, rodando ainda que esteja deitada imóvel. Enrosca-se sobre o seu lado esquerdo, um monitor como uma cilha ao redor da barriga. O que foi que colocaram no soro que cai em gotas para dentro de sua mão? Seguramente, nada que a enchesse de mais líquido. É perfume. É suco de *grapefruit*. É sangue do coração.

— *Sua pressão está em 16 por 11... e lá vai ela, está flutuando...*

— *O feto está mostrando alguns sinais de desconforto... não talvez apenas de carência... oxigênio? Não para o bebê, para ela?*

— *A diastólica está aumentando...*

— *...para a placenta?*

— *Todo dia é um bom dia. Vamos aguardar e observar...*

— True — diz Franny suavemente. — Estou aqui.

True acorda súbita e plenamente.

— Franny, há quanto tempo estou aqui?

— Três dias, querida.

— Acho que estão me dopando.

— Acho que deveriam.

— Você está aqui porque estou em perigo?

— Estou aqui porque acham que vão induzir o seu parto, True.

— Induzir meu parto?

— Sim.

— Espere — True estende a mão e aperta a campainha para a enfermeira. — Estão confusos. É muito cedo.

— Fizeram um exame antiestresse no feto... ela parece tão pronta quanto poderia estar. Você sabia que o risco da prematuridade...

— O bebê vai morrer! Onde está Hank? Quero Hank!

— Está a caminho — diz Franny, enquanto a enfermeira irrompe no quarto. Não é Nigeria. True gostaria que fosse Nigeria.

— Vamos prepará-la e removê-la para a unidade de parto e nascimento, Sra. Dickinson...

— Sra. Bannister. É cedo demais. Que dia é hoje?

— Sete de janeiro.

— Isto não faz sentido. O bebê está previsto para cinco de maio.

— A doutora acha que o risco para o bebê e para a senhora nesta altura pesa mais do que os riscos da prematuridade...

— Quero que o meu bebê viva!

— Sra. Dickinson...

— Bannister — diz Hank. — É minha esposa. Sou Henry Bannister.

Hank está imaculado, de camisa branca e calças cáqui, seus cabelos ainda molhados.

— Gente, já vimos bebês prematuros se darem muito bem. Depois dos primeiros dias ela estará fora de perigo. Vamos acompanhar sua respiração e monitorá-la detalhadamente para qualquer sangramento cerebral...

— Seu cérebro? Não, vou esperar. Prefiro esperar.

— Não pode, Sra. Bannister.

— Mãe — Guy diz com um tremor. — Nosso bebê vai morrer?

— Não — diz True. — Venha cá e segure minha mão, Gui. Nosso bebê vai ficar bem.

— Trouxe sua boneca. Veja o que Esa colocou nela.

Nas costas da boneca, que lhe foi dada há tanto tempo, numa trouxa improvisada, está agora com um bebê índio, um pequenino rosto embrulhado em camadas de estopa.

— Rudy fez ela. Está vendo os cabelinhos negros?

True está absorvida não em olhar para a curumim, mas para a cara da boneca. Nunca antes a viu tão claramente. Não é, afinal, um modelo rejeitado, um protótipo da tenista Chris Evert Lloyd. É, em vez disso, um clássico, esta boneca feita segundo a imagem de True, em seu suéter de malha e seus *jeans*. É a Santa Joana original, dos dias em que True começou a trabalhar na empresa de Elizabeth. Heroínas, antes da decisão de cortar curtos os cabelos da boneca, no estilo que Joana d'Arc usou a maioria dos seus anos como general e como mártir na fogueira. Esta boneca, de cabelos compridos, é uma peça de colecionador, no mínimo, e quase uma relíquia. Existe uma remota possibilidade de que seja apenas uma coincidência que Elizabeth tenha escolhido esta boneca para dar a Rudy como um modelo para a caricatura de sua ex-assistente. Mas seria difícil de acreditar. Elizabeth nada fazia sem a devida consideração e tinha a plena consciência de que suas bonecas poderiam um dia fazer parte de uma exposição da Smithsonian sobre a vida doméstica no século XX.

True pensa na Joana viva, séculos atrás, seu testemunho recriado, numa linguagem que as crianças podem entender, no livro que acompanha a boneca. *Se me encontro em estado de graça, esperaria permanecer assim, e se não me encontro esperaria me encontrar.* Uma criança iletrada, suja e aprisionada, sozinha, aterrorizada e maltratada, na sua bata escarlate suja, sabendo muito bem que tinha pouca esperança de crescer, ou de se apaixonar, ou de ter filhos, ou até mesmo de olhar em liberdade para o céu azul da França, ela buscara, diante de seus cruéis inquisidores, por coragem. Nada foi diferente, então ou agora, no mundo. Eu perdi o que parece ter sido o grande amor da minha vida e o que era absolutamente a grande paixão. Mas a maioria das pessoas perdeu mais. Eu, quase com toda a certeza, perdi a possibilidade de ter outro filho. Mas talvez esta esteja bem. Se não estiver, eu a farei ficar bem. Sou forte. E assim, True pensa, o centro de minha vida está intacto. Estará intacto. E não é beleza, nem meus talentos, nem mesmo meu filho apenas, nem esta criança, mas uma coragem permanente, de enxergar através da vida num mundo turvo, de modo que a vida pudesse oferecer suas ocasiões de graça. A boneca ao seu lado no travesseiro, True deixa que as enfermeiras rolem e ergam seu corpo numa cama de rodas. Mesmo deitada ali, a enfermeira pendura um novo frasco de soro.

No que parecem momentos, mas que, True pode perceber pela mudança na posição do sol do lado de fora de sua janela, são na verdade horas, ela começa a se contorcer de cólicas.

As contrações aumentam gradativamente e então começam a rolar, como uma onda, em cadência interminável.

— Precisa de algo para a dor, Sra. Bannister?

— Quer dizer uma peridural? Com toda a certeza!

— Esta é a minha True! — diz Hank. Ele colocou uma rede azul nos cabelos, não diferente da que usa para cozinhar. — Minha esposa não é estóica em relação à dor.

— Sou — diz True. — Mas... quero fazer isso refletidamente, suavemente, sem nenhuma tensão.

Ela começa a cair, numa toca de coelho, a parte inferior do corpo separada, ainda quando visível para ela, o contrair e o relaxar da sua barriga uma maquinaria admirável.

— *...Valium?*

— *Noventa por cento retraído... seis centímetros... temos de começar a pensar numa cesariana, Sr. Bannister.*

— Franny? — grita True. — Franny?

— Estou aqui.

— Quero forçar.

— Ainda não, True, ainda não. Estão deliberando.

True pensa nas discussões intermináveis sobre a tomografia computadorizada de Guy. Que bom, ela pensa; o bebê vai estar pronto para o maternal quando tiverem terminado...

— Agora esperem, estamos a nove centímetros... dêem-lhe um momento...

— Hank?

— Estou aqui, querida.

— Vê o bebê?

— Ainda não.

— Ele é bonito?

— Ainda não, True. Espere, agora, espere...

— Respire fundo, Sra. Bannister — a suave médica asiática instrui True, de uma distância. — Respire de novo...

— Franny, está segurando minha mão?

— Estou segurando sua mão, True, e Guy está segurando sua outra mão — diz Hank calmamente.

True se esforça para ter um momento claro de consciência.

— Que mão Franny está segurando?

— A minha própria mão! — grita Franny.

— Vou ter de vomitar — Guy fala baixinho. — Isto me lembra o meu apêndice...

— Vou levá-lo até lá fora — Franny se oferece.

— Há quanto tempo estamos aqui? — pergunta True.

— Quatro, não, cinco horas — responde Franny. — Vou pegar alguma coisa para Guy comer...

— Mal chegamos aqui! — grita True. — Tenho de limpar a sua incisão...

— Já fiz isso lá em casa — diz Hank a ela.

— Você fez?

— Sim, está tudo bem.

— Colocou a bandagem de volta? Aquela ali é Esa?

— Ela acabou de dar uma olhada. Ali, acene para ela — True ergue uma mão, a deixa cair.

— Ela vai ficar bem — diz Hank a Franny. — Estou aqui. Agora, vou ficar com True. OK, True, vamos fazer isto...

— Não consigo me lembrar de *nada*. Da última vez.

— Esta é uma nova vez. Não tem que se lembrar de nada. Exceto que eu amo você e que estamos tendo o nosso bebê. Tudo o que tem a fazer é o que lhe mandarem.

— Respire fundo, Sra. Bannister, e agora... force!

True se contorce e bufa e Hank agarra seus ombros e suavemente, mas com firmeza, os empurra para baixo com as suas duas grandes mãos. Franny volta.

— Está se sentindo bem com a enfermeira e sua amiga segurando suas pernas?

— Meu filho está... em casa? Meu filho está na escola? — True pergunta.

— Está do lado de fora, e está bem — diz Franny. True relaxa e poções potentes a fazem sentir à deriva.

— Cada um de vocês pegue uma perna... agora, respire fundo e... estou vendo cabelos; estou vendo o bebê... estamos terminando... mais um esforço, Sra....

True desce o olhar para o seu corpo estendido de pernas abertas, lustroso e pulsante e vê uma minúscula menina-golfinho, um bebê-sereia, sair deslizando até as mãos da médica. A pequenina sereia é arrebatada, antes que Hank possa sequer cortar o cordão umbilical, coisa que um pai, e não uma enfermeira deveria fazer; e True se esforça para ver enquanto a médica a orienta:

— Agora, vamos retirar esta placenta... ainda não terminamos por aqui.

Mas e o meu bebê, True insiste, sua boca não fazendo nenhum som, enquanto uma grande massa é sugada e desliza para fora, a mão firme da doutora apertando o seu abdome.

— Lá... vamos nós.

Meu bebê, True pergunta, observando os traseiros brancos da equipe reunida em torno do berço no canto da sala, mexendo-se, agitando as mãos, medindo, erguendo... por entre seus cotovelos e cinturas ela vê uma espessa madeixa de cabelos escuros ondulados. Adam ou Isabelle, Brewster ou Gwynevere, Chloe ou Ian. Chorando, chorando com um bom, forte e indignado ressentimento por ter sido arrancado do mundo seguro e flutuante que era só seu.

É uma menina? Ou é um menino? True pergunta. Mas sua boca não faz nenhum som.

— SRA. BANNISTER? — diz a médica. — Está acordada?

— Sim — diz True. — Estou pronta.

A alegria no rosto da médica faz True respirar aliviada.

— Já falei com o seu marido. Estamos muito, muito encorajados. Seu bebê tem dois quilos e duzentos e cinqüentas gramas, o que, para esta altura da gestação, é bastante grande, e respira bem, sem ajuda de aparelhos, e o índice de Apgar foram de oito ao nascer e de nove aos cinco minutos! Que acha disso, hein?

— Estou muito feliz, mas...

— Assim que fizermos os exames rotineiros e assim que o peso passar dos dois quilos e meio, podemos pensar talvez em ir para casa, a não ser que algo inesperado ocorra.

— Doutora! Meu bebê é menino ou menina?

— Oh, Sra. Bannister, sinto muito. Não a viu? É uma menina! É uma bonita menininha com pele oliva.

— Uma menina?

— Sim, uma menininha maravilhosa. O melhor maxilar e os melhores lábios! Uma boca que dá vontade de beijar.

— Hank... meu marido já a viu?

— E a segurou. E seu filho também.

— Pode trazê-la a mim?

— Vou levá-la até ela.

True vai ao lavatório, afofa os cabelos com os dedos molhados, escova os dentes e faz pipi durante um intervalo tão longo e ridiculamente delicioso que é quase orgástico. Quando pisa na balança, vê que perdeu quase nove quilos. Suas mãos, embora ainda inchadas, recuperaram as linhas nas juntas. A pré-eclampsia, a médica disse, simplesmente desaparece sozinha aos poucos e ninguém chega a saber ao certo por que acontece e a quem pode acontecer. Até mesmo a idade, embora seja comum entre as mães acima dos quarenta, não é um indicador seguro. True se deixa levar então de cadeira de rodas até o berçário de tratamento especial, onde procura na fileira de incubadoras o bebê que, tem certeza, irá reconhecer.

— Está vendo — diz a médica. — Existem bebês maiores aqui do que o seu pinguinho de gente. Estes são os bebês com problemas. Que têm dificuldades respiratórias ou defeitos cardíacos...

— Ela não tem nada disso.

— Não até onde sabemos... ela é formidável, mas receio que não se pareça muito com a senhora.

— Acho que o pai dela tem genes muito mandões, afinal — True sorri. — Ela é em parte *créole*.

— Bem, isso explica — a doutora está radiante ao passarem pela porta. — Bebês prematuros com o melhor desenvolvimento pulmonar são afro-americanos e do sexo feminino. Acho que deu sorte com aquele gene mandão.

— Não precisa empurrar minha cadeira o tempo todo, sabe. A senhora é... as enfermeiras não fazem isso?

— Normalmente. Mas quando tive meu filho há dois anos, minha irmã me deu Doze Vezes Abençoada — as duas mulheres trocam um sorriso cúmplice. Então a médica diz: — Lá está ela... epa, parece que está colocando a roupinha de novo... aquele é um berço com aquecimento especial e, a não ser que a embrulhemos em termais, não pode esperar que fique muito tempo...

Mas a voz da médica está saindo do ar, como um rádio distante. True observa os braços da filha se agitarem e contorcerem, seus pezinhos avermelhados cheios de dobras erguendo-se como se fizessem ginástica.

Ela a reconheceria em qualquer lugar, em qualquer rua de qualquer planeta. Ela a conheceu toda a sua vida, antes que a sua vida começasse e antes que a própria vida tivesse início...

— Elizabeth Brewster Bannister — diz True, inclinando-se sobre a delicada e grande cabeça, seus braços e pernas uns palitinhos cobertos de pele e músculos. É mal acabado, sem sobrancelhas, nem unhas, mas bem dotadas das partes essenciais. Seus olhos são grandes e dominantes, já castanhos. — Brew Bannister, minha filha. Olá.

TRUE E HANK ESTÃO deitados juntos na cama do hospital enquanto ela amamenta.

— Você não lhe deu este nome só por minha causa? Só porque eu queria? — pergunta Hank, usando a parte externa do indicador para acariciar a bochecha do bebê.

— Sou tão agradecida por você ser parte *créole*; acho que foi o que a salvou — diz True.

— Uma coisa eu fiz certo. Mas quanto ao nome dela.

— Hank, adoro o nome dela. Significa muito dar-lhe o nome de Elizabeth, minha contribuição, e o nome que você amava. Vamos ser um time, não é, coração? True e Brew, você e eu contra o mundo. E, Hank, você foi sensacional lá. Por que nem sempre é assim?

— Por que nem sempre *você* é assim?

— Eu sou melhor numa crise.

— Acho que eu também. E nunca tinha tido um bebê antes.

— Ainda não teve.

— Sabe o que estou dizendo. Você se eleva à altura da ocasião.

True sabe que é permitido aos pais passarem a noite no hospital e, num impulso, pergunta a Hank:

— Quer ficar... conosco? Deixam os pais ficarem, você sabe.

Seu rosto se ilumina, mas Hank sacode a cabeça.

— Guy precisa de mim, garota. Está em minha casa.

— Com *Adele*? Meu filho está com *Adele*?

— True, é dia de aula. Ele queria ir à escola, ainda que tivesse ficado acordado metade da noite. Direitos de bravata, eu acho. A cirurgia e uma irmã nova. Vai chegar em casa daqui a uma hora e Esa está à sua espera lá. Acho que ele tem se sentido um pouco abandonado ultimamente, depois de ter sido uma celebridade no mês passado.

— Você tem de entrar rapidamente para esta família, para conseguir os seus quinze minutos.

— Sim, ele me disse isto na noite passada. "Sabe, papai, eu quase morri." Acho que eu deveria ficar com ele.

— Ele vai ficar ótimo. Vou pedir a Esa para passar a noite lá.

— True, ele preferiria ficar comigo. Se está preocupada com Adele, ela não está mais lá.

— Quer dizer, não hoje.

— Quero dizer, não mesmo, não mais.

— Por que não? Achei que vocês dois tinham um lance legal...

— Não quero realmente falar sobre isso agora.

— Oh, beleza, Hank! E agora quer que eu volte a quebrar o seu galho. Pode ir andando. Esa vai ficar com Guy...

— Está bem! Está bem. Pedi a Adele que procurasse uma companheira de quarto. Esperei que o fizesse para responder sua carta. E ela já se foi. Você não vai acreditar. Foi para Nova York com...

O coração de True vacila.

— Por quê?

— Por que eu estava à espera?

— Sim.

— Eu não a queria no meu espaço como um estorvo para qualquer coisa que conversássemos.

— Por que pediu que ela se fosse?

— Este foi o outro motivo por que demorei a procurar você. Ela estava ficando... envolvida demais.

— Como assim?

— Estava se envolvendo demais comigo, fazendo suposições...

— De que vocês iam ser um casal?

— Sim.

— E vocês não são.

— Não. Nunca teríamos sido.

True transfere Elizabeth Brewster para o outro seio, sentindo com gratificação sua sugada forte e satisfeita. Como pode um bebê, que chegou seis ou oito semanas antes do tempo, ser tão forte? Ela teria sido um gigante, a médica disse, com mais de quatro quilos, facilmente. É como se estivesse descrevendo um peixe premiado.

— Sinto muito, Hank.

— Sente?

— Bem, sim. Não queria que você mandasse Adele embora apenas por uma questão de princípio. Ela... o que aconteceu... foi apenas a causa aproximada do nosso fim. Eu li as cartas. Sei quanta raiva havia ali. E quanta promessa genuína. Foi tudo tão confuso para mim. Acho que você me considera culpada por saber de coisas que na verdade eu não sabia. No começo, quando finalmente tive suas cartas em meu poder, eu quis lhe telefonar e pedir que voltasse para casa naquela noite.

— Gostaria que tivesse feito isso — Hank diz baixinho.

— Mas então, quando não respondeu ao meu bilhete, pensei, estou lendo além do que está escrito aqui. Ele sentia aquilo na época em que escreveu, mas não sente agora e não sabe como me dizer. E eu estava tão doente...

— Oh, True — diz Hank a ela, suavemente colocando para trás seus cabelos, gloriosamente lavados há pouco, pela primeira vez em meses. — Que confusão. A primeira coisa que tem de saber é que o meu silêncio não significava o fim de tudo para nós.

— Não mesmo? Oh, Hank, eu... para mim também não. E não é só a medicação para a dor. Ou os hormônios. Ou esta coisinha bonita aqui. Não quero que isto seja o fim para nós e fui tão teimosa e tola como a ianque que você pode me chamar.

— Então quer que eu volte para casa? — Hank parece magoado, não aliviado.

— Quero, muito. Sempre quis.

— Graças a Deus. Falo sério; eu rezei. Porque durante todas aquelas semanas eu não sabia. Jamais teria morado com Adele, e nada teria acontecido, se eu soubesse que havia uma chance de restaurar nossa família. Mas, como vê, eu não sabia. Pensei em você rasgando aquelas cartas e rindo de mim. Então, fiquei sabendo que Kathleen reteve as cartas. Fiquei magoado e fiquei zangado.

True acha que ouviu um zunido e estalido no quarto como uma alteração de voltagem.

Ela sacode a cabeça e seu mamilo escapa da boca de Brew e True é forçada a sorrir do bigode de leite aquoso do bebê. Tenta reconfigurar sua posição; mas Brew está claramente saciada. Instantaneamente, com um pequeno suspiro duplo do fundo do peito, ela afunda no sono.

— Nada teria acontecido? Quer dizer que nunca teria deixado Adele ficar com você? Mas e a gravidez? Disse que ela se sentia tão sozinha. Sei como ela deve ter-se sentido. Eu tinha Esa, Rudy e minha mãe... e Guy, ou teria, teria desistido. Como você disse. Minha equipe.

Hank olha para além dela, pela janela para onde uma quina do facho de um farol próximo em Hyannisport gira, gira, varrendo o céu.

— Hank?

— Eu dormi com ela.

— Fez sexo com ela?

— Só uma vez.

— Usou... camisinha?

— Ela está grávida, True. Não teria feito diferença.

— Você fez sexo com Adele?

Hank pula da cama para fechar a porta e então literalmente se põe de joelhos ao lado da cama. True aperta a campainha para chamar a enfermeira.

— Acho que ela está um pouco gelada, poderia levá-la. Apagou como um fósforo. Posso trazê-la de volta depois — ela se esforça para controlar sua voz, enquanto a enfermeira habilmente envolve Brewster em sua coberta, não muito maior do que um guardanapo.

— True, escute, achei que não me queria. Nunca respondeu a meus telefonemas; nunca respondeu às minhas cartas. Me mandava esses recados de negócios...

— Você estava casado, Hank, com uma mulher grávida — diz True secamente. — Separado, sim, mas como podia ser tão devasso? E também se expor a... o que quer que aquele imbecil do namorado dela pudesse ter?

— Não discurse com palavras pomposas, True. Você não chega a ser uma Emily Dickinson... e eu fiz um exame.

— Oh, então pensou em sua própria segurança. OK, nada de palavras pomposas. Como podia ser um sapo trepador morrendo de tesão para trepar com Adele enquanto eu levava nossa filha na barriga e corria até o risco de perdê-la? Está suficientemente claro para você, seu trepador imbecil?

— Bem, se eu não fosse casado com a rainha do gelo, incapaz de perdoar Cristo por chorar no jardim... não, True, não, espere. Você está certa. Estou só latindo porque sinto vergonha. Você está absolutamente certa. Eu não devia ter feito isso. Mas estava solitário, depois de você, depois de nós. Eu só queria... um pequeno toque, um pouco de vida.

— Já ouvi isso, Hank! Já ouvi tudo isso antes! Devia ter vergonha! Devia ter *vergonha*!

— Por favor, True, juro pelo nosso bebê, não significou nada para mim...

— Por que os homens dizem isso? Por que acha que seria um consolo para mim saber que você fodeu uma mulher que o ama — *para quem isso significou alguma coisa* —, mas que não significou nada para você? Isto não faz de você um merda ainda pior?

— Nunca pensei nisto assim.

— Você nunca pensa. Você não pensa, você não pensa! Podíamos estar prontos para começar de novo... você podia ter levado nosso bebê para casa comigo.

— Ainda vou.

— Claro — diz True. Ela não vai chorar. Ergue o queixo, sabendo como deve parecer absurda. — Você é o pai dela. Será sempre o pai dela. Vai levá-la para casa comigo e então vai para a sua casa e vai vê-la sempre que quiser.

— Não é capaz de me perdoar?

— Por que me contou? Responda isso. Por que tinha de me contar?

— Você disse que não devia haver segredos entre nós.

— Você me contou para apaziguar sua própria culpa, Hank. Contou-me porque se sentia culpado e queria que eu o absolvesse. Não vou fazer isso. Me recuso. Não vou ser a mãe que o abençoa. Agora, vou ter de pensar nisso pelo resto da minha vida. Não, não vou, não posso. Não sei se jamais poderei perdoá-lo. Quando foi que fez isso?

— Mais de um mês atrás. Antes do Natal.

— Isto não é mais de um mês atrás.

— Só uma vez. Um dia, quando ela chorava, coloquei meus braços ao redor dela. E então ela ficou toda... você sabe.

— Sim, infelizmente eu sei. Saia daqui! Saia deste quarto — True começa a gritar, mas abaixa a voz. Nunca odiou ninguém mais. Percebe que nunca odiou ninguém de verdade.

— Ainda quero tomar conta de Gui — replica Hank.

— Tudo bem — diz True. — Simplesmente vá embora. Me deixe sozinha agora.

Ela o observa enfiar-se na sua jaqueta de couro.

— Vai continuar a se encontrar com ela agora? — True não pode se impedir de perguntar.

— Não sei. Se o fizer, será só por amizade — diz Hank. — Nunca me casarei com ela. Nunca serei seu amante. Não quero ser. Não seria bom para ela, nem para mim.

— Especialmente para ela — diz True, mordendo os lábios. — Claro, o que você acabou de dizer é que não seria bom para ela, nem para você. Não para mim, ou para Brewster ou para Guy.

— Obviamente, foi o que quis dizer. Insultaria o nosso amor. Vou esperar para sempre, True.

— Para sempre? Seis semanas foi para sempre? Foi quanto você esperou! Se achasse que ia insultar nosso amor, por que não disse? Não achava isso. Estava pensando no número um — True fica enojada de admitir que o que está dizendo pode ser a verdade. Não é capaz de entender tanta insensibilidade. E havia esperado, havia esperado tanto, baseada naquelas cartas!

Hank tenta de novo:

— Por favor, escute. Estou perturbado. Estou dizendo as coisas erradas e você está me estraçalhando tão rápido quanto eu as digo. Eu achava que tudo isso era culpa sua, que você me observava, que estava sempre pronta para encontrar defeitos, que não suportava que ninguém a aconselhasse em sua vida porque estava acostumada demais ao comando. Mas eu era um garoto burro — Hank lhe diz. — Era um garoto burro e era preconceituoso. Nenhuma mulher havia me desafiado. Posso mudar. Juro que sou capaz de mudar. Eu era burro. Ainda sou burro.

— E *eu* era uma garota burra — responde True, o arrependimento suavizando sua raiva. — Uma garota que cresceu além da conta. Quando o conheci, eu era uma caloura na classe de relações humanas. Nunca aprendi a ser normal com um cara. Cheguei a *isso* naturalmente. Considerando o rumo que a coisa tomou, o salto que dei ao me casar com você, eu provavelmente seria meio louca de qualquer maneira. Mas não tanto quanto fui. Aquilo foi... um artefato da minha história pessoal. Um artefato que eu ignorava. Como se arqueólogos encontrassem uma estátua com as mãos quebradas, a mil anos de hoje, e provavelmente pensariam que os seres humanos haviam evoluído sem precisar de mãos. Entende o que quero dizer?

— Não de todo. Mas, ouça, você talvez tenha aprendido isso no segundo ano da universidade. Eu estava na sétima série. Isto foi provavelmente história, também.

— Na sexta série — True sorri. — Acho que se eu pensasse que o havia conquistado, isto me tornaria de novo uma garota bonita. Uma garota. Todos aqueles anos com Peter. Pareciam perdidos. Eu queria ser como aquelas garotas no seu envelope.

— Você viu aquilo? Achei que foi assim que ficou sabendo do monte Washington. Mas estava com medo de levantar a questão.

— Eu não o teria aberto. Foi idéia de minha mãe examinar o envelope. Eu não desejaria saber, está me entendendo?

— Sim. E desejaria que nunca tivesse de entender — os olhos de Hank estão marejados, mas ele blefa e faz uma piada. — Bem, você é uma peça. E acho que é uma grande mentirosa. Eu era *pelo menos* vestibulando, emocionalmente. Devia ter... sabido mais do que sabia. Coisas que eu não desejava saber... E achava que se casasse com você seria um homem melhor, que poderia jogar responsabilidade sobre mim mesmo...

— Sem passar pelo curso todo... — diz True.

— Queimando todas as etapas aborrecidas — Hank sorri. — isto é *moi, bébé.*

— Bem?

— Por favor, pense sobre isso, True. Apenas pense. Não tome decisões drásticas. Vá devagar, True. Volto amanhã para ver a bichinha e para levar vocês de carro para casa. Quando Brewster estiver pronta para ir para casa, levo vocês duas. E, True — acrescenta, com um carinho abstrato, como se falando a um velho camarada que começou a ficar careca —, você era a garota mais bonita do colégio.

True sacode o dedo para ele, acenando com a cabeça.

— Oh, Hank — True abruptamente chama. Ele dá um passo na sua direção. — Não, vá em frente, estou bem.

— Só me conte primeiro o que quis dizer com seu bilhete — Hank barganha.

— Oh, sim. Parece mil anos atrás. É uma longa história. Sobre o dia em que veio ver Guy assim que ele saiu do hospital? Algo aconteceu entre mim e minha mãe. Mas está lembrado do que disse há muito tempo? Por que eu não confio? Porque eu acho que sou... incapaz de ser, oh, acho que chamam isso de fragilizada nas revistas femininas... bem, esqueça. Não tem importância.

— Quero saber.

— Bem, resumindo a história, minha mãe... ouça, um dia vou contar-lhe. Talvez não signifique tanto quanto achei que significava.

— Me conte, mesmo assim.

— Um dia. Se ainda importar. Boa noite, Hank.

— Vou dar um pulinho até o berçário e beijar Brew antes de ir embora.

— Bom — diz True.

Depois do que imagina ser um intervalo longo o suficiente, ela deixa a cama e vai ver Elizabeth Brewster e, ao fazê-lo, avista Hank se afastando, na direção dos elevadores. Será que a viu? Acha que sim. Espera que se vire e acene. Ele não o faz. Não se vira e olha para ela. Ela observa avidamente, analisa seu caminhar, ainda atrevido, o jeito de virar para cima a lapela da jaqueta de couro. Entre uma mãe e um filho desejado, o amor é um rio incessantemente alimentado por uma fonte que corre numa só direção. Entre adultos, especialmente se são de diferentes espécies, homem e mulher, o amor é uma série de questões. True levantou todas aquelas que permitiam uma múltipla escolha. As mais fáceis. Sua diferença de idade, a aparência dela. Quanto às perguntas ensaísticas, seu livro azul lhe foi entregue quando o prazo do teste já se havia expirado. Seus papéis de prova já haviam sido preenchidos, os círculos claramente marcados a lápis. *Tudo o que sabemos do céu*, True pensa nas palavras de seu ancestral sábio, misterioso, isolado. *Tudo o que precisamos saber do inferno.*

MAIS TARDE NAQUELA NOITE, depois de amamentar Brew, True telefona para Franny.

— Espero que não seja muito tarde. Acordei você?

— Não — diz Franny. — estava assistindo à TV. Como está o pequeno pêssego?

— Doce como um pêssego. Estava transando? Parece ofegante.

— Quem me dera. Estava assistindo à TV por falta do que fazer.

— Eu... preciso falar com você.

— Ela vai ficar bem?

— Está ótima. Está praticamente perfeita. Ganhou, tipo meio quilo, ou um quilo. Dizem que poderá ir para casa talvez dentro de uma semana.

— Oh, True. Você escapou de uma boa.

— Com certeza.

— O que queria falar comigo?

— Vamos supor que você e Steve se separassem e ele tivesse um caso com outra mulher.

— Eu o perdoaria — diz Franny instantaneamente. — Eu o perdoaria todo dia pelo resto da sua vida e faria questão de que ele soubesse. É o meu jeito. Não lhe daria a chance de sair e encontrar a felicidade em outra parte e encarar este evento como se fosse uma fraqueza da sua juventude.

— Agora, vamos dizer que a mulher o amasse.

— Digamos que o amasse. Esta não é a minha situação. Se foi um caso passageiro.

— Franny, meu pai tinha uma amante — diz True, olhando para uma placa bem dentro da porta do seu quarto que diz EM MEMÓRIA DE NOSSO ANJO, ANNAMARIE. *Clink, a moeda bateu no piso de cerâmica da cripta.* — Franny, eu soube na noite de anteontem que meu pai traía minha mãe. Teve uma amante o tempo todo em que nós estávamos crescendo.

— Não me surpreendo — diz Franny.

— Não?

— Não, explica muita coisa — Franny continua. — O fascínio de Kathleen pelos homens. Como ela flertava sem parar e tinha uma necessidade terrível de se fazer atraente, mas nunca quis ir muito fundo. E também...

— O quê? — pergunta True.

— Explica algumas coisinhas. Sobre alguém que conheço.

— Mmmmmm. Adoro você, Franny.

— Adoro você, também. E sei que não estamos falando de Steve e de um caso potencial que ele pudesse ter tido enquanto estávamos teoricamente separados. Vamos então ao boletim do tempo.

— Ele dormiu com Adele — True admite, quase não podendo pronunciar as palavras. — Ele realmente *dormiu* com Adele. Durante este tempo. Quando ela estava na casa dele... para aproveitar a vista. Para os seus *desenhos.*

— Você sabia que ela tentaria o máximo que pudesse tê-lo de volta. Ela nunca desistiu. Nem mesmo quando estava com o outro sujeito, eu acho. Mas, True, não... por favor não vá entrar em crise por causa disso. Vai secar o seu leite.

— Não vou. Mas estou arrasada. Ainda assim, eu esperava por isto. Eu sabia disso, posso quase *sentir* o dia em que ele fez aquilo. Mas tenho o dever para com o bebê e com Guy de ficar calma. O pior é que, quando o bebê estava nascendo, eu senti que ele estava comigo, que estava realmente *comigo*, Franny.

— Ele estava.

— Não podia ter estado. Não se fez aquilo.

— Ele é um homem, True. Fez aquilo, e arquivou. Você nem chegou a descontar o fato de que ele não sabia que sua mãe o estava afastando de você. Pensou que tudo estava vindo de você. Ou não vindo de você.

— Mesmo assim.

— Mesmo assim, eu ficaria furiosa. Não o estou defendendo.

— Ainda bem, porque ele não merece.

— Bem, você tem de decidir. Imagino que ele esteja desesperadamente arrependido. Não está fingindo uma atitude.

— Não, ele está realmente, desesperadamente arrependido. Quer voltar para casa.

— Vai deixá-lo?

— Eu deixaria, Franny. Deixaria num piscar de olhos. Se achasse que seria capaz de perdoar. Se achasse que podia conseguir aquela droga que a faz experimentar as coisas e esquecê-las numa fração de segundo.

— Está por dentro.

— Certo. Se eu achasse que podia deixá-lo tocar em mim e saber que não estava pensando nela.

— Já chegou a pensar — pare e ouça o que estou dizendo — que enquanto tocava nela ele estivesse pensando em você?

NUM SÁBADO QUENTE de degelo em janeiro, True embrulha Elizabeth Brewster no seu elegante carrinho e a leva com Guy para o primeiro passeio de Brewster no centro de Chatham. Mal podem percorrer a rua de tanta atenção. Irene Riggins do Candy Corral sai para admirar o bebê de maneira extravagante, para dar doce de chocolate a Guy e comentar sobre como Guy está com um aspecto maravilhoso; e como True está bem, a imagem perfeita da mulher em forma. Então, as mulheres da ShoeBiz cercam o carrinho enquanto True experimenta um sapato para caminhar.

— Deixe-me tocá-la. Olhem só esta pele cor de oliva! Nunca vai precisar de maquiagem — diz a Sra. Curry.

Num impulso, True compra os sapatos, embora sejam chamativos e em vermelho. São, ela raciocina, sapatos de investimento. Ela vai caminhar muito. O mesmo acontece em The Eccentric Yankee. Mollie aninha Brew nos braços e dá a seu marido Tim um olhar pesaroso. Têm quatro filhos, o mais moço só com três anos.

— Vá embora, True. Você é Satã — Tim brinca. — Ela é absolutamente deslumbrante. E seu irmão está ótimo.

Quando passam pelo Children's Garden, True capta um movimento de algo familiar no canto do olho. Vira-se e vê Hank ajudando Adele a descer os degraus. Adele segura uma sacola de compras de papel e está grande de grávida, as faces rosadas e os cabelos, mais compridos, presos por um grampo de tartaruga. Como não pode levitar, nem correr para dentro do tráfego, True deve continuar caminhando. As simples leis da física indicam que se encontrarão precisamente quando Adele e Hank chegarem ao final da calçada de lajes.

— Papai! — grita Guy, correndo para os braços de Hank, como se não o tivesse acabado de ver mais cedo naquela manhã durante o café. True, amamentando, observara de sua cadeira de balanço por trás das cortinas do seu quarto quando Hank abriu a porta do caminhão e Guy, quase tão animado como sempre, pulou para dentro da cabine.

— Oi, cara — diz Hank suavemente. — Olá, True. Adele, quero que conheça... bem, você já conhece minha mulher, True. E quero que conheça minha filha, Elizabeth Brewster Bannister, Primeira.

— E última — True sorri. — Como vai, Adele? Pronta para tudo isso?

— Na verdade — Adele mostra suas covinhas — estou. Hank lhe contou que David e eu estamos juntos de novo? David, o pai do bebê?

— Não, Adele, isto é maravilhoso. Devo mandar-lhes uma Bênção — diz True. — E estou lhes desejando uma bênção, também. De verdade.

— Devo agradecer-lhe, True. E pedir desculpas. Monopolizei de uma maneira abusiva o seu marido.

True fica chocada e comovida pela franqueza de Adele.

— E depois que você me tinha dado um verdadeiro impulso. Acho que o perdi quando David e eu nos separamos e então minha mãe morreu. Sinto muito. Ele tem sido um bom amigo. Continua sendo. Isto — ela ergue a sacola — e a bata de batizado para esta pessoinha aqui.

— Adele — responde True gentilmente. — Foi você quem escreveu aqueles livros maravilhosos. Eu deveria lhe agradecer. Boa sorte.

Quando True se prepara para reiniciar sua caminhada, Hank a retém com uma das mãos.

— Adele, se importa se eu ficar um momento a sós com True para conversarmos? Esta vai ser nossa única conversa por uns tempos. E tenho coisas particulares a dizer. Se importaria?

— Não — diz Adele. — Claro que não. Hank, me dê suas chaves. Vou esquentar o caminhão.

Enquanto Adele se afasta, sua gravidez invisível pelas costas, Hank se abaixa e tira sua filha do carrinho, que o deleita ao bocejar como uma gatinha.

— Quero perguntar-lhe, True, ainda deseja conversar comigo? Agora que tudo veio à tona, acabou, foi dito e feito?

— A resposta é algo como sim, mas eu não deveria desejar. Isto faz sentido?

Guy está ouvindo avidamente. Hank nota e pergunta:

— Guy, pode comprar uma barra de *toffee* crocante para mim ali adiante? Estou morrendo de fome.

— Conheço este truque. Quer falar com a minha mãe.

— Quem não desejaria falar com uma bela loura com um bebê tão bonitinho?

Guy suspira.

— OK. Me dê o dinheiro.

— Você ainda está muito magro. Compre uma para você também.

— Chocolate vai me fazer vomitar. Acabei de comer doce de chocolate.

— Então compre pirulito ou pendure um *piercing* na orelha. Se detesta chocolate, então, na semana que vem, quando eu for para a aula de dança, vou trazer-lhe gelatina.

Os dois caem na risada. Claramente, é uma piada só deles.

Quando Guy se afasta, Hank conta a True:

— Ele me disse que quando esteve no hospital comeu todo tipo de gelatina que pode existir na face da Terra. Diz que nunca vai poder ver a cara de uma gelatina na vida.

— Sim, e leva pele de porco. Eu li na escola! — grita Guy de longe.

— Adoro pele de porco — responde Hank em voz alta. — E pare de mentir, Guy, você sabe que adora também. Nós gostamos de uma boa pele de porco recheada, acompanhada de morcela, hein?

— Não me faça rir — Guy implora, apertando a barriga. — Ainda dói muito se eu rir com muita força.

— Bem, é melhor começar a rir, porque na semana que vem vamos fazer um *pas de bourrée* ou dois. *Assemblée.* E comece a fazer alongamento. *Grand-*

père diz que você não deve deixar que se formem aderências... cicatrizes, dentro da sua barriga.

Guy ergue as mãos em tom de súplica e se dirige aos céus:

— Já não sofri o bastante?

True vê o apego entre eles, invisível e tênsil como linha de pescar. Ela ama Hank mais do que pode suportar sem desviar o rosto, somente por isto, esta dádiva ao seu filho.

Com Guy do outro lado da rua, Hank rola os ombros uma vez, levanta o colarinho e diz:

— Então eu sei o que vem aí. Você pensou a respeito e, em resumo, quer que eu vá.

— Seu carro está ligado.

— Quero dizer, vá... vá mesmo. Para sempre. Que não fale mais nisso. Era do que eu queria ter certeza, em particular, antes de ir embora.

— Não é bem assim. Eu quero falar sobre a questão de novo. O mais cedo que pudermos — True admite. — Isto não sai da minha cabeça. Nem por um momento.

— Nem da minha.

— Então no sábado? Depois dos exercícios com Guy?

— Excelente para mim. Fico feliz em ouvi-la falar assim.

— Transmita meus melhores votos a Adele. Digo isso com *sinceridade*. Isto é menos culpa dela do que sua.

— Vou transmitir. Ela está se mudando. Para Nova York.

— Uau!

— Bem, você tem de morar onde seu homem mora.

— Acho que sim — True responde, ajeitando elaboradamente os panos de Brew.

GUY SOBE CORRENDO do porão, suor escorrendo pelo queixo.

— Ele não mudou — Guy resmunga. — Está tudo bem se você não quiser ele de volta.

True tem de rir.

— Não sente muito perto de mim. Provavelmente estou fedendo — Hank diz, vindo atrás de Guy, usando sua camiseta para enxugar os braços e o peito.

— Tudo bem. Seu suor nunca teve mau cheiro. Apenas como sal e peixe — diz True.

— Kathleen tem roupa no varal. Não sei quanto mais este tempo vai durar.

— Sim. Você sabe, ela está no meio de algo monumental. Está se mudando.

— Está?

— Para o seu próprio chalé. Em Harwich, nós achamos, Dog e eu. E vai para Wisconsin, você sabe. Sim. De avião. Visitar o pai de Esa. Em abril.

— Hum!

— Algo impressionante, não acha? Sugeri que ela namorasse alguém e ela vai atravessar o país!

— True — diz Hank, levantando-se.

— Está indo? Achei que íamos conversar... o bebê está dormindo.

— Posso beijar você?

— Sim — diz True, e desliza contra sua pele quente e deixa sua cabeça cair para trás e a boca abrir-se para a dele, revirando e buscando, como se para encontrar um meio de ficar mais próxima dele além do que o tecido de suas peles permite. — Eu amo você tanto, Hank. Precisei mantê-lo... à distância. Tinha de fazer isso. Era o meu escudo. Como você disse. Sermos civilizados quando tudo mais fracassa. Nunca foi uma questão de não amar você.

— E eu a amo. É minha esposa. É meu coração, True.

Ambos ouvem Guy abrir o chuveiro e, simultaneamente, o grito agudo de Brewster. Está acordada, sua coberta leve chutada para longe, os caniços de suas perninhas com sua nova curvatura gorduchinha furiosamente chutando o ar. Hank a levanta no ar e começa a cantar: "Ela é doce como o mel de Tupelo. É um anjo de primeira ordem..."

— É o que eu cantava para Gui — True diz a ele. — Ela está adorando. Mas acho que não vai resolver nada agora. Ela está faminta, eu receio.

— Vá em frente.

True abre a blusa, esperando que Hank desvie o olhar. Ele não desvia.

— Você fez a parte difícil sem mim — diz ele, tristemente.

— Não, a parte difícil vem agora — diz True. — Não sei se eu gostaria de enfrentá-la sem você.

— Mas você...

— Bem, tenho uma idéia.

— Nada podia ser pior do que desejar minha mulher, vê-la amamentar minha filha, sabendo que teria de voltar para uma casa vazia.

— Não acho que seja — diz True, puxando uma mecha de cabelos para trás da orelha.

— Não faça isso — Hank pede bruscamente.

— O quê?

— Puxar os cabelos para trás da orelha. É... justamente o gesto seu de que eu mais gosto. Não faça agora, aqui. No nosso quarto.

— OK. Desculpe — diz True secretamente alegre por ter visto a candura com que seu simples gesto o afetou. — Ouça a minha idéia. Quero que continue vendo sempre as crianças. Quero que as veja todo dia. Quero que seja seu pai sempre que desejar.

— Oh. Eu esperava isto. Pensei que fosse falar de nós. Não falou.

— Falei.

— E então. Como ficamos, eu e você?

— Pode me convidar para sair.

Suas palavras soam engomadas, formais como colarinho de papel. Não planejara que a coisa se desdobrasse assim.

— Convidá-la para sair.

— E vamos namorar.

— Namorar? Vamos namorar ou vamos a lugares como amigos com as crianças?

— Não, nós realmente vamos namorar — diz True. — E depois de um mês, mais ou menos, se você ainda quiser, nós... nós faremos amor, se pudermos. E então faremos de novo. E talvez depois de alguns meses partiremos numa viagem... parece legal para você até aqui? Sabe, ainda estou tramando, improvisadamente. Pensei nisso durante noites e ainda estou pensando. Não há nenhum livro de regras a seguir, Hank.

— Eu sei. Sei que é uma situação fora do comum. Mas... tudo, vamos dizer que namoramos, e tudo isto leva a...?

— Só posso lhe dizer o que eu espero. O que espero é... que vamos ver o que somos, Hank, o que realmente somos. Se pudermos ter aquela... ligação que achamos que tínhamos vislumbrado, era uma vez. Acha isto possível? Acha que poderíamos não ter de mudar, a não ser pelos defeitos fatais, para aprender até onde confiamos realmente um no outro?

— Eu confio em você.

— Mas eu não confio em você neste exato momento. E quero confiar! Amo-o tanto que não posso ter nada menos do que a relação verdadeira com você. Você disse a mesma coisa. E não acha que realmente *precisa* também aprender a confiar em mim?

— Que quer dizer? — ele pergunta.

— Tudo o que você disse, quando partiu. Que eu não tenho respeito por você. Que eu o considero um brinquedo sexual. Equipamento.

— Eu estava furioso, True — Hank olha para longe, envergonhado. — Não penso realmente assim.

— Nem uma pequenina parte sua?

— Talvez... — Hank admite, relutante. — Mas o que isso vai mudar e por que precisa levar meses? Não levou meses antes!

— Espero que não demore! Quero que seja amanhã! Ouça, talvez a gente possa passar por cima daquilo que não é capaz de mudar. E nunca mais parar. Como devíamos ter feito antes de nos casarmos. True pára e solta o fôlego lentamente. — Por exemplo, como termos uma briga. Teremos uma briga e vamos cantar se a coisa ficar feia. Vamos preparar o jantar juntos. Vamos falar de filmes e ler livros um para o outro. Sei que parece tedioso, mas já tivemos aventura demais.

— Não, o que você está falando é o evangelho. Uma vida sem drama. Eu poderia adorar isto.

— Muito bem, então você concorda. Vamos tentar. Vamos... encontrar um caminho. E se encontrarmos este caminho, então nós vamos... nos casar.

— True, já somos casados.

— Teríamos de casar de novo. Ou eu não acreditaria. Você rompeu os votos, Hank.

— Você também. Para o que der e vier — lembra a ela.

— Renunciando a *todas* as outras — ela lembra a ele.

— Vamos fazer tudo de novo agora. Conhecemos tudo isto, *bébé*. Conhecemos tudo.

— Era o que achávamos antes, meu querido, meu amor. E veja o que aconteceu...

Hank aponta para Brewster.

— Sim, veja o que aconteceu. Eu diria que não é tão ruim assim!

— Não é. Ela é maravilhosa, nossa estrela da sorte. Se apenas fosse a única coisa resultante de tudo isso. Mas, no começo, Hank, achei que eu ia simplesmente correr. Nunca mais veria você. Mas não podia fazer isso. Então tentei pensar, como podemos tentar? Como?

— E?

— Este foi o único jeito que consegui encontrar de não ficar ressentida a ponto de arruinar a coisa para nós dois — True coloca a mão no antebraço de Hank e olha para a sua própria mão, a forma dela, pousada ali. — Se eu arruinar vou partir meu próprio coração. Porque talvez, um dia, se eu tentasse para valer e me afundasse no trabalho, poderia olhar para trás e aceitar a perda do merdinha zangado, egoísta, com beicinho que partiu daqui — e ela faz uma pausa, tão longa que Hank quase começa a falar. E então continua. — Mas, se eu perdesse o homem que escreveu aquelas cartas, as cartas que quase não cheguei a ler, eu estaria perdendo o companheiro da minha vida.

— Você não vai me perder.

— Eu sei. Eu sei — diz True. — Eu *acredito* nisso. Eu preciso *ver* isso.

— Vamos ter de nos divorciar antes?

— Hank, não faça brincadeira. Estou fazendo o melhor que posso. Não quis dizer casar de novo *legalmente*. Eu quis dizer fazer o juramento. Um ao outro...

— Diante das pessoas?

— Talvez. Talvez na capela Elvis em Las Vegas. Desta vez para sempre. Eu preciso saber se você realmente pode ser uma cara do tipo para sempre, consciente de tudo o que isto significa. Está vendo, simplesmente por ter concordado em esperar, fico sabendo mais do que sabia antes.

— Isto é verdade. Porque se me conhecesse não colocaria em dúvida que eu esperaria. Nós ainda não nos conhecemos de fato, no fundo. Pensei sobre isso um milhão de vezes. Era como se estivéssemos numa montanha-russa e fosse difícil cada um cuidar de si e se agarrar. Muita coisa aconteceu que... atrapalhou. Mas acho que vai ser difícil esperar. Especialmente por certas partes.

— Alguns itens do plano poderiam se concretizar antes dos demais. Mas o açúcar na prateleira mais alta é o mais doce.

— Acho você uma mulher dura.

— Sou uma mulher dura. Tenho de ser. Se não fosse, eu faria o que desejo fazer de todo o meu coração, simplesmente o puxaria aqui para cima de nossa cama e... cometeria um erro que seria o fim para nós. Sei o quanto posso ser má. Sei como posso ser vingativa e vulnerável, e você também! Hank, acha que eu quero isso? Quero mais do que tudo no mundo dizer, vá buscar a sua mala; vou pedir uma *pizza*; vamos ficar todos na cama com o bebê e Gui...

A boca de Hank se move, seus lábios incontroláveis.

— Como pode fazer isso? — ele implora.

— Porque eu quero tanto que nossa ligação dure. Eu amo tanto você. E a coisa que você fez ainda é muito nova na minha cabeça. É como uma cobra que me morderia. Que nos morderia. Preciso vê-la como você a vê. Como um desvio na estrada. Como um tropeço que nada teve a ver conosco.

Ele suspira fundo. Então baixa os olhos para ela e sorri.

— OK. Srta. Dickinson, quando posso lhe telefonar?

— Sr. Bannister, eu ficaria encantada. Vamos ver. Para que o leite não vaze através da minha blusa, já que estou indisposta, como vê, numa situação delicada, vamos dizer, às três da tarde, uma semana a partir do próximo domingo?

— Estarei aqui para levá-la de carro.

— Oh, mas precisamos ir no meu carro. Tenho tanta dificuldade, meu senhor, para subir em caminhões, por causa dos pontos no meu ventre, como sabe...

— E o que gostaria de fazer, madame?

— Pensei, bem, como então já vou poder levantar mais de cinco quilos, eu talvez gostasse de ir jogar boliche.

— Boliche, foi o que disse? Bem, preciso avisá-la, Srta. Dickinson, sou um jogador de boliche de primeira. E não sou chegado a demonstrar misericórdia por meus contendores.

— Oh, não precisa demonstrar misericórdia, Sr. Bannister. Sou uma pessoa competitiva. Gosto de vencer. Sempre consigo o que quero. Por isso, Sr. Bannister, vou lhe dar uma lavada.

— É o que vamos ver.

— Oh, sim, vamos ver — True responde e sorri, depois de beijar a cabeça de Brew. — O que será, será.

5 de maio de 2002
Port St. Lucie, Flórida

Este livro foi impresso nas oficinas da
Distribuidora Record de Serviços de Imprensa S.A.
Rua Argentina, 171 – Rio de Janeiro, RJ
para a
Editora José Olympio Ltda.
em junho de 2005

*

73º aniversário desta Casa de livros, fundada em 29.11.1931